接受与反思
——21世纪以来中国对当代美国文论的研究

胡燕春 著

中国文联出版社

图书在版编目（CIP）数据

接受与反思：21世纪以来中国对当代美国文论的研究 / 胡燕春著. -- 北京：中国文联出版社，2023.10
ISBN 978-7-5190-5242-3

Ⅰ．①接… Ⅱ．①胡… Ⅲ．①文学评论－研究－美国 Ⅳ．① I712.06

中国国家版本馆CIP数据核字（2023）第114781号

著　　者	胡燕春
责任编辑	蒋爱民
责任校对	秀点校对
封面设计	谭　锴

出版发行	中国文联出版社有限公司
社　　址	北京市朝阳区农展馆南里10号　　邮编　100125
电　　话	010-85923025（发行部）　010-85923066（编辑部）
经　　销	全国新华书店等
印　　刷	天津画中画印刷有限公司

开　　本	710毫米×1000毫米　　1/16
印　　张	22
字　　数	520千字
版　　次	2023年10月第1版第1次印刷
定　　价	58.00元

版权所有·侵权必究
如有印装质量问题，请与本社发行部联系调换

目 录

绪 论 ………………………………………………………………… 1

第一章 当代美国文论基本状况、主要特征与发展趋势 ……… 6
    第一节 当代美国文论发展概述 ………………………………… 6
    第二节 文学理论观念个案研究 ………………………………… 43
    第三节 文学批评实践个案研究 ………………………………… 81

第二章 21世纪以来中国关于当代美国文论的交流与接受 …… 101
    第一节 中美文论领域的交流与互动 …………………………… 101
    第二节 中国对当代美国文论的引介 …………………………… 112

第三章 21世纪以来中国有关当代美国文论的研究实绩 ……… 123
    第一节 针对当代美国文论诸流派的研究 ……………………… 126
    第二节 中美文论领域合作研究个案举隅 ……………………… 159

第四章 21世纪以来中美文论领域的互通议题及其论争 ……… 164
    第一节 关于"文学终结"的论争 ……………………………… 164
    第二节 关于"强制阐释"的论争 ……………………………… 171
    第三节 关于"汉学主义"的论争 ……………………………… 180
    第四节 环境美学与生态美学之争 ……………………………… 187

第五章 21世纪以来中国对于当代美国文论的接受与反思 …… 198
    第一节 中国接受当代美国文论的限域时弊 …………………… 198
    第二节 中国接受当代美国文论的对策建议 …………………… 204

第六章 21世纪以来中国接受当代美国文论的启示借鉴 ……… 210
    第一节 汲取外来文论重构中国文论 …………………………… 210

第二节　辨析他国文论中的中国问题 …………………………… 214
第三节　建构国际文论关系整体体系 …………………………… 233

附录一　跨文化跨语际对话的一种新兴重要动向：跨越比较的
　　　　"文化混融" ………………………………………………… 245

附录二　当代美国文论领域重要学者的主要著述、中文译本与
　　　　中文研究著述 ………………………………………………… 266

参考文献 ……………………………………………………………… 330

绪　论

一、本课题的国内外相关研究状况述评

进入21世纪，中美学界在当代文学理论与批评领域的交流日益频繁，两国之间的相关学术对话不仅引发了双方的数次研讨与争鸣，而且在中西学界形成了持久冲击与较大反响，从而逐渐赢得了国际学界的普遍关注，进而引发了不同层面与程度的相应参与。

综观国内外学界相关研究的整体状况，目前业已取得了诸多令人瞩目的研究实绩，既有成果的确既有富于启发性的思路可供借鉴，又不乏精辟的论述值得汲取。具体而言，本课题对研究对象的考察期内（2000年至2019年），在借鉴吸收国际文论有益成果方面，较之中国同其他国家与地区的文论关系而言，国内学界对当代的美国文学理论与批评实绩更为关注。依据本课题完成前国内学界的相关研究来看，有关美国文论的诸项成果逐渐突破了此前既有研究中存在的多集中于新时期至20世纪末的历史时段，且泛论中西文论关系而疏于针对中美文论关系的专门研究等局限。

一方面，针对国际学界而言，美国作为全球化时代世界格局中居于举足轻重地位的国家，在世界文学理论与批评领域具有重要影响。美国虽非所有文学理论的策源地，但其文学理论与批评领域的确学术机构众多、知名学者辈出。处于西方社会、政治、经济与文化语境中的当代美国文论领域，林林总总的运动、流派与团体层出且发展较快，在历时演化中呈现出持续批判并修正错误与弊端、研究视域渐趋拓展、理论范式不断更新与批评方法多元发展等态势。由此，美国在东西文学创作与理论研究的跨文化交流过程中，彰显出重要的媒介作用与特定的中介价值。鉴于此，目前西方学界颇为关注世界文论体系中的中美文论关系及其对中国文论之影响，相关研究呈现出上升趋势，业已生成若干研究课题与相应学术增长点。

另一方面，依据21世纪以来中国对当代美国文论的接受历程来看，诸位美国文论家的诸种著述以及相应理论观念与批评实绩在中国的传播、接受与影响

的发展脉络与流变历程颇为繁复。基于研究平台而言，相关专题网站建立，研究机构及学术团体相继成立，有关研究人员激增，且学术梯队不断完善。依据接受方式来看，考察期内，中美两国当代文论领域的交流媒介与模式以及诸种相关互动路径主要包括：国际会议、学者互访、学术讲座、学术期刊、书籍与论文以及微信公众号等，进而建立了交融互动的多重学术联系，形成了当代美国文论中国化独特的发展历程与交流方式。对此，本书第二章"21世纪以来中国关于当代美国文论的交流接受"与第三章"21世纪以来中国有关当代美国文论的研究实绩"进行了具体梳理与阐述。

总体而言，综观国内外学界相关研究的整体状况，现有相应成果呈现出诸种创新思路与精辟论断。然而，既有研究中明显存在视域不够开阔、时间较为滞后以及系统研究不足等问题。具体而言，相应局限体现在，对当代美国文论的研究偏重介绍性综合概述，考察时段多截止于21世纪初年而明显尚缺对当代美国文论的持续动态关注与追踪考察，以及泛论散论略论西方文论中国化等。相较而言，针对当前中美文论关系及其对于当代中国文论的积极与消极影响的整体研究亟待拓展。

二、本课题的研究目的与意义

目前，中美当代文论交流中尽管存在上述诸种问题与弊端且平等对话尚未真正实现，但是，双边文论关系仍在持续发展之中，相关互动实践无疑逐渐呈现出媒介日趋多元、方式更为直接、节奏逐渐频繁以及空间日益拓展等良性发展态势。

第一，梳理21世纪以来中美文论领域各自的发展状况，辨析中美文论领域的交流与互动情况，考察其与国际文论格局的历时嬗变与共时态势的关系，进而不仅把握了相应诸种新兴倾向与趋势，而且合理预测了双方在未来学术交流中可能生成的互涉空间。

第二，辨析2000年至今中国对当代美国文论的接受呈现出的诸种互动议题。基于社会历史批评、政治批评、审美批评、媒介批评与文化批评等专题视角，具体梳理了21世纪中美文论领域的若干典型现象与共通论题，进而探讨了有利于促进双方之间平等对话的有效策略。

第三，检视中国的相关接受实践中存在的诸种问题与失当之处。揭示了当代美国文论在21世纪中国的本土化进程中的经验与不足，基于文化机制、学术渊源、价值观念、学术立场、理论取向、方法抉择与操作实践等层面具体剖析了诸种现象的形成原因，进而探讨了有助于外来文论中国化的合理与有效的引进路径。

三、本课题的研究方案

（一）研究思路与方法

第一，综合文献整理、调查统计、个案访谈、文本分析与现象阐释等考察范式，充分运用国内外诸种媒介与渠道及时汲取相关原始文献与参考资料，综合定性与定量、归纳与演绎等考察方式，梳理了21世纪以来中国对当代美国文论的译介与研究状况以及双方的相应交流情况。同时，遵循梳理与创见并举的原则，着力对两国诸位相关学者的相应研究实绩的诸种特质进行准确与清晰的阐述，从而针对某些既定观点予以了理清与重释。

第二，借鉴交叉学科的研究范式，综合运用传播学、哲学、美学、史学、社会学、心理学、地理文化学、文艺理论与比较文学等学科或领域的诸种理论观念、阐释范式与方法剖析了21世纪以来中国对当代美国文论的接受情况。此外，在对于具体问题进行剖析与阐述的过程中，注重凭借多维考察视域，例如，史实考证、哲学思辨、心理分析、审美阐释以及文学理论与批评本体研究等，从而着力对中美诸位相关学者的相应研究实绩的跨越性与兼容性等特征予以具体辨析与系统阐述。

第三，基于跨文化的参照研究视域，凭借共时与历时、宏观与微观、理论与实践以及史料与论证有机结合的多重考察视域，综合运用跨越民族、语言、文化与学科的理论观念与研究范式，不仅运用影响研究法梳理中美当代文学理论与批评之间的诸种相互影响，而且借鉴平行研究法辨析两国相关领域之间存在的共性与差异。同时，针对研究对象各自的特征相应地选取恰当的理论与方法，并且把握其有效适用限度，进而着力实现宏观与微观、理论与实践以及史料与论证之间的有机结合。

（二）创新之处

第一，中美文论均尚处世界学术格局的动态嬗变中，而21世纪以来两国相关领域的既有互动实践业已呈现出媒介日趋多元、节奏逐渐频繁与空间日益拓展等新兴倾向与时代性与共通性得以彰显等态势。由此，本课题密切关注中美当代文学理论与批评领域的交流与互动情况，系统且精细地考察了相关学术观念与研究实践的驳杂状况，把握相关研究的历时嬗变、共时态势与发展趋势，保持对于中美学界若干相应问题的追踪研究，进而对两国当代文论领域的交流情况予以了客观评价与双向互释。基于此，凭借多重研究视角对近20年来的中美文论关系与中国同其他国家与地区的文论关系之间的异同之处进行了综合辨析。

第二，美国文学理论与批评研究在世界文论领域居于重要的独特地位，而有关该国当代文论与21世纪中国文论关系的研究尚需突破视角过于单一与缺乏准确定位等局限。基于此，本书突破了固有的诸种壁垒与限域，依据大量范例具体梳理了当代美国文论的发展脉络与流变历程，辨析了其对21世纪中国文论的诸种影响，系统考察了2000年以来中美两国文学理论与批评领域在理论视点、批评对象与研究范式等方面所体现出的诸种交互特质的共性与差异，进而探究了双方在未来的学术交流中可能生成的互涉空间。

第三，中国对当代美国文论的接受中生成了若干共通议题与热点题域。基于此，本书针对相应交互论题的形成发展与呈现特征予以了追踪考察与专题论述，具体涉及文学终结论、强制阐释现象、汉学主义之争以及生态美学与环境美学之辩等论题。此外，检视了中国的相关接受实践中存在的问题并揭示了诸种相应现象的形成原因，涉及传播轨迹的梳理、接受路径的厘清、传播媒介的厘定、接受语境的剖析与影响模式的考辨。在此基础上，进而探讨了有助于促进双方之间平等对话的有效策略。

四、本课题成果的学术价值与应用价值

第一，针对国际学界而言，当代美国文学理论与批评实绩凭借作为独特媒介的世界重要学术地位，其重要作用影响深广。基于此，通过对于21世纪两国在相关研究领域的融通状况的梳理与阐释，探讨了未来进一步有效沟通的可能性与互动的可行性。本课题的研究遵循梳理与创见并举的原则，通过透彻的剖析、公正的价值定位与正本清源的重释，检视与反思了既有研究中存在的某些误区与限域，进而不仅整合与归纳了较为零散的既有相关研究成果，而且通过客观求实的整体考察与深入阐述，进而丰富与发展了相关研究。

第二，依据国内学界来说，客观认知与批判吸收美国文论的有益成果无疑有利于其自身当下文论的发展。本课题开展的追踪考察期内，中国文学理论及批评的发展状况可谓盛况空前。与之相应，目前的美国文学研究领域也在某些方面显现出中国因素的介入与影响，进而在诸多层面展露出相应的中国向度。同时，两国文论之间生发出交流与碰撞、冲击与回应、抵制与接受、互动与论争、矛盾与反思等诸种复杂态势，对建构当前中国文论而言启示良多。鉴于此，本课题针对中美学界自21世纪以来在文论领域的交互传播情况、接受与借鉴历程的状况予以了考察，揭示出了两国的相应研究实绩之间所存在的共生与互融的复杂关系，旨在促进国内学界重审自我与他者、开展双向认知与价值确立，拓宽与提升相关研究的视野与水平，进而助力于相应研究的渐趋深化与完善。此外，对中美两国在文学理论与批评领域的学术互动以及相应研究成果的梳理与阐述，有益于拓展中国文学研究的世界向度，从而有望促进西方学界对于中

国文学与文化研究予以广泛与深入的了解与认知。

第三，基于应用价值来看，本课题完成的研究报告、资料汇编（包括当代美国文论领域重要学者的主要著述、中文译本、中文研究专著以及中文研究译著等内容）等相关成果，力求与国内外有关学术前沿问题接轨并丰富及深化相关研究，着力为学界相应研究提供基础研究文献、学术研究案例与教学参考资料，力争促进中美及中西当代文论领域的交流互动，进而有益于促进与充实相应研究的科学化与系统化进程，从而为国内外学界相应研究领域拓展其阐释空间与良性发展提供有效的学术研究案例。

| 第一章 |
当代美国文论基本状况、主要特征与发展趋势

第一节 当代美国文论发展概述

追溯现当代美国文学理论与批评的发展历程可以看出，其嬗变过程中呈现出复杂多元、交叉互渗的状况。诚如马克思所言，一个国家对理论的需要程度决定着该国的理论实现程度。①当代美国文论的发展取决于该国对其价值的诉求，从而在多重层面显现出对该国文学研究的理论影响与选择判断。

首先是对于既有文论派别的承继与发展。伴随着美国人文学科本土化进程的日益推进，如米哈伊尔·巴赫金（M. M. Bakhtin）的"长远时间"观所示，一个新的时代，意味着对过去的一切总会予以总结，从而获取新的含义而得以不断充实起来。②20世纪起相继出现的后现代文论、新批评派、现象学文论、存在主义文论、阐释学文论、读者反应批评、结构主义与符号学文论、解构主义文论、新历史主义文论、后殖民主义文论、女性主义文论、马克思主义文论、文化研究与生态批评等研究范式，或源自欧洲或世界其他地区，或直接生成于美国本土，具有各自的选择、变异与逆流，共同影响且不断更新着当代美国文论的发展轨迹。

其次是大规模的跨界扩容等现象频繁发生。美国学界非常崇尚"科际训练"，在高等教育沦为"生产车间"的情况下，对诸门"学科"知识予以研究的专业学者以群体形式呈现，由此，特定领域内人类知识生产之公共性得以体

---

① 马克思、恩格斯：《马克思恩格斯选集：第1卷》，中共中央马克思恩格斯列宁斯大林著作编译局编译，人民出版社1995年版，第11页。

② ［苏］米哈伊尔·巴赫金：《巴赫金全集：第四卷》，钱中文、白春仁、晓河等编译，河北教育出版社1998年版，第414页。

现。①该国诸多文学理论家与批评家频繁冲破学科壁垒与边界，借鉴交叉学科的研究策略与方法，广涉诸种学科与研究领域，在文学研究中引入人文社会科学与自然科学中诸多研究范式，呈现出跨学科研究的多重特征。与之相应，当代美国文论领域涌现出"一系列没有界限的、评说天下万物的著作"②。

再次是诸种重要转向生成并持续发展。21世纪以来，美国文论领域出现了诸种新的转向，种种新领域或亚理论亦相应生成。在诸多转向之中，首先是对传统研究方向的复兴。例如，叙事学转向、符号学转向、历史研究转向、伦理批评的重建、审美的回归等。其次是新兴发展方向的延拓。例如，文化研究的跨文化、全球化转向，人类学及亚文化理论转向，媒介研究、语像批评与视觉文化转向，生态批评及其环境伦理学转向，性别研究、妇女研究、同性恋研究与怪异理论转向，种族与族群研究、"流散"现象与写作以及相应文学史书写转向，后马克思主义文论转向，后人文整体研究转向，等等。

21世纪美国文论在后理论时代的交叉与游移的语境中，发生了从本质主义向建构主义的转变，彰显出注重理论的自我批判与反思、多元化理论之间激烈博弈等发展趋势，基于学科体系建构与领域范畴界定、文论界限问题的研判、理论范式的转换以及批评模式的探究等层面表现出诸种重构特质，进而为新兴理论形态的生成提供了契机。

一、针对"理论"及其相关问题的阐释

（一）"理论"本源问题研究概况

美国学界通过回溯"理论"的本源展开研究，对理论的作用与功能的界定、对历史脉络的追溯、对未来发展的预设以及对创生瓶颈的危机应对，都与西方学界理论发展的整体状况与变迁，特别是理论式微等态势密不可分。萨义德曾表示，对理论做出抵抗，使之向着历史现实、人类需要与利益敞开，从而将那些不可释义或近乎不可释义的日常现实中蕴藏的具体事例予以阐明。③由此，"反理论""抵抗理论""理论终结""后理论"以及"理论之后"等观念的形成呈现了文学理论层面的发展转折与前所未有之变局，也体现出西方人文学科整体中的潜在思想倾向的策动。

实际情况是，20世纪80年代起，西方诸位伦理学家，如伯纳德·威廉

---

① 伯顿·R.克拉克：《高等教育新论：多学科的研究》，王承绪、徐辉等译，浙江教育出版社2001年版，第107页。
② ［美］乔纳桑·卡勒：《文学理论入门》，李平译，译林出版社2008年版，第4页。
③ ［美］爱德华·W.萨义德：《世界·文本·批评家》，李自修译，生活·读书·新知三联书店2009年版，第423-424页。

姆斯（Bernard Williams）、查尔斯·泰勒（Charles Taylor）、阿拉斯代尔·查莫斯·麦金泰尔（Alasdair Chalmers MacIntyre）的美学与伦理学研究，路德维希·约瑟夫·约翰·维特根斯坦（Ludwig Josef Johann Wittgenstein）、理查德·罗蒂（Richard Rorty）的哲学研究，都直接或间接地引发了"反理论"思潮。反本质主义等相关论断作为针对理论的整体判断，解释了当代理论的变迁态势，对文学理论的阐释话语与发展走向产生了不容忽视的影响。

以美国学界为代表的西方学术领域对理论的境遇颇为关注并基于诸种层面肯定了理论的价值与作用。例如，彼得·比格尔（Peter Burger）认为，鞭辟入里的理论与浅尝辄止的谈论不同，体现在对一部作品是予以反思性地运用还是予以释义。而要做到这一点没有标准不行，唯有理论才能使该标准得以提高。① 又如，沃尔夫冈·伊瑟尔辨明，理论衰落不能一概归因于理论本身的过时，而是尤需正视对理论的误读，就其时势头正健的文化研究来说，如若没有理论支撑，就无法阐明本已被诸种概念所宰制的文化现象。② 再如，哈里·哈鲁图尼安表明，当教育机构转变为行政管理的知识工厂，这一巨大转向使人文科学的精华丧失殆尽，从而形成了一个正在遭受破坏而变得不再令人熟悉的区域，而要驶出这里，理论无疑是不可多得的可靠路标之一。③ 同时，理论帝国消解了专业差别、统治了所有人文学科和价值观念等现象与问题，也引发了西方学界对理论的合法性、理论研究的学科建制、发展格局、范式局限等层面诸种问题的批判。西方学界对理论的质疑主要体现在如下层面：首先是对理论的确指与范畴的质疑。例如，雷蒙·威廉斯（Raymond Williams）指出：Theory 一词或许不无偏见，是由其内涵被人为框定为难以企及的确指所致，既要对实践作出系统解释，又要在密切联系实践中发现规律。④ 又如，保罗·H. 弗莱认为，事物的真正本质未必可见，而作为对事物真正本质把握的理论，无论其面对何种对象，都囿于主体思想认识的局限性，故对理论自身来说，其更紧迫的需求不是游刃有余地被运用于一个既定领域，而是严格的内部一致性。⑤ 其次是重新厘定理论的作用与功能。例如，托万·孔帕尼翁（Antoine Compagnon）批评"理论

---

① ［德］彼得·比格尔：《先锋派理论》，高建平译，商务印书馆 2002 年版，第 55 页。
② ［德］沃尔夫冈·伊瑟尔：《怎样做理论》，朱刚、古婷婷、潘玉莎译，南京大学出版社 2008 年版，第 11 页。
③ ［美］哈里·哈鲁图尼安：《理论的帝国：对批评理论使命的反思》，王宁译，载《文学理论前沿（第二辑）》，北京大学出版社 2005 年版，第 24 页。
④ ［英］雷蒙·威廉斯：《关键词：文化与社会的词汇》，刘建基译，生活·读书·新知三联书店 2005 年版，第 489 页。
⑤ ［美］保罗·H. 弗莱：《文学理论：耶鲁大学公开课》，吕黎译，北京联合出版公司 2017 年版，第 1—2 页。

已经被制度化、条理化,蜕变为一种刻板僵化的教学小技巧,与干巴巴的文本讲解无异"。① 最为关键的是,理论唯一无能为力的是,无法提供一种合适的阅读方法。再次是对理论境遇的剖析。例如,哈鲁图尼安指明,依据理论的发展状况来看,文化研究对理论无所不用其极,造成理论消耗殆尽,尽管理论在学院的象牙塔中发挥着专业、高效的阐释世界作用,然而却丧失了改变世界的能力。② 与之相应,理论之存在境遇与发展态势生成了诸种转变,"理论的时代已经结束……对我们来说,现在好像再没有什么单一的正统观念要遵循;再没有什么新运动要追赶;再没有什么困难的、充满哲学意味的理论文本读了"。③ 与之相应,各类有关理论的终结、后理论的著述相继问世。例如,1985 年,米歇尔编辑的《反理论:文学研究与新实用主义》④ 出版。1999 年,马丁·麦奎兰等编的《后理论:文化批评的新方向》⑤ 问世。2000 年起,一个"后理论"(after-or post-theory)转向时代开启。⑥

值得注意的是,特里·伊格尔顿于 2004 年出版的《理论之后》一书既宣告文化理论的黄金时代业已逝去又宣称永不可处于"理论之后",由此而引发了诸多争议。例如,戴维·洛奇表明,《理论之后》表达出"作为理论实践者与捍卫

---

① [法]安托万·孔帕尼翁:《理论的幽灵:文学与常识》,吴泓缈、汪捷宇译,南京大学出版社 2017 年版,第 3 页。
② [美]哈里·哈鲁图尼安:《理论的帝国:对批评理论使命的反思》,王晓群编,载《理论的帝国》,中国社会科学出版社 2004 年版,第 44 页。
③ [英]拉曼·塞尔登、彼得·威德森、彼得·布鲁克:《当代文学理论导读》,刘象愚译,北京大学出版社 2007 年版,第 327 页。
④ W.J.T. Mitchell, ed. *Against Theory*: *Literary Studies and The New Pragmatism*: *Literary Studies and The New Pragmatism*. Chicago: The University of Chicago Press, 1985.
⑤ Martin McQuillan, Graeme Macdonald, Robin Purves and Stephen Thomson. eds. *Post-Theory*: *New Directions in Criticism*. Edinburgh: Edinburgh University Press, 1999;[英]马丁·麦奎兰、格雷姆·麦克唐纳、罗宾·珀维斯等:《后理论:文化批评的新方向》,外语教学与研究出版社 2018 年版。
⑥ 相关著述与论文集主要包括:*Against Theory*: *Literary Studies and The New Pragmatism*: *Literary Studies and The New Pragmatism*. (W.J.T. Mitchell, ed., Chicago: The University of Chicago Press, 1985); *Reading After Theory*. (Valentine Cunningham, Hoboken: John Wiley & Sons, 2002); *The Future of Theory*. (Jean-Michel Rabaté, New Jersey: Wiley-Blackwell, 2002); *Life. After. Theory.* (Michael Payne, John Schad, eds. London; New York: Continuum, 2003); *Theory Matters*. (Vincent B. Leitch, New York & London: Routledge, 2003); *Post-Theory, Culture, Criticism*. (Ivan Callus Stefan Herbrechter, eds. Amsterdam: Rodop, 2004); *Theory's Empire*: *An Anthology of Dissent*. (Daphne Patai, Wilfrido H. Corral, Columbia: Columbia University Press, 2005); *Ignorance*: *Literature and Agnoiology*. (Andrew Bennett, Manchester: Manchester University Press, 2009); *Theory after "Theory"*. (Jane Elliott and Derek Attridge, eds. New York & London: Routledge, 2010); *Crime of the Future*: *Theory and its Global Reproduction*. (Jean-Michel Rabaté, New York: Bloomsbury, 2014); *Theory Aside*. (Jason Potts and Daniel Stout, eds. Durham: Duke University Press, 2014);等等。

者的伊格尔顿之间的对话"①倾向。基于此,洛奇一方面肯定了该书的贡献,肯定了伊格尔顿关于前理论时代语言透明、阐释思想中立的情境一去不复返的观点;②另一方面也批评了该书拔高理论的重要性及高估理论在学术圈外的影响等弊端。在洛奇看来,理论不乏固化为知识的真实成就,是知识分子实现自我认识的可靠保证,然因理论的新奇与活力毕竟有限,虽其正在走向衰落,却又无法被取而代之。

(二)美国有关理论及相关问题的主要论断

综观美国学界有关理论特别是文学理论基于本位层面的研究,其中呈现出对相应规制与体系的质疑与诘问,以及对相关范式与取向的反思与重构。

1. 理论抵抗论

美国学界较早且坚决倡导理论抵抗论的学者当属保罗·德曼(Paul de Man)。德曼将反本质主义哲学转化成一种文学崇拜,其有关"理论的抵抗"的观念出自他撰写于20世纪80年代的论文《对理论的抵抗》。德曼认为,抵制理论是由理论的自身因素所决定的。对于理论而言,一边挑战高高在上的意识形态,从而极力清除后者根深蒂固的影响;一边又抗争自命不凡的美学,从而无情地抛弃了后者居于其内的强大哲学传统。总之,它总是不断给自己找麻烦,终而轰塌了传统文学经典大厦,"模糊了文学与非文学的界限"。③而理论对阅读的抵抗、对语言本身的抵制,决定了理论前路困难重重,"因为理论本身就是这种抵制,文学理论的目标愈高尚,方法愈完美,它就愈加变得不可能"④。与之相应,有关理论的诸种概念在理论学科中成为某种百搭牌,理论的不确定性导致其成了学术研究与教学的障碍。德曼认为,与其纠结于诸如文学理论的敌人何在、理论何以如此令人恐惧等问题的论争,不如更加清醒地认识理论所面临的困境,进而理解"它为什么这么容易要么陷入自我确证和自我辩护的语言,再不然就是完全代之以一种欣快的、乌托邦式的理论"。⑤与此同时,德曼也指出,尽管对于理论的抵制与反抗之源动力来自其自身内部,然而理论抵制并非意味着理论必然走向死亡,"因为理论总是能突破自身的缺陷,而且理论越是受到抵制,它就越是兴盛"。⑥鉴于此,德曼为理论提出的改良之途是,文学研究方法只有与历史及美学等非语言学分道扬镳,文学研究对象只有转向不无价值

---

① [英]戴维·洛奇:《向这一切说再见——评伊格尔顿的〈理论之后〉》,王晓群译,《国外理论动态》2006年第11期第53页。
② 同上,第56页。
③ [美]保罗·德曼:《解构之图》,李自修译,中国社会科学出版社1998年版,第103页。
④ 同上。
⑤ 同上,第104页。
⑥ 同上,第114页。

意义的文学生产与接受，才会有真正的文学理论。①此后，对德曼的理论抵抗论的回应渐趋减弱的直接原因是，1987年他在"第二次世界大战"期间发表的反犹太文章被暴露，后结构主义理论渐趋衰退，重新进入道德与政治层面的理论研究逐渐升温。实际上，"理论的有趣与真意主要不在于其神乎其神或精致严密，也不在于实践或教学方面，而在于它对文学研究中固有观念的充满活力的抨击，以及固有观念对它的顽强抵抗。"②就此而言，德曼对理论的抵抗虽不无偏激但其富有挑战性的相关言说的确发挥了一定的历史作用。

2. 理论式微说

理论抵抗所带来的后果，就是对理论的本质、属性、特征、功能与走向提出了质疑与反思。相关领域诸多学者并非一致抵抗理论，而是正视理论走向衰微的现实。

例如，斯坦利·费什（Stanley Fish）依据"根据主义"和"反根据主义"划定理论的类别，提出理论毫无结果的悲观论断。在他看来，无论根据主义理论还是反根据主义理论，都是如此。因为理论作为一种能够支持获取某种信念的来源，至少原则上未能就相应信念的依据做出令人信服的解释。由此，费什有条件地提出了理论无用论，认为以"根据主义"为圭臬的理论永难企及。"它之所以不可企及，是因为……构成解释的基础和赋予解释以条理性的客观事实和判断准则，本身便是解释的结果。"③与之相应，理论自身的属性决定了它所能践行的仅仅是从其旨在超越的可变无常的世界中借用某些术语与部分内容。在费什看来，"理论的日子已经所剩无几，而对于一个理论家来说，他所能做的唯一事情便是承认事实"。④

3. 理论何以转危为机

理论危机对文论领域而言，是威胁，同样也是机会。诸多文论家针对理论危机予以积极应对并提出了诸种建构策略与相应路径。

例如，文森特·里奇认为"终结，像起源一样，呈现出多层和复杂的意义，'理论的终结'也是这种状况"。⑤鉴于此，他厘定了有关理论终结等研判的形成过程与基本特征，指出，20世纪90年代以来，西方诸位学者不断发出理论终结抑或消亡的研判。对此，不仅要重审理论，而且要保持客观态度。如将理

---

① Paul de Man. *The Resistance to Theory*. Minneapolis: University of Minnesota Press, 1986: 7.
② ［法］安托万·孔帕尼翁：《理论的幽灵：文学与常识》，吴泓缈、汪捷宇译，南京大学出版社2017年版，第7页。
③ ［美］斯坦利·费什：《读者反应批评：理论与实践》，文楚安译，中国社会科学出版社1998年版，第100页。
④ 同上，第129页。
⑤ ［美］文森特·B.里奇：《理论的终结》，王晓群译，《国外理论动态》2006年第7期第37页。

论视为当代诸种具体理论形态、运动与流派，必可预见到其终将告别历史舞台。然而，蕴含其中的某些特征无疑将会得以保留，诸如"二元概念的解构、交叉学科的书写和对歧视性的性别和种族规范的批判等"。①文森特·里奇进而认为理论理应具有未来且正以新的病毒形式对其所处时代与场所做出反应，并指明理论在其当前的框架中至少呈现出了如下蕴含，即："当代理论流派和运动的整个范围，以及它们的根源和在文化研究中的分支"，"普遍原则和传统做法以及在所有文学和文化研究中所作的自我反思"②，等等。

又如，卡勒对理论的研究，首先是界定了理论的范畴与特征。他指出，作为一种判断的理论呈现出跨学科、分析与推测、对常识予以批评以及自反性等特质。究其旨归，"理论既批评常识，又探讨可供选择的概念"。③针对理论之范畴与其研究空间而言，"理论是无范围的、无定形的，只要方法得当，几乎任何事情都可置于理论框架之中"。④其次是梳理了结构主义之后西方文论的状况。他在《论解构：结构主义之后的理论与批评》一书中，将结构主义之后的西方文学理论称为"理论"（theory）。在他看来，有关文学研究中理论过多的抱怨实际上谴责的是与文学几乎没有任何关系的非文学的讨论过多、综合性问题的争辩过多，某些被置于理论体系中的所谓"理论"并不探讨文学作品的区别性特征与方法论原则，从而偏离了文学理论之本原。诸多理论家的理论著述并未专事文学研究，而是仅限于牵强涉及而已。再次是把握后理论的发展趋势。卡勒认为，文学理论领域的诸种变化并非某种系统的改变，其实质应归因为优先权、特殊领域及其思考范畴的变迁。他将后理论视为宏大理论消亡之后的理论态势，认为理论自身并未消失，而是业已与文学融为一体，根本改变的是传统意义层面的理论之存在语境。基于此，他在《理论中的文学性》一书中指出，理论之所以不再热络，系因当今人文学科全部研究都无以摆脱某种理论框架，其作用也必然是基于此，理论此时已是极为寻常。由此，该书倡导将理论引向文学并在理论中对于文学现象加以阐明以实现自证，基于此清除为理论而理论等积弊，从而真正实现对文学理论的回归。

再如，詹姆逊对理论的研究，首先是梳理了理论的发展阶段与现实境遇。他将既有理论之发展历程划分为结构主义、后结构主义与政治领域等发展阶段，并且研判理论的第四个发展阶段将与建基于创造集体的相应主体理论形成

---

① ［美］文森特·B.里奇：《理论的终结》，王晓群译，《国外理论动态》2006年第7期第38页。
② 同上，第36页。
③ ［美］乔纳桑·卡勒：《文学理论入门》，李平译，译林出版社2008年版，第4页。
④ ［美］乔纳森·卡勒：《什么是文化研究？》，金莉、周铭译，《当代外国文学》2007年第4期第4页。

关联。理论层面的诸种现实状况指明，基于理论层面有所发现的英雄时代似乎业已终结。理论所处的现实情境是，表面上直接被称为"理论"的书写却同时都是或不是其所指之物。其次是剖析了理论的运作机制。他用艺术策展比喻理论的形成过程与操作范式，指出："从本质上来说，理论也是一个策展过程。我们从过去得到各种文本，比如亚里士多德和康德的著作，然后用一种短暂的汇聚形式把它们放到一起。吉尔·德勒兹是一位擅长此道的大师。这就像举办一场理论展览，把各种不同的事物相互拼插，然后再连接上另一种事物。"① 毋庸置疑的是，理论策展化是对理论传承发展的肤浅化甚或异化，因而不利于理论创新。再次是厘定了理论的范畴与限度。他明确指出，理论与哲学之间存在着差异与关联，"任何真正称得上哲学的东西都必须是一种形而上学。这正是为什么尼采难以捉摸的原因，因为我们不清楚他的东西是不是哲学。从这层意义上来说，尼采是第一位理论家"。② 此外，对有关阐释的理论遭受质疑的状况，他始终坚信自己的《政治无意识》中对阐释的划分并致力于予以拓展与深化。基于此，他针对抵制阐释学的现象指出："有人对能否使用'阐释学'一词表示犹豫，但我依然认为这个词没有错，虽然它总是给人一种向下深挖、寻找宝藏的感觉。"③ 这表明，阐释确有必要，但阐释并非漫无边际，而应阐释有度，否则会过犹不及。

目前，处于"理论之后"中的美国"理论"，为摆脱理论的盲点、矛盾与困境，对根深蒂固、积重难返的诸种问题提出了辩难。同时，又不断突破有关后理论时代的悲观预言，旨在为重振理论而寻求解危之道，为理论的发展与未来寻求可行性的路径。

二、基于全球化视域与世界文论的阐述

（一）全球化及其相应问题研究概况

20世纪末至今，在国际人文社会科学领域，关于全球化（globalization）、"共通体"（community）、"世界主义"（cosmopolianism）等关联议题业已成为热点题域。其中，作为一种话语体系的全球化也渐趋赢得普遍认同与共识。

针对全球化的状态、过程、趋势以及相应现象的研究颇为繁复、不一而足，各种观点纷呈且莫衷一是。"它既指一个过程，也指一种模糊的完成状态。全球化既是已经发生的事情，同时也是正在发生的事情，也许到完成还非常遥

---

① ［美］尼克·鲍姆巴赫、戴蒙·扬、珍妮弗·余：《重访后现代主义——弗雷德里克·詹姆逊访谈录》，陈后亮编译，《国外理论动态》2017年第2期第3页。
② 同上，第3-4页。
③ 同上，第6页。

远。"①究其特质而言,"全球化究竟是已被欧洲权力全球化了的资本主义现代性历史的最后一章,还是另外即将以任何具体形式出现的某个事件的开始,仍不甚清楚。然而,清楚的是全球化话语是对全球关系的不断变化的结构——新的统一和新的断裂——的回应"。②与之相应而言,依据全球化时代的文化身份来说,"全球化的跨国移民文化已将民族的'文化复杂性'强加在民族意识之上。民族借由对民族'文化复杂性'的认可,成为一种认同来源和团结单位,这带来对公民身份的又一冲击。'文化公民身份'此前指的是参与普遍共享的支配性民族文化的权利,现在却指族群对其自身文化(和语言)的权利。"③全球化在不同层面所引发的探讨与争论,表明了其毋庸置疑的巨大影响,对文论理论而言同样不可回避。

有关"全球化"及其本质与特征的界定复杂且矛盾。大致而言,全球化意味着某种程度上二元悖论式的对立统一,体现于中心与边缘的模糊,本土与异乡的疏离,同一与差异的较量,联合与解体的重建。在这里,任何一方的消长都反衬出他者的限域。"世界范围内的社会关系的强化,这种关系以这样一种方式将彼此相距遥远的地域连接起来,即此地所发生的事件可能是由许多英里以外的异地事件而引起,反之亦然。"④由此,全球化并非囿于单项推进或平衡发展,而是摒弃了民族主义、孤立主义与沙文主义,在从分散、隔离向统一、完整过渡的进程中,呈现为全球化与本土化、全球化与地域化、全球化与其悖反论断、东西方的中心与本位之争、霸权主义与民族主义等诸种论争交互作用的多层次与全方位的整合发展,进而开启了世界维度中诸国之间相互依存并实现对话的范式。

"9·11事件"之后的美国学界,诸多学者对全球化问题的研究发生了转向,不再囿于有关全球化过程的研讨,也不再局限于有关国家与地方的相互作用、诸国的同一因素与国家及地方间关系等层面问题的抉择与论争,而是将有关全球化的话语体系转向激烈的批判,关注并重审美国在全球化过程中的霸权主义以及相应诸种问题。与之相应,全球化被视为世界范围内的政治、经济、科技、文化、生态环境以及信息资讯协同发展,互补互动且不可分割的取向。于是,全球化维度中的性别、族裔、流散、生态、后殖民以及文学研究等研究

---

① [美] J. 希利斯·米勒:《全球化对文学研究的影响》,王逢振译,《文学评论》1997年第4期第72页。
② [美] 阿里夫·德里克:《后革命氛围》,王宁译,中国社会科学出版社1999年版,第5页。
③ [美] 阿尔君·阿帕杜莱主编:《全球化》,韩许高、王珺、程毅等译,江苏人民出版社2016年版,第275页。
④ [英] 安东尼·吉登斯:《现代性的后果》,田禾译,译林出版社2000年版,第56-57页。

范畴得以拓展与深化。例如，针对全球化对文学研究的影响以及后者在相应语境中之意义转变的阐释颇多。迈克尔·哈特（Michael Hardt）、安东尼奥·内格里（Antonio Negri）的《帝国》①《诸众》②等著述通过文学政治学视野为文学批评介入国际关系提供了理论依据；米勒进而认为，全球化的直接结果表现为民族国家的衰落、新型电子设备引发的变革、超空间团体的形成、人类感性体验的变异与新型超时空人的生成、传统意义层面文学之作用的衰减以及文化研究的迅速兴起等。再有，全球化语境中有关主体性、他者性与世界主义等问题的考察逐渐拓展与深化。例如，"世界主义"（cosmopolitanism）这一可溯源至古希腊的概念重现于21世纪的学术空间并成为社会学、哲学、政治学以及文学研究等领域的热议论题且著述颇丰。③

毋庸讳言，对于全球化的反思与质疑始终伴随于其发展进程，批判全球化引发的世界文化标准化、同质化趋向致使特定种族－民族的生活方式遭到破坏等现象，在文论领域均有不同程度的体现。

（二）全球化与区域化

因全球化的深入呈现为区域性发展逐步扩大的动态过程，所以全球化语境中区域文化与地方性知识的危机焦虑与防御意识不免随之增强。事实上，与全球化的深入发展相适应，区域主义已经成为全球化的本质构成，而非全球化的发展结果。尽管它与全球主义并不时时相向而行，但归根结底二者是一致的。④与之相应，在全球化时代的文学研究中全球性因素与地域性始终并存，理论源自特定的区域文化并在跨文化译介与传播中不断得以修正、完善与拓展。米勒认为，全球化时代，在全球主义与区域主义的共同作用下，文学研究发生了新变化，走向了"全球区域化"，从而使其地域性与全球性同时显现。⑤由此看来，全球化时代，某一独特的区域文化／文学即是诸种理论生成之源，然而理论旅行与拒绝旅行的文学不断相遇、冲撞，确实导致文学研究不可避免地步入"全球区域化"新阶段。

---

① Michael Hardt, Antonio Negri. *Empire*. Cambridge, Mass.: Harvard University Press, 2001.
② Michael Hardt, Antonio Negri. *Multitude*: *War and Democracy in the Age of Empire*. London: Penguin Books, 2004.
③ 有关世界主义的研究著述参见 Kwame Anthony Appiah.*Cosmopolitanism*: *Ethics in a World of Strangers*. New York: W. W. Norton & Company, 2007; Ulrich Beck, Edgar Grande.*Cosmopolitan Europe*. Cambridge: Polity, 2007；等等。
④ ［美］阿尔君·阿帕杜莱主编：《全球化》，韩许高、王珺、程毅等译，江苏人民出版社2016年版，第258-259页。
⑤ ［美］J.希利斯·米勒：《土著与数码冲浪者——米勒中国演讲集》，易晓明译，吉林人民出版社2004年版，第116页。

针对文化地理学层面而言，文学地域性问题的复杂性渐趋显现，反映在肯定全球化普遍性的同时，又提出了具有底线标准的认可条件，即不予丧失文学中内在的可辨识的地方特性，这可被看作是对全球性的一种有限抵抗。人们行为方式的地方特性极为普遍，即便是初到的外来者留居某一特定地区，也会形成被地区同化的行为方式，"结果是地区为人们提供了一个系物桩，拴住的是这个地区的人与时间连续体之间所共有的经历。随着时间的堆积，空间成了地区，它们有着过去和将来，把人们捆在它的周围。这种活的联系把人们与地区系在一起，它让人们为自己定义，让人们与其他人共同经历并组成各个社区"。[1] 基于此，美国学界的相关研究也表明，在美国国内，对文学如何体现美国的地方性同样争论不休，这是地域主义在该国文论领域的反映，以文学表征的方式呈现出来。[2] 由此可见，在全球化的冲击下，捍卫文学地域性不仅对非西方国家的文论领域而言显得日益重要，而且也引起了美国等西方学界的重视。

依据美国学界的文学地域主义批评来看，1994年，詹姆逊的《时间的种子》明确提出了文学地域主义批评[3]。他认为马克·奥热（Marc Auge）的"非场所"（non-place）论是一种很有价值的描述方式，"可以描述某种既非全球的亦非地方的、但却肯定有寓意的事物"。[4] 基于此，他将全球化的影响厘定为五个层面，即纯技术层面、政治后果层面、文化形式层面、经济层面与社会层面。与之相应，美国有关文学地域主义研究的著述相继问世，主要包括:《美国女性地域主义作家：诺顿选集》[5]《批评的地域主义与文化研究：自爱尔兰至美国中西部》[6]《文学中的地方：地域、文化和群体》[7]《格格不入的书写：地域主义、女性、美国文学文化》[8]《国际视域．美国的地域主义及其文学价值》[9]《寻求美国文学与文

---

[1] [美]迈克·克朗:《文化地理学》，杨淑华译，南京大学出版社2005年版，第96页。

[2] Philip Fisher. *The New American Studies*: *Essays from Representations*. Berkeley: University of California Press, 1991: xii.

[3] Fredric Jameson. *The Seeds of Time*. New York: Columbia University Press, 1996: 15-19.

[4] [美]尼克·鲍姆巴赫、戴蒙·扬、珍妮弗·余:《重访后现代主义——弗雷德里克·詹姆逊访谈录》，陈后亮编译，《国外理论动态》2017年第2期第9页。

[5] Judith Fetterley and Marjorie Pryse, eds. *American Women Regionalists*: *A Norton Anthology*. New York: W. W. Norton & Co Inc, 1995.

[6] Cheryl Temple Herr. *Critical Regionalism and Cultural Studies*: *From Ireland to the American Midwest*. Gainesville: University of Florida Press, 1996.

[7] Roberto M. Dainotto. *Place in Literature*: *Regions, Cultures and Communities*. Ithaca, NY: Cornell University Press, 2000.

[8] Judith Fetterley, Marjorie Pryse. *Writing Out of Place*: *Regionalism, Women, and American Literary Culture*. Urbana: University of Illinois Press, 2003.

[9] Tom Lutz. *Cosmopolitan Vistas*: *American Regionalism and Literary Value*. Ithaca, NY: Cornell University Press, 2004.

化的地域：现代性、异议与创新》①《国家的地方：南方现代主义、种族隔离与美国的民族主义》②《批评地域主义：美国风景中的政治与文化的关联》③，等等。

综上，当代世界的全球化具有诸种显著特征，呈现出新的全球化因素取代旧的全球化因素的不断新陈代谢、优胜劣汰的复杂辩证过程。虽然英国脱欧等事件引发了去全球化或者抵制全球化的论证，但全球化无疑是一种不可逆转的历史发展趋势，只是以非线性的发展方式向前推进。现实的全球化作为复杂的综合整体，不仅推动了同质性，而且催生了新形态的差异性，是一体化与分裂化、集中化与分散化、国际化与本土化的矛盾统一体。鉴于国际环境与发展态势的多元复杂，有关全球化的论战及其相应理论与实践必将持续存在与发展。

（三）阿尔君·阿帕杜莱的《全球化》

阿帕杜莱（Arjun Appadurai）主编的《全球化》收录了18篇论文，汇集了多个国家的10余位知名学者针对全球化问题的研究成果。该选集自问世以来，从被各国的各类著述与文章反复引述与阐释来看，确实影响较大。鉴于此，以下通过考察该选集所涉及的全球化的概念、维度以及全球化与区域化的关系等问题，探讨其在理论观念、批评范式与撰著方法等方面所呈现出的诸种特征。

该选集的英文原版出版于2000年，身为美国印度裔学者的主编阿帕杜莱既秉持独特的全球与本土交汇视野，又通晓人类学文献，且对现代性与后现代性等问题深有研究。该选集立意不凡地收录了诸多学者围绕全球化的诸种热点问题而撰写的文章，突破了既有研究的限域，广涉全球化的概念、维度以及全球化与区域化的关系等问题。

1. 全球化的内涵与发展轨迹

编纂该书之前，阿帕杜莱曾出版专著《消散的现代性：全球化的文化维度》④，其中重申了既有有关全球化的观点。例如，加拿大传播学家、媒介环境学的开山祖师马歇尔·麦克卢汉（Marshall McLuhan）曾将人类生活的世界予以理论化考察，并称为"地球村"（global village），此种观念在全球化研究领域产生了重要影响。鉴于此，阿帕杜莱批评类似理论高估了新媒体秩序下的社群主义意涵，进而不无新意地指出：如今的世界似乎是根状茎式的，甚至是精神分

---

① Robert Jackson, *Seeking the Region in American Literature and Culture: Modernity, Dissidence. Innovation.* Baton Rouge: Louisiana State University Press, 2005.

② Leigh Anne Duck, *The Nation's Region: Southern Modernism, Segregation, and U.S. Nationalism.* Athens: University of Georgia Press, 2006.

③ Douglas Reichert Powell, *Critical Regionalism: Connecting Politics and Culture in the American Landscape.* Chapel Hill: University of North Carolina Press, 2007.

④ Arjun Appadurai, *Modernity at Large: Cultural Dimensions of Globalization.* Minneapolis: The University of Minnesota Press, 1996.

裂式的：一方面召唤出理论去解说无根、异化及个人与群体之间的心理距离，另一方面营造着电子媒介下亲密感的幻想或噩梦。由此，"我们现在明白，由于媒体的存在，每当我们想说全球村时，必须要记得媒体创造的社群是'无地域感的'（no sense of place）"。① 基于此，选集对于全球化的基本内涵、理论观念与操作实践进行了梳理与阐述。

一方面，依据基础研究而言，该选集厘定全球化的概念指向。基于该选集的编撰理念，"全球化"不是空泛的术语，也不应该是含混的概念，因而亟待予以梳理，从而划定其涉及领域、厘定其理论观点与研究方法。鉴于此，该选集中的《全球化的史前史：变化中的切尔卡西亚身份》一文指出：五花八门、无所不包的全球化，渐已获得了其关乎各种进程并指向未来的共识，同时它拒绝与线性、目的论与可预测性相联系，"全球化强烈地表达了'我们生活在一个已有的世界/一个未知的世界'，把握了总处在新生前夜的世界的间性本质"。② 这无疑表明在阿帕杜莱看来，全球化是一个具有复数意义、涵盖人类进入新纪元的诸种现象、诸种问题、诸种维度互为交织的开拓性论题，预示着世界不可逆转的新变和走向高度互联、互为依赖的开始，同时打开了一个令人憧憬与深感不安并存的未知世界，因而需要我们予以理性审视与深刻把握。对此，也有学者表达出不同意见，认为全球化并非始自20世纪90年代，而从世界发展的大历史观来看，从人类开始大规模迁徙与相遇之际即已发生，即早期世界历史的形成即是全球化的开端，从而将全球化的历史追溯到遥远的过去。

另一方面，针对实践研究来看，该选集关注全球化的发展趋势。其中指出，全球化的来源众多且其所带来的诸多问题也令诸种领域的学者深感忧虑，诸如因大量增加的财富集聚更不均衡而造成新的不平等，诸如对民族国家的冲击、资本对文化民主的觊觎以及历史的大尺度转向等等。基于此，该选集依据全球化的诸种发展领域展开了具体阐释。其中，《草根全球化与研究的想象力》一文针对"草根全球化"的现实境遇与发展走向指出：草根全球化所面临的最大障碍是其核心行动者对于全球化缺乏一个清晰的认识，因为"致力于建构一个跨国网络以推进其利益的草根全球化运动还没有看到，这种草根全球化或许可以产生区位上的、信息化的和政治化的弹性（flexibility），后者目前正被全球公司

---

① ［美］阿尔君·阿帕杜莱：《消散的现代性：全球化的文化维度》，刘冉译，上海三联书店2012年版，第24页。

② ［美］阿尔君·阿帕杜莱主编：《全球化》，韩许高、王珺、程毅等译，江苏人民出版社2016年版，第199页。

及其国家 – 市民（state-civic）同盟所垄断"。① 这提示说明，全球化的发展过程中不无问题且并非一帆风顺，其中国际主义与国家主义、公平发展与垄断掠夺、民主正义与专制霸权等仍处于激烈博弈之中，这些问题必然导致全球化以一种非线性方式推进。

2. 全球化的维度

该选集所收论文的作者来自欧洲、亚洲与非洲的多个国家，他们身份多元，包括人类学家、历史学家、文化评论家、艺术家、摄影师以及制图师等。他们的研究对象各异，规模与形式也不尽相同。然而，毋庸讳言的是，他们的研究以及相关论战都是基于不同层面针对有关全球化的若干前沿论题而展开的。与之相应，该书依据全球化多维度的结构模式与发展进程，广涉政治、经济、文化、生态、历史、地理、心理与社会等诸种学科与研究领域，涵盖了全球化问题的诸多层面，例如，领土争端、主权政治、地图制作、媒体言说、未来伦理、表象经济、世界音乐以及妇女权利等。

编者阿帕杜莱区分了全球化语境下诸种组织以及扰乱全球潮流的想象景观，即种族景观、媒介景观、技术景观、金融景观以及意识形态景观等。基于此，该选集其他作者普遍认为阿帕杜莱理论化了一个错综复杂的全球互动体系，承认其始终存在内在阻力与多重抵抗，因而并未将全球化视为一个同质化、均质化或无差异的现象或论其优劣，而是将其看作一种组织异质化的方式，对此予以了回应与深入探讨。由此，该选集数篇文章论及全球化作为不可逆转的世界潮流所日益呈现出的多元景观，针对全球化的多重维度进行了阐释。

以全球化文化维度的研究为例，在阿帕杜莱看来，"当今全球文化的核心特质，在于相同与差异相互作用、彼此吞噬，从而各自声称自己成功操纵着耀武扬威的统一性与恢复活力的特殊性这一对孪生启蒙观念"。② 由此，该选集运用翔实而生动的众多范例展现了全球化一方面在一定程度上消解了文化认同，而在另一方面则又扩散了文化身份等双重效用。例如，该选集中的《经济现代性的矛盾性发明》的作者让 – 弗朗索瓦·巴亚尔基于文化的本质问题指出，文化既非固定不变，亦非天生而成，而是人为所发明而来，故此"以至于任何试图定义正宗的、土著的或传统的东西的努力都是徒劳的"。③ 荆子馨则依据全球语

---

① ［美］阿尔君·阿帕杜莱主编：《全球化》，韩许高、王珺、程毅等译，江苏人民出版社 2016 年版，第 19 页。
② ［美］阿尔君·阿帕杜莱：《消散的现代性：全球化的文化维度》，刘冉译，上海三联书店 2012 年版，第 37 页。
③ ［美］阿尔君·阿帕杜莱主编：《全球化》，韩许高、王珺、程毅等译，江苏人民出版社 2016 年版，第 297 页。

境表明,"文化的全球化明显属于全球交流和全球市场的巨大扩张和延展。事实上,人们可以认为,全球化几乎迅速且可见地在如下语境下进行:各种关系是通过符号而不是物质产品得到调解的。然而,不管全球化当中经济和文化的本质(且辩证)的关系如何,文化进程的理论基础初看上去似乎和经济发展的空间化并不一致"。① 这说明全球化在不同维度的发展并不均衡,其政治、文化与社会维度,与经济维度相比而言存在较大的差异性与非同步性。

3. 全球化与区域化

世界格局中的全球化进程中本土化或区域化并未消解,而是日益共同呈现出依存、渗透、互补与融合的繁复联系。正如与萨义德、斯皮瓦克同被誉为后殖民理论"三剑客"、对全球化时代后殖民批评深有研究的霍米·巴巴所指出的,在全球化世界中,要凭借"叙事的权利"获取身份认同,重新认识公民"象征身份"以及对归属感迷思,进而更好地理解他者乃至世界的历史与地理环境。② 鉴于此,该选集基于问题意识,对全球化与区域化之间的关系予以设问,诸如全球化与区域主义的关系、全球化何以必然导致区域化、区域主义何以产生多重关联、区域主义文化何以可能等问题。由此,该选集基于多重层面梳理与阐释了全球化与区域化之间的诸种联系、紧张关系以及区域文化如何图存等问题。

首先是针对全球化与区域化之间关系的考察。例如,该选集中的《区域全球化,全球区域化:晚期资本时代的大众文化与亚洲主义》基于区域化之于全球化与本土化的作用指出,如将全球化视为一个空间进程,本土化即为地方特殊性,而区域则是介于二者之间的地带,"是一种地缘政治的现实和一种被建构起来的话语性,它既在其跨国的去地域化当中被空间化,也在一种历史性发明的地理学所限制的特殊形构中被重新地域化"。③ 此外,该文还通过描摹全球化与区域化的互补进程表明,"不同的区域化是整合和协作的必然相似的进程。"④ 又如,该选集中的论文《草根全球化与研究的想象力》展现了作为区域之集合的世界图景,指出:"决定我们的区域研究的当前图景的大区域不是永久性的地理学事实,而是可以用于全球的地理与文化过程研究的问题式启发性装置(devices)。"⑤

---

① [美]阿尔君·阿帕杜莱主编:《全球化》,韩许高、王珺、程毅等译,江苏人民出版社2016年版,第267页。
② [印度]霍米·巴巴、张颂仁、陈光兴、高士明:《全球化与纠结:霍米·巴巴读本》,上海人民出版社2013年版,第14页。
③ [美]阿尔君·阿帕杜莱主编:《全球化》,韩许高、王珺、程毅等译,江苏人民出版社2016年版,第259页。
④ 同上,第266页。
⑤ 同上,第8页。

其次是依据研究范式的辨析。例如，阿帕杜莱认为，区域研究是一把"双刃剑"，一方面它可作为学者们的避风港，针对全球社会文化变迁展开出位之思；另一方面其倾向于狭义文献学的特质又使其往往过度认同于自身专精的领域。因此，区域研究作为为数不多的砝码之一，可平衡美国学术界、乃至更广泛的美国社会持续将世界大部分边缘化的趋势。鉴于此，在他看来，在全球化语境中开展区域研究的意义在于，全球化的深层化程度呈现着地方化的发展进程，由此应对特定区域的地理、历史及其语言状况予以深入探究。基于此，他在该选集的《草根全球化与研究的想象力》一文中指出当前存在的区域研究范式的困难在于"它倾向于把一个具有明显稳定性的特定构造布局误解为空间、领土和文化组织的永久性联合"。①

再次是基于当下语境的前景剖析。阿帕杜莱在该选集中立足当前的国际环境指出：不同的区域化因包含了复杂的利益并具备了相应的能力，互促共进建构世界图景，从而推动了全球化进程。因此，区域研究必须考虑到区域关系中的世界层面，这种考虑对于学术研究的国际化是至关重要的前提，尤其是当研究对象自身业已具有国际的、跨国的或全球的向度，且对人类科学利益攸关时。此外，该选集的《区域全球化，全球区域化：晚期资本时代的大众文化与亚洲主义》一文则基于目前的现实状况指明国际体系中区域维度的特征，认为区域主义既遭到民族自主性的侵蚀，又受到资本主义的去区域化的抑制，基于调适策略而重新地域化，"然而，恰恰因为区域主义的暂时性和调解的地位，它们必须同它们所属的更大的国际体系建立关系，也同构成它们的不同民族体系建立关系"。②

总之，该文集通过诸篇文章兼具理论阐发与案例分析所形成的合力为全球化的文化研究建构了崭新的框架，展示了全球化的理论基础与延展空间。

综上，当代世界的全球化具有诸种显著特征，呈现出新的全球化因素取代旧的全球化因素的不断新陈代谢、优胜劣汰的复杂辩证过程。虽然英国脱欧等事件引发了去全球化或者抵制全球化的论证，但其无疑是一种不可逆转的大趋势，现实的全球化作为复杂的综合整体，不仅推动了同质性，而且催生了差异性，是一体化与分裂化、集中化与分散化、国际化与本土化的矛盾统一体。鉴于国际环境与发展态势的多元复杂，有关全球化的论战必将长期持续。

---

① ［美］阿尔君·阿帕杜莱主编：《全球化》，韩许高、王珺、程毅等译，江苏人民出版社 2016 年版，第 8 页。

② 同上，第 265 页。

（四）世界文学与文论

20 世纪 70 年代，美国历史学家、社会学家伊曼纽尔·沃勒斯坦（Immanuel Wallerstein）等倡导的世界体系理论（World System Theory）在美国兴起，该理论对世界文学研究领域的体系建构形成产生了直接影响。21 世纪以来，就世界文学理论体系的构建而言，理应"将全球化理解为一个表明文学研究自身体制或学科诉求的过程"①。与之相应，呈现出抽离西方经验与世界文学的联系，虑及世界各个国家与区域文学状况，注重世界文论对世界一体化进程的助力与影响等发展趋势。有关世界文学与文论的理论阐释包括帕斯卡尔·卡萨诺瓦的空间说、弗朗哥·莫莱蒂的问题说，以及大卫·达姆罗什的流通说等。

首先，诸位西方文学研究者开始关注跨国文学事件与世界文学经验。例如，希利斯·米勒基于歌德有关世界文学的预言及其文学书写表明，正如歌德的《西东合集》《中德四季晨昏杂咏》委实彰显出诸种民族文化元素与新创主体特质，基于此，在本国文化空间内接受外国作品实为惯例，而本国族文学因与域外文学相遇而产生的融新现象，只会是一种极有价值的增益。进入 21 世纪，世界文学在全球化的搅动下深入发展，其相关研究呈现出复兴之势。② 与此同时，新兴的世界文学学科被视为挽救文学研究颓势的最后努力，而基于全世界范围的文学研究在相应学科与领域则成了理解全球化的方式之一。③

其次，诸种版本的国际知名世界文学作品选，其中有初版、再版或扩版，都将选篇范围拓展至囊括欧洲、美洲、亚洲以及非洲的文学作品。例如，《朗文世界文学作品选》（2004）④、《贝尔福德世界文学作品选》（2006）、《诺顿理论与批评选》（2018）等。其中，《诺顿世界文学名著选》1956 年首版选入作品的 70 余位作家集中于欧洲与北美。2004 年，第七版更名为《世界文学作品选》，所选 500 余位作家归属于数十个国家；《朗文世界文学作品选》2004 年初版、2008 年再版，收录了 60 多个民族、国家与地区的 230 余位作家的 1000 余部作品。目前，国际权威的世界文学作品选尽管仍以西方文学作品为主，但向非西方国家文学作品拓展的趋势越来越明显。

再次，有关全球化时代的世界文学与文论的著述与论文集相继出版。例

---

① Suman Gupta, *Globalization and Literature*. Cambridge, UK：Polity Press, 2009：65.
② ［美］希利斯·米勒：《作为全球区域化的文学研究》，《社会科学辑刊》2002 年第 1 期第 129 页。
③ J. Hillis Miller. *Globalization and World Literature*. NeoheLicon，2011（38，2）：253-254.
④ David Damrosch, et al., eds. *The Longman Anthology of World Literature*. New York：Pearson Longman, 2004.

如，《什么是世界文学》①《曲线、地图、谱系：文学史的抽象模式》②《全球化时代的比较文学》③《图绘世界文学：国际经典化与跨国文学》④《世界文学的观念：历史与教学实践》⑤《如何读世界文学》⑥《理论中的世界文学》⑦，等等。其中，弗朗哥·莫莱蒂（Franco Moretti）的《曲线、地图、谱系：文学史的抽象模式》⑧借鉴达尔文进化论、物种起源论与世界体系论，以树状结构与波浪的交错运动隐喻世界文学的发展态势。达姆罗什的《什么是世界文学》将世界文学视为一种超越原初文化起源地进入流通的模式，是对民族文学的椭圆形折射，是基于翻译而获益的作品，也是跨越时空与世界沟通的一种阅读模式与公共空间。由此，该书提出世界文学经典层级分类说，即：将世界文学经典划分为三个层次，分别为"超经典"（hypercanon）、"反经典"（countercanon）与"影子经典"（shadow canon）。此外，比较文学学科领域的《一门学科之死》⑨《翻译地带：一种新的比较文学》⑩等著述也详尽阐释了世界文学与文论层面的相关问题。其中，加亚特里·查克拉沃蒂·斯皮瓦克（Gayatri C. Spivak）的专著《一门学科之死》批判了比较文学学科层面的西方中心论与地域中心观，将研究维度拓展至跨越边界的集体与星球性问题。

此外，针对全球化维度中美国文论的跨国研究而言，呈现出基于内外部层面的双向考察模式。其中内部研究包括对美国文学与文论层面的土著、亚裔、拉美裔相应现象与问题的探究，外部研究立足文化帝国重审欧洲中心主义与全球中心主义，进而向全球化语境中的世界文学与文论延拓。总体而言，旧式的、独立的民族文学研究正渐趋为具有多语言特质的比较文学或以全世界为范围空

---

① David Damrosch. What Is *World Literature*. Princeton and Oxford：Princeton University Press, 2003.
② Franco Moretti. *Graphs, Maps, Trees*：*Abstract Models for Literary History*. London：London Verso, 2005.
③ Haun Saussy, *ed. Comparative Literature in an Age of Globalization*. Baltimore：The Johns Hopkins University Press, 2006.
④ Mads Rosendahl Thomsen. *Mapping World Literature*：*International Canonization and Transnational Literature*. London：Continuum, 2008.
⑤ John David Pizer. *The Idea of World Literature*：*History and Pedagogical Practice*. Baton Rouge：Louisiana State University Press, 2006.
⑥ David Damrosch. *How to Read World Literature*. New Jersey：Wiley-Blackwell, 2008.
⑦ David Damrosch. *World Literature in Theory*. New Jersey：Wiley-Blackwell, 2014.
⑧ Franco Moretti. *Graphs, Maps, Trees*：*Abstract Models for Literary History*. London and New York：Verso, 2005.
⑨ Gayatri C. Spivak. *Death of a Discipline*. New York：Columbia University Press, 2003；［美］加亚特里·查克拉沃蒂·斯皮瓦克：《一门学科之死》，张旭译，北京大学出版社 2014 年版。
⑩ Emily Apter.*The Translation Zone; a New Comparative Literature*. Princeton and Oxford：Princeton University Press, 2005.

间的英语文学研究所取代。① 同时，对于纷繁复杂的全球化文论发展状况予以问题反思与出路探求。例如，马丁·普契纳认为，尽管世界理论有可能成为文学的一般理论，但却未能解决世界范畴内诸种类型的混乱状况。基于此，应针对文学本体论的相应概念予以更好的理解。②

总之，尽管有关"世界文论"的研究尚无明确与完整的标准与方法，但既有相关研究的确基于全球化视域在研究对象与理论框架等层面改变了该领域旧有的跨文化交流路径与方式，呈现出诸种新形态与新范式，从而在一定程度与某些层面上促进了相应研究的渐趋深入。

三、依据文化研究与文化批评相关问题的考察

如果说文化是使某个民族不同于其他民族的思维与行为模式的体现③、文化多样性必然会导致诸种文化之间的战争④，相应现象在美国的文化体系中尤为明显，进而为其文论的多元特质提供了思想资源与文化支持。

纵观美国文化研究的发展历程，约翰·杜威（John Dewey）等的实用主义哲学思想、民众有关文化与民主发展的思想传统，都为文化研究在美国所开展的对话奠定了基础。⑤20世纪50年代关于大众文化、大众社会以及极权社会等一系列问题的考察促进了美国文化研究的初步形成。21世纪以来，文化研究与高等教育的加速瓦解以及日益增强的全球化趋势相契合，其特质之一即为无所不在的大众文化的诸种呈现。⑥基于此，"文化研究是后现代学科（postmodern discipline）最精华的部分，是一个交叉的、混合的领域，一个创新的大熔炉"。⑦鉴于该国的文化研究作为一种跨越性的"后"学科，其崛起即是建基于对其他学科的研究对象与相应画地为牢之局限的质疑。文化研究似乎可选取任意学科

---

① ［美］J. 希利斯·米勒：《全球化对文学研究的影响》，王逢振编译，《文学评论》1997年第4期第77页。

② ［美］马丁·普契纳：《世界文学与文学世界之创造》，汪沛译，《学习与探索》2011年第2期第216-217页。

③ ［美］鲁思·本尼迪克特：《文化模式》，张燕、傅铿译，浙江人民出版社1987年版，第45-46页。

④ ［法］阿兰·图海纳：《我们能否共同生存：既彼此平等又互有差异》，狄玉明、李平沤译，商务印书馆2003年版，第244页。

⑤ 史岩林、张东芹：《文化研究的跨学科性与全球化——美国格罗斯伯格教授访谈》，《文艺理论研究》2011年第1期第41页。

⑥ ［美］文森特·B.里奇：《理论的终结》，王晓群译，《国外理论动态》2006年第7期第38页。

⑦ 郝桂莲、赵丽华、［美］文森特·里奇：《理论、文学及当今的文学研究——文森特·里奇访谈录》，《当代外国文学》2006年第2期第148-149页。

的研究对象,并既把相应对象视作是语境的,又将其看作是话语的。^①由此,"文化研究的一个首要目的就是文化批判"^②。例如,美国跨文化传播理论与实践领域的重要刊物、《跨国/跨文化传播研究年刊》(International and Intercultural Communication,创刊于1974年)自2008年起由年刊转为季刊(Journal of International and Interrcultural Communication),办刊宗旨与刊发目标由注重批判欧洲中心论拓展至批判西方中心论。与之相应,"文学理论不再是崭新的、革命性的物什,而是已与文化研究等形成一种剪不断、理还乱的关系"。^③文化批评(Cultural Criticism)领域的文学研究拓展固有的文学批评,将文学置于文化语境考察,采纳不同领域的理念、范式与方法。由此,既有文学批评依据时代的社会文化状况与文本形态的变迁形成了显著的调整与变化。

针对诸种文化理论而言,文化普遍主义、文化相对主义以及后殖民主义等都在美国学界得以广泛与深入地研究。其中,有关文化多样性(Cultural Diversity)、文化多元主义(Cultural Pluralism)与多元文化主义(Multiculturalism)等文化理论与社会思潮及实践运动的论争频仍。多元主义是美国强劲的文化理论思潮与声势浩大的社会实践运动,基于该国社会文化群体与多重文化结构中历史悠久的外来移民文化传统、复杂的多民族与族裔构成,以及显著的民族文化差异,体现在历史观念、文化结构、教育理念、价值标准、公共政策与意识形态等层面。美国是多元文化主义的策源地之一,其文化素以融合性与多元性等特征著称,呈现出由超验主义、激进主义、实用主义、自由主义、个人主义以及反智主义共同构成的多样模式文化景观。多元文化主义涉及社会、法律、道德与艺术等诸多领域的文化价值诉求,呈现为保守多元文化主义(Conservative Multiculturalism)、自由多元文化主义(Liberal Multiculturalism)、多元论者多元文化主义(Pluralist Multiculturalism)、批评性多元文化主义(Critical Multiculturalism)以及左派本质主义者多元文化主义(Left-essentialist Multiculturalism)^④等复杂形态,"以多样性、多元性和异质性之名抛弃单一和同质;依据具体、特别和特殊拒斥抽象、一般和普遍;通过突出偶然性、临时

---

① 史岩林、张东芹:《文化研究的跨学科性与全球化——美国格罗斯伯格教授访谈》,《文艺理论研究》,2011年第1期第39页。
② Vincent B. Leitch. *Cultural Criticism, Literary Theory, Poststructuralism*. New York: Columbia University Press, 1992: 8.
③ 王晴、黄锐杰:《文学理论和批评对于学生理解世界非常必要》,《文汇报》2012年1月30日A版。
④ Gary Gerstle. *American Crucible: Race and Nation in the Twentieth Century*. Princeton and Oxford: Princeton University Press, 2002: 3–26.

性、可变性、试验性、转换性和变化性实行历史化、语境化和多元化"。① 与此同时，也应注意到，多元文化主义的矛盾与弊端也遭到了批判与质疑。例如，艾伦·布鲁姆（Allan Bloom）的《走向封闭的美国精神》②，萨缪尔·亨廷顿（Samuel Huntington）的《我是谁》③，哈罗德·布鲁姆（Harold Bloom）的《西方正典》等著述，针对多元文化主义的意识形态性与其去意识形态化、去道德化的唯美主义的文学价值观之间的矛盾，多元文化主义对美国文化的内核、政治价值观、国家信念、共通历史及其共同语言的侵蚀等，提出了质疑与批判。

四、对于理论中的文学本体因素研究

（一）文学本体因素研究概况

美国学界诸多相关学者普遍认为，文学的兴亡是当代美国文论领域的焦点问题。出于对文学式微的担忧，哀叹文学消亡的著述屡见不鲜，例如，《文学的兴亡：重构英文学科》④《文学之死》⑤《文学之丧：社会议程和人文学科的堕落》⑥，等等。由此，有关文学本质问题的论争随之出现，拒绝对文学进行任何形式的本质建构等，甚或认为"何谓文学"不成其为一个问题，因其自身业已包含着答案。鉴于此，所谓的"文学本质"仅仅是被"自定义"了的某种"虚构"，为文学厘定了独立领域并赋予其功能，但同时又不加甄别地将文学纳入其他社会活动当中。⑦ 主张反本质主义的学者，如理查德·罗蒂则宣称，"本质主义者把经典的地位看作一种暗示，暗示着与永恒真理之间有一个纽带，把缺乏对经典著作的兴趣看作道德缺陷，然而功能主义者认为，经典的地位跟读者的历史处境和个人处境一样，是可以改变的"。⑧ 美国学界基于文学本体因素对文学理论的反思与重构主要体现在如下层面：

---

① ［美］科内尔·韦斯特：《新的差异文化政治》，罗钢、刘象愚译，载《文化研究读本》，中国社会科学出版社2000年版，第145页。

② Allan Bloom. *The Closing of the American Mind: How Higher Education Has Failed Democracy and Impoverished the Souls of Today's Students*. New York: Simon & Schuster, 1988.

③ Samuel P. Huntington. *Who Are We?: The Challenges to America's National Identity*. New York: Simon & Schuster, 2005.

④ Robert Scholes. *The Rise and Fall of English: Reconstructing English as a Discipline*. New Haven: Yale University Press, 1998.

⑤ Alvin Kernan. *The Death of Literature*. New Haven and London: Yale University Press, 1992.

⑥ John Ellis. *Literature lost: Social Agendas and the Corruption of the Humanities*. New Haven and London: Yale University Press, 1999.

⑦ ［加］马克·昂热诺、［法］让·贝西埃、［荷兰］杜沃·佛克马：《问题与观点：20世纪文学理论综论》，史忠义、田庆生译，百花文艺出版社2000年版，第147-148页。

⑧ ［美］理查德·罗蒂：《哲学、文学和政治》，黄宗英译，上海译文出版社2009年版，第124页。

首先是反思文学与其他学科之间的混同现象。例如，大卫·辛普森（David Simpson）倡导"文学统治"论，剖析关注如何有效地将文学批评方式转入其他学科的研究范式，进而指出："非文学学科正逐渐被它们自己的极端分子对文学方法的再传播所殖民化了。"① 又如，马克·爱德蒙森（M. Edmundson）表明，理论与批评表面上的圆满存在方式与其无法反驳性，实际上忽视了"批评补偿原则"的存在。再次，如若分析性阅读达至一定程度、术语系统将文本包围到一定程度，阅读对文本的僭越达到一定程度，研读者便放弃了自身被文本阅读的可能性。② 由上可见，文学批评并非不可借用其他学科研究范式，但必须服务于阐释文学文本这一中心，倘若过度充斥其他学科理论化便会得不偿失，进而违背激发文本阅读的初衷。

其次是对形式主义的延拓。克里格倡导语境主义（contextualism），将形式主义界定为广义形式主义与狭义形式主义，狭义形式主义将艺术作品视为固定状态的本体论实体与客体且予以孤立起来。与之相对，广义的形式主义不再将诗歌视为静态孤立的客体，"以这种宽泛的方式来重新界定自己，以便像以往最辉煌时期不断开放那样，在理论上取得向外开放的权利"。③ 基于此，克里格倡导"广义的形式主义"并基于诗人、读者、文化三个层面赋予其如下界定："首先是诗人心灵所窥见、把握并且投射（人们也希望如此）的想象形式；其次是在读者经验过程中，所窥见、把握并且投射的，既是历时性又是共时性的言语形式；最后是作为文化为社会把握自身意识所创造的形态之一的形式。"④ 此外，新形式主义文论汲取西方形式理论的资源与传统，批判承续新批评派、新历史主义的形式观念，但不再将形式视为固定的整体，不完全隔断文学与历史的内在联系，注重形式的生产性而非反映性功能，出现了继承黑格尔形式观的激进派形式主义与继承康德形式论的标准派形式主义。

再次是由非文学专业向文学流动转向。例如，玛莎·努斯鲍姆（Martha C.Nussbaum）的《诗性正义：文学想象与公共生活》⑤ 指明小说等文学作品通过令人产生对他者生活的体味与同情，促进了有助于公共生活决策之想象力的形

---

① ［美］大卫·辛普森：《学术后现代》，余虹、杨恒达、杨慧林译，载《问题（第一辑）》，中央编译出版社 2003 年版，第 144 页。
② ［美］马克·爱德蒙森：《文学对抗哲学：从柏拉图到德里达》，王柏华译，中央编译出版社 2000 年版，第 139 页。
③ ［美］莫瑞·克里格：《批评旅途：六十年代之后》，李自修译，中国社会科学出版社 1998 年版，第 56 页。
④ 同上。
⑤ ［美］玛莎·努斯鲍姆：《诗性正义：文学想象与公共生活》，丁晓东译，北京大学出版社 2009 年版。

成。由此，该书表明，针对适当公共话语及民主社会而言，文学想象无疑是其题中应有之义，文学与人文教育对公共生活乃至国家意识的形成都具有重要的现实意义与独特作用。

基于上述相应态势，当代美国文学研究领域中诸多学者承续了马修·阿诺德派的文学研究传统，为文学学科辩护。"人们往往用这种辩护来维持英语文学地位的合理性，也就是说，没有文学学科，大学将'没有道德中心'。"① 由此，诸位当代美国学者主张将理论与文学融为一体，其对理论的阐释贯穿着对文学的诉求与倚重。例如，查尔斯·E.布莱斯勒认为接受文学理论有助于对文学的学习。否则，排斥理论而以文学圣人自居，对给定文本定下唯一正确的标准阐释，无疑是危险的，必会导致偏见抑或假设。"通过拥抱文学理论和文学批评（理论的实际运用），我们就可以自愿加入到那个看起来无穷无尽的历史谈话之中——一个关于文学中表达的人性本质和人类关切的对话。"② 又如，文森特·里奇指出：有关文本经典及批评方法的研究将继续拓展，并会被厘定为不同的种类、范围与模式。与之相应，有关文学的界定也将持续扩展：从经典文学到少数民族文学与通俗文学，以及超文本小说与其他新的形式的作品等。"文学及经典的定义扩大是后现代时期的一大特点，但这并不意味着文学类别和形式的等级就被推翻了。在文学史家那里，史诗与悲剧的地位仍高于散文诗和小说。"③ 再如，针对批评实践而言，弗兰克·伦特里夏（Frank Lentricchia）、亨利·路易斯·盖茨（Henry Louis Gates）、简·汤普金斯（Jane Tompkins）等都将研究重点从理论批评转向阅读与阐释文学作品，出现了注重个人批评、传记写作、回归传统经典文学研究等倾向。

（二）美国当代文学批评家对文学本体因素的研究

当代美国文论领域中的领军学者，比如，卡勒、米勒与詹姆逊等，都在相应理论与实践中，从文学性或文学因素等维度开展了文学理论与批评研究。

譬如，卡勒曾提出文学理论自身并不纯粹，主张用"理论"或"文本理论"等术语来概述"文学理论"的跨学科取向。1997年出版的《文学理论》淡化了文学作品和非文学作品的区分而涵盖了诸多学科。卡勒厘定了"恢复解释学""怀疑解释学"的概念，认为前者是通过深入把握作者的处境和意图，阐明文本对其受众可能具有的意义等，旨在重新还原作品的创作语境；后者是从政

---

① ［美］大卫·L.杰弗里：《后理论语境中的文学研究》，蒋显璟译，《国外文学》2007年第4期第31页。
② ［美］查尔斯·E.布莱斯勒：《文学批评：理论与实践导论》，赵勇、李莎、常培杰译，中国人民大学出版社2015年版，第14页。
③ 郝桂莲、赵丽华、［美］文森特·里奇：《理论、文学及当今的文学研究——文森特·里奇访谈录》，《当代外国文学》2006年第2期第151页。

治、性、哲学、语言学等层面,力图对文本得以形成的诸多假设予以去伪存真的辨析。① 然而,这不能被视为卡勒完全转向了文化研究与跨学科研究。实际上,卡勒始终关注文学研究的文学性问题,反思了文学研究中出现的有关非文学、综合性的问题的讨论与争辩过多。他之所以集中批判上述问题,主要原因是其几乎与文学没有任何关系。基于此,虽然他提出在大文化语境中进行文学批评,认同文化研究能够强化呈现出诸种繁杂且交互关联现象的文学研究,但与此同时,又反思与批判了文学研究中相应问题,指明文学自身就是矛盾而又不确定的。虑及此,文学批评重在探析文本的价值意义,旨在为文学学科获得阐释支持,"它应该致力于理解那些使文学之所以称为文学的程式"。② 21 世纪以来,卡勒明确对自己此前的理论与文学观予以修正,重审并阐发了理论与文学的关系,主张重新奠定文学性的根基。首先是回顾与反思了既往文学理论研究中存在的忽视文学性等问题,指出:自 20 世纪 60 年代后期起,"那些常常被看作是'理论'的东西,就'学科'而言,其实极少是文学理论,例如它们不探讨文学作品的区别性特征及其方法论原则"③,而理论家的著述则或不再研究文学或仅略有涉及而已。其次是提出文学研究需应对包括文学语言在内的文学特征等问题,表明:文学创作即便是一项社会性的实践活动,难以做到非意识形态化,但它终究具有自身的独特性,不仅在具体语言层面,而且在整个创作活动过程中都是如此。"它最终还是对批评家和思想家提出了文学目标的具体性这一问题:文学作品有没有显著的特色和经验?"④ 再次是重新确立理论研究中文学的中心地位。卡勒将文学视为"动态事件",指出:"文学最终将被认为更像是一个事件而非一个固定的文本,文本成了一个与读者或者观众之间展开的独特的互动的具体实例。"⑤ 基于此,他的《理论中的文学》一书提出了"理论中的文学性"(literary in theory)的观点,认为文学表面上的衰退不过是一种假象,理论话语通常都应关注在诸种话语中发挥作用的各种文学要素,"文学是怎样不仅在文学作品本身的意义上,而且在文学技巧、文学程序、文学效果的意义上,在总之其存在不局限于通常被认定为文学的写作的意义上,为理论做出贡献,影响理论话语的"。⑥

又如,米勒坦言自己深受新批评派多位学者的影响,故此,将文学批评

---

① [美]乔纳森·卡勒:《当代学术入门:文学理论》,李平译,辽宁教育出版社 1998 年版,第 72 页。
② [美]乔纳森·卡勒:《结构主义诗学》,盛宁译,中国社会科学出版社 1991 年版,第 16—17 页。
③ [美]乔纳森·卡勒:《当今的文学理论》,生安锋译,《外国文学评论》2012 年第 4 期第 49 页。
④ 同上,第 60 页。
⑤ 同上,第 61 页。
⑥ [美]乔纳森·卡勒:《理论中的文学》,徐亮译,华东师范大学出版社 2019 年版,"序言"第 1 页。

的功能界定为试图弄清一个既定文本之意义的复杂性,宣称"这一新的批评观念实际上是以另一种被改造了的形式复归到我从前作为威廉·燕卜荪、肯尼思·伯克、I.A. 理查兹的读者时的出发点。"① 其后虽一度转向解构主义,他仍对文学语言始终保持着敏感。在他看来,所谓"解构主义阅读",就是一种在既定的作品中寻求那些看似琐碎的反常与怪异的情境,旨在揭示语言的别异性的阅读范式。"例如在亨利·詹姆斯的小说《鸽翼》中这一或那一人物一共讲了多少次'Oh'或者多少次'There you are',其意在找出这些怪异究竟意味着什么,并结合着对整个作品的读解。"② 然而,尽管理应辨明怪异的出现原因并基于诸种怪异的相互关联辨析该作品的特征,但有关能够把握作品之整体的声称无疑是错误的。与之相应,米勒的晚近文学批评实践也呈现出趋向文学因素的诸种研究。例如,他的《共同体的焚毁:奥斯维辛前后的小说》③ 兼具文学回忆录与批评理论特质,旨在以文学的方式阐释奥斯维辛集中营事件。德国哲学家、社会学家与音乐理论家西奥多·阿多诺(Theodor Wiesengrund Adorno)的《文化批评与社会》(*Cultural Criticism and Society*)做出如下知名论断:"奥斯维辛之后,甚至写首诗,也是野蛮的。"米勒通过细绎诸种创作于奥斯维辛前后的小说,辨析了有关共同体的主要观点,进而展现了批评的重要性以及高质量阅读的无可替代性。首先,梳理了阿多诺此句名言的语境及话语变迁。米勒注意到实际上阿多诺其后对此言有所修正,阐明遭受长久痛苦之后当然拥有获得表达的权利。米勒认为阿多诺的意思是经历了奥斯维辛事件之后甚至写首诗或再多写一首诗也是野蛮的,而确保奥斯维辛事件不再发生才应成为关注焦点。从历史层面来看,因为奥斯维辛事件之后,每个人都有义务尽力确保类似悲剧不会重演,否则写诗无济于事。从审美意识形态层面来说,阿多诺暗示写诗无法在奥斯维辛事件之后的生活中发挥积极作用并带来社会政治领域的真实改变。从文学批评层面来讲,阿多诺所说的"写诗"指代的是通常意义上包括诸种虚构性作品在内的文学创作。阿多诺此句表述出现的语境旨在揭示当时文化批评与其批判对象的共谋,被掌控与拉拢的现象。其次,阐释剖析了阿多诺宣告禁止写诗以来的相应文学创作与研究状况。米勒指出,诸多作家,包括保罗·策兰、伊姆雷·凯尔泰斯等大屠杀幸存者并未遵奉阿多诺的禁令,进而形成了"大屠杀文学"。鉴于此,该书综合阐述了大屠杀文学、类似内容的文学表达以及其

---

① [美] J. 希利斯·米勒、金惠敏:《永远的修辞性阅读——关于解构主义与文化研究的访谈——对话》,《外国文学评论》2001 年第 1 期第 140 页。
② 同上,第 40 页。
③ [美] J. 希利斯·米勒:《共同体的焚毁:奥斯维辛前后的小说》,陈旭译,南京大学出版社 2019 年版。

他相关内容，包括让吕克·南希与史蒂文斯针对共同体理论的对立观点，弗兰茨·卡夫卡的《审判》《城堡》等预示了奥斯维辛事件的小说，以及托马斯·基尼利的《辛德勒名单》、伊恩·麦克尤恩的《黑犬》、阿特·斯皮格曼的《鼠族》、伊姆雷·凯尔泰斯的《无命运的人生》、托妮·莫里森的《宠儿》等奥斯维辛事件前后直接或间接与其有关的文学作品。再次，探讨了文学作为社会历史见证的价值与意义。米勒批评阿多诺没有意识到无论证言可能存在何种问题，文学依然是见证奥斯维辛事件的有力方式。他认为，文学本身作为见证，特别能够提醒人类勿忘奥斯维辛事件中逝去的超过六百万的生命。他不断重返言语行为层面对处于焚毁之中的共同体的作用问题予以探讨，指明有关大屠杀的包括虚构成分在内的历史记录拥有全球化、无涉教派的多重维度。基于此，米勒认为文学研究中对社会语境的探讨不仅体现为备忘录功能，而且具有重访历史踪迹的作用。

再如，詹姆逊以倡导永远历史化著称，认为批评应具有切入当下的历史感，同时又要具有面向全球的大历史感。他自况且表明，"我对传统人文学科以及所谓的经典名著课程仍抱有同情。但是，它们必须以某种方式把人们吸引过来"。① 同时，就批评的对象与标准而言，"如果不是从一个或几个文本出发，确实很难有任何真正的批评"。② 基于此，他的晚近著作回归对现实主义、现代主义问题的关注，以乌托邦科幻小说与未来为论证起点，进入后现代主义的当下，进而形成了自现实主义到寓言、再到史诗，最终回归叙事本身的研究路径。他参与编辑了论文集《科幻文学的批评与建构》③，并出版了专著《未来考古学：乌托邦欲望及其他科幻小说》④。后者依据西方思想史上自托马斯·莫尔起逐渐形成的"乌托邦"概念与范畴，将兴起于近现代的科幻小说置于"乌托邦"概念的历史嬗变中予以考察。该书不仅探讨了科幻小说作为关注未来的小说范例的他者性及其所呈现出的外星生命及世界，而且总结辨析了有关乌托邦的诸多悖反，进而对两者之间的诸种联系与时代价值进行了梳理、总结与反思。由此，该著述通过提出文类理论，促进科幻小说进入了传统文学创作与既有文学研究的视野，进而拓展了相关创作与研究的多元化发展空间。

---

① ［美］尼克·鲍姆巴赫、戴蒙·扬、珍妮弗·余、陈后亮：《重访后现代主义——弗雷德里克·詹姆逊访谈录》，《国外理论动态》2017年第2期第6页。
② 同上。
③ ［美］詹姆逊：《科幻文学的批评与建构》，王逢振等译，安徽文艺出版社2011年版。
④ ［美］弗里德里克·詹姆逊：《未来考古学：乌托邦欲望及其他科幻小说》，吴静译，译林出版社2014年版。

综上，上述美国学者倡导文学理论与批评恢复对文学作品的本体研究，将文学研究重置于社会语境当中，赋予其历史与现实时代意义，发掘其对广泛社会生活话题的根本影响，旨在恢复其应有的地位并令之发挥作用，上述研究取向无疑具有积极的现实价值。

五、针对新兴美学问题的研究

（一）21 世纪美国美学领域的新兴倾向

当代美学领域处于严峻的挑战与转型之中而危机频仍，在现代性与后现代、形式主义与意识形态以及经典美学与激进美学之间艰难地抉择与啮合。"审美，它只不过是人们赋予各种错杂在一起的认识形式的一个名字，它可以捋清源自感觉和历史活动的素材，揭示具体事物的内在结构。"① 与之相应，美学乌托邦的终结预示了艺术识别机制的变化与美学自身承载机制的彻底转变。

20 世纪中期，对于美国美学领域而言，主要论题广涉对艺术作品的诸种描述解释、比较分析以及鉴赏评价。例如，韦勒克指出：认识某些审美评价的可能性似乎取决于社会环境，但审美价值本身独立，尽管能够断定某种艺术形式可否，然而其中哪些会永存却无法预见。② 鉴于此，他的审美批评实践被誉为"坚定地以具体的审美价值对那些过分简单化的结论及对于文学性或审美性的攻击所进行的反抗"。③ 然而，自 20 世纪后期起，美学家与文学批评家们不再笃信任何确定的审美价值论，也不再恪守一成不变的审美标准，因而在审美目的、范畴、对象以及方法等层面，针对审美判断的有效性、主体性与差异性等问题纷争频仍。

当前欧美诸国的审美批评仍然呈现出多元态势与发展趋向，正在寻找美学复兴的出路，相关问题不仅是美学领域，而且也是整个文论界的共同关切点。"现实的审美构成不仅仅是少数美学家的观点，而且是这个世纪所有反思现实和科学的理论家的看法。这是一个洞见，它确实是洞察幽微的。"④ 尽管实难完全概括其主次并分类，但其中的确彰显出诸种审美取向。

首先是诸多反思与重审美学价值、呼吁审美复兴与重新定位之作应运而生。例如，伊索贝尔·阿姆斯特朗的《激进的美学》⑤ 针对随后现代审美观而盛行

---

① ［英］特里·伊格尔顿：《审美意识形态》，王杰译，广西师范大学出版社 2001 年版，第 5 页。
② René Wellek and Austin Warren. *Theory of Literature*. New York: Harcourt Press, 1949: 106.
③ Frederick Ungar and Lina Mainiero, eds. *Encyclopedia of World Literature in the 20th Century*. New York: Frederick Ungar Publishing Co.1975: 393.
④ ［德］沃尔夫冈·韦尔施：《重构美学》，张岩冰、陆扬译，上海译文出版社 2006 年版，第 29 页。
⑤ Isobel Armstrong. *The Radical Aesthetic*. Oxford, UK; Malden, MA: Blackwell Publish, 2000.

的反审美论提出了质疑与反思。又如,《美学的复仇:文学在理论上的地位》①是为纪念莫瑞·克里格(Murray Krieger)而出版的论文集,由迈克尔·克拉克主编,收录了克里格、斯坦利·费什(Stanley Fish)、希利斯·米勒(J. Hillis Miller)、雅克·德里达(Jacques Derrida)、伊瑟尔(Wolfgang Iser)等理论家与批评家的11篇论文,旨在集中应对美学与意识形态之间旷日持久的诸种论争。

其次是对既有美学研究范畴的承继与延拓。例如,美国实用主义哲学与美学的领军学者理查德·舒斯特曼的《实用主义美学》《实践哲学:实用主义和哲学生活》《生活即审美》与时俱进地发展了美国实用主义美学的研究领域与论题。舒斯特曼指出:美国实用主义倡导对语境多元性的尊重,针对美国社会的实际情况而言,"不同的语境经常地包含大量的交叠和共有的特征"。②由此,他的实用主义美学研究广涉实用主义与相应传统理论的关系、针对包括身体美学、现代伦理与生活艺术在内的艺术美学的重新思考等诸多领域。

再次是对新兴美学范畴的拓展与深化。例如,诺埃尔·卡罗尔(Noël Carroll)的《超越美学》③旨在超越传统审美理论,不仅基于艺术、历史与叙事,解释与意图,艺术、情感与道德等层面开展审美研究,而且拓展性地论及笑话、低俗小说以及视觉艺术等审美对象,进而深入探讨了当代美学的一系列关键问题。又如,倪迢雁(Sianne Ngai)的《诸种丑感》④《我们的审美范畴:搞笑,可爱,好玩》⑤等,广涉诸种此前美学领域较少触及的非主流美感与丑感范畴。再如,克里斯平·萨特韦尔(Crispin Sartwell)的《美的六种命名》⑥选取跨文化视野梳理并辨析了六种不同语言对美的命名,包括英语的欲念之美(Beauty)、希伯来语的射放之美(Yapha)、梵语的神圣之美(Sundara)、希腊语的理念之美(To Kalon)、日语的残寂之美(Wabi Sabi)、那伐鹤语的和谐之美(Hozho),从而呈现出不同民族文化各自对美的感知、体验与表达以及相应的文化审美结构与特质。

此外是对审美参与的倚重与强调。例如,柏林特倡导的"介入美学""参

---

① Michael P. Clark, ed. *Revenge of the Aesthetic*:*The Place of Literature in Theory Today*.California:University of California Press, 2000.
② [美]理查德·舒斯特曼:《实用主义美学》,彭锋译,商务印书馆2002年版,第2页。
③ Noël Carroll. *Beyond Aesthetics*:*Philosophical Essays*.Cambridge:Cambridge University Press, 2001;[美]诺埃尔·卡罗尔:《超越美学》,李媛媛译,商务印书馆2006年版。
④ Sianne Ngai. *Ugly Feelings*. Cambridge, Mass.:Harvard University Press, 2007.
⑤ Sianne Ngai. *Our Aesthetic Categories Zany, Cute, Interesting*. Cambridge Mass.: Harvard University Press, 2012.
⑥ Crispin Sartwell. *Six Names of Beauty*. New York:Routledge, 2006;[美]克里斯平·萨特韦尔:《美的六种命名》,郑从容译,南京大学出版社2017年版。

与美学"（aesthetics of engagement）。柏林特质疑康德的"静观美学"以及传统哲学中的无利害美学观，主张将有关环境的审美体验作为标准，舍弃人与自然分割的二元论美学观转而支持参与美学模式。在他看来，传统美学无法理解环境与人类连为一体的大环境观，"因为它宣称审美时主体必须有敏锐的感知力和静观的态度。这种态度有益于观赏者，却不被自然承认，因为自然之外并无一物"。① 与之相应，当代审美需借助一种描述性的理论，进而反映艺术家、表演家以及欣赏者作为审美经验复合物的诸种活动。基于此，审美参与被运用于生态美学研究领域，主张审美主体不再如以往一样静观与远观美的事物或场景等审美对象与稳定且疏离的外部化自然，而是全方位地融入自然世界。

（二）新审美主义与文学批评

当代美国的美学研究不再回避、压抑审美在文学评价中的作用，而是主张回归审美与重审文学特质，倡导打通古典美学与现代及后现代美学之间的壁垒，提倡新形式批评与新审美主义。例如，詹姆逊的《晚期资本主义的文化逻辑》主张通过穿越诸种形式的美学问题抵达政治判断，进而倡导基于审美的政治研究。② 又如，乔纳森·罗斯伯格（Jonathan Loesberg）的《美学的回归》③ 依据通过有关回归经典的论断，力求突破由审美基础主义与后现代层面的反审美论所构成的限域，认为此种向美学的回归即是向经典概念的返归。

此外，一些学者明确提倡新审美主义研究。例如，M.A.R.哈比布的《文学批评史：从柏拉图到现在》④ 将新审美主义列为 21 世纪西方文论发展进程中的重要走向之一。又如，约翰·约京、西蒙·马尔帕斯合编的论文集《新审美主义》⑤ 也提出"新审美主义"，认为反审美立场（anti-aesthetics）是导致文学理论远离文学与审美进而走向没落的主要原因，主张将审美活动从以往既有的非功利、无目的、封闭孤立中抽离，保持文学本体与社会政治、文学经典与大众文化、文学自律与文化研究、文学审美批评与意识形态批评之间的协调与平衡。

针对基于新审美视角开展文学批评而言，已故知名文学理论家与批评家哈罗德·布鲁姆无疑堪称首当其冲且成就卓著者，"可以称得上是西方传统中

---

① ［美］阿诺德·柏林特：《环境美学》，张敏、周雨译，湖南科学技术出版社 2006 年版，第 12 页。
② ［美］詹明信著，张旭东编：《晚期资本主义的文化逻辑》，陈清侨译，生活·读书·新知三联书店 2003 年版，第 6 页。
③ Jonathan Loesberg. *A Return to Aesthetics: Autonomy, Indifference and Postmodernism*. Stanford, Calif.: Stanford University Press, 2005: 8.
④ M. A. R. Habib. *Literary Criticism: From Plato to the Present: An Introduction*. New Jersey: Wiley-Blackwell, 2011.
⑤ John J., Joughin and Simon Malpas, eds. *The New Aestheticism*. Manchester & New York: Manchester University Press, 2003.

最有天赋、最有原创性和最具煽动性的一位文学批评家"。①他认为审美价值基于审美主体之间的交流与互通，文艺作品必须群体化存在，由此，审美领域的固定价值即在经由艺术家之间相互影响的过程中而形成，"这些影响包含心理的、精神的和社会的因素，但其核心还是审美的"。②他在耶鲁大学获得博士学位，并于 1955 年起在该校任教。在布鲁姆的求学与任教初期，他直接受教于克林斯·布鲁克斯（Cleanth Brooks）、威廉·库·维姆萨特（William Kurtz Wimsatt）等新批评派诸位学者。1958 年，韦勒克在国际比较文学协会第二届大会上提出，"文学性""是美学的中心问题，是文学的本质。"③但是，布鲁姆并不完全赞同该派的文学观与美学观，并始终寻求对其予以超越。他的审美研究借鉴了朗吉努斯《论崇高》的美学观，因而被其师维姆萨特不无轻视地称为"朗吉努斯式"的批评家。布鲁姆对崇高的研究不无艰辛且充满了激情，他深以为然予以了回应："假如'理论'没有成为文学研究中一个仅仅用来标志批评人身份的辞藻的话，我可能会接受被称为'美国崇高'理论家的命运。"④此种朗吉努斯式的批评立场令他在其后的文学研究中如同批判新批评派不考虑作者生平等任何历史状况一样，质疑新历史主义过于强化了文学与非文学话语及其社会机制的联系。此外，针对自 20 世纪初即已出现的诸多学院派文学批评家对美学价值评判的质疑，布鲁姆认为"任何做出审美价值判断（也就是说某部作品比其他的好、不好，或是一样）的文学学者都面临着被贬斥为彻底的业余学者的危险。因此，文学教授们对被常识肯定的东西加以批评，但即使是他们中间最顽固的成员也在私底下承认：伟大的文学还是存在的，我们可以也应该为之命名"。⑤

基于此，布鲁姆立足崇高美学观审视美国乃至世界文学与文化现实。他认为，"要寻求为某种社会意识形态服务的批评家，人们只需要注意那些要把经典非神秘化或破解的人，或是那些与之相对立却重蹈覆辙的人。不过，这两部分人都不真正是'文学的'"。⑥针对美国文学研究领域的现实状况，他宣称，在20 世纪最后的 30 余年间，美国文论界的诸多现象都理应予以否定，因为"文

---

① ［美］马克·爱德蒙森：《文学对抗哲学：从柏拉图到德里达》，王柏华译，中央编译出版社 2000 年版，第 217 页。
② ［美］哈罗德·布鲁姆：《西方正典：伟大作家和不朽作品》，江宁康译，译林出版社 2005 年版，第 78 页。
③ 干永昌：《比较文学研究译文集》，上海译文出版社 1985 年版，第 113 页。
④ ［美］哈罗德·布鲁姆：《西方正典：伟大作家和不朽作品》，江宁康译，译林出版社 2005 年版，第 78 页。
⑤ 同上，第 79 页。
⑥ 同上，"中文版序言"第 2 页。

学批评如今已被'文化批评'所取代：这是一种由伪马克思主义、伪女性主义以及各种法国/海德格尔式的时髦东西所组成的奇观。西方经典已被各种诸如此类的十字军运动所替代，如后殖民主义、多元文化主义、族裔研究，以及各种关于性倾向的奇谈怪论"。① 他亦因此而遭到批判，被视为要抵制文化多元主义、少数族裔批评以及女性主义批评的封闭保守的白人男性批评家，这恰恰暴露出美国学界并未恰当运用其所谓"政治正确"标准等问题。实际上，他并不抵制跨文化的文学作品、少数族裔文学作品与女性文学作品，并在《西方正典》中对女性作家、黑人作家等都多有涉及，而入选正典的标准则为基于审美自主性的美学尺度。综观布鲁姆长达半个多世纪的文学研究历程及其50余部著述，审美批评无疑是其题中应有之义。他的审美批评承续了唯美主义、浪漫主义、神话原型批评的审美观与卡巴拉文本阐释范式，进而将审美关照贯穿于自己的批评实践之始终。他的成名作《影响的焦虑》中即已提出"审美自主体"（aesthetic autonomy）问题。回顾此书，他认为其在美国内外所形成的影响或许是得益于其为保卫诗歌的最后一搏，并自况："反对者指控我拥护一种意识形态化的美学观，但我追随康德，相信审美活动调动了主体的幽微之处，不会被意识形态染指。"② 21世纪以来，他的研究更为淡化理论批评而更加聚焦于文学的审美研究，先后出版了《如何读，为什么读》③《读诗的艺术》④《影响的剖析：文学作为生活方式》⑤《半神人的认知：文学正气和美国式崇高》⑥ 等著述。

  以《影响的剖析》为例，布鲁姆自认为该书是代表时风的批评之作，其中所论诗歌等文学作品跨度自16世纪推进至21世纪。具体而言，首先，布鲁姆指明该书的写作灵感源自沃尔特·佩特（Walter Pater）的散文《美学诗歌》。在他看来，佩特作为美学批评家，言简意赅地将浪漫主义归结为给美增加奇异性。佩特的美学肇始于关注作品对读者影响的卢克莱修传统，"佩特把'审美'（aesthetic）这个词从德国哲学中解放出来，将它还原到古希腊词源中理解

---

  ① ［美］哈罗德·布鲁姆：《西方正典：伟大作家和不朽作品》，江宁康译，译林出版社2005年版，第412页。
  ② ［美］哈罗德·布鲁姆：《影响的剖析：文学作为生活方式》，金雯译，译林出版社2016年版，第45页。
  ③ Harold Bloom. *How to Read and Why?*. New York: Touchstone Books, 2000, 2001; New York: Scribner, 2000; New York: Simon & Schuster, 2001; London: Fourth Estate, 2000, 2001.
  ④ Harold Bloom. *The Art of Reading Poetry*. New York: Perennial, 2004.
  ⑤ Harold Bloom. *The Anatomy of Influence: Literature as a Way of Life*. New Haven and London: Yale University Press, 2011.
  ⑥ Harold Bloom. *The Daemon Knows: Literary Greatness and the American Sublime*. New York: Spiegel & Grau, 2015.

为'有洞察力的人'"（aesthetes）。①他的"美学诗歌"意指其同代人，即丁尼生、勃朗宁之后一代诗人创作的真正诗歌。"拉斐尔前派的诗歌在佩特这里找到了一个真正的批评家。"②佩特代表了崇高浪漫主义，"主旨是新柏拉图主义和赫尔墨斯神智学中浓厚但非理性的神秘主义信条"。③其次，布鲁姆侧重梳理并正名了贯穿于18世纪的"朗吉努斯偏见"，进而阐述了朗吉努斯的崇高美学观及其文学影响。他在言及该书的书写历程时指出，"阅读、重读、描绘、评价、赏析：这就是文学批评艺术在当下应有的形态。我提醒自己说我的立场一直就和朗吉努斯一致，与哲学思辨不同，既不像柏拉图也不像亚里士多德"。④"像朗吉努斯一样进行批评就意味着将'崇高'奉为最高美学特质，并把它与一定的情感和认知反应相关联。一首崇高的诗可以使读者遨游，也可以让他们得到提升，以作者'尊贵'的头脑来扩张读者的灵魂。"⑤与此同时，布鲁姆也不回避朗吉努斯崇高论中的美好夹杂着惊恐的矛盾心理，指出："但这种矛盾与朗吉努斯现代传人作品中彻底的吊诡相比是不显著的。从埃德蒙·伯克到伊曼努尔·康德，从威廉·华兹华斯到珀西·比希·雪莱，崇高总是既壮观又充满复杂性的。"⑥再次，布鲁姆阐释了美国经典作家基于崇高美学观的创作实绩。例如，在他看来，同样在文学创作中追求崇高的惠特曼在审美层面的成就依然被低估，"他虽然不能与为世界造了新人的乔叟和莎士比亚并列，但完全可以与弥尔顿、布莱克、华兹华斯和雪莱为伍，他们都是崇高的诗人"。⑦由此，布鲁姆将惠特曼以双重身份置于《影响的剖析》的多个章节中。"一方面，他是美国式崇高美学的首席代表，一方面他也是对崇高美学发出质疑的重要代表，因而他与雪莱、莱奥帕尔蒂、佩特、史蒂文斯等同属一类，与比较隐蔽的卢克莱修分子，如德莱顿、约翰逊、弥尔顿和丁尼生，也心意相通。"⑧

六、对于女性主义批评的深化研究

当代美国女性主义批评受到全球主义、多元文化主义与后理论等思潮与观

---

① ［美］哈罗德·布鲁姆：《影响的剖析：文学作为生活方式》，金雯译，译林出版社2016年版，第89页。
② 同上，第586页。
③ 同上，第560页。
④ 同上，第98页。
⑤ 同上，第76页。
⑥ 同上。
⑦ 同上，第699页。
⑧ 同上，第55–56页。

念的交互影响，从而相应形成了诸种流派。① 与之相应，美国学界的诸多女性主义批评家②的相关研究成果不断问世且颇为丰厚。相关成果在女性主义的名义下拥有多重面向，其共同要义在于以文学阐释的方式抵抗对女性的歧视与压迫，进而呼吁扩张当代女性的正当权利。值得注意的是，其中有关女性同性恋理论（诸如"酷儿理论"）的阐述因突破了性别差异的生理互补性与人类生存伦理的底线，被质疑走向极端化而招致诟病。

（一）后殖民女性主义

美国后殖民女性主义的主要代表学者当首推斯皮瓦克等。出生于印度的斯皮瓦克是当代西方知名的文学理论家、文化批评家、教育家与人文思想家，研究范围涉及解构主义、马克思主义、女性主义、文化研究、国际翻译学、历史档案学、政治哲学与比较文学学科等。师承保罗·德曼、译介德里达《论文字学》进入英语学界的学术经历与积淀使其注重后殖民女性主义理论研究。

斯皮瓦克驳斥了西方精英女性主义观念，剖析了作为属下的女性的诸种特征与属下女性的文学再现等问题。《属下能说话吗？》一文，通过对福柯、德勒兹的主体理论的批判，阐释了作为属下阶层的殖民地穷人与妇女的沉默、声音遭受压制以及主体性与话语权被搁置与丧失等问题。《后殖民理性批判》一书的文学部分，选取吉卜林、玛丽·雪莱、库切与琼·里斯等的文学作品，基于西方女性与男性文本、殖民者与殖民地文本等层面阐释了帝国主义霸权的运作方式。该书有关历史的部分，基于历史档案梳理印度王妃的生平踪迹，考察了寡

---

① 例如，美国土著女性主义、黑人女性主义、亚裔女性主义、后殖民女性主义、生态女性主义、女同性恋女性主义（性别分离主义）、马克思主义女性主义、动物保护女性主义、后现代女性主义、民族主义女性主义以及女性主义叙事学等。

② 当代美国女性主义批评家主要包括：桑德拉·M.吉尔伯特（Sandra M. Gilbert）、苏珊·古芭（Susan Gubar）、凯特·米利特（Kate Millet）、艾伦·莫尔斯（Ellen Moers）、陶丽·莫伊（Toril Moi）、葆拉·G.艾伦（Paula Gunn Allen）、伊丽莎白·埃蒙斯（Elizabeth Ammons）、格洛丽亚·安扎杜尔（Gloria Anzaldua）、玛琳·巴尔（Marleen Barr）、尼娜·贝姆（Nina Baym）、劳伦·布兰特（Lauren Berlant）、卡西·N.戴维森（Cathy N. Davidson）、安·德赛尔（Anndu Cille）、约瑟芬·多诺万（Josephine Donovan）、朱迪斯·菲特里（Judith Fetterley）、简·安妮·盖洛普（Jane Anne Gallop）、苏珊·K.哈里斯（Susan K. Harris）、卡罗林·G.海尔布伦（Carolyn G. Heilbrun）、贝尔·胡克斯（Bell Hooks）、黄秀玲（Sauling Cynthia Wong）、金惠经（Elaine H. Kim）、海瑟尔·V.卡比（Hazel V. Carby）、玛丽·凯利（Mary Kelley）、安妮特·克罗德尼（Annette Kolodny）、特伊·戴安娜·雷沃列多（Tey Diana Rebolledo）、阿德里安娜·里奇（Adrienne Rich）、林英敏（Amy Ling）、莉莲·鲁宾逊（Lillian Robinson）、奥德丽·洛德（Audre Lorde）、雪莉·塞缪尔斯（Shirley Samuels）、芭芭拉·史密斯（Barbara Smith）、帕特里夏·迈耶·斯帕克斯（Patricia Meyer Spacks）、克劳迪亚·泰特（Claudia Tate）、简·汤普金斯（Jane Tompkins）、谢丽尔·沃尔（Cheryl A. Wall）、琳达·瓦格纳·马丁（Linda Wagner-Martin）、艾丽斯·沃克（Alice Walker）、乔伊丝·W.沃伦（Joyce W. Warren）、伊莱恩·肖沃尔特（Elaine Showalter）、芭芭拉·约翰逊（Barbara Johnson）、芭芭拉·克里斯琴（Barbara Christian），等等。参见金莉：《当代美国女权文学批评家研究》，北京大学出版社2014年版。

妇殉葬现象体现出的权力共谋，进而修正了该书作者此前有关"属民能否言说"问题的立场。

（二）后理论女性主义

美国后理论女性主义批评的主要代表学者为朱迪斯·巴特勒（Judith Butler）等。巴特勒是后女性主义理论转向的重要代表人物，研究领域涉及学科多元且著述甚丰。她自况，"我并不理解'理论'的概念，也对成为它的捍卫者不怎么感兴趣，更不想被标记为试图让男女同性恋研究在学术内合法化和驯服化的精英男女同性恋理论群体中的一部分。理论、政治、文化、媒体之间是否有先在的区别？这些分界如何运作以消除某种可能产生完全不同的认知地图的文本间性的写作？"① 在她看来，后结构主义的理论化倡导使得英美女性主义有可能摆脱科学理性与量化验证之要求，并突破将语言仅囿于标示外部现实工具的实证主义限制。由此，在基于分裂主体与无意识心理的分析中，在视语言为关系差异系统的诸种理论中，在对绝对起源与全部在场之西方幻想的德里达式批判中，在有关话语之生产维度的福柯式理论体系中，女性主义研究找到了批判的可能性。

巴特勒哲学功底深厚，对矛盾主体、性别述行与性别政治等层面的问题研究深入。首部著作《欲望的主体：二十世纪法国的黑格尔哲学反思潮流》② 对性别问题的阐释建基于对黑格尔哲学中主体问题的研讨。成名作《性别麻烦：女性主义与身份的颠覆》③ 被誉为开创"酷儿理论"的经典文本，其中不仅考察了法国诸位学者的哲学思想（例如，列维·斯特劳斯（Claude Levi-Strauss）、米歇尔·福柯（Michel Foucault）、雅克·拉康（Jacques Lacan）等），而且对波伏瓦、克利斯特娃、维蒂格、伊里格瑞等的女性主义理论与主要观点予以了梳理。同时，强调倚重英美特别是美国的哲学、社会学与人类学基础开展研究。由此，依据"性别操演理论"颠覆了既有男性中心意识形态体系中性别秩序的哲学根基。

其后，巴特勒将性别操演理论发展至身体哲学与政治层面进行了开放性补充与完善。例如，《身体之重：论"性别"的话语界限》④ 基于"询唤""征引""复现"等概念与范畴，解读柏拉图、弗洛伊德、拉康、德里达与伊瑞葛来

---

① ［美］朱迪斯·巴特勒：《身体之重：论"性别"的话语界限》，李钧鹏译，上海三联书店 2011 年版，第 227-228 页。

② Judith Butler. *Subjects of Desire: Hegelian Reflections in Twentieth-Century France*. New York: Columbia University Press, 1987.

③ Judith Butler. *Gender Trouble: Feminism and the Subversion of Identity*. New York: Routledge, 1989.

④ Judith Butler. *Bodies that Matter: On the Discursive Limits of "Sex"*. New York: Routledge, 1993.

等的相应阐述，剖析了霸权话语对身体、性别与性属的形构过程与再表述。又如，《令人兴奋的演讲》①《权力的精神生活》②等剖析了相应操演历程之中主体对于权力经由依赖与服从转向反抗的发展走向。

"9·11事件"之后，巴特勒的性别研究更加关注身体伦理与政治哲学领域。例如，《安提戈涅的请求》③《消解性别》④批判了异性恋婚姻与传统的家庭伦理观。此外，此期的一系列专著与论文集基于哲学层面阐述了权力话语机制对主体生成与形构的影响。⑤

目前，巴特勒的性别研究更趋向于以哲学为基础，兼具深入哲思与现实关怀的多元化倾向。例如，《一个集会的表演理论札记》⑥《主体诸意义》等。其中，《主体诸意义》中收录了巴特勒自选的涵盖其此前学术历程各个发展阶段的七篇论文，通过梳理对笛卡儿、黑格尔等诸位哲学家有关主体这一哲学概念的阐释批评与思考，说明了主体自身的开放、矛盾与含混特质，进而为女性主义理论与实践提供了诸种可行策略与相应路径。

（三）生态女性主义

生态性属研究涉及生态女性主义、生态男性主义、女同性恋理论与男同性恋理论等研究领域。其中，鉴于女性、自然与艺术之间具有天然的同一性，"有机理论的核心是将自然，尤其是地球与一位养育众生的母亲相等同：她是一位仁慈、善良的女性，在一个设计好了的有序宇宙中提供人类所需的一切"。⑦循此思路与对女性孕育功能以及慈善性的拟物化想象，使生态批评在性别研究者特别是女性主义批评家群体中找到了强有力的支持者。"生态女性主义"（ecofeminism, ecological feminism）作为一种理论话语，将人类对待自然界的态度与其对待女性的态度予以统观，研究人类中心主义与父权制中心文化在环境

---

① Judith Butler. *Excitable Speech*: A Politics of the Performative. New York: Routledge, 1996.
② Judith Butler. *The Psychic Life of Power*: Theories in subjection. Stanford, Calif.: Stanford University Press, 1997.
③ Judith Butler. *Antigone's Claim*: Kinship between Life and Death. New York: Columbia University Press, 2000.
④ Judith Butler. *Undoing Gender*. New York: Routledge, 2004.
⑤ 参见 Judith Butler. *Precarious Life*: The Powers of Mourning and Violence.（New York: Verso, 2003）; *Giving an Account of Oneself*.（New York: Fordham University Press, 2005）; *Frames of War*: When is Life Grievable*.（New York: Verso, 2009）; *Parting Ways*: Jewishness and the Critique of Zionism.（New York: Columbia University Press, 2012）.
⑥ Judith Butler. *Notes Toward a Performative Theory of Assembly*. Cambridge, Mass.: Harvard University Press, 2015.
⑦ ［美］卡洛琳·麦茜特：《自然之死——妇女、生态与科学革命》，吴国盛、吴小英、曹南燕等译，吉林人民出版社1999年版，第2页。

与性别层面对妇女的剥削与压迫同对自然界主宰与控制之间的联系,从而使自然环境与社会环境保持更为合理的平衡空间。"……生态批评不是以一种主导方法的名义进行的革命——就像俄国形式主义和新批评、现象学、解构主义和新历史主义所做的那样。……就这方面来说,生态批评更像是女性主义之类的研究,可以利用任何一种批评视角,而围绕的核心是一种对环境性的责任感。"[①]美国学界的生态女性主义主张形成妇女解放运动与生态意识觉醒之合力,通过反思与批判社会对于自然与女性的轻视甚或贬低、压迫乃至戕害,认为对于自然界的破坏与对女性的压迫具有同一性,从而为解决诸种生态问题提供了一种新的理论依据。针对美国生态女性主义的研究目标而言,基于生态与女性视角考察文学与文化文本中的诸种因素,如人类与动物、文化与自然、理智与情感等,继而混融种族、阶级与文化因素予以综合研究。在欧美传统文化中,"与难以驾驭自然相联系的象征是妇女的阴暗面。虽然文艺复兴时期柏拉图式的情人体现真、善、美,贞女玛丽被崇拜为救世之母,但妇女也被看作更接近自然、在社会等级中从属于男人的阶级、有着强得多的性欲。……和混沌的荒蛮自然一样,妇女需要驯服以便使之待在她们的位置上"。[②] 由此,"妇女们必须看到,在一个以支配模式为基本的相互关系的社会里,不可能有自由存在,也不存在解决生态危机的办法。她们必须将妇女运动与生态运动联合起来,以展望一个崭新的根本的社会经济关系及其相应的价值观"。[③] 鉴于此,深刻阐明女性性别与生态意识的认知阶级、种族与性别的关系,以及性别分化、性别歧视与男性中心主义的历史根源等问题,无疑是美国生态女性主义研究中首当其冲的任务。

依据美国生态女性主义的发展阶段来看,切瑞尔·格罗特菲尔蒂(Glotfelty Cheryll)基于艾莱恩·肖瓦尔特(Elaine Showalter)的女性主义发展阶段论,将生态女性主义批评的发展历程划分为三个阶段,即"表征阶段""重现阶段"与"理论阶段"。[④] 目前,生态女性主义领域出现了总结反思等研究倾向。已有数种针对生态女性主义发展历程的综合与总结之作问世。例如,格蕾塔·戈德、帕特里克·墨菲合编的《生态女性主义文学批评》,以及格莉妮丝·卡尔编著的《生态女性主义文学批评新论》等。同时,也有学者开始质疑与批判既有生态女

[①] [美]劳伦斯·布伊尔:《环境批评的未来:环境危机与文学想象》,刘蓓译,北京大学出版社2010年版,第12-13页。

[②] [美]卡洛琳·麦茜特:《自然之死——妇女、生态与科学革命》,吴国盛、吴小英、曹南燕等译,吉林人民出版社1999年版,第146页。

[③] [美]戴斯·贾丁斯:《环境伦理学:环境哲学导论》,林官明、杨爱民译,北京大学出版社2002年版,第266页。

[④] Cheryll Glotfelty and Harold Fromm, eds. *Ecocriticism Reader*: *Landmarks in Literary Ecology*. Athens: University of Georgia Press, 1996.

性主义研究的片面与局限之处。例如，在拓展研究对象层面，转向批判生态女性主义者与女性环境公正活动家因人种、国族与职业身份等群体整体差异，因而在对待同性恋问题、物种及阶级歧视问题、种族主义问题等方面不可能形成真正的同盟。① 由此，倡导生态女性主义应加强对于底层女性与有色人种的关注力度。又如，基于研究视域层面，转向批评生态女性主义将研究角度限定为作为被统治对象的女性与自然等个体因素。对此，克里斯汀·J.科莫（Christine J. Cuomo）倡导区分"生态学女性主义"与"生态女性主义"，主张将前二者与环境主义予以并置考察，并寻绎其间存在的诸种关系。② 当下，美国学界的生态批评不再如初期那般单一，而是呈现出学科之跨、领域之跨与媒介之跨等取向。例如，墨菲的横向生态批评实践、莱格勒的生态女性主义文学批评的阅读策略等都已有所体现。

目前，跨文明-跨文化比较视域中的生态女性主义有关生态场所与区域的研究得以丰富与发展。

例如，墨菲是期刊《文学和环境的跨学科研究》③的创刊主编。他借鉴巴赫金对话理论开展了生态女性主义批评与实践。他的相关著述④为生态女性主义批评的发展做出了卓越的贡献。其中，《横截性生态批评实践》基于其他星球殖民化与跨国界交流视角对女性乃至人类的居住与生存问题予以了考察。

又如，张嘉如的《全球环境想象》⑤基于生态视域论及中国题材、中国视角以及相应中国问题，其中的"生态女性主义：跨文化批评与实践"部分涉及以流浪狗与"狗妈妈"运动为例的从西方跨物种照顾理论到中国台湾地区行动实践研究、以李昂《杀夫》中有关动物正义的想象为例的从火腿小姐到杀夫女研究、以《小姐变成猪》中的母猪主义为例的从"子非彘，焉知彘之乐？"到女兽变形记研究；"禅宗生态批评：电影研究理论与实践"部分论及以《卧虎藏龙》中的生态玄机为例的从禅宗生态到禅宗生态电影研究，以《达摩为何东来》中的影艺修行为例的从蒲团到电影院研究等。

再如，唐奈·德莱斯的《生态批评：环境文学和美国印第安文学中的自我

---

① [美]格蕾塔·戈德：《生态女性主义的新方向：走向更深层的女性主义生态批评》，耿娟娟译，《江苏大学学报：社会科学版》2011年第3期第35页。

② Christine J. Cuomo. *Feminism and Ecological Communities*: *An Ethic of Flourishing*. London and New York: Routledge.1998: 6.

③ *Interdisciplinary Studies Literature and Environment* (*ISLE*)，创刊于1995年。

④ 参见Greta Gaard and Patrick D. Murphy, eds. *Ecofeminist Literary Criticism and Pedagogy*. Urbana-Champaign: University of Illinois Press, 1998; Patrick D. Murphy. *Transversal Ecocritical Praxis*: *Theoretical Arguments*, *Literary Analysis*, *and Cultural Critique*. Lanham: Lexington Books, 2013.

⑤ [美]张嘉如：《全球环境想象——中西生态批评实践》，江苏大学出版社2013年版。

及地域》①基于生态视角剖析了美国白人对于少数民族的歧视、男性对于女性的压迫,并梳理了 20 世纪美国各民族诗歌、散文等文学体裁中所反映出的生存环境异化与性别歧视的关联等现象。

第二节　文学理论观念个案研究

美国是当代生态理论与批评的发源地,其有关生态问题的理论与实践研究在美国文论领域可谓异军突起,且对世界文论相应领域具有富于建树的特殊贡献,故而堪称理论观念个案研究的不二选择。

具体而言,生态批评(Eco-criticism 或 Ecological Criticism)②是一种运用生态视角进行文学研究的文学理论与批评流派,既指涉展现环境倾向的文学研究,又意指为相关研究实践提供支持的理论观念与批评范式,其研究对象、宗旨与目标都旨在阐述文学、文化与自然环境之间的关系,是文学研究遵循生态整体观原则与其他学科及研究领域有机结合而对生态危机等问题的综合回应。建基于生态研究层面的理论观念及其实践"可使文学摆脱由批评理论的结构主义革命造成的读者远离文本、文本远离世界的状况",③由此,美国率先建立了环境保护体系的基本框架,拥有诸多在生态批评领域从事研究与教学的专家学者,其有关生态领域诸种问题的研究在相关研究领域的体系化、体制化与学科化等方面可谓贡献良多。

一、美国生态批评的发展历程及主要特征

针对生态批评的分期而言,不断有学者提出以浪潮、重写本、织锦与流域等分期隐喻,也有学者厘定了诸种分期标准。

例如,劳伦斯·布伊尔的《环境批评的未来:环境危机与文学想象》④一书运用"浪潮"(wave)一词描述了生态批评的发展阶段并概述了相应特征。在布伊尔看来,各个浪潮之间并非严格相继取代的关系,后一次浪潮是对前一次浪

---

① Donelle N. Dreese. *Ecocriticism*: *Creating Self and Place in Environmental and American Indian Literatures*. New York: Peter Lang, 2002.
② 英语学界有关"生态文学批评"的常见表述如下:ecocriticism, ecological criticism, environmental literary criticism, ecological literary criticism, green cultural studies , environmental literature, 等等。
③ [美]劳伦斯·布伊尔:《环境批评的未来:环境危机与文学想象》,刘蓓译,北京大学出版社 2010 年版,第 6 页。
④ Lawrence Buell. *The Future of Environmental Criticism*: *Environmental Crisis and Literary Imagination*. Malden, MA: Blackwell Publishers, 2005.

潮的继承与修正。生态批评初期阶段兴起的诸种研究范式迄今仍持续发挥作用，其后相关诸次浪潮中兴起的相应新方式，一方面基于此前并有所发展与延拓，另一方面呈现出对相关先行者的质疑与论争。

又如，斯科特·斯洛维克赞同并发展了布伊尔的生态批评分期论，指明生态批评"这个术语既指以任何学术路径所进行的对自然写作的研究，也反过来指在任何文学文本中对其生态学含义和人与自然的关系所进行的考察，这些文本甚至可以是貌似对非人类的自然界毫无提及的作品"。① 鉴于此，他将生态批评定位为"具有环境倾向的文学与艺术研究"②，并将其发展历程划分为四波。依照他的看法，能够被界定为生态批评的研究拥有共同的研究视角，即："认为我们对人类文化表达（一切表达或者传播的形式）的研究不仅是一种抽象的、孤立的人类行为，而且是一种探索方式：探索我们与一个更大的地球、与一个超越个体人类经验和人类文化的世界的关系。"③ 由此，生态批评整体发展阶段的第一波关注的是湖滨散记式的、以白种男性为主的荒野自然文学传统，第二波注重的是文学作品中的环境正义问题与后殖民倾向。2009 年，他在期刊《多种族美国文学》有关生态批评的特辑中，正式提出生态批评业已进入"从环境的视角探讨人类经验的所有方面"④ 的第三波浪潮，关注焦点呈现为动物性、新生物区域主义、生态世界主义以及地球行星性等层面的诸种问题。2012 年，他在《生态批评的国际新声》的"序言"中宣称生态批评的物质转向带来了第四波浪潮，进而形成了"将新物质主义词汇与思维应用于环境美学，并在人类挑战全球变暖力求生存的背景下致力于推动环境人文学的发展"。⑤

尽管有关生态批评分期的论说众多，但仍尚未形成共识性的明确时间节点，目前也尚无普遍认可的明确分期。相对而言，生态批评的形成与发展大致经历了三个发展阶段，即 20 世纪 80 年代之前的预流与初兴时期、20 世纪 90 年代的确立时期以及 2000 年至今的深化拓展时期。

---

① ［美］斯科特·斯洛维克：《走出去思考》，韦清琦译，北京大学出版社 2010 年版，第 29 页。
② ［美］劳伦斯·布伊尔：《环境批评的未来：环境危机与文学想象》，刘蓓译，北京大学出版社 2010 年版，第 151 页。
③ ［美］斯科特·斯洛维克：《斯科特·斯洛维克与中国访问学者的对话》，刘蓓、朱利华、黎会华译，《鄱阳湖学刊》2015 年第 5 期第 43 页。
④ Joni Adamson and Scott Slovic. *Guest Editors' Introduction*: *The Shoulders We Stand on*: *An Introduction to Ethnicity and Ecocriticism*. MELUS: Multiethnic Literature of the United States, Summer 2009, 34（2）: 6–7.
⑤ Scott Slovic, Serpil Oppermann, Greta Gaard, eds. *New International Voices in Ecocriticism*. Maryland: Lexington Books, 2015: viii.

(一) 预流与初兴的第一阶段

较早系统研究生态问题的学科被称为"生态学"。自 18 世纪起，有关生态学 (ecology) 层面的诸种思潮以及相应观念逐渐兴起。"当时是以一种更为复杂的观察地球的生命结构的方式出现的：是探求一种把所有地球上活着的有机体描述为一个有着内在联系的整体的观点。"① 作为科学理论与研究领域的生态学出现在 19 世纪后期，1866 年，德国生物学家恩斯特·海克尔的《普通生物形态学》一书提出将针对生态体与外部生存环境之间关系的全部科学研究视为生物学的一个分支，率先命名了生态学 (Ökologie)。此后，"生态学被广泛看作是一门极有希望去解决各种环境问题的学科，一个宝贵的分析武器和一种新的哲学观念或世界观"。② 从此，作为自然科学的生态学开始进入人文社会科学的视野，并为推动后者发展提供了极为宝贵的学术资源。

"生态批评"在美国的初兴建基于亨利·戴维·梭罗 (Henry David Thoreau)、拉尔夫·沃尔多·爱默生 (Ralph Waldo Emerson) 等的非虚构自然书写与约翰·缪尔 (John Muir)、奥尔多·利奥波德 (Aldo Leopold) 等的早期生态研究。例如，依据梭罗的自然价值观，对满脑子考虑的都是利用湖泊创造金钱价值的人来说，其到来可能会对整个湖岸降下灾祸。他曾自我反思："我有什么权利去清除掉狗尾草之类的植物，把它们那个古老的百草园瓦解掉呢？"③ 缪尔完善了梭罗的自然价值观，主张走向森林就是重返家园，认为"一个热爱大自然的人，总是蹑手蹑脚地去接近这一切，心中充溢着虔诚与好奇。当他们满怀爱心地去审视去倾听时，他们会发现大山之中绝不缺乏生灵，而这些山中的生灵也会高高兴兴地迎接他们的到来"。④ 由此，他倡导自然保护主义，并身体力行地投入于其时美国的生态保护运动。利奥波德将缪尔的自然价值观发展成为"生命共同体"论，认为共同体中的每个个体成员、每个层级之间都是相辅相成、相互依赖的关系，"土地并不仅仅是土壤，它是能量流过一个由土壤、植物，以及动物所组成的环路的源泉。食物链是一个使能量向上层运动的活的通道，死亡和衰败则使它回到土壤……能量向上流动的速度和特点取决于植物和动物共同体的复杂结构，这与一棵树的树液向上流动是依赖于其复杂的细胞组织情况非常相似。没有这种复杂性，正常的循

---

① [美] 唐纳德·沃斯特：《自然的经济体系：生态思想史》，侯文蕙译，商务印书馆 1999 年版，第 14 页。
② 同上，第 10 页。
③ [美] 梭罗：《梭罗集：上》，陈凯、许崇信、林本椿译，生活·读书·新知三联书店 1996 年版，第 442 页。
④ [美] 约翰·缪尔：《我们的国家公园》，郭名倞译，吉林人民出版社 1999 年版，第 147 页。

环则大概不会发生"。① 此外，他还基于其时已有的生态学知识，将生态研究界定为"是以一种更为复杂的观察地球的生命结构的方式出现的，是探求一种把所有地球上活着的有机体描述为一个有着内在联系的整体的观念"② 这一客观理性的生态观当为其生态批评力作《沙乡年鉴》的核心理论主张，同时亦可视为当代美国生态批评难以撼动的理论支撑。

"第二次世界大战"之后一段时间内，美国作为西方居于领军地位的工业国家的急速发展与社会巨变使其生态问题相对而言也颇为突出与严重。20世纪60年代，加利福尼亚州圣巴巴拉市的漏油事件、俄亥俄州克利夫兰市的凯霍加河沿岸的火灾事件等诸种灾难性事件的发生，引发了公众的环境危机意识与环境保护运动的蓬勃开展。于是，蕾切尔·卡逊的《寂静的春天》③、保罗·欧利希的《人口爆炸》④《花园中的机器》等著述陆续问世。其中，卡逊凭借科普作家与海洋学家的身份视域在《寂静的春天》中描述了当时美国危在旦夕的环境，指出："生命或死亡网，科学家称之为生态学。"⑤ 威廉·鲁克尔特的《文学与生态学：一项生态批评的实验》（1978）一文的刊发被视为生态批评肇始的标志，该文开始使用"ecocriticism"一词，指出："近年来，所有研究中最重要的内容无疑是，作为一门科学、一个学科生态学与一种人类视野之基石的生态学对于人类所居住的世界的现在与未来的适用性。"⑥ 卡洛琳·麦茜特（Carolyn Merchant）的《自然之死：妇女、生态与科学革命》（1980）⑦ 一书的出版更被视为生态人文科学形成的标志。

该时期生态批评的特征是以环境为中心，将环境等同于独立于人而客观存在的纯粹自然环境，关注荒野等非人类的自然生态环境、文学创作对于自然环境的表现、非小说类的自然书写以及突出自然环境内容的英美文学作品。

（二）确立形成的第二阶段

20世纪90年代，是美国生态批评真正得以形成的时期。20世纪90年代，

---

① ［美］奥尔多·利奥波德：《沙乡年鉴》，侯文蕙译，吉林人民出版社1997年版，第205页。
② 同上。
③ Rachel Carson. *Silent Spring*. Boston: Houghton Mifflin, 1962.
④ Paul R. Ehrlich. *Population Bomb*. New York: Sierra Club-Ballantine Books, 1968.
⑤ ［美］蕾切尔·卡逊：《寂静的春天》，吕瑞兰、李长生译，吉林人民出版社1997年版，第8页。
⑥ William Rueckert. *Literature and Ecology: An Experiment in Ecocriticism*; Chery11 Glotfelty and Harold Fromm, eds. *The Ecocriticism Reader: Landmarks in Literary Ecology*. Athens: the University of Georgia Press, 1996: 107.
⑦ Carolyn Merchant. *The Death of Nature: Women, Ecology, and the Scientific Revolution*. New York: Harper Collins, 1980.

生态批评领域发生了一系列具有标志性意义的事件。1992 年,"文学与环境研究会"(Association for the Study of Literature and Environment,ASLE)正式成立,斯洛维克为创会会长。该学会是目前生态批评领域规模最大且最具影响力的国际学术组织。1993 年,生态批评刊物《文学与环境跨学科研究》①创刊;1996 年,生态批评研究资料汇编《生态批评读本:文学生态学的里程碑》②问世,编者之一格罗特菲尔蒂指出:生态批评是针对文学与自然环境之间关系的研究,"我们中的许多人都工作在世界各地的大学里,却发现我们处于两难境地。我们的性格和才能使我们置身于文学系,然而,在环境问题日益严重的情况下,再像通常那样工作就显得轻薄和没有良知。如果我们不是出路的一部分,我们就是问题的一部分"。③

依据该时期的相关情况来看,美国的生态理论与批评诸领域的相应研究将人类环境与纯自然环境予以通观,借鉴文化理论层面的生态理念与研究角度,倡导绿色文化研究,且注重考察文学类型与具体作品中所展现的环境与社会文化关系。与之相应,相关研究对象拓展至诸种文学体裁、世界不同地域与诸多文化群体的环境书写,研究范围则延拓至城市、郊区以及乡村等。

(三)深化拓展的第三阶段

21 世纪以来,随着全球性环境问题的日益加剧,美国的生态批评基于自身前期发展的积淀呈现出渐趋深化与多元推进态势,并且出现理论化与系统化等研究倾向。2000 年伊始,乔纳森·贝特的《大地之歌》④、墨菲的《自然取向文学研究的广延空间》⑤与戴维·梅泽尔的《美国文学的环境正义》⑥等极具影响的生态批评著述同年出版,其中贝特独树一帜地提出了"生态诗学"(ecopoetic)的概念。

2000 年以来的美国生态批评跨越了性属、种族、民族、阶级、国家与球域之间的固有界限,力求建立新型的相应内在逻辑关系,"不仅方法呈多样化,且种类还在继续增加;而且研究对象的范围也在不断扩展,从集中关注自然写作、自然诗歌和荒野小说等体裁,到研究多种景观和体裁;而且批评内部关于环境责任感的争论更加剧烈,使得此运动走向一个更侧重以社会为中

---

① *Interdisciplinary Studies in Literature and Environment* (ASLE).该期刊由美国内华达州立大学主办。
② Cheryll Glotfelty and Harold Fromm, eds. *The Ecocriticism Reader: Landmarks in Literary Ecology*. Athens: the University of Georgia Press, 1996.
③ Ibid., xvi.
④ Jonathan Bate. *The Song of the Earth*. Cambridge. Massachusetts: Harvard University Press, 2000: 31.
⑤ Patrick D. Murphy, *Farther Afield in the Study of Nature-Oriented Literature*. Charlottesville: The University of Virginia Press, 2000.
⑥ David Mazel. *American Literature Environmentalism*. Athens: University of Georgia Press, 2000.

心（sociocentric）的方向"。① 基于此，当前的美国生态批评领域出现了若干热点题域，呈现出物质性、叙事性、可持续性以及国际合作等发展趋势。例如，2003 年，《ISLE 读本：生态批评（1993—2003）》② 由学术期刊《文学与环境跨学科研究》推出，该精选集倡导并践行了生态批评的交叉领域研究。又如，葛瑞格·杰拉德（Greg Grarrad）的《生态批评》③ 基于文化视域较为系统地阐释了有关生态批评的若干问题。再如，由美国"现代语言联合会（MLA）"主编的《现代语言联合会期刊》（PMLA）于 2012 年出版了以"可持续性"为主题的专刊，依据后人文主义观念重审了有关可持续性的诸种问题，将维持生态平衡上升到可持续性发展的认识高度。此外，伊姆舍尔、布拉多克的《更敏锐的感觉：美国艺术史中的生态批评研究》④ 富于开创性地基于艺术史维度拓展了生态批评的研究领域。在美国生态批评的诸种转向中尤以物质、叙事与实践层面较为突出。

1. 物质转向

生态批评领域的物质转向体现在质疑西方传统观念中语言与现实、自然与文化之间的二元对立关系，批判后现代主义与解构主义超脱物质界限对语言与现实关系的阐释，认为物质现实是物质与意义不断生成的过程，主张重新界定物质与相应意义的交互关系，将新物质主义等表述及相应思维模式运用于环境美学，进而助力于环境人文学的深入发展。基于物质层面的诸种生态批评，主张人类绝非塑造世界的唯一施动者，而仅为存在于与万物相关的联合体系中的物质之一，因而主张基于物质及其施事能力以及人类之身体与非人类世界之间的诸种关联性等层面开展研究。

物质生态批评领域的主要著述包括凯伦·巴拉德的《同宇宙各半交融》⑤，斯泰西·阿莱莫、苏珊·海克曼的《物质女性主义》⑥，简·本尼特的《活跃的

---

① ［美］劳伦斯·布伊尔：《环境批评的未来：环境危机与文学想象》，刘蓓译，北京大学出版社 2010 年版，第 151-152 页。

② Branch Slovic ed. *The ISLE Reader. Ecocriticism, 1993—2003*. Athens：the University of Georgia Press, 2003.

③ Greg Grarrad. *Ecocriticism*. New York：Routledge, 2011.

④ Christoph Irmscher and Alan Braddock, eds. *A Keener Perception：Ecocritical Studies in American Art History*. Tuscaloosa：University of Alabama Press, 2009.

⑤ Karen Barad., *Meeting the Universe Halfway：Quantum Physics and the Entanglement of Matter and Meaning*. North Carolina：Duke University Press, 2007.

⑥ Stacy Alaimo and Susan Hekman, eds. *Material Feminisms*. Bloomington：Indiana University Press, 2007.

物质》①，阿莱莫的《身体的自然》②，戴维·艾布拉姆的《成为动物》③，塞雷内拉·伊奥凡诺、瑟皮尔·奥普曼的《物质生态批评》④，等等。

2. 叙事转向

生态批评领域有关叙事的新观念认为人类与非人类都有物质叙事力，由此注重研究作为生态批评表述策略的生态叙事。

例如，布伊尔认为文学艺术领域在处理生态问题时依托价值判断等定性因子，可在词、意象与叙事等层面形成强有力的影响。基于此，在他看来，体裁与文本本身即是值得讨论的"生态系统"。针对抵御环境危机这一目标而言，"故事、意象、艺术表演以及美学、伦理学和文化理论的各种资源都是举足轻重的"。⑤由此应倡导"新写实主义"，对于环境问题的阐释则需重审。

又如，斯洛维克认为生态批评的叙述目标并非仅仅在于文学本身，而是重在阐明广涉文学世界与生活世界的语境，生态批评具有成效卓著的多重越界特质。与注重形式的文学研究相比照而言，生态批评更为重视语境。鉴于此，叙事应在生态批评中得以广泛运用。基于此，他立足"品味与拯救"（savor and save）的双重动机生活观倡导开展将学者个人生活经验与其文本研究予以融合的"叙事学术"，并表明基于"叙事学术"的写作方式体现出合乎逻辑的相应策略，可用以探究文本体验与世界体验以及世间万事万物之间的诸种联系。⑥

再如，亚历克萨·韦·冯·莫斯纳的《生态体系之感悟：共情、情感及环境叙事》⑦通过针对环境叙事与认知、感觉与情感之间关系的探讨，考察环境叙事的特征，将其厘定为理解与感受生活与观念世界的方式。此外，爱琳·詹姆斯（Erin James）的《故事世界协议：生态叙事学与后殖民叙事》⑧以物质释能力为理论基础，提出了生态叙事学（Econarratology）。该书基于生态叙事学视域，

---

① Jane Bennett. *Vibrant Matter*：*A Political Ecology of Things*. Durham：Duke University Press, 2010.

② Stacy Alaimo. *Bodily Natures*：*Science, Environment, and the Material Self*. Bloomington：Indiana University Press, 2010.

③ David Abram. *Becoming Animal*：*An Earthly Cosmology*. New York：Pantheon Books, 2010.

④ Serenella Iovino and Serpil Oppermann, eds. *Material Ecocriticism*. Bloomington：Indiana University Press, 2014.

⑤ ［美］劳伦斯·布伊尔：《环境批评的未来：环境危机与文学想象》，刘蓓译，北京大学出版社2010年版，第1页。

⑥ ［美］斯科特·斯洛维克：《走出去思考：入世、出世及生态批评的职责》，韦清琦译，北京大学出版社2010年版，第246—247页。

⑦ Alexa Weik von Mossner. *Affective Ecologies*：*Empathy, Emotion, and Environmental Narrative*. Columbus, OH：Ohio State University Press, 2017.

⑧ Erin James.*The Storyworld Accord*：*Econarratology and Postcolonial Narratives*.Lincoln and London：Nebraska University Press，2015.

针对诸种后现代后殖民文本予以剖析，表明生态叙事学有助于阐释相关文本的叙事模式对文化、意识形态与环境议题的展现，进而揭示文本受众的相应体验与理解。

3. 实践转向

21世纪美国学界生态批评凭借强烈的介入意识与社会责任感，注重社会实践，主张"对环境的文字上的关怀应落实到我们在现实世界所从事的具体工作中，无论我们是某地的老师、学者还是普通公民"。① 由此，倡导突破囿于学术领域内理论范式的局限，走出书斋而面向生态实践，进而在文学创作、教学、调研以及构建跨学科协作平台等层面身体力行地投入于相应诸种社会活动与实践当中，力求促进生态批评成为推动现实环境决议与社会决策的重要力量之一，形成对于自然界与人类社会的影响。

例如，加里·斯奈德（Gary Snyder）以从事"返回自然"的诗歌创作而著称，后又成为生态批评家。他坚持认为社会建构的自然化与自然建构的社会化是相统一的，进而在生态叙事实践中，凭借创作出这种接近事物本色的诗歌来对抗时代弊病。这得益于他深受中国唐朝诗人寒山禅宗诗的影响，亦因此而推崇后者通向自然、融入禅机哲理的古诗创作取向，故而不仅效法寒山极简的僧侣生活方式，而且身体力行投入到环境保护运动之中。对于自己的乡野生活，他坦言自己并不避世，而只是选择了一种生存方式而已。他的生态批评思想蕴含着后现代主义思想与佛教思想兼具的生态观，进而提倡进入社区开展生态实践。

又如，布伊尔将生态批评定位为"用来指具有环境倾向的文学与艺术研究，也指为这种批评性实践提供支持的理论。"② 他在献身环境运动的诸种实践中开展相关学术研究，作为在高校任教的研究者，自况其研究涉及诸种批评方法与调查范例的融合。③ 由此，他将自己的职业责任与工作意义及重要性定位为不仅身处学术研讨的语境中，而且参与关于政治世界以及有关人类在这个星球上如何生活等更为宏阔的公共讨论之中。④ 基于此，他在哈佛大学率先并长期开设"美国文学与美国环境""空间、场所与文学想象"等课程。

---

① ［美］格伦·A. 洛夫：《实用生态批评：文学、生物学及环境》，胡志红、王敬民、徐常勇译，北京大学出版社2010年版，第8页。
② ［美］劳伦斯·布伊尔：《环境批评的未来：环境危机与文学想象》，刘蓓译，北京大学出版社2010年版，第151页。
③ 岳友熙：《美国生态想象理论、方法及实践运用——访劳伦斯·布伊尔教授》，《甘肃社会科学》2012年第5期第54页。
④ ［美］斯科特·斯洛维克：《走出去思考：入世、出世及生态批评的职责》，韦清琦译，北京大学出版社2010年版，第246-247页。

再如，斯洛维克曾参与文学与环境研究会的创立、担任第一任会长，并担任《文学与环境的跨学科研究》主编。在他看来，在美国渐成显学的"文学与环境"研究不仅应呈现美国有关自然书写的诸种艺术实绩，而且也应呈现当下日益增强的有关非人类世界之重要意义及其脆弱性的认知。[①] 基于此，相关研究必须应对如何面对现实世界的生存境遇的问题。如若脱离与更广泛的社会及环境问题之间的联系，相关研究者将生成学术生涯的穷途末路感，其相应研究应有的重要意义也将不复存在。鉴于此，生态批评家理应谨记勿使自己的学术研究囿于书斋或偏于一隅，而应同时去迎接世界与文学，并厘定出两者之间的关联与交叉之处。[②] 他的生态批评实践涵盖了针对不同国家的诸位作家、艺术家以及科学工作者的深度访谈、组织公共会议与公开演讲等。2007年4月，他在美国内华达州雷诺市组织了以"美国城市的绿化"为主题的公众会议；2005年1月，他参加了北内华达神体一位教会的布道会并进行演讲，同与会者研讨科学与文学的沟通与转化问题。2012年，他因此而获得了桑顿和平奖。[③]

此外，他在长期教学实践中始终致力于将课程教学与社会实践相结合，推动形式多元的相关教学范式。1996年，他开始在美国内华达大学开设"文学与环境课程"[④]。2006年起，他为研究生开设了"能量文学"（the literature of energy）课程，并以此为基础于2015年与选课学生合作编写了有关文学与环境相关课程教科书《宇宙存在的潮流：能量文学的探索》[⑤]；2008年春季学期，他与内华达大学化学系约翰·塞格比尔教授共同开设了"文学的可持续性"（Literature of Sustainability）系列课程；2009年，他开设了"比较生态批评和全球生态文学"研究生课程。2012年，进入美国爱达荷大学英文系任教并担任系主任以来，他开设了"生态批评与理论"课程。与此同时，他在教学实践中，率先垂范引导学生参与环境实践，并在爱达荷大学组织设立了"野外学期项目"（Semester in the Wild），每年秋季学期定期推选10余名本科生赴位于弗兰克丘奇河（Frank Church River）流域的泰勒荒野研究站（Taylor Wilderness Research Station）进行实地考察。基于此，2014年，他获得野外学期跨学科合作优秀成果奖[⑥]。

---

① ［美］斯科特·斯洛维克：《走出去思考：入世、出世及生态批评的职责》，韦清琦译，北京大学出版社2010年版，第28—29页。

② 同上，第29页。

③ Thornton Peace Prize, University of Nevada, Reno, 2012.

④ Literature and Environment Program/I&E.

⑤ Scott Slovic, James E. Bishop, Kyhl Lyndgaard, eds. Current of the University Being: Explorations in the Literature of Energy, 2015.

⑥ Excellence in Interdisciplinary Collaborative Efforts Award (Semester in the Wild), University of Idaho, April 2014.

总之，美国生态批评领域的确存在尚缺公认的严格界定、完善的理论体系以及因超前而不为主流社会所接受等问题，"目前许多冠以'生态这个'或'生态那个'的研究领域（比如生态批评与生态女性主义等），都有着与生俱来的不严密性，生态美学似乎跟它们一样"①。此外，生态批评所倡导的"可持续发展"也被批判为"仅仅是生态环境压力下的暂缓发展的一种考虑，并未挖掘发展逻辑的根源"②。然而，毋庸讳言，该国的生态批评无疑在始终不断地完善其理论体系与批评范式，其诸种理念、价值目标导向及其以关注现实环境问题为旨归的研究策略逐渐得到学界与民众的普遍关注，从而为世界文学理论与批评在变革文化、更新观念等层面拓展了不可或缺的维度与方向。

二、美国生态批评的价值取向

21世纪以来，生态危机的日益加剧不断引发的深层精神与文化危机使美国生态批评领域相关研究开展了相应的深入反思与多元转向，进而形态各异的生态思想在人与环境的互动关系中生成。"环境危机是一个涉及广泛的文化问题，而不是哪一个学科的专有财产……要使技术突破、立法改革以及关于环境福利的书面盟约等付诸实施，即使只是初步形成，都需要一种环境价值观、环境感知和环境意愿已获转变的氛围。"③由此，该国的生态批评在限制与抵御经济主义、功利主义、物理主义与独断理性主义诸种极端观念的过程中，以持续更新的理论范式与思维模式思考人类与非人类变换的现实境遇。后人文主义、环境正义、整体主义与生态世界主义等共同构成了美国生态批评的基本原则与价值诉求。鉴于此，以下针对该国环境文学批评的理论基础、思想源流以及原则规范等进行阐释。

（一）生态人文主义

生态批评本质上是有关人文主义思想的一种表达范式。综观"人文主义"（Humanism）这一术语的演进史可知，该词可溯源至拉丁语词汇"studia humanitatis"，意指"人文主义或人文学科"。诸多学者依据不同层面对这一概念及其内涵予以了梳理与界定。首先是基于语言学层面的界定。意大利学者欧金尼奥·加林（Eugenio Garin）将"人文主义"界定为"一门真正注重实效

---

① ［加］艾伦·卡尔森：《生态美学在环境美学中的位置》，赵卿译、程相占校，《求是学刊》2015年第1期第115页。
② ［法］埃德加·莫兰：《超越全球化发展：社会世界还是帝国世界？》，乐黛云、［法］李比雄译，载《跨文化对话：第13辑》，上海文化出版社2003年版，第7页。
③ ［美］劳伦斯·布伊尔：《环境批评的未来：环境危机与文学想象》，刘蓓译，北京大学出版社2010年版，第1页。

的哲学"。① 其次是立足史学层面的界定与分期。例如，阿伦·布洛克（Alan Bullock）认为，立足西方层面来看，人文主义呈现出的是基于思想与信仰层面广涉多重取向的持续不断的论辩，其专著《西方人文主义传统》将人文主义划分为古代人文主义、文艺复兴人文主义、启蒙时代人文主义、科学人文主义与20世纪新人文主义。② 又如，英国中世纪史家理查德·威廉·绍恩（Richard William Southern）的《中世纪人文主义》认为人文主义源起于中世纪经院哲学，并将其划分为科学人文主义（Scientific Humanism）与文学人文主义（Literary Humanism）。③ 再次是针对特征的阐释。例如，雅各布·布克哈特（Jacob Burckhardt）曾于19世纪以历史学家身份在其著述《意大利文艺复兴时期的文化》中梳理整合了自14世纪起文艺复兴思想的人文主义原则及其共通特征。④ 对此，丹尼尔·哈伊指出："今天比布克哈特看得更远更清楚，大部分功绩也应归功于他。"⑤ 概言之，人文主义既是自古希腊至20世纪一种具有多样表现形式的概念，又是一种人类探究真理与正义之源的、有尊严又富理性的哲学观，其终极诉求是人类的理智，其目标则是在有限的存在之中追寻最高程度的善。

自20世纪90年代起，基于人文主义层面的"后人文主义"（Posthumanism）、基于人文学科层面的"后人文科学"（Posthumanities）研究逐渐兴起，其理论基础是福柯、德里达、吉尔·德勒兹（Gilles Louis Réné Deleuze）、让-弗朗索瓦·利奥塔（Jean-Francois Lyotard）、朱迪斯·巴特勒（Judith Butler）等对于人类主体性范畴的批判与反思。后人文主义重审既有的人文主义观念，揭示了文艺复兴以来理性主义的弊端、主客关系的认识论与形而上学，展现了人类在经历了农业文明时代的自然人文主义、工业文明时代的科技人文主义之后的新兴历史文明时代的人文思想特质。针对后人文主义的特征而言，"从称作后人文主义的思想运动与道德立场获得其特点的，一系列有组织的研究主题、技术和兴趣。后人文科学可以理解为继承人文主义之后的人文科学遗产的各种方法，进行非人类中心论或反人类中心论方面的研究，后人文科学处理的问题包括物种界限、人类与非人类的关系（人类与技术、环境、动物、事物

---

① ［意］欧金尼奥·加林：《意大利人文主义》，李玉成译，生活·读书·新知三联书店1998年版，第4页。
② Alan Bullock. *Humanist Tradition in the West*. London: W. W. Norton, 1985.
③ Richard William Southern. *Medieval Humanism and Other Studies*. Oxford: Basil Blackwell, 1970: 29.
④ ［瑞士］雅各布·布克哈特：《意大利文艺复兴时期的文化》，何新译，商务印书馆1983年版，第279页。
⑤ ［英］丹尼斯·哈伊：《意大利文艺复兴的历史背景》，李玉成译，生活·读书·新知三联书店1988年版，第2页。

的关系)、生物权力、生物政治和生物技术"。① 由此一来,工具后人文主义、批判性后人文主义、流行文化后人文主义、理论后人文主义以及赛博后人文主义等概念兴起。美国后人文主义理论倡导者加利·沃尔夫(Cary Wolfe)的《何谓后人文主义》、尼尔·柏德明顿(Neil Badmington)的《文化批评中的读者:后人文主义》②,对于后人文主义的诸种问题予以了深入研究③。乔纳森·卡勒甚至认为技术或赛博格(Cyborg)后人类主义的出现同样势在必然,因为"我们一直以来就是后人类的,一直以来就不是人道主义(humanism)所包含或者暗示的那种人类形象。计算机和其他机器只不过是让一直都存在的情形更加显而易见了而已"。④

与之相应,生态人文主义(ecological humanism)、生态后人文主义(ecological posthumanism)、环境人文学(environmental humanities)等概念频繁地出现于生态批评之中。例如,美国内布拉斯加大学出版社主办的《恢复力:环境人文学学刊》⑤、梅隆基金会(The Andrew Foundation)资助美国加州大学洛杉矶分校(UCLA)、伯克利分校(UC Berkeley)、戴维斯分校(UCD),以及弗吉尼亚大学(UVA)的环境人文学研究项目等针对上述观念都有所体现。

生态人文观颠覆人类中心主义的思维定式,批判既有自然观中人与自然对立的狭隘机械二元论与缺乏生态共存意识的工具理性观对生态系统形成的诸种紊乱现象与毁灭性灾难。

例如,斯洛维克将生态批评的研究范畴拓展至环境人文领域,指出:"环境人文的目的就是将各学科以宽松的形式集合在一起,作为一个学术和艺术团队,帮助人们在学术和情感上理解我们在这个有机网络、这个地球生命之网中的存在。为了理解环境人文学的多学科研究,一定程度上要求我们用一种隐喻的方式思考在环境批评、环境历史、环境哲学以及这种多学科中的其他学科所探讨的各种主题。"⑥

又如,美国历史学家迪皮什·查克拉巴蒂(Dipesh Chakrabarty)将"人类

---

① [波兰]爱娃·多曼斯卡:《历史学的未来:后人文主义的挑战》,张作成译,《北方论丛》2011年第3期第101页。

② Neil Badmington, ed. *Readers in Cultural Criticism: Posthumanism*. New York: Palgrave Macmillan, 2000.

③ Cary Wolfe. *What is Posthumanism?*. Minneapolis: University of Minnesota Press, 2010.

④ [美]乔纳森·卡勒:《当今的文学理论》,生安锋译,《外国文学评论》2012年第4期第58页。

⑤ *Resilience: A Journal of the Environmental Humanities*. Lincoln: University of Nebraska Press, 2014, Vol.1, No. 1.

⑥ [美]斯科特·斯洛维克:《生态批评、环境人文的研究状况》,南宫梅芳、乔美雅、崔婧译,《北京林业大学学报:社会科学版》2018年第2期第5页。

世"（anthropocene）的观念看作"彻底颠覆了此前时代的人文主义在自然史与人类史之间划定的既有边界"①。"人类世"的概念由诺贝尔化学奖得主保罗·克鲁岑（Paul J. Crutzen）基于对地球化学的研究而提出，并宣称"人类世"是最新的地质学纪元，以"人类"命名纪元，标记了人类对地球环境形成的改变以及对生物演化于自然环境的强大影响。"人类世"挑战了科学哲学家库恩（Thomas S. Kuhn）的"科学没有历史"②的提法，在一定程度上使自然史与人类史形成关联。

（二）环境正义

环境正义是美国生态批评在揭露生态危机、倡导环保基础上的延续与深化。"环境在生态关系中标志着与人交往的、影响人也受人影响并构成人的生活基础的自然，……环境首先包含着带有其生态系统的生物圈，其次包含被人所塑造的精神的、技术的和经济的文明世界，这个世界共同影响着生物圈。"③与之相应的环境正义原则强调正义观念的重要意义，主张探究权利与义务的对等平衡。"环境正义生态批评理论"（environmental justice ecocriticism）将此前囿于人类社会内部的正义延展至人与自然、人与人之间的关系层面，把实现经济、社会与环境的同生共荣作为目标价值，探究人类在认识与处理环境事务或环境问题过程中呈现出的正义意识、正义观念以及所遵循的原则。

首先是反思人对自然的控制。美国生态批评注重反思人类中心主义的狭隘并力求摆脱其束缚。例如，卡逊认为，"'控制自然'这个词是一个妄自尊大的想象产物，是当生态学和哲学还处于低级幼稚阶段的产物"。④与此种对于控制自然之观念的反思相应，依据生态伦理观而言，需将对自然的控制转变至"把人的欲望的非理性和破坏性的方面置于控制之下。这种努力的成果将是自然的解放——人性的解放：人类在和平中自由享受它的丰富智慧的成果"。⑤又如，约翰·麦克菲（John McPhee）的《控制自然》揭示了因过度开发自然资源而对民众造成的戕害。由此，"人类必须在自然的和道义的种种限制中生活"。⑥上述生态中心主义价值观业已在反抗人类中心主义的过程中深入人心。

---

① Dipesh Chakrabarty. *The Climate of History: Four Theses. Critical Inquiry*, 2009, 35（2）: 201.
② ［美］托马斯·S.库恩:《必要的张力：科学的传统和变革论文选》，纪树立、范岱年、罗慧生译，福建人民出版社 1981 年版，第 340 页。
③ ［瑞士］克里斯托弗·司徒博:《环境与发展：一种社会伦理学的考量》，邓安庆译，人民出版社 2008 年版，第 61-62 页。
④ ［美］蕾切尔·卡逊:《寂静的春天》，吕瑞兰、李长生译，吉林人民出版社 1997 年版，第 263 页。
⑤ ［加］威廉·莱斯:《自然的控制》，岳长岭译，重庆出版社 1993 年版，第 168 页。
⑥ ［美］唐纳德·沃斯特:《自然的经济体系：生态思想史》，侯文蕙译，商务印书馆 1999 年版，第 407 页。

其次是弘扬人与自然之间的正义。在生态中心主义价值观的影响下,"我们必须在生态中心主义和人类中心主义这两个相互对立的观念之间取得一种平衡"。① 享受环境权利的同时承担相应的义务等生态责任意识得以提升。在社会生活层面,过度开发自然资源等人与环境之间的非正义恶劣行径频遭抵制。1991 年,美国公布了 17 条"环境正义原则"。1992 年,美国联邦环保局成立环境正义办公室。1994 年,美国政府颁布了旨在保障少数族裔与低收入群体权益的 12898 号行政令。2009 年,辛辛那提市率先颁布被誉为美国环境正义立法之典范的"环境正义条例"。这反映在文学批评层面体现为人与自然的环境正义同样成了对文学作品的评价标准,被公认为伟大的文学作品虽未必蕴含着明确的环境内容,但富有成效的阐释契机的确常为那些将批评视角从人类中心主义转向生态中心主义的批评主体而敞开。②

再次是倡导人际之间的环境正义。以环境为中介的人际正义是人与自然之间关系的延拓。诸多美国生态批评家认识到,不仅要弘扬人与自然的正义,而且应将人与自然环境之关系问题置于社会文化整体语境中予以考察。例如,彼得·温茨(Peter S. Wenz)将其所倡导的"同心圆"理论阐释为"人们对其近亲比对同事负有更多的义务,对一起工作的同事比不在一起工作的同事负有更多的义务,对自己社会中的成员比对其他社会的成员负有更多的义务。……在某个特定的圆中的存在,大抵与家庭关系、个人友谊、就业、种族地位和物理环境等特征相关联"。③ 鉴于"机器突然侵入花园所呈现的问题从根本上讲不属于艺术,而属于政治"。④ 面对复杂多元的人际正义体系,"我们必须创造新的、后威斯特伐亚的正义理解——能够概念化并批判全方位的当代非正义的、多层级的各种理解,一些是全球的,一些是地区的,一些是国家的,一些是当地的"。⑤ 社会生态批评、马克思主义生态批评与生态女性主义批评等对以环境为中介的人际正义问题多有涉及。例如,巴里·康芒纳(Barry Commoner)的《封闭的循环——自然、人与技术》批判一部分使用汽车的人享受权利却因排放有毒物违反了人际之间的正义。再如,布伊尔的《为濒临的世界写作》《环境批

---

① 闫建华:《生物地方主义面面观——斯洛维克教授访谈录》,《外国文学》2014 年第 4 期第 154 页。
② [美]格伦·A. 洛夫:《实用生态批评:文学、生物学及环境》,胡志红、王敬民、徐常勇译,北京大学出版社 2010 年版,第 38 页。
③ [美]彼得·S. 温茨:《环境正义论》,朱丹琼、宋玉波译,上海人民出版社 2007 年版,第 403—404 页。
④ [美]利奥·马克斯:《花园里的机器:美国的技术与田园理想》,马海良、雷月梅译,北京大学出版社 2011 年版,第 270 页。
⑤ [美]南茜·弗雷泽:《正义的尺度:全球化世界中政治空间的再认识》,欧阳英译,上海人民出版社 2009 年版,第 4 页。

评的未来》着重强调了环境正义对于改善人际关系与解决环境问题而言的重要价值。又如，乔尼·亚当森（Joni Adamson）等编辑的《环境正义读本：政治学、诗学与教学法》①倡导正视并超越种族、族裔的界限探讨环境正义及其文化根源。

值得注意的是，生态后殖民主义对于环境正义原则呈现出了新的拓展与深化。国际环境利益矛盾的日益尖锐使生态帝国主义等现象持续凸显，表现在国家之间的资源掠夺与对于整体生态系统的破坏、大规模的人口与劳动力迁移、利用他国生态弱项予以帝国主义控制、倾倒生态废弃物与全球范围的新陈代谢断裂等层面。②与此同时，既有的后殖民研究对环境方面的忽视，限制了这个领域的智识拓展。"这种中心－边缘的思考既构成后殖民文学对于环境主义的普遍忽视，又在相反的层级形成超级大国的地区狭隘主义的虚弱压力，这种狭隘主义滞留在美国生态批评家和作家层面上。"③鉴于此，作为后殖民主义与生态批评的有机结合体，后殖民生态批评有机整合了生态批评与后殖民主义，从而对相关问题予以了超越与反驳，诸如认为"这两个领域之间存在的对立面包括杂糅和纯粹，生物地区主义和世界主义，超验主义和跨国主义，本土伦理和错置体验等"。④21 世纪以来，诸种有关后殖民生态批评的著述相继出版。例如，蒂莫西·莫顿（Timothy Morton）的《香料的诗学：浪漫的消费主义与异国情调》⑤，罗伯特·马泽克（Robert P. Marzec）的《从丹尼尔·笛福到萨尔曼·鲁西迪的文学生态与后殖民研究》⑥，邦尼·罗斯（Bonnie Roos）、亚历克斯·亨特（Alex Hunt）的《后殖民绿色：环境政治与世界叙事》⑦，迪恩·柯丁（Deane Curtin）的《后殖民世界的环境伦理学》⑧，伊丽莎白·德洛格利（Elizabeth DeLoughrey）、乔治·汉德莱（George B. Handley）的《后殖民生态学：环境文

---

① Joni Adamson, M. M. Evans and R. Stein. *The Environmental Justice Reader: Politics, Poetics and Pedagogy*. Tucson: University of Arizona Press, 2002.
② ［美］约翰·贝拉米·福斯特：《生态革命：与地球和平相处》，人民出版社 2015 年版，第 212 页。
③ ［美］罗伯·尼克森：《环境主义与后殖民主义》，李程译，《鄱阳湖学刊》2018 年第 1 期第 88 页。
④ 同上，第 76 页。
⑤ Timothy Morton. *The Poetics of Spice: Romantic Consumerism and the Exotic*. Cambridge: Cambridge University Press, 2000.
⑥ Robert P. Marzec. *An Ecological and Postcolonial Study of Literature: From Daniel Defoe to Salman Rushdie*. New York: Palgrave-Macmillan, 2007.
⑦ Bonnie Roos, Alex Hunt, eds. *Postcolonial Green: Environmental Politics and World Narratives*. Charlottesville & London: University of Virginia Press, 2010.
⑧ Deane Curtin. *Environmental Ethics for a Postcolonial World*. Lanham: Rowman & Littlefield Publishers, 2005.

学》①，罗波·尼克森（Rob Nixon）的《慢性暴力与穷人的环境主义》②，等等。

总之，美国生态批评基于弘扬环境正义的原则通过辨析生态文学文本中蕴含的诸种环境非正义情境，深入挖掘涵盖了个人、群体、社会与国际的环境议题及其正义诉求。

（三）生态整体主义

整体主义（Holism）是对近代以来科学与哲学研究中居于主导地位的还原主义与独断理性主义的反思与修正。路德维希·冯·贝塔朗菲（Ludwig von Bertalanffy）提出"机体系统论"，认为"作为整体性的系统概念——与分析和累加观点相对立；动态性——与静态和机械理论相对立；有机体的主动性概念——与有机体原本是反应的系统概念相对立"。③基于此，对于生态批评而言，诸如人类/非人类、主体/客体、男性/女性、精神/肉体、理性/感性、原始/文明、自我/他者、主流文化/边缘文化、公共领域/私人领域、人类中心/生态中心、城市/乡村等二元对立模式同样遭到质疑。在麦茜特看来，"今日整体论更重要的例证是由生态学提供的……通过指出生态系统每一部分的基本地位，即如果一个部分被消去，系统就被削弱并且丧失稳定性，生态学已经走上了对价值等级做水准测量的方向上。每一部分对整体的健康运行都贡献相同的价值。所有有生命的事物，作为一个可以养活的生态系统之整体的部分，都有权利"。④

生态整体主义⑤在遵循整体性与有机性原则的基础上，关注人与自然、人与人、生态系统与外在环境之间的相互作用与总体关系。强调人与自然是不可分割的共同整体，"自然界所有东西联系在一起，它强调自然界相互作用过程是第一位的。所有部分都与其他部分及整体相互依赖相互作用。生态共同体的每一部分、每一小环境都与周围生态系统共同生成着诸种动态联系。处于任何一个特定小环境的有机体，都影响和受影响于整个有生命的和非生命环境组成的网"。⑥与之相应，建基于生态整体主义的伦理观与价值观体现在倡导生命整体

---

① Elizabeth DeLoughrey, George B. Handley, eds. *Postcolonial Ecologies: Literature of the Environment*. New York: OUP, 2011.

② Rob Nixon, *Slow Violence and the Environmentalism of the Poor*. Cambridge, Mass.: Harvard University Press, 2011.

③ ［奥］路德维希·冯·贝塔朗菲：《生命问题：现代生物学思想评价》，吴晓江译，商务印书馆1999年版，第278页。

④ ［美］卡洛琳·麦茜特：《自然之死——妇女、生态与科学革命》，吴国盛、吴小英、曹南燕等译，吉林人民出版社1999年版，第325-326页。

⑤ ecological holism.

⑥ ［美］卡洛琳·麦茜特：《自然之死——妇女、生态与科学革命》，吴国盛、吴小英、曹南燕等译，吉林人民出版社1999年版，第86页。

论、生态区域整体论等层面。

早在美国生态批评的自然书写时期，作家与学者们即已开始基于整体观探讨生态问题。例如，卡逊认为"土壤共同体"呈现出的是由"一个交织的生命网络所组成，每种生命形式都以某种方式与别的相连"。① 又如，约翰·缪尔认为："造物主创造出动植物的首要目的是要使它们中的每一个都获得幸福，而不是为了其中一个的幸福而创造出其余的一切。"② 再如，利奥波德基于"生命共同体原则"，用金字塔结构说明生物区的分布以及内部各组成部分之间的关系，认为只有当人在一个土壤、水、植物与动物相互依赖、同为一体中的境遇中承担起公民角色时，环境保护方可实现。由此，倡导土地伦理旨在转换人类在土地体系中的征服者角色，将人类变成土地群体中的一员，主张"当一个事物有助于保护生物共同体的和谐、稳定和美丽的时候，它就是正确的；当它走向反面时，就是错误的"。③ 与之相应，土地伦理（land ethics）扩大了共同体的界限。由此，理应"把人类在共同体中以征服者的面目出现的角色，变成这个共同体其中的普通成员和公民。它暗含着对每个成员的尊重，也包括对这个共同体本身的尊重"。④

有关利奥波德的土地伦理论的评价可谓褒贬不一。土地伦理论的肯定与褒奖者认为其具有革命性意义。例如，沃斯特认为利奥波德的土地伦理"是一种人和所有其他物种之间的生态共同体的感情，它代替了'那种沉闷的仅仅从经济上考虑的对待土地的态度'"。⑤ 又如，斯洛维克认为利奥波德大地伦理观的革命性与重要性体现在"它超越了单一的人类社群，将人类伦理体系延伸到人类社群以外的非人类世界，并教导人们必须要像善待人类一样善待非人类世界"。⑥

针对土地伦理论的质疑与反对者认为土地伦理观尚存理论困境，并非完全意义上的生态整体主义。例如，戴斯·贾丁斯指出：基于伦理学层面而言，追求整体利益的弊端有待反思。"比如，利奥波德好像对杀死个体动物以保持生态群体的整体性与稳定性表示谅解，但由于他还把人类描述为群落中的'平等'的成员，似乎他允许杀死一些人，这样做会保持其群体的整体性、稳定性及

---

① ［美］蕾切尔·卡逊：《寂静的春天》，吕瑞兰、李长生译，吉林人民出版社1997年版，第48页。
② ［美］约翰·缪尔：《我们的国家公园》，郭名倞译，吉林人民出版社1999年版，第3页。
③ 同上，第213页。
④ 同上，第194页。
⑤ ［美］唐纳德·沃斯特：《自然的经济体系：生态思想史》，侯文蕙译，商务印书馆1999年版，第338页。
⑥ 闫建华：《生物地方主义面面观——斯洛维克教授访谈录》，《外国文学》2014年第4期第151页。

美。"① 又如，比尔·肖提出大地伦理观必须面对的问题是能否既有效地理解与裁夺生物共同体领域中诸种竞争的利益归属，又同时坚守支配大地伦理的整体论范式。就此而言，利奥波德的"土地伦理"实际上尚不完善。

当代生态整体观主要体现在对系统价值原则的遵循。系统价值原则主张成熟的生态系统是整体性的，"人既不在自然之上，也不在自然之外，人只是不断被创造的一部分"。② 由此，人类在有机连续的统一体系当中并无扰乱甚至破坏自然环境系统的完整与稳定的特权。例如，环境伦理学家霍尔姆斯·罗尔斯顿（Holmes Rolston Ⅲ）建构了整体主义的自然价值论。在罗尔斯顿看来，价值是进化的生态系统的本质属性，自然具有"工具价值""内在价值"以及"系统价值"。人类对于荒野自然的需求在于欣赏其内在价值而非其工具价值。基于生态系统层面而言，应以系统价值（systemic value）为标准与尺度予以描述与评判。与之相应，既应颠覆人的价值主体的唯一性、转变人类中心主义的环境功利论及其价值尺度，又不完全反对人类对自然予以有限度改造，而是认同人类完全可以凭借确立的价值尺度改造环境，但应限定在"在能为自然所吸收、在适于生态系统之恢复的限度内"。③ 与之相应，罗尔斯顿遵循生态规律为整体主义补充了"完整""动态平衡"原则，表明："具有扩张能力的生物个体虽然推动着生态系统，但生态系统却限制着生物个体的这种扩张行为；生态系统的所有成员都有着足够的但是却受到限制的生存空间。系统从更高的组织层面来限制有机体（即使各个物种的发展目标都是最大限度地占有生存空间，直到'被阻止'为止）。系统的这种限制似乎比生物个体的扩张更值得称赞。"④

又如，美国整体主义环境哲学领域的代表学者、曾任国际环境伦理学会主席（1997—2000）的贝尔德·克里考特（J. Baird Callicott）质疑西方科学哲学领域既有的客体第一性、关系从属的本体观，指出："存在于生态过程中心的关键且显而易见的事实是，能量、美国整体主义环境哲学领域的代表学者自然经济的硬通货，从一个有机体向着另一有机体流动，……这就是生命共同体的律动。"⑤

---

① ［美］戴斯·贾丁斯：《环境伦理学：环境哲学导论》，林官明、杨爱民译，北京大学出版社2002年版，第220页。
② ［美］R.T.诺兰：《伦理学与现实生活》，姚新中译，华夏出版社1988年版，第454页。
③ ［美］霍尔姆斯·罗尔斯顿：《哲学走向荒野》，刘耳、叶平译，吉林人民出版社2000年版，第59-60页。
④ ［美］霍尔姆斯·罗尔斯顿：《环境伦理学：大自然的价值以及人对大自然的义务》，杨通进译，中国社会科学出版社2000年版，第221页。
⑤ J. Baird Callicott, *In Defense of the Land Ethic: Essays in Environmental Philosophy*. Albany: State University of New York Press, 1989: 91.

再如，布伊尔主张"将社区的概念扩大到'包括土壤、水、植物和动物'：一个'生态共同体'，其中人类是'千万合生物'之一"。① 生态批评的任务体现在"既要对人的最本质需求也对不受这种需求约束的地球及其非人类存在物的状态和命运进行言说，还对两者之平衡（即使达不到和谐）进行言说"。② 唯其如此，才有可能保证世界范围之内人类与非人类自然共生共存、和谐发展的整体利益。

总之，美国生态批评学者基于整体观把握生态文学创作、批评及其相应实践，突破了人类中心主义与生态中心主义的简单对立，彰显了依据生态文明的价值与逻辑建构的内在联系的整体特质。

（四）生态世界主义

全球范围的环境问题，如生态破坏、气候变化、环境污染、资源浪费等业已突破民族界限与国家疆域，致使境内治理已经无法解决根本问题，囿于国家与地区的生态问题研究，其偏狭之处日渐凸显，"举例来说，它不足以用来分析或提供一个整体性的视野来探讨北太平洋环流的垃圾旋涡问题（North Pacific Gyre garbage patch）或其他气候暖化、公共海域的污染和海洋、空中迁徙动物灾难问题"。由此，随着世界主义（cosmopolitanism）等观念的兴起，美国生态批评逐渐融入了全球视域，基于全球生态意识倡导在全球范围内开展生态区域研究、跨地方研究、全球化研究，地方与非地方、区域与世界、本土与全球等关系的辩证思考，经历了从地方到全球再到全球地方的发展轨迹，进而促进了基于世界范围内人类与非人类自然共同生存发展整体考量的"世界生物区域主义"（Cosmopolitan Bioregionalism），"生态世界主义"（ecocosmopolitanism）等概念的提出。基于此，在美国生态批评领域，布伊尔的"生态全球情感观"、墨菲的"跨国生态批评理论"与海斯的"生态世界主义"等论断相继出现。

首先是跨文化、跨国别的比较研究。该国生态批评家们意识到立足世界主义思想视域考察生态批评的跨国转向与生态文化特征势在必然，进而深化了比较生态批评等研究领域。

例如，墨菲编著的《自然文学：一部国际性的资料汇编》③与诸种专著倡导生态批评国际化，批判生态霸权、生态东方主义，以及生态批评中的"批评的

---

① ［美］劳伦斯·布伊尔：《环境批评的未来：环境危机与文学想象》，刘蓓译，北京大学出版社2010年版，第111页。

② 同上，第140页。

③ Patrick D. Murphy. *Literature of Nature: An International Sourcebook*. London; New York: Routledge, 1998.

帝国主义"①，进而开展了跨文化的生态研究实践，研究领域延展到美国少数族裔文学、中美洲文学、加勒比海地区文学、南非文学以及日本文学等。

又如，海斯的《地方意识与星球意识》基于星球想象理论倡导生态世界主义，强调环境世界公民存在的合理性与必要性。此外，美国比较文学学会每10年编制一个有关该学科的发展报告，呈现出了关于比较文学学科现状与未来发展的最新成果。其中，海斯担任总主编的《比较文学的未来：美国比较文学学会学科状况报告》②（2017）第5次报告明确将"生态批评"列为该学科重要的未来发展趋势之一。

再如，索恩伯的《生态含混：环境危机与东亚文学》③认为东亚诸国对于环境问题的不同回应为当下生态批评提供了阐释空间，并基于文学批评中的"含混"这一批评标准指出："……文学内在的多义性使它可以凸显、探讨——揭露、（重新）解释和表现——长期以来存在于人类与环境相互作用间的含混，包括那些涉及人类对生态系统伤害的相互作用。"④基于此，索恩伯依据东西方文化与文学批评中有关"含混"的界定及相关差异，结合生态批评实践指出，环境含混彰显出互为交织的相应不同层面，基于心态与行为而言之于大自然与生态系统都呈现出矛盾特质，表现为对非人类实况的困惑不解，冷漠对待非人类世界的退化甚或暴露出伤害环境等倾向。

其次是融合地方意识的世界生态批评。生态批评中的世界主义是立足地方的生态世界主义，摆脱前两波浪潮对地方依恋的过度强调，致力于从跨国或全球影响层面对地方进行重构。对于环境人文主义者而言，地方是环境批评中一个不可或缺且格外丰富而复杂的范畴。由此，应在剧烈的社会与科技变化中超越单一地方意识，应对全球化对于地方生态环境的影响。

第一，重新界定"地方"的蕴含。地方不再仅与社区纽带、传统观念以及局部限制等局限相关联，"即使不是在文学批评中，至少也是在文学中，像全球性地方意识这种东西正在出现"。⑤例如，依据布伊尔的观点，"地方的概念也至少同时指示三个方向——环境的物质性、社会的感知或者建构、个人的影响

---

① Patrick D. Murphy. *Farther Afield in the Study of Nature-Oriented Literature*. Charlottesville：The University of Virginia Press，2000：63．

② Heise，U.K.ed.*Futures of Comparative Literature：ACLA State of the Discipline Report*. London：Routledge：Taylor & Francis，2017．

③ Karen Laura Thornber. *Ecoambiguity：Environmental Crises and East Asian Literatures*. Michigan：University of Michigan Press，2012．

④ ［美］索恩伯：《生态含混与含混的生态书写》，唐梅花译，《鄱阳湖学刊》2013年第4期第116页。

⑤ ［美］劳伦斯·布伊尔：《环境批评的未来：环境危机与文学想象》，刘蓓译，北京大学出版社2010年版，第102页。

或者约束"。① 又如，当代美国华人地理学家段义孚（Yi-fu Tuan）倡导"人本主义地理学"（humanistic geography），认为时间与空间构成了地理学层面的世界的两条轴线，而二者的交汇之处即为地方。"地方使人们的经验和理想具体化。"② 再如，海斯认为全球化彻底改变了地方在人类日常生活中的地位，除了部落居民、农夫与猎人等身份与职业之外，对于大多数人而言，地方知识的获取不再是重要的、不可或缺。然而，那些没有闲暇时间探讨地方性知识的人们，比如来自其他国度的移民，可能对其原生家乡的气候与社会经济具有非常深入的了解。如此而言，任何去地域的族群与个人都有可能成为世界人。

第二，在世界范围内认同地方差异并实现了从单一到多元的转变。针对现代人的生活状况而言，人类学家马克·奥热（Marc Auge）提出"非地方"（non-place）概念，认为生活在现代社会中的人不断变换着空间。③ 基于此，当下日趋标准化的社会生活致使人与地方的联系渐趋弱化，地方差异的表现形态也日趋多元。与之相应，布伊尔认为"非地方是中立性建造而成的空间，比如一座机场或一家宾馆，其设计目的是为转移地方的人提供安全保障，其中不包含特定地方蕴藉的深厚的地方认同"。④ 鉴于以往对于特定、固定地方形成的依附感遭受质疑，深度地方体验难以实现，由此，立足地方的生态世界主义批评糅合地方情结与全球主义视域而形成了生态区域主义（bioregionalism）、生态地方主义（eco-localism）等时兴观念。

总之，鉴于世界是由无数地方建构而成的有机整体，地方与全球就不可避免地形成诸种互相联系与互相渗透，而地方意识与全球意识的互补的确有助于为当前的本土化与全球化之争提供指导性建议。"当环境批评向全球化层面的分析发展时，它会变得更加多样、更具有争议性、也更加丰富。"⑤ 这也就是说，针对全球意识的生态批判过度强调地方意识、排他且又偏激的地方认同，但并不否认地方意识的重要价值，而是注重探讨地方与全球的辩证关系与合理平衡，从而正确认知诸地生态文化的独特差异，有效推动当前世界视野中生态批评的发展。

---

① ［美］劳伦斯·布伊尔:《环境批评的未来：环境危机与文学想象》，刘蓓译，北京大学出版社2010年版，第70页。
② Yi-fu Tuan, Topophilia: *A Study of Environmental Perception, Attitudes, and Values, Englewood Cliffs*. New Jersey: Prentice-hall, Inc., 1974: 213.
③ Marc Auge, *Non-Places: Introduction to an Anthropology of Supermodernity*.John Howe trans., Verso Books, 1995.
④ ［美］劳伦斯·布伊尔:《环境批评的未来：环境危机与文学想象》，刘蓓译，北京大学出版社2010年版，第160页。
⑤ 同上，第99页。

概言之，美国生态批评基于后人文主义、环境正义、整体主义与生态世界主义等理念以及环境道德价值诉求，针对生态层面的诸种问题予以了评判，其中蕴含的某些观念与价值目标是值得充分肯定的，并且在一定程度上反思、超越甚至改变了既有的生态观念，甚或影响了相应制度层面，从而有助于应对全球化时代互为渗透的诸种生态文化危机。

三、美国生态批评的跨学科研究

（一）美国生态批评的人文社会科学维度

生态环境问题是诸种学科的焦点与关注中心，体现了具有终极意义的跨越与综合特质。既然全球性的生态危机的根源并非全然取决于生态系统自身，还应归因于文化系统，由此，如若消解危机就必须尽可能地理解文化对自然的影响，"从事生态与文化关系研究的历史学家、文学批评家、人类学家与哲学家尽管无法直接推动文化的变革，但的确有助于我们对相关问题的理解，而此种理解正是文化变革的前提"。[①] 针对生态批评家而言，理论资源理应源自多门学科。与之相应，美国生态批评学者群体基于生态多样性、文化多样性对自然环境与人造环境的考察，倡导基于多元化学科协作的跨学科研究，并极大地促进与完善了相应批评理论与实践。

生态批评的跨学科性质与其他学科与研究领域的相应研究相比较而言的显著特征在于：基于"从文学研究的有利角度指导性地框架环境性的语境很多"[②]，使其研究与批评领域具有多样性，涵盖了包括生物学、心理学与文化研究等在内的人文学科诸多领域。[③] 与之相应，生态研究理应尽可能展现一种囊括自然科学与人文社会科学的宽泛性、开放性的交叉研究空间。就此而言，尽管生态批评这种跨学科研究工作难度极大，但其必要性得到了许多从事文学与环境研究学者的肯定，并被视为未来的重要工作之一。[④]

20世纪90年代起，西方学界此前自然科学与人文社会科学截然对立的局面明显改观，进而走向相互渗透与合作，从而为美国生态批评的跨学科研究提供了前所未有的发展契机。生态批评自身具有跨科学跨学科的强烈诉求。如果

---

① Donald Worst. *The Wealth of Nature: Environmental History and Ecological Imangination*. New York: Oxford University Press, 1993: 27.
② ［美］劳伦斯·布伊尔：《环境批评的未来：环境危机与文学想象》，刘蓓译，北京大学出版社2010年版，第143页。
③ ［美］斯科特·斯洛维克：《斯科特·斯洛维克与中国访问学者的对话》，刘蓓、朱利华、黎会华译，《鄱阳湖学刊》2015年第5期第42页。
④ ［美］格伦·A.洛夫：《实用生态批评：文学、生物学及环境》，胡志红、王敬民、徐常勇译，北京大学出版社2010年版，第1页。

说文学是对相互关系的把握，那么生态学无疑大为扩展了人类的相互关系，进而将其引向人类与非人类世界之间的关系。"文学的生态学思维要求我们认真对待非人类世界，正如以前的批评方式对待社会与文化构成的人类领域一样。这似乎是生态批评的最大挑战，也是最好的机遇。"① 基于此种态势，生态研究领域的重要期刊《环境人文学》的"创刊词"开宗明义地倡导以哲学、人类学、地理学、生物学、行为学以及手工艺学等诸多学科与研究领域为基础的跨学科学术交流。②

21 世纪以来，针对美国从事生态研究的学者群体而言，"生态批评通常是在一种环境运动实践精神下开展的。换言之，生态批评家不仅把自己看作从事学术活动的，他们深切关注当今的环境危机，很多人——尽管不是全部——还参与各种环境改良运动。他们还相信，人文学科，特别是文学和文化研究可以为理解和挽救环境危机做出贡献"。③ 与之相应，目前美国学界的生态批评作为综合多元开放的学术平台，正处于全球信息循环的学科交叉领域之内，视域不断拓展、批评方法渐趋多元，深度融汇与整合了政治学、经济学、社会学、心理学、哲学、宗教、法学、史学、地理学、建筑学、新闻学、美学、艺术学、人类学、语言学与符号学等学科与领域的研究视域与考察范式。鉴于此，以下选取心理学、美学等学科与研究领域为切入点予以综合阐释。

1. 心理维度

针对生存于当今世界的人类而言，"我们生活在一个自我认识的时代，这个时代与其他时代之所以不同，并非在于拥有了全新的信念，而在于不断增长的对自我的认识和关注"。④ 从自然与人的关系来看，自然与人类互为交织、交互影响，一方面，在人类的生活中心，自然占据着一席之地；另一方面，在自然的沧桑岁月里，沉淀着人类文化脚步的痕迹。⑤ 由此，基于对人类及其具体个体心理因素的强调，"生态主义赞赏的生命是一个有意义的生命，因而也是精神的，有报偿的生命"。⑥ 鉴于此种状况，美国学界的生态批评之理论与实践都非常关注人类及其具体个体的心理因素的生态影响，并结合卡尔·荣格（Carl

---

① ［美］格伦·A.洛夫：《实用生态批评：文学、生物学及环境》，胡志红、王敬民、徐常勇译，北京大学出版社 2010 年版，第 53 页。
② Deborah Bird Rose, et al. "Thinking through the Environment, Unsettling the Humanities." *Environmental Humanities*, 2012, 1（1）: 2.
③ ［美］劳伦斯·布依尔、韦清琦：《打开中美生态批评的对话窗口——访劳伦斯·布依尔》，《文艺研究》2004 年第 1 期第 65 页。
④ ［德］卡尔·曼海姆：《卡尔·曼海姆精粹》，徐彬译，南京大学出版社 2002 年版，第 161-162 页。
⑤ ［法］莫里斯·梅洛-庞蒂：《知觉现象学》，姜志辉译，商务印书馆 2001 年版，第 436 页。
⑥ ［英］布赖恩·巴克斯特：《生态主义导论》，曾建平译，重庆出版社 2007 年版，第 25 页。

Gustav Jung）①的集体无意识学说、西格蒙德·弗洛伊德（Sigmund Freud）的精神分析学说、威廉·詹姆士（William James）的超个人的心理现象与超心理学、爱默生与梭罗的超验主义心理体验②，以及被誉为"走向生态"③的梅洛·庞蒂（Maurice Merleau-Ponty）的直觉现象学针对具体生态现象与相关文本予以了综合且深入的阐释。与之相应，阿丽萨·韦·冯·莫斯纳的《感悟生态体系：共情、情感与环境叙事》④一书提出心理生态批评法。以下梳理与阐释美国生态批评家针对基于过去的环境怀旧心理、对于当下的环境麻木心理等心理状态及其成因与表现所展开的相关研究。

首先是环境麻木心理。

心理学层面的"精神麻木"较早见于心理学家罗伯特·杰伊·利夫顿（Robert Jay Lifton）的《生命中的死亡》（*Death in Life*，1968）一书，指的是外部发生的重大突发事件或惊悚现象对人的大脑产生巨大冲击时，导致人脑失去应有的敏感，呈现出关闭倾向，进而表现得麻木不仁。斯洛维克认为此概念并非仅适用于如若核武器那样的大灾难，同样适用于当代人每日通过诸种媒介获取的世界各地他类爆炸事件信息及其类似反应。"在 21 世纪，当全世界的人类和环境问题层出不穷时，对于我们来说，克服回避心理，不对发生在我们眼前之外的事情毫无知觉，这一点似乎很重要。"⑤

针对当代美国过度倚重量化衡定标准，过分强调其唯一性与权威性等社会现象，斯洛维克指出："我们这个社会（以美国为代表的工业社会）里有很多人不假思索便接受了那种特殊的、与数字紧密相连的真实性形式，但实际上这是文化定式的结果，而非某种纯净、绝对的洞察力。"⑥基于此，他在与其父心理学家保罗·斯洛维克（Paul Slovic）合作编辑的《数字与神经：数据世界里的信息、情绪与意义》一书中着力研究人脑对作为量化信息的数字的反应模式。该

---

① Rinda West. *Out of Shadow：Ecopsychology，Story，and Encounters with the Land*. Charlottesville：University of Virginia Press, 2007.

② Scott Slovic. *Seeking Awareness in American Nature Writing：Henry Thoreau, Annie Dilliard, Edward Abbey, Wendell Berry, Barry Lopes*.Salt Lake City：University of Utah Press，1992.

③ David Abram, *The Spell of the Sensuous*. New York：Vintage, 1996：56-57.

④ Alexa Weik von Mossner. *Affective Ecologies：Empathy, Emotion, and Environmental Narrative*. Columbus, OH：Ohio State University Press, 2017：7.

⑤ ［美］斯科特·斯洛维克：《反击"毁灭麻木症"：勒克莱齐奥、洛佩兹和席娃作品中的信息与悲情》，柯英译，《鄱阳湖学刊》2015 年第 5 期。

⑥ ［美］斯科特·斯洛维克：《在数据的世界里寻求一种环境敏感性话语：文学与科学的区分》，韦清琦译，《鄱阳湖学刊》2009 年第 1 期第 118 页。

书针对数字麻木（numbers numbing）现象的形成予以了深入阐释①，呼吁受众关注日益严重的数字麻木现象，警惕对于个体生命、自然与人工环境灾难丧失最为基本的理解之同情等恶性循环效应，因而探讨了文学创作者与研究者介入相应心理干预工作，在创作、接受与批评等环节承担克服负面影响的相应责任。此外，还通过寻访数位代表作家与艺术家，就在无所不在的全媒体影响下大众受到海量信息轰炸而导致信息接收麻木问题，详尽咨询他们解决相关问题的有效传播策略。其中，通过访谈印度有关人士范达娜·席娃（Vandana Shiva），并依据席娃的"毁灭麻木症（the anesthesia of destruction）"论，具体剖析了法国作家让-马里·古斯塔夫·勒·克莱齐奥（Jean-Marie Gustave Le Clézio）的《飙车及其他社会新闻》、美国作家巴里·洛佩兹（Barry Holstun Lopez）的《加勒比海光作用》等小说，进而考察了上述文学文本中体现出的创作主体克服毁灭麻木症的途径。上述研究深刻揭示了当代文化症候，恰如丹尼尔·贝尔所指出的，"电视新闻强调灾难和人类悲剧时，引起的不是净化和理解，而是滥情和怜悯，即很快就被耗尽的感情和一种假冒身临其境的虚假仪式。由于这种方式不可避免的是一种过头的戏剧化方式，观众反应很快不是变得矫揉造作，就是厌倦透顶"。②

其次是环境怀旧心理。

怀旧（nostalgia）作为一种与白日梦、乌托邦相关的心理现象，在生态语境中表现为环境怀旧（environmental nostalgia）。斯洛维克以叙事学术等策略剖析创作主体的田园白日梦。《美国自然书写中的意识探寻》指出，"大自然的神秘性催生了观察者的独立意识与自我意识"。③由此，他将环境怀旧的模式划分为依附于特定景观的地点怀旧（nostalgia loci）、依存于生存状况的境况怀旧（conditional nostalgia）以及依托于怀旧话语的策略怀旧（strategic nostalgia）。

田园理想体现了休养生息于和谐自然中的人对规避风险等目标的天性诉求。西方文学传统中，有关田园题材的文学书写可追溯至古希腊罗马时期。古希腊诗人赛尔克里特斯曾写就了30余首描摹古希腊乡村田园风光的诗歌，古罗马诗人维吉尔创作了以《田园诗》为代表的一系列诗作。其后，田园文学在欧美各国持续发展，在不同时代中形成各种变体，出现了英国的田园诗歌与小说、美

---

① Scott Slovic and Paul Slovic. *Numbers and Nerves: Information, Emotion, and Meaning in a World of Data*. Corvallis, OR: Oregon State University Press, 2015: 27.
② ［美］丹尼尔·贝尔：《资本主义文化矛盾》，赵一凡、蒲隆、任晓晋译，上海三联书店1989年版，第154页。
③ Scott Slovic. *Seeking Awareness in American Nature Writing: Henry Thoreau, Annie Dilliard, Edward Abbey, Wendell Berry, Barry Lopes*. Salt Lake City: University of Utah Press, 1992: 5.

国新大陆后田园书写等形式。特里·吉福德（Terry Gifford）的《田园诗》①将广义的田园诗类型划分为田园诗、反田园诗与后田园诗。

针对田园主义作为田园文学的理论形式的兴起而言，雷蒙·威廉斯在其被誉为"生态批评的先锋杰作"的《乡村与城市》中指出："将乡村和城市作为两种基本的生活方式，并加以对立起来的观念，其源头可追溯至古典时期"。②1789 年，英国学者吉尔伯特·怀特的《塞耳彭自然史》出版，这部有关博物学的著作凭借其针对田园的生态探究，成为"阿卡迪亚式"初期田园主义的典范研究。

诸位美国生态批评家基于既有的田园文学及其相关研究，力求立足心理层面探求其特征。

例如，马克斯的《花园里的机器》认为田园"是一个展示人工与自然之间幸福平衡的乡村国度"③，田园理想是介于"荒野"与"城市"之间的中间状态。美国民族国家形象的塑造深受其田园理想的影响，④美国田园主义将"荒野"想象为"追求幸福的纯洁的绿色共和国"，⑤其中"包含着长期以来一直被视为文明之必然基础的贫困和苦难的强烈逆反"⑥。

再如，布伊尔认为环境想象是对于田园的呈现。他自 20 世纪末开始连续出版了三部有关生态想象理论的著作《生态想象》《为濒危的世界写作》《生态批评的未来》，倡导"生态想象工程"（The Environmental Imagination Project）。在他看来，"美国生态相象理论在唤起自然历史的某些方面（动物、鸟、植物，以及它们的栖息地）和在相象乡村的许多地区文化方面，像它们的地理、地方感等方面，也是十分丰富的"。⑦目前，他正致力于有关"生态记忆"的研究，包括个人生命线、历史与社区的自我理解，以及可追溯至史前时期的行星生物地质历史上认识人类中的修整力量。在他看来，有关"生态记忆"的艺术有助于弥补心理学家宣称的由科技社会快速发展导致的"代际生态记忆缺失"所产生的影响，促使生态属性与公民权利的形成，从而可促进民族道德规范的恪守与

---

① Terry Gifford. *Pastoral*. London and New York: Routledge, 1999.
② ［英］雷蒙·威廉斯:《乡村与城市》，韩子满、刘戈、徐珊珊译，商务印书馆 2013 年版，第 1 页。
③ ［美］利奥·马克斯:《花园里的机器：美国的技术与田园理想》，马海良、雷月梅译，北京大学出版社 2011 年版，第 29 页。
④ ［美］劳伦斯·布伊尔:《环境批评的未来：环境危机与文学想象》，刘蓓译，北京大学出版社 2010 年版，第 16 页。
⑤ ［美］利奥·马克斯:《花园里的机器：美国的技术与田园理想》，马海良、雷月梅译，北京大学出版社 2011 年版，第 3 页。
⑥ 同上，第 29 页。
⑦ 岳友熙:《美国生态想象理论、方法及实践运用——访劳伦斯·布伊尔教授》，《甘肃社会科学》2012 年第 5 期第 54 页。

自我意识的建构。

2. 审美维度

美国生态批评基于美学维度的研究拓展了美学与生态研究观念与实践的双重维度。

首先是审美观念的多元化。例如，布伊尔主张创建"新环境美学"（new eco-aesthetics），由此不仅重新确立人之于自然的敬畏观念，而且重新倚重语言之指涉性功能。① 此外，新型的环境美学应当是一种"放弃的美学"（the aesthetics of relinquishment），"放弃的美学只是隐含着自我悬置，其目的是令人感受到，环境至少应当与我们自身一样值得关注"。② 再者，新型的环境美学还应该是"一种成熟的环境美学"，应统筹考虑到繁华的都市与偏远的内地，人类本位与生态中心之间实际上都呈现出了交互渗透与影响态势。③

其次是审美的实践倾向。例如，墨菲在《美学实践问题：什么是生态批评？》中指出，如若关涉美学的实践对文学、艺术与文化产品形成辅助性互动，那么，相应实践便应形成倾向性且可影响主流意识形态以及社会意识之改变。与之相应，相关美学实践并不依赖于艺术创作主体的自觉意识、意图或动机，只要文学或文化文本具备环境维度或具有可供剖析的启示，即可为解决环境问题提供强有力的劝导层面的诸种补充。又如，伯林特认为"环境体验的美学价值——无论是在传统实践中定型了的，还是在审美活动发展中成为指导原则的，都有它深远的实践重要性"。④ 鉴于审美价值是理解环境与采取行动的必要组成部分且必然被涵括进任何有关环境改造的建议当中，他主张审美地介入环境，并将"参与美学"论运用于生态研究，断言此种美学将会重建美学理论并适应环境美学的发展。这也就意味着审美主体不再如以往一样静观与远观美的事物或场景等审美对象与稳定且疏离的外部化自然，而是全方位地融入自然世界。基于此，伯林特借鉴了存在论美学的存在世界观与现象学美学的悬置还原论以及生态整体论美学观考察审美参与的作用，指出："从环境现象学的视角看，我们只能联系人类体验来谈论环境。这种体验与活动遍布所谓的'自然世

---

① Lawrence Buell. *The Environmental Imagination: Thoreau, Nature Writing and the Formation of American Culture*. Cambridge, Massachusetts: Harvard University Press, 1995: 36.

② Lawrence Buell. *The Environmental Imagination: Thoreau, Nature Writing and the Formation of American Culture*. Cambridge, Massachusetts: Harvard University Press, 1995: 178.

③ ［美］劳伦斯·布伊尔：《环境批评的未来：环境危机与文学想象》，刘蓓译，北京大学出版社2010年版，第25页。

④ ［美］阿诺德·伯林特：《生活在景观中：走向一种环境美学》，陈盼译，湖南科学技术出版社2006年版，第14页。

界'并塑造着人类世界。"①

再次是以美育思想为主旨的生态批评实践。具体而言,首先是针对既有生态批评观的批判。例如,斯文·伯克茨的《只有上帝才能造一棵树:生态批评的喜与忧》批评此前生态批评家的研究范围存在着明显的偏颇之处,指明既有相关研究存在大多只关注原初的、未受科技影响的"自然"等倾向,因而并未真正触及自然环境、城市环境以及介乎上述两者之间任何景观的"环境";保罗·蒂德韦尔批判既有的生态批评或局限于过于狭隘的典籍之中,或抵制与拒斥美国黑人的自然观,表明由此极易导致生态批评话语流于固化等现象。其次是注重对于新型生态审美观的建构。例如,保罗·戈比斯特的《共享的景观:美学与生态学有什么关系?》基于针对传统风景美学存在的消极、以对象为取向的、被动地接受现成物等弊端的批判,赋予生态美学综合的、动态的、细微的以及无风景的审美模式,强调审美主体之审美愉悦的生成源于对景观的诸多部分与整体的关联过程的把握,进而不仅揭示了生态研究与美育之间的内在联系,而且厘定了当代生态美学的基本要素与理论框架。

总之,美国相关学者的相应批评实践遵循深层生态学"普遍共生"的"生态平等"原则,主张多元美学形态的整体聚生、平等互融与和谐发展,其研究实践呈现出科际整合特质。

(二)当代美国生态文学批评的自然科学维度及其借鉴意义

经过对美国生态批评中的自然科学取向予以全面梳理与综合研究可以发现,该国生态批评中的地球科学、生物科学与科学技术视域及其相应诸种研究成果呈现出独特的发展轨迹、表现特征以及形成原因。

1. 美国生态批评的自然科学转向概述

纵览当代美国生态文学批评的自然科学转向的诸种维度,可以发现,地球科学、生物科学与科学技术是 21 世纪该国生态批评中的三种重要观照视野与发展空间。

首先,针对美国生态批评中的地球科学取向而言,美国生态批评的地球科学视域及其相关批评实践是该国生态文学批评的重要组成部分。地球科学是以地球系统的过程与变化及其相互作用为研究对象的基础学科,不仅研究地球本身,而且研究与地球相联系的外部宇宙。基于此,美国诸位生态批评家主张以地球为本研究文学,进而依托地球科学的考察视角与方法开展了相关研究。例如,厄休拉·K.海斯(Ursula K. Heise)曾任美国文学与环境研究协会会长,其

---

① [美]阿诺德·伯林特:《美学与环境:一个主题的多重变奏》,程相占、宋艳霞译,河南大学出版社 2013 年版,"前言"第 2 页。

专著《地方意识与星球意识：环境想象中的全球》旨在挑战既有的本土环保思想的偏颇与局限，将生态文学批评提升至"全球的高度"，综合剖析了美国本土的环保主义思想与全球的环保主义思想之间的关系。该书通过针对1960年之后欧美诸种具有典型生态意识的诗歌、小说与电影文本的解读（包括唐·德里罗的《白噪音》、理查德·鲍威尔斯的《收获》、克里斯塔·沃尔夫的《意外：一天的新闻》与加布里尔·沃曼的《笛声》等），系统且深入地辨析了环保主义、本土情结、田园意识、启示录叙事、文化认同以及全球化之间错综复杂的关系。基于此，鉴于生态危机、工业和技术风险、全球气候变化等危机态势早已将全球紧密相连，海斯提出了"生态世界主义"的概念，主张将环保主义与生态批评置于生态危机理论的整体框架中予以考辨、将生态批评与环保主义的发展趋势和运思路径同全球化、跨民族主义以及世界主义予以统观，呼吁以世界主义的视角代替本土思维，依托生态、文化、政治以及美学等维度重新展开对于星球的诸种想象。

其次，依据美国生态批评中的生物科学取向而言，该国在此领域的相关研究不仅在相应视角、方法等层面可谓独树一帜，而且有关批评实践的学术成果颇为丰厚。生物科学旨在研究生物的结构、功能、发生与发展的规律以及生物与周围环境的关系，是研究生命现象与生命活动规律的科学。鉴于此，美国诸位生态批评家倡导人类应当在生物系统中承担应有的责任，进而主张文学研究应参证由动物、植物与微生物等共同构成的整体生物体系。例如，斯洛维克在《走出去思考：入世、出世及生态批评的职责》中坦陈，作为生态批评家，走出去思考是一种馈赠，伴随而来的是无以回避的有关"生态批评的责任"。基于此，该书题为"动物与人——赏析兰迪·马拉穆德的《诗性动物与动物灵魂》"的部分针对具体文本阐述了人作为和多种生物体共生的群体动物与他类物种之间的诸种复杂关系。又如，美国生态批评领域的开拓者之一格伦·A.洛夫（Glen A.Love）认为，生物学是众多自然科学门类中与人类相距最近的一门学科，是人类与自然之间的天然连接点，因而也是堪称与人类生活始终保持恒久且重要关系的学科。基于此，他的《实用生态批评》被视为美国学界的第二波环境公正生态批评的代表作。他宣称虽仍宣讲与实践细读的优点且关注修辞与风格，但在语境与自主的整体等问题层面与瑞恰兹分道扬镳。该书通过与第一波生态批评开展对话，彰显了生态批评的跨学科特质，建构了基于达尔文进化生物学取向的生态批评范式，其中不仅创建了生物学取向的生态批评理论，而且运用该理论重释了若干经典文学文类、作家及其作品。

再次，美国生态批评中的科学技术取向展现出该国相关批评体系中的科技向度及其与文化之间错综复杂的多元关系。鉴于科技至上论对生态危机的负面影响，美国的生态批评重审科技文明对于生态环境的双重影响，基于人类的长远利益与内在需求，倡导科技运用人性化、环境创造有机化以及人类发展整体化。例如，美国麻省理工学院科学、技术与社会课程凯南荣誉退休教授利奥·马克斯（Leo Marx）自况为技术史学者，获哈佛大学美国文明史博士学位后长期从事有关美国19世纪至20世纪技术与文化关系的研究。他的专著《花园里的机器：美国的技术与田园理想》立足生态批评维度考察了美国本土语境中技术与文化之间的交互关系。该书表明，"机器"代表着工业和技术，"花园"代表着美国田园，而"花园里的机器"则指涉以铁路为代表的工业和技术闯入工业革命以前的乡村美国。纵观美国文化中田园观念的发展史，该国文化体系中的田园理想呈现为介于自然与文明的"中间风景"，体现的是全新的、专属于美国的、后浪漫时期的工业版本化的田园理想。对此，应既不坚持、也不放弃，而是予以重新界定。基于此，该书通过探讨"花园里的机器"在霍桑、麦尔维尔、马克·吐温、梭罗、菲茨杰拉德等作家文本中的展现方式及其在莎士比亚的《暴风雨》和杰弗逊的《弗吉尼亚纪事》等具体文本中的呈现效果，揭示了融于自然的和谐田园理念与囿于机械的工业文明观念之间的诸种矛盾与冲突。该书的相关研究在一定程度与特定层面推动与促进了美国生态批评有关科学、技术与文化之间互动关系的研究以及相应研究领域的形成与拓展。

2. 美国生态批评中的自然科学取向的借鉴意义

立足国际学界而言，针对美国生态批评中的自然科学取向的全面梳理、综合研究与透彻剖析，不仅有助于汲取该国相关研究的丰厚资源与丰富经验，而且有利于促进基于世界语境对于相应成果予以关注与认知。此外，面对全球化逆流、后真相时代等倾向，美国生态批评领域基于自然科学维度对相关问题的研究与阐释无疑具有重要借鉴价值。例如，海斯在《地方意识与星球意识：环境想象中的全球》中明确指出："坚持世界主义视角的生态批评的任务是：理解和评价这些在不同文化背景下发挥作用的机制，以唤起人们对全球绚烂多姿的生态想象。"① 又如，洛夫倡导：对于依托世界语境的各国生态领域来说，"我们目的旨在实实在在地开启一种更具生物取向的探讨文学与自然、环境关注之间的关系的生态批评对话"。②

依据中国学界来说，新时代社会、经济与文化发展的新常态下，越来越多的学者投身于有关生态批评的诸种研究领域之中，针对诸种重要理论与实践问

---

① ［美］厄休拉·K.海斯：《地方意识与星球意识：环境想象中的全球》，李贵仓译，中国社会科学出版社2015年版，第85页。

② ［美］格伦·A.洛夫：《实用生态批评：文学、生物学及环境》，胡志红、王敬民、徐常勇译，北京大学出版社2010年版，第12页。

题发表了一系列重要论述。针对当前中国学界的生态研究而言，客观认知与合理汲取美国生态批评中的自然科学取向的有益研究成果无疑有利于国内相关研究的常态与长足发展。由此，考察美国生态批评领域的跨学科研究特别是自然科学维度研究的状况及其相关成果，有助于促进中国学界科学理性地参与世界性生态问题的共同探索，增强中美乃至国际学界在相关领域的沟通与互动，从而力争促进中美及国际生态批评领域的互识与交流。

综上所述，美国生态批评中的自然科学维度及其相应批评实践与相关成果对于当前全球特别是中国的生态批评具有正负双重影响与特有借鉴意义。一方面，美国生态批评的地球科学、生物科学与科学技术取向及其相关理念与批评实绩对于国际生态批评领域的相关研究具有独特贡献与提升作用；另一方面，该国相应研究理论与实践中的诸种限域与偏颇对目前生态研究领域的良性发展也形成了诸种误导作用与负面影响，因而理应予以客观与合理的重审、反思、批判与汲取。

四、美国生态批评的具体个案研究

（一）劳伦斯·布伊尔生态批评的世界视域

布伊尔不仅是有关美国内战前文学研究的著名专家，而且是生态文学批评领域生态想象理论的倡导者与践行者。他始终致力于环境与文学关系的研究，其研究视角与对象业已延拓至世界文学与文化维度。他的生态批评理论与实践立足美国乃至全球视角，纵览历史情境、现实状况与未来态势的诸种特征，从而全面且深入地展现了兼具本土与世界，文学、文化以及其他学科与研究领域的考察视域与批评范式。

1. 针对生态批评有关概念的梳理与理论建构

布伊尔关注生态学层面有关概念及其内涵流变。他指出，"ecology"（生态学）的词源来自希腊语"oikos"（家庭），在现代语境中包含着对于生物学层面相应能量之流动与交换等诸种交互关系的研究，进而延拓至通信系统、思想与创作等诸多领域。此外，"生态学运动"（the ecology movement）在美国尤其是在美国以外的其他国家与地区，常被视为与环境主义（environmentalism）同义。鉴于此，将文学研究层面与评价环境价值有关的工作归于"生态批评"，自是其题中应有之义。① 此外，他注重对于生态批评的术语梳理与范畴界定。在他看来，尽管当前"生态批评"（ecocriticism）这一术语业已被广泛运用，且在今后

---

① ［美］劳伦斯·布伊尔：《环境批评的未来：环境危机与文学想象》，刘蓓译，北京大学出版社2010年版，第15页。

相当长的一段时期不失为一种较为合适的表述。然而，这个术语无疑是存在问题的，暗示着一种尚未存在的方法上的整体性，且夸大了文学研究的环境转向成为一个协作工程的程度。以"enviro-"作前缀的词语比以"eco-"作前缀的词语更为恰切，因以后者作前缀的术语易被误认为与自然科学中的生态学有关，这显然并非人文社会科学领域大部分文学环境学者的本意。依据实际情况而言，"环境"呈现出更为广延的含义。"eco-"作前缀的词语依托生态科学的学科背景在此范围内更大限度地表明了物质世界的疏离，而"环境"作为较少技术性的术语，其原初意义旨在表示"围绕在我们周围的事物"。由此，布伊尔主张用"environmental criticism"而非"ecocritique"表示"生态批评"。

2. 致力于生态批评之范式与方法的延拓

布伊尔曾从事美国 19 世纪、特别是南北战争前文学的研究，讲授过美国文学与文化历史等课程。同时，他长期研究生态话语、文化民族主义等问题，与惠·慈·迪莫克合作编辑了《地球的暮色：作为世界文学的美国文学》[①]。依据他的观点，多数生态批评家都是"世界的"批评家。与种族主义相类，环境危机是涉及广泛的文化问题，而并非哪种学科的专有财产，这对于科学，工程与公共政策领域而言是显而易见的，而高校内环境研究项目一般正是以这些领域为基础。"这些学科包括历史、哲学、宗教、文化地理学、文学及其他艺术。"[②] 基于此，他的生态研究依据诸种批评方法与调查范例。例如，以英语为母语的布伊尔了解东方文化，赞同段义孚有关基督教与道教的参证研究及其相应观点，认为所有宗教信仰中都涵盖着诸种可被视为对生态想象、生态伦理及其相应行为具有积极作用的教义与箴言，但并不能保证其相关生态实践必然有益。究其原因，在原则与实践中，理论信仰与实际行动之间诸种游移始终并存。

3. 基于国际视域的生态批评实践

针对生态批评的发展趋势而言，布伊尔认为历史进入 21 世纪，环境美学、环境伦理学与环境政治学等学科与研究领域都开始关注繁华都市与偏远内地、人类中心与生态中心之间的互渗。与此同时，文学与环境研究正在世界范围内日益趋向于更为广阔的行星公民意识拓展。由此，他的相关研究超越任何一个国家实例与经典世界文学评论，展现出从空间、地方到全球的延拓。例如，《为濒危的世界写作》提倡跨越国界的自由，将城市和乡村想象成为一个综合的景观，聚焦于 19-20 世纪的作家，详细阐述了约翰·缪尔、简·亚当斯、

---

① Wai Chee Dimock and Lawrence Buell, eds. *Shades of the Planet: American Literature as World Literature.* Princeton: Princeton University Press, 2007.

② ［美］劳伦斯·布伊尔：《环境批评的未来：环境危机与文学想象》，刘蓓译，北京大学出版社 2010 年版，"序言"第 1 页。

奥尔多·利奥波德、威廉·福克纳、罗宾逊·杰弗斯、西奥多·德莱塞、温德尔·贝里、格温德林·布鲁克斯的相关创作。

第一，有关美国本土作家的生态批评。布伊尔宣称："考虑到在过去两个世纪期间美国生态转变规律的巨大和迅速，以及产生于此的文明主义和裸体主义信仰相互交织的论战和辩护的历史，以美国文化为基础的研究是特别令人感兴趣的。"① 基于此，他针对本国生态文学经典予以重释，其建设性反思的对象包括梭罗的《瓦尔登湖》等经典文本。在他看来，梭罗徘徊并调和于自愿简朴生活的清高超脱与备受排挤的无能为力之间。由此综观有关梭罗的评论史，如加吉尔、古哈等所认为的梭罗是那种生态难民、归属于一大批因失去土地而挤进印度城市贫民窟的人，这无疑实属谬论。与之相对，基于环境正义标准将《瓦尔登湖》中的言说者看成是因关心贫困与向低层的流动性问题而努力，的确有助于界定作品的精神局限，"设想一种相对来说处境仍旧优越的，被收买的美国北方佬，把自己的困境与那些提着篮子到处叫卖的美国原住民的艰难相提并论，也有助于找出：究竟是什么，使《瓦尔登湖》的生态文化探索比后来那些部分受其启发、关于自愿简朴生活的文学作品更为敏锐"。②

第二，美国移民作家的生态文化书写。布伊尔认为从移民者文化关于本地环境破坏的历史记录中可以看出其人性良知和一语中的批判。"在移民者文化中，'再栖居'是对立足于地方的长期管理所负的一种责任。这种责任也被认为是原始居民与土地之相互依赖的近代等同物（'再'的说法由此而来），它可以弥补过去对原住居民和土地的虐待。"③ 以美国当代著名自然散文作家、兼具原住居民与田野考察科学家身份的巴里·洛佩兹为例，其文学书写犹如四处奔走的优秀人种史学进行了全球范围的探险。

第三，有关他国作家的生态写作。例如，《环境批评的未来》在论及环境批评的伦理与政治问题时，以两部澳大利亚文学作品为例予以阐述，即凯文·吉尔伯特（Kevin Gilbert）的诗作《庆贺者们88》（*Celebrators 88*）与昆士兰女性主义 – 区域主义作家西娅·阿斯特利（Thea Astley）的中篇小说《创造天气》（*Inventing Weather*）。在布伊尔看来，上述两位作者各自文本的表达方式不同，吉尔伯特用伊甸园叙事、修辞富有激情，而阿斯特利则是以自然叙事体、风格简洁而冷静。然而，无疑都表明了环境正义责任感如何与生态中心信念共存，

---

① ［美］劳伦斯·布伊尔：《为濒危的世界写作：美国及其他地区的文学文化和环境》，岳友熙译，人民出版社2015年版，第10页。
② ［美］劳伦斯·布伊尔：《环境批评的未来：环境危机与文学想象》，刘蓓译，北京大学出版社2010年版，第77页。
③ ［美］同上。

将白人定居澳大利亚后的"发展"故事浓缩成了关于贪欲、消耗与退化的故事,痛切地将自然环境与原住民文化塑造成共同的受害者,从而将不同的种族阵营吸引到对原住民迁移与环境退化的关注。具体而言,吉尔伯特的人物充满自信地将声音与围坐的黑人进行结合,而阿斯特利的叙述者则真诚地支持原住民的权利,尽力推翻自知无法超越的种族障碍。

第四,有关前殖民地地区作家的生态文化书写。例如,德里克·沃尔考特(Derek Walcott)荣获1992年诺贝尔文学奖,作为圣卢西亚诗人、剧作家,他出生于因历史与地理原因而始终种族复杂、文化多元的前英国殖民地西印度群岛的圣卢西亚地区,成长于一个跨种族通婚的家庭,混融英国、荷兰与非洲血统,其作品既书写加勒比海本土的历史、政治与民俗,又经常融入非洲、亚洲及欧洲的风土人情与文化特征。鉴于此,布伊尔列举沃尔考特诗歌《欧姆洛斯》指出,主人公渔夫阿基利斯进行了一番想象探险,从贩运奴隶船上中途倒回,暂归非洲故乡却未能安居,且多次穿插转换成英国退伍老兵普兰科特的视角,通过追溯他本人及其祖辈的历史,展现出由于种族文化障碍与世界性旅行而复杂化的地方依附,以此映照出诗人的自况:多重身份、困窘不堪、流落异乡却忠诚依在。该文本展现出加勒比海地区的多种族多国家混杂难分,一边是渔夫们经营着以观看传统交易为主题的演出活动,由"天真的"表演者为旅游者模仿;一边是诗人自省于外来观察者的身份,以旁白提醒自己为归属于本地的灵魂摄下快照。其中所涉个中蕴藉极为丰富。其中叙事焦点的转换为已遭破坏却保持完整并无限扩展的地方性景象提供了额外的层次,对海岛与区域历史的把握则广涉被相继占领的前哥伦比亚时期与移交占领权的不同时刻等时间层。总体而言,布伊尔将该文本界定为是有关失败的帝国工程的全球中心圣卢西亚岛之诗、安替列群岛之诗、北美散居者之诗、非洲加勒比海地区之诗、关于区隔黑白人种的大西洋世界之诗以及关于遍及全球的大洋之诗。究其因由,这部作品的地方召唤既围绕一个中心又具有迁移的、全球的、世界史的大视野,因而证实了在多重范围与意义层面开展地方性想象的可能性,广涉地方、国家与区域,跨越半球、地方性,历史性以及文化性等范围。

第五,布伊尔还长于运用比较文学与文化视域开展生态批评。例如,通过梳理与辨析世界文学视野中有关树的文学意象指出,梭罗的树既是历史事实又具有被精心营造出的象征意义,威廉·卡洛斯·威廉姆斯较之其他作家更专注于对其优美轮廓的特殊化描写,由此他描写小树虚弱状态时传达了一种精准的表面视觉形象。这与华兹华斯的描写有着互文性,其背景承续华兹华斯的18世纪风景诗歌《丁登寺》,从一个固定视点延展到远景。日裔美国作家山下凯伦的《桔的回归线》①中有关棕榈树的描写同样带着嘲讽意味地重现了威廉姆斯从底部向顶端的写作方法，一直跟随一个黑人贫民区孩子的意识最后展示出事实：其所居住的沥青混凝土迷宫里居然还生长着树木。在布伊尔看来，山下在《桔的回归线》中的选择甚至更具吸引力。任何一棵大树基本来说都可戏剧化地展现洛杉矶内城脱离自然的形象。棕榈树既是外地人极易把握的地域性典型形象，又被赋予其他含义：可作高档社区的装饰；在非洲传统文化中，既可供人衣食，又可作公共集会场所，因此包含多元的生态仪式意义。又如，纵览世界文学范围内经典作家早期有关空间与地域的记忆与其创作实绩的关系，进而予以参证考察，并举例说明，威廉·华兹华斯似乎确信，最大的情感能量来自在遥远过去的与住所相关的片刻，而那些片刻与记忆中的迷茫与恐惧的经历有关。梭罗证实他被父亲带到瓦尔登湖是其最早的记忆之一，在《瓦尔登湖》中表达了相应的喜悦之情，并将未成年初期的梦想赋予了绝妙的风景。与之相对，对于创作主体来说，生命历程初期的景观记忆并非皆为具有积极意义且令人愉悦的。查尔斯·狄更斯的早期记忆即充斥着因其父在伦敦马歇尔监狱里被监禁所带来的恐惧与屈辱，此种空间记忆在他的小说中频繁得以回忆与再现。

综上，布伊尔依据对生态问题的公民承诺始终致力于相应的生态文学理论建构与批评实践，其诸种研究实绩展现出跨越学科、文化与研究领域的世界视域与相应批评实践的不断扩展。

（二）生态视域中的经典重释：以劳伦斯·布伊尔《为濒危的世界写作》为例

综观世界文学创作与研究的历史脉络，无论是艺术家的创作还是批评家的研究都始终未曾间断过对于世界物质环境与物种关系等问题的书写与研讨。布伊尔倾尽精力投入生态问题研究，且其对生态批评的定位是较为客观的。在他看来，生态批评并非如现象学、俄国形式主义、新批评、解构主义与新历史主义以一种主导方法的名义进行革命，也缺乏爱德华·赛义德的东方主义为殖民主义话语研究所提供的那种定义范式的说明。他的专著《为濒危的世界写作》②以美国及其他地区的文学、文化以及环境为论题，是生态文学批评领域极具反响的重要著述，荣获流行文化与美国文化协会颁发的"约翰·卡威迪（John G. Cawelti）图书奖"（2001）。具体而言，该书旨在重塑文学与生态研究领域，强调物理环境对个人与集体观念的影响与了解现代环保意识的历史重要性，以明

---

① Karen Tei Yamashita. *Tropic of Orange*. Minneapolis, Minnesota: Coffee House Press, 1997.
② Lawrence Buell. *Writing for an Endangered World: Literature, Culture, and Environment in the United States and Beyond*. Cambridge, Massachusetts: Harvard University Press, 2001.

确与具体的方式将生态写作的定义延展至囊括城市体裁、自然书写等在内的广延范畴。

鉴于生态危机是一种经济资源的危机、公共健康的危机抑或政治的僵局，该书对生态危机的关注、对环境想象理论的倡导以及对环境批评之未来的展望，都贯穿着基于生态视角针对诸种文学文本的重审与解读。布伊尔将生态想象视为一种"当代的文艺复兴"，倡导"生态想象工程"。

1. 对人类生存环境的阐述

在生态文学批评实践中，布伊尔力求精准界定诸种相关概念，并用以作为分析媒介与工具展开相应研究。

例如，住所及地方。该书"住所的住所"部分涉及住所的飘忽不定性、住所连通性以及住所想象的重要性等层面，从分析模型到生态伦理与审美，对住所的多层含义予以了阐释。布伊尔认为没有物理空间不称其为住所，"因此它是在地球、人和生命的其他形式的利益中，即使也许不可能在每个人或利益集团的利益中，因为'空间'将会被转变——或者再改变——为'住所'"。[①]综观人类与非人类的历史演进可见，不同群体认为有意义的"住所"的东西，可能在无数方面有分歧与交错。对于彼人来说感觉如同住所的地方对他人而言则可能并非如此，对于整体文化同样也是如此。尽管基于欧美视域而言，房子有直角是不言自明的，但基于他类文化的角度来看（例如，纳瓦霍人、蒙古人），圆形可能感觉更为正确。同样是居所所在地，在梭罗的瓦尔登湖地区与英国的湖泊地区，居住者对住所的感觉可能会截然不同。基于此，在21世纪的转折点上，只有当"住所"与"地球"相互依赖、互为依存时，住所才真正具有意义。

又如，有关城市的文学书写。该书"浪漫的都市生活：惠特曼、奥姆斯特德""从狄更斯到莱特的都市小说"等章节阐释了诸多作家笔下诸种城市不同的文学形象。例如，惠特曼有关基于应对工业加速发展的影响而想象出的重新居住地的愿景，反映出他关心的是将个人适当地置于人们的群体，由此更接近19世纪美国著名城市生态改革者弗雷德里克·劳·奥姆斯特德的相应观点，后者不仅是美国现代景观设计学的开创者，而且通过广泛阅读英国有关作家作品而形成了非凡的景观艺术素养，同时还取得了一定文学成就。

再如，有关田园的文学书写。布伊尔梳理了美国作家、教育家凯瑟琳·李·贝茨的赞美诗《美丽的美国》(America the Beautiful，1893)赖以生成的环保主义者的双重视野，进而论及与该文本具有诸种机缘的简·亚当斯与约

---

① [美]劳伦斯·布伊尔：《为濒危的世界写作：美国及其他地区的文学文化和环境》，岳友熙译，人民出版社2015年版，第92页。

翰·缪尔，前者是当时美国城市社区运动阶段的代表人物、后者是美国早期环保运动的领袖。布伊尔表明物理环境是作为田园欲望（缪尔的案例）与甚至地域毒性（亚当斯的案例）的烦恼中的个人和社会同一性的基础，两者都具有后维多利亚时代战胜荒野重新构建家园的精神。

2. 对水域生存环境的解析

该书针对有关湖泊、河流以及海洋等水域生存环境的文学书写及其对人类文化的影响予以了阐释。

例如，布伊尔认为河流是古老文化的象征，人类文明体系业已由动脉河流予以定义并借以形成。该书"流域美学"等章节内容基于"从水到流域"与"现代流域意识：从玛丽·奥斯汀到现在"等层面针对河流的文学书写进行了阐释，指出：美索不达米亚"新月"政权依托底格里斯河与幼发拉底河，埃及王国的建立依凭尼罗河。"事实上，世界各地的河流已经成为文化偶像，凭借着规模、长度、美丽、估算的神圣性，运输路线的效用：亚马孙河、莱茵河、恒河、密西西比河。"① 此外，河流也可作为地方、区域乃至国家的标志。以泰晤士河为例，早在英国伊丽莎白时期其即为国家身份与权力的提喻；20世纪英国作家约瑟夫·康拉德的《黑暗之心》中叙述者马洛傍晚在泰晤士河口的心酸回忆使文本展现了当时欧洲帝国主义者的河帝国语境。康拉德笔下的泰晤士河颠覆了华兹华斯德文特河式的书写，展现了自然既可变形或破坏文化又可养育文化的理念。"此外，康拉德会充分意识到较低的泰晤士河从狄更斯的那一天就已经受到严重的污染，被生态改革者谴责为是对公众健康的危害和一个国家的耻辱。"②

又如，布伊尔表明，海洋是地球上最接近全球范围的景观与最大的生态系统。由此，海洋早在《荷马史诗》中即有所呈现，形成了"最远的边缘"的周长。现代文化中，海洋多象征无限的内心。例如，弗洛伊德称"永恒的感觉"即如"海洋的"感觉；约瑟夫·康拉德认为男人面向大海更易自信；雷切尔·卡森的《我们周围的海洋》是自然写作传统中重要的关于海洋的书，为作者赢得了科学领域严肃自然作家的声誉。此外，该书"作为资源和图标的全球生态系统：想象海洋和鲸鱼"章节内容基于"重新象征海洋"、"《白鲸》与民族、文化和物种等层级"与"想象种际主义：巨型动物的诱惑"等层面针对海洋的文学书写进行了阐释，指出：《白鲸》对过剩进行想象与洛佩兹的《北极的梦想》的约束建模分享了首要的伦理的与美学的承诺。对梅尔维尔来说是帝国

---

① ［美］劳伦斯·布伊尔：《为濒危的世界写作：美国及其他地区的文学文化和环境》，岳友熙译，人民出版社2015年版，第284页。

② 同上，第286页。

企业与比较神话，对洛佩兹来说则为极地生态与比较民族志。相应承诺形成的国际化视野，有助于保持小说不再囿于在 21 世纪之交流行的有关鲸类的想象中时常出现的动物与人类和谐的平凡化窠臼，因而表明海洋的生态想象的全球化尚且任重道远。"事实上，《白鲸》《鲸鱼的展示》《人鱼的童话》和《海洋世界》经验都以差异性的方式证明，当造成生态系统滥用的混乱形式的心态被暂停或压抑时——作为商品的鲸鱼的概念成了所有企业家的公平的游戏，例如——可以代替它的东西通常不会比崇高的财产主义更好。"①战利品、玩伴乃至独特的与前所未有的体验其后成了文学的挑战与更为广泛的文化表达话语，相应地对现世的生态作家形成了挑战。

3. 对兽类生存环境的探究

该书"兽类与人类的苦难：非人类中心主义伦理学与生态正义"有关章节内容分为"分裂"与"调解"两个层面，基于生态视域剖析了兽类与人类共通的命运境遇。

"分裂"部分将达尔文的《物种起源》与杰里米·边沁的《人类的起源》称作历史领域的姊妹篇，而文学"与西方道德拓展人员思想相伴而来的，是在社会上其他人和物种的生活想象方面的写作和阅读兴趣的加强。有些是写农民生活的浪漫主义诗歌；有的是对逃脱奴隶生活的叙述；还有传记、社会学，以及底层小说；人种学的兴起；以及现代动物故事的诞生。"②在他看来，相关写作主体的特征主要体现在如下层面：首先是在生命世界人类与非人类的文学恢复中的趋向大部分是彼此独立自主的，人类与野兽的苦难分别造就了其各自的特征；其次是人类与非人类之间的专业对话将吸引不同流派予以评论；再次是不同批评流派之间也在相互吸引并进行对比；最后是每一次对话中还存在着问题的阴影，即因照本宣科而导致的伦理层面的不可信。如自然主义小说中兽性的比喻：左拉的《萌芽》、理查德·赖特的《土生子》中人类在社会压迫下被摧残成动物，其中寓意非贬非褒。如若被压迫者成为真正的人类则需要修炼动物般的适应能力，诸如斯坦贝克的《愤怒的葡萄》中作为弹性幸存者的龟的开放性形象。此外，布伊尔还以 20 世纪后期的两部小说哈马斯维塔·黛维的《翼手龙、普伦沙海和皮尔塔》与芭芭拉·高迪的《白骨》为例指出：前者是有关调查记者普伦在偏远部落悲惨村落皮尔塔的经历，后者是有关濒临灭绝的非人类部落诸如非洲大象的部落故事。《翼手龙》是生态正义有史以来最为犀利、具有挑战性的小说之一且深具文

---

① ［美］劳伦斯·布伊尔：《为濒危的世界写作：美国及其他地区的文学文化和环境》，岳友熙译，人民出版社 2015 年版，第 260 页。

② 同上，第 267 页。

化特殊性,"翼手龙"用温情脉脉的笔法表现野兽或人类的痛苦,暗示村民的困境与非人类环境的困境相关,所涉的确超出了人类范围,从而成为自然环境的一曲挽歌。《白骨》是大胆地尝试想象大象是如何思考与感受的作品,多具虚构心理体验,以此挑战洞悉动物的思想、抛弃那些对动物的偏见。

"调解"有关章节内容阐明柯勒律治的《致一头小驴》向被种族压迫语境中的可怜小马驹致敬,然后强调人与被压迫动物之间的关系。这首诗几乎没有展现出柯勒律治最优秀的层面,但蕴含其中的道德反思无疑是前卫的。此外,他的著名诗篇《古舟子咏》同样表现了肆意杀戮图腾动物的后果,获得赎罪的关键在于凶手后来表现出来的甚至是对虚伪的创造物的自发同情。其后,当代文学文本多注重建构环境主义与非人类中心主义的道德观之间的关系。例如,契卡索(Chickasaw)作家琳达·霍根的小说《太阳风暴》《灵力》等。《灵力》的主要情节是一个美国土著女人因杀害濒危物种佛罗里达豹而被审判等。文本中各党派人士都自称保护濒危物种是好事,但其实只是白人为了控制印第安人与本土美国人的借口,而作为被告的女人故意杀死黑豹实为通过自身遭受惩罚的方式来祭祀残存部落的消亡。

综上所述,布伊尔颇具信心地对于环境批评的未来做出如下判断:第一,文学研究中的环境批评日益将环境的内涵超越单纯自然的范围,而向人造的第二自然拓展。在此过程中,环境批评对于自然与社会环境如何在文学与历史中相互交织等问题的研究会越发精细。第二,如同环境公共政策领域相类,在人本主义环境批评领域同样最为深刻的立场是既对人的最本质需求又对不受这些需求约束的地球及其非人类存在物的状态与命运进行言说且对两者之平衡予以考察,而严肃艺术家与批评家都应开展践行。由此,该书通过对世界文学诸种文本的阐释,对生态想象等层面问题的剖析,展现了相应诸种文学中的生态景观及其深刻蕴含。

第三节 文学批评实践个案研究

一、查尔斯·E. 布莱斯勒的《文学批评:理论与实践导论》

查尔斯·E. 布莱斯勒的代表作《文学批评:理论与实践导论》[①] 问世以来不

---

① Charles E. Bressler. *Literary Criticism: An Introduction to Theory and Practice*. Boston: Pearson Longman, 2011.

断修订完善，目前已出至第五版，堪称是美国文论领域经久不衰的论著与教材。2014年，该书的中译本问世，与国内同类教材形成互补与互动。鉴于此，以下注重探讨该书在理论观念、批评范式与撰著方法等方面的特征。

（一）针对理论与批评的界定

《文学批评：理论与实践导论》对于文学理论、批评与作品等层面的概念与范畴予以了梳理与界定。首先，该书厘定了批评的范畴，指出："从传统上看，文学批评家要么涉及理论批评，要么涉足实用批评。"① 具体而言，理论批评（theoretical criticism）提供了实用批评（practical criticism）所必需的框架，而实用批评或应用批评（applieweid criticism）则促使理论批评之理论及其宗旨生成与之相应的诸种特殊作用。其次，该书肯定了文学理论的价值与功用，表明："文学理论无疑是所有派别的批评家或任何批评形式之基础，且为实用批评得以形成的依托。"该书认为："掌握文学理论，有助于我们去分析对于任何文本的初始反应和所有的跟进反应，也能使我们通过手边文本去探究自己的信仰、价值观、情感以及最终的整体阐释。要弄懂我们为何会以某种方式对文本做出反应，我们就必须首先了解文学理论及其实际运用——文学批评。"② 基于此，"文学理论因而为我们提供了一种人生观，帮助我们理解我们为何以某种方式阐释文本"。③ 具体说来，文学理论的价值与功用体现在，"以隐喻和字面意义的方式追问我们在阅读一个文本时'坐在'哪里。在阅读过程中，到底是什么东西在影响我们？是我们的文化？是我们对文学自身性质的理解？是我们的政治、宗教或社会观点？还是我们的家庭背景？这些问题以及其他类似的问题（和答案）将直接和间接地，有意和无意地影响我们的阐释和阅读文本时乐趣的有无。一旦将我们如何阅读文本的潜在假设表达清楚，我们这些读者就能为自己建立起一个明晰而有逻辑的实用批评。"④ 再次，该书论证了文论的多元化特色，认为："由于没有一种文学理论能够解释每个人的概念性框架中所包含的所有因素，也由于我们作为读者都拥有不同的文学经验，所以不可能存在一种元理论（metatheory）——一种主宰性或总括性的文学理论，涵盖读者就某个文本提出的所有可能性阐释。也不存在一种唯一正确的文学理论本身，每一种文学理论都对文本提出了有效的问题，没有一种理论能够穷尽针对一种文本提出的

---

① ［美］查尔斯·E.布莱斯勒：《文学批评：理论与实践导论》，赵勇、李莎、常培杰译，中国人民大学出版社2015年版，第9页。
② 同上。
③ 同上，第10页。
④ 同上，第11页。

所有合法问题。"①

（二）依据诸种文论派别的阐述

该书针对当代西方文论诸种派别各自的独特走向及其相互之间的关联性表明："伴随20世纪和21世纪的是五花八门的批评流派，每一个流派都在追问有关文本的问题，它们合理合法、相互关联却又迥异有别。"② 同时，"每一种理论拥护着不同的批评取向，主要聚焦阐释过程中的某一个要素。不过在实践中，不同的理论也可以在文本阐释中针对若干个关切领域。……实际上，每一种文学理论或视角就像是在剧院里占了一个不同的座位，从而获得了不同的舞台视域"。③ 就此，该书主要梳理了三种文本阐释范式：首先对强调文本自身的内部研究取向的理论予以了剖析，指出此种理论致力于考察文本内在的修辞、措辞以及风格等文学形式，从而悬置了文本的历史、文化或社会背景等，由此所指涉的是文学本体因素或是文学性抑或文学审美问题。其次对重视考察文本所处的历史、政治、社会、宗教以及经济背景的外部研究取向的理论予以了剖析，指出此种理论对文本作者和文本原初受众而言都不失为一种可接受的阐释方式，联系文本生成的外部条件考察文本无疑有助于更好地阅读和理解文本。再次对从文本受众立场出发考察文本的阅读研究取向的理论予以了剖析，指出此种理论基于阅读影响阐释文本的有效性，通过把握阅读心理展开文本研究无疑有益于更精微地观察文本面世后的接受效应。

与之相应，在论及具体文论派别时，该书认为："尽管每一个读者获得文本阐释的理论和方法都有所不同，但一些读者群和批评家群体迟早会宣布效忠于一个类似的信仰核心并集结在一起，创立各种批评流派（school of criticism）。"④

基于此，该书作者声称："我们将仔细审视它们从以往的批评流派中借用了什么，修改了什么，增添了什么。同时我们也会注意每个流派的历史发展、基本假设、特殊语汇以及阐释文本的方法。"⑤ 由此，该书不仅梳理了自柏拉图到巴赫金的古代与近现代西方文论，而且阐述了20世纪与21世纪的西方诸种文论流派，涉及俄国形式主义、英美新批评、读者反应批评、后现代主义、结构主义、后结构主义、精神分析批评、女性主义、新马克思主义、新历史主义以及后殖民主义等文论派别。此外，还论及非裔美国文学批评、酷儿理论以及生

---

① ［美］查尔斯·E.布莱斯勒：《文学批评：理论与实践导论》，赵勇、李莎、常培杰译，中国人民大学出版社2015年版，第13页。
② 同上，第59页。
③ 同上，第14页。
④ 同上，第59页。
⑤ 同上，第60页。

态批评等热点题域,指出:"在美国学者支配着生态批评实践的当下,每年从生态角度批评文本的方法都引发了世界范围的瞩目,在欧洲和亚洲不断举办的各种会议和其他学术活动就是佐证。"①

（三）基于具体文本的设问与阐释

该书注重揭示文本意义的复杂性与多重性,指出:"一个清楚明了的文学理论还假定,纯真的（innocent）文本解读,或纯粹感性的、自发的作品反应是不存在的,因为文学理论质疑读者的假设、信念和情感,追问他们为什么以某种特定的方式回应文本。从一个非常真切的意义上说,文学理论促使我们质疑自己对文本的常识性阐释,要求我们探索初始反应背后的东西。依照一个前后一致的文学理论,那种对于文本简单的情感性或直觉性反应,并不能解释导致这种反应的潜在因素。了解是什么引发了这种反应,读者是如何通过（through）或利用（with）文本建构意义的,这才是最重要的。"② 由此,该书不仅在其"文学作品选读"部分选取了纳撒尼尔·霍桑的《好小伙布朗》,而且在专论各个文论派别时都以该小说为个案,分别进行了细读与阐微,进而充分彰显了理论之间的对话、批评的无形张力以及文学作品的阐释空间。

例如,该书的"读者导向批评"部分设问如下:"你能列出一些期待视野并能说出在霍桑文本中它们从头到尾发生了怎样的改变吗？"③ "运用姚斯对期待视野的定义,你能先自己试着发掘,然后再和同学们一起完成《好小伙布朗》的阐释吗？"④ "运用布莱奇的主观批评,你能说出你对《好小伙布朗》的反应与解读之间的区别吗？"⑤ "当你阐释《好小伙布朗》时,你能举出你的阐释群体吗？或者你能说出你作为读者所隶属的那些群体吗？这样做,你便能确认这个或这些群体是如何影响你的阐释的。"⑥ 又如,该书在论及结构主义的部分指出:"在纳撒尼尔·霍桑的《好小伙布朗》中,大部分读者都假定森林的黑暗等同于邪恶,灯的意象则代表着安全。结构主义者特别感兴趣的是黑暗如何表征邪恶。一个结构主义者通常会问,为什么黑暗在所有文本中常常表征为邪恶,是什么样的符号系统或代码在运作,使得读者将读过的所有或大部分文本中的黑暗互文性地阐释为邪恶。"⑦ 基于此,该书基于结构主义文论设计了如下问题:

---

① ［美］查尔斯·E.布莱斯勒:《文学批评:理论与实践导论》,赵勇、李莎、常培杰译,中国人民大学出版社 2015 年版,第 296 页。
② 同上,第 11 页。
③ 同上,第 103 页。
④ 同上。
⑤ 同上。
⑥ 同上。
⑦ 同上,第 123 页。

"《好小伙布朗》中包含的各种语义特征是如何与你在文本中发现的各种代码、符号以及二元对立直接发生关联的?"①"使用至少三种不同的结构主义方法来分析《好小伙布朗》,看它们从这特定文本中是如何获取意义的。最后,这三种方法在如何获取意义上是否有其差别?"②与之相对,依据解构主义文论提出如下问题及要求:"阅读《好小伙布朗》后,颠倒其中一个二元对立并重新阐释文本。完成这些后,再颠倒另外两个二元对立并重新阐释文本。这两种阐释有何区别?"③"写一页阐释霍桑故事的文字。完成你的阐释之后,再引用一些既在你选定的文本中运作也使你获取了阐释视角的二元对立。"④"将《好小伙布朗》作为分析文本,证明霍桑如何失言或文本在哪里存在着悖论。"⑤

综上所述,该书为构建多元与开放的文论学习体系而选取了独特且有效的撰著方式与教学模式。

二、文森特·里奇的《20世纪30年代至80年代的美国文学批评》

美国俄克拉荷马大学英文系主任文森特·里奇(Vincent B. Leitch)教授著述甚丰,曾出版《解构批评》(1983)、《20世纪30年代至80年代美国文学批评》(1988)、《文化批评、文学理论、后结构主义》(1992)与《后现代主义:地方影响、全球潮流》(1996)等著述,并曾担任被国际文论界公认为世界文学批评理论权威典籍的《诺顿理论与批评文选》(2001)的主编。他的重要学术理论著作《20世纪30年代至80年代的美国文学批评》(*American Literary Criticism from the 1930s to the 1980s*)针对数十年间的美国文论予以了悉心梳理与深入阐释,呈现了当代美国文学理论与批评实践的发展脉络、流变历程、诸种特征及其未来趋势,因而赢得了希利斯·米勒(J. Hillis Miller)、斯坦利·费希尔(Stanley Fisher)等美国知名文学理论家的褒奖,被誉为有关当代美国文学批评史的全面性权威巨著。目前,该书业已成为美国高校广为选用的文学理论教材。鉴于此,以下选取历时与共时交汇的研究视角,不仅注重考察该书所呈现出的当代美国文论的发展谱系,具体剖析该书以及相应访谈的理论主张与批评范式,而且揭示相关研究实绩的历史与文化视角,进而剖析其世界视野及其对诸种相关问题的阐释。

---

① [美]查尔斯·E.布莱斯勒:《文学批评:理论与实践导论》,赵勇、李莎、常培杰译,中国人民大学出版社2015年版,第145页。
② 同上。
③ 同上,第146页。
④ 同上。
⑤ 同上。

（一）历史视域

依据里奇的历史观而言，尽管历史研究理应追求全面与客观，但是对历史的描述、解释、论证、评估以及叙事，都不可避免地面临着选择取舍与价值判断，这意味着历史既是发现亦是创造，故而"历史文本通过取舍、强调、忽略、肯定和批评，争奇斗艳、显现出自身的独到。作为写作，历史一边发现，一边杜撰。另外，任何文本都毫无例外有着自身的句法、风格和叙事要求，这种要求决定着文本的顺序与对称，从而赋予历史话语一种根本的文学性。因此，'创造性'不仅是历史的特征，也是历史的构成"。① 基于此，《20世纪30年代至80年代的美国文学批评》涉及与欧陆诸种学院派的理论及批评，但主要基于当代美国文化及文论视角度，梳理了美国文学批评的基本发展线索，回溯了20世纪美国文论领域诸种流派得以生成与发展的社会政治条件与文化境遇。与之相应，该书作为有关当代英语文论与批评的史书，选取史论结合的撰著方式，自20世纪30年代的马克思主义文论始，并数次触及此前诸种文论与批评现象，从而针对20世纪美国文论与批评的历史渊源、发展流变进行了纵横交融的梳理与阐述。

（二）全球视域

该书虽为当代美国文论专论著作，但其视角并未限于美国本土，而是立足于全球视域，侧重考察了当代美国文论得以形成的世界性因素。

例如，该书第八章"读者反应批评"专设"德国接受理论在美国"部分，详尽梳理了自20世纪70年代始，美国对德国接受理论及其相关批评实践的接受历程，进而指出："无论是一个严密的组织还是松散的运动的一部分，德国和美国的读者中心批评家通常都是在无数相互争鸣的哲学力量的密集交会处运作。伊瑟尔与姚斯之不同，一如米勒与费希之不同。美国批评家的领军人物与主要的德国批评家的重要区别在于对教学法和心理学的关注。后来，对女性主义的关注又进一步扩大了美国读者批评运动与德国康斯坦茨学派的区别。"②

又如，该书在论及美国解构主义文论时将其置于欧陆文论背景中予以观照。里奇认为，美国学者对结构主义与解构主义的选择是欧洲文论多元影响的结果，"德里达是通过结构主义和现象学才最终走向解构主义的。但是，他的美国盟友中大多数人却是从现象学直接达及解构主义，并没有经过直面结构主义的过程。这是因为，在美国，结构主义和解构主义差不多是同时出现

---

① 郝桂莲、赵丽华、[美]文森特·里奇：《理论、文学及当今的文学研究——文森特·里奇访谈录》，《当代外国文学》2006年第2期第146页。

② 同上，第229页。

在文学批评家面前,成为他们可选择的批评方法。70年代初,一些批评家,如卡勒、普林斯、里法特尔和休斯,选择了结构主义;而其他人,如德曼、多纳托、瑞代尔和米勒,则选择了解构主义"。① 与此同时,该书还表明,不同美国学者对后结构主义与解构主义的接受同样是欧洲文论影响的结果,"后结构主义更为广泛的领域与解构主义的领域之间最显著的区别在于,前者吸收了福柯的历史、社会学和政治研究和拉康的心理分析理论。确切地说,一位像爱德华·赛义德这样的社会批评家,一位福柯的追随者和德里达的批评者,更大程度上是后结构主义者,而不是解构主义者。像米勒这样的一位批评家,忠实于德里达、不在意福柯和拉康,最准确的称呼应该是一位解构主义者,而不是后结构主义者"。②

再如,该书辟专章"文学的全球化"研讨了跨文化的诸种文学与美学现象,并在论及黑人文学与文论时表明,"在文化领域,黑人美学理论起到了为美国黑人艺术划定疆域,并为其规定具体内容的作用。这个任务必须与发展一种族裔诗学(ethnopoetics)的任务同步进行,两者是相互交织、密不可分的。"③

(三)理论的前景

作为与时俱进的杰出文论家,里奇对文论的当下态势与未来走向都拥有自己的认识与主张,并针对理论的范畴问题、经典重写问题以及理论的前景问题发表了诸种独到见解。

具体而言,首先是理论的范畴问题。里奇认为,在目前的学术语境下,"理论"的定义要比过去各个年代的定义宽泛得多。基于此,他主编的《诺顿理论与批评文选》在选篇层面非常注重基于文学与文化史层面,全面呈现诸种相关学科及其分支的相应构成因素。其次是经典的构成问题。针对经典之争及其未来态势,里奇断言,有关经典的研究会大有可为,且将得以进一步的拓展并形成更为精细的划分。新老经典将继续共存,并持续经由重审而被不断赋予新的内容与意义且参与相应的格局嬗变。再次是文学研究的走向问题。对于文学研究可能的未来发展趋势,里奇认为鉴于文学研究的边界拓展与科际划分尚存悖论,应在宏观方面与微观方面都拥有深刻的洞见并展开了辩证的剖析。此外,在言及理论的当下态势时,里奇指出,一方面,基于整体层面而言,理论与批评层面的文化研究任重道远,诸多新领域或亚领域将以"自治"的面貌出现。另一方面,依据具体批评家的研究走向来看,一种新的纯文学主义(belletrism)

---

① [美]文森特·里奇:《20世纪30年代至80年代的美国文学批评》,王顺珠译,北京大学出版社2013年版,第269页。
② 同上,第283页。
③ 同上,第357页。

会凭借几种形式得以发展。这种新的文学至上倾向还表现在，诸位知名文学理论家与批评家的文学研究观趋于回归文学本体，进而重释传统经典文学。

总之，通过考察里奇的观照视角、运思范式与阐释方法可以看出，他将有关当代美国文论与批评的研究置于历时坐标与共时全球学术体系之中进行了全面且深入的阐释，从而较为客观、全面且明晰地展现了当代美国文论的历史渊源、流变脉络、发展情势及其未来趋向。

三、哈罗德·布鲁姆的"文学地图"丛书及序言

21世纪的美国文学理论与批评领域中，立足于空间层面的相关研究业已成为热点题域，进而形成了独具特色的空间转向趋势。究其原因，首先，时空研究始终是文学研究领域的经典问题域。其次，空间研究是当代西方各学科共同关注的焦点研究领域。再次，文学地理学业已成为欧美学界极具发展前景的"显学"。文学空间是多元、开放与互文的建构，文学由背景、位置、场所、边界以及相应视域共同构成，"文学作品能够帮助塑造这些地理景观"。① 基于此，目前，作为有关作家、作品相关地理位置的记录或创作主体建构的文学世界之向导的文学地图研究业已突破传统意义层面的文化地理学研究，进而在文本、对象、视角与相应论题等层面呈现出诸种共同特质。

纵观世界文学的发展轨迹可知，城市不仅是作家交往之必备条件，而且是文学表现的主题，诸多文学体裁都起源于此。基于此，哈罗德·布鲁姆主编的"文学地图丛书"② 及其为之撰写的"总序：心灵之城"与罗马、巴黎、伦敦、都柏林、纽约与圣彼得堡各分册"序言"，在宏观层面与微观层面都展示了城市与文学纷繁复杂的关系及其典型的共同特征与发展规律。

布鲁姆生于纽约，其后长期的城市生活经历与相应研究领域对其极具原创性的文学研究实践形成了潜移默化的影响。布鲁姆"文学地图丛书"以罗马、巴黎、伦敦、都柏林、纽约与圣彼得堡的文学发展为脉络，以各城历史兴衰为时间轴线与地理坐标，将历史、宗教、建筑与文化融汇于文学之中，进而展示了诸幅完整的文学地图。鉴于此，以下以该丛书"总序"与六篇分册"序言"为考察对象，力求具体与深入研讨布鲁姆针对文学与城市之间复杂且多元关系

---

① ［美］迈克·克朗：《文化地理学》，杨淑华译，南京大学出版社2005年版，第55页。

② Harold Bloom, *Bloom's Literary Places*. Philadelphia: Chelsea House Publishers, 2005. 该丛书共六册，包括：Mike Gerrard, *Bloom's Literary Guide to Paris*; Donna Dailey and John Tomedi, *Bloom's Literary Guide to London*; Foster Brett, *Bloom's Literary Guide to Rome*; Jesse Zuba, *Bloom's Literary Guide to New York*; John Tomedi, *Bloom's Literary Guide to Dublin*; Bradley D. Woodworth and Constance E. Richards, *Bloom's Literary Guide to St. Petersburg*.

的理论观念与批评实践。

（一）关于文学与城市关系的总体阐述

首先，城市是文学精神的发源地。布鲁姆认为，亚历山大城是古代城市中最具文学想象激发力的城市。基于某种意义而言，西方文学史上所有深有造诣的作家，无论其是否有所认知，都堪称是亚历山大人。此外，亚历山大城还催生了业已拥有 26 个世纪历史的"现代主义"。① 鉴于此，西方文学始终保持着亚历山大文化的传统风格。

其次，城市是诸多文学体裁与主题的生成与发展地。布鲁姆指出，西方几乎所有文学体裁都发源于城市，希伯来文《圣经》的前六卷完成于所罗门位于耶路撒冷的宫廷，清晰地揭示了文学焦点从田园到城市的转移过程。《荷马史诗》生成于希腊民族，而希腊人的聚居地是雅典与底比斯，爱默生、梭罗的散文促使康科德成为美国文艺复兴的发轫地，惠特曼、哈特·克莱恩的诗歌、麦尔维尔与亨利·詹姆斯的小说对于纽约具有同等重要的贡献。

再次，城市是作家交往之所。布鲁姆表明，城市是作家交往的必备条件。尽管就职业而言，文学大师们总是喜欢远离尘世，但除了始终深居简出者之外，多数文学创作主体仍渴望在文学创作领域寻觅对话空间。例如，莎士比亚与本·琼森、斯威夫特与蒲柏、歌德与席勒、拜伦与雪莱、华兹华斯与柯勒律治、托尔斯泰与契科夫、霍桑与麦尔维尔、艾略特与庞德、海明威与菲茨杰拉德、亨利·詹姆斯与伊迪斯·华顿等，他们之间的交流、对立与传承也与城市相关。"伦敦就聚集了一大群本·琼森的徒子徒孙，如卡鲁、洛夫莱斯、赫里克、萨克林、鲁道夫等。还有塞缪尔·约翰逊博士和他的俱乐部成员，如鲍斯威尔、戈德史密斯、伯克等。"② 此外，在布鲁姆看来，即便是身处于当今时代，地域的空间临近因素依然是文学创作主体之间是否能够建立紧密联系的必要条件之一。

值得注意的是，布鲁姆所编纂的这套书系非常注重把握城市的文学轨迹，遵循历史的隧道展示其文学遗产，在丛书的六卷中均设有"文学圣地"部分梳理各个相关城市的文学地标与人文景观。例如，《罗马文学地图》中的"文学圣地"部分列举了梵蒂冈及普拉提地区的圣彼得大教堂、圣天使城堡，三岔路地区的济慈–雪莱纪念馆、西班牙广场和西班牙阶梯、波波洛广场、奥古斯都大帝陵墓、老希腊咖啡馆、歌德居所，威尼托区和伯吉斯家族庄园地区的伯吉斯艺术馆、国立现当代艺术馆、人骨教堂、国立朱利亚别墅博物馆、多内咖啡馆，

---

① ［美］布雷特·福斯特、马尔科维茨：《罗马文学地图》，郭尚兴、刘沛译，上海交通大学出版社 2011 年版，"总序"第 1 页。

② 同上，"总序"第 5 页。

万神殿和纳沃那地区的山谷剧场、罗马博物馆、万神殿，特雷维喷泉和奎里纳尔山地区的特雷维喷泉、巴贝里尼宫－国立古代艺术馆、科隆纳艺术馆、奎里纳尔宫，特拉斯提弗列区和雅尼库鲁姆山地区的科尔西尼宫－国立古代艺术馆、蒙托里奥的圣彼得小教堂、罗马的美国学院、犹太区和鲜花广场、神圣庄严的英文学院、法尔内塞宫，蒙提区和埃斯奎利诺山地区的戴克里先浴场、圣母玛利亚天使教堂、马杰奥尔圣母玛利亚大教堂，卡皮托尔山和巴拉丁山地区的卡皮托尔博物馆、阿拉克利的圣母玛利亚教堂、科洛塞竞技场、君士坦丁凯旋门、马梅提诺监狱、古罗马广场，阿文丁山和迪斯达奥地区的阿卡托里科公墓、迪斯达奥山，以及西里欧山和圣乔万尼区的圣格雷戈里奥·马格诺教堂、圣梯等。

《伦敦文学地图》中的"文学圣地"部分列举了斯特兰德/舰队街地区的查令十字车站、戈登葡萄酒吧、阿德尔菲、萨沃伊剧院、萨沃伊酒店、亨利王子的房间、《笨拙》周刊、萨默塞特宅邸、国王学院，考文特花园/卢格特希尔地区的考文特花园、鲍街地方法院、皇家居瑞巷剧院、鲁尔斯饭店、维克多·戈兰茨出版社、圣保罗教堂、塞维奇俱乐部、加里克俱乐部、剧院博物馆、国家表演艺术博物馆，索霍地区的索霍广场、威斯敏斯特参考文献图书馆、圣帕特里克教堂、圣巴尔纳巴斯屋、盖伊·赫萨餐馆、赫拉克里斯之柱餐馆、马车与马酒吧、克特纳餐馆、格罗克俱乐部、法国之家酒吧，皮卡迪利/梅费尔/圣詹姆斯地区的沃特斯通、圣詹姆斯教堂、奥尔巴尼大院、哈查德书店、伦敦图书馆、海伍德山书店、布朗酒店、皇家咖啡馆，威斯敏斯特地区的威斯敏斯特教堂、威斯敏斯特学校、白金汉宫、英国空中的伦敦眼、改革俱乐部、雅典娜俱乐部、福尔摩斯酒吧，查令十字街/费茨罗伊地区的特拉法加广场、国家肖像馆、牛排俱乐部、常春藤餐厅、费茨罗伊酒馆，南岸/南华克地区的千禧桥、泰特现代美术馆、莎士比亚环球剧院、乔治客栈、南华克大教堂、泰晤士河畔的安可酒馆、伦敦城地区的塔桥、英格兰银行、伦敦博物馆、圣巴塞洛缪教堂、邦希尔菲尔德墓地、约翰逊博士故居、老柴郡奶酪酒店、老贝利/新门监狱、圣保罗大教堂，布鲁姆斯伯里地区的伦敦大学评议会会议厅、狄更斯故居博物馆、大奥蒙德街儿童医院、大英博物馆阅览室、老主教法冠酒馆、魔鬼酒馆，马里波恩地区的福尔摩斯博物馆、马里波恩教区教堂，摄政公园/报春花山地区的伦敦动物园、报春花山书店，肯辛顿/切尔西/骑士桥地区的斯隆广场地铁站、圣卢克教堂、托马斯·卡莱尔故居、肯辛顿花园、海德公园、小飞侠雕像、圣玛丽·阿伯茨教堂、维多利亚和阿尔伯特博物馆、泰特英国美术馆，伊斯灵顿地区的萨德勒的韦尔斯剧院，温布尔登地区的温布尔登公地，布莱克西斯/格林尼治地区的诸圣教堂、特拉法加酒馆，以及汉普斯特德地区的济慈故居等。

《纽约文学地图》中的"文学圣地"部分列举了布朗克斯区的埃德加·爱

伦·坡故居、波浪山庄，布鲁克林区的哈特·克莱恩故居，曼哈顿区的阿尔岗昆大酒店、美国艺术与文学学会、布鲁克林大桥、卡尔波咖啡屋、圣约翰大教堂、查姆利酒吧、哥伦比亚大学、戴拉寇特剧院、联邦国家纪念堂、哥谭书屋、哈莱姆、霍姆斯·格里利塑像、切尔西旅馆、纽约巴克莱洲际酒店、蓝山餐厅、麦克索利酒吧、现代艺术博物馆、全国艺术俱乐部、纽约公共图书馆、新波多黎各诗人咖啡馆、皮尔庞特·摩根图书馆、广场饭店、普罗温斯敦剧场、尚博格黑人文化研究中心、圣马可教堂、自由女神像国家纪念碑、思存书店、华盛顿·欧文塑像、华盛顿广场、西端咖啡屋、白马酒馆，昆斯区的昆斯区艺术博物馆，以及斯塔滕岛的里士蒙历史名镇等。

《都柏林文学地图》中的"文学圣地"部分列举了利菲河以南的大卫·伯恩酒吧、伦斯特议会大楼、马什图书馆、爱尔兰国家图书馆、圣帕特里克大教堂、圣斯蒂芬公园、圣三一学院图书馆、奥斯卡·王尔德大楼和奥斯卡·王尔德雕像、乔治·萧伯纳出生地，利菲河以北的阿贝剧院、都柏林作家博物馆、詹姆斯·乔伊斯中心，以及其他地区的都柏林文学圈串酒吧、詹姆斯·乔伊斯塔等。

《巴黎文学地图》中的"文学圣地"部分列举了一区的法国喜剧院、康西厄格雷堡（巴黎古监狱）、海明威酒吧、卢浮宫博物馆、皇家宫殿，二区的法国国家图书馆（黎塞留分馆）、哈里的纽约酒吧，四区的维克多·雨果博物馆、巴黎圣母院、巴士底广场，五区的路易大帝高中、警察博物馆、先贤祠、穆浮塔街市集、莎士比亚书店、于塞特剧院，六区的鲜花街27号、巴斯蒂德－奥德翁餐馆、立普餐厅、花神咖啡馆、丁香园咖啡馆、双偶咖啡馆、卢森堡花园、拉贝罗斯餐厅、调色盘咖啡馆、波利多尔餐厅、普罗科普咖啡馆、菁英咖啡馆，七区的荣军院、罗丹博物馆、埃菲尔铁塔，八区的凯旋门、香榭丽舍大道、屋顶的公牛餐厅，九区的和平咖啡馆、浪漫生活博物馆，十四区的蒙帕纳斯墓园、圆顶餐厅、多摩餐厅、蒙苏利阁楼，十五区的拉胡石居，十六区的巴尔扎克博物馆，十八区的蒙马特公墓，二十区的拉雪兹公墓，以及巴黎郊外的凡尔赛宫等。

《圣彼得堡文学地图》中的"文学圣地"部分列举了涅瓦大街及其周边地区的亚历山大·涅夫斯基修道院、起义广场、别洛谢利斯基－别洛焦尔斯基宫、阿尼契科夫桥、阿尼契科夫宫、叶里赛耶夫餐厅、苏沃洛夫宫、陀思妥耶夫斯基文学纪念馆、安娜·阿赫玛托娃博物馆、拱廊商厦、滴血救主教堂、书屋、文学咖啡馆、银行桥、狮桥、喀山大教堂、海军部大厦，艺术广场地区的夏季花园、欧洲大酒店、俄罗斯国家博物馆、大理石宫殿，宫殿广场和周边地区的宫殿广场、冬宫博物馆、冬宫、总参谋部大楼、亚历山大·普希金公寓博物馆，海军部大厦的周边地区的亚历山大花园、青铜骑士、圣以撒大教堂、马林斯基剧院、尤苏波夫宫、瓦西里岛的交易大楼/海军博物馆、珍奇博物馆、梅尼希科夫宫、列宾绘画、雕塑和建筑学院/圣彼得堡美术学院、彼得保罗要塞,以及彼得格勒河岸的阿芙乐尔号巡洋舰等。

(二)针对作家与城市关系的具体剖析

对于作家与城市关系,瓦尔特·本雅明(Walter Benjamin)指出:"文人是在林荫大道上融入他所生活的社会的。他在林荫大道随时准备着听到又一个突发事件、又一句俏皮话、又一个传言。"① 这在一定程度上揭示了文人与所在区域对其认知范式与思想观念的影响。针对作家与所在城市的关系而言,这些城市或为创作者的出生地,或为其创作地,或为其叙事设置地,或为其定居地,或仅为暂留地,但无一例外的都是其灵感的重要获取地。作家们通过对于相关城市的书写,不仅展现了自我对其独到的认识与理解,而且建构了文本存在的城市空间。

1. 城市对于作家创作的影响

布鲁姆立足于具体城市维度,深入阐述了城市对于诸位作家及其创作所形成的影响。

针对罗马而言,曾经在此生活过的诸位杰出作家(包括杜贝莱、克拉肖、蒙田、歌德、拜伦、雪莱、勃朗宁、霍桑与亨利·詹姆斯等)来自不同国家。此外,莎士比亚的戏剧《裘力斯·凯撒》《辛白林》《安东尼和克莉奥佩特拉》《科里奥兰纳斯》与《泰特斯·安特洛尼克斯》、歌德的《意大利游记》、司汤达的《罗马日记》、拜伦的《恰尔德·哈洛尔德游记》、雪莱的《钦契》都描写了罗马。在布鲁姆看来,为罗马这座文学之城增添了无限荣耀的文学作品,都出自世界文豪之手笔。德国歌德的《罗马哀歌》、法国蒙田的《论虚荣》、英国雪莱的《阿童尼》与女诗人勃朗宁的《指环与书》,以及美国霍桑的《大理石牧神》与英美作家亨利·詹姆斯的《黛西·米勒》等,分别运用了小说、诗歌与散文等多种文体摹写了罗马。②

巴黎有史以来涌现了诸位具有世界影响力的作家,如拉伯雷、莫里哀、伏尔泰、司汤达、巴尔扎克、福楼拜、雨果、左拉、大仲马、莫泊桑、波德莱尔、魏尔伦、兰波、普鲁斯特、费度、科莱特、科克托与萨特等。此外,布鲁姆专门指出,还有一些作家(如海明威、乔伊斯、贝克特等)为巴黎所吸引,创作出诸种有关巴黎的文学作品。

---

① [德]瓦尔特·本雅明:《巴黎,19 世纪的首都》,刘北成译,上海人民出版社 2006 年版,第 81 页。
② [美]布雷特·福斯特、马尔科维茨:《罗马文学地图》,郭尚兴、刘沛译,上海交通大学出版社 2011 年版,"序言"第 1–2 页。

伦敦文学史源远流长，先后出现了伊丽莎白时期的莎士比亚，王政复辟时期的佩皮斯，乔治和摄政时期的笛福、菲尔丁、约翰逊博士，维多利亚时期的狄更斯、萨克雷与数位女性作家，20世纪的王尔德、亨利·詹姆斯、赫伯特·乔治·威尔斯、詹姆斯·巴里、萧伯纳、T.S.艾略特、弗吉尼亚·伍尔夫、乔治·奥威尔、格雷厄姆·格林、伊夫林·沃，21世纪的萨尔曼·拉什迪、马丁·艾米斯等作家。布鲁姆以莎士比亚为例指出，莎翁剧作中大量有关英国古典、他国文学以及宫廷生活的知识在很多层面源于伦敦。事实的确如此，尽管他从未到过欧洲大陆，但其时的伦敦与欧洲以及东、西印度群岛都建立了贸易联系，前往伦敦的异国人的举止、服饰及其所带来的书籍与其他物品丰富了莎士比亚有关异国文化的认知并成为其创作来源。在莎翁的诸多剧作中，背景广涉意大利、法国、苏格兰与希腊等，仅《温莎的风流娘儿们》发生在其生活时代的伦敦，但他的其他剧作中的人物经常提及与伦敦相关的地区及其相应事件。此外，布鲁姆还表明，被尊为社会斗士的狄更斯对伦敦的大街小巷了如指掌，他的伦敦生活经历不仅为其之后的文学创作提供了素材，而且奠定了审美基调。南华克区是他的《小杜丽》《大卫·科波菲尔》《匹克威克外传》等多部小说的背景。考文特花园是《匹克威克外传》中的乔布·特洛特、《雾都孤儿》中的比尔·赛克斯的活动区域。与之相应，他作品中有关伦敦的漫画式人物与迷宫式情节，对伦敦贫民生活的逼真描绘，渗透着其对生活于伦敦的芸芸众生感同身受的关怀与同情。

都柏林文学史上以爱尔兰民族英雄乔纳森·斯威夫特的文学创作为先导。其后，都柏林先后出现了早期小说家玛丽亚·埃奇沃思、塞缪尔·勒夫尔、查尔斯·里维尔、威廉·卡尔顿、查尔斯·马图林、约瑟夫·谢立丹·勒·法努，18世纪的托马斯·穆尔、托马斯·戴维斯、詹姆斯·克拉伦斯·曼根、塞缪尔·弗格森、奥斯卡·王尔德，爱尔兰文艺复兴时期的威廉·巴特勒·叶芝、约翰·米林顿·辛格、拉塞尔和詹姆斯·斯蒂芬斯，20世纪的詹姆斯·乔伊斯、乔治·塞缪尔·贝克特，独立时期的肖恩·奥法莱恩、弗兰克·奥康纳、弗兰·奥布赖恩、帕特里克·卡瓦那等作家。布鲁姆以乔伊斯为例指出，尽管乔伊斯试图逃离都柏林而远走里雅斯特、苏黎世以及巴黎，但却因其短篇小说集《都柏林人》、小说《一位青年艺术家的画像》《尤利西斯》《芬尼根守灵夜》等成为都柏林伟大的散文诗诗人。乔伊斯始终意欲摆脱这个城市却又频繁对其予以多方书写，其文学作品多以都柏林为重要的故事背景与发生地。例如，自传体小说《一位青年艺术家的画像》汇集了乔伊斯长大成人的诸多地方。

纽约文学自美国文学之父华盛顿·欧文起，出现了19世纪初叶的赫尔曼·麦尔维尔、沃尔特·惠特曼,迈向大纽约时期的亨利·詹姆斯、斯蒂芬·克莱恩,现代时期的西奥多·德莱塞、伊迪丝·华顿、玛丽安·莫尔,爵士时代与大萧条时期的克劳德·麦凯、康梯·卡伦、兰斯顿·休斯、哈特·克莱恩、弗·司各特·菲茨杰拉德、约翰·多斯·帕索斯、菲奥雷洛·拉瓜迪亚、纳撒尼尔·韦斯特,纽约知识分子、纽约画家与纽约诗人群体中的阿瑟·米勒、拉尔夫·埃里森、詹姆斯·鲍德温、索尔·贝娄、弗兰克·奥哈拉与诺曼·梅勒,当代纽约的爱德华·科奇、保罗·奥斯特、汤姆·沃尔夫、E.L.多克托罗、奥斯卡·黑杰罗斯、托尼·库什纳与唐·德里罗等。布鲁姆认为,欧文的《纽约外史》是美国人创作的较早跨越国界赢得好评的文学作品,其借古讽今、借外寓己,实质上是在赋予纽约一种自我意识,将纽约及美国刻于世界文学地图。在当代纽约作家中,唐·德里罗独树一帜的《地下世界》和菲利浦·罗斯的系列小说,包括他的代表作《安息日剧院》,就是这个世界级城市的生机与活力的最好证明,即使在世界贸易中心双子塔倒塌之后也同样如此。"无论你把这座万城之城当作爱伦·坡或欧·亨利笔下哈德逊河上的巴比伦,还是美国梦五花八门又生机勃勃的幻象,歌颂或抨击它的文学作品都丝毫没有衰败的迹象。"①

圣彼得堡哺育了俄罗斯文学史上的诸位文学大师与知名作家,包括18世纪至19世纪的普希金、安德烈·别雷、亚历山大·赫尔岑、果戈理、陀思妥耶夫斯基,20世纪的亚历山大·勃洛克、安德烈·别雷、奥西普·曼德尔斯塔姆、安娜·阿赫玛托娃与约瑟夫·布罗茨基等。在布鲁姆看来,依据对于所在地的书写而言,普希金、果戈理的文学创作实绩自不可小觑,但陀思妥耶夫斯基无疑可被誉为圣彼得堡这一城市之文学的泰斗。《罪与罚》中,司维特里喀罗夫作为虚无主义者是该作品中得以最成功塑形的人物,当他意欲以开枪自杀的方式结束生命而被警察询问时,激情洋溢地答道:"上美国去。"②在布鲁姆看来,此刻基于文学维度彰显出了圣彼得堡的崇高审美质素。③

2. 同城作家之间的影响

在布鲁姆看来,"影响的过程在所有的文艺和科学中都起着作用,在法律、政治、媒体和教育领域也一样重要"。④鉴于此,在他的《影响的焦虑》《西方

---

① [美]布雷特·福斯特、马尔科维茨:《罗马文学地图》,郭尚兴、刘沛译,上海交通大学出版社2011年版,"序言"第1—2页。
② [俄]陀思妥耶夫斯基:《罪与罚》,岳麟译,上海译文出版社2011年版,第1793页。
③ [美]布拉德利·伍德沃斯、康斯坦斯·理查兹:《圣彼得堡文学地图》,李巧慧、王志坚译,上海交通大学出版社2011年版,"序言"第2页。
④ [美]哈罗德·布鲁姆:《影响的剖析:文学作为生活方式》,金雯译,译林出版社2016年版,第7页。

正典》等多部论著中贯穿始终的是其对文学创作中的诸种影响问题的深入且全面的论述，并在其自称为旨在将影响在想象文学中运作方式的思考和盘托出的"收官之作"的《影响的剖析》一书中明确指出："在《影响的焦虑》出版前后的许多年里，文学研究者和评论家都不太愿意把艺术看成是一场争夺第一名的竞赛。他们似乎忘记了竞争是我们文化传统的一个核心事实。运动员和政治家眼里只有竞争，而我们的文化传统，如果我们还承认它的根基是希腊文化的话，也把竞争规定为文化和社会中一切领域的根本前提。"① 与之相应，他在其所编纂的"文学地图"总序与各篇序言中都展现出其对同城文学与具体作家之间交互影响的理解与把握。

与此同时，布鲁姆将冲突看成文学关系的一个核心特征，注重揭示相关影响中的焦虑情绪与防御机制。"许多人只愿意相信文学影响是一个平稳和友好的传承过程，是一件礼物，施予者很慷慨，而接受者则充满感恩。"② 对此，布鲁姆虽赞同布尔迪厄强调冲突与竞争的文学关系论，但反对简单化地将文学关系视为对世俗权力的赤裸裸的追求等文学观。在他看来，"文学中影响的焦虑不一定体现在某一传统中迟到的作者身上。这种焦虑总是蕴含于文学作品之中，并不基于作者本人的主观感受"。③ 例如，针对19世纪作家对后世同城作家形成的影响焦虑，布鲁姆指出：雨果的著作卷帙浩繁，因此，波德莱尔一方面称赞雨果是"无国界的天才"，另一方面却在观照与书写对象等层面匠心独造。又如，《纽约文学地图》：序言指出，T.S.艾略特在《四个四重奏》《J·阿尔弗雷德·普鲁弗洛克的情歌》与《荒原》等诗作中对现代城市生活的想象不免既使人深为灰心丧气又令人信服，并对同城后世诗人哈特·克莱恩形成了巨大影响。然而，克莱恩并非对艾略特完全膜拜，而是将艾略特的诗歌看作"否定诗"，试图另寻方法来再现城市的自信、热情与积极向上的层面。"在克莱恩看来，艾略特发现了现代诗歌恰如其分的题材，但没能把异化的一面表现出来，合理发挥艺术家的功能，克莱恩认为艺术家的功能主要是同化作用。克莱恩怀着这个宏伟目标，选中纽约的布鲁克林大桥作为史诗的主要象征，他将在自己的史诗中刻画一个复杂的美国，并且将放弃艾略特在《荒原》中对现代主义的悲观立场。"④

---

① [美]哈罗德·布鲁姆:《影响的剖析：文学作为生活方式》，金雯译，译林出版社2016年版，第9页。
② 同上。
③ 同上，第8页。
④ [美]杰西·祖巴:《纽约文学地图》，薛玉凤、康天峰译，上海交通大学出版社2011年版，第109页。

3."文学地图"序言的文学与文化意义
(1)"文学地图学"层面

早在18世纪,被誉为近现代"人文科学之父"的意大利学者焦万尼·巴蒂斯达·维柯即在其标志着历史哲学诞生的著述《新科学》(1725)中倡导开展"诗性地理学"(Poetic Geography)研究。其后,"文学地图学"领域的诸多学者纷纷投身于相关研究,波西托-桑德瓦(Sandra Boschetto-Sandoval)、麦克高安(Marcia Phillips McGowan)、古尔德(Janice Gould)创立了"诗性地图学"(Poetic Cartography),特纳(Henry S. Turner)创立了"地形诗学"(Topographesis),哈根(Graham Huggan)、莱顿(Kent Ryden)与亨特(A. J. Hunt)等开始频繁运用"文学地图学"(Literary Cartogarphy)等相关术语,利用地图学的认知范式与操作方法进行文本分析与寓意阐释。

拓展至现当代人文社会科学研究领域的"空间转向"倾向来看,相关成果频出并逐渐赢得认同。例如,加斯东·巴什拉(Gaston Bachelard)的"现象主义空间诗学"(the Phenomenal Poetics of Space)、巴赫金的"空间对话论"(Dialogical Theory of Space)、昂利·列斐伏尔(Henri Lefebvre)的"空间三元辩证法"(Spatial Triad)、福柯的"异度空间"(Other Spaces)、爱德华·W.苏贾(Edward W. Soja)的"第三空间认识论"(the Epistemology of the Third Space)、吉尔·德勒兹(Gilles Deleuze)的块茎空间(Rhizome Space)论,等等。其中,巴赫金力求通过"超视"与"外位"等范式考辨自我与他之间关系者的时空辩证观,认为文学空间"是形式兼内容的一个文学范畴"①。福柯批评既有研究中存在的将空间视为死亡的、刻板的、非辩证的与静止的等现象,进而主张针对时间与空间的价值与属性等予以重新定位。列斐伏尔驳斥了既有空间研究中基于精神之场所或模糊之观念的相应论断。②德勒兹依据联系与异质性原则辨析"光滑空间"(smooth space)与"条纹空间"(striated space)等维度,进而倡导建构一种"解辖域化的光滑空间"。③

由此言及文学理论与批评及文学史研究可知,既有文学史撰写与研究中尚存过于偏重时间维度、相当程度地忽视地理维度,从而导致相关知识谱系欠缺与萎缩等弊端,因而布鲁姆主编的"文学地图"的文学地理学意义是非常深刻

---

① [苏]米哈伊尔·巴赫金:《巴赫金全集:第四卷》,钱中文、白春仁、晓河等编译,河北教育出版社1998年版,第274页。
② Henri Lefebvre, *The Production of Space*. Donald Nicholson-Smith, tans., MA:Blackwell Publishing, 1991:7.
③ Gilles Deleuze, Félix Guattari. *A Thousand Plateaus*:*Capitalism and Schizophrenia*. Minneapolis:University of Minnesota Press, 1993:492.

的，序言及各分册依托丰厚的文学文化知识资源，展现了六座城市原本、完整且深厚的文学版图，针对文学要素的地理构成、组合及其变迁，文学要素及其整体形态的地域特征与差异，文学与地理环境的交互关系等层面，全面且深入地考察了自然与人文地理环境对创作主体的知识结构、文化观念、创作心理与审美倾向的影响，文学创作者的出生与成长地、流动迁徙地、文学作品的问世地及其所书写的自然、人文空间与景观，地区性的文学流派、文学社团与文学活动区域的地理分布及其变迁，文学传播与接受的地域因素，文学批评的地域特征，进而联通相关文学史、艺术史与文明史阐述了相应共同文学形态赖以存在与发展的整体地理生态环境、人文地域环境以及相应的文明根基。

（2）世界文学层面

作为所在国文学中心的城市多历经了繁复的历史嬗变，相关文学创作主体与研读者之间的互动关系也得以映射于城市文化的生成与发展过程之中，而通过文学想象与描绘等方式赋予城市以想象中的现实的文学作品是走近与了解相关城市的历史与现实的合理与有效途径，由此诸种独特的城市文学史传统也随之应运而生。

首先，基于文学创作层面而言，城市是文学作品的表现对象。例如，圣彼得堡的青铜骑士雕像自建成之日起即被视为俄罗斯精神的象征，在俄罗斯历代文学对其展开的书写中，文学与雕像珠联璧合，共同展现了圣彼得堡乃至俄罗斯的历史命运。诸如：普希金由青铜骑士雕像汲取灵感写作了《青铜骑士：一个关于圣彼得堡的传说》，通过描写1824年几乎淹没圣彼得堡的大洪水等历史事件，深入触及彼得与其西化改革的历史作用，国家与个人的关系以及文学创作中的英雄主义等问题。俄罗斯象征主义的主要代表者之一安德烈·别雷的小说《彼得堡》（1913—1914年初版，1922年修订）中的主人公亚历山大·伊万诺维奇与普希金《青铜骑士》中叶甫盖尼相类，同样遭遇了彼得大帝。纳博科夫将这部小说视为与其他现代主义杰作乔伊斯的《尤利西斯》、卡夫卡的《变形记》以及普鲁斯特的《追忆逝水年华》具有同等文学地位。在布鲁姆看来，"别雷的诗体小说充分再现了彼得堡神话。从文本角度来看，它为这个神话提供了大量的例子和证明——一方面，小说描绘了海市蜃楼和奇异幻象组成的怪异世界；另一方面，它也叙述了石头、砖头、运河和宫殿组成的真实世界，两个世界奇妙地融合在一起。小说的开场白清晰地指出了彼得堡作为文学象征和具体城市的双重地位"。①

---

① ［美］布拉德利·伍德沃斯、康斯坦斯·理查兹：《圣彼得堡文学地图》，李巧慧、王志坚译，上海交通大学出版社2011年版，第103页。

其次，针对文学作品接受层面来说，文学的城市书写为其所表现的对象赢得了世界声誉。例如，乔伊斯对都柏林的书写使世界各国读者对都柏林产生迷恋，进而扩大了其国际影响。自乔伊斯的诸种文学作品问世以来，他对家乡的爱与恨被记录、分析，甚或过度解读。"一方面，他嘲笑叶芝和都柏林的文人们，即使在国家最动荡的年代，他对民族主义也漠不关心，因为他觉得艺术和精神的自由在瘫痪的都柏林之外。另一方面，他也深深地明白，这种强加的自我流放在《尤利西斯》出版之后变成了现实……"①事实的确如此，自从1954年6月14–16日《尤利西斯》中的故事发生50周年之际至今，来自世界各地的乔伊斯爱好者们自发地聚集在都柏林庆祝布鲁姆日，纪念活动包括追溯该作品中人物的活动路线，沿着利奥波德·布鲁姆、斯蒂芬·迪达勒斯曾经走过的路行走，品尝作品中提到的食物，言说作品中人物的语言，聆听有关乔伊斯的讲座、参观展览与观看表演等。鉴于此，布鲁姆认为，"都柏林，古老的都柏林，作为乔伊斯文学作品中自然主义与象征主义完美结合的产物，必将经久不衰，这也就是王尔德所说的艺术战胜生活"。②毋庸讳言，作家的城市书写为相关城市扩大世界影响提供了契机。

再次，城市文学形象是城市文学史建构的要素。例如，19世纪的欧洲移民潮赋予了纽约两种截然相反但又的确恰如其分的形象，而麦尔维尔、惠特曼等则在相关文学史上呈现出两种有关该城的文学话语："一方面，拥挤的廉价公寓使人们觉得纽约像个黑乎乎的迷宫，只有强者才能在此生存，强烈的疏离感和幻灭感如影随形。另一方面，随移民而来的是希冀改善生活的坚强信念和文化的多样性，这又使人们觉得纽约像个乌托邦，充满希望和机会，在此人们可以体验到别处难以企及的人与人之间的紧密联系。在很大程度上，第一次移民潮之后的纽约文学史是这两种城市形象如何相互交融、相互抨击的文学再现。"③

此外，文学之城对于世界文学史具有独特贡献。例如，罗马的文学质素令其极具国际性。许多世纪以来，亲历罗马者都有机会重访历史遗迹。与之相应，综观世界文学史上有关该城的书写，"一些作家为这座城市歌功颂德，吹捧赞扬昔日帝国以及基督教教会的不凡命运，而其他一些人则强烈要求颠覆这座城市的神圣地位——他们意在谴责这样一个充满邪恶、腐败堕落达到登峰造极的城市。

---

① [美]约翰·唐麦迪:《都柏林文学地图》，白玉杰、豆红丽译，上海交通大学出版社2011年版，第138–139页。
② 同上，"序言"第2页。
③ [美]杰西·祖巴:《纽约文学地图》，薛玉凤、康天峰译，上海交通大学出版社2011年版，第47页。

一座神圣之城颠倒过来就是一座魔鬼之城。还有一些人对这些极端对立的看法姑且听之,把罗马描绘成这样一座城市:它像一道永恒的神符,一座神秘的城市。而能够引发人们尖锐的对立看法,正是这座城市最大的特点"。① 布鲁姆得益于此断言,"文学之城罗马是法国人、德国人、英国人和美国人的天下"。②

(3)城市文化学维度

综观人类文明发展进化的历史谱系,是展现人类无比丰富想象力的恢宏巨制,同时代表着人类最伟大的成就之一。依据城市的历史发展进程而言,依托于城市的文学中心作为人类文明的载体与标志,虽其内涵、特征及其功能始终处于变动不居的发展态势,但其典型的共同特征与发展规律无疑仍是有迹可循的。布鲁姆主编的"文学地图"丛书所选的六座城市,其中除罗马、伦敦、巴黎既是首都又为文学中心外,纽约、圣彼得堡、都柏林也都始终或在某段历史时期是所在国的文学中心,同时上述城市多为诸种文化精神的集聚地,在人类文明发展史上凭借其无与伦比的文化影响力和辐射力,均程度不同地演绎着诸种文化功能,进而发挥着不可替代的文化推动作用。

例如,巴黎在中世纪时期即为英雄史诗、教会文学与市民文学等文学形态的发展提供了契机。文艺复兴时期、古典主义时期与启蒙运动时期的巴黎文学对于法国乃至欧洲整体的文学发展始终功不可没。基于此,该城的文学与文化成就始终是相得益彰的。与文学发展相应,巴黎是一座拥有2000余年历史的世界文化中心,囊括了埃菲尔铁塔、凯旋门、爱丽舍宫、凡尔赛宫、卢浮宫、协和广场、巴黎圣母院以及乔治·蓬皮杜国家文化艺术中心等文化圣地。基于法国官方的文化政策而言,法国政府始终重视文化外交,素有将文化名人委以外交重任的传统惯例。例如,16世纪,"七星诗社"代表诗人杜贝莱曾被任命为驻罗马大使;18世纪,卢梭曾任驻维也纳大使;19世纪,夏多布里昂任驻伦敦和罗马大使,随后又出任外交部部长;21世纪,拉马丁也曾被委以相同职务。

总体而言,综观作为所在国与地区文学中心的诸文学名城,多为融合本土文化与外来文化、传统文化与现代文化、官方文化与民间文化以及高雅文化与通俗文化的集聚地,拥有积淀丰厚且保持良好的文化传统,强大与多元的文化功能,完善的文化机构与种类繁多的文化设施以及规模化与专业化的文化产业,这无疑为其文学的发展与繁荣提供了有效的场域与有力的支撑。

---

① [美]布雷特·福斯特、马尔科维茨:《罗马文学地图》,郭尚兴、刘沛译,上海交通大学出版社2011年版,第18页。

② 同上,"总序"第3页。

综上所述，布鲁姆主编的"文学地图"丛书的相关诸篇序言虽在观点与论据等方面尚存偏颇与局限，但的确基于文学地图批评图示的构建，揭示了罗马、巴黎、伦敦、都柏林、纽约与圣彼得堡等城市中的人文地理环境、诸种文学现象、文学创作主体与文学鉴赏主体之间在冲击与交融中砥砺共进的繁复关系，进而展现了相关文学名城在全球文化史与世界文学史上独特的价值与意义。

第二章
21 世纪以来中国关于当代美国文论的交流与接受

21 世纪以来,中国对于当代美国文论的接受,并未简单地奉行"拿来主义",亦未理论盲从,而是经过对话交流与深度互动,在比较鉴别中予以引进,体现出相应的理论自觉与理论成熟。总体而言,建基于中美文论关系新发展,中国对当代美国文论的接受呈现出过程繁复、实践成果丰厚等发展态势,从而既有助于他国文论在中国的引进,又有利于中国文论自身的渐趋发展与成熟。

中美两国在文学理论与批评等领域的相关交流生发出沟通与碰撞、抵制与接受、互动与论争等诸种复杂态势,从而为中国当代文论建设提供了新的思路。鉴于"理解其实总是这样一些被误认为是独自存在的视域的融合过程"①,由此,依据中国学界来说,客观认识与合理汲取美国文论的有益成果无疑是当前中国文论领域自身发展的题中应有之义。

第一节　中美文论领域的交流与互动

一、中美文论交流的总体情况

综观 2000 年至今当代美国文论在中国的接受历程,可以看出:较之 20 世纪至 21 世纪初的相关情况而言,这一时期对当代美国文论的接受深广度前所未有。对话互动最为频繁、接受路径更为直接、方式渐趋多元且程度逐渐深入,相应成果不仅表现出同步性与渐进性、系统性与零散性并存等特征,而且呈现出"中国化"的诸种独特现象与问题。

当代美国文论在 21 世纪中国的接受经历了 20 世纪的初步译介期与发展期、90 年代的推进期与高潮期之后,进入了 21 世纪以来的新变期,取得了令人瞩

---

① ［德］H. G. 伽达默尔:《真理与方法:哲学诠释学的基本特征 上卷》,洪汉鼎译,上海译文出版社 1999 年版,第 393 页。

目的成就与错综复杂的多元切实影响。陈寅恪曾倡导："一时代之学术，必有其新材料与新问题。取用此材料，以研求问题，则为此时代学术之新潮流。治学之士，得预于此潮流者，谓之预流（借用佛教初果之名）。其未得预者，谓之未入流。此古今学术史之通义，非彼闭门造车之徒，所能同喻者也。"① 如若按照此种标准考察21世纪以来中国学界对当代美国文论的接受情况，即可发现：积极关注相关前沿问题，以前瞻性眼光及时追踪并审视全貌，不断调整理论姿态，力求顺时而变，从而为自身寻求新契机等"预流"现象业已成为其发展中的常态。同时，在经历了改革开放前20年（1978—1998）的大量翻译与引介历程之后，21世纪以来中国对当代美国文论的译介进入到了一个相对冷静客观、较为全面且选择明确的时期。

美国各级各类基金会、科研机构与高等院校都增强了对中国学者的开放力度，并为其长期或短期的赴美交流提供了诸种条件。例如，由美国高校轮流主办的"批评理论学院"，因其每期研讨班均邀请国际知名文学理论家担任主讲人且由其亲自与参加者针对若干前沿问题进行研讨而著名。近20年来，已有数位中国学者应约前往开展学术交流。又如，美国国家人文中心启动了诸种学术交流项目，纽约大学设立了上海分校、杜克大学设立了昆山分校，还有其他一些美国高校在中国建立了分支机构，多次邀请中国学者赴美开展学术交流活动。再如，美国一些知名出版机构相继出版了中外学者有关中国文学研究的多种著述，例如，麦克米兰出版公司（Macmillan Publishers Ltd）、哈佛大学出版社（Harvard University Press）、普林斯顿大学出版社（Princeton Press）、斯坦福大学出版社（Stanford University Press）、普渡大学出版社（Purdue University Press）、哥伦比亚大学出版社（Columbia University Press），等等。

与美国学者的数次对话，激发了当代中国文学理论与批评领域的本土文论反思与世界视域拓展。值得注意的是，英语学界特别是美国学界有关文学理论与批评的诸种国际权威学术刊物都持续频繁刊发了中国学者的学术论文。例如，《批评探索》（Critical Inquiry）、《世界文学与比较文学评论》（Neohelicon）、《新文学史》（New Literary History）、《现代语言季刊》（Modern Language Quarterly）、《美国现代语言学协会会刊》（Publications of the Modern Language Association of America）、《疆界2》（Boundary2）、《精灵》（Ariel），等等。其次，数种国际期刊邀请中国学者担任兼职编辑，例如，曹顺庆担任《比较文学与文化》（Comparative Literature and Culture）编辑，王宁担任《世界比较文学评论》（Neohelicon）编辑，等等。此外，中美学者还联合创办了数种学术刊物并合编

---

① 陈寅恪：《陈垣敦煌劫余录序》，载《金明馆丛稿二编》，上海古籍出版社1980年版，第236页。

辑刊。例如，《中国文学与文化》①《比较文学与世界文学》②《中美比较文学》③，等等。

二、相关国际会议

随着中美文论领域的国际合作不断升级，在中国召开的包括综合性会议与专题会议在内的相关国际会议不断增多。

（一）综合性会议

自 2000 年至 2019 年，中国文论领域每年召开国际研讨会。以下以召开时间为序对相关国际学术研讨会或高层国际论坛的论题予以举要："文学理论的未来：中国与世界"国际学术研讨会④，"全球化语境中的文化、文学与人"国际学术研讨会⑤，"清华－哈佛后殖民理论"高级学术论坛⑥，"全球化与文学研究"论坛⑦，"批评探索：理论的终结？"国际学术研讨会⑧，"全球化与本土文化"国际学术会议⑨，"文学批评与文化批判"国际学术研讨会⑩，"文化研究与现代性"国际高层学术论坛⑪，"翻译全球文化：走向跨学科的理论建构"国际学术研讨会⑫，"文学理论三十年：从新时期到新世纪"国际学术研讨会⑬，"新中国文论 60 年"国际学术研讨会⑭，"理论的旅行与视界的会通"学术研讨会⑮，第 18 届世界美学大会（主题："美学的多样性"）⑯，"国外马克思主义文

---

① 《中国文学与文化》（*Journal of Chinese Literature and Culture*，JCLC）为英文期刊，2014 年创刊。由北京大学国际汉学家研修基地与伊利诺伊大学厄巴纳－香槟校区中国诗歌文化论坛联合主办、美国杜克大学出版社刊行，已被 A&HCI 数据库收录。
② 《比较文学与世界文学》（*Comparative Literature and Word Literature*）由北京师范大学文学院与美国亚利桑那大学联合创办。
③ 《中美比较文学》（第 1 期）为张华与保罗·艾伦·米勒（Paul Allen Miller）合编，由中国社会科学出版社出版（2019）。
④ 2000 年 7 月 29-31 日，此次会议由北京语言文化大学主办，成立了国际文学理论学会。
⑤ 2001 年 8 月 4-9 日，此次会议由北京师范大学文艺学研究中心与中文系联合举办。
⑥ 2002 年 6 月 25-26 日，此次会议由清华大学外语系主办。
⑦ 2003 年 9 月 4 日，此次会议由清华大学外语系主办。
⑧ 2004 年 6 月 12-14 日，由清华大学外语系和比较文学与文化研究中心联合主办。
⑨ 2004 年 6 月 5-9 日，由郑州大学外语学院与英美文学研究中心联合主办。
⑩ 2005 年 6 月 26-28 日，由华中师范大学文学院主办。
⑪ 2006 年 6 月 17-20 日，由武汉大学文学院主办。
⑫ 2006 年 8 月 12-14 日，由清华大学外语系与亚洲研究中心联合主办。
⑬ 2007 年 6 月 23-25 日，由中国中外文艺理论学会与华中师范大学文学院联合主办。
⑭ 2009 年 7 月 16-20 日，由中国中外文艺理论学会、中国社会科学院文学所文学理论研究室、贵州大学人文学院、贵州师范大学文学院、贵州民族学院文传学院联合主办。
⑮ 2010 年 1 月 8-10 日，由中国社会科学院文学理论研究中心、深圳市社会科学界联合会、深圳大学文学院与深圳大学联合主办。此次会议为外国文论与比较诗学研究会成立大会暨首届学术研讨会。
⑯ 2010 年 8 月 8-13 日，由国际美学协会、北京大学主办。

论与中国当代文论建构"国际学术会议①,"中西比较视野中的西方文论"国际学术研讨会②,"国际符号学第 11 届全球大会"③,"文学伦理学批评"国际学术研讨会④,"面向时代的文学理论与批评"国际学术研讨会⑤,"跨文化视域下的美国研究"国际学术研讨会⑥,"文学伦理学批评与世界文学研究"高端论坛⑦,"1978—2018:中国文论研究的回顾与前瞻"国际学术研讨会⑧,"中西文学理论的国际对话"学术研讨会⑨,"第 21 届中国语言与文化"国际学术研讨会⑩,等等。

此外,外国文论与比较诗学研究会、中国中外文艺理论学会、中国比较文学学会、中美比较文化研究会、全国美国文学研究会与中美比较文学双边讨论会等学术组织机构都定期或不定期举办年会或专题会议,相关会议的国际化程度越来越高。例如,中美比较文学双边讨论会肇始于 1983 年,此后中断至 2001 年得以恢复。第三届由清华大学与美国耶鲁大学共同主办,于 2001 年 8 月 11-14 日在北京举行;第四届在美国杜克大学举行(2006 年 10 月 6-8 日),议题为"文学与视觉文化:中国视角与美国视角";第五届由上海交通大学人文艺术研究院主办,在上海召开(2010 年 8 月 12-14 日),议题为"走向世界文学阶段的比较文学";第六届由清华大学与美国普渡大学共同主办,在普渡大学(2013 年 5 月 2-4 日)举行,议题为"比较文学、宗教与社会:跨文化的视角";第七届由中国四川大学与美国宾州州立大学共同主办,在成都召开(2016 年 7 月 1-3 日),议题为"跨文化语境中的比较文学"。

(二)有关专题会议

邀请美国学者参加的专题国际研讨会逐渐增多,其中尤以生态研究领域的相关各级各类专题学术会议的数量居多。

---

① 2011 年 6 月 20-23 日,由中国中外文艺理论学会、四川大学文学与新闻学院联合主办。
② 2011 年 12 月 10-11 日,由山东大学文艺美学研究中心主办。
③ 2012 年 10 月 5-9 日,由南京师范大学外国语学院主办。
④ 2013 年 10 月 25-27 日,由宁波大学外语学院、华中师范大学《外国文学研究》编辑部、湖北文学理论与批评研究中心、外国语言文化与宁波国际化发展战略研究中心联合主办。
⑤ 2014 年 8 月 15-19 日,由中国中外文艺理论学会、中国社会科学院文学研究所、国际美学协会与河南大学文学院联合举办。
⑥ 2015 年 6 月 20-21 日,由四川大学美国研究中心主办。
⑦ 2016 年 12 月 17-18 日,由国际文学伦理学批评研究会(IAELC)主办。
⑧ 2018 年 6 月 24-26 日,由扬州大学、中国中外文艺理论学会、韩国文学理论学会、江苏省社科联共同主办。
⑨ 2018 年 12 月 10 日,由上海交通大学人文艺术研究院主办。
⑩ 2019 年 7 月 20-21 日,由北京师范大学文学院和中国语言学会语言政策与规划专业委员会共同主办。

例如，"当代生态文明视野中的美学与文学"国际学术研讨会①，"超越梭罗：文学对自然的反应"国际学术研讨会②，"文学与环境"国际学术研讨会③，"生态文学与环境教育"国际学术研讨会④，"全球视野中的生态美学与环境美学"国际学术研讨会⑤，"建设性后现代思想与生态美学"国际学术研讨会⑥，"生态美学与生态批评的空间"国际学术研讨会⑦，"生态美学：文献基础与理论拓展"学术研讨会⑧，"环境想象和行动的责任"专题研讨会⑨，"新时代下的自然文学及生态批评"论坛⑩，等等。

三、学术讲座与访谈

如果说自新时期至 20 世纪末中美文论领域的交流多以中国学者赴美访学为主，那么 21 世纪以来，美国文论界诸位著名学者纷纷将其学术空间与发展平台拓展至中国。例如，詹姆逊⑪、诺姆·乔姆斯基⑫、卡勒⑬、斯皮瓦克⑭、巴巴⑮、阿里

---

① 2005 年 8 月，由山东大学文艺美学研究中心主办。
② 2008 年 10 月 9 日，由清华大学外语系和比较文学与文化研究中心联合主办。
③ 2008 年 11 月 8-10 日，由中国外国文学学会、华中师范大学文学院、美国内华达州立大学《文学与环境跨学科研究》杂志、江汉大学、天津工业大学共同主办。
④ 2009 年 8 月 14-20 日，由北京大学外国语学院世界文学研究所主办。
⑤ 2009 年 10 月 24 日，由山东大学文艺美学研究中心主办。
⑥ 2012 年 6 月 13-14 日，由山东大学文艺美学研究中心、山东大学生态美学与生态文学研究中心、美国中美后现代发展研究院及美国过程研究中心联合主办。
⑦ 2015 年 10 月 25-26 日，由国际美学学会、中国山东大学文艺美学研究中心等联合主办。
⑧ 2017 年 3 月 18-19 日，由山东大学文艺美学研究中心主办。
⑨ 2017 年 6 月 10 日，由上海师范大学人文与传播学院比较文学与世界文学研究中心主办。
⑩ 2017 年 6 月 16 日，由首都经济贸易大学外国语学院主办。
⑪ 2002 年 7 月 28 日，詹姆逊在华东师范大学开设讲座，题为"现代性的幽灵"；2012 年，在北京大学开设讲座，题为"奇异性美学：全球化时代的资本主义文化逻辑"。
⑫ 2010 年 8 月 12 日，乔姆斯基在北京语言大学进行了有关语言科学问题的演讲。
⑬ 2011 年 10 月 25 日，卡勒在清华大学开设讲座，题为"Literary Theory Today（当今的文学理论）"。
⑭ 2006 年 3 月，斯皮瓦克受聘于清华大学外语系，担任客座教授。3 月 7 日，在清华大学开设讲座，题为"民族主义与想象"。
⑮ 2010 年 5 月 19 日，巴巴在北京大学开设讲座，题为"我们的邻居，我们自己：全球共同体的伦理和美学"；5 月 20 日，在北京大学进行了对谈，题为"展示现代性——霍米巴巴与杜维明教授对话"。

夫·德里克、墨菲①、阿尔提艾瑞②、罗蒂③、理查德·沃林④、克莱尔·摩西⑤、斯洛维克⑥、张嘉如⑦、杰瑞·沃德⑧、格里塔·加德⑨与米勒等都曾在中国开设讲座或客座讲学。诸位来华讲学的相关美国学者遵循教学相长的规律与中国学者进行了直接交流与沟通，从而促进了相关研究在中美两国的良性发展趋势。例如，沃德的《美国非裔文学批评：杰瑞·沃德教授中国演讲录》⑩、德里克的《后革命时代的中国》⑪都是基于上述学者在中国的学术讲演结集而成的。

伴随着中美学者的频繁接触，中国学者针对美国文论领域的访谈渐趋增多，标志着双方之间的相关学术对话迈入了一个更具实质性的发展新阶段。具体而言，业已进行的相关访谈情况大致如下：

基于访谈基础上结集而成的文集。例如，《交锋：21位著名批评家访谈

---

① 2011年5月21日，墨菲在湖南大学开设讲座，题为"An Ecological Theory of Subject Identity"；5月24日，在山东大学开设讲座，题为"主体、身份、身体和自我"；12月15日，在南昌大学开设讲座，题为"Procession of Identity and Ecology in Contemporary Literature（现代文学中身份和生态的进程）"；12月19日，在广西大学开设讲座，题为"生态批评在美国文学课程中的讲授"。2012年10月19日，在清华大学开设讲座，题为"Bringing the Subsistence Perspective in Environmental Justice and Ecofeminism to Contemporary Literature"。2013年12月10日，在大连外国语大学开设讲座，题为"Clarifying the Relations and Distinctions of Ecocriticism, Ecofeminism, and Environmental Justice"；12月13日，在四川大学开设讲座，题为"生态批评理论在文学文化领域中的应用"。

② 2011年10月18日，阿尔提艾瑞在中南大学开设讲座，题为"Appreciating Appreciation（欣赏之欣赏）"；2019年5月27日，在上海大学开设讲座，题为"庞德为何必须放弃意象主义"。

③ 2004年7月2日，罗蒂在北京师范大学开设讲座，题为"分析哲学与叙事哲学"。

④ 2014年5月22日，沃林在山东大学开设讲座，题为"吹遍西方的东方之风：毛主义在海外"。

⑤ 2004年，美国马里兰大学妇女学系主任克莱尔·摩西（Claire Moses）为北京大学中外妇女问题研究中心开设"女性学研究"课程（11月8—16日），主题为"西方女性主义理论渊源、流派与发展"。

⑥ 2000年夏，斯洛维克在山东大学讲学。2006年6月，赴厦门大学与王诺、王俊暐等进行对话，主要内容以《我们绝对不可等待——生态批评三人谈》为题，刊发于《读书》（2006年第11期）；对话全文以《对话斯洛维克》为题，收入《生态与心态——当代欧美文学研究》一书（南京大学出版社，2007）。2009年4月，在北京大学讲座，题为"美国生态批评与环境文学最新潮流"；在上海外国语大学、华中科技大学、苏州大学等举办了讲座。2010年5月，在山东大学讲学，举办了以"生态批评的未来：开放性策略和可持续性"为题的系列讲座。2014年6月3日，在四川师范大学举办讲座，题为"用文学来保护美国荒野文化"。

⑦ 2016年6月3日，张嘉如在华东师范大学举办讲座，题为"舌尖上的道德：走向'关怀饮食美学（Animal Incorporated: Gastronomy of Care）'"；2016年5月12—15日，在北京师范大学举办系列讲座，题为"生态·美学·动物伦理"。

⑧ 2012年6月18日，沃德在西安外国语大学举办讲座，题为"文学传统与争斗地的认可"（Tradition and Acknowledgement in Combat Zones）；2016年12月1日，在湖南民族大学举办讲座，题为"The Discipline of the Kwansaba"。

⑨ 韦清琦：《格里塔·加德教授访谈录》，《鄱阳湖学刊》2016年第2期。

⑩ ［美］杰瑞·沃德：《美国非裔文学批评：杰瑞·沃德教授中国演讲录》，华中师范大学出版社2014年版。

⑪ 阿里夫·德里克：《后革命时代的中国》，李冠南、董一格译，上海人民出版社2015年版。

录》①《智性的拷问：当代文化理论大家访谈集》②《哈佛访学对话录》③《彼岸的现代性：美国华人批评家访谈录》④《后现代文化对话》⑤《变换的边界：亚裔美国作家和批评家访谈录》⑥《性别向度的美国社会观察：女性话题美国访谈录》⑦，等等。

此外，针对美国文论领域的重要学者进行单独访谈然后将访谈内容刊发于中国学术刊物，是中美文论领域学者开展学术交流的重要方式。以下美国学者都曾接受了中国学者的访谈，且相关内容都已付诸文字，呈现于各类论文集、中文学术期刊与报纸等学术媒介。

首先是针对以社会政治文化批评为主兼及其他学科与领域的研究者的访谈。例如，有关乔姆斯基的访谈主题主要集中在他的政治批评、语言学研究等；⑧又如，有关沃林的访谈的主题主要集中在他的政治思想与历史观念等；⑨再如，有关詹姆逊的访谈主要集中在他基于西方马克思主义文论形成的图绘论与形式论。⑩

其次是有关文学研究整体发展方向的访谈。例如，有关文学理论与批评、

---

① 王逢振：《交锋：21位著名批评家访谈录》，上海人民出版社2007年版。
② 生安锋：《智性的拷问：当代文化理论大家访谈集》，北京大学出版社2010年版。
③ 程相占：《哈佛访学对话录》，商务印书馆2011年版。
④ 李凤亮：《彼岸的现代性：美国华人批评家访谈录》，广西师范大学出版社2011年版。
⑤ 王逢振：《后现代文化对话》，中国社会科学出版社2012年版。
⑥ 刘葵兰：《变换的边界：亚裔美国作家和批评家访谈录》，南开大学出版社2012年版。
⑦ 刘利群：《性别向度的美国社会观察：女性话题美国访谈录》，中国传媒大学出版社2014年版。
⑧ 对乔姆斯基的访谈主要包括：跨越政治批评与学术研究的疆界——乔姆斯基访谈录［J］.（生安锋，周允程.当代外语研究，2010（2）），访谈乔姆斯基：语言学研究的回顾与展望［J］.（张伟文.自然辩证法通讯，2019（1）），等等。
⑨ 对沃林的访谈主要包括：走出现代性的迷宫——访纽约市立大学政治思想史、历史学教授理查德·沃林［N］.（谢方.中国社会科学报，2013-01-23（A04）），欧洲左翼思想、历史意识与批判的马克思主义——访美国政治思想史家理查德·沃林教授［J］.（李旸.马克思主义理论学科研究，2019（1）），等等。
⑩ 对詹姆逊的访谈主要包括：图绘世界——弗雷德里克·詹姆逊访谈录［J］.（何卫华，朱国华.此访谈英文版刊于《当代外语研究》（2010（11），中文版刊于《文艺理论研究》2009（6）），马克思主义与形式——弗雷德里克·杰姆逊教授访谈录［J］.（杨建刚，王弦.文艺理论研究，2012（2）），"毛主义"与西方理论——弗雷德里克·杰姆逊教授访谈录［J］.（颜芳.外国文学研究，2017（2）），等等。

美学与文化研究等领域发展趋势的访谈。①

再次是有关文学理论流派与思潮及其相关学者的后续拓展研究的访谈。第一，对解释学理论家的访谈包括对乔治·格雷西亚②等的访谈等。第二，对耶鲁学派批评家的访谈并不限于解构主义，而是依据相关批评家的学术取向予以了追踪研究。相关访谈主要集中于对米勒③与布鲁姆④等的访谈。第三，对新历史主义理论家的访谈主要集中于对怀特的专访。⑤第四，对后殖民批评家的访谈主要集中于对斯皮瓦克⑥等的访谈。第五，对西方马克思主义批评家的访谈主要集中于对德里克⑦等的访谈。第六，有关生态批评的访谈涉及生态批评的

---

① 例如，《对"理论"的思考——斯坦利·费希访谈录》（朱刚，《当代外国文学》2001 年第 1 期），《理论、文学及当今的文学研究——文森特·里奇访谈录》（郝桂莲、赵丽华，《当代外国文学》2006 年第 2 期），《文学理论的现状与趋势——乔纳森·卡勒教授访谈录》（何成洲、郝志琴，《南京大学学报：哲社版》2012 年第 2 期），《"理论之死"属一厢情愿——乔纳森·卡勒教授访谈》（陈军，《中国社会科学报》2012 年 5 月 18 日 A04 版），《乔纳森·卡勒访谈录》（郑丽，《外国文学研究》2014 年第 2 期），《全球化语境下文学系的定位与构建——杜克大学文学系主任肯尼斯·苏林教授访谈录》（何卫华、朱国华，《文艺理论研究》2009 年第 2 期），《新时代的世界文学教材编写与人才培养——大卫·达姆罗什教授访谈录》（郝岚，《文艺理论研究》2009 年第 2 期），《当代世界文学与比较文学研究的主要命题与批评争议：托马斯·奥利弗·比比教授访谈录》，（尚必武，《外国文学研究》2017 年第 1 期），《文学伦理·文学翻译·世界文学：托马斯·奥利弗·毕比教授访谈》（卢婕，《复旦外国语言文学论丛》2017 年第 2 期），《身体美学：研究进展及其问题——美国学者与中国学者的对话与论辩》（舒斯特曼、曾繁仁，《学术月刊》2007 年第 8 期），《文化研究的跨学科性与全球化——美国格罗斯伯格教授访谈》（史岩林、张东芹，《文艺理论研究》2011 年第 1 期），《新文选，新方向——吉恩·贾勒特教授访谈录》（王玉括，《当代外语研究》2014 年第 8 期），《中美比较：女权主义的现状与未来——美国密歇根大学王政教授访谈录（上、下）》（荒林，《文艺研究》2008 年第 7、8 期），等等。

② ［美］乔治·格雷西亚、欧阳康：《文本性、解释和解释学哲学——访美国解释学家乔治·格雷西亚教授》，《哲学动态》2004 年第 11 期。

③ 对米勒的访谈主要包括：《永远的修辞性阅读——关于解构主义与文化研究的访谈——对话》（金惠敏，《外国文学评论》2001 年第 1 期），《对文学研究的呼唤：J. 希利斯·米勒访谈录》（生安锋，《外国文学研究》2006 年第 6 期），《批评的愉悦、解构者的责任与学术自由——米勒访谈》（生安锋，《国外理论动态》2007 年第 1 期），《文学言语行为与文学研究——希利斯·米勒教授访谈录》（王月，《外国文学》2012 年第 4 期），《解构主义者谈解构主义——希利斯·米勒访谈录》（郑丽，《外国文学研究》2014 年第 2 期），《中西对话、文学阅读、解构及其他——希利斯·米勒访谈录》（苏勇，《外国文学》2017 年第 4 期），等等。

④ 对布鲁姆的访谈主要包括：《哈罗德·布鲁姆教授访谈录》（张龙海，《外国文学》2004 年第 4 期），《哈罗德·布鲁姆教授访谈录（英文版）》（徐静，《外国文学研究》2006 年第 5 期），《文学是生命最美的形态——哈罗德·布鲁姆教授访谈录》（郑丽，《外国文学》2014 年第 2 期），等等。

⑤ 海登·怀特、孙麾：《中国进入资本主义将是灾难性的——访美国当代思想史家、历史哲学家海登·怀特》，《中国社会科学报》2013 年 6 月 26 日 A04 版。

⑥ 对斯皮瓦克的访谈主要包括：《后殖民主义、女性主义、民族主义与想象——佳亚特里·斯皮瓦克访谈录（上、下）》（生安锋、李秀立，《文艺研究》2007 年第 11、12 期），《后殖民主义、身份认同和少数人化——霍米·巴巴访谈录》（生安锋，《外国文学》2002 年第 6 期），等等。

⑦ 对德里克的访谈主要包括：《全球化境遇下的社会主义和马克思主义若干问题研究——专访著名左翼学者阿里夫·德里克教授》（庄俊举，《当代世界与社会主义》2007 年第 5 期）等。

理论与实践,主要包括对布伊尔①、斯洛维克②、伯林特③、詹姆士·恩格尔④、小约翰·B.柯布⑤等的访谈。

四、学术期刊论文

美国文学理论与批评领域的学者在中国学术刊物发表论文逐渐增多,且具有时效性、同步性等特质。⑥ 此外,多种有关文学理论与批评的期刊都邀请了美国相应领域的学者担任编委或顾问。例如,《外国文学研究》杂志邀请了布鲁姆教授担任杂志顾问,并邀请斯洛维克作为特邀编辑,与陈红共同为其生态批评栏目撰写了《对生态批评论文专栏的介绍》⑦。

针对美国相关学者在中国期刊刊发文章情况而言,首先是以社会政治文化批评为主兼及哲学、文学等其他学科及领域的研究者的论文。此类论文刊发最

---

① 对布伊尔的访谈主要包括:《打开中美生态批评的对话窗口——访劳伦斯·布伊尔》(韦清琦,《文艺研究》2004 年第 1 期),《人文关切与生态批评的"第二波"浪潮:劳伦斯·布依尔教授访谈录》(生安锋,《外国文学研究》2009 年第 3 期),《美国生态想象理论、方法及实践运用——访劳伦斯·布伊尔教授》(岳友熙,《甘肃社会科学》2012 年第 5 期),等等。

② 对斯洛维克的访谈主要包括:《温暖的生态海洋:自然·环境艺术·生态批评——斯科特·斯洛维克教授访谈》(苏冰,《鄱阳湖学刊》2013 年第 3 期),《生态批评家的职责——与斯科特·斯洛维克关于〈走出去思考〉的访谈》(韦清琦,《外国文学研究》2009 年第 4 期(英文版);《鄱阳湖学刊》2010 年第 4 期(中文版)),《生态意识和生态责任——司各特·斯洛维克访谈》(马军红,《当代外国文学》2010 年第 2 期),《从地方到全球到"全球地方"——斯科特·斯洛维克教授访谈》(徐海香,《江苏大学学报:社会科学版》2012 年第 3 期),《生物地方主义面面观——斯洛维克教授访谈录》(闫建华,《外国文学》2014 年第 4 期),《斯科特·斯洛维克与中国访问学者的对话》(刘蓓、朱利华、黎会华,《鄱阳湖学刊》2015 年第 5 期),等等。

③ 对伯林特的访谈主要包括:《从"审美介入"到"介入美学"——环境美学家阿诺德·伯林特访谈录》(刘悦笛,《文艺争鸣》2010 年第 21 期),《城市之困与环境美学——记与美国环境美学家阿诺德·伯林特的一次学术交流》(鲁枢元,《艺术百家》2010 年第 6 期),等等。

④ 陈靓:《当代生态批评的人文向度和理论视野——哈佛大学英文系教授詹姆士·恩格尔访谈》,《合肥学院学报:社会科学版》2014 年第 5 期。

⑤ 孟根龙、[美]小约翰·B.柯布:《建设性后现代主义与福斯特生态马克思主义——访美国后现代主义思想家》,《武汉科技大学学报:社会科学版》2014 年第 2 期。

⑥ 例如,中国中外文艺理论学会、中国文艺理论学会、中国外国文论与比较诗学研究会的相关学术活动与出版物等。诸如,北京大学出版社、国际文学理论学会、中国中外文艺理论学会与清华大学合办的《文学理论前沿》,中国文艺理论学会主办的《文艺理论研究》,中国社科院外文所主编的《外国文论与比较诗学》,《外国文学研究》创设的"中外学者对话"栏目,等等。

⑦ [美]司各特·斯洛维克、陈红:《对生态批评论文专栏的介绍(英文)》,《外国文学研究》2007 年第 1 期。

多者当属乔姆斯基。①

其次是有关既有文论派别代表者及其后续拓展研究的论文。例如，西方马克思主义文论在中国期刊刊发论文的学者主要包括：詹姆逊②、德里克③、沃林④等。又如，新历史主义文论在中国期刊刊发论文的学者主要包括：怀特⑤、格林

---

① 乔姆斯基在中国期刊发表的论文主要包括：《恐怖主义、全球化与美国》(《读书》2001年第12期)，《语言与脑》(《语言科学》2002年第1期)，《美国–以色列–巴勒斯坦》(《国外理论动态》2002年第6期)，《"联盟社会"的罪行》(《国外社会科学文摘》2003年第1期)，《关于恐怖活动、正义与自卫的一些想法》(《江苏行政学院学报》2007年第5期)，《美帝国的全球统治战略》(《国外理论动态》2007年第11期)，《人道帝国主义：帝国主义右派的新信条》(《国际社会科学杂志》2008年第1期)，等等。

② 詹姆逊在中国期刊发表的论文主要包括：《马克思主义与乌托邦思想》(《东方论坛（青岛大学学报）》2004年第4期)，《再现全球化论》(《郑州大学学报：哲学社会科学版》2004年第5期)，等等。

③ 德里克在中国期刊发表的论文主要包括：《反历史的文化？寻找东亚认同的"西方"》(《文艺研究》2000年第2期)，《全球主义与地域政治》(《天涯》2000年第3期)，《后现代主义、东方主义与"自我东方化"》(《东方论坛（青岛大学学报）》2001年第4期)，《马克思主义在西方的新发展》(《马克思主义与现实》2004年第5期)，《东亚的现代性与革命：区域视野中的中国社会主义》(《马克思主义与现实》2005年第3期)，《关于"后资本主义"问题的对话》(《马克思主义与现实》2007年第2期)，《欧洲中心霸权和民族主义之间的中国历史》(《近代史研究》2007年第2期)，《后现代主义、后殖民主义和全球化：当代马克思主义所面临的挑战》(《当代世界与社会主义》2007年第2期)，《文明对话与当代全球关系：困境与希望》(《马克思主义与现实》2007年第5期)，《当代视野中的现代性批判》(《南京大学学报：哲社版》2007年第6期)，《全球化、现代性与中国》(《读书》2007年第7期)，《马克思主义在当代面临的挑战：后现代主义、后殖民主义、全球化》(《马克思主义研究》2007年第11期)，《当前马克思主义面临的挑战：后现代主义、后殖民主义、全球化》(《马克思主义美学研究》2007年)，《关于后革命马克思主义的思考》(《马克思主义美学研究》2008年第1期)，《重访后社会主义：反思中国特色社会主义的过去、现在和未来》(《马克思主义与现实》2009年第5期)，《我们的认知方式：全球化——普遍主义的终结？》(《马克思主义美学研究》2010年第1期)，《对"全球现代性：全球资本主义时代的现代性"的进一步反思》(《马克思主义美学研究》2010年第2期)，《陶希圣：变革的社会限制》(《政治思想史》2011年第2期)，《以欧亚视角重新审视现代性（上、下）》(《江苏社会科学》2011年第5、6期)，《"中国模式"理念：一个批判性分析》(《国外理论动态》2011年第7期)，《从历史角度反思现代性：能得到"另类现代性"的结论吗？》(《社会科学研究》2013年第4期)，《发展主义：一种批判》(《马克思主义与现实》2014年第2期)，等等。

④ 沃林在中国期刊发表的论文主要包括：《现代主义与后现代主义之争再思考》(《江苏社会科学》2000年第1期)，《学术与政治：海德格尔的"纳粹问题"》(《开放时代》2000年第11期)，《毛主义的诱惑——〈来自东方的风〉导论》(《文化与诗学》2011年第2期)，《国家社会主义、世界犹太集团与存在的历史——关于海德格尔的黑色笔记本》(《中国高校社会科学》2014年第4期)，《毛泽东的影响：东风西进》(《国外理论动态》2014年第4期)，《现代启示录：本雅明与政治弥赛亚主义的遗产》(《文艺理论研究》2015年第3期)，《穿梭于文化政治地狱的〈太凯尔〉（上、下）》(《上海文化》2016年第10、12期)，《阿格妮丝·赫勒论日常生活》(《学术交流》2018年第7期)，《五月风暴与马克思主义的回应》(《国外理论动态》2018年第8期)，等等。

⑤ 怀特在中国期刊发表的论文主要包括：《"形象描写逝去时代的性质"：文学理论和历史书写》(《外国文学》2001年第6期)，《世界历史的西方化》(《山东社会科学》2007年第2期)，《敬答复伊格斯教授》(《史学史研究》2008年第4期)，《论实用的过去》(《山东社会科学》2009年第3期)，《书写史学与视听史学》(王佳怡译，《电影艺术》2014年第6期)等。

布拉特①等。再如，后殖民主义文论在中国期刊刊发论文的学者主要包括：斯皮瓦克②、巴巴③等。再如，生态批评领域在中国期刊刊发论文的学者主要包括：墨菲④、斯洛维克⑤、布伊尔⑥、伯林特⑦与张嘉如⑧等。

再次是资深知名理论家与批评家有关文学研究整体发展方向的论文。例如，

---

① 格林布拉特在中国期刊发表的论文主要包括：《感通与惊奇——新历史主义批评的两个重要概念》(《长江学术》2019 年第 1 期) 等。

② 斯皮瓦克在中国期刊发表的论文主要包括：《〈庶民研究〉：解构史学》(《西北师范大学学报：社会科学版》2006 年第 2 期) 等。

③ 巴巴在中国期刊发表的论文主要包括：《"种族"、时间与现代性的修订 (上、下)》(《首都师范大学学报：社会科学版》2000 年第 2、3 期)，《黑人学者与印度公主》(《文学评论》2002 年第 5 期)，《理论的承诺——论理论在政治表述过程中的多重功能》(《江海学刊》2012 年第 5 期)，《游行伦理学——论威廉·肯特里奇的〈更轻快地表演舞蹈〉》(《世界美术》2017 年第 3 期)，等等。

④ 墨菲在中国期刊发表的论文主要包括：《生态批评视角下的当代美国小说》(《英美文学研究论丛》2007 年第 1 期)，《作为自然之部分的人——〈帕特里克·墨菲生态讲演集〉中文版序》(《鄱阳湖学刊》2016 年第 3 期)，《空间性、时间性与栖居：论加里·斯奈德的非美国、非史诗巨作》(《鄱阳湖学刊》2016 年第 3 期)，《欧内斯特·卡伦巴赫生态小说中的女性角色和性别平等》(《鄱阳湖学刊》2016 年第 3 期)，《从消费品到维生——生态女性主义自足再适应》(《鄱阳湖学刊》2016 年第 3 期)，等等。

⑤ 斯洛维克在中国期刊发表的论文主要包括：《自然大美：中国文学中的传统生态思想》(《中国社会科学报》2012 年 12 月 7 日 B01 版)，《全球环境治理是所有国家的责任》(《中国社会科学报》2013 年 9 月 18 日 A06 版)，《国际文学中环境怀旧的三种类型》(《江海学刊》2015 年第 5 期)，《反击"毁灭麻木症"：勒克莱齐奥、洛佩兹和席娃作品中的信息与悲情》(《鄱阳湖学刊》2015 年第 5 期)，《论自然与环境》(《鄱阳湖学刊》2015 年第 3 期)，《美国自然写作中的认识论与政治学：嵌入修辞与离散修辞》(《鄱阳湖学刊》2009 年第 2 期)，《在数据的世界里寻求一种环境敏感性话语：文学与科学的区分》(《鄱阳湖学刊》2009 年第 1 期)，《生态诗与"可持续诗"》(《江西社会科学》2008 年第 7 期)，《环境文学和生态批评对公众的影响》(《鄱阳湖学刊》2011 年第 6 期)，《调整"大地依恋"的层级：关注跨层级思维的艺术表达》(《求是学刊》2013 年第 4 期)，《生态批评、环境人文的研究状况》(《北京林业大学学报：社会科学版》2018 年第 2 期)，等等。

⑥ 布伊尔在中国期刊发表的论文主要包括：《生态批评、城市环境与环境批评》(《江苏大学学报：社会科学版》2010 年第 5 期)，《文学研究的绿化现象》(《国外文学》2005 年第 3 期)，《生态批评：晚近趋势面面观》(《电影艺术》2013 年第 1 期)，等等。

⑦ 柏林特在中国期刊发表的论文主要包括：《审美生态学与城市环境》(《学术月刊》2008 年第 3 期)，《荒野城市：隐喻体验研究》(《江南大学学报：人文社会科学版》2012 年第 3 期)，《环境美学及其对审美理论的挑战》(《中国地质大学学报：社会科学版》2013 年第 2 期)，《论环境感知力》(《江苏行政学院学报》2013 年第 4 期)，《生态美学的几点问题》(《东岳论丛》2016 年第 4 期)，等等。

⑧ 张嘉如在中国期刊发表的论文主要包括：《〈卧虎藏龙〉里的生态玄机：从禅宗公案看电影》(《江苏大学学报：社会科学版》2010 年 5 月)，《论"动物倡导"文艺批评视野中的电影〈可可西里〉》(《南阳师范学院学报》2011 年第 2 期)，《当代美国生态批评论述里的全球化转向——海瑟的生态世界主义论述》(《鄱阳湖学刊》2013 年第 2 期)，《辛哈小说〈据说，我曾经是人类〉：南方后殖民动物书写策略》(《鄱阳湖学刊》2013 年第 5 期)，《思考垃圾动物的几种方式：印度纪录片〈塑胶牛〉为例》(《文艺理论研究》2016 年第 4 期)，《闻其声，不忍食其肉——从"残忍胃口美学"到"关怀饮食美学"》(《美与时代》2016 年第 6 期)，《〈遮蔽的天空〉：台湾空污纪录片与雾霾慢暴力美学策略》(《名作欣赏》2016 年第 19 期)，《动物资本与垃圾动物：纪录片的救赎与希望》(《鄱阳湖学刊》2017 年第 1 期)，《物质生态批评中道德伦理论述的可能性与局限》(《东岳论丛》2017 年第 1 期)，等等。

卡勒[①]、米勒[②]等。

第二节　中国对当代美国文论的引介

自2000年至今，伴随着越来越多的美国文论家相继到中国访问与讲学，相关学术交流不仅促进了来访者与中国学者的学术对话，而且在一定程度上推动了相关美国学者的著述与论文在中国的译介。与之相应，中国有关当代美国文论的翻译与介绍力度显著加强，进而呈现激增态势，数种相关中译本陆续出版。相应译介成果呈现出趋于同步性与对话性等特征，一些著作出版当年或隔年即有中译本，也出现同时出版甚至先于中译本出版等现象。相应成果具体体现在如下层面：

一、中国引进当代美国文论情况概述

中国引进当代美国文论的方式包括以英文原文形式出版的系列丛书，系列丛书与系列读本的相关中译本以及各类相关具体中译本等。另外，还出现了微信公众号[③]等新兴引介形式。

首先是以英文原文的形式出版的系列丛书。例如，"西方语言学原版影印系

[①] 卡勒在中国期刊发表的论文及演讲稿主要包括：《什么是文化研究？》（《当代外国文学》2007年第4期），《比较文学何去何从？》（《中国比较文学》2009年第3期），《理论在当下的痕迹》（《外国文学》2011年第1期），《比较文学的挑战》（《中华读书报》2011年12月7日第16版），《比较文学的挑战》（《中国比较文学》2012年第1期），《当今文学理论》（英文）（《文艺理论研究》2012年第4期），《当今的文学理论》（中文）（《外国文学评论》2012年第4期），《论全知叙事》（《社会科学战线》2014年第2期），《抒情理论新论》（《江海学刊》2014年第6期），等等。

[②] 米勒在中国期刊发表的论文及演讲稿主要包括：《现代性、后现代性与新技术制度》（《文艺研究》2000年第5期），《全球化时代文学研究还会继续存在吗》（《文学评论》2001年第1期），《论文学的权威性》（《文艺报》2001年8月28日第2版），《物质利益：现代英国文学对全球资本主义的批评》（《郑州大学学报：哲学社会科学版》2004年第5期），《文学理论的未来》（《东方丛刊》2006年第1期），《文学中的后现代伦理：后期的德里达、莫里森和他者》（《外国文学》2006年第1期），《中美文学研究比较》《外国文学》2010年第4期），《世界文学面临的三重挑战》（《探索与争鸣》2010年第11期），Challenges to World Literature（《中国比较文学》2010年第4期），《在全球化时代阅读现（当）代中国文学》（《当代作家评论》2011年第5期），Why Literature Matters to Me（《中国比较文学》2013年第4期），等等。

[③] 相关微信公众号包括："中外文论"（中国中外文艺理论学会），"批评理论研究"（上海大学批评理论研究中心），"文学伦理学批评研究"（国际文学伦理学批评研究会），"比较文学东方与西方"（英文学术期刊《比较文学：东方与西方》），"中外比较文学"（英文学术期刊《中美比较文学》杂志），"中外文艺理论与文化研究"（个人公众微信号），等等。

列丛书"①"外教社原版文学入门丛书"②"外国文学研究文库"③"英文原版文学理论丛书"④"外教社西方文论丛书"⑤"英美文学文库"⑥与"当代世界学术名著"⑦等。

其次是收入系列丛书与系列读本的相关中译本。例如,"培文读本丛书"⑧

---

① "西方语言学原版影印系列丛书"由北京大学出版社出版,其中涉及当代美国文论的书籍主要包括:《论自然与语言》(乔姆斯基,2007)等。

② "外教社原版文学入门丛书"由上海外语教育出版社出版,其中涉及当代美国文论的书籍主要包括:《解构与批评》(布鲁姆,2009),《文学理论》(Mary Klages,2009),等等。

③ "外国文学研究文库"由外语教学与研究出版社出版,其中涉及当代美国文论的书籍主要包括:《现实主义的二律背反》([美]弗雷德里克·詹姆逊,2018),《反摹仿论:从柏拉图到希区柯克》([美]汤姆·科恩,2018),《论解构:结构主义之后的理论和批评》([美]乔纳森·卡勒,2018),《虚构的权威:女性作家与叙述声音》([美]苏珊·S.兰瑟,2018),《美国梦,美国噩梦:1960年以来的小说》([美]凯瑟琳·休姆,2018),《亚裔美国文学:作品及社会背景介绍》([美]金惠经,2018),等等。

④ "英文原版文学理论丛书"由中国海洋大学出版社、爱丁堡大学出版社联合出版,其中涉及当代美国文论的书籍主要包括:《当代北美批评和理论导读》(Julian Wolfreys,2006),《21世纪批评理论导读》(Julian Wolfreys,2006),《文学理论中的重要概念》(Julian Wolfreys,2006),《文学理论导读和术语》(Julian Wolfreys,2006),等等。

⑤ "外教社西方文论丛书"由上海外语教育出版社出版,其中涉及当代美国文论的书籍主要包括:《马克思主义与形式》(Frederick James,2009),《言必所指?》(Stanley Cavell,2009)。

⑥ "英美文学文库"由外语教学与研究出版社出版,其中涉及当代美国文论的书籍主要包括:*Understanding Poetry*. (Cleanth Brooks、Robert Penn Warren,2004),*Understanding Fiction*. (Cleanth Brooks,2004),*On Deconstruction: Theory and Criticism after Structuralism*. (Jonathan Culler,2004),*A Literature of Their Own*. (Elaine Showalter,2004),*Literary Theory From Plato to Barthes*. (Harland, R.,2005),*Feminist Theory and Literary Practice*. (Deborah L. Madsen,2006),*Redrawing the Boundaries: The Transformation of English and American Literary Studies*. (Stephen Greenblatt, Giles Gunn, eds,2007),*A Glossary of Literary Terms*. (M. H. Abrams, Geoffrey Galt Harpham,2010),《文学批评方法手册》(古尔灵等,2004),《哥伦比亚美国诗歌史》(帕里尼编,2005),《哥伦比亚美洲小说史》(埃利奥特,2005),《牛津美国文学词典》(莱宁格尔,2005),《当代美国小说》(米拉德,2006),《亚裔美国文学》(金惠经,2006),《当代非裔美国小说:其民间溯源与现代文学发展》(贝尔纳多·贝尔,2007),《美国梦,美国噩梦:1960年以来的小说》(凯瑟琳·休姆,2018),等等。

⑦ "当代世界学术名著"由中国人民大学出版社出版,其中涉及当代美国文论的书籍主要包括:《文学、通俗文化和社会》([美]利奥·洛文塔尔,甘锋译,2012),《符号学基础》([美]约翰·迪利,张祖建译,2012),《故事与话语:小说和电影的叙事结构》([美]西摩·查特曼,徐强译,2013),《叙事学:叙事的形式与功能》([美]杰拉德·普林斯,徐强译,2013),《故事的语法》([美]杰拉德·普林斯,徐强译,2015),《文学批评:理论与实践导论(第五版)》([美]查尔斯·E.布莱斯勒. 赵勇、李莎、常培杰,等译.2015),《术语评论:小说与电影的叙事修辞学》([美]西摩·查特曼,徐强译,2016),《空间与地方:经验的视角》([美]段义孚,王志标译,2017),《结构主义诗学》([美]乔纳森·卡勒,盛宁译,2018),《影响的焦虑:一种诗歌理论》([美]哈罗德·布鲁姆,徐文博译,2019),等等。

⑧ "培文读本丛书"由北京大学出版社出版,其中涉及当代美国文论的书籍主要包括:《从解构到全球化批判:斯皮瓦克读本》([美]斯皮瓦克,陈永国、赖立里、郭英剑译,2007),《新方向:比较文学与世界文学读本》([美]大卫·达姆罗什,陈永国、尹星译,2010),《世界文学理论读本》([美]大卫·达姆罗什,刘洪涛、尹星译,2013),等等。

"牛津通识读本"①"名家文学讲坛系列"②"当代国外文论教材精品系列"③"美国艺术与科学院院士文学理论与批评经典译丛"④"西方现代批评经典译丛"⑤

---

① "牛津通识读本"由译林出版社出版,其中涉及当代美国文论的书籍主要包括:《文学理论入门》([美]卡勒,李平译,2013),《西方艺术新论》([美]辛西娅·弗里兰,黄继谦译,2013),《全球化面面观》([美]曼弗雷德·B.斯蒂格,丁兆国译,2013),《民族主义》([美]斯蒂芬·格罗斯比,陈蕾蕾译,2017),《戏剧》([美]马文·卡尔森,赵晓寰译,2019),《浪漫主义》([美]迈克尔·费伯,翟红梅译,2019),等等。

② "名家文学讲坛系列"由译林出版社出版,其中涉及当代美国文论的书籍主要包括:《修辞的复兴:韦恩·布斯精粹》([美]韦恩·布斯,穆雷、李佳畅、郑晔等译,2009),《艾布拉姆斯精选集》([美]艾布拉姆斯,赵毅衡、周劲松、宗争等译,2010),《如何读,为什么读》([美]哈罗德·布鲁姆,黄灿然译,2011),《文学体验导引》([美]莱昂内尔·特里林,余婉卉、张箭飞译,2011),《文学是什么?:高雅文化与大众社会》([美]莱斯利·菲德勒,陆扬译,2011),《知性乃道德职责》([美]莱昂内尔·特里林,严志军、张沫译,2011),《阅读ABC》([美]埃兹拉·庞德,陈东飚译,2014),《现代性的五副面孔:现代主义、先锋派、颓废、媚俗艺术、后现代主义》([美]马泰·卡林内斯库,顾爱彬、李瑞华译,2015),《史诗》([美]哈罗德·布鲁姆,翁海贞译,2015),《文章家与预言家》([美]哈罗德·布鲁姆,翁海贞译,2016),《短篇小说作家与作品》([美]哈罗德·布鲁姆,童燕萍译,2016),等等。

③ "当代国外文论教材精品系列"由北京大学出版社出版,其中涉及当代美国文论的书籍主要包括:《文学作品的多重解读》([美]迈克尔·莱恩,赵炎秋译,2006)等。

④ "美国艺术与科学院院士文学理论与批评经典译丛",由聂珍钊主编,上海外语教育出版社出版,主要包括:《福克纳:破裂之屋》([美]埃里克·桑德奎斯特,隋刚等译,2012),《莎士比亚:人生经历的七个阶段》([美]大卫·贝文顿,谢群等译,2013),《1913:现代主义的摇篮》([美]让-米歇尔·拉巴泰,杨成虎译,2013),《激进的艺术:媒体时代的诗歌创作》([美]玛乔瑞·帕洛夫,聂珍钊等译,2013),《诗与感觉的命运》([美]苏珊·斯图尔特,史惠风译,2013),《小说暴力:维多利亚小说的形义叙事学解读》([美]盖勒特·斯图尔特,陈晞译,2013),《语言派诗学》([美]查尔斯·伯恩斯坦,罗良功译,2013),《上帝、格列佛与种族灭绝:野蛮与欧洲想象(1492—1945)》([美]克劳德·罗森,王松林译,2013),《撒旦之死:美国人如何丧失了罪恶感》([美]安德鲁·戴尔班科,陈红译,2013),等等。

⑤ "西方现代批评经典译丛"由李欧梵、刘象愚主编,季进执行主编,自2005年起,第一辑由江苏教育出版社陆续出版;自2013年起,第二辑由上海人民出版社陆续出版。其中涉及自20世纪以来数位著名美籍学者具有代表性的经典理论与批评著述,具体情况如下:第一辑包括:雷纳·韦勒克、沃伦的《文学理论》,哈罗德·布鲁姆的《影响的焦虑》,爱德蒙·威尔逊的《阿克瑟尔的城堡》,莱昂利尔·特里林的《诚与真》,刘若愚的《中国文学理论》,约翰·克劳·兰色姆的《新批评》;第二辑包括:克林斯·布鲁克斯的《精致的瓮》,哈罗德·布鲁姆的《神圣真理的毁灭:圣经以来的诗歌与信仰》,桑德拉·吉尔伯特与苏珊·古芭的《阁楼上的疯女人:女性作家与19世纪文学想象》,伊哈布·哈桑的《后现代转向》,乔治·斯坦纳的《语言与沉默:论语言、文学与非人道》,以及雷纳·韦勒克的《批评的概念》与《辨异:续批评的概念》等。

"21 世纪西方文论译丛"①"新世纪美学译丛"②"21 世纪美学译丛"③"国际美学前沿译丛"④"当代学术棱镜译丛"⑤,等等。

再次是各类相关具体中译本。第一,由美国学者编著的文学理论辞书类著述的初版或修改版的中译本。例如:《文学批评方法手册》⑥《文学术语词典》⑦《霍普金斯文学理论和批评指南》⑧等。第二,关于美国文学理论与批评实践的中英文选本。例如,《美国文学批评名著精读:上、下册》⑨等。第三,有关当代美国文论派别、批评家的主要著述及选本。例如,《当代文学批评:里奇文论精

---

① "21 世纪西方文论译丛"由王逢振、蔡新乐主编,河南大学出版社出版。具体包括:《批评的新视野》(2010),《理论、方法与实践》(2013),等等。

② "新世纪美学译丛"由周宪、高建平主编,商务印书馆出版,其中涉及当代美国文论的书籍主要包括:《实用主义美学》([美]理查德·舒斯特曼,彭锋译,2002),《审美的人》([美]埃伦·迪萨纳亚克,户晓辉译,2004),《超越美学》([美]诺埃尔·卡罗尔,李媛媛译,2006),《身体意识与身体美学》([美]理查德·舒斯特曼,程相占译,2011),《扮假作真的模仿:再现艺术基础》([美]肯达尔·L.沃尔顿,赵新宇、陆扬、费小平译,2013),《艺术与介入》([美]阿诺德·贝林特,李媛媛译,2013),等等。

③ "21 世纪美学译丛"由陈望衡主编,武汉大学出版社出版,其中涉及当代美国文论的书籍主要包括:《美学再思考》([美]阿诺德·柏林特,肖双荣译,2010),《比较美学二辑》([美]艾略特·杜里奇,陈望衡译,2016),等等。

④ "国际美学前沿译丛"由河南大学出版社出版,其中涉及当代美国文论的书籍主要包括:《美学与环境:一个主题的多重变奏》([美]阿诺德·伯林特,程相占、宋艳霞译,2013)等。

⑤ "当代学术棱镜译丛"由南京大学出版社出版,其中涉及当代美国文论的书籍主要包括:《第二媒介时代》([美]马克·波斯特,范静哗译,2000),《解读大众文化》([美]约翰·菲斯克,杨全强译,2006),《美学指南》([美]彼得·基维主编,彭锋等译,2008),《超越文化转向》([美]理查德·比尔纳其等,方杰译,2008),《文化研究指南》([美]托比·米勒,王晓路译,2009),《今日艺术理论》([美]诺埃尔·卡罗尔,殷曼楟译,2010),《大分野之后:现代主义、大众文化、后现代主义》([美]安德烈亚斯·胡伊森,周韵译,2010),《反抗的文化》([美]贝尔·胡克斯,朱刚译,2012),《可见的签名》([美]弗雷德里克·杰姆逊,王逢振译,2012),《叙事的本质》([美]罗伯特·斯科尔斯、[美]詹姆斯·费伦、[美]罗伯特·凯洛格,于雷译,2014),《媒介建构:流行文化中的大众媒介》([美]劳伦斯·格罗斯伯格等,祁林译,2014),《文学制度》([美]杰弗里·J.威廉斯,李佳畅、穆雷译,2014),《艺术哲学:当代分析美学导论》([美]诺埃尔·卡罗尔,王祖哲、曲陆石译,2015),《战后法国的存在主义马克思主义:从萨特到阿尔都塞》([美]马克·波斯特,张金鹏、陈硕译,2015),《福柯、马克思主义与历史:生产方式与信息方式》([美]马克·波斯特,张金鹏译,2015),《萌在他乡:米勒中国演讲集》([美]J.希利斯·米勒,国荣译,2016),《文学批评史:从柏拉图到现在》([美]M.A.R.哈比布,阎嘉译,2017),《美的六种命名》([美]克里斯平·萨特韦尔,郑从容译,2017),《新批评之后》([美]弗兰克·伦特里奇亚,王丽明等译,2017),《叙事的虚构性:有关历史、文学和理论的论文(1957—2007)》([美]海登·怀特,马丽莉、马云、孙晶姝译,2019),等等。

⑥ [美]威尔弗雷德·L.古尔灵等:《文学批评方法手册》,外语教学与研究出版社 2004 年版。

⑦ [美]M.H.艾布拉姆斯、[美]杰弗里·高尔特·哈珀姆:《文学术语词典》,吴松江等译,北京大学出版社 2009、2014 年版。

⑧ [美]迈克尔·格洛登等:《霍普金斯文学理论和批评指南》,王逢振等译,外语教学与研究出版社 2011 年版。

⑨ 常耀信:《美国文学批评名著精读:上、下册》,南开大学出版社 2007 年版。

选》①等。

二、有关当代美国文论派别与文论家的引介

综观21世纪以来当代文学理论流派在中国的接受，相关情况大致如下：

（一）对于"英、美新批评派"的译介

针对新批评派的著述在中国的引介情况而言，关于该派著述的综合性选译本包括《"新批评"文集》②等。

此外是对于该派诸位学者著述的全译本与编译本。例如，有关瑞恰兹的译本包括《科学与诗》③《意义之意义：关于语言对思维的影响及记号使用理论科学的研究》④；有关燕卜逊的译本是传记《威廉·燕卜逊传（第一卷）：在名流中间》⑤；有关兰色姆的译本是专著《新批评》，译者指出："'新批评'作为一种重要的形式批评理论在我国的输入经历了一个严重的时间错位，而发生在80年代的译介如同一次匆匆而来又匆匆而去的迟到的旅行，是十分短暂的，这就导致了国人对它的了解在很长一段时间内局限于一些基本的常识，很少有人真正做到深刻领会并学以致用。80年代以来，我们对于西方文论的迻译暴露出一种求新求变、贪奇贪玄的问题，像'新批评'这样的老批评自然成了许多人避之唯恐不及的对象，仅有的一些译介因为缺乏系统性而不能帮助国内学子们全面掌握'新批评'的要义和手段。"⑥有关韦勒克的译本包括《文学理论》⑦《近代文学批评史：1750—1950》⑧《批评的诸种概念》⑨《辨异：续〈批评的诸种概念〉》⑩等。

---

① 王顺珠：《当代文学批评：里奇文论精选》，北京大学出版社2014年版。
② 赵毅衡：《"新批评"文集》，百花文艺出版社2001年版。
③ 徐葆耕、瑞恰慈：《科学与诗》，清华大学出版社2003年版。
④ ［英］C. K. 奥格登、I. A. 理查兹：《意义之意义：关于语言对思维的影响及记号使用理论科学的研究》，白人立、国庆祝译，北京师范大学出版社2000年版。
⑤ ［英］约翰·哈芬登：《威廉·燕卜荪传（第一卷）：在名流中间》，张剑、王伟滨译，外语教学与研究出版社2016年版。
⑥ ［美］约翰·克罗·兰色姆：《新批评》，王腊宝、张哲译，江苏教育出版社2006年版，"译序"第18–19页。
⑦ 韦勒克、奥斯汀·沃伦《文学理论》的主要中译本包括刘象愚等译，江苏教育出版社，2005年版，2009年版；文化艺术出版社，2010年版；浙江人民出版社，2017年版。
⑧ 《近代文学批评史：1750—1950》由杨岂深、杨自伍译，上海译文出版社出版。该书首译本至2006年八卷本全部出齐，其中出版于2000年之后的卷集包括第五卷2002年版、第六卷2005年版、第七卷2006年版、第八卷2006年版。2009年，再版译本出版。
⑨ ［美］雷纳·韦勒克：《批评的诸种概念》，罗钢、王馨钵、杨德友译，上海人民出版社2015、2018年版。
⑩ ［美］雷纳·韦勒克：《辨异：续〈批评的诸种概念〉》，刘象愚、杨德友译，上海人民出版社2015年版。

（二）对于美国解构主义文论的译介

针对美国解构主义的著述在中国的引介情况而言，综合性选译本主要包括"耶鲁学派解构主义批评译丛"①等。

此外是对于该派诸位学者著述的全译本与编译本。例如，有关米勒②、布鲁姆③的译介较多，并未囿于解构主义范围，而是呈现出对其整体学术研究的引介。

（三）对于美国女性主义文论的译介

针对美国女性主义文论在中国的引介情况而言，综合性选译本主要包括《西方女性主义文学文化译文集》④《西方女性主义文学理论》⑤等。

此外是对于该派著述的全译本与编译本。例如，《虚构的权威：女性作家与叙述声音》⑥《女性主义思潮导论》⑦《时间的旅行：女性主义，自然，权利》⑧《她们自己的文学：从勃朗特到莱辛的英国女性小说家》⑨《学院大厦——学界小说及其不满》⑩《图绘：女性主义与文化交往地理学》⑪《阁楼上的疯女人：女性作家

---

① "耶鲁学派解构主义批评译丛"由朱立元主编，天津人民出版社出版（2018），主要包括：《阅读的语言》（[美]保尔·德曼，沈勇译），《荒野中的批评》（[美]杰弗里·哈特曼，张德兴译），《小说与重复》（希利斯·米勒，王宏图译）与《误读图示》（[美]哈罗德·布鲁姆，朱立元、陈克明译）。

② 米勒著述的中译本主要包括：《重申解构主义》（郭英剑译，中国社会科学出版社，2000），《解读叙事》（申丹译，北京大学出版社，2002），《文学死了吗》（秦立彦译，广西师范大学出版社，2007），《J.希利斯·米勒文集》（王逢振、周敏主编，中国社会科学出版社，2016），《共同体的焚毁：奥斯维辛前后的小说》（陈旭译，南京大学出版社，2019）等。

③ 布鲁姆著述的中译本主要包括：《批评、正典结构与预言》（吴琼译，中国社会科学出版社，2000），《西方正典：伟大作家和不朽作品》（江宁康译，译林出版社，2005、2011），《影响的焦虑》（徐文博译，江苏教育出版社，2006），《读诗的艺术》（王敖译，南京大学出版社，2010），《如何读，为什么读》（黄灿然译，译林出版社，2011），《神圣真理的毁灭："圣经"以来的诗歌与信仰》（刘桂林译，上海人民出版社，2013），《文章家与先知》（翁海贞译，译林出版社，2016），《史诗》（翁海贞译，译林出版社，2016），《短篇小说家与作品》（童燕萍译，译林出版社，2016），《影响的剖析：文学作为生活方式》（金雯译，译林出版社，2016），《剧作家与戏剧》（刘志刚译，译林出版社，2016），《小说家与小说》（石平萍、刘戈译，译林出版社，2018）等。

④ 马元曦、康宏锦：《西方女性主义文学文化译文集》，广西师范大学出版社2010年版。

⑤ 柏棣：《西方女性主义文学理论》，广西师范大学出版社2007年版。

⑥ [美]苏珊·兰瑟：《虚构的权威：女性作家与叙述声音》，黄必康译，北京大学出版社2002年版。

⑦ [美]罗斯玛丽·帕特南·童：《女性主义思潮导论》，艾晓明等译，华中师范大学出版社2002年版。

⑧ [美]伊丽莎白·格罗兹：《时间的旅行：女性主义，自然，权利》，胡继华、何磊译，河南大学出版社2012年版。

⑨ [美]肖瓦尔特：《她们自己的文学：从勃朗特到莱辛的英国女性小说家》，韩敏中译，浙江大学出版社2012年版。

⑩ [美]伊莱恩·肖沃尔特：《学院大厦——学界小说及其不满》，吴燕莛译，新星出版社2012年版。

⑪ [美]苏珊·斯坦福·弗里德曼：《图绘：女性主义与文化交往地理学》，陈丽译，译林出版社2014年版。

与19世纪文学想象》①，等等。

以有关巴特勒的译介为例，相关引介基于其女性主义研究者身份但并不囿于此，而是不断呈现出延拓态势。21世纪初，有关巴特勒著述与论文的节选在中国相继问世。②其后，上海三联书店出版的"性与性别学术译丛"相继推出了巴特勒的《性别麻烦》③《身体之重》④与《消解性别》⑤等著述的中译本；江苏人民出版社出版了《权力的精神生活：服从的理论》⑥等著述的中译本；河南大学出版社出版了《脆弱不安的生命：哀悼与暴力的力量》⑦《战争的框架》⑧《安提戈涅的诉求：生与死之间的亲缘关系》⑨等著述的中译本。此外，已有关于巴特勒研究著述的中译本问世。例如，《导读巴特勒》⑩等。

（四）对于美国新历史主义文论的译介

有关美国新历史主义文论的译介主要集中于对海登·怀特与斯蒂芬·格林布拉特著述的译介。

针对海登·怀特的译介主要包括《元史学：十九世纪欧洲的历史想象》⑪《话语的转义》⑫《后现代历史叙事学》⑬《叙事的虚构性》⑭等。对于格林布拉特的

---

① ［美］S.M.吉尔伯特、［美］苏珊·古芭：《阁楼上的疯女人：女性作家与19世纪文学想象》，杨莉馨译，上海人民出版社2015年版。
② 2000年出版的《酷儿理论：西方90年代性思潮》（［美］葛尔·罗宾，李银河译，时事出版社）收录了巴特勒的《模仿与性别反抗》；2001年出版的《性别政治》（王逢振主编，天津社会科学院出版社）收录了巴特勒的《暂时的基础：女权主义与"后现代主义"问题》；2003年出版的《后身体：文化、权力与生命政治学》收录了巴特勒的《身体至关重要》（汪民安、陈永国主编，江苏人民出版社）；2004年，《偶然性，霸权和普遍性：关于左派的当代对话》（［美］朱迪斯·巴特勒、欧内斯特·拉克劳、斯拉沃热·齐泽克，胡大平、高信奇、蒋桂琴、童伟译，江苏人民出版社）收录了巴特勒专著与论文的多篇节译。
③ ［美］朱迪斯·巴特勒：《性别麻烦》，宋素凤译，上海三联书店2009年版。
④ ［美］朱迪斯·巴特勒：《身体之重》，李钧鹏译，上海三联书店2011年版。
⑤ ［美］朱迪斯·巴特勒：《消解性别》，郭劼译，江苏人民出版社2009年版。
⑥ ［美］朱迪斯·巴特勒：《权力的精神生活：服从的理论》，张生译，江苏人民出版社2009年版。
⑦ ［美］朱迪斯·巴特勒：《脆弱不安的生命：哀悼与暴力的力量》，何磊、赵英男译，河南大学出版社2013、2016年版。
⑧ ［美］朱迪斯·巴特勒：《战争的框架》，何磊译，河南大学出版社2016年版。
⑨ ［美］朱迪斯·巴特勒：《安提戈涅的诉求：生与死之间的亲缘关系》，王楠译，河南大学出版社2017年版。
⑩ ［英］萨拉·萨里：《导读巴特勒》，马景超译，重庆大学出版社2018年版。
⑪ ［美］海登·怀特：《元史学：十九世纪欧洲的历史想象》，陈新译，译林出版社2004、2009、2013年版。
⑫ ［美］海登·怀特：《话语的转义》，董立河译，大象出版社2011年版。
⑬ ［美］海登·怀特：《后现代历史叙事学》，陈永国、张万娟译，中国社会科学出版社2003年版。
⑭ ［美］海登·怀特、［美］罗伯特·多兰：《叙事的虚构性：海登·怀特有关历史、文学和理论的论文（1957—2007）》，马丽莉、马云、孙晶姝译，南京大学出版社2019年版。

译介包括《俗世威尔：莎士比亚新传》①《暴君：莎士比亚论政治》②等。

此外，已有对他国学者有关该派学者的研究著述的译介问世，如《斯蒂芬·格林布拉特》③等。

（五）对于美国后殖民主义文论的译介

针对有关美国后殖民主义文论总体考察与反思批判的著述的译介主要包括《跨国资本时代的后殖民批评》④《后殖民理性批判：正在消失的当下的历史》⑤《超越后殖民理论》⑥等。

基于相关具体批评家的选译本主要包括：《从解构到全球化批判：斯皮瓦克读本》⑦《全球化与纠结：霍米·巴巴读本》⑧《后殖民与历史的诡计：迪佩什·查卡拉巴提读本》⑨等。

有关该派批评家的引介中数量最多者当属对萨义德的译介。首先是有关萨义德著述、选集与回忆录等的重译本与新译本。例如，《知识分子论》⑩《东方学》⑪《文化与帝国主义》⑫《向权力说真话：萨义德和批评家的工作》⑬《格格不入——萨义德回忆录》⑭《最后的天空之后》⑮《世界·文本·批评家》⑯《报道伊斯

---

① ［美］斯蒂芬·格林布拉特：《俗世威尔：莎士比亚新传》，辜正坤等译，北京大学出版社2007年版。
② ［美］斯蒂芬·格林布拉特：《暴君：莎士比亚论政治》，张沛译，社会科学文献出版社2019年版。
③ ［英］马克·罗伯逊：《斯蒂芬·格林布拉特》，生安锋等译，天津人民出版社2018年版。
④ ［美］阿里夫·德里克：《跨国资本时代的后殖民批评》，王宁译，北京大学出版社2004年版。
⑤ ［美］佳亚特里·C.斯皮瓦克：《后殖民理性批判：正在消失的当下的历史》，严蓓雯译，译林出版社2014年版。
⑥ ［美］小埃·圣胡安：《超越后殖民理论》，孙亮、洪燕妮译，中国人民大学出版社2016年版。
⑦ ［美］佳亚特里·C.斯皮瓦克、陈永国、赖立里、郭英剑：《从解构到全球化批判：斯皮瓦克读本》，北京大学出版社2007年版。
⑧ ［印度］霍米·巴巴、张颂仁、陈光兴、高士明：《全球化与纠结：霍米·巴巴读本》，上海人民出版社2013年版。
⑨ 迪佩什·查卡拉巴提、张颂仁、陈光兴、高士明：《后殖民与历史的诡计：迪佩什·查卡拉巴提读本》，上海人民出版社2013年版。
⑩ ［美］爱德华·萨义德：《知识分子论》，单德兴译，生活·读书·新知三联书店2002、2013、2016年版。
⑪ ［美］爱德华·萨义德：《东方学》，王宇根译，生活·读书·新知三联书店2007年版。
⑫ ［美］爱德华·萨义德：《文化与帝国主义》，李琨译，生活·读书·新知三联书店2003、2016年版。
⑬ ［美］保罗·鲍威：《向权力说真话：萨义德和批评家的工作》，王丽亚等译，中国社会科学出版社2003年版。
⑭ ［美］爱德华·萨义德：《格格不入——萨义德回忆录》，彭淮栋译，生活·读书·新知三联书店2004年版。
⑮ ［美］爱德华·萨义德：《最后的天空之后》，全玥珏译，新星出版社2006年版。
⑯ ［美］爱德华·萨义德：《世界·文本·批评家》，李自修译，生活·读书·新知三联书店2009年版。

兰》①《人文主义与民主批评》②《论晚期风格》③《从奥斯陆到伊拉克及路线图》④《音乐的极境：萨义德音乐随笔》⑤《来自第三世界的痛苦报道——爱德华·萨义德文化随笔集》⑥《开端：意图与方法》⑦《见识城邦·最后的天空之后：巴勒斯坦人的生活》⑧，等等。其次是针对有关萨义德之访谈的译介。例如，《平行与吊诡：丹尼尔·巴伦博依姆、爱德华·萨义德对话录》⑨《在音乐与社会中探寻：巴伦博依姆、萨义德谈话录》⑩《文化与抵抗——萨义德访谈录》⑪《权力、政治与文化：萨义德访谈录》⑫《与爱德华·萨义德谈话录》⑬，等等。再次是对于他国学者有关萨义德之研究成果的译介，如《萨义德》⑭等。

（六）对于美国马克思主义文论的译介

有关美国马克思主义文论的译介首先散见于基于西方马克思主义文论的选译本中。例如，《问题意识与价值批判：西方马克思主义文论精译》⑮等。

针对美国马克思主义文论领域批评家的引介主要集中于对詹姆逊、德里克与沃林等的译介。其中，以对詹姆逊的译介力度最大、译本最多。目

---

① ［美］爱德华·萨义德：《报道伊斯兰》，阎纪宇译，上海译文出版社2009年版。
② ［美］爱德华·萨义德：《人文主义与民主批评》，朱生坚译，新星出版社2006年版；上海三联书店2013年版；中央编译出版社2017年版。
③ ［美］爱德华·萨义德：《论晚期风格》，阎嘉译，生活·读书·新知三联书店2009年版。
④ ［美］爱德华·萨义德：《从奥斯陆到伊拉克及路线图》，唐建军译，生活·读书·新知三联书店2009年版。
⑤ ［美］爱德华·萨义德：《音乐的极境：萨义德音乐随笔》，彭淮栋译，江苏文艺出版社2012年版。
⑥ ［美］爱德华·萨义德：《来自第三世界的痛苦报道——爱德华·萨义德文化随笔集》，陈文铁译，上海译文出版社2013年版。
⑦ ［美］爱德华·萨义德：《开端：意图与方法》，章乐天译，生活·读书·新知三联书店2014年版。
⑧ ［美］爱德华·萨义德：《见识城邦·最后的天空之后：巴勒斯坦人的生活》，中信出版社2015年版。
⑨ ［美］阿拉·古兹利米安：《平行与吊诡：丹尼尔·巴伦博依姆、爱德华·萨义德对话录》，杨冀译，生活·读书·新知三联书店2015年版。
⑩ ［美］阿拉·古兹利米安：《在音乐与社会中探寻：巴伦博依姆、萨义德谈话录》，杨冀译，生活·读书·新知三联书店2005年版。
⑪ ［美］萨义德、［美］巴萨米安：《文化与抵抗——萨义德访谈录》，梁永安译，上海译文出版社2009年版。
⑫ ［美］薇思瓦纳珊：《权力、政治与文化：萨义德访谈录》，单德兴译，生活·读书·新知三联书店2006年版。
⑬ ［英］塔里克·阿里：《与爱德华·萨义德谈话录》，舒云亮译，作家出版社2015年版。
⑭ ［英］瓦莱丽·肯尼迪：《萨义德》，李自修译，江苏人民出版社2006年版。
⑮ 陈静、余莉：《问题意识与价值批判：西方马克思主义文论精译》，中国人民大学出版社2017年版。

前，业已出版《詹姆逊文集》十四卷本①。其次，有关德里克著述的中译本主要包括其有关全球化问题的研究著述②，针对后殖民批评的研究著述③，以及有关中国的研究著述④。再次，针对新左派政治思想史家沃林著述的中译本主要有《文化批评的观念——法兰克福学派、存在主义和后结构主义》⑤《存在的政治——海德格尔的政治思想》⑥《瓦尔特·本雅明：救赎美学》⑦《非理性的诱惑：从尼采到后现代知识分子》⑧《东风：法国知识分子与20世纪60年代的遗产》⑨，等等。

（七）对于美国生态文学批评的译介

有关美国生态批评的引介首先见之于诸种相关译丛，其中收录了美国生态批评著作的多个中译本，例如，"生态批评名著译丛"⑩"生态文学批评译

---

① 王逢振：《詹姆逊文集（全十四卷）》，王逢振、苏仲乐、陈广兴等译，中国人民大学出版社2016年版，该文集各卷主要内容如下：第1卷《新马克思主义》，第2卷《批评理论和叙事阐释》，第3卷《文化研究和政治意识》，第4卷《现代性、后现代性和全球化》，第5卷《论现代主义文学》，第6卷《马克思主义与形式》，第7卷《语言的牢笼》，第8卷《政治无意识》，第9卷《时间的种子》，第10卷《文化转向》，第11卷《黑格尔的变奏》，第12卷《重读〈资本论〉》，第13卷《侵略的寓言》，第14卷《萨特：一种风格的始源》。

② 德里克有关全球化问题的研究著述的中译本主要包括：《全球现代性：全球资本主义时代的现代性》（胡大平、付清松译，南京大学出版社，2012）；《全球现代性之窗：社会科学文集》（连煦、张文博、杨德爱等译，知识产权出版社，2013）等。

③ 德里克针对后殖民批评的研究著述的中译本主要包括：《跨国资本时代的后殖民批评》（王宁译，北京大学出版社，2004），等等。

④ 德里克有关中国的研究著述的中译本主要包括：《中国革命的无政府主义》（孙宜学译，广西师范大学出版社，2006）；《革命与历史：中国马克思主义历史学的起源，1919—1937》（翁贺凯译，江苏人民出版社，2010）；《后革命时代的中国》（清华大学国学研究院主编，德里克主讲，李冠南、董一格译，上海人民出版社，2015）；《毛泽东思想的批判性透视》（与保罗·希利、尼克·奈特等合编，张放等译，中国人民大学出版社，2015），等等。

⑤ [美]理查德·沃林：《文化批评的观念——法兰克福学派、存在主义和后结构主义》，商务印书馆2000年版。

⑥ [美]理查德·沃林：《存在的政治——海德格尔的政治思想》，周宪、王志宏译，商务印书馆2000年版。

⑦ [美]理查德·沃林：《瓦尔特·本雅明：救赎美学》，吴勇立、张亮译，江苏人民出版社2008年版。

⑧ [美]理查德·沃林：《非理性的诱惑：从尼采到后现代知识分子》，阎纪宇译，上海社会科学院出版社2017年版。

⑨ [美]理查德·沃林：《东风：法国知识分子与20世纪60年代的遗产》，董树宝译，中央编译出版社2017年版。

⑩ "生态批评名著译丛"由北京大学出版社出版，涉及美国生态批评的中译本主要包括《实用生态批评：文学、生物学及环境》（格伦·A.洛夫，胡志红、王敬民、徐常勇译，2010）；《走出去思考：入世、出世及生态批评的职责》（斯科特·斯洛维克，韦清琦译，2010）；《环境批评的未来：环境危机与文学想象》（劳伦斯·布伊尔，刘蓓译，2010），《花园里的机器：美国的技术与田园理想》（利奥·马克斯，马海良译，2011）等。

丛"①"走向生态文明丛书"②"环境美学译丛"③，等等。其次是诸种相关经典文献的选译本。例如，《国外生态美学读本》④《中外生态文学文论选》⑤《自然与人文：生态批评学术资源库（上、下册）》⑥《生态美学读本》⑦，等等。

此外，基于专题视野的译介逐渐增多。例如，依据生态伦理层面的译介主要包括如下中译本：《哲学走向荒野》⑧《环境伦理学》⑨《环境伦理学：环境哲学导论》⑩《环境伦理学基础》⑪《美学走向荒野：论罗尔斯顿环境美学思想》⑫《伦理的生态向度：罗尔斯顿环境伦理思想研究》⑬，等等。

综上，中美两国学术领域围绕对当代美国文论的接受所展开的相关交流实绩，对促进当代中国文论拓展研究空间、提升其国际声誉与影响力具有独特贡献。鉴于中美文论皆尚处世界文论整体体系的动态嬗变中，当代美国文论的中国化过程与双方的相关互动实践无疑仍将继续发展，并将生成新的学术增长空间。

---

① "生态文学批评译丛"由中国社会科学出版社出版，涉及美国生态批评的中译本主要包括《生态女性主义文学批评》（格蕾塔·戈德、帕特里克·D.墨菲，蒋林译，2013），《地方意识与星球意识：环境想象中的全球》（厄休拉·K.海斯，李贵仓等译，2015）等。
② "走向生态文明丛书"由杨通进主编，重庆出版社出版（2007年），涉及美国学者的著述包括：《环境与艺术：环境美学的多维视角》（阿诺德·伯林特编，刘悦笛译，2007）。
③ "环境美学译丛"由阿诺德·柏林特与陈望衡联合主编，湖南科学技术出版社出版，其中涉及美国学者的中译本主要包括《环境美学》（张敏、周雨译，2006），《生活在景观中——走向一种环境美学》（陈盼译，2006）。
④ 李庆本：《国外生态美学读本》，长春出版社2009年版。
⑤ 荆亚平：《中外生态文学文论选》，浙江工商大学出版社2010年版。
⑥ 鲁枢元：《自然与人文：生态批评学术资源库（上、下册）》，学林出版社2006年版。
⑦ 刘彦顺：《生态美学读本》，北京大学出版社2011年版。
⑧ ［美］霍尔姆斯·罗尔斯顿：《哲学走向荒野》，刘耳、叶平译，吉林人民出版社2000年版。
⑨ ［美］霍尔姆斯·罗尔斯顿：《环境伦理学》，杨通进译，中国社会科学出版社2000年版。
⑩ ［美］戴斯·贾丁斯：《环境伦理学：环境哲学导论》，林官明、杨爱民译，北京大学出版社2002年版。
⑪ ［美］尤金·哈格洛夫：《环境伦理学基础》，通进、江娅、郭辉译，重庆出版社2007年版。
⑫ 赵红梅：《美学走向荒野：论罗尔斯顿环境美学思想》，中国社会科学出版社2009年版。
⑬ 杨英姿：《伦理的生态向度：罗尔斯顿环境伦理思想研究》，中国社会科学出版社2010年版。

第三章
21世纪以来中国有关当代美国文论的研究实绩

依据21世纪至今中国对当代美国文论的研究情况来看，国内学者始终密切关注美国文学理论与批评实绩的研究态势，依据大量有关当代美国文论的著述与论文等成果，基于当代美国文论领域的相关文论派别、代表学者及其理论观念与批评实践予以了深入与全面的追踪研究与系统考察。2000年以来，中国针对当代美国文论的研究领域日益拓展，相应著述与论文在内容的深广度与成果的丰厚性等方面均不断提升。相关研究领域业已出版了百余部学术著述，发表了数以千计的相应论文。首先是基于西方文论的总体研究著述广涉有关当代美国文论的诸种问题。例如：《西方文论关键词》[1]《"后理论时代"的文学与文化研究》[2]《当代西方文论中的文学述行理论》[3]《开放与恪守——当代文论研究态势之反思》[4]《当代西方文论与翻译研究》[5]《在西方文论与文化之间》[6]《新中国60年外国文学研究（第四卷）：外国文论研究》[7]，等等。此外，专论美国文学与文化的著述对该国相应文论问题也多有涉及。例如，《文本·语境·读者：当代美国叙事理论研究》[8]《美国学院文学批评再反思：从梭罗到萨义德》[9]《当代美国非主流文学思想调研》[10]《21世纪美国主流文化思想研究》[11]《美国伦理批评研究》[12]，等等。

针对有关当代美国文论的专题研究而言，相关情况大致如下：

---

[1] 赵一凡、张中载、李德恩：《西方文论关键词》，外语教学与研究出版社2006、2017年版，该书由原出版社再版并扩版，分为两卷，第一卷编者如上，第二卷编者为金莉、李铁。
[2] 王宁：《"后理论时代"的文学与文化研究》，北京大学出版社2009年版。
[3] 王建香：《当代西方文论中的文学述行理论》，中国广播影视出版社2009年版。
[4] 周启超：《开放与恪守——当代文论研究态势之反思》，河北大学出版社2013年版。
[5] 祝朝伟等：《当代西方文论与翻译研究》，南京大学出版社2014年版。
[6] 李世涛：《在西方文论与文化之间》，北京时代华文书局2015年版。
[7] 申丹、王邦维：《新中国60年外国文学研究（第四卷）：外国文论研究》，北京大学出版社2015年版。
[8] 唐伟胜：《文本·语境·读者：当代美国叙事理论研究》，世界图书出版公司2013年版。
[9] 周郁蓓：《美国学院文学批评再反思：从梭罗到萨义德》，厦门大学出版社2014年版。
[10] 王祖友等：《当代美国非主流文学思想调研》，科学出版社2015年版。
[11] 傅洁琳：《21世纪美国主流文化思想研究》，中国社会科学出版社2016年版。
[12] 杨革新：《美国伦理批评研究》，华中师范大学出版社2016年版。

首先是针对宏观层面的研究主要体现在有关文学理论流派的考察，业已出版关于当代美国文论层面的现象学①、阐释学②、接受美学③、新批评派、结构主义、解构主义、新历史主义、女性主义、新马克思主义、后殖民主义、生态批评与纽约学派④等的数种著述与论文。

其次是基于微观层面的研究主要表现在有关相应文论家与批评家的考察，涉

---

① 有关美国现象学的研究成果大致如下：《现象学运动在美国的发展》（韩连庆，《哲学动态》2004年第9期），《美国后现象学之路及其最新拓展》（王平，《社会科学报》2008年7月17日第7版），《美国生态现象学研究现状述评》（王现伟，《现代哲学》2013年第3期）。

② 有关美国阐释学的研究主要集中在对赫施（E. D. Hirsch）的研究，具体可参见如下研究成果：《试析赫施的"意思"与"意义"之多种译文》（郑茂，《继续教育研究》2002年第4期），《本事批评：赫施意图主义批评的一个范本》（张金梅，《宁夏大学学报：人文社会科学版》2006年第6期），《保卫作者：一场有意义的对话——赫施意图论的当代解释学意义》（程欣，《沙洋师范高等专科学校学报》2006年第6期），《从赫施解释学理论看"忠实论"和"竞赛论"》（周艳，《江南大学学报：人文社会科学版》2007年第4期），《论赫施的现代形式的传统阐释学观点》（陈本益，《福建师范大学学报：哲社版》2008年第1期），《文本解读中的限制与自由——论赫施对方法论诠释学的重构》（彭启福，《世界哲学》2008年第6期），《解释如何才能有效——赫施客观解释学反思》（张丽，《湖北师范学院学报：哲社版》，2009年第1期），《赫施文本观对异化归化翻译的诠释力》（蔡瑞珍，《宜宾学院学报》2010年第9期），《伽达默尔与赫施的解释学思想比较》（常娟，《广西社会科学》2010年第9期），《赫施阐释学视域下的译者主体性研究——以〈孔雀东南飞〉英译本为例》（钱灵杰、陈光明，《安庆师范学院学报：社会科学版》2011年第10期），《论赫施的诠释学目的》（张守永、盛芳，《海南大学学报：人文社会科学版》2012年第4期），《对E.D.赫施"意义"与"指意"概念的解读》（庞弘，《求是学刊》2012年第3期），《作者意图的捍卫与人文精神的守望——论赫施意图论解释学的伦理内涵》（庞弘，《河南师范大学学报：哲社版》2013年第1期），《作者意图重构与"客观性"追问——赫施意图论解释学的语境维度》（庞弘，《北方论丛》2013年第4期），《论赫施对作者意图的现象学诠释》（庞弘，《西南民族大学学报：人文社会科学版》2014年第1期），《作者身份的多重建构——从赫施的"捍卫作者"命题出发》（庞弘，《暨南学报：哲社版》2014年第1期），《作为文化实践的解释学——论赫施对"不确定"意义观的批判及其人文主义旨归》（庞弘，《国外文学》2014年第3期），《作者意图的守护与"确定性"的追寻——对E.D.赫施"意欲类型"概念的解读》（庞弘，《福建师范大学学报：哲社版》2014年第4期），《作为文化实践的解释学——论赫施对"不确定"意义观的批判及其人文主义旨归》（庞弘，《国外文学》2014年第3期），《意图和语言——论赫施对作者意图的语言学诠释》（庞弘，《文艺理论研究》2015年第1期），等等。

③ 《历史·交流·反应——接受美学的理论递嬗》（王丽丽，北京大学出版社，2014）内容主要包括上编"延续与转移——美国读者反应批评与德国原旨接受美学的关系""中国近现代文学与读者"，下编"美国读者反应批评的实践和理论""中国近现代文学与读者的交流模式"等。

④ 有关纽约学派的研究主要包括如下论文：《纽约学派文化批评研究综述》（冯巍，《辽宁大学学报：哲学社会科学版》2010年第6期），《美国文学与民族精神的重塑——在纽约学派文化批评视野下的审视》（冯巍，《高校理论战线》2013年第3期），《西方文论关键词：纽约知识分子》（曾艳钰，《外国文学》2014年第2期），《纽约学派文化批评的三个维度——以美国新批评派为参照》（冯巍，《辽宁大学学报：哲学社会科学版》2014年第3期），等等。另外，有关纽约知识分子的研究参见"纽约知识分子丛书"。该丛书由译林出版社出版，主要包括：艾尔弗雷德·卡津（魏燕，2012）、欧文·豪（叶红、秦海花，2013）、菲利普·拉夫（张瑞华，2013）、莱昂内尔·特里林（严志军，2013）、埃德蒙·威尔逊（邵珊、季海宏，2013），等等。

及关于伊哈布·哈桑①、理查德·罗蒂②、萨义德、詹姆逊、布鲁姆、斯皮瓦克、苏珊·桑塔格、米勒、卡勒、德曼、巴巴的数种论著与专题论文。例如，中国针对卡勒的研究既涉及他的符号学、结构主义诗学研究，又依随其理论发展轨迹予以了持续研究，延续至他在接受美学与读者反应批评、解构主义、文化研究、女性批评以及比较文学等诸多学科与领域的研究实绩，对他的不同学术时期与发展阶段的著述都开展了追踪考察。例如，《乔纳森·卡勒诗学研究》③，基于卡勒的学术理路、符号的追寻、超越文本阐释走向诗学建构、解构视野中的诗学探索、文化研究中的诗学反思以及中国视角等层面对其诗学研究观予以了系统研究。又如，《乔纳森·卡勒》④依据卡勒的基本学术批评思路，阐述了他的三次学术转型，梳理了其理论中的文学及比较文学层面的危机语言学、诗学与理论研究中的诸种重要概念，进而探讨了卡勒的理论批评与比较文学研究的诸种特征。

再次是对于无法严格或完全归为既定文论派别的文论家与批评家（如苏珊·桑塔格、艾弗拉姆·诺姆·乔姆斯基、M.H.艾布拉姆斯⑤等）的研究。例

---

① 毛娟：《"沉默的先锋"与"多元的后现代"：伊哈布·哈桑的后现代文学批评研究》，商务印书馆2016年版。
② 刘剑：《走向后人文主义：理查德·罗蒂的文学理论和文化批评》，中国社会科学出版社2019年版。
③ 王敬民：《乔纳森·卡勒诗学研究》，中国海洋大学出版社2008年版。
④ 吴建设：《乔纳森·卡勒》，光明日报出版社2011年版。
⑤ 中国有关艾布拉姆斯的研究主要包括如下论文：《开放地理解毛泽东文艺思想的视阈系统及其学理内涵——在与艾布拉姆斯的比较中的审视》（曾永成，《毛泽东思想研究》2003年第5期）、《艾布拉姆斯四要素与中国文学理论》（王晓路，《文学评论》2005年第3期）、《由艾布拉姆斯的四要素引发对艺术媒介的理论探讨》（李玉臣，《唐山师范学院学报》2006年第6期）、《反思要素的缺失——中国现代性文论建构中的艾布拉姆斯问题》（杜吉刚，《社会科学家》2009年第1期）、《当代文艺理论的媒介研究"转向"——从艾布拉姆斯接着说》（李勇，《文艺理论研究》2010年第6期）、《德勒兹的"块茎说"对艾布拉姆斯的"镜与灯"的挑战》（杨海鸥，《外国文学》2010年第3期）、《运用艾布拉姆斯的"文学四要素"分析汉赋兴起的必然性》（魏红霞，《沙洋师范高等专科学校学报》2011年第5期）、《艾布拉姆斯诗学观简论》（高继海，《英美文学研究论丛》2012年第2期）、《批评家艾布拉姆斯迎来百岁生日》（黎文，《文汇报》2012年7月30日00C版）、《艾布拉姆斯：百岁的老派批评家》（高继海，《文艺报》2012年1月13日007版）、《艾布拉姆斯在国内的传播与接受》（金永平，《浙江师范大学学报：社会科学版》2014年第2期）、《艾布拉姆斯的艺术生成理论对语文阅读教学的启示》（唐骋帆，《大众文艺》2014年第22期）、《论艾布拉姆斯的学术贡献——艾布拉姆斯在国内的传播与接受》（金永平，《浙江师范大学学报：社会科学版》2014年第2期）、《论艾布拉姆斯的学术贡献——兼论其对中国的影响》（金永平，《文学理论前沿》2015年第2期）、《永恒复返的浪漫——纪念M.H.艾布拉姆斯》（冯庆，《探索与争鸣》2015年第12期）、《艾布拉姆斯是"新批评"吗？——与陈晓明教授商榷》（金永平，《东岳论丛》2015年第5期）、《批评是理性对话——艾布拉姆斯与他的文学批评观》（罗俊杰，《文学报》2015年7月2日）、《艾布拉姆斯研究综述》（宋珊，《甘肃广播电视大学学报》2016年3月）、《华兹华斯和艾布拉姆斯对柏拉图诗学主张的挑战》（王琪，《运城学院学报》2016年第2期）、《国外艾布拉姆斯研究现状评述》（金永平，《中外文论》2017年第1期）、《文学术语词典中的"经典"：艾布拉姆斯的〈文学术语汇编〉》（金永平，《英美文学研究论丛》2017年第2期）、《浪漫主义批评中的历史时空意识——重思艾布拉姆斯与解构主义之争》（林云柯，《文艺争鸣》2017年第11期）、《如何看待艺术创作——读艾布拉姆斯的〈镜与灯〉》（陈金新，《兰州教育学院学报》2018年第9期）、《论展人在艺术生态系统中的定位——以艾布拉姆斯图式为参照》（刘心恬，《齐鲁艺苑》2018年第2期），等等。

如，针对桑塔格的研究著述主要包括：《苏珊·桑塔格纵论》[①]《苏珊·桑塔格与当代美国左翼文学研究》[②]《从新感受力美学到资本主义文化批判——苏珊·桑塔格思想研究》[③]《存在主义视阈中的苏珊·桑塔格创作研究》[④]《苏珊·桑塔格：徘徊在唯美与道德之间》[⑤]，等等。又如，有关乔姆斯基的研究著述主要包括：《语言论题——乔姆斯基生物语言学视角下的语言和语言研究》[⑥]《语言、人的本质与自由——乔姆斯基语言学理论与政治思想研究》[⑦]《乔姆斯基的语言观》[⑧]《理性的复兴——乔姆斯基的语言哲学思想研究》[⑨]《基于乔姆斯基普遍语法的汉英对比研究》[⑩]《乔姆斯基生成语法述论》[⑪]，等等。

21世纪以来，中国有关美国文学理论与批评的研究日益拓展。鉴于此，以下选取美国文论领域具有代表性的思潮与派别在中国的研究情况予以具体阐述。

第一节 针对当代美国文论诸流派的研究

一、针对"英、美新批评派"的研究

新批评派文论曾促成了文学研究的学科化并曾长期雄踞美国文论的主流地位，虽早已因全面脱离文学生成的社会历史文化语境等局限而失势，但其始终为中国文学批评领域所倚重并延续至今，其基于文学本体、语言与构成等层面的文学本质观、内部研究与外部研究的划分等研究范式对当前的文学研究仍具借鉴意义。

综观21世纪以来新批评派在中国学界的研究，20世纪80年代起该派在中国学界的得以勃兴为21世纪以来其在中国的传播与接受历程奠定了良好基础。

[①] 王予霞：《苏珊·桑塔格纵论》，民族出版社2004年版。
[②] 王予霞：《苏珊·桑塔格与当代美国左翼文学研究》，中国社会科学出版社2009年版。
[③] 刘丹凌：《从新感受力美学到资本主义文化批判——苏珊·桑塔格思想研究》，巴蜀书社2010年版。
[④] 柯英：《存在主义视阈中的苏珊·桑塔格创作研究》，上海交通大学出版社2018年版。
[⑤] 朱红梅：《苏珊·桑塔格：徘徊在唯美与道德之间》，知识产权出版社2018年版。
[⑥] 司富珍：《语言论题——乔姆斯基生物语言学视角下的语言和语言研究》，中国社会科学出版社2008年版。
[⑦] 郭庆民：《语言、人的本质与自由——乔姆斯基语言学理论与政治思想研究》，中国人民大学出版社2011年版。
[⑧] 赵美娟：《乔姆斯基的语言观》，上海外语教育出版社2013年版。
[⑨] 胡朋志：《理性的复兴——乔姆斯基的语言哲学思想研究》，安徽大学出版社2014年版。
[⑩] 陈丽萍、司联合：《基于乔姆斯基普遍语法的汉英对比研究》，安徽大学出版社2014年版。
[⑪] 王雷：《乔姆斯基生成语法述论》，江西人民出版社2014年版。

2000年至今，中国学界对该派的研究因新时期至20世纪末的相应集中研究较多、研究高峰期已过等原因，相关研究在数量上略逊色于此前的兴盛期，但在整合研究、局部创新以及研究成果质量等层面的确呈现出了新贡献与新创获。21世纪以来，针对该派的研究论文与诸种著述、教材仍有问世，大致可以分为如下层面：

（一）对于新批评派的整体研究

基于新批评派予以总体研究的著述主要包括：《价值评判与文本细读："新批评"之文学批评理论研究》[①]《"英、美新批评派"研究》[②]《什么是新批评》[③]《重访新批评》[④]，等等。

例如，支宇的《文学批评的批评》[⑤]是中国学界首部系统研究韦勒克的学术专著，基于韦勒克的文学理论体系及其文论中的诸种问题进行了研究，进而提出了超越韦勒克的问题。该书具体涉及的内容包括：20世纪多元话语中的韦勒克文论、韦勒克文论的理论渊源、作为韦勒克文论逻辑起点与理论核心的文学作品存在方式论、基于文学内部研究与外部研究的结构本体论、依据符号与意义之多层结构的作品层次论、倡导透视主义的文学研究方法论、文学本质论、批评史研究、文学史观以及比较文学观等。

又如，赵毅衡的《重访新批评》回顾了新批评派译介到中国之后30年的发展历程，论及该派的思想倾向、特征与衰亡及其与文学创作的关系。该书涉及的主要内容包括：新批评与当代批评理论，该派有关文学基本性质的理论（例如，文学与现实以及文学的特异性，内容与形式之间的关系，作品之辩证构成等），该派的批评方法论（例如，文本中心式批评，文学批评中的语义学，语象、比喻、象征、复义与反讽等具体批评方法），以及该派的常用术语简释及其重要人物简传等。

再如，胡燕春的《"英、美新批评派"研究》[⑥]依据渊源、本体、方法、实践与参照研究等考察视域，对于新批评派的发展脉络、理论与实践的诸种特质及其成就与局限等问题进行了阐述。基于此，该书不仅探究了该派与西方其他文学批评流派（俄国形式主义及布拉格学派、解构主义、新历史主义以及后殖

---

① 李卫华：《价值评判与文本细读："新批评"之文学批评理论研究》，中国社会科学出版社2006年版。
② 胡燕春：《"英、美新批评派"研究》，中国社会科学出版社2010年版。
③ 乔国强、薛春霞：《什么是新批评》，上海外语教育出版社2011年版。
④ 赵毅衡：《重访新批评》，2009年百花文艺出版社；2013年由四川文艺出版社出版新版，编入《赵毅衡文集》。
⑤ 支宇：《文学批评的批评》，中国社会科学出版社2004年版。
⑥ 胡燕春：《"英、美新批评派"研究》，中国社会科学出版社2010年版。

民主义）的关系、对美国汉学界的中国文学研究（刘若愚、叶维廉、夏志清）的影响，而且梳理了该派在中国的接受及其对于当代中国文学研究领域的借鉴价值与启示意义。此外，还附有有关该派代表学者的主要原典著述、中译本以及中英文研究资料等的相关文献汇编。

此外，乔国强、薛春霞的《什么是新批评》①列入"外语学术普及系列"，旨在对于新批评派予以普及。该书以设问方式探讨了新批评理论的形成、发展、消亡及其重新引发关注的历程，不仅阐述了该派的理论背景与分期，而且对其诸种易混淆概念与表述进行了辨析。

（二）对于新批评派研究范式的考察

例如，《新批评诗歌理论研究》②《反讽四型：兼论新批评与中学语文文本细读》③，等等。其中，李梅英的《新批评诗歌理论研究》重点考察了作为新批评派主要批评领域的诗歌。

《新批评诗歌理论研究》选取历时研究的视域，以英美诗歌与西方文学批评的发展为切入点，剖析该派在促成英美诗歌与诗论现代转型的过程中的发展、批评实践与理论研究。该书采用针对具体新批评派学者进行分别论述的微观分析方法，并对其中涉及的重要问题与批评方法予以了解释与评价，具体涉及如下层面的内容："新批评"的缘起与英美现代主义诗歌运动、艾略特的诗歌创作理论、理查兹的包容诗和语境论、燕卜荪的诗歌语义分析、兰色姆的诗歌本体论、泰特的张力诗学、布鲁克斯关于隐喻与反讽的诗学、沃伦与维姆萨特的有机整体论、韦勒克以审美为前提的多元主义批评以及"新批评"在中国的译介与接受等。

（三）对于新批评派具体批评家的研究

与此前有关该派的研究多关注整体特征相比照而言，21世纪中国学界对该派的研究特别注重针对相关具体批评家的专题研究。

容新芳的《I.A. 瑞恰慈与中国文化：中西方文化的对话及其影响》④基于瑞恰慈与中国文化的接触及其在中国的教学实践，考察了中国文化与瑞恰慈之间的交互影响。该书具体涉及的内容包括：中国文化对瑞恰慈思想的影响、中庸思想对瑞恰慈及其作品的影响、瑞恰慈文学理论对中国学界的影响以及"基本英语"与中国等。

---

① 乔国强、薛春霞：《什么是新批评》，上海外语教育出版社2011年版。
② 李梅英：《新批评诗歌理论研究》，中国社会科学出版社2012年版。
③ 邹春盛：《反讽四型：兼论新批评与中学语文文本细读》，福建教育出版社2016年版。
④ 容新芳：《I.A. 瑞恰慈与中国文化：中西方文化的对话及其影响》，商务印书馆2012年版。

张燕楠的《诗与世界：兰色姆"本体论批评"研究》[①]以新批评派为整体系统参照，以美国的新批评理论、兰色姆的本体论新批评理论与经典文本为重点研究对象，将兰色姆的本体论思想还原到其时历史、政治、文化以及宗教等语境中，梳理与阐释了兰色姆本体论、新批评派的理论旨趣及其价值，进而探究了其对当代文学理论建构的启示意义。该书具体涉及的内容包括：从新批评到兰色姆本体论批评，兰色姆本体论批评的思想形成与发展道路、历史语境与文化政治，理论资源与哲学基础，本体意蕴与现代转换，美学奠基与艺术哲学，诗歌理论与批评实践以及相关理论反思与本体重构等。

王有亮的《布鲁克斯、沃伦小说批评研究》[②]以布鲁克斯、沃伦合著的《理解小说》作为考察对象，旨在对该书各章的引言部分、讨论部分以及问题部分进行全面与系统的研究。基于此，该书辨析了布鲁克斯、沃伦的小说批评理论及其各自的批评实践之间的相互关系，通过分析布鲁克斯、沃伦小说情节理论、人物性格理论、主题理论以及相应的批评实践，厘定了相关小说批评的特质，将其界定为一种"问题式"的文本批评。

胡燕春的《比较文学视域中的雷纳·韦勒克》[③]基于比较文学与世界文学的学科视域与研究理路方法综合观照韦勒克的文学研究观念与实绩。该书主要涉及如下内容：韦勒克文学研究思想的渊源与流变，韦勒克的比较文学本体研究，比较文学研究实践之中的影响研究论、平行研究论、跨学科论，以及韦勒克文学研究思想在中国的传播与影响及其当代意义与启示等。

值得注意的是，对并未明确划入该派，但在其余韵尚存阶段与之同气相求的利维斯，21世纪中国的相应研究也渐趋深入。相关专著主要包括《利维斯文化诗学研究》[④]《利维斯文学批评研究》[⑤]《利维斯研究》[⑥]，等等。

总之，新纪元至今中国有关新批评派的研究基于诸种原典文献与新兴研究范式，力求不断拓展考察视域与路径，深入探究该派理论的有效性与实践的可行性，进而呈现出延拓与深化并举的研究态势。

二、针对美国解构主义文论的研究

中国对于美国解构主义批评的研究因解构主义并非诞生于美国本土的文论

[①] 张燕楠:《诗与世界：兰色姆"本体论批评"研究》，清华大学出版社2015年版。
[②] 王有亮:《布鲁克斯、沃伦小说批评研究》，中国社会科学出版社2017年版。
[③] 胡燕春:《比较文学视域中的雷纳·韦勒克》，社会科学文献出版社2007年版。
[④] 张瑞卿:《利维斯文化诗学研究》，浙江工商大学出版社2016年版。
[⑤] 孟祥春:《利维斯文学批评研究》，苏州大学出版社2018年版。
[⑥] 周芸芳:《利维斯研究》，中国社会科学出版社2019年版。

派别等原因，尚未出现以美国解构主义文学批评为论题的专著，相关论文刊发情况大致如下：《论美国的解构主义批评》①《走向中心的边缘诗学——解构主义语境下的美国文学批评》②《表征变异：解构主义文论的美国化》③《非裔美国文学批评中的后结构主义之争》④《浅析美国解构主义运动的缘起》⑤，等等。

总体而言，美国解构主义文学批评在中国的研究主要集中于对于"耶鲁学派"的解读与阐释。美国文论领域的耶鲁学派，包括曾在美国耶鲁大学英语系任教的保罗·德·曼、哈罗德·布鲁姆、约瑟夫·希利斯·米勒、与杰弗里·哈特曼，他们因共同完成了《解构与批评》（1979年）一书而得名，并被视为德里达解构主义哲学思想影响下形成的美国本土解构主义文学批评派别。实际上，国际学界并不完全认同所谓的"耶鲁学派"，对其成员构成也存在争议。中国对于耶鲁学派的研究主要包括对该派的整体研究与对其代表人物的研究等。

（一）对于"耶鲁学派"的整体研究

中国有关"耶鲁学派"研究的首部专著是罗杰鹦出版于2012年的《本土化视野下的"耶鲁学派"研究》⑥。该书借鉴比较文学影响研究的理论方法，对"耶鲁学派"的理论研究进行了从西方文论到中国研究再到实践阐释的全面考察。该书首先分析了"耶鲁学派"的成因，继而分别考察了该派四位学者各自的阅读理论并进行了比较研究。其次，选取西方文学中的多部作品，基于布鲁姆"西方正典"与经典小说阅读、米勒阅读理论的实践导读等层面予以了具体阐释。再次，还梳理了中国学界自20世纪90年代起对"耶鲁学派"的研究。

基于此，2015年，罗杰鹦的另一部专著《"耶鲁学派"文论研究与经典阐释》⑦问世，旨在对耶鲁学派进行比较全面的源流剖析。该书首先阐述了"耶鲁学派"的解构主义研究。其次对该派四位代表学者进行了逐一阐释，并予以了如下定位：布鲁姆是解剖影响的诺斯替主义者，德曼是道德寓言的探幽者，哈特曼是荒野中的文化批评家，米勒是理论与实践并举的批评家。基于此，还剖析了布鲁姆的经典观，进而选取西方文学中若干经典作品，基于传统与变迁、审美与愉悦等层面，对西方正典的经典阅读问题予以了具体阐释。

---

① 崔雅萍：《论美国的解构主义批评》，《西北大学学报：哲学社会科学版》2002年第2期。
② 王淑芹：《走向中心的边缘诗学——解构主义语境下的美国文学批评》，《甘肃社会科学》2006年第3期。
③ 王敬民：《表征变异：解构主义文论的美国化》，《求索》2007年第8期。
④ 王玉括：《非裔美国文学批评中的后结构主义之争》，《外国文学评论》2013年第3期。
⑤ 李颜伟、王建红、殷玮鸿：《浅析美国解构主义运动的缘起》，《兰州教育学院学报》2015年第5期。
⑥ 罗杰鹦：《本土化视野下的"耶鲁学派"研究》，浙江大学出版社2012年版。
⑦ 罗杰鹦：《"耶鲁学派"文论研究与经典阐释》，科学出版社2015年版。

此外，王敏的《解构主义误读理论研究》①中，对解构主义误读理论的主体之维的阐释，具体分析了布鲁姆的影响的焦虑论；对解构主义误读理论的修辞之维的考察，基于修辞性的误读方式等视角，具体剖析了德曼的修辞的语法化与语法的修辞化、米勒的"重复"理论。

（二）对于"耶鲁学派"成员的研究

中国对于"耶鲁学派"成员的研究为对该派四位成员的诸种独立与具体的阐释。例如，有关保罗·德曼的研究业已出版专著《作为解构策略的修辞：保罗·德曼批评思想研究》②以及 60 余篇专题论文。其中王云的《作为解构策略的修辞：保罗·德曼批评思想研究》立足于德曼有关批评、修辞、解构、认知、文学以及语言等问题的理解，综合阐释了德曼基于修辞维度对解构策略的研究与阐述。该书系统考察了德曼解构批评思想的渊源、诸种特征及其修辞解构策略的洞见与盲点。又如，中国学界有关哈特曼的研究业已有 10 余篇专题文章问世，并出版了专著《杰弗里·哈特曼文学批评思想研究》③。该著述以哈特曼的文学批评观念为切入点，具体论述了他的相应诸种观点，包括：有关批评之概念，文学性变迁，对文学的附属与向文学的延伸，批评与理论的关系，批评的理论化与困境以及批评的责任等。此外，还梳理与阐述了哈特曼与其时的批评之争的关系，哈特曼与华兹华斯，哈特曼与浪漫主义研究的复兴与传统延续等层面的诸种问题。

针对该派四位批评家的研究中，相比较而言，数量较多、涉及层面较广的当属有关布鲁姆、米勒的研究。

1. 有关布鲁姆的研究

中国针对布鲁姆的研究主要集中在诗学思想、文学理论、文学观以及美学观等层面。

首先是针对诗学思想层面的研究。例如，翟乃海的《哈罗德·布鲁姆诗学研究》④。该书全面梳理了布鲁姆的诗学思想，综合评价了其成就与缺憾之处。该书首先厘定了布鲁姆诗学的背景与思想来源，继而具体分析了布鲁姆的诗歌观、诗人观，诗学批评观、方法论与实践，及其诗歌传统观与文学史观。基于此，该书具体阐释了布鲁姆诗学的性质定位，进而对其诗学的理论贡献与局限予以了综合阐述。此外，还针对布鲁姆与中国当代诗学的关系展开了专题研究。

其次是基于文学理论层面的研究。例如，曾洪伟的《哈罗德·布鲁姆文学

---

① 王敏：《解构主义误读理论研究》，中国社会科学出版社 2015 年版。
② 王云：《作为解构策略的修辞：保罗·德曼批评思想研究》，上海外语教育出版社 2017 年版。
③ 王凤：《杰弗里·哈特曼文学批评思想研究》，中国社会科学出版社 2013 年版。
④ 翟乃海：《哈罗德·布鲁姆诗学研究》，山东大学出版社 2013 年版。

理论研究》①综合阐释了布鲁姆的文学批评理论体系。该书首先综述了布鲁姆的主要著作及其诗学思想。基于此，针对布鲁姆的浪漫主义诗学研究、宗教批评、误读理论、批评观、经典观与经典批评及其审美自主性等层面的问题逐一进行了具体阐释。此外，针对布鲁姆诗学在中国的译介与接受情况予以了整体解析。最后，还对布鲁姆的生平与论著进行了综合梳理。

再次是依据文学观层面的研究。例如，张龙海的《哈罗德·布鲁姆的文学观》②系统考察了布鲁姆的文学观。该书首先辨析了布鲁姆与对抗式批评的关系，继而综合剖析了布鲁姆的莎士比亚研究及其文学观的诸种特征。其次，列举中外文学现象解读了布鲁姆的诗学影响理论，包括以诗人毛泽东阅读陆游为例，阐述了基于创造性误读层面的阐释问题；以汤亭亭《女勇士》的创作技法为例，阐述了焦虑与误读层面的问题。再次，探究了布鲁姆在经典重读层面独特的研究视角与方法，进而梳理与评价了布鲁姆的相应贡献。

此外是立足美学观层面的研究。例如屈冬的《哈罗德·布鲁姆的"新审美"批评》③依据"新审美"批评视域综合阐释了布鲁姆的文学批评观念与实践。该书首先梳理了布鲁姆"新审美"批评与理论传统之间的关系，继而对布鲁姆"新审美"批评中对抗性、陌生性等审美特性，"影响–焦虑"模式与审美的关系，主体内化的基础与形成等问题逐一进行了具体论述。其次，基于"新审美"批评视角阐释了布鲁姆的"误读"理论、文学经典论及其具有相应批评特征的诸种实践。再次，依据价值、启示与局限等层面对布鲁姆"新审美"批评予以了综合评析，进而系统阐释了相应批评的基本内涵、理论特质及其对当代西方文论之审美转向的影响。

2. 有关米勒的研究

米勒是改革开放以来较早来中国讲学且次数较多，并且对中国人文学界形成了重大影响的美国学者。米勒作为美国文学研究领域的领军学者，早在因其所引发的"文学终结论"之争开始之前，国内学界业已对他的解构主义文学批评展开了深入研究。

21 世纪以来国内有关米勒的研究著述主要集中于对他的解构批评的研究，广涉文学观与修辞阅读、解构叙事、小说重复等理论层面的研究。

例如，秦旭的《J. 希利斯·米勒解构批评研究》④，该书作者曾与米勒进行过多次直接学术交流。基于此，该书首先梳理与阐述了米勒的现象学意识批评。

---

① 曾洪伟：《哈罗德·布鲁姆文学理论研究》，四川大学出版社 2010 年版。
② 张龙海：《哈罗德·布鲁姆的文学观》，上海外语教育出版社 2012 年版。
③ 屈冬：《哈罗德·布鲁姆的"新审美"批评》，知识产权出版社 2017 年版。
④ 秦旭：《J. 希利斯·米勒解构批评研究》，社会科学文献出版社 2011 年版。

其次，逐一论述了文学异质性批评与述行性批评、基于心灵感应与媒介制造的媒介批评、作为媒介的米勒的批评策略以及米勒视野中的全球化与电信时代的文学等内容。再次，还剖析了米勒对于当代批评话语之建构与后现代文论之发展的独特贡献。

又如，申屠云峰、曹艳的《在理论和实践之间——J.希利斯·米勒解构主义文论管窥》①基于理论与实践对米勒的解构主义文论进行了综合研究。首先是考察了异质语言、阅读伦理以及非线性叙事等基础理论问题；其次是辨析了理论在美国文学研究与发展中的作用、全球化对文学研究的影响以及全球化时代的文学研究能否存在等问题。再次是论述了比较文学研究中的语言危机问题。此外，还基于米勒的相关著述与论文，特别是在中国学术刊物上发表的论文，立足世界文学视野，阐释了中美文学比较之研究、全球化与世界文学等相关问题。

除针对米勒解构主义文学批评的研究之外，国内学界也有论著综合考察了米勒长期文学批评实践的发展轨迹。例如肖锦龙的《意识批评、语言分析、行为研究——希利斯·米勒的文学批评之批评》②基于米勒的批评实践，系统梳理了米勒文学批评的发展历程，具体解析了他完成于各个时期的重要批评著述，厘定了他的文学批评观念与实践的特质及其洞见与盲区。该书对米勒的文学批评之转变历程的把握不仅在宏观层面厘定了自现象学批评到解构主义批评再到言语行为理论的发展谱系，而且在微观层面辨析了米勒基于意识批评、修辞批评与言语行为批评等批评方法对于英国维多利亚时代诸种作家作品的解读。

三、针对美国女性主义文论的研究

鉴于国内针对美国女性文学理论与批评的研究大多并未将女性主义与女权主义进行严格区分，以下论述将对相关研究予以统观。

（一）有关女性主义批评的综合研究

21世纪国内对于美国女性文学理论与批评的总体研究，依据出版时间为序主要包括以下著述：

林树明的《多维视野中的女性主义文学批评》③有关女性主义文学批评与马克思主义、精神分析学、后结构主义、后殖民主义以及生态主义之间关系的阐

---

① 申屠云峰、曹艳：《在理论和实践之间——J.希利斯·米勒解构主义文论管窥》，光明日报出版社2011年版。
② 肖锦龙：《意识批评、语言分析、行为研究——希利斯·米勒的文学批评之批评》，高等教育出版社2011年版。
③ 林树明：《多维视野中的女性主义文学批评》，中国社会科学出版社2004年版。

释中，美国生态文学批评的多元理论观念与批评实践成了该书重要的研究对象、理论资源以及参照范式。

张翠萍的《女性主义：文学批评》①侧重阐述了女性主义英美派与法国派各自的主要特征，并辨析了上述两派之间的关系。该书作者认为，英美派女性主义的特征体现在立足女性视域重新审视了文学史、开展了女性主义美学研究，且厘定了性别理论研究。该书针对上述问题的论述中，美国女性主义文学批评无疑既是研究对象，又呈现出范畴与方法等层面的特征。

何念的《20世纪60年代美国激进女权主义研究》②梳理并阐释了20世纪60年代美国激进女权主义的发展史。该书选取社会性别、现代化等领域的理论与方法，剖析了美国相应历史时段的性别建构与女性的生存状态，解析了激进女权主义的主要理论观念、组织及其实践活动，进而研判了妇女在相应历史上的地位及其贡献。基于此，具体论述了激进女权主义形成的社会背景与实践特质。

王淼的《后现代女性主义理论研究》③中，以莫汉蒂、巴特勒对"妇女"这一概念的解构为例，梳理了后现代女性主义差异观的表述问题；以巴特勒的"性别表演"为例，剖析了后现代女性主义关于性与身体的观点及其主要表述；以墨菲对马克思主义阶级与阶级斗争概念的改造，分析了后现代女性主义批评家对马克思主义的借鉴与改造。基于此，还针对素以"马克思主义者"自居的斯皮瓦克对马克思主义理论的借鉴与批评予以了重审与批判。

金莉的《当代美国女权文学批评家研究》④针对美国女权主义运动及相关评论家的思想予以了历时性与共时性的系统梳理与研究，旨在映射当代美国女权文学批评的发展轨迹及其与其他相应理论思潮的联系，进而审视其在21世纪的新兴发展态势。基于此，通过具体介绍美国诸位女权主义文学批评家的基本观点、阐释了相关批评家之相应作品的意义且厘定了其重要特征，进而评介了所选论的美国女权文学批评家之于该国女权文学批评的重要与特殊贡献。

程锡麟、方亚中编著的《什么是女性主义批评》⑤被列入上海外语教育出版社的"外语学术普及系列"，该书共设有有关女性主义批评的60个问题，其中直接以美国生态批评为问题条目的包括女性主义批评的美国学派，女性主义批评的美英学派与法国学派的异同等。此外，该书还为伊莱恩·肖沃尔特、桑德拉-吉尔伯特与苏珊·古芭以及巴特勒专门分别独立设立问题并在书中进行了

---

① 张翠萍：《女性主义：文学批评》，电子科技大学出版社2008年版。
② 何念：《20世纪60年代美国激进女权主义研究》，知识产权出版社2010年版。
③ 王淼：《后现代女性主义理论研究》，经济科学出版社2013年版。
④ 金莉：《当代美国女权文学批评家研究》，北京大学出版社2014年版。
⑤ 程锡麟、方亚中：《什么是女性主义批评》，上海外语教育出版社2011年版。

详尽的梳理与阐释。

王楠的《美国性别批评理论研究》①旨在总结探讨美国性别文学的本质与意义。该书力求基于国内外相关文献与具体文本,通过再现女性批评所处的历史、社会以及理论语境,探讨性别批评家的相应问题意识。由此,基于理论层面梳理与阐发了肖瓦尔特对于文学的性别审视及其研究要略,巴特勒有关文化的性别批判的观念及其政治伦理批评转向,进而总结并阐释了美国性别文学文化研究的理论特质与现实意义。

(二) 有关女性主义马克思主义的研究

国内有关美国女性主义马克思主义的研究主要体现在整体特征研究与相关具体理论家研究两个层面。

一方面是针对美国女性主义马克思主义的研究。例如,秦美珠的专著《女性主义的马克思主义》②分为两个部分针对女性主义的马克思主义这一研究领域展开了梳理与阐释。前一部分为女性主义的马克思主义的文献史,依据文献史视角,选取了女性主义马克思主义研究领域自20世纪60年代至20世纪末包括著作节录与文章在内的15种文献进行了具体梳理、介绍与评述,进而展现了该领域理论的发展脉络与形成基础。后一部分探讨了女性主义以马克思主义作为研究领域的问题域,具体论述了两种生产、分工与女性问题,资本、异化与意识形态,以及女性解放层面的诸种问题。

另一方面是关于美国女性主义马克思主义研究领域具体批评家的研究。例如,鹿锦秋的《南希·哈索克的马克思主义女性主义研究》③以当代美国马克思主义女性主义理论家南希·哈索克(Nancy C. M. Hartsock)的相关研究作为研究对象,首先详尽考察了哈索克马克思主义女性主义的发生发展。基于此,依据立场论的历史唯物主义建构、马克思主义哲学层面的辩证女性主义阐释、对于后现代女性主义之差异理论的超越以及全球化时代女性解放规划理论的创新等层面针对哈索克的马克思主义女性主义理论与实践进行了具体而深入的阐释。最后,还从反思与评价视角对哈索克的相应观点予以了总体评价。

(三) 有关后殖民女性主义的研究

后殖民女性主义文学批评研究。相关研究主要集中在对女性主义理论与后殖民主义理论错综复杂的关系等问题的考察。

例如,肖丽华的《后殖民女性主义文学批评研究》④针对后殖民女性主义的

---

① 王楠:《美国性别批评理论研究》,北京大学出版社2015年版。
② 秦美珠:《女性主义的马克思主义》,重庆出版社2008年版。
③ 鹿锦秋:《南希·哈索克的马克思主义女性主义研究》,中国社会科学出版社2015年版。
④ 肖丽华:《后殖民女性主义文学批评研究》,浙江大学出版社2013年版。

理论建构、批评发展概况、文化批评及其困境与出路等问题进行了综合阐释。该书将后殖民女性主义理论的体系划分为建立批判哲学、后殖民女性主义的国族论、姐妹情谊、性与身体及相应策略等组成部分。基于此，通过宏观与微观层面的研究，不仅将后殖民女性主义文学批评体系划分为重构文学传统、形象批评、母题研究、文体研究以及诗学研究等具体层面，而且将后殖民女性主义文学理论置于具体社会运动、现实热点问题等宏观框架中辨析其中的诸种联系。

（四）有关黑人女性主义文学批评的研究

嵇敏的《美国黑人女权主义视域下的女性书写》①旨在将美国黑人女权主义批评与黑人女性书写予以汇通研究与一体化建构。该书首先针对相关历程进行了总体梳理。基于此，该书分为19世纪、20世纪与当代，立足美国黑人女权主义视域下对相关时段的黑人女性书写展开了详尽论述。该书的个案研究中具体涉及诸位黑人文艺复兴运动中的黑人女剧作家，例如，乔治娅·道格拉斯·约翰逊（Georgia Douglas Johnson）、梅·米勒（Mav Miller）、尤拉丽·斯宾塞（Eulalie Spence）、佐拉·尼尔·赫斯顿（Zora Neale Hurston）等。

王淑芹的《美国黑人女性主义文学批判研究》②立足于对美国黑人女性主义文学批评的反思与批判展开相关论证。该书选定黑人女性的身份话语、相应批评意识的打造、具体文学批评、理论话语等层面进行了阐释。该书作者认为，黑人女性身份话语涉及种族身份、性别身份以及双重边缘身份等。由此，对黑人女性主义理论话语的阐释是对建构"妇女主义"、策略的"本质"与"差异"以及"理论种族"论等层面诸种问题的剖析而完成的。此外，还针对黑人女性主义文学批评的启示意义及其局限性予以了专题研究。

赵思奇的《贝尔·胡克斯黑人女性主义文学批评研究》③选取美国黑人女性主义批评学院派代表学者贝尔·胡克斯作为研究对象。该书首先梳理了胡克斯相关思想观点及其理论形成的历史文化背景与发展阶段。其次，具体论述了胡克斯的黑人女性写作观，涉及写作的政治性策略、对黑人女性写作误区的批判以及黑人女性文学传统建构观等层面的诸种问题。再次，阐释了胡克斯的黑人女性形象批评观、"姐妹情谊"观及其对黑人两性关系的论述。基于此，还针对胡克斯黑人女性主义文学批评的特色、启示及其局限分别予以了详尽阐述。

周春的《美国黑人女性主义文学批评研究》④定位于为黑人女性主义文学批

---

① 嵇敏著：《美国黑人女权主义视域下的女性书写》，科学出版社2011年版。
② 王淑芹：《美国黑人女性主义文学批判研究》，山东大学出版社2014年版。
③ 赵思奇：《贝尔·胡克斯黑人女性主义文学批评研究》，中国社会科学出版社2014年版。
④ 周春：《美国黑人女性主义文学批评研究》，上海人民出版社2016年版。

评领域贡献理论元素与开辟范畴。该书不仅全面梳理了美国黑人文学批评的历史发展脉络与流变历程，而且对该批评领域予以了系统研究。该书对于黑人文学批评的研究基于如下历史时期，即：作为美国黑人文学批评之开端的哈莱姆文艺复兴时期，建基于具体批评家的现实主义民俗诗学观、文化诗学观、批评思想与文学批评观的 20 世纪 30 年代至 50 年代，体现出黑人美学思想的黑人艺术运动时期，以及生成布鲁斯方言理论、意指理论与文艺论争的理论重构时期等。由此，还具体阐述了黑人女性主义文学批评赖以兴起的文化语境及其理论化进程，肯定了其对于拓展文学经典的作用，进而揭示了相关文学批评的混杂性话语特征。

（五）依据诸位女性主义批评家的研究

以对朱迪斯·巴特勒的研究为例，目前相关研究著述情况大致如下：

孙婷婷的《朱迪斯·巴特勒的述行理论与文化实践》[①]立足于文学研究的维度，针对巴特勒诸种著述中有关性别、亲属、自我与主体及民族等问题的论述予以深入解读，梳理出巴特勒述行理论的发展谱系与其实践维度，进而基于"述行理论：身份的言说""性别的建构与消解""安提戈涅：亲属与家庭的越界之殇""自我认同与表述"与"话语暴力与想象的共同体"等角度予以了具体阐释。

都岚岚的《朱迪斯·巴特勒的后结构女性主义与伦理思想》[②]依据美国女性主义的第三次浪潮等现实语境，基于后结构女性主义、伦理思想等层面考察了巴特勒相应观念的形成背景、理论来源及其所进行的相应延拓与发展。基于此，针对巴特勒的主体理论、性别理论以及政治与伦理观及其转向展开了具体阐述，从而指明她的学术研究的观念与实践业已从早期的哲学层面、性别化主体层面转向至对被意识形态所无视的边缘群体的关注并为之争取权益。

王玉珏的《主体的生成与反抗：朱迪斯·巴特勒身体政治学理论研究》[③]考察了巴特勒有关身体政治学的理论。具体而言，该书首先厘定了巴特勒的思想资源。基于此，阐释了巴特勒有关"性"与"性别"关系的研究及其述行性理论，身体政治学维度中的女性身体物质化与身体与话语，主体的服从与反抗，及其所践行的激进民主政治实践。

[①] 孙婷婷：《朱迪斯·巴特勒的述行理论与文化实践》，中国社会科学出版社 2015 年版。
[②] 都岚岚：《朱迪斯·巴特勒的后结构女性主义与伦理思想》，外语教学与研究出版社 2016 年版。
[③] 王玉珏：《主体的生成与反抗：朱迪斯·巴特勒身体政治学理论研究》，北京师范大学出版社 2018 年版。

(六）立足女性主义文学批评中国维度的研究

陈志红的《反抗与困境：女性主义文学批评在中国》①，考察了女性主义文学批评在中国的相关问题。该书梳理了近20年来女性主义批评在中国大陆的传入、融合过程，探讨了相应的有效性问题，进而呈现了相应历史时段中国女性主义批评的状貌。

杨莉馨的《异域性与本土化：女性主义诗学在中国的流变与影响》②系统梳理了欧美女性主义诗学在中国的演变与影响、变异与转型。该书基于学术背景、认知框架、思维习惯以及批评模式等层面辨析了中西女性主义诗学之间所存在的差异。该书首先考察了欧美女性主义诗学的特质及其贡献，其次，立足文化学视角，阐释了女性主义诗学初入中国形成的双重落差及其具体表现形态。再次，阐释了女性主义诗学对当代女性文学写作所形成的诸种影响。最后，探讨了中国本土女性主义诗学的贡献及其所存在的诸种问题。

于东晔的《女性视域——西方女性主义与中国文学女性话语》③指明，女性视域蕴含着女性的视域与视域中的女性，上述视域又都建基于既定的历史与现实基础。西方女性主义理论的冲击是中国女性的自我表述及其批评与创作话语，都彰显出多样性、复杂性与开放性特征。由此，基于对中国的接受语境与译介情况的分析，阐释了女性主义批评话语、创作话语的现状与未来趋势。

闵冬潮的《全球化与理论旅行——跨国女性主义的知识生产》④反思了全球化过程中出现的诸种中国问题。该书针对跨国女权主义运动的研究所选案例包括：gender在中国的旅行片段、网络时代的"云南映象"等。此外，该书探讨了全球化语境中中国女性研究如何突破囿于本土化或中国化瓶颈等问题。

四、针对美国新历史主义文论的研究

新历史主义与实证论历史主义的区别在于前者的开放的态势。依据该派文论的相关特质，中国的相应研究主要集中于整体理论层面的梳理与考辨、相关具体学者研究以及相应批评实践研究等研究类型。

（一）对于新历史主义的整体研究

2001年，王岳川的《后殖民主义与新历史主义文论》一书对新历史主义文论进行了专题论述。其后，有关新历史主义的整体研究著述陆续问世。

首先是针对历史诗学层面的总体阐释。例如，张进的《新历史主义与历史

---

① 陈志红：《反抗与困境：女性主义文学批评在中国》，中国美术学院出版社2002年版。
② 杨莉馨：《异域性与本土化：女性主义诗学在中国的流变与影响》，北京大学出版社2005年版。
③ 于东晔：《女性视域——西方女性主义与中国文学女性话语》，中国社会科学出版社2006年版。
④ 闵冬潮：《全球化与理论旅行——跨国女性主义的知识生产》，天津人民出版社2009年版。

诗学》①首先梳理了历史诗学、历史转向与新历史主义之间的关系。基于此，该书针对历史诗学的形态学与话语范式、新历史主义的对话语境与思想前驱、新历史主义的文学观念系统以及中国的新历史主义文艺思潮等层面进行了系统阐释。

其次是基于新历史主义批评的实践研究。例如，卢絜的《新历史主义批评与实践——基于西方文论本土化的一种考察》②旨在立足宏观视域审视新历史主义文论在中国的本土化历程及其所形成的诸种影响。首先，该书依据中国本土的文化与文学语境，选取纵横多个层面考察了新历史主义文论在中国的批评及其实践经验。其次，该书对新历史主义与中国文化诗学进行了比照研究。再次，该书立足新历史主义视角对若干中国当代文学与影视作品（例如：苏童、莫言的小说，《南京！南京！》《王的盛宴》等影视作品）予以了具体剖析。

再次是依据文艺批评以及文艺学整体层面的研究。例如，张进的《新历史主义文艺思潮通论》③首先梳理了新历史主义文艺思潮的美学状况，进而立足思想谱系、文学观念、批评观念与取向、批评方法以及创作实践等层面展开了具体论述。基于此，该书还分析了新历史主义文艺思潮所形成的价值效应，具体论述了作为一种文艺思潮的新历史主义对诗学问题的"问题化"的影响，进而剖析了该思潮所处的悖论性处境。又如，刘萍的《历史主义文艺学论纲》④梳理了传统历史主义的嬗变历程、新历史主义的兴起与发展过程，进而质疑并批判了神上论、主体中心论与文本自足论等非历史主义学说。此外，还探讨了当前语境中历史主义文艺学基本框架的建构方式并预测了其未来发展趋势。

（二）对于新历史主义代表人物的研究

1. 海登·怀特研究

国内针对海登·怀特的研究涉及他的历史诗学、元史学理论、故事解释与话语转义理论及其与当代中国文艺研究的关系等层面的相关问题。

（1）对于海登·怀特历史诗学的研究

董馨的《文学性与历史性的融通：海登·怀特历史诗学研究》⑤立足历史话语的诗意内涵、历史文本的诗性结构与历史诗学的诗化形态层面对怀特的历史诗学展开了研究。该书的历史话语篇阐释了叙述话语的意识形态性、解释话语

---

① 张进:《新历史主义与历史诗学》，中国社会科学出版社 2004 年版。
② 卢絜:《新历史主义批评与实践——基于西方文论本土化的一种考察》，中国社会科学出版社 2016 年版。
③ 张进:《新历史主义文艺思潮通论》，暨南大学出版社 2013 年版。
④ 刘萍:《历史主义文艺学论纲》，安徽教育出版社 2014 年版。
⑤ 董馨:《文学性与历史性的融通：海登·怀特历史诗学研究》，中国社会科学出版社 2010 年版。

的主体间性与接受话语的互文性等问题；历史文本篇论述了历史文本的预构特征与其形式主义因素的层面的问题；诗学形态篇考察了历史研究的技术化与历史诗学的范式化等问题。基于此，该书的相应阐释还涉及"文学性"探究与文艺学的建构等层面的诸种问题。

王霞的《在诗与历史之间——海登·怀特历史诗学理论研究》①系统阐释了怀特的历史诗学理论及其理论贡献。首先，分析了作为"最后一位现代主义者"的怀特与后现代史学之间的关系。其次，概述了怀特的历史诗学理论，基于历史叙事的语言，事件、年代记、编年史以及严格意义层面的历史，历史故事的生成与解释，以及转义理论语境中历史意识的深层结构等层面进行了具体阐释。再次，辨析了怀特历史文本主义思想中呈现出的诗与历史的关系。此外，考察了怀特基于事实与价值、学术与政治之间关系的研判与所呈现出的有边界的历史相对主义思想。

翟恒兴的《走向历史诗学——海登·怀特的故事解释与话语转义理论研究》②认为怀特从比喻的诗性语言入手不仅丰富了历史诗学的研究对象，而且拓展了其研究范围。由此，该书从怀特历史诗学的提出背景开始梳理，进而基于作为事件与故事的分野的怀特历史诗学的根基、故事的情节化解释模式、故事的形式论证式解释模式、故事的意识形态蕴含式解释模式、历史意识的深层结构以及历史诗学视域具体考察了怀特历史诗学的形成与发展历程。

（2）对于海登·怀特历史叙事的研究

例如，翟恒兴的《故事诗学：海登·怀特历史叙事的文艺学思想研究》③旨在阐明怀特历史诗学的文艺学与美学内涵。该书剖析了怀特历史叙事的历史地位，总结与概括了其思想实质，立足对怀特故事解释与话语转义理论的研究，提出了"故事诗学"的概念，剖析了相关研究对象、理论生成机制、研究意义、构建目标与产生背景，进而勾勒出了故事诗学的理论体系。与之相应，该书基于历史叙事的意味与意义，怀特历史叙事的思想历程、内容、内涵以及意义等层面针对怀特的历史叙事理论与实践予以了具体阐释。

（3）针对怀特元史学理论及其与当代中国文艺研究之间关系的考察

例如，杨杰的《海登·怀特的元史学理论与当代中国文艺研究》④聚焦于元史学理论，认为怀特在历史学、文学以及思想史等诸多学科与领域均有理论建

---

① 王霞：《在诗与历史之间——海登·怀特历史诗学理论研究》，中国社会科学出版社2014年版。
② 翟恒兴：《走向历史诗学——海登·怀特的故事解释与话语转义理论研究》，浙江大学出版社2014年版。
③ 翟恒兴：《故事诗学：海登·怀特历史叙事的文艺学思想研究》，上海交通大学出版社2017年版。
④ 杨杰：《海登·怀特的元史学理论与当代中国文艺研究》，中国文联出版社2017年版。

树，进而引领了 20 世纪中后期元史学研究的语言学转向。由此，首先梳理了怀特元史学理论的学术渊源，继而基于怀特的元史学理论与文学性的关系、走向互动性建构的文艺理论、文艺学研究的方法论意识以及当代文艺研究的基本格局与特征等层面进行了具体阐释。此外，还对近年文艺研究中的若干问题予以了辨析，进而探讨了怀特的史学观念与研究方法对当代中国文学理论建构而言所具有的积极借鉴价值及其对文艺与历史之间辩证关系的启示意义。

2. 格林布拉特研究

格林布拉特将自己所从事的理论研究之目标确定为旨在形成深具特殊价值与意义的"阐释"，进而指明当代的理论研究应立足谈判与交易的隐秘之处开展重新定位。[①] 基于此，中国学界的格林布拉特研究主要集中于对他的新历史主义理论、批评实践以及文化思想的综合研究。

首先是针对格林布拉特的批评理论的研究。例如，王进的《新历史主义文化诗学：格林布拉特批评理论研究》[②] 首先辨析了格林布拉特的相关研究与新历史主义文化诗学的形成与发展之间的关系，继而考察了后现代历史诗学、文化转向与新历史主义文化诗学之间的诸种关联。其次，探析了新历史主义文化诗学的对话语境与理论渊源，具体梳理并阐述了文化诗学对后现代主义的批评转向、对文化唯物论的理论会商、对马克思主义的范式转换、对福柯历史观的话语重建、对当代阐释学的视阈转移及其对文化人类学的诗性置换等层面相应问题的价值与作用。再次，还系统阐释了新历史主义文化诗学的批评经验与话语范式、文学观念与话语体系及其跨界批评与理论延伸等诸种具体问题。

其次是有关格林布拉特新历史主义观的研究。例如，朱静的《格林布拉特新历史主义研究》[③] 依据格林布拉特的具体批评文本，综合阐释了他的新历史主义文化诗学的理论假设、阐释方法，进而探讨了他的新历史主义批评对当代文化研究、文艺复兴研究、莎士比亚研究以及当代文学与文化批评的价值与影响。

再次是对于格林布拉特文化思想的研究。例如，傅洁琳的《格林布拉特文化思想研究》[④] 针对格林布拉特的文化思想展开研究，旨在厘定与阐明格林布拉特新历史主义文化诗学理论的诸种特征。该书首先梳理了新历史主义与文化诗学的如下重要理论范畴，即新历史主义、文化诗学与轶闻主义。其次，辨析了文化诗学理论的缘起与现实语境，文本阐释中的"自我造型"与跨学科特征。

---

① 格林布拉特：《通向一种文化诗学》，张京媛编，载《新历史主义与文学批评》，北京大学出版社 1993 年版，第 15 页。
② 王进：《新历史主义文化诗学：格林布拉特批评理论研究》，暨南大学出版社 2012 年版。
③ 朱静：《格林布拉特新历史主义研究》，人民出版社 2015 年版。
④ 傅洁琳：《格林布拉特文化思想研究》，中国社会科学出版社 2015 年版。

再次,还考察了无处不在的权力运作问题,涉及"政治"概念的阐释、基于福柯影响的权力运作与文本阐释等具体问题。

(三)基于新历史主义理论视域对文学作品的阐释

21世纪国内学界凭借新历史主义理论视角对具体文学作品的阐释呈现出复杂化、多元化与精细化的解读趋势。

例如,石坚、王欣的《似是故人来——新历史主义视角下的20世纪英美文学》[1]首先系统梳理了新历史主义批评理论的发展脉络,基于文本、文学与观念层面辨析了文学和历史之间的诸种关系。其次,针对新历史主义的若干关键词(例如,社会能量说、主体建构论、权力、颠覆与含纳等)进行了梳理与释义。再次,选取20世纪英美文学的具体问题予以了新历史主义解读,所论不仅涉及对《黑暗的心》《黄色的墙纸》《死者》等具体作品的微观阐释,而且包括对狄更斯、萨克雷与勃朗特姐妹的家庭小说中的政治,福克纳、沃尔夫、沃伦与泰特作品中的历史意识等问题的宏观研究。又如,范小玫的《新历史主义视角下的唐·德里罗小说研究》[2]依据新历史主义领军学者格林布拉特、蒙特洛斯的新历史主义观,深入剖析了唐·德里罗小说作品的历史性因素。该书的作品阐释既以新历史主义理论为中心,又注意结合有关其他西方文论,旨在展开基于历史语境、虚构世界与现实社会之间的参照研究。再如,李荣庆的《新历史主义批评:〈外婆的日用家当〉研究》[3]将小说《外婆的日用家当》定位为记录着美国20世纪60-70年代诸种社会场景的无尽历史画卷。该书作者运用文本细读法,选取若干此前常被忽略的场景与情节基于新历史主义批评视角予以分析,具体论及母亲与女儿之间日常生活的批判、作为美国黑人文化遗产的拼花被子、作为反抗的政治表述的爆炸式发型、作为政治话语中的文化身份的心灵食品等层面的问题。基于此,探讨了《外婆的日用家当》中呈现出的精神皈依层面的选择问题,并对迪伊更改名字的情节、有关非洲语言的情节等进行了历史层面的解析。

五、针对美国后殖民主义文论的研究

有关后殖民主义文学理论与批评的著述涉及综合研究、跨学科跨领域考察以及基于中国具体语境的考察等。

---

[1] 石坚、王欣:《似是故人来——新历史主义视角下的20世纪英美文学》,重庆大学出版社2008年版。
[2] 范小玫:《新历史主义视角下的唐·德里罗小说研究》,厦门大学出版社2014年版。
[3] 李荣庆:《新历史主义批评:〈外婆的日用家当〉研究》,浙江大学出版社2011年版。

21世纪之初，王岳川的《后殖民主义与新历史主义文论》[①]、彭怀栋的《后殖民理论》[②] 等，都对后殖民主义文论进行了专题论述。其后，有关殖民主义文学理论与批评的整体研究著述陆续问世。

（一）对于后殖民理论与批评的总体阐释

首先是基于整体层面的阐述。

赵稀方的《后殖民理论》[③] 在国内学界较早针对后殖民理论予以了系统研究。该书基于业已形成理论或主义的殖民、新殖民、后殖民以及内部殖民等诸种具体维度开展了具体研究，进而针对相应的理论旅行等问题予以了详尽阐述。

任一鸣的《后殖民：批评理论与文学》[④] 考察了后殖民时期的批评理论的发展脉络及其与相应文学形态之间的关系。该书指出，后殖民批评话语是由理论阐释和文学创作共同构成的统一体，且建基于有关具体文学作品的批评实践。基于此，该书首先论述了后殖民批评与后殖民文学的关系问题，继而详尽剖析了后殖民批评理论的特质。由此，具体阐述了非洲和加勒比英语后殖民文学以及亚洲后殖民文学的发展状况。再者，逐一阐释了"流放"与"寻根"在语言层面的相关问题，宗教的解体与重构，以及历史的书写与反书写等问题。

陈义华的《后殖民知识界的起义：庶民学派研究》[⑤] 针对庶民学派的兴起、发展与范式等问题予以了综合与深入的阐释。该书首先详尽梳理了庶民学派的历史语境、知识谱系与思想流变。其次，具体阐释了斯皮瓦克与庶民学派对西方学术话语的庶民化、庶民学派的后民族转向等问题。再次，剖析了庶民学派的文化抵抗及其意义，具体涉及庶民学派的后殖民文化抵抗与其在中国学术话语中的缺席状况等问题。

王宁、生安锋、赵建红的《又见东方：后殖民主义理论与思潮》[⑥] 集中考察了后殖民理论作为后现代主义之后的西方文化主潮的特征以及萨义德、斯皮瓦克与巴巴有关后殖民理论研究的论著及批评思想。该书主要针对如下层面开展了研讨：何谓后殖民主义、后殖民主义的历史渊源与发展现状以及全球化时代的后殖民理论批评的特征。基于此，还对后殖民批评理论在中国的接受及其所引起的批判性论争予以了相应评述。

马广利的《文化霸权：后殖民批评策略》[⑦] 选取经纬综合研究法，基于宏观

[①] 王岳川：《后殖民主义与新历史主义文论》，山东教育出版社2001年版。
[②] 彭怀栋：《后殖民理论》，聊经出版事业股份有限公司2004年版。
[③] 赵稀方：《后殖民理论》，北京大学出版社2009年版。
[④] 任一鸣：《后殖民：批评理论与文学》，外语教学与研究出版社2008年版。
[⑤] 陈义华：《后殖民知识界的起义：庶民学派研究》，中央编译出版社2009年版。
[⑥] 王宁、生安锋、赵建红：《又见东方：后殖民主义理论与思潮》，重庆大学出版社2011年版。
[⑦] 马广利：《文化霸权：后殖民批评策略》，光明日报出版社2011年版。

层面考察了文化霸权的发展历程，立足微观层面剖析了不同时期的领军理论家。具体而言，该书追溯了文化霸权的渊源，厘定了其性质与特征，并梳理了其内容与方法等。基于此，依据"他者形象"视野，考察了文化霸权中的文学实践，论及印度文学、美国黑人文学以及西方视域中的中国形象等若干个案，进而指明文化霸权的危害性。

江玉琴的《书写政治：后殖民文学形态概观》①依据书写政治视角考察了后殖民文学的诸种形态。具体而言，该书的相关论述涉及如下层面的有关问题：首先是基于发现帝国书写的目标对于文学的帝国表征与中心主义观念的考察，论及《曼斯菲尔德庄园》《吉姆爷》《消失的地平线》等作品。其次是立足逆写帝国的视角对于差异空间、解殖政治以及话语重构等问题的研究，论及《藻海无边》《简·爱》《福》《鲁滨逊漂流记》《蝴蝶君》《蝴蝶夫人》等作品。最后是剖析了后殖民文学的新兴发展趋势，论及《宠儿》《女勇士》《人性的污秽》等作品。

李应志、罗钢的《后殖民主义：人物与思想》②在肯定后殖民主义理论所具有的可取之处的基础上，也富于见地地批判了该理论的片面性，主张既要警惕西方中心主义，又要防止西方孤立主义，既要承认马克思主义思想的普遍指导意义，又要谨防其遭到解构。

罗如春的《后殖民身份认同话语研究》③旨在全面与系统地梳理后殖民语境中的认同及其话语。该书逐一详尽论述了殖民主体与他者身份层面的主奴辩证法的嬗变、东方主义二元话语中的东西方身份的认同建构、后殖民知识分子的身份认同及其话语以及后殖民全球化与流散族裔认同等层面的问题。基于此，还针对后殖民文化差异主义与认同政治等问题进行了反思与相应论述。

其次是立足东方视野的考察。

例如，张其学的《后殖民主义语境中的东方社会》④选取"后殖民主义语境中的东方社会"为论题，系统梳理与阐释了后殖民主义理论的诸种基本内容，进而探讨了后殖民主义理论关于东方社会历史走向的剖析以及后殖民主义理论与马克思主义之间的关系。基于此，该书立足于如下层面展开了阐述：后殖民主义理论的崛起及其实质，作为西方关于东方的理论话语的东方学，作为西方对东方殖民的新形式的文化霸权，基于影响、继承与发展视角的非殖民化中的文化抵抗与民族主义，从马克思主义到后殖民主义理论的转变以及后殖民主义

---

① 江玉琴：《书写政治：后殖民文学形态概观》，江西人民出版社2013年版。
② 李应志、罗钢：《后殖民主义：人物与思想》，北京师范大学出版社2015年版。
③ 罗如春：《后殖民身份认同话语研究》，中国社会科学出版社2016年版。
④ 张其学：《后殖民主义语境中的东方社会》，中国社会科学出版社2008年版。

理论的局限等。此外，张其学的另一部著述《文化殖民的主体性反思：对文化殖民主义的批判》①基于主体性视域解读文化殖民的特征。该书指出，文化殖民与主体性的关系主要呈现在西方的自我主体、权力主体以及身份主体等层面。其中，自我与他者二分的逻辑前提促进了自我主体成为文化殖民的逻辑起点，西方作为权力主体保证了文化殖民的实施，权力主体是文化殖民的动力与源泉，身份主体则成了文化殖民与非殖民化的主要争夺领域。

再次是依据文学实践的探究。

例如，方红的《完整生存：后殖民英语国家女性创作研究》②旨在对后殖民女性创作的总体状况予以综合研究。该书所选作家归属于英国、美国、加拿大与澳大利亚等国家，力求研讨相关作家作品中所体现的所在国的后殖民女性创作的整体特征。该书认为，在英语后殖民女性写作领域中，"完整生存"蕴含着女性自身、民族、国家与世界的完整生存，上述层面的完整生存共同呈现了当代后殖民妇女主义的重要特质。同时，"完整生存"的理念与范式通过创作者对西方小说文类的创造性运用而得到彰显与延伸。

(二) 对于后殖民批评代表人物的研究

1. 萨义德研究

张跣的《萨义德后殖民理论研究》③集中考察了后殖民主义将知识生产、文化霸权、现代性与民族国家同时纳入批评视野的研究状况。该书指出，萨义德的著述，特别是其《东方主义》，在后殖民主义文化理论发展进程中居于特殊的中心地位；他既是后殖民主义文化理论的实际创建者，又是当代国际学术领域与杰姆逊、丹尼尔·贝尔等齐名的文化批评家。基于此，该书将萨义德的理论思想与其社会实践、政治立场进行联系，探究其中的交汇与相互错位之处，关注其间相互触动与修正的关系及其深层的理论内涵。依据该书作者的观点，以萨义德为代表的诸位后殖民主义理论家与西方统治历史保持着一种既可能紧张又可能共谋的切线关系。

王富的《萨义德现象研究》④选取多重研究视域，全面与深入地阐释了萨义德现象的本质、现象的各种表征、现象的深层语境及其价值意义。该书首先界定了"何谓萨义德现象"，继而基于萨义德现象表征研究与语境研究两个部分予以了具体阐释。该书的"表征研究"部分依据萨义德思想的播散与流变、理论争鸣与身份认同等层面展开了论证；"语境研究"部分基于政治语境、当代西方

---

① 张其学：《文化殖民的主体性反思：对文化殖民主义的批判》，北京师范大学出版社2017年版。
② 方红：《完整生存：后殖民英语国家女性创作研究》，浙江大学出版社2011年版。
③ 张跣：《萨义德后殖民理论研究》，复旦大学出版社2007年版。
④ 王富：《萨义德现象研究》，中国社会科学出版社2009年版。

思想学术语境与社会文化语境等层面进行了阐发。基于此,还对中国语境下的萨义德现象及其对中国的启示予以了本土语境的解读。

赵亮的《流亡的诗学——萨义德批评理论的内在逻辑研究》① 基于逻辑学视角考察了有关萨义德批评理论的诸种问题。首先,剖析了作为"连续"之文学艺术批评的两个关键词。即"流亡性""现世性。"其次,考察了萨义德的文学艺术批评的逻辑演绎及其基本构成。再次,梳理了萨义德文学批评的"形而下"方法及其借用的实例;此外,阐述了政治批评与萨义德之"晚期风格"之间的诸种联系。

段俊晖的《美国批判人文主义研究——白璧德、特里林和萨义德》② 专题论述并批判考察了以白璧德、特里林与萨义德为代表的美国批判人文主义思想。该书作者认为,美国的批判人文主义总体而言呈现出从精英至世俗、从单一至复杂、从理论至实践、从学院研究至溢出学院的转变历程,白璧德、特里林与萨义德分别代表着新人文主义、20 世纪中期的批判性自由人文主义与 20 世纪末至 21 世纪初的世俗人文主义倾向,分别指向道德想象、自我或主体性与民主精神,彼此之间既各自独立又相互交织。基于此,还探究了美国批判人文主义在历史语境与当前世界层面的意义、局限及其可供选择的新路径。

刘海静的《抵抗与批判:萨义德后殖民文化理论研究》③ 立足马克思主义立场,针对萨义德的后殖民文化理论予以了系统的专题研究。该书首先全面梳理了萨义德的后殖民文化理论的形成背景,主要思想来源、重要内容及其内在逻辑。其次是深入阐释了萨义德后殖民文化理论的重要价值与主要限域。再次是分析了萨义德后殖民文化理论在避免陷入文化相对主义的误区、防止走向文化孤立主义的歧途、维护弱势文化的国际话语权以及重视知识分子的世俗批评作用等层面的当代启示价值与意义。

单德兴的《论萨义德》④ 立足于华文世界的相关观点,旨在基于多重场域、方位与视角评介与再现萨义德的学术成就。该书具体涉及如下层面的相应问题,针对萨义德的几部重要著作的导读,基于萨义德的知识分子身份予以解读等。此外,还收入了该书作者对萨义德进行的三次访谈。

张春娟的《萨义德人文主义文化批评研究》⑤ 将人文主义文化批评视为萨义德学术研究中的核心概念,系统梳理了人文主义思想在萨义德批评文本中的具

---

① 赵亮:《流亡的诗学——萨义德批评理论的内在逻辑研究》,东北大学出版社 2013 年版。
② 段俊晖:《美国批判人文主义研究——白璧德、特里林和萨义德》,北京大学出版社 2013 年版。
③ 刘海静:《抵抗与批判:萨义德后殖民文化理论研究》,中央编译出版社 2013 年版。
④ 单德兴:《论萨义德》,浙江大学出版社 2013 年版。
⑤ 张春娟:《萨义德人文主义文化批评研究》,科学出版社 2016 年版。

体呈现与发展脉络，并将萨义德针对话语再现、文化霸权、世俗批评、晚期风格与知识分子等问题的研究置于人文主义文化批评视野予以统观。基于此，剖析了萨义德文化批评的人文主义维度与相关思想的演进过程、理论内涵、精神特质、实践途径与实践主体。

刘惠玲的《话语维度下的萨义德东方主义研究》①基于萨义德如何运用话语理论对东方主义予以研究这一论题展开论述。该书将萨义德、福柯的理论观念与学术思想运用于涉及东方主义的具体文本分析当中。基于此，选取跨学科的研究视域与方法，针对萨义德所倡导的"现世性"理论基于实际性运用层面展开了研究，并将处于不同时期、源于不同作者、身处不同国家与生成于不同领域的东方主义作品纳入研究范围。由此，主要论述了有关话语的理论、东方主义话语的形成、东方主义话语的诸种特征、东方主义话语的运行机制以及话语的抵抗等论题。

2. 斯皮瓦克研究

首先是对斯皮瓦克后殖民文化批评的研究。例如，李应志的《解构的文化政治实践：斯皮瓦克后殖民文化批评研究》②旨在对斯皮瓦克的后殖民文化批评予以综合研究，具体涉及如下层面的相关问题：解构与思维革命，后殖民处境与帝国主义危机控制的新兴方式，属下的历史及其主体意识问题，以及"完全他者"和后殖民批评之间的界限等。

其次是对斯皮瓦克后殖民主体建构思想的探究。例如，陈庆的《斯皮瓦克思想研究：追踪被殖民者的主体建构》③基于文学、翻译、哲学、历史档案书写与人权话语等层面集中阐释了斯皮瓦克学术思想中的被殖民者的主体性建构问题。该书首先考察了相关问题的历史语境，进而剖析了斯皮瓦克作为来自第三世界的女性知识分子独特的文化立场、研究范式及其理论贡献。基于此，该书依据女性"他者"中的异质性、翻译中的性别主体性、"土著发声者"的追踪、意识形态机制中存在的主体表述、人权话语政治中体现出的主体性建构以及斯皮瓦克有关主体性思考的当代意义。

再次是跨领域跨学科对斯皮瓦克学术观念的梳理与阐释。例如，关熔珍的《区域文化与传播丛书：斯皮瓦克的理论研究》④旨在全面与系统地阐述斯皮瓦克的整体理论体系，涉及其理论的解构主义、马克思主义、女性主义、后殖民理论以及翻译理论等研究的体系性与整体性，该书基于解构的实践与解构的政

---

① 刘惠玲：《话语维度下的萨义德东方主义研究》，武汉大学出版社 2018 年版。
② 李应志：《解构的文化政治实践：斯皮瓦克后殖民文化批评研究》，上海三联书店 2008 年版。
③ 陈庆：《斯皮瓦克思想研究：追踪被殖民者的主体建构》，世界图书出版公司 2015 年版。
④ 关熔珍：《区域文化与传播丛书：斯皮瓦克的理论研究》，复旦大学出版社 2017 年版。

治、对马克思主义理论的解构与批评、后殖民研究的解构与建构、对女权主义理论研究的解构与建构以及后殖民语境下翻译的解构与政治等层面进行了具体论述。最后，还探讨了斯皮瓦克理论的启示与意义。又如，李秀立的《作为文化与政治批评的文学：斯皮瓦克的文学政治观研究》[1] 基于旧的比较文学死亡的个人条件，集体性、地球化与世界文学，"文化政治"视野中的后殖民理性批判，女性主义批评与分析，对"底层人"的关注与思考以及翻译的政治与文学的政治责任等层面对斯皮瓦克的文学政治观予以了深入与全面的阐述。基于此，还探讨了斯皮瓦克学术思想的当下意义等问题。

3. 霍米·巴巴研究

与国内有关萨义德、斯皮瓦克的研究相比较而言，专门研究霍米·巴巴的著作与论文的数量并不多。有关巴巴的研究主要集中在对其后殖民理论的阐释。

首先是基于宏观层面的研究。例如，生安锋的《霍米·巴巴的后殖民理论研究》[2] 参照巴巴生活经历、教育背景学术及其成长与发展进程，分析其主要理论著述与术语，详尽探讨了巴巴主要理论的发展历程及其成就，涉及民族与叙事，文化的定位，矛盾状态、模拟与混杂性，"少数族"理论与世界主义等层面的问题。基于此，针对巴巴后殖民理论中存在的问题以及后殖民主义的出路等问题予以了深入探究。此外，还对后殖民理论在中国的"旅行"予以了梳理与反思。又如，翟晶的《边缘世界：霍米·巴巴后殖民理论研究》[3] 旨在以巴巴的后殖民理论为立足点，对非西方地区的艺术予以历时性的考察，厘清文化殖民的历史与非西方地区的艺术发展之间的诸种关系，进而揭示相关关系背后蕴含的深层逻辑。该书的上述研究目标通过历史与流变、夹缝生存与漂移的身份等视角得到了具体展现与相应阐释。

其次是针对具体理论的研究。例如，贺玉高的《霍米·巴巴的杂交性身份理论研究》[4] 基于巴巴的杂交性身份理论进行了专题研究。该书首先梳理了杂交性概念的缘起、巴巴杂交性身份理论的主要理论背景，辨析了巴巴与精神分析理论、解构主义理论的学术联系。其次，基于杂交性概念的具体化与扩展、全球化背景下的民族身份与杂交性、杂交性身份理论视角下的文化批评实践以及杂交性身份理论批判等层面展开了具体论述。再次，还附有该书作者所译巴巴的重要论文《作为奇迹的符号——1817年5月德里郊外一棵树下的矛盾情感和权威问题》。

---

[1] 李秀立：《作为文化与政治批评的文学：斯皮瓦克的文学政治观研究》，新华出版社2012年版。
[2] 生安锋：《霍米·巴巴的后殖民理论研究》，北京大学出版社2011年版。
[3] 翟晶：《边缘世界：霍米·巴巴后殖民理论研究》，文化艺术出版社2013年版。
[4] 贺玉高：《霍米·巴巴的杂交性身份理论研究》，中国社会科学出版社2012年版。

（三）基于中国具体语境对后殖民批评的研究

王岳川的《20世纪西方哲学东渐史：后现代后殖民主义在中国》① 注重对后现代后殖民主义进入中国所诱发的文化紧张、思想冲突、话语对抗与进而形成的理论转变予以把握与定位。该书基于后现代主义在中国的播散，现代思想的研究者、推进者与批评者，后现代哲学与文化保守主义，后殖民主义的发展与中国文化思想，中国香港后现代后殖民的思想脉络，中国台湾地区后现代后殖民研究格局，海外汉学界的后现代，以及"后学"话语与中国思想的拓展等层面针对后现代后殖民主义在中国语境中的诸种问题予以了详尽与深入的阐释。

章辉的《后殖民理论与当代中国文化批评》② 集中探讨了有关后殖民的各种理论与当今中国文化批评之间的诸种关系。首先厘清了相应的后殖民研究在中国的历程以及相关诸种问题。基于此，该书具体论述了西方知识与本土经验、第三世界文学理论，古代文论的命运之文论失语症与后殖民理论，以张艺谋的影像与政治为例的文化传播与东方主义以及重建中国后殖民批评的文化交流与文化过滤等层面诸种问题。

刘佳的《后殖民翻译权力话语——后殖民主义译论与当代中国翻译》③ 借鉴文学及文化研究中后殖民主义理论的研究策略及成果，集中以当代西方后殖民主义译论作为研究对象，考察了后殖民主义译论的翻译研究视域与运思路径，剖析了后殖民主义译论与当代西方译论之间的关系，并揭示了相关理论与实践的价值与局限。基于此，还针对后殖民主义译论在中国的接受、与中国翻译研究与翻译实践等问题展开了具体论述。

胡森森的《西方汉学家的中国文学观研究：一次后殖民理论分析实践》④ 选取西方汉学家的中国文学观为研究对象，运用后殖民批评理论、文化地理学以及文学形象学方法，考察了作为中国文学形象西传之中介的西方汉学家对中国文学的认知与阐释。基于此，该书具体阐述了西方汉学家之中国文学观的形成原因、范式问题，美国汉学家之中国文学观中的范式问题，当代西方汉学家之中国文学观的若干新趋势、套话与定位等层面的问题。

王富的《后殖民翻译研究反思》⑤ 选取后殖民翻译研究的关键词作为切入点，首先，基于关键词、主要理论家及其代表作，系统梳理与考察了后殖民翻译研究。其次，以表征危机中的翻译研究、权力转向中的翻译研究等层面的研

---

① 王岳川：《20世纪西方哲学东渐史：后现代后殖民主义在中国》，首都师范大学出版社2002年版。
② 章辉：《后殖民理论与当代中国文化批评》，河南大学出版社2010年版。
③ 刘佳：《后殖民翻译权力话语——后殖民主义译论与当代中国翻译》，四川大学出版社2014年版。
④ 胡森森：《西方汉学家的中国文学观研究：一次后殖民理论分析实践》，光明日报出版社2015年版。
⑤ 王富：《后殖民翻译研究反思》，中国社会科学出版社2017年版。

究为基础，对后殖民译论的普适性问题提出了反思与质疑。再次，结合东方的翻译语境，基于中国诸种翻译实践对后殖民译论进行了验证并修正，倡导凭借语言势差论、共有系统论与文化研究派的其他翻译思想弥补后殖民译论的激进与偏失之处，从而重建后殖民翻译文化诗学。

六、针对美国马克思主义文论的研究

（一）有关美国马克思主义文论的整体研究

相较于有关西方马克思主义文论的整体研究而言，有关美国马克思主义文论总体研究的成果数量不多。中国学界对美国马克思主义文论的整体研究首先且较多出现在有关西方马克思主义文论的综合阐述类著述中。例如，《西方马克思主义与中国当代文论》[1]《马克思主义文学批评的新中国路径》[2]《西方马克思主义文论：文本解读与中西对话》[3]《当代英美马克思主义文论研究》[4] 等，都直接或间接论及美国马克思主义文论以及有关学者群体。

专题阐释美国的马克思主义文艺理论的著述并不多见，以吴琼的专著《20世纪美国马克思主义文艺理论研究》[5] 最具代表性。该书旨在梳理20世纪马克思主义文艺理论发展史的"20世纪马克思主义文艺理论国别研究"丛书。该书基于20世纪上半叶与下半叶两个部分展开论述。具体而言，该书前半部分首先是梳理马克思主义进入美国、美学与政治之间等其时的具体语境；其次是阐释了维克多·卡尔弗顿、格兰维尔·希克斯等对本土研究的尝试以及来自反对派的批评；再次是通过对《党派评论》与"纽约文人"、爱德蒙·威尔逊、阿尔弗雷德·卡津、菲利普·拉夫与欧文·豪的逐一具体分析，阐发了一种趋向文化批评的发展走向。该书后半部分论述了20世纪下半叶的相关研究状况，针对新左派运动、批评的理论化、詹姆逊的文化政治诗学、"后"批评时代等层面进行了具体论述。

（二）有关美国马克思主义文论领域诸位学者的研究

中国有关美国马克思主义文论领域诸位学者的研究主要集中在对詹姆逊、德里克、斯皮瓦克以及理查德·沃林等有关马克思主义的思想及其文论研究的阐释。

例如，对于理查德·沃林的研究主要集中在考察他基于西方马克思主义

---

[1] 马驰：《西方马克思主义与中国当代文论》，河南大学出版社2010年版。
[2] 陈荣阳：《马克思主义文学批评的新中国路径》，厦门大学出版社2015年版。
[3] 王天保：《西方马克思主义文论：文本解读与中西对话》，人民出版社2013年版。
[4] 柴焰：《当代英美马克思主义文论研究》，中国书籍出版社2011年版。
[5] 吴琼：《20世纪美国马克思主义文艺理论研究》，北京大学出版社2012年版。

视角所开展的文化批评。例如,《探析文化批评的当代意识——对理查德·沃林文化批评思想的剖析》①《在美学开始救赎之前——对美国学者理查德·沃林关于本雅明研究的一些质疑》②《实践形态与学术形态的国际毛主义:对话理查德·沃林》③,等等。

又如,有关斯皮瓦克后马克思主义思想的研究主要集中对她的思想转变历程的剖析以及相应层面的诸种问题。例如,李应志的《全球化与帝国主义的危机控制》④依据后马克思主义视角考察了斯皮瓦克批评思想的整体性逻辑,旨在为马克思主义的发展及其与中国现实的结合、中国马克思主义文论传统的现代转换等相应问题提供借鉴。该书首先梳理了斯皮瓦克学术思想从后殖民主义到后马克思主义的变化过程,论述了解构主义与斯皮瓦克的后马克思主义批评之间的关系。基于此,阐释了斯皮瓦克有关马克思劳动价值理论的批判性重释,阶级的"消失"和帝国主义的危机控制,属民及其主体意识,以及主体效果与属民主体意识的建立等问题。

再如,针对德里克马克思主义思想的研究主要集中在他的文化批评对马克思主义的阐释、对马克思意识形态理论的继承与发展及其对中国马克思主义的阐述等层面。⑤例如,胡大平的《后革命氛围与全球资本主义》选取德里克有关弹性生产时代之马克思主义的研究予以了综合阐述,旨在揭示德里克作为晚期马克思主义者的相应理论观念。此外,该书还论及德里克对马克思革命诗学的坚守、对马克思主义历史叙事维度的延拓及其对地域政治学之内涵的拓展。

值得注意的是,詹姆逊是21世纪中国学界颇为关注的学者,相关研究涉及他的后政治思想、现代主义、文化批评与文化研究、现代性、全球化以及乌托邦等多重研究维度。目前,有关詹姆逊的研究著述已有近20部,业已发表的相关研究论文已有400余篇。

具体而言,首先是基于社会政治文化视域的考察。例如:《重建总体性:与

---

① 张春梅:《探析文化批评的当代意识——对理查德·沃林文化批评思想的剖析》,《新疆社科论坛》2011年第3期。
② 林林:《在美学开始救赎之前——对美国学者理查德·沃林关于本雅明研究的一些质疑》,《当代文坛》2014年第1期。
③ 路克利:《实践形态与学术形态的国际毛主义:对话理查德·沃林》,《国外理论动态》2014年第8期。
④ 李应志:《全球化与帝国主义的危机控制:斯皮瓦克的后马克思主义文化批评》,人民出版社2014年版。
⑤ 胡大平:《后革命氛围与全球资本主义:德里克"弹性生产时代的马克思主义"研究》,南京大学出版社2002年版。

杰姆逊对话》①《走向一种辩证批评：詹姆逊文化政治诗学研究》②《詹姆逊乌托邦思想研究》③《詹姆逊文化理论探析》④《文化批判与乌托邦重建——詹姆逊晚期马克思主义文化政治学研究》⑤《詹姆逊的文化批判理论》⑥《詹姆逊文化批判思想研究》⑦《詹姆逊的总体性观念与文化批评阐释》⑧，等等。其中，吴琼的《走向一种辩证批评：詹姆逊文化政治诗学研究》依据詹姆逊的理论著作，剖析了其辩证批评的方法论原则与具体运作方式，呈现了詹姆逊文化政治诗学的特征。该书设专章，基于政治无意识、意识形态的遏制策略、叙事与阐释以及阐释的三种视域等层面综合论述了马克思主义阐释学层面的相关诸种问题。梁苗的《文化批判与乌托邦重建》论述了詹姆逊基于马克思主义的辩证法与历史观的方法论建构。该书认为鉴于詹姆逊对马克思主义与后现代主义的整合过于理想化，由此他的晚期马克思主义文化政治学暴露出诸种内在缺陷。基于此，该书阐释了詹姆逊对马克思主义视域乌托邦传统的接受与继承，晚期学术研究中有关马克思主义文化政治学研究的特质、缺陷及其启示。此外，周秀菊的《詹姆逊文化批判思想研究》系统考察了詹姆逊的文化批判理论。该书指出，詹姆逊文化批判理论堪称是研讨当代马克思主义之发展路径的典型思想样本，深化了有关如何理解马克思主义发展的当代境遇等问题。在具体阐释过程中，该书详尽剖析了詹姆逊对历史主义困境的理论回应、他的乌托邦思想的理论渊源，进而辨析了乌托邦主义与马克思主义的关系等问题。马宾的《詹姆逊的总体性观念与文化批评阐释》对詹姆逊总体性理论的研究，揭示了他对马克思等的总体性理论的汲取与借鉴。该书对总体性观念的渊源与流变的梳理，专门阐释了马克思的异质总体性、詹姆逊的多元总体性以及两者之间的关系。

其次是依据西方马克思主义以及阐释学等视角的剖析。例如，姚建彬的《走向马克思主义阐释学——詹姆逊的阐释学研究》⑨阐述了詹姆逊马克思主义阐释学的建构模式体系，并将其置于西方阐释学与西方马克思主义理论体系中予以考察。该书具体剖析了作为詹姆逊马克思主义阐释学重要策略的历史化问

---

① 梁永安：《重建总体性：与杰姆逊对话》，四川人民出版社 2003 年版。
② 吴琼：《走向一种辩证批评：詹姆逊文化政治诗学研究》，上海三联书店 2007 年版。
③ 林慧：《詹姆逊乌托邦思想研究》，中国人民大学出版社 2007 年版。
④ 张艳芬：《詹姆逊文化理论探析》，上海人民出版社 2009 年版。
⑤ 梁苗：《文化批判与乌托邦重建——詹姆逊晚期马克思主义文化政治学研究》，人民出版社 2013 年版。
⑥ 倪寿鹏：《詹姆逊的文化批判理论》，中国政法大学出版社 2013 年版。
⑦ 周秀菊：《詹姆逊文化批判思想研究》，光明日报出版社 2014 年版。
⑧ 马宾：《詹姆逊的总体性观念与文化批评阐释》，苏州大学出版社 2016 年版。
⑨ 姚建彬：《走向马克思主义阐释学——詹姆逊的阐释学研究》，北京大学出版社 2013 年版。

题与作为詹姆逊马克思主义阐释学之核心的意识形态问题。又如，沈静的《詹姆逊的马克思主义阐释学美学》①针对詹姆逊的马克思主义阐释学美学予以了整体研究，涉及黑格尔式马克思主义阐释学，马克思主义阐释学意义上的文学批评与后现代文化阐释，詹姆逊与当代马克思主义阐释学美学等层面的诸种问题。该书指出，詹姆逊对于马克思主义理论的重要贡献之一体现在立足马克思主义和后现代主义双重研究视域，基于生产方式层面厘定出了资本主义在其后期阶段的诸种文化逻辑，进而基于对后现代观点的研究重审了当代马克思主义的理论与政治问题。

再次是立足文学形式等批评角度的研究。例如，王伟的《社会形式的诗学——詹姆逊文学形式理论探析》②阐释了詹姆逊对马克思的传统观点的承继与发展，对形式的内涵与外延、形式与内容的关系的解析。杜智芳的《詹姆逊批评理论中的形式问题研究》③梳理了詹姆逊批评理论中形式问题的来源，辨析了形式主义与马克思主义的对话、形式主义批判与马克思主义重建之间的关系，进而论述了形式的马克思主义文学批评，意识形态、乌托邦与形式，生产方式、文类与形式，总体性、认知测绘与形式等问题之间的诸种关联问题。又如，杜明业的《文本形式的政治阐释：詹姆逊文学批评思想研究》④针对詹姆逊的文学批评思想予以了系统研究，基于多个侧面阐释了詹姆逊文学批评观的生成原因、理论架构、批评策略与实践，进而揭示了其文学批评的特征，辨析了其文学批评思想与其文化批评之间的复杂关系。基于此，还结合中国马克思主义批评的现实语境，探讨了詹姆逊的文学批评思想对中国当前马克思主义文学批评的借鉴价值与启示意义。

此外是基于"后"学术语境的诸种阐释。例如，韩雅丽的《詹姆逊的后现代主义理论研究》⑤，马良的《詹姆逊的后现代马克思主义研究》⑥，冯红的《詹姆逊后现代文化理论术语研究》⑦，张兴华的《詹姆逊后现代空间理论视野下的当代视觉文化研究》⑧，等等。

---

① 沈静：《詹姆逊的马克思主义阐释学美学》，人民出版社2013年版。
② 王伟：《社会形式的诗学——詹姆逊文学形式理论探析》，上海三联书店2015年版。
③ 杜智芳：《詹姆逊批评理论中的形式问题研究》，人民出版社2016年版。
④ 杜明业：《文本形式的政治阐释：詹姆逊文学批评思想研究》，世界图书出版公司2014年版。
⑤ 韩雅丽：《詹姆逊的后现代主义理论研究》，黑龙江大学出版社2010年版。
⑥ 马良：《詹姆逊的后现代马克思主义研究》，光明日报出版社2010年版。
⑦ 冯红：《詹姆逊后现代文化理论术语研究》，南开大学出版社2015年版。
⑧ 张兴华：《詹姆逊后现代空间理论视野下的当代视觉文化研究》，北京理工大学出版社2017年版。

七、针对美国生态文学批评的研究

中国关于美国生态批评的研究在国内有关美国文论的研究体系中虽属新兴领域，但的确呈现出进展快、范围广、涉及领域众多且成果丰厚等特征。此外，还针对目前世界范围的生态批评从文学批评向文化批评的转向展开了具体个案剖析。相关研究著述与文集主要集中体现在如下层面：

（一）有关美国生态批评的整体研究

目前，业已出版的有关美国生态批评的著作主要包括专论与兼论两类。

1. 基于欧美总体层面兼论美国生态批评的著述与论文集

中国学界对美国生态批评的研究建基于对西方、特别是欧美生态文学创作、生态文学理论与批评的研究。例如，鲁枢元的《生态文艺学》[①]一书，其中的"文学艺术史——生态演替的启示"部分设专节论述了"韦勒克的矫枉过正与卡冈的舍本求末"等问题。又如，王诺的专著《欧美生态批评：生态学研究概论》[②]在有关"欧美生态批评研究的发展""生态文学研究的哲学基础"与"生态文学研究的切入点"等层面问题的论述中，广涉美国生态批评的诸多相关问题。此外，王诺的《生态批评与生态思想》[③]一书针对环境主义与生态主义之间的关系、基于人类中心主义的批判、立足生态整体主义论辩、生态文学与生态审美的关联等论域都直接或间接地论及美国生态批评领域的相关各类问题。再如，胡志红的专著《西方生态批评史》[④]为数位美国生态批评家各自设立专章予以具体阐释，涉及从生态中心走向环境公正的布伊尔、多元文化生态批评的倡导者墨菲与跨文化生态批评对话的践行者斯洛维克等。此外，朱利华的《生与爱——似本能与生态批评》[⑤]一书基于深层生态学维度，针对关注能力与讲述策略的斯洛维克、主动放弃与详述的布伊尔、解域叙事与游牧主义的海斯等论题展开了深入论述。

2. 有关美国生态批评整体状况的专论著述与论文集

基于美国生态批评系统研究的著述与论文集主要包括《美国文学中的生态思想研究》[⑥]《美国生态文学批评研究》[⑦]《19、20世纪美国生态文学批评》[⑧]，等等。

[①] 鲁枢元：《生态文艺学》，陕西人民教育出版社2000年版。鲁枢元获世界范围生态哲学和生态文明领域的最高奖项"柯布共同福祉奖"（第11届）。
[②] 王诺：《欧美生态批评：生态学研究概论》，学林出版社2008年版。
[③] 王诺：《生态批评与生态思想》，人民出版社2013年版。
[④] 胡志红：《西方生态批评史》，人民出版社2015年版。
[⑤] 朱利华：《生与爱——似本能与生态批评》，首都经济贸易大学出版社2018年版。
[⑥] 朱新福：《美国文学中的生态思想研究》，苏州大学出版社2006年版。
[⑦] 薛小惠：《美国生态文学批评研究》，北京大学出版社2013年版。
[⑧] 刘小勤、孙锐：《19、20世纪美国生态文学批评》，中央编译出版社2017年版。

例如，刘小勤、孙锐的《19、20世纪美国生态文学批评》分别论述了19世纪与20世纪的美国生态文学批评。该书对于19世纪美国生态文学批评的研究主要涉及如下内容：作为寂寞行走者的梭罗的《瓦尔登湖》，缪尔与美国国家公园的建立，以及作为走向大自然之向导的约翰·巴勒斯等；对于20世纪美国生态文学批评的阐释主要包括如下内容：对于利奥波德《沙乡年鉴》的评述，基于卡逊《寂静的春天》、汤姆·雷根《动物权利》的解析，有关福克纳与《大森林》的阐释，以及针对作为沙漠独居者的爱德华·艾比的评介等。

此外，还有针对美国生态批评家的研究著述。① 例如，宁眉的《生态批评与文化重建：加里·斯奈德的"地方"思想研究》以"地方"为切入点展开对当前生态批评的研究，进而详尽阐释了中华传统文化对西方生态批评思想的诸种影响，旨在促进中外文化交流。基于此，主要论及如下层面的问题：地方意识的本土神话建构、中国化建构，地方文化的构想与实践等。

（二）有关美国生态美学与环境美学的研究

中国学界有关美国生态美学与环境美学的研究虽尚无针对专题的整体研究论著，但在研究对象、理论依据与阐释方法等层面都与美国生态批评密切相关。同时还围绕这两种美学的内涵界定、区别联系、使用范围等方面进行了深入探讨与论争（有关内容在第四章相关中美文论论争部分予以了较深入的阐述，在此不再赘述）。

具体而言，首先是对于生态美学的研究，诸如曾繁仁、谭好哲、章海荣、韩风、季芳、王茜等学者的相关专题研究，等等。② 其次是对于环境美学的研究，诸如陈望衡、彭锋等学者的相关专题研究，等等。③ 再次是基于美学视角对美国生态批评研究者的个案研究。例如，针对伯林特环境美学思想的专题研究包括刘长星④等的著述。又如，有关罗尔斯顿环境伦理与环境美学的研究包

---

① 例如，《诗意栖居：亨利·大卫·梭罗的生态批评》（陈茂林，浙江大学出版社，2009），《生态批评与文化重建：加里·斯奈德的"地方"思想研究》（宁眉，南京大学出版社，2011）等。

② 例如，《生态伦理与生态美学》（章海荣，复旦大学出版社，2005），《生态存在论美学论稿》（曾繁仁，吉林人民出版社，2009），《生态美学导论》（曾繁仁，商务印书馆，2010），《从生态实践到生态审美》（季芳，人民出版社，2011），《中西对话中的生态美学》（曾繁仁，人民出版社，2012），《生态文明时代的美学探索与对话》（曾繁仁，山东大学出版社，2013），现象学生态美学与生态批评（王茜，人民出版社，2014），《生态美学基本问题研究》（曾繁仁，人民出版社，2015），《生态美学的理论建构》（曾繁仁、谭好哲，人民出版社，2016），《生态美学与生态批评的空间》（曾繁仁，山东大学出版社，2017），《走向生态审美》（韩风，中国建筑工业出版社，2017），等等。

③ 例如，《完美的自然——当代环境美学的哲学基础》（彭锋，北京大学出版社，2005），《环境美学》（陈望衡，武汉大学出版社，2007），等等。

④ 例如，《环境美学的参与维度——阿诺德·伯林特环境美学思想研究》（刘长星，学苑出版社，2016）等。

括赵红梅①、杨英姿②等的著述。

（三）有关美国生态女性主义批评的研究

一方面是针对生态女性主义的总体研究著述与文集中广涉美国生态女性主义诸多层面的诸种问题。例如，《生态女性主义》③《生态女性主义伦理形态研究》④《生态女性主义研究》⑤《生态女性主义视角下主体身份研究》⑥《生态女性主义文化批判理论研究》⑦《女性主义文论与文本批评研究》⑧《女性经验的生态隐喻——生态女性主义研究》⑨《生态女性主义》⑩，等等。上述著述不仅较为详细地梳理了生态女性主义的发展脉络、理论形态与表现特征，而且对包括美国在内的西方生态女性主义思潮进行了反思，进而调动这一理论资源深入剖析女性与自然的共同命运，为重新认识女性与自然之关系提供了诸种具有启发的思路。

另一方面是基于美国生态女性主义的理论与实践的专题综合研究。例如，吴琳的《美国生态女性主义批评理论与实践研究》⑪综合阐释了美国生态女性主义批评理论的语境、话语的建构及其实践等，并基于跨文明比较视角进行了拓展研究。又如，华媛媛的《美国生态女性主义文学批评研究》⑫综合研究了美国有关生态女性主义之文学批评的内涵及特征、背景、兴起与发展、理论建构、视域扩展及其意义、困境与方向等问题。

（四）基于生态批评理论视域对欧美以及西方整体文学作品的阐释

一方面是基于生态批评维度对有关文学作品的综合阐释。例如，王诺的《欧美生态文学》⑬《生态与心态：当代欧美文学研究》⑭都是国内较早以欧美文学为例展开独到生态批评的著述，对欧美生态文学蕴含的思想资源皆予以了厘定。二者的不同之处在于，前部著述对"生态文学"予以了理论界定、特征剖析，选定的批评资料之时间跨度极大且阐释不无哲思。后部著述为文集，仅针对当

---

① 赵红梅：《美学走向荒野：论罗尔斯顿环境美学思想》，中国社会科学出版社 2009 年版。
② 杨英姿：《伦理的生态向度：罗尔斯顿环境伦理思想研究》，中国社会科学出版社 2010 年版。
③ 南宫梅芳：《生态女性主义》，社会科学文献出版社 2011 年版。
④ 袁玲红：《生态女性主义伦理形态研究》，上海人民出版社 2011 年版。
⑤ 赵媛媛：《生态女性主义研究》，吉林人民出版社 2012 年版。
⑥ 戴桂玉：《生态女性主义视角下主体身份研究》，中国社会科学出版社 2013 年版。
⑦ 陈英：《生态女性主义文化批判理论研究》，人民出版社 2017 年版。
⑧ 王冬梅：《女性主义文论与文本批评研究》，武汉大学出版社 2017 年版。
⑨ 张妮妮、康敏、李鸽：《女性经验的生态隐喻——生态女性主义研究》，北京大学出版社 2018 年版。
⑩ 韦清琦、李家銮：《生态女性主义》，外语教学与研究出版社 2019 年版。
⑪ 吴琳：《美国生态女性主义批评理论与实践研究》，人民出版社 2011 年版。
⑫ 华媛媛：《美国生态女性主义文学批评研究》，人民文学出版社 2014 年版。
⑬ 2003 年 8 月，北京大学出版社出版了王诺的《欧美生态文学》，并于 2011 年出版了修订版。
⑭ 王诺：《生态与心态：当代欧美文学研究》，南京大学出版社 2007 年版。

代欧美作家作品个案基于心理视角予以了生态层面的研究与批评。例如，唐建南的《生态批评的多维度实践》①一书兼具理论研究与文本剖析，统揽生态批评发展之三波浪潮，以美国文本为例，从地方、身体、性别、种族、影评、教育等维度开展了生态批评实践。

另一方面是依据生态批评视域对相关文学的具体思潮、流派以及作品的解读。例如，《生态批评视角下的劳伦斯》②《生态批评视野中的玛格丽特·阿特伍德》③《性别、种族与自然：艾丽斯·沃克小说中的生态女人主义》④《美国黑人女权主义视域下的女性书写》⑤《当代美国土著小说中的生态思想研究》⑥《生态批评视阈下的美国现当代文学》⑦《关爱生命悲天悯人——从后殖民生态批评阈解读库切的生态观》⑧《盖斯凯尔夫人作品伦理思想的生态批评》⑨《生态批评视域下的斯坦贝克研究》⑩《诗意地栖居：生态批评视角下的哈代"性格与环境"小说研究》⑪《生态批评视域中的柯勒律治文艺理论研究》⑫《后殖民生态批评视角下的当代美国印第安英语小说研究》⑬，等等。

（五）有关生态批评之中国维度的形成与发展

一方面是基于理论层面的建构。伴随着美国以及西方其他国家生态批评的兴起与发展，中国学者开始探究作为学科与研究领域的生态批评在中国的进展之途，相关著述相继问世。例如，《文艺的绿色之思——文艺生态学引论》⑭《生态批评的中国风范》⑮《道在途中：中国生态批评的理论生成》⑯《生态批评空间的翻译生产》⑰《生态翻译批评体系构建研究》⑱《生态批评与中国文学传统：融合与

---

① 唐建南：《生态批评的多维度实践》，世界图书出版公司2017年版。
② 苗福光：《生态批评视角下的劳伦斯》，上海大学出版社2007年版。
③ 袁霞：《生态批评视野中的玛格丽特·阿特伍德》，学林出版社2010年版。
④ 王冬梅：《性别、种族与自然：艾丽斯·沃克小说中的生态女人主义》，厦门大学出版社2013年版。
⑤ 嵇敏：《美国黑人女权主义视域下的女性书写》，科学出版社2011年版。
⑥ 秦苏珏：《当代美国土著小说中的生态思想研究》，人民出版社2013年版。
⑦ 王育烽：《生态批评视阈下的美国现当代文学》，山东大学出版社2013年版。
⑧ 钟再强：《关爱生命悲天悯人——从后殖民生态批评阈解读库切的生态观》，苏州大学出版社2015年版。
⑨ 温晶晶：《盖斯凯尔夫人作品伦理思想的生态批评》，吉林大学出版社2016年版。
⑩ 徐向英：《生态批评视域下的斯坦贝克研究》，华夏出版社2018年版。
⑪ 曹曦颖：《诗意地栖居：生态批评视角下的哈代"性格与环境"小说研究》，人民出版社2018年版。
⑫ 张玮玮：《生态批评视域中的柯勒律治文艺理论研究》，经济管理出版社2018年版。
⑬ 张慧荣：《后殖民生态批评视角下的当代美国印第安英语小说研究》，苏州大学出版社2018年版。
⑭ 曾永成：《文艺的绿色之思——文艺生态学引论》，人民文学出版社2000年版。
⑮ 袁鼎生、龚丽娟：《生态批评的中国风范》，广西师范大学出版社2009年版。
⑯ 马治军：《道在途中：中国生态批评的理论生成》，学林出版社2013年版。
⑰ 鹿彬：《生态批评空间的翻译生产》，黑龙江人民出版社2013年版。
⑱ 岳中生、于增环：《生态翻译批评体系构建研究》，科学出版社2016年版。

构建》①，等等。

另一方面则是对于中国文学具体思潮、流派以及作品的阐释。例如，《与自然为邻——生态批评与沈从文研究》②《生态批评视域下的中国现当代文学》③《绿袖子舞起来：对生态批评的阐发研究》④《生态批评与民族文学研究》⑤《生态女性主义与现代中国文学女性形象》⑥《生态批评视野中的20世纪中国文学》⑦《绿窗唐韵：一个生态文学批评者的英译唐诗》⑧《生态批评与道家哲学视阈下的弗罗斯特诗歌研究》⑨，等等。

总之，国内针对当代美国文论的上述研究成果激发了中国文学理论与批评领域的本土文论反思与世界视域拓展，由此，相应研究在领域与程度等层面都不断延拓且成果斐然。例如，《西方当代文学批评在中国》⑩《西方文论与中国文学》⑪《西方汉学界的中国文论研究》⑫《冲突与重建——全球化语境中的中国文学理论问题》⑬《话语实践与文化立场：西方文论引介研究：1993—2007》⑭《西方文论在中国的命运》⑮《走向全球化》⑯《中西对话中的现代性问题》⑰《中西文论对话：理论与研究》⑱《西论中化与中国文论主体性》⑲《中西方文论话语比较研究》⑳《西方文论中国化与中国文论建设》㉑《后现代主义思潮与中国当代文论建设》㉒《思想

---

① 盖光：《生态批评与中国文学传统：融合与构建》，中国社会科学出版社2018年版。
② 覃新菊：《与自然为邻——生态批评与沈从文研究》，湖南师范大学出版社2006年版。
③ 王喜绒：《生态批评视域下的中国现当代文学》，中国社会科学出版社2009年版。
④ 韦清琦：《绿袖子舞起来：对生态批评的阐发研究》，南京师范大学出版社2010年版。
⑤ 李长中、钟进文：《生态批评与民族文学研究》，中国社会科学出版社2012年版。
⑥ 王明丽：《生态女性主义与现代中国文学女性形象》，中国书籍出版社2013年版。
⑦ 吴景明：《生态批评视野中的20世纪中国文学》，中国社会科学出版社2014年版。
⑧ 俞宁：《绿窗唐韵：一个生态文学批评者的英译唐诗》，上海古籍出版社2014年版。
⑨ 肖锦凤、李玲：《生态批评与道家哲学视阈下的弗罗斯特诗歌研究》，西南财经大学出版社2016年版。
⑩ 陈厚诚：《西方当代文学批评在中国》，百花文艺出版社2000年版。
⑪ 周发祥：《西方文论与中国文学》，江苏教育出版社2000年版。
⑫ 王晓路：《西方汉学界的中国文论研究》，巴蜀书社2003年版。
⑬ 张荣翼：《冲突与重建——全球化语境中的中国文学理论问题》，武汉大学出版社2005年版。
⑭ 赵淳：《话语实践与文化立场：西方文论引介研究：1993—2007》，南京大学出版社2008年版。
⑮ 代迅：《西方文论在中国的命运》，中华书局2008年版。
⑯ 冯黎明：《走向全球化》，中国社会科学出版社2009年版。
⑰ 童世骏：《中西对话中的现代性问题》，学林出版社2010年版。
⑱ 邹广胜：《中西文论对话：理论与研究》，商务印书馆2011年版。
⑲ 高楠：《西论中化与中国文论主体性》，文化艺术出版社2011年版。
⑳ 李江梅：《中西方文论话语比较研究》，人民出版社2011年版。
㉑ 王一川：《西方文论中国化与中国文论建设》，经济科学出版社2012年版。
㉒ 张弓、张玉能：《后现代主义思潮与中国当代文论建设》，北京师范大学出版社2014年版。

与方法——全球化时代中西对话的可能》①《西方文论与中国当代文论建设》②《中西跨文化符号学对话》③《中国古典文论与西方符号学的理论互动》④《西方文论中的中国》⑤《西方文论与译本的再创造解读——以安乐哲的中国英译典籍为个案》⑥，等等。

第二节　中美文论领域合作研究个案举隅

2000年至今，中美文论领域两国多位学者曾共同合作编辑文论选集。以女性主义批评为例，《越界的挑战：跨学科女性主义研究》⑦《妇女、民族与女性主义》⑧《全球化语境中的异音：女性主义批判》⑨《当代美国女性主义经典理论选读》⑩等文集相继问世。其中，《当代美国女性主义经典理论选读》（*Essential Readings in US Feminist Theory*）由美国学者伊丽莎白·韦德（Elizabethweed）与中国学者何成洲合编，收录与节选了有关美国女性主义的数篇经典理论文章，广涉该国当代女性批评领域的诸种问题，辅以系统与深入的阐释，不仅梳理了当代美国女性主义的发展谱系，而且呈现出相关女性研究实践的中国视角及其对诸种相关中国问题的独到见解与阐释。该文集彰显了独特的致思路径，获得了诸多深刻的学术创见，因而堪称是相关选集中的一部难得力作，为女性主义理论与批评等研究领域提供了极富学术价值的优秀范本。鉴于此，以下通过评介该选集的主要内容与基本观点，力求揭示当代美国女性主义理论的发展趋势、多元视角及其所彰显的中国维度，不仅注重考察其中所呈现出的当代美国女性主义的发展谱系，而且揭示相关女性研究实践的跨国视角，进而剖析其国际视野及其对诸种相关中国问题的阐释。

---

① 方维规：《思想与方法——全球化时代中西对话的可能》，北京大学出版社2014年版。
② 冯宪光：《西方文论与中国当代文论建设》，复旦大学出版社2016年版。
③ 郭景华：《中西跨文化符号学对话》，知识产权出版社2017年版。
④ 文玲、左其福：《中国古典文论与西方符号学的理论互动》，南开大学出版社2017年版。
⑤ 吴娱玉：《西方文论中的中国》，上海人民出版社2018年版。
⑥ 李芳芳、李明心：《西方文论与译本的再创造解读——以安乐哲的中国英译典籍为个案》，知识产权出版社2019年版。
⑦ ［美］钟雪萍、［美］劳拉·罗斯克：《越界的挑战：跨学科女性主义研究》，上海社会科学院出版社2003年版。
⑧ 陈顺馨、戴锦华：《妇女、民族与女性主义》，中央编译出版社2004年版。
⑨ 王丽华：《全球化语境中的异音：女性主义批判》，北京大学出版社2008年版。
⑩ ［美］伊丽莎白·韦德、何成洲：《当代美国女性主义经典理论选读》，南京大学出版社2014年版。

一、发展谱系

韦德在为该选集所做的序言"80年代以来美国女性主义的一种谱系"中指出:"'妇女问题'于19世纪末20世纪初在许多国家浮出水面,带有与对妇女地位'开明'理解相关的普遍化要求。但是,纵观历史我们得知,无论妇女解放在不同文化中的提出方式多么相似,有文化形成、政治、经济的内部分歧和外部的地缘政治定位,决定着这一普遍化要求的接受方式。"①

基于此,该选集收录了20世纪90年代至今美国女性主义理论的诸种重要成果,涉及朱迪斯·巴特勒、盖亚特里·斯皮瓦克、周蕾（Rey Chow）以及多娜·哈拉维（Donna Haraway）等批评家的数种著述与数篇论文。

具体而言,该选集呈现了美国女性主义批评家们的诸种关注焦点,体现了该国女性主义的理论观念与批评实践的内部差异与多元格局。其中分为四个专题,依次涉及如下内容:"主体性和性别"部分包括"经验的见证""身不由己:关于性自主权的界限","差异的问题"部分包括"当白皮肤女性化……补充逻辑的后果""女性主义及批评理论","跨国视角"部分包括"白人女性听着！黑人女性主义及姐妹情结的局限""再探《西方视野之下》","女性主义与科学"部分涉及"天赋的问题:男人真的比女人聪明吗""赛博格宣言:20世纪晚期的科学、技术和社会主义女性主义",等等。

二、跨国视角

该文选中数位作者的个人背景都与其研究兴趣相结合:斯皮瓦克出生于印度的加尔各答并在此获本科学位;周蕾出生于中国香港,并在此获硕士学位;钱德拉·塔尔佩德·莫汉蒂出生于印度孟买,移居美国之前已在德里获硕士学位;海柔尔·卡比则为牙买加人与威尔士人的混血儿,出生于英格兰的奥克汉普顿,赴美定居之前业已在伯明翰大学获得博士学位。基于此,该著述的研究对象虽主要定位于美国当代女性理论,但是,其对相关问题的论述并未囿于学界此前固有的某些西方范式,而是将阐释视角合理且适度地拓展到对相应国际问题的关注,进而考察了美国本土与跨国妇女之间的联系。

首先是重视全球化视野中女性主义的状况。依据美国女性批评的现状来看,在对使用英语的妇女所展开的研究中,坚持全球化隐喻的理由,研究视域拓展至全球,"这些妇女研究项目有时运用批评视角讨论全球化问题,但是在大多数情况下,全球化范围由推崇妇女权利的新自由政治框定,从而为查找定位各地

---

① [美]伊丽莎白·韦德、何成洲:《当代美国女性主义经典理论选读》,南京大学出版社2014年版,"序一"第3页。

妇女的共性提供现成框架"。① 基于此,该选集编者给予女性主义如下定位:"女性主义话语产生于民族主义、帝国主义和资本主义扩张的联结处,一向具有国际性。"② 与之相应,莫汉蒂主张"以国际化为研究焦点表明它的研究的对象是美国这个民族国家之外的领域。无论是妇女问题还是性别、女性主义问题都是基于其他区域的空间/地理范畴和时间/历史范畴进行探讨的。在此研究框架下,远离'家园'是国际化这一概念的基本内涵"。③ 由此,他倡导探险式的女性主义实践,认为"作为探险者的女性主义者策略所存在的问题是全球化作为一种政治、经济和意识形态现象,它不断地把全世界及其各种群体带进彼此关联、相互依赖的话语机制和物质实体当中去。无论妇女们居住在哪个地理区域,她们的生活即使不相同却也是彼此关联、相互依赖的"。④

其次是国际化的女性主义教育与工作。一方面,针对教育状况而言,在莫汉蒂看来,国际化的女性主义教育学必须对全球化做出充分的回应。"比方说,在这种模式下,不应该在讲授美国有色妇女课程的时候再添加有关第三世界/南方妇女方面的内容,而应该开设一门比较研究课程,探讨美国有色妇女、白人妇女及第三世界/南方妇女在其发展、经历和斗争方面的相互关系。通过这种关注于权力的对比教学,每种历史性体验都对其他人的经历产生启示作用。因此,其重点不在于研究不同妇女群体在种族、阶级、性属、民族和性征方面的交叉区域,而在于研究彼此之间的相互性和双重意蕴,这说明需要关注的是这些群体在历史发展进程中的相互交织性。"⑤ 具体而言,"在妇女研究课程里,这种教育策略在文化上是使课程国际化的最为敏感的方式。比如,所有有关'拉丁美洲妇女''第三世界妇女文学'或'后殖民女性主义'的课程都是美国优势课程的补充,旨在使女性主义知识体系'全球化'"。⑥ 另一方面,依据工作情况来看,在对全球资本主义的批评与反抗以及对男性主义与种族主义价值观念的揭露过程中,"跨国女性主义实践的形成有赖于跨越地方、身份、阶级、职业、信仰等领域,建立女性主义团结"。⑦ 基于此,针对具体工作境况的诸种研究,其目标在于更好地廓清企业的全球化进程并揭示其是如何及为何重塑殖民妇女的身体与劳力的。由此,莫汉蒂倡导"我们需要了解的是全球化重构对

① [美]伊丽莎白·韦德、何成洲:《当代美国女性主义经典理论选读》,南京大学出版社2014年版,第3页。
② 同上。
③ 同上,第136页。
④ 同上,第137页。
⑤ 同上,第138页。
⑥ 同上,第137页。
⑦ 同上,第146页。

种族化、阶级化、民族化及性别化的妇女身体所产生的真正具体的影响是什么，这些妇女不仅指的是学校里的、工作场所里的、街道上的、家庭里的妇女，还指的是网络空间里的、社区内的、监狱里的和社会运动中的妇女"。①

再次是基于具体研究个案的参证考察。例如，卡比的《白人女性听着！黑人女性主义及姐妹情结的局限》认为观照黑人妇女需要重审既有的研究体系，此种论述预示了周蕾有关妇女的补充逻辑概念；周蕾的《当白皮肤女性化……：补充逻辑的后果》分别从单数与复数的差别等理论观念入手，对莫伊的相应观点提出异议，进而构建了自己的文本。依据周蕾的观点，身处西方文化体系中的妇女占据着补充且不可判定的位置。相对于作为稳定术语的男性而言，女性是不稳定的术语。由此，周蕾解读了《简·爱》与《广岛之恋》，将玛格丽特·杜拉斯与法国理论先锋派予以比较，认为尽管英美女性主义与法国女性主义之间存在诸种差异，但就未能明示主人公的白肤色如何试图遮蔽非白肤色的他者（即：《简·爱》中来自印度群岛的首任妻子与《广岛之恋》中的日本男情人）而言，其相似点明显多于相异点。

三、中国视域

该文集选取中国视野，进而阐述了诸种相关中国问题。

以韦德的相关研究为例，在其看来，首先，依据中美女性主义理论的发展历程而言，"女性主义理论该走向何处在80年代的美国进行了激烈的争论，中国的情形也是如此。事实上，当前女性主义内部进行的争论无不以某种方式受到了这些早期议题的影响"。②其次，按照中美的相关交流与互动来看，"迄今为止这两大理论体系文献的翻译非常有限（中国女性主义文献英译的缺乏为这一翻译亏空最为显著的体现），并且对两大体系内各种理论谱系复杂性的认识也很有限，因此简单寻找和发现明显共性的做法非常诱人"。③再次，针对中美的相应理论关系来说，"就美国和中国女性主义理论而言，它们面临着对肉体性、主体性、性征、性别、亲属关系明显不同的概念设想，对公与私的不同构想，不同的哲学和宗教传统，以及差别很大的两条历史轨迹。在这种情况下，关注差异和共性所起的作用颇为重要，有助于转向批评实践，它考察给定知识体系成为可能的条件"。④此外是基于具体批评家之间异同的考察，韦德认为，"同周

---

① ［美］伊丽莎白·韦德、何成洲：《当代美国女性主义经典理论选读》，南京大学出版社2014年版，第133页。
② 同上，"序一"第4页。
③ 同上，"序一"第3页。
④ 同上，"序一"第4页。

蕾一样，作为一名训练有素的文学批评家，斯皮瓦克通过虚构文本探讨一些最具挑战性的理论问题。不同于周蕾的文章，斯皮瓦克的文章包含的不是一个持续性论述，而是一系列反思。事实上，斯皮瓦克颇为有趣地运用了'分散思维'模式"。①

  综上所述，通过该文集的选篇及其相关论述可以看出，将女性问题置于跨越历史、文化与学科的独特学术体系之中进行全面且深入的阐释，从而明晰地展现相关问题的历史渊源、流变脉络以及当前情势，的确是当下国际化女性主义理论与批评发展历程的题中应有之义。此外，该选集中所呈现的跨国视域特别是中国视角，无疑不仅有助于其对于一系列相关现实问题及其发展趋势予以具有可行性的预设分析，而且有利于国内有关研究领域针对既有研究展开相应的重审与检视。

---

  ① ［美］伊丽莎白·韦德、何成洲：《当代美国女性主义经典理论选读》，南京大学出版社2014年版，"序一"第11页。

第四章
21 世纪以来中美文论领域的互通议题及其论争

自 2000 年至今，中美两国文论领域在频繁而深入的互动中呈现出交叠互渗增殖的特征，美国学者的介入并与中国学者直接对话与深度交流，使中美之间的相应互动更为频繁。在冲激与回应、交流与碰撞中生成了各类互通题域与诸种会通论题，主要聚焦于文学与文论本体研究、文论的建构路径与未来前景、文论与文化研究的关系、全球化与本土化、世界性与民族性、传统与现代、意识形态与审美、语言与文化转向、性别研究、媒介研究与生态批评等论题。中美双方相关研究领域的学者针对诸多极具挑战性的共同焦点议题开展了见仁见智的持续深入交流与互通考察，相应研究从持续时间、涉及范围与深入程度等方面都彰显出两国文论领域的诸种互动与交互影响，从而共同为世界文论场域贡献了跨越国界与文论体系的研究资源与方案。

第一节 关于"文学终结"的论争

一、"文学终结论"的思想资源与美国阐释

西方诸种终结论，如历史终结论、意识形态终结论、哲学终结论、艺术终结论等，其思想理论渊源可追溯至黑格尔（Georg Wilhelm Friedrich Hegel）的哲学思想。自 1817 年起，黑格尔开始了一系列以美学为主题的讲演，后经由其学生整理并出版了《美学讲演录》（1955 年再版时更名为《美学》），有关"艺术的终结"的论断就此提出。其后，黑格尔本人以及后世学者又针对相应论题予以了阐发、考辨与深化研究。①

基于美国学界的相应状况而言，诸种终结论在各个领域都有所发展。

---

① ［法］蒂埃里·德·迪弗：《艺术之名：为了一种现代性的考古学》，秦海鹰译，湖南美术出版社 2001 年版，第 143 页。

依据有关艺术的诸种研究而言，阿瑟·C. 丹托（Arthur C. Danto）在其业已在文学艺术等诸多领域生成极大反响的《艺术的终结》中阐释了黑格尔的"艺术终结论"与西方艺术史长期存在的"哲学对艺术的剥夺"的状况。丹托认为，现代艺术无须再如此前艺术那样去承担宏大历史叙事，因此，所谓"艺术的终结"实乃意指某种业已达至终点的叙事层面的相应现象。① 此外，艺术通过转向哲学而趋向终结等论断出现。对此，美学家柯蒂斯·L. 卡特（Curtis L. Carter）予以了驳斥，指出将"艺术终结论"理解为"艺术的死亡"是对黑格尔美学体系中的某些术语的误译所致，后者所说的"终结"并不意味着终止或停止，而是旨在依据辩证观点阐明艺术在表现真理层面所呈现出的限域。实际上，当艺术趋向于完成"从模仿到抽象和概念艺术"之转换时，就业已成了"它自身理解的一部分"②。

从文学研究层面来看，美国的文学观念批判地承袭与发展了诸种相关西方观念。例如，德里达（Jacques Derrida）的解构主义文学观是米勒之文学终结论得以形成的直接理论来源。米勒的《全球化时代的文学研究还会继续存在吗？》借德里达《明信片》中有关技术时代的预言展开阐发并提出了有关文学终结的诸种论断③。又如，依据福柯兼具现代主义与后现代主义的文学观来看，"文学、文学的存在本身，如果我们追问它是什么，那么，似乎只有一种回答方式，即没有文学的存在"。④ 由此，文学研究的实际讲述对象并非文学史，而是广涉自身尚不确定的语言、作品以及学科。⑤ 当今美国的文学研究领域业已发展到无所不涉的程度，是文学终结论兴起的现实原因之一。在跨界研究无限扩展的情况下，文学研究与教学领域中，"轻声细语的中产阶级学生勤奋地聚集在图书馆里，努力地研究着骇人听闻的题材，例如吸血鬼、挖眼球、半机械人或色情电影。"⑥ 在学术研究中为求得突破与创新，竟然到了不加甄别地寻找研究论题的地步，进而将研究对象泛化至无所不包的整个社会生活层面。"知识生活与日常生活之间不再有任何罅隙。不用离开电视机就可以撰写你的博士论文是有很多

---

① ［美］阿瑟·C. 丹托：《艺术的终结之后》，王春辰译，江苏人民出版社 2007 年版，第 41 页。
② ［美］柯蒂斯·L. 卡特：《黑格尔和丹托论艺术的终结》，杨彬彬译，《文学评论》2008 年第 5 期第 115 页。
③ ［美］希利斯·米勒：《全球化时代的文学研究还会继续存在吗？》，《文学评论》2001 年第 1 期第 132 页。
④ ［法］米歇尔·福柯：《权力的眼睛——福柯访谈录》，严锋译，上海人民出版社 1997 年版，第 90—91 页。
⑤ ［法］米歇尔·福柯：《知识考古学》，谢强、马月译，生活·读书·新知三联书店 1998 年版，第 173—174 页。
⑥ Terry Eagleton. *After Theory*. New York: Basic Books, 2003: 2.

好处的。摇滚乐在过去是使你从研究中得到放松的娱乐，但是现在很有可能成为你的研究对象。有关智识的事物不再局限在象牙塔内，而是归属于媒体与购物商场、卧室或妓院的世界。于是乎，智识生活再次回归日常生活；只是要面对失去对于日常生活的批判能力的风险。"① 这正表明，智识与理论面对长青的社会实践显得苍白无力，以生搬硬套社会生活为鹄的文学批评或者文化批评注定会遭到唾弃。

二、希利斯·米勒关于文学终结论的中国传播

2000 年 7 月，米勒在以"文学理论的未来：中国与世界"为论题的国际学术研讨会上发表了演讲，相关内容后被整理并发表于《文学评论》（2001 年第 1 期）。该文被视为有关文学研究的时代业已逝去的宣言，进而在中国学界引发了轩然大波与激烈论辩。

针对中国学者的强烈反响，2004 年 6 月 24 日，《文艺报》刊发了《"我对文学的未来是有安全感的"：希利斯·米勒访谈录》。该文指出，概括而言，新的文学理论包含具有相互矛盾的两个方面：一方面，以语言为媒介的传统意义上的文学、文学理论仍然是有效的；另一方面，与此相对，适于新形态文学之理论渐趋发展成为经由一系列媒介形成作用的混合体。由此，应用 "literariness"（文学性）取代 "literature"（文学）。2013 年 1 月 10 日，在《社会科学报》刊发的《文学在今天是否重要》中，米勒基于文学之作用的历史变迁与未来趋势进一步阐发了相应观点。此外，米勒关于"文学终结"的论断还体现在其专著《文学死了吗？》之中。

三、中国学界针对"文学终结论"的回应与论争

米勒有关终结论的文章与著述的刊发与出版，引发了中国学界长达十余年反对与赞同兼具的热烈讨论、激烈的争论与多方的争鸣。在此种学术语境中，诸种相关专著相继出版，例如：金惠敏的《媒介的后果》②、朱国华的《文学与权力：文学合法性的批判性考察》③、周宪的《视觉文化的转向》④、刘悦笛的《艺术终结之后》⑤，等等。相关论文众多，涉及如下层面：

首先是反驳文学与文学研究即将终结的预言。例如，童庆炳指明，"米勒有

---

① Terry Eagleton. *After Theory*. New York: Basic Books, 2003: 3.
② 金惠敏：《媒介的后果》，人民出版社 2005 年版。
③ 朱国华：《文学与权力：文学合法性的批判性考察》，华东师范大学出版社 2006 年版。
④ 周宪：《视觉文化的转向》，北京大学出版社 2008 年版。
⑤ 刘悦笛：《艺术终结之后》，南京出版社 2010 年版。

关文学与文学批评消亡的预见是令人难以信服的极端化预言,只要人类及其情感没有消失,作为相应表现形式的文学就不会消失"。① 又如,李衍柱通过考察德里达"文学的终结"论断的提出语境,指出了米勒相应论说存在代替或遮蔽了具体话语语境等问题,且主要适用于美国相关领域的现状。② 再如,吴子林认为由相关论断衍生出的一系列问题以及有关论争直接触及当代文学的生存状态。鉴于文学艺术的根本意义应体现为具有多样化的可能生活观念的实现与呈现,由此便不会"死亡"或"终结"。③

其次是从理解米勒的"文学终结论"出发的延伸研究。例如,余虹基于后现代文学研究的视角指出,文学在后现代语境中的确呈现出某种过时性、边缘化与无足轻重等特质。④ 鉴于此,基于统治的文学性与终结的文学为考察对象的文学研究必将被赋予新的时代内容且任重道远。⑤ 又如,金惠敏以"文学即距离"论为线索,通过还原米勒与德里达的理论运思过程表明,米勒将文学理论的任务确定为在阅读中培养有关传统的记忆,形成批判的距离,相应辩护虽朴素但自有其不可推倒的定力。⑥ 再如,赖大仁认为米勒针对"终结论"的表述是一个悖论式命题,进而指明,文学及文学研究是否会走向终结未必是由电信技术等现实条件所决定的,而当前文学危机的实质是精神危机的体现。⑦

再次,相关研究中持续出现对"文学终结论"的本意考辨⑧、语境剖析⑨、理

---

① 童庆炳:《全球化时代的文学和文学批评会消失吗?》,《社会科学辑刊》2002年第1期。
② 李衍柱:《文学理论:面对信息时代的幽灵——兼与J.希利斯·米勒先生商榷》,《文学评论》2002年第1期第119页。
③ 吴子林:《文学:"死亡"抑或"终结"?》,《思想战线》2009年第4期。
④ 余虹:《文学的终结与文学性蔓延——兼读后现代文学研究的任务》,《文艺研究》2002年第6期第24页。
⑤ 同上。
⑥ 金惠敏:《趋零距离与文学的当前危机——"第二媒介时代"的文学和文学研究》,《文学评论》2004年第2期第63页。
⑦ 赖大仁:《文学"终结论"与"距离说"——兼谈当前文学的危机》,《学术月刊》2005年第5期第102页。
⑧ 参见如下论文:《再论米勒的"文学终结论"》(周计武,《文艺理论研究》2011年第4期),《"文学的终结"还是"文学时代的终结"》(张开焱,《湖北师范学院学报:哲学社会科学版》2011年第4期),等等。
⑨ 参见如下论文:《希利斯·米勒"文学终结论"的科学语境》(王轻鸿,《杭州电子科技大学学报:社会科学版》2012年第2期),《西方文论关键词:文学终结论》(王轻鸿,《外国文学》2011年第5期),等等。

论反思①、维度拓展②、领域延拓③与比较研究④等层面的论争。

此外，中国学者针对"文学终结论"在中国的研究状况形成了互动、总结与反思。第一，基于"文学终结论"形成了诸多对话与商榷。例如，管怀国针对国内学者依据"文学终结论"提出的"文学危机论"，指明建基于电信技术的文学形态随生活与时代而变化，并将"文学危机论"判定为伪命题且剖析了其成因。⑤第二，针对有关"文学终结论"的既有研究提出了质疑。例如，肖锦龙指明，米勒有关论断中的"文学"意指一种呈现于特定历史条件下且具有特殊历史蕴含的文化话语。鉴于此，中国学界对米勒及其"文学终结论"的既有研究存在普遍误解，相应的反诘与批判在很大程度上是无的放矢的。⑥第三，依据"文学终结论"在中国的接受、研究与影响情况予以了总结与反思。相关论文包括朱立元的《"文学终结论"的中国之旅》、李夫生的《批判"米勒预言"的批判——近年来有关"文学终结论"争议的述评》⑦、殷宪力的《"文学终结论"：缘起、论争及反思》⑧、周计武的《语境的错位——米勒的"文学终结论"在中国》⑨、罗宏的《"文学终结"论的中国解读》，等等。其中，朱立元的《"文学终

---

① 参见如下论文：《生存还是死亡——质疑"文学终结论"兼"文学边缘论"》（邹春立、卞维娅，《红河学院学报》2005年第2期），《反思文学和文学理论自身——对"文学终结"讨论的一种回应》（刘艳芬，《名作欣赏》2007年第10期），《文学终结论：文学理论的救赎与反思》（汤拥华，《文艺争鸣》2008年第3期），《文学终结论争的存在论反思》（苗田，《社会科学》2011年第11期），《文学终结论的文化溯源与理论重思》（李艳丰，《云南社会科学》2009年第1期），《对"文学终结"问题的再认识——兼论技术对艺术的影响》（辛楠，《江汉大学学报：人文科学版》2010年第2期）。

② 例如，相关研究延伸至图像等视觉媒介维度，参见如下论文：《图像增殖与文学的当前危机》（金惠敏，《中国社会科学》2004年第5期），《"读图时代"的图文"战争"》（周宪，《文学评论》2005年第6期），《电子传媒时代的文学场裂变——现代传媒语境中的文学存在方式》（单小曦，《文艺争鸣》2006年第4期），《从文学载体的变化看文学终结论》（卫岭，《文艺争鸣》2006年第1期），《文学终结论的反思——以解构经典浪潮、图像艺术对文学的冲击为出发点》（梁冬华，《辽宁师范大学学报：社会科学版》2010年第2期），等等。

③ 参见如下论文：《从"文学终结论"析文学困境之原因》（张琳，《湛江海洋大学学报》2006年第5期），《"文学终结论"批判——生态批评视野中的"文学终结"问题》（张守海、任南南，《学术交流》2009年第2期），等等。

④ 曾洪伟：《试论哈罗德·布鲁姆的"文学终结"观——与希利斯·米勒"文学终结"观比较》，《西华师范大学学报：哲学社会科学版》2011年第1期第57页。

⑤ 管怀国：《文学"终结论"是一个伪命题——与赖大仁教授等商榷》，《学术月刊》2006年第6期第36页。

⑥ 肖锦龙：《希利斯·米勒"文学终结论"的本义考辨》，《兰州大学学报：社会科学版》2007年第4期第15页。

⑦ 李夫生：《批判"米勒预言"的批判——近年来有关"文学终结论"争议的述评》，《理论与创作》2006年第5期。

⑧ 殷宪力：《"文学终结论"：缘起、论争及反思》，《焦作大学学报》2014年第1期。

⑨ 周计武：《语境的错位——米勒的"文学终结论"在中国》，《艺术百家》2011年第6期第89页。

结论"的中国之旅》指出，经由米勒"文学终结论"所引发的论争体现出中国文艺理论领域透过他者之镜对自身境遇的反思与审视，促使了相关研究领域基于众声喧哗的语境朝向更为开放且多元的方向迈进。①

四、"文学终结论"在中国的传播与研究

基于米勒的相关论断所引发的"文学终结论"之争，虽未在美国乃至西方学界赢得太多反馈，更谈不上会引发多大反响，但如上所述，其在中国的确形成了研究热潮且经久不退。究其原因，客观而言，中国有关米勒"文学终结论"的争论并非为偶然出现的孤立现象。相应影响的形成是相关影响发送者、传播者与接收者合力而为的结果。

（一）影响发出者的互动特征

针对相关影响的施事者米勒而言，作为21世纪以来西方学界访问中国颇为频繁的文学理论家之一，他与中国学界特别是文论领域的交流与对话积极、直接、主动且繁复。米勒不仅多次来华发表学术演讲，而且直接与中国学者就文学终结论等问题进行了数次对话。

首先，他非常注重自己的学术观点在中国的传播以及与中国学者的互动，继2004年出版由中国学者编著的《土著与数码冲浪者——米勒中国演讲集》②之后，又于2015年在美国出版了《天真的海外来客——米勒中国演讲集》③。后书出版次年即有中译本问世④，其中囊括了米勒自20世纪末的20余年来在中国所做的15场演讲，还收录了他与中国学者张江的两封学术对话书信。这都为他的"文学终结论"在中国的接受奠定了基础并储备了条件。

其次，他还尽力积极与中国学者针对文学研究领域的问题保持持续的沟通与对话。例如，2004年，《社会科学报》刊发了他的《为什么我要选择文学》⑤，2006年《东方丛刊》刊发了其《文学理论的未来》⑥。上述文章进一步向中国读者全面而具体地阐发了其文学观，明确指出：在文学继续存在且对不同社会及其中的个体具有重要性的情况下，即便文学在某个特定社会业已失势，文学理论仍被需要。在今后相当长的时期，文学写作、阅读以及文学理论都将继续存

---

① 朱立元：《"文学终结论"的中国之旅》，《中国文学批评》2016年第1期第48页。
② [美] J. 希利斯·米勒：《土著与数码冲浪者——米勒中国演讲集》，易晓明译，吉林人民出版社2004年版。
③ 由米勒精选他在中国的15次讲座，经修订整理汇编而成。参见 Miller, J. Hillis. *An Innocent Abroad: Lectures in China*. Evanston: Northwestern University Press, 2015.
④ [美] 希利斯·米勒：《萌在他乡：米勒中国演讲集》，国荣译，南京大学出版社2016年版。
⑤ [美] 希利斯·米勒：《为什么我要选择文学》，《社会科学报》2004年7月1日第6版。
⑥ [美] 希利斯·米勒：《文学理论的未来》，《东方丛刊》2006年第1期。

在。基于此，米勒认为仍然有必要去研究文学、教授"修辞性阅读"，将文学区分为"第一意义上的文学"与"第二意义上的文学"，进而表明前者是"作为一种西方文化机制……是第二意义上的文学的一种受历史制约的具体形式"①，后者则彰显为一种普遍存在的对可视为文学的文字抑或其他符号予以运用的能力。

（二）影响接受者的互动特征

首先是选择性的接受与阐发。如前所述，如果说米勒在《全球化时代的文学研究还会继续存在吗？》中对文学终结的表述的确较为绝对，那么其之后刊发于中国的论文与访谈都在不断修正与完善自己的既有文学观及相应表述。较之美国乃至整个西方文论领域的学者而言，米勒研究著述与论文的行文以通俗易懂且深入浅出而著称。此外，米勒英文著述与中译本的出版时间差相对较小，存在于其他域外批评家层面的遮蔽现象于他而言并不常有。如此，将米勒视为文学终结论断的坚定倡导者与鼓吹者等评判显然有失偏颇，相关看法既有脱离米勒此论赖以生成的美国政治、社会、经济、历史与文学研究等语境的不完整或片面理解，又有存在有意或无意以偏概全地阐释米勒作为西学话语的有关论断的误读与误解现象。由此，可以说，所谓由米勒引发的"文学终结论"之争，其源头的确始自米勒的相关言论，但其后的发展无疑是相应论断基于中国在地化解读的结果。

其次是置于世界文论共通情境对米勒"文学终结论"的审视。综观21世纪世界范围内的人文社会科学领域，在全球化语境中，诸领域所受终结论的影响业已深入与具体。针对文学研究领域而言，有关历史、哲学、政治、美学与艺术的终结论断无不对其形成了潜移默化的诸种影响与内在契合。处于后理论时代的世界学术氛围中，中国文学研究领域同样需要面对现代性的焦虑、后理论时代的困惑，相关问题的"中国化"与"国际化"之间的差异日益缩减。与之相应，文学、文学研究的内涵与外延都在不断地发展与变化，处于国际学界相关语境中的中国文论领域，自然较易对米勒的相应观点形成共鸣。中国关于米勒"文学终结"的论争纷繁复杂，但也呈现出诸种焦点问题。相关论争主要集中在文学是否业已消亡、文学与现代科技之间的关系等问题。与之相应，中国的相应接受过程中呈现出的拒斥、批判、过度诠释、多重误读、反复争鸣都与有关文学、文学研究的国际化的重审与焦虑不无关系。

再次是中国文论语境中对米勒"文学终结论"的接受。依据21世纪中国文论发展状况而言，20世纪90年代以来文学边缘化、文学研究跨界化等趋势极大地冲击了传统意义上的文学及文学研究并在诸多层面形成了影响。进入21世

---

① ［美］希利斯·米勒：《文学死了吗？》，秦立彦译，广西师范大学出版社2007年版，第21页。

纪，在中国的学术与文化语境中，基于依靠远程技术媒介混合而成的非文学虚拟现实作为新的形态，向以语言为媒介的传统文学提出了挑战，依据新的传媒手段与文学表达方式而形成的有关研讨日益频繁。上述现实状况为米勒"文学终结论"在中国的引入提供了契机，文论领域基于文学的终结、文学时代的终结、传统的文学表达方式的衰落、图文之争、文学理论的边界等层面展开了颇见成效的研讨与争鸣。可以说，米勒的相关论断契合了 21 世纪中国文论领域的诸种核心焦点问题，进而引发了后者基于自身发展需要，对研究对象、学科机制、话语体系以及理论方法等诸多层面的反思。

总之，中国学界有关米勒"文学终结论"的争论虽尚未完全达成共识，但的确从赞成、质疑、批判转向了多角度整合的深入研讨。在诸种观点莫衷一是、价值立场难以统一的持续论争中，呈现出中美乃至中西文论与文化语境中交杂存异的理性思考与多重话语的互通。

第二节 关于"强制阐释"的论争

一、"强制阐释论"的提出与缘起

2014 年 6 月 16 日，《中国社会科学报》刊发了对张江的专访[①]，其中张江提出当代西方文论在阐释方式上的本质特征与缺陷是"强制阐释"。同年，《文学评论》杂志第 6 期刊发了张江的《强制阐释论》一文，该文系统地提出了"强制阐释论"的理论观点。上述观点凭借强烈的问题意识、鲜明的价值立场、宏大的理论视域与独特的中国视角，针对西方文论的"根本缺陷"及其"核心缺陷的逻辑支点"予以探究，从而引发了国内外学界的广泛关注和高度重视，激发了持久且热烈的对话与争鸣，进而引发了 21 世纪以来中国文论领域对当代西方文论的深度研讨与深刻反思。

"强制阐释论"激发的积极反响与回应大致体现在如下层面：第一，相关研究人员不断增加，有关对话颇为频繁。例如，自 2015 年 1 月起，张江、朱立元、周宪与王宁等国内著名学者针对"强制阐释"问题展开了持续对话，相关对话以相互通信的方式总计开展了十轮研讨，有关探讨文字达数十万字。此外，其他国内知名学者也纷纷参与相关讨论与争鸣之中。第二，相关学术

---

① 毛莉：《当代文论重建路径：由"强制阐释"到"本体阐释"——访中国社科院副院长张江教授》，《中国社会科学报》2014 年 6 月 16 日 A4-A5 版。

会议频繁召开，专题研讨了有关"强制阐释论"的诸种问题。①第三，有关研究成果呈现出多元化态势。截至目前，国内以"强制阐释"为"篇名"的学术论文已近百篇，相关成果主要包括对于相应论断的成因、特征、价值及其疏漏与缺憾的阐述，对于"强制阐释论"涵盖的当代西方文论相关问题的阐发，对于"强制阐释论"与中国文论话语体系的关系问题的探讨，等等。

二、张江关于西方文论强制阐释的论述

张江有关西方文论强制阐释的论述，体现在他的专著《作者能不能死——当代西方文论考辨》②、主编的《当代西方文论批判研究》③《阐释的张力——强制阐释论的"对话"》④及其系列论文之中⑤。的确，面对现当代西方文论在世界文论领域的强势话语权，当代中国文论如何予以应对与回应是事关其自身生存与主体发展的至关重要问题。由此，"强制阐释论"的提出初衷与相应阐述以及相关对话，无疑值得充分肯定。

张江认为"强制阐释"是当代西方文论的主要积弊与特质之一，由此，他针对"强制阐释"提出了界定与阐述，基于相应定义、基本特征及其暴露出的理论缺陷等层面提出了相应论断。此外，他还指出："强制阐释"诱使文学研究与创作主体、文学作品以及鉴赏主体之间形成疏离而流于"理论中心"，即摒弃文学原本的研究对象、单线性地由理论到理论且成为文学存在的全部根据、理论对相应实践强制阐释并使之服从等。⑥

鉴于由强制阐释而引发的上述问题，张江进而批评中国既有的文论观念与

---

① 例如，2015年1月，《文学评论》编辑部围绕"强制阐释"问题召开了座谈会；1月、7月，《文艺争鸣》杂志社主办了两次"'强制阐释论'理论研讨会"；4月，中国文学批评研究会、中国社会科学院文学研究所、中国社会科学院外国文学研究所与中国社会科学出版社共同主办了"当代西方文论的有效性"国际高层论坛；8月，《学术研究》杂志社主办了"'强制阐释论'与中国当代文论建设学术研讨会"；2016年4月，中国文学批评研究会、中国社会科学院文学研究所、中国社会科学院外国文学研究所与中国社会科学出版社共同主办了"当代西方文论的有效性"国际高层论坛；10月，马克思主义文论建设工程办公室主办了"'强制阐释论'专题研讨会"。
② 张江：《作者能不能死——当代西方文论考辨》，中国社会科学出版社2017年版，第136页。
③ 张江：《当代西方文论批判研究》，中国社会科学出版社2017年版。
④ 张江：《阐释的张力——强制阐释论的"对话"》，中国社会科学出版社2017年版。
⑤ 《当代西方文论若干问题辨识——兼及中国文论重建》（该文中文版参见《中国社会科学》2014年第5期；英文版参见《中国社会科学（英文版）》2015年第1期）,《强制阐释论》（《文学评论》2014年第6期），《当代文论重建路径——由"强制阐释"到"本体阐释"》（《中国社会科学报》2014年6月16日），《关于"强制阐释"的概念解说——致朱立元、王宁、周宪先生》（《文艺研究》2015年第1期），《强制阐释的主观预设问题》（《学术研究》2015年第4期），《强制阐释的独断论特征》（中文版参见《文艺研究》2016年第8期；英文版参见《中国社会科学（英文版）》2016年第3期），《理论中心论——从没有文学的"文学理论"说起》（《文学评论》2016年第5期），等等。
⑥ 张江：《作者能不能死》，中国社会科学出版社2017年版，第136页。

批评实践中尚存对于外来理论的强行生硬套用，理论和实践之关系呈现出倒置状态①等弊端与相应问题，进而倡导以文本的自在性为依据的"本体阐释"。

三、中国学者有关"强制阐释论"的论争

目前，国内有关"强制阐释"问题的研讨成果已有两部论文集问世。《阐释的张力——强制阐释论的"对话"》②收录了张江、朱立元、王宁与周宪以"强制阐释论"问题为论题的十组通信。《阐释的限度——强制阐释论的讨论》③收录了《文艺争鸣》杂志2015年第1期至第12期刊发的有关"强制阐释"问题的研讨论文。

总体而言，国内学者有关"强制阐释"问题的历史根源、主要内涵、表现特征、价值意义的研究广泛且深入，主要分为基于相应问题的延伸研究与商榷、反思及质疑等研究层面。

（一）整体肯定与赞同基础上的商榷、补充与完善

1. 以"强制阐释论"为论题的研究。④
2. 强制阐释的成因探源与特征考辨。⑤

---

① 张江：《作者能不能死》，中国社会科学出版社2017年版，第49页。
② 张江：《阐释的张力——强制阐释论的"对话"》，中国社会科学出版社2017年版。
③ 王双龙：《阐释的限度——强制阐释论的讨论》，中国社会科学出版社2017年版。
④ 例如：《"强制阐释论"的理论路径与批评生成》（段吉方，《文艺争鸣》2015年第6期）、《强制阐释论与西方文论话语——与"强制阐释"相关的三组概念辨析》（刘剑、赵勇，《文艺争鸣》2015年第10期）、《强制阐释论的范式定位》（傅其林，《学术研究》2016年第3期）、《强制阐释论的理论范式意义》（张清民，《学术研究》2016年第2期）、《强制阐释论的文学性诉求》（江飞，《学术研究》2016年第9期）、《强制阐释论的意义阐释》（范玉刚，《学术研究》2016年第2期）、《阐释的意义与价值——强制阐释论中的文学经验问题》（曹成竹，《学术研究》2016年第7期）、《重建文本客观性——强制阐释论的解释学谱系》（陈立群，《学术研究》2016年第6期）、《文学批评的"求真"与多元参照——关于张江〈强制阐释论〉及其讨论的思考》（李运抟、林业锦，《江汉论坛》2017年第3期）、《"强制阐释论"述评》（王翠，《中国社会科学院研究生院学报》2016年第5期）、《当代西方文论神话的终结——强制阐释论的意义、理论逻辑及引发的思考》（李小贝，《学术研究》2016年第6期）、《解释即生成——强制阐释论的生存论指向》（何光顺，《学术研究》2016年第11期）、《强制阐释论的逻辑支点与批评策略》（张玉勤，《学术研究》2016年第1期）、《"强制阐释论"系列研究的理论建构意义——兼就几个问题做进一步商讨》（谭好哲，《文艺争鸣》2017年第11期），等等。
⑤ 例如：《文本意图与阐释限度——兼论"强制阐释"的文化症候和逻辑缺失》（陈定家，《文艺争鸣》2015年第3期）、《理论的批判机制与西方理论强制阐释的病源性探视》（高楠，《文学评论》2015年第3期）、《"强制阐释"与当代西方文论的要害》（昌切，《文艺争鸣》2015年第4期）、《强制阐释的多重层面及其涵义》（赵炎秋，《学术研究》2016年第12期）、《"强制阐释"的学理性思考》（韩伟、李楠，《河北学刊》2018年第4期）、《关于"强制阐释论"的思考》（张琦，《当代外国文学》2018年第2期）、《20世纪西方文论"强制阐释"倾向产生的学理逻辑》（董希文，《青海社会科学》2019年第1期）、《"强制阐释"与理论的"有限合理性"》（李春青，《文学评论》2015年第3期）、《唯知识论和强制阐释》（文浩，《文艺争鸣》2015年第7期）、《主观预设与强制阐释》（李艳丰，《学术研究》2016年第4期）、《论强制阐释的预设维度与征用疆界》（韩伟，《学术研究》2016年第9期），等等。

3. 基于强制阐释问题研究的问题拓展与领域延拓。①
4. 强制阐释与本体阐释之间的关系考辨。②
5. 从方法论层面对强制阐释现象的论述。③
6. 强制阐释与过度阐释之间的关系辨析。④例如，王宁表明，虑及阐释之于理论创新的价值，及其经由作品解读建构整体有机独特世界的功能，对于富于原创意识的诸位理论家所进行的强制性阐释或可予以理解，而针对滥用理论实施强行阐释的学者则理应质疑。⑤
7. 参照人文社会科学整体视域对强制阐释现象的审视。⑥例如，周宪认为，大致而言，强制阐释业已成为当前理论居于宰制地位之时代中，普遍存在于人文学科诸种研究领域的一种明显倾向。⑦又如，王庆卫指出："当今学科交叉日

---

① 例如，《关于"强制阐释"概念的几点补充意见——答张江先生》（朱立元，《文艺研究》2015年第1期），《反向性强制阐释与"文学性"的消解——兼对某些文学阐释之例的评析》（赖大仁，《文艺争鸣》2015年第4期），《强制阐释与文论异化症》（朱斌，《文艺争鸣》2015年第9期），《强制阐释：西方文论的一个理论母题》（高楠，《文艺争鸣》2015年第12期），《接受主体"负"问题之"强制阐释"论》（陈仲义，《天津师范大学学报：社会科学版》2016年第6期），《"强制阐释"的突破之途——理论之后的审美阅读策略探究》（范永康，《东岳论丛》2016年第6期），《从"文学流变"到"视角偏向"——强制阐释与文学理论的判定》（李昕揆，《中国社会科学院研究生院学报》2016年第1期），《当代西方文论中"强制阐释"的积弊反思》（高岩，《渤海大学学报：哲学社会科学版》2016年第3期），《从文本理论看20世纪西方文论中的"强制阐释"问题》（董希文，《南京社会科学》2016年第8期），《现当代西方形式主义文论中的"强制阐释"》（黄念然、高畅，《江汉论坛》2017年第1期），《强制阐释与文本批评》（赵雪梅，《江汉论坛》2017年第2期），《从"强制阐释"到"界面研究"：一种文化分析的理论视角》（王进，《暨南学报：哲学社会科学版》2017年第5期），《问题导向与"强制阐释"之后的文论突围路径》（李圣传，《文艺评论》2018年第4期），等等。

② 例如，《符号的本体意义与文论扩容——兼谈"强制阐释"与"本体阐释"》（王坤，《学术研究》2015年第9期），《由"强制阐释"到"本体阐释"：探寻文学翻译与中国文化关联的关系》（张然，《科技视界》2016年第3期），《强制阐释与本体阐释：两种符合论》（李天鹏，《宜宾学院学报》2016年第5期），《作为反"强制阐释"转向的"本体阐释"范式探骊》（姬志海，《江汉论坛》2017年第3期），等等。

③ 例如，《"强制阐释论"的方法论元素》（姚文放，《文艺争鸣》2015年第2期），《阐释的冲突："认识"与"理解"的张力——关于"强制阐释论"的哲学方法论思考》（宋伟，《文艺争鸣》2015年第5期），《具体性误置：强制阐释论的哲学方法论探讨》（刘方喜，《云南师范大学学报：哲学社会科学版》2016年第1期），《"强制阐释"的方法论危机——兼论20世纪西方文论的"强制阐释"倾向》（董希文，《江汉论坛》2017年第11期），等等。

④ 例如，《关于强制阐释现象的辨析》（王宁，《北京师范大学学报：社会科学版》2015年第4期），《"过度阐释"与"强制阐释"的机理辨析》（李啸闻，《文艺争鸣》2015年第10期），《关于"强制阐释"与"过度阐释"——答张江先生》（王宁，《文艺研究》2015年第1期），《强制阐释与过度诠释》（毕素珍，《学术研究》2016年第8期），等等。

⑤ 王宁：《关于"强制阐释"与"过度阐释"——答张江先生》，《文艺研究》2015年第1期第54页。

⑥ 例如，《也说"强制阐释"——一个延伸性的回应，并答张江先生》（周宪，《文艺研究》2015年第1期），《长远时间中的"强制阐释"问题》（简圣宇，《中国政法大学学报》2019年第2期），《理论的冗余与常识的剃刀："强制阐释"现象辨析》（王庆卫，《南京社会科学》2016年第8期），等等。

⑦ 周宪：《也说"强制阐释"——一个延伸性的回应，并答张江先生》，《文艺研究》2015年第1期第55页。

益加剧的状况又使这一思维误区呈扩散之势。"①

8. 跨越中西比较与以中国视角对强制阐释问题的解读。依据相关研究的所涉维度来看，首先是基于跨文化视角的考察。② 其次是以中国视角对强制阐释问题的解读。③ 再次是针对中国文学、文论现象及文本的考察。④ 具体而言，一方面是基于古典至近代层面的研究，⑤ 另一方面则是依据现当代层面的考察。⑥

---

① 王庆卫：《理论的冗余与常识的剃刀："强制阐释"现象辨析》，《南京社会科学》2016年第8期第123页。

② 例如，《走向中西会通的中国文论——兼论张江教授"强制阐释论"》（吴子林，《文艺争鸣》2015年第9期）、《强制阐释与跨文化阐释》（李庆本，《社会科学辑刊》2017年第4期）、《从"东方主义"和"汉学主义"看跨文化研究中"强制阐释"的出路——兼论当代中国文论和批评的困境》（邓伟，《江汉论坛》2017年第11期），等等。

③ 例如，《本体阐释路在何方——对"强制阐释论"的冷思考》（王齐洲，《江汉论坛》2017年第2期）等。

④ 例如：《用自己的眼光看西方文论——张江的"强制阐释论"与中国文论建设》（王学谦，《文艺争鸣》2015年第3期）、《强制阐释批判与中国文论重建》（毛宣国，《学术研究》2016年第7期）、《强制阐释论与中国文艺理论建构》（杨杰，《学术研究》2016年第10期），等等。

⑤ 相关论文主要包括：《双重强制阐释：中国古代文论的现代困境及其超越》（刘方喜，《首都师范大学学报：社会科学版》2015年第6期）、《中国古代诗文评的思维与方法举隅——走出"强制阐释"的启示》（党圣元、陈民镇，《首都师范大学学报：社会科学版》2015年第6期）、《王国维如何超越"强制阐释"——从〈红楼梦〉评论到〈人间词话〉的审美阐释》（刘锋杰，《文艺争鸣》2015年第8期）、《多维视野中古代文论的现代转换》（蒋述卓，《浙江大学学报：人文社会科学版》2006年第1期）、《从杜诗研究谈强制阐释》（陈梦熊，《重庆工商大学学报：社会科学版》2016年第2期）、《从儒家知识理念看西方文学理论的阐释误区——对"强制阐释"现象的另一种反思》（孙易君，《天府新论》2017年第2期），等等。

⑥ 相关论文主要包括：《二十世纪早期中国文学批评史研究中的"强制阐释"谈略》（党圣元，《文艺争鸣》2015年第1期）、《"强制阐释"与中国当代文学研究》（王尧，《文艺争鸣》2015年第11期）、《论胡适学术研究中的强制阐释问题》（泓峻，《学术研究》2016年第3期）、《"强制阐释"现象及其批判——兼反思百年中国文论现代化道路》（刘阳军，《文艺评论》2016年第5期）、《阐释的超越与回归——强制阐释论与中国当代文本阐释批评的理论拓展》（段吉方，《学术研究》2016年第12期）、《当代西方文论的"强制阐释"与中国当代文论的重建》（高岩，《辽宁工业大学学报：社会科学版》2016年第4期）、《当前中国文学理论的困境与出路——从"强制阐释论"谈起》（陈丽军，《湖北社会科学》2016年第4期）、《语义悬置：强制阐释的符号学理据——兼谈当代中国文论研究的问题与方法》（付骁，《暨南学报：哲学社会科学版》2017年第5期）、《"强制阐释"与"文学"的缺席——中国现代文学研究困境之反省》（宋剑华，《首都师范大学学报：社会科学版》2018年第6期）、《纯文学与准文学在时间意识及空间性构成上的差异——基于钱钟书对强制阐释的批评》（刘彦顺，《南京社会科学》2018年第6期）、《寻找中国当代文论重建新路径——"强制阐释论"引起文论界热议》（刘茜，《中国文化报》2016年5月17日003版）、《论"强制阐释"之后的当代中国文论重建》（李自雄，《厦门大学学报：哲学社会科学版》2017年第2期）、《从"妄事糅合"到"强制阐释"：20世纪以来关于西方文论与中国文学关系的三次省思》（夏秀，《文艺争鸣》2015年第5期）、《"强制"之后的阐释机制与现代文论建构的中国选择——兼及高友工"中国抒情美学"理论建构的现代启示》（王婉婉，《广东外语外贸大学学报》2018年第3期）、《"强制阐释"存在的原因探究——兼论"文化自信"提出的及时性和有效性》（钟春林，《阴山学刊》2018年第3期），等等。

（二）质疑、商榷、反思与批判

国内学界针对强制阐释论的背反研究主要体现在质疑、反思与批判等层面，从而将对西方文论领域"强制阐释"现象的专题研究引向深入。①

首先是商榷与质疑类研讨。例如，张隆溪的《过度阐释与文学研究的未来——读张江〈强制阐释论〉》认为，张江列举伽达默尔的阐释学作为"场外征用"之个案，相关论断实则并不妥当。② 又如，陆扬的《评强制阐释论》指明了强制阐释论之弊端的成因，将相应论断的缺憾归结为其与生俱来的相关特质，进而认为"或者也是显示了一种理论的必然性"。③ 由此，该文认为"强制阐释"的批判前路不容乐观，而作为一种理论建构的强制阐释论应被称为"反强制阐释论"。再如，付建舟的《强制阐释论的独创性与矛盾困境》提出"强制阐释论"存在的严重偏向导致其理论建构中的悖论，其中"最重要的是理论运用的'场外'与'场内'的矛盾困境、文本阐释的'发现意义'与'赋予意义'的矛盾困境"。④ 此外，张江认为詹姆逊基于格雷马斯的符号矩阵论对《聊斋志异》的《鸲鹆》所作的文学符号学分析属于强制阐释。对此，付建舟认为詹姆逊与张江各自对《鸲鹆》的解读殊途同归，前者基于符号矩阵对《鸲鹆》的分析存在其合理因素。此外，马草的《论阐释、过度阐释与强制阐释——与张江先生商榷》认为场外征用既非强制阐释的充要条件，又非强制阐释的基本特征。基于此，该文提出将场外征用"归为强制阐释的种类，而非普遍特征，更能彰显其合理性"。⑤

此外是基于中国问题的反思与批判。例如，王侃的《理论霸权、阐释焦虑与文化民族主义——"强制阐释论"略议》立足中国历史、中国文学与中国文论等层面展开了中西二元切分所带来的诸种问题。又如，毛宣国的《西方文论的阐释经验与中国文论的阐释立场》批评了既有相关学术讨论的不足与缺憾之

---

① 相关论文主要包括：《文本意图与阐释限度——兼论"强制阐释"的文化症候和逻辑缺失》（陈定家，《文艺争鸣》2015年第3期），《评强制阐释论》（陆扬，《文艺理论研究》2015年第5期），《理论霸权、阐释焦虑与文化民族主义——"强制阐释论"略议》（王侃，《文艺争鸣》2015年第5期），《关于"强制阐释"的七个疑惑》（魏建亮，《山东社会科学》2015年第12期），《论阐释、过度阐释与强制阐释——与张江先生商榷》（马草，《江汉论坛》2017年第1期），《过度阐释与文学研究的未来——读张江〈强制阐释论〉》（张隆溪，《文学评论》2017年第4期），《西方文论的阐释经验与中国文论的阐释立场》（毛宣国，《社会科学辑刊》2017年第4期），《强制阐释论的独创性与矛盾困境》（付建舟，《江汉论坛》2017年第7期），等等。
② 张隆溪：《过度阐释与文学研究的未来——读张江〈强制阐释论〉》，《文学评论》2017年第4期第21页。
③ 陆扬：《评强制阐释论》，《文艺理论研究》2015年第5期第77页。
④ 付建舟：《强制阐释论的独创性与矛盾困境》，《江汉论坛》2017年第7期第62页。
⑤ 同上。

处，由此，提出寻求适应中国文论自身发展需要的阐释经验与立场。①

四、国外学者对"强制阐释论"的回应

针对国际学界而言，他国专家学者颇为关注中国学界有关"强制阐释论"的研讨并积极参与其中，促进了中国学界关于"强制阐释论"的讨论与国际学界相关研究密切接轨，从而产生了重要国际影响。首先，针对世界范围的学者对话而言，美国、法国、德国与俄国等国文论领域的诸位文论家先后参与了中国有关"强制阐释论"的研讨，进行了通信与直接对话。其次，诸种国际刊物相继刊发了中国有关"强制阐释论"的学术论文。例如，俄罗斯知名文学刊物《十月》（2015年第1期）全文刊登了张江的《强制阐释论》一文。再次，相关专题国际学术会议召开。例如，2015年6月，《中国社会科学报》《十月》杂志、俄罗斯科学院高尔基世界文学研究所、"洛谢夫之家"俄罗斯哲学与文化图书馆在莫斯科联合举办了"东西方文学批评的今天和明天"国际学术研讨会。

（一）俄罗斯学者对"强制阐释论"的回应

瓦基姆·波隆斯基②针对如何克服文学研究中出现的强制阐释现象提出了如下建议，即：将诸种理论各就其位，同时，既延续对于传统的忠诚，又直接参与相应的实践活动。

俄罗斯科学院通讯院士娜塔莉娅·科尔尼延科指出：俄罗斯文学研究自19世纪起既已存在并持续发展着形态各异的诸种对抗，此类对抗不仅显现在文学创作、文学理论以及文学批评等多重领域，而且彰显于创作主体与批评主体之间。

此外，《十月》杂志批评部主任瓦列里娅·普斯托瓦娅认为俄罗斯有不少批评家将文学分析变成了文学政治，这是一种"强制阐释"。此外，主张文学批评与文学理论彼此割裂并夸大前者作用的倾向频繁出现。③

（二）法国学者对"强制阐释论"的回应

法国巴黎第三大学让尼夫·盖兰赞同张江提出的当代文论存在的认识论层面的问题，但不赞同将西方文论视为一个整体。在他看来，大西洋所构成的文化屏障使法国文论到了美国即发生了诸多变异，并且出现了很多问题。

此外，巴黎政治学院兰斯分校科莱特·卡墨兰认为在美国的学术研究与教育等领域，对法国之理论的应用暴露出将福柯、德里达以及德勒兹等理论家视

---

① 毛宣国：《西方文论的阐释经验与中国文论的阐释立场》，《社会科学辑刊》2017年第4期第188页。
② 俄罗斯科学院世界文学研究所副所长、《俄罗斯科学院学报：语言文学卷》主编、俄罗斯国立人文大学教授。
③ 张江：《关于"强制阐释论"的对话》，《南方文坛》2016年第1期第52页。

为超绝之权威等诸多弊端，因而生成了与强制阐释相关的诸类现象。①

（三）意大利学者对"强制阐释论"的回应

张江曾与意大利摩德纳大学语言文化学院伊拉莎白·梅内迪、马丽娜·伯恩蒂、凯撒·贾科巴齐等学者开展座谈对话，围绕文本的角色与当代文学理论发展现状等论题深入交换了学术意见。

意大利摩德纳大学语言文化学院梅内迪指出，近年来，意大利出现的关注文学的科学性与文学的认知性的认知理论、神经叙事学等新兴理论流派源自美国，是与意大利的文本研究传统相背离的。由此，"在意大利新批评理论的发展中，如何平衡文本开放阐释的优势与劣势是一个很有意义的挑战。开放阐释的优势在于文本的开放性和阐释的多样性。其劣势在于，对于理论的过度热爱，容易导致背离文本思想本质的错误解读"。② 文学理论能否健康发展，取决于是否能够在极端的语文学传统与极端的文本阐释现代化之间形成平衡。针对有关作品的解读而言，艾柯、艾齐奥·莱伊蒙迪（Ezio Raimondi）在此方面的诸种相应理论观点与批评实绩无疑堪称典范。

（四）美国学者对"强制阐释论"的回应

美国学者对"强制阐释论"的回应主要体现在对本土学术体系与欧洲的相应关系以及由此呈现出的诸种特质的研究。例如，美国芝加哥大学罗曼语言文学系托马斯·帕威尔提出，美国所出现的强制阐释现象，究其原因是源于其理论创新观念与其基于世界范畴的责任感，鉴于强制阐释业已成为相应研究的必然产物与必要代价，因而应倡导更具宽度的文学批评。又如，美国康奈尔大学劳伦·迪布勒伊坦陈囿于基于强制阐释所形成的理论与方法，导致了文学之学院研究的僵化，这在当前美国普遍存在。同时，在迪布勒伊看来，德勒兹、德里达、巴迪乌、朗西埃等以哲学的方式展开有关文学的思考，他们本质上为哲学家，而不是文学理论家。鉴于此，对这些哲学家"利用"文学的想象应予以区别对待。③

总体来看，上述研讨针对张江"强制阐释论"的阐述呈现出基于国别及其学术传统与现实状况的跨文化对话，提升了强制阐释论的国际关注度，并形成了特定的国际影响。

---

① ［法］科莱特·卡墨兰:《源出"法国理论"文学批评的"强制阐释"》,涂卫群译,《文艺研究》2016年第8期第24页。
② 张江、［意］伊拉莎白·梅内迪、［意］马丽娜·伯恩蒂、［意］凯撒·贾科巴齐:《文本的角色——关于强制阐释的对话》,《文艺研究》2017年第6期第77页。
③ 张江、［美］哈派姆:《多元阐释须以文本"自在性"为依据——张江与哈派姆关于文艺理论的对话》,《文艺争鸣》2016年第2期第108-109页。

五、"强制阐释论"的应用空间与理论拓展

综观国内外学界有关"强制阐释"问题的相关研究的整体状况，针对该论题的自觉、理性的深度研究无疑业已成为一个具有较强学术影响、引发国内学界热烈反响，进而赢得了国内外学界关注的题域。针对"强制阐释"这一当代西方文论中普遍与典型的现象与问题及其主要成因或根本缺陷，现有研究虽尚未达成共识，但的确针对相应问题展开了重审与批判，特别是还针对中国文论中的相应问题予以了反思。鉴于"强制阐释"现象业已成为人文社会科学研究领域中的普遍倾向、形成了诸种无法规避的伴生现象与问题且从根本上改变了文学研究的路径或范式，反思与辨析中外文论研究中的"强制阐释"现象以及相关问题，不仅有助于抵制强行滥用、无度越界与演绎失当等做法，廓清中外文学交流中的合理界限与有效方法，而且有利于促进世界文论领域的相应关注，因而对引导中国文论面向世界维度的良性发展而言无疑是大有裨益的。

以中西比较诗学研究为例，鉴于该领域自形成以来始终存在诸种以西释中、前置预设、定向阐释以及妄加糅合等"强制阐释"现象，且随西方文论的话语翻新而不断演进，"强制阐释论"作为颇具典型意义与借鉴价值的理论与批评个案，其所揭示的诸种问题对于中西比较诗学的理论建构与研究实践而言无疑具有参照价值、有益启示与积极推动作用。具体而言，首先，中西比较诗学不能盲目攀援依附、完全向西方学界的理论体系寻求阐释框架，甚或形成绝对意义层面的理论路径依赖。与之相对，中西比较诗学的研究实践更应从自身问题出发有效借鉴理论资源、把握理论适应当代中国相应领域需要的适用限度，针对中西诗学不同的理论传统与批评语境展开精细与深入的辨析，选取切合中西比较诗学实际状况的阐释方法，并对相关诗学研究中的理论与实践关系等问题予以了深入探析。其次，中西比较诗学应超越"强制阐释"的理论困境，校正理论与实践的倒置关系，立足中国诗学的实际状况，转向民族化、本体化的发展路径，从而推动当代中外跨文化跨语际诗学研究的创新发展。再次，中西比较诗学理应具有全球化视域并彰显平等对话精神，相关研究应超越二元对立的思维模式，走出古今、中西难以调和的认识误区。唯其如此，方可于复杂现实学术语境中，与西方乃至国际主流学界形成多元互动，进而得以持续的会通发展。

值得注意的是，2017年，张江基于对"强制阐释论"的修正、发展与延拓，开始倡导"公共阐释论"，并业已与中外学者展开了相应对话。

"公共阐释论"基于中国阐释学以及相应文化资源，指出，"公共阐释"命题提出的目标是，"期望学界以此为题继续讨论和批评，在阐释学领域做出中国

表达"。① 基于相应观点引发的国际相关对话主要包括与希利斯·米勒通信、与德国哲学家、法兰克福学派代表学者尤尔根·哈贝马斯（Jürgen Habermas）②、英国社会学家安东尼·吉登斯（Anthony Giddens, Baron Giddens）、约翰·汤普森（John Thompson）③、迈克·费瑟斯通（Mike Featherstone）④、美国德州大学圣安东尼奥校区哲学与古典系教授陈勋武、美国加州州立科技大学哲学系教授丁子江⑤等进行对话。

总体而言，从"强制阐释论"到"公共阐释论"，中外学者针对相关问题发表了数百篇学术论文，召开了数十次学术会议。尽管相关问题并未完全形成共识且有待深入探讨，但的确以中国文论领域为出发点，通过参与世界文论的建构，有助于推进中国文论世界化进程。

第三节　关于"汉学主义"的论争

一、"汉学主义"概念的形成与发展

"汉学主义"（Sinologism）是由东方主义（Orientalism）、后殖民主义等概念与范畴衍生而来。

1998年，澳大利亚、德国学者⑥的著述中该词即已出现。美国学界较早提出"汉学主义"的学者是美国达拉斯德州大学艺术与人文学院比较文学教授顾明栋。他兼任《诺顿理论与批评选》的特别顾问，后来还成了扬州大学外国语学院特聘教授。他的《汉学主义：东方主义与后殖民主义的替代理论》⑦由希利

---

① 张江:《公共阐释论纲》,《学术研究》2017年第6期第1页。
② 张江、哈贝马斯:《关于公共阐释的对话》,《学术月刊》2018年第5期。
③ 张江、[英]约翰·汤普森:《公共阐释还是社会阐释——张江与约翰·汤普森的对话》,《学术研究》2017年第11期。
④ 张江、[英]迈克·费瑟斯通:《作为一种公共行为的阐释——张江与迈克·费瑟斯通的对话》,《学术研究》2017年第11期。
⑤ 张江、陈勋武、丁子江等:《阐释的世界视野："公共阐释论"的对谈》,《求是学刊》2019年第1页。
⑥ Bob Hodge and Kam Louie. *Politics of Chinese Language and Culture*: *the Art of Reading Dragons*. London and New York: Routledge, 1998.
Adrian Hsia. *Chinesia*; *the European Construction of China in the Literature of the 17th and 18th Centuries*. Walter de Gruyter, 1998.
⑦ Ming Dong Gu.*Sinologism*: *an Alternative to Orientalism and Postcolonialism*. London; New York: Routledge, 2013;[美]顾明栋:《汉学主义：东方主义与后殖民主义的替代理论》,张强等译,商务印书馆2015年版。

斯·米勒作序，被褒奖为"是非常及时且在观念上富有原创性的著作"①。该书梳理了汉学主义的典型特征，相关现象产生的内在动机、思维框架、意识形态及其他原因，旨在探讨中西研究中诸多相应问题产生的内在逻辑，其出版与在中国的译介引发了国内学者的研讨与争鸣。基于此，2016年，顾明栋、周宪合编了《"汉学主义"论争集萃》②一书，收录了国内外有关"汉学主义"研究的多篇论文，涉及"汉学主义"理论的提出、对"汉学主义"理论的评价以及关于"汉学主义"的争鸣等层面的诸多问题与论争。顾明栋的"汉学主义"研究主要涉及如下层面：

（一）基于批判黑格尔中国观提出"汉学主义"

黑格尔判定中国没有历史，并将中国排除在世界历史之外。进言之，他断言中国并不存在哲学。再有，他还基于《易经》针对中国指出："他们是从思想开始，然后流入空虚，而哲学也同样沦于空虚。"③

参照上述论断，顾明栋针对黑格尔的相应观念予以了批判，并基于汉学的发展历程揭示了黑格尔时代的汉学主义倾向对于当前相应研究的诸种影响。客观而言，西方之于世界的观照范式常被奉为圭臬，其知识体系则被视为唯一客观的知识谱系。

（二）"汉学主义"之范畴与界限厘定

顾明栋提倡基于去意识形态化的汉学主义批评理论研究，具体涉及如下问题：汉学主义理论的缘起、发展、特征、意义、内在逻辑、领域与范畴及其未来发展方向。

具体而言，首先是对"汉学主义"的界定。顾明栋认为，"汉学主义"不是汉学的形式之一，也并非东方主义、西方中心主义、族群中心主义、后殖民主义。其次是对"汉学主义"的理论基础的厘定。顾明栋指明，"文化无意识"与"知识的异化"作为汉学主义之理论基础。前者涵盖了建构概念与范畴基础的智性、学术、认识论、方法论、种族、政治、语言与诗性等次无意识；后者涵盖了基于中西研究演化而成的有关汉学与中西知识的诸种异化形态。④再次是对"汉学主义"的理论与实践的研究范畴的界定。顾明栋表明，有关汉学主义的研究广涉八个层面的诸种相应问题。⑤

---

① ［美］顾明栋：《汉学主义：东方主义与后殖民主义的替代理论》，张强等译，商务印书馆2015年版，"序"第3页。
② ［美］顾明栋、周宪：《"汉学主义"论争集萃》，中国社会科学出版社2017年版。
③ ［德］黑格尔：《哲学史讲演录：第1卷》，贺麟、王太庆译，商务印书馆2016年版，第130页。
④ ［美］顾明栋：《"汉学主义"引发的理论之争》，《社会科学文摘》2016年第3期第42页。
⑤ ［美］顾明栋、周宪主编：《"汉学主义"论争集萃》，中国社会科学出版社2017年版，"序言"。

二、中国针对"汉学主义"的研讨与论争

"汉学主义"这一论题一经提出即引发了中国学界的广泛关注与争论,对其贬褒不一且围绕澄清相关问题形成了数次直接交锋。

(一)对"汉学主义"有关论断的有条件赞同与延伸阐述

首先是对顾明栋汉学主义论的肯定。例如,陈晓明等的《汉学主义:一种新的批判视野》指出,相较于现有的反思理论来看,汉学主义理论更为丰赡、严密且科学,鉴于"形成了对已然西方化的中国知识生产的有力反拨与补充"[①]。

其次是对"汉学主义"的厘定与补充研究。例如,周宁作为中国有关"汉学主义"问题的较早倡导者,对该论题的研究颇为全面与深入。他认为汉学作为一种西方文化他者的话语,本质上业已具有汉学主义性,并在《汉学或"汉学主义"》一文中进行了深入阐述。首先,针对汉学的范畴进行了分类。该文指出:汉学主义呈现于西方汉学史演进历程的各个不同阶段并始终贯穿于其中。其次,厘定了汉学或"汉学主义"之间的关系。[②] 再次,质疑与反思了有关汉学主义的批判。该文指出:相关领域出现的有关知识合法性的质疑以及危机论,业已基于多个层面渗透于汉学学科,继而对目前中国学界针对汉学成果的译介及研究构成了诸种威胁。相应维度呈现出的"自我汉学化"倾向非常可能于无意识中促使"学术殖民"现象的形成,且基于此"从一个侧面使中国现代学术文化建设陷入虚幻"[③]。

再次是对"汉学主义"研究的拓展建议。例如,周宪的《跨文化研究与"汉学主义"》主张要进入汉学研究的内部去具体辨析汉学主义的问题,"尤其重要的是以一种区分性的方法论,对汉学主义和汉学研究、不同的汉学主义加以区分,从而揭示汉学主义的特征"[④]。与此同时,理应将有关汉学主义的研讨置于更广泛的理论资源语境中,"从哲学、心理学等相关学科汲取有用的资源,探寻避免汉学主义误区的知识生产策略"[⑤]。

(二)对"汉学主义"有关论断的反对、质疑与批判

中美学界都承认汉学研究中存在着汉学主义倾向,在直接或间接的相应回应与互动中,中国学者基于多重层面针对汉学主义提出了质疑与反思,相关论争不仅包含对于汉学主义的界定、汉学主义与汉学研究的关系的辨析,而且涉及反对汉学主义的必要性、超越汉学主义的渠道以及摆脱汉学主义的途径等层

---

① 陈晓明、龚自强:《汉学主义:一种新的批判视野》,《中国图书评论》2017年第2期第111页。
② 周宁:《汉学或"汉学主义"》,《厦门大学学报:哲学社会科学版》2004年第1期第5页。
③ 同上。
④ 周宪:《跨文化研究与"汉学主义"》,《西北工业大学学报:社会科学版》2018年第2期第45页。
⑤ 同上。

面的问题。

首先是对汉学心态与汉学主义的明确反对。朱政惠、张西平、温儒敏[①]、严绍璗[②]、阎嘉[③]等都曾公开发言或发表论文他们认为作为理论建构的"汉学主义",不仅造成了新的东西方对立,而且显然缺乏对汉学发展历程及其客观成果的整体把握从而导致以偏概全,但的确需要抵制西方中心主义宰制下的汉学心态与所谓的"汉学主义"。2011年8月,在中国比较文学学会上海全会上,张西平、朱政惠发表了讲话,明确提出反对汉学主义。张西平的《对所谓"汉学主义"的思考》[④]《关于"汉学主义"之辨》认为有关"汉学主义"的观点表现出对西方汉学史知识的缺乏。[⑤]

其次是基于部分肯定的商榷与质疑。例如,方维规的《"汉学"和"汉学主义"刍议》针对中国学界业已存在的"汉学"与"中国学"、"汉学"与"汉学主义"之争,基于对其中存在的概念予以界定等层面的知识盲点进行了补充阐释。[⑥]又如,赵稀方的《评汉学主义》认为汉学主义的提出是颇具意义的,"汉学主义对后殖民主义进行了修正和补充,……并且认为中国人自身参与了汉学主义的建构过程"。[⑦]但同时也对周宁、顾明栋等学者的汉学主义论质疑,进而表明,汉学主义表面上批判了萨义德,而事实上却复制了后者。再如,曾军的《尚未完成的"替代理论":论中西研究中的"汉学主义"》指明,"顾明栋的'汉学主义'只是将范围从'汉学'扩展到'中国知识'、从'政治'延伸到'文化'、从'意识'扩散到'无意识',采取的是'泛政治化'的策略,因而只是'东方主义'和'后殖民主义'的一种'延展理论'"。[⑧]此外,刘毅青的《顾明栋"汉学主义"之商榷》表明,"顾明栋提出应以汉学主义代替东方主义,但汉学主义由于仍然纠结于中西的二元话语,而未能走向一种面对中西共同的现代性危机之哲学思考"。[⑨]基于此,该文认为,作为一种理论的汉学主义未在认知架构层面更新有关西方汉学的既有认知,其基点仍为中西二元对立,其思想

---

① 温儒敏:《文学研究中的汉学心态》,《文艺争鸣》2007年第7期。
② 严绍璗:《我看汉学与"汉学主义"》,《国际汉学》2014年第1期。
③ 阎嘉:《错位的尴尬——美国汉学与中国现代文学研究的"汉学心态"》,《江西社会科学》2008年第5期。
④ 张西平:《对所谓"汉学主义"的思考》,《励耘学刊:文学卷》2011年第2期。
⑤ 张西平:《关于"汉学主义"之辨》,《上海师范大学学报:哲学社会科学版》2015年第2期第29页。
⑥ 方维规:《"汉学"和"汉学主义"刍议》,《读书》2012年第2期第14页。
⑦ 赵稀方:《评汉学主义》,《福建论坛:人文社会科学版》2014年第3期第100页。
⑧ 曾军:《尚未完成的"替代理论":论中西研究中的"汉学主义"》,《中国比较文学》2019年第2期第2页。
⑨ 刘毅青:《顾明栋"汉学主义"之商榷》,《中国社会科学评价》2017年第1期第18页。

资源仍停留在西方后现代知识理论谱系之中。由此,"汉学主义未能对自身认知反思之前的现代性反思,其结果是仍然将西方以来的认知立场内化为自身的标准,其理论对问题的定位也存在着偏差"。①

再次是针对"汉学主义"的概念形成与相应中国研究的总结批评。② 有论者指出:"顾明栋的'汉学主义'只是将范围从'汉学'扩展到'中国知识'、从'政治'延伸到'文化'、从'意识'扩散到'无意识',采取的是'泛政治化'的策略,因而只是'东方主义'和'后殖民主义'的一种'延展理论'。"③此外,黄卓越主持刊发的《当"汉学"被缀以"主义":汉学主义笔谈》④收录的文章共同构成了对汉学主义之功过得失的综合考察。

值得注意的是,中国学者与顾明栋针对"汉学主义"这一论题形成了多次直接回应、交互辩驳以及往复应对批评。顾明栋依据中国学者的质疑发表了《为"汉学主义"理论一辩——与赵稀方、严绍璗、张博先生商榷》⑤《"汉学主义"引发的理论之争——兼与张西平先生商榷》⑥等论文,中国学者则进行了再回应。例如,赵稀方基于当代东方参与了自身的东方化过程、突破二元对立的汉学主义研究以及提倡鼓励相对公正客观的中国知识生产三个层面针对顾明栋提出的五个质疑逐一予以了驳斥。⑦

总之,上述围绕"汉学主义"问题所展开的争论在广度、深度与力度等层面拓展了相应论题的内涵与外延。其实,这场论争的核心要害在于如何总体评价汉学成果,即,汉学究竟是西方学术殖民的产物,还是西方参与中国知识生产的结果。如若承认前者,那么"汉学主义"必然存在。倘若肯定后者,那么"汉学主义"就是一个伪命题。不论如何,"汉学主义"的提出不无启发之处在

---

① 刘毅青:《顾明栋"汉学主义"之商榷》,《中国社会科学评价》2017年第1期第18页。
② 例如,《"汉学主义"何以成为夏洛之网?——兼论学术概念的提炼与理论型构过程》(叶隽,《中国图书评论》2017年第2期),《学术争鸣与中国学术话语的构建——对"汉学主义"研究现状的评析与思考》(唐蕾、俞洪亮,《中国比较文学》2019年第2期),等等。
③ 唐蕾、俞洪亮:《学术争鸣与中国学术话语的构建——对"汉学主义"研究现状的评析与思考》,《中国比较文学》2019年第2期第182页。
④ 此次笔谈所收论文主要包括:韩振华的《生不逢时,抑或恰逢其时?——为"汉学主义"把脉》,任增强的《同情之理解:"汉学主义"与华裔学者的身份焦虑》,王兵的《当中国学术遇上西方范式——从"汉学主义"争论谈起》等。参见黄卓越、韩振华、任增强、王兵:《当"汉学"被缀以"主义":汉学主义笔谈》,《浙江工商大学学报》2015年第6期。
⑤ [美]顾明栋:《为"汉学主义"理论一辩——与赵稀方、严绍璗、张博先生商榷》,《探索与争鸣》2014年第10期。
⑥ [美]顾明栋:《"汉学主义"引发的理论之争——兼与张西平先生商榷》,《南京大学学报:哲学·人文科学·社会科学》2016年第1期。
⑦ 赵稀方:《突破二元对立的汉学主义研究范式——对顾明栋先生的回应》,《探索与争鸣》2015年第2期。

于，如何通过更加全面、深入地研究海外汉学成果，从而辨析其良莠，进而为我所用，不失为可取之道。

三、海外汉学家的回应及其研究实绩的启示

海外中国研究的研究原典与基本资源与研究对象始终处于中外双重维度当中，也就难免处于双向选择的受益与抵牾之中。例如，德国汉学家沃尔夫冈·顾彬（Wolfgang Kubin）指出："美国汉学充满了 ideologe（意识形态）。"① 与之相应，美国华人批评家周蕾曾坦言当自己用西方理论来阐释现代中国文化毫无疑问是在向西方致敬。② 澳大利亚汉学家白杰明（Geremie R. Barme）为摆脱反华与亲华之间的二元悖论，倡导建立一种"后汉学"。

自然而然，当代海外汉学家中不乏其人始终致力于探索依据更为客观、成熟的方式认知与理解当代中国，进而在诸种层面形成了相应的文化理性。

例如，德里克指出：美国历史学家、汉学家杜赞奇（Prasenjit Duara）提出的"从民族国家拯救历史"论虽有些过于简单化，但的确非常中肯，"因为历史的'民族化'在理解各种历史空间中确实是最为重要的，如果它本身不是对历史进行否定的话。由于对于一种政治思想至关重要的是历史的合法性，所以民族将自己投射到过往可知的历史中，试图掩盖它自己的历史——那是一种殖民历史，是一个与民族建构本身相应的殖民过程。史学研究的视角、民族的历史视角、包括民族历史本身，恐怕都是不够的，因为塑造历史的很多重要力量都超越了民族国家的边界。或许，只从不同民族和不同文明的角度看待世界历史也是同样不够的"。③ 同时，德里克也明确指出："但是，否定民族也是过分简单化的，因为这种处理没有认清：虽然民族自身是历史性的，可能会把一个民族空间变为'历史的诡计'，但它却裹挟着历史现实中的所有力量。我们可以抛开民族、文明、大陆，以及很多其他东西作为某种建构，但不容否认的是，尽管存在各种批评，它们却拒绝离开，部分原因是它们于文化和政治现实中的持久重要性。"④

又如，美国汉学家蔡宗齐（Zong-qi Cai）在言及国际学界对于"汉学主义"的认识时，指出：针对目前中国学界有关海外汉学领域的批评而言，其形成原

---

① ［德］沃尔夫冈·顾彬：《汉学研究新视野》，李雪涛、熊英整理，广西师范大学出版社 2013 年版，第 172 页。

② Rey Chow. *Women and Chinese Modernity: The Politics of Reading between West and East.* Minneapolis: University of Minnesota Press, 1991, xv–xvii.

③ ［美］阿里夫·德里克：《全球现代性之窗：社会科学文集》，连煦、张文博、杨德爱等译，知识产权出版社 2013 年版，第 104 页。

④ 同上。

因主要体现在两个方面：一方面是目前的中西学术交流中所呈现出的不平衡现象。中国学界在译介与研究层面兴起了国外汉学研究热潮，而欧美汉学界却很少关注与介绍有关中国国学的研究成果，由此形成了此热彼冷的巨大反差并引发了非议。另一方面是缘于汉学自身的发展脉络及进程所致。

从世界范围来看，汉学（Sinology）业已拥有1500余年的历史。美国汉学界的理论与实践引发了中国学者诸种内省、自觉反思与批判回应。

例如，针对美国诸位汉学家有关《诗经》的研究成果而言，歌乐舞等考察视域始终贯穿其中。以周策纵[①]、陈世骧[②]、王靖献[③]等为例，其相关研究无不是围绕《诗经》与歌、乐、舞之间的关系而展开的。诸如，周策纵运用传统的考据学与训诂学方法，论述了古巫在"诗"与歌乐舞的建联中具有不可或缺的中介作用；陈世骧运用中西字源学考察方法，阐明诗"伴随有内在于音乐、舞蹈的节奏和旋律"；王靖献则创造性地提出"诗"之"音响形态"的概念，力陈《诗经》产生于经由口述创作的歌曲，而创作过程始终有乐器演奏相伴。纵观中国古典文论的发展历程，"诗"与歌乐舞的关系问题始终是其无以回避的重要论题。《诗经》作为中国最早的诗歌总集亦是中国诗与歌乐舞结缘的发轫，自其问世之日起，基于其中相关问题的阐释始终存在并不断得以深化与更新。与之相应，美国汉学界诸位学者基于跨文化与跨学科的中西参证视角对于《诗经》的研究，同样广涉"诗"与歌乐舞的关系等问题，且颇具创见及特质。然而，客观而言，相关研究的确存在过度借鉴甚或套用西方理论与范式等弊端。

又如，"文学革命"是"五四"新文化运动的重要构成，历来备受美国诸多学科与研究领域的数代学者的关注，该国相关研究广涉"文学革命"的成因、性质、影响及诸种论争，诸多美国本土学者与华人学者，诸如周策纵、夏志清、张灏、格里德（贾祖麟）、安敏成、王德威、刘禾、鲁晓鹏、刘剑梅与桑禀华等都参与其中。他们围绕相关人物、流派、时代、思想以及文化历史环境等层面展开研究，既有关于具体个案的详尽分析，又有针对文学史的探赜钩深，论述了相关代表人物对文学革命的倡导或反对，从而针对中国现代文学的源流与性质展开了多重思考，呈现出宽广独特的学术视野和深入细致的研究方式。较之中国的相关研究而言，美国学者的相应研究体现出不落既有研究之窠臼的局面，诸如对中国现代文学的前现代性、现代性的考察，对晚清文学的悉心观照，对"文学革命"与国族建构之间关系的微妙揭示，等等。同时，该国相应研究中也

---

① ［美］周策纵：《古巫医与"六诗"考——中国浪漫文学探源》，联经出版事业公司1986年版。
② ［美］陈世骧：《陈世骧文存》，辽宁教育出版社1998年版。
③ ［美］王靖献：《钟与鼓——〈诗经〉的套语及其创作方式》，谢谦译，四川人民出版社1990年版。

呈现出诸种偏颇与局限，如关于"文学革命"之进步意义研究存在宁阙存漏等现象，甚或出现片面否定"文学革命"之价值等谬论，夸大胡适在"文学革命"中的作用等问题理应引起国内学界的关注。

总体而言，美国学界的相关研究既呈现出独到的洞见，又囿于西方立场与方法的限域暴露出诸种盲视与谬见。由此，中国学界关于海外汉学家对中国文化以及中国文学的研究成果确需予以重审、明辨与有效借鉴。当下中国的相应研究理应基于本土既有相关积淀与现实语境，批判反思与合理汲取他国有关成果，进而有效提升针对相关问题的研究力度与深度。

综上，源于中西文化交流对话与了解之需要的"汉学主义"议题，经由上述学者的论争与辨析，相关理论与实践尽管尚无共识与定论且论争中出现的诸种问题尚需反思与建构，但有关论辩与研讨促进了对相关问题的补正与再建构，从而不仅使相应问题渐趋明晰，为汉学研究、中美以及中西文学理论关系研究中的相类争鸣提供了范例，而且为国际化视域的中国学界反思如何更好地形成文化自觉与自信、把握文化主导权等问题，建构原创学术话语与相应体系提供了借鉴与启示的可能。

第四节　环境美学与生态美学之争

中美生态批评都承继了世界学术领域既有相应研究的成果，其各自的相应理论与研究实践展现的生态观蕴含着繁复的世界因素与本土特质。中美学界都有学者主张关注环境美学与生态美学之间的关系。例如，伯林特主张，生态美学得以发展的前提是，必须基于生态学视域对环境予以理解，并需以环境美学之基础进而更为透彻地对其加以认知与了解。① 曾繁仁则主张，虽然生态美学与环境美学同属自然生态审美之范围，但基于学术研究的角度来说仍需对其疆界予以厘清。② 总体说来，尽管中美学界都出现了将环境美学与生态美学混同、质疑生态美学的存在合理性，以及主张在环境美学框架内发展生态美学等现象，但是，整体来看，中国学界多用"生态美学"，而美国学界多用"环境美学"。

鉴于生态环境研究中的审美意识是对全球性生态危机的映射，"文学研究中

---

① 程相占、[美]阿诺德·伯林特、[美]保罗·戈比斯特、[美]王昕皓:《生态美学与生态评估及规划》，河南人民出版社2013年版，第53页。
② 曾繁仁:《生态美学导论》，商务印书馆2010年版，第463页。

的环境转向一直是更多地受问题而非范式驱动"①。由此,中美有关环境美学与生态美学的论争并非仅为纯粹的字词表述与词义蕴含之争,而是涉及人类中心论、生态中心论、主客二分论、生态整体论以及生态存在论之辩,映射了中美、中西乃至东西方不同的文化传统、哲学观念与审美诉求,体现出受时期、国情与现实状况等多重因素的综合影响。

一、美国环境美学研究概况

有关"环境美学"的表述肇始于被誉为"环境美学之父"的英国学者罗纳德·赫伯恩（Ronald W. Hepburn）的《当代美学与自然美的忽视》（1966年,被收录于《英国分析哲学》一书）。较早的相关系统整体研究见于由杰克·纳泽主编的论文集《环境美学——理论、研究与应用》（1988）②。

依据美国学界的相关情况而言,布依尔、斯洛维克等学者都多使用环境批评而非生态批评。例如,布依尔主张用"环境的"（environmental）取代"生态的"（ecological）,宣称自己的研究特意避免使用"生态批评"这一业已不再适用的表述,而以"环境批评"取而代之。③

针对环境美学研究来看,罗尔斯顿、伯林特等都有所涉及,其中以伯林特的相关成就最为突出。综观伯林特的环境美学研究,主要体现在如下层面：

首先是将环境美学视为一种"文化美学""描述美学",是对环境与审美经验及其一体性的理解。伯林特认为环境美学并非孤立于一般美学而存在,而是生成了诸种相应的互动与关联。鉴于环境具有交融性、包容性与动态性等特征,他强调对传统美学中的审美静观说与审美无功利概念予以反思,以环境美学为媒介将审美欣赏的传统形式与其他领域的审美价值予以密切结合。由此,他主张以更为多元的审美价值观取代狭隘的审美价值论。

其次是注重环境感知与体验的美学价值。伯林特遵循从知觉体验到审美融合的环境审美路径。第一,环境感知在本原上就是审美的,感官知觉以及知觉意义在审美过程中交互调和,共同构成了文化生态体系的诸种模式与表现形态。审美感知力并非是单纯的感官感知,而是经由被培养与被聚焦生成的感知意识,其维度涉及感知性的敏锐、感知性的辨识、焦点、氛围、张力、情感性

---

① ［美］劳伦斯·布伊尔：《环境批评的未来：环境危机与文学想象》,刘蓓译,北京大学出版社2010年版,第13页。
② Nasar, Jack L., ed. *Environmental Aesthetics: Theory, Research, and Applications*. New York: Cambridge University Press, 1988.
③ ［美］劳伦斯·布伊尔：《环境批评的未来：环境危机与文学想象》,刘蓓译,北京大学出版社2010年版,第9页。

的感知力、感知性交融以及感知性的意味等。基于此，审美融合呈现出文化生态过程的知觉体验。第二，环境审美体验需要诸种感官共同积极参与。伯林特借鉴存在论美学的此在世界观与现象学美学的悬置还原论以及生态整体论美学观，主张"从环境现象学的视角看，我们只能联系人类体验来谈论环境。这种体验与活动遍布所谓的'自然世界'并塑造着人类世界"。①由此，通过随环境改变而不断变化的知觉意识所体验到的不再是传统的欣赏对象，而是对整体区域的关注。第三，审美欣赏与评价并非为纯粹的个人经验，而是通过审美生产者与接收者等作为审美经验复合物的综合性、社会性的审美参与而得以实现的。基于此，在"环境美学的体验序列"中，序列一依次为"体验""生态""美学作为审美感受力（知觉）的理论""被体验为生态的、审美的环境。"与之相应，环境的观念被理解为生态美学，"环境美学就是生态的"；序列二依次为"体验""生态""作为审美感受力（知觉）理论的美学""被体验为生态的审美的环境。"由此，审美成为体验的首要模式，环境美学可被视为生态美学，而生态美学则成为文化生态学的组成部分。与之相应，"或许，生态美学是研究环境美学时最富有包括性、最全面的概念"。②

再次是基于景观美学层面探讨景观的审美价值与生态价值之间的关系。伯林特认为，生活在景观即意指塑造环境并创建其价值。体验并欣赏环境的价值理应包含对环境及其居住者整体的欣赏与评判。具体而言，有关环境评估的实践评价涉及实用与审美紧密相关的历史建筑、景观存留以及资源保护等。例如，雅典卫城、意大利威尼斯、法国园林、英国庄园等景观表明其建构源于美学观念的引导，芬兰、加拿大的景观美学对美国景观形成的影响等。基于此，伯林特倡导关注"城市审美环境"以及相关问题。在他看来，城市的生态系统整体包含相互作用的四种环境，即"功能性的环境、想象性的环境、宗教性的环境和宇宙性的环境"，③由此，他提出城市美学是一种参与美学，通过城市规划与审美偏好的培养，可倡导采取可持续的方式体验与欣赏城市，基于审美感知与审美体验发现改善城市环境的有效路径。同时，因景观中的某些部分的确包含着否定的美学价值，城市也概莫能外。例如，填埋场、焚烧炉、污染的水道、拥挤不堪的公寓、阻塞的交通、刺耳的噪音、雾霾弥漫的天空等带来的场所感丧失等体验。与之相应，伯林特提出培植重金属超富集植物、创建将先前工业

---

① ［美］阿诺德·伯林特：《美学与环境：一个主题的多重变奏》，程相占、宋艳霞译，河南大学出版社2013年版，"前言"第2页。
② 程相占、［美］阿诺德·伯林特、［美］保罗·戈比斯特等：《生态美学与生态评估及规划》，河南人民出版社2013年版，第47页。
③ ［美］阿诺德·伯林特：《环境美学》，张敏、周雨译，湖南科学技术出版社2006年版，第69页。

景观归返自然的模糊公园等应对策略。

二、中国生态美学研究概况

20世纪90年代至今，生态美学在中国学界得以迅猛发展，取得了令人瞩目的研究实绩，这既是对中国传统文化朴素自然观的致敬，同时又与大量接受美国生态美学思想密切相关。

中国生态美学的早期倡导者李欣复认为生态美学归属于环境美学，1993年发表了《论环境美学》[①]，1994年发表了《论生态美学》，后文提出"生态美学的形式理论是以生态价值为最高和唯一的标准，必须符合这一标准方能肯定某种形式有美的价值"。[②] 国内首部有关生态美学的专著是徐恒醇出版于2000年的《生态美学》。[③] 21世纪以来，诸多相关学者的持续研究呈现出当前中国生态美学的突出成就。

三、中美有关环境美学与生态美学的互动

环境美学与生态美学共同参与建构了新型的审美模式，促进了中美相关研究者基于增强生态审美素养、正确认知自然的价值与意义、激发形成自觉的环保意识以及生成人类与自然和谐共存的生态理念等审美目标，开展了多元交流与学术对话。

首先，美国生态批评领域开始关注作为非西方美学体系的中国的相应学术选择以及相关成果。例如，伯林特指出：当今中国面临的环境问题与20世纪60年代美国状况相类。虽然任何时代之繁荣进步与其环境质量之间都存在矛盾冲突且实难达至平衡，"然而，环境美学在中国传统文化中所发挥的核心作用"[④]，由此可为美国更好地将审美价值与生态价值予以结合提供诸种借鉴。"由于结合了中国园林设计的传统和风水原则，一些生态公园和房屋的设计获得了公众和规划当局的广泛认可。"[⑤] 此外，针对中国学界对生态美学的研究，伯林特认为，"人与环境需要被理解为一个复杂整体之中相互依赖的成分——这个整体尽管有着可以识别的构成成分，但是，这些成分并非相互分离的各个部分。这是思考世界的一种思维方式，它有助于解释，中国的环境美学家们为什么对

---

① 李欣复：《论环境美学》，《人文杂志》1993年第1期。
② 李欣复：《论生态美学》，《南京社会科学》1994年第12期第51页。
③ 徐恒醇：《生态美学》，陕西人民教育出版社2000年版。
④ 程相占、[美]阿诺德·伯林特、[美]保罗·戈比斯特、[美]王昕皓：《生态美学与生态评估及规划》，河南人民出版社2013年版，第125页。
⑤ 同上。

于生态美学特别感兴趣"。①

其次，中美学者立足美学维度基于生态批评领域展开了合作。例如，《生态美学与生态评估及规划》是由中国学者程相占与美国学者阿诺德·伯林特（Arnold Berleant）、保罗·戈比斯特（Paul H. Gobster）、王昕晧（Xinhao Wang）合作完成的。该著述涉及五个论题，分别是"环境美学与生态美学的联系与区别"（程相占）、"论生态审美的四个要点"（程相占）、"对环境的生态理解与生态美学构建"（伯林特）、"生态美学与景观感知及评估"（戈比斯特）与"生态美学与城市规划及设计"（王昕晧），其中不仅全面论述了有关生态美学、环境美学的诸种理论与实践问题，而且将相应问题拓展至景观评估与城市规划设计等问题中开展了应用层面的研究。在该文集中，程相占论及环境美学和生态美学之间的诸种联系与差别，指明环境美学之研究对象是与"艺术审美"相对而言的"环境审美"，生态美学的研究对象则是与"非生态审美"或"没有生态意识的审美"相对的"生态审美"。如果说环境审美在与艺术审美的区分中立论，那么生态美学则是在与非生态审美区分中，即基于审美方式立论。由此，生态美学应参照环境美学的界定与发展，在生态意识引领下开展审美活动，进而实现自身的延拓。基于此，程相占还与该文集的作者之一戈尔斯特探讨了后者于20世纪90年代中期提出的"生态美"观念。程相占提出"生态美"是一个具有误导性的概念，因囿于注重优美风景之鉴赏的既有传统审美限域，实际上不利于趋向生态审美的相应拓展研究。与之相应，戈尔斯特接受了程相占的上述观点。再有，程相占与王昕晧的合作研究体现在两者都赞同将"审美体验"确定为美学的核心内容，并将"生态审美体验"认定是生态美学的核心内容，并在国际期刊共同发表了题为《生态美学对于城市规划的贡献》②的论文。此外，上述学者还共同编写了"生态美学术语表"。

再次，中美学界有关生态美学、环境美学的互动较为频繁，互为引介与评述较多。

例如，伯林特的《超越艺术的美学》引述了曾繁仁的论文《当代生态文明视野中的生态美学观》《论生态美学与环境美学的关系》与专著《生态存在论美学论稿》《生态美学导论》，并且介绍了山东大学文艺美学研究中心以及该中心的生态美学研究团队③。又如，曾繁仁借鉴了伯林特的场所论与参与论，提出生

---

① 程相占、[美]阿诺德·伯林特、[美]保罗·戈比斯特、[美]王昕晧：《生态美学与生态评估及规划》，河南人民出版社2013年版，第51页。

② Wang, X. and Cheng X.. "Contribution of Ecological Aesthetics to Urban Planning". *Int. J. Society Systems Science*, 2011（3）：203–216.

③ Arnold Berleant. *Aesthetics beyond the Arts: New and Recent Essays*. London and New York: Routledge, 2012: 130, 138, 140, 144.

态美学的"场所意识"与"参与美学"等基本范畴。①由此,曾繁仁指明伯林特的参与美学更适合环境审美而非艺术审美。②再如,《生态美学与生态评估及规划》中,伯林特对程相占的某些观点提出了质疑。基于此,伯林特还在《生态美学的几点问题》中以探讨生态学在审美价值论证中的运用为例,基于梳理生态美学理论的发展,尤其是对程相占、韩裔美籍学者高主锡的相应理论予以参照,指出两者在将生态学与美学联结的过程中,存在一些概念性错误与研究方法的误用。③对此,程相占撰文《生态美学:生态学与美学的合法联结——兼答伯林特先生》有针对性地予以回应。④与之相应,此文又引发了伯林特以《就环境美学与生态美学之关系答程相占教授》⑤一文的再次回应。

深而言之,生态美学走向深入与成熟的路径在于超越现有的表层研究,进而介入深层研究的相应诸种层面。

四、中美相关学术差异的形成原因

（一）思想文化观念

1. 中国的生态思想

首先是儒家思想。中国儒家博大精深的思想体系中蕴含着丰富的生态思想。

第一,主张人与自然和谐共生。在儒家主客合一的思想体系中,人与自然界是相感相通的统一体,人作为天地自然的产物,是由天地万物构成的自然整体的组成部分。例如,《论语·泰伯》倡导"唯天为大,唯尧则之"⑥,《孟子·尽心上》指出"上下与天地同流"⑦,张载《正蒙·乾称》提出"儒者则因明致诚,因诚致明,故天人合一"⑧。此外,儒家的共生观还体现倡导仁爱自然万物。例如,《论语·述而》提出:"子钓而不纲,弋不射宿"⑨;《孟子》质疑"人之所以异于禽兽者几希"⑩,由此力倡"有不忍人之心,斯有不忍物之心"⑪,

---

① 曾繁仁:《生态美学导论》,商务印书馆2010年版,第346页。
② 同上。
③ [美]阿诺德·伯林特、李素杰:《生态美学的几点问题》,《东岳论丛》2016年第4期第7页。
④ 同上,第57页。
⑤ [美]阿诺德·伯林特:《就环境美学与生态美学之关系答程相占教授》,宋艳霞译,《文艺争鸣》2019年第7期。
⑥ 张燕婴译注:《论语》,中华书局2007年版,第113页。
⑦ 万丽华、董旭译注:《孟子》,中华书局2007年版,第294页。
⑧ 张载著:《张载集》,章锡琛点校,中华书局1978年版,第65页。
⑨ 张燕婴译注:《论语》,中华书局2007年版,第97页。
⑩ 万丽华、董旭译注:《孟子》,中华书局2007年版,第178页。
⑪ 同上,第69页。

"仁民而爱物"①与"君子远庖厨"②等"仁术"。基于此，张载《正蒙·西铭》提出"民胞物与"③。

第二，倡导顺应自然规律。例如，《荀子·天论》指出："天有行常，不为尧存，不为桀亡。应之以治则吉，应之以乱则凶。"④因此，应做到"山林泽梁以时禁发"⑤，并强调"强本而节用，则天不能贫；……本荒而用侈，则天不能使之富"⑥。《礼记·祭义》主张："断一树，杀一兽，不以其时，非孝也。"⑦

第三，力倡合理与有节制地利用自然资源。例如，《论语·述而》倡导"节用"，强调"奢则不孙，俭则固。与其不孙也，宁固"⑧；《论语·八佾》提出"礼，与其奢也，宁俭；丧，与其易也，宁戚"。⑨《礼记·王制》记述了古代天子狩猎"不合围"、诸侯狩猎"不掩群"⑩等取之有度、用之有节的典范。

其次是道家思想。中国古代道家学派蕴含着人与万物同源等丰厚与多元的生态思想，以"道"为本源的天人相和、万物齐一论建构了中国文化亲近自然的传统文化精神。

第一，生态存在观层面的"道法自然"观。例如，《老子》提出的"道法自然"强调宇宙万物运化过程的自然性特征及其相应的根源与态势，认为"道"意指宇宙万物与人类最根本的存在，人与万物均由道而生且平等共生的关系。既然"道可道，非常道"⑪，那么，"言"与"意"之间的关系就体现为"天地有大美而不言，四时有明法而不议，万物有成理而不说"。⑫对于被"言"所遮蔽的、孕育了宇宙万物的"道"而言，实际上只能予以意会而无法真正言传。如此，"气"成为融汇阴阳、化育创生宇宙万物的依托。

第二，生态价值观层面的尊道贵德论。道家思想主张尊道贵德，倡导既尊重自然的运行秩序又肯定人与万物的自然本性价值。具体而言，首先是认同并主张尊重自然万物的平等价值。"万物齐一"论即肯定万物的平等。例如，《庄子·知北游》表明道存在于蝼蚁、稊稗、瓦甓与屎溺之中。又如，《庄子·秋

---

① 万丽华、董旭译注：《孟子》，中华书局2007年版，第315页。
② 同上，第13页。
③ 张载：《张横渠集》，中华书局1985年版，第1页。
④ 安小兰译：《荀子》，中华书局2007年版，第109页。
⑤ 同上，第86页。
⑥ 同上，第109页。
⑦ 陈澔注，金晓东校点：《礼记》，上海古籍出版社2016年版，第544页。
⑧ 张燕婴译注：《论语》，中华书局2007年版，第102页。
⑨ 同上，第26页。
⑩ 陈澔注，金晓东校点：《礼记》，上海古籍出版社2016年版，第146页。
⑪ 饶尚宽译释：《老子》，中华书局2007年版，第2页。
⑫ 陈鼓应注释：《庄子今注今释》，商务印书馆2007年版，第650页。

水》提出"以道观之，物无贵贱；以物观之，自贵而相贱；以俗观之，贵贱不在己。以差观之，因其所大而大之，则万物莫不大；因其所小而小之，则万物莫不小；知天地之为稊米也，知毫末之为丘山也，则差数睹矣"。[①] 其次是倡导遵循自然万物的天性与生长规律。例如，《庄子·骈拇》指出"是故凫胫虽短，续之则忧；鹤胫虽长，断之则悲"。[②] 再次是表明万物自然循环构成了联系环链。例如，《庄子·寓言》中提出"万物皆种也，以不同形相禅，始卒相环，莫得其伦，是为天钧。天钧者，天倪也"。[③]

第三，自然无为的生态实践观。既然"道法自然"主张无劳外界、无形无言，那么恍惚无为无疑是道之本性。例如，《老子》中表明："万物作而弗始，生而弗有，为而弗恃，功成而弗居。夫唯弗居，是以不去。"[④]《庄子》有言，"夫水之于汋也，无为而才自然矣"。[⑤] 万物生长并各自有所作为，但并不求居为万物的中心，此种遵循道之无为不争于天下反而可保证其存在与实践。庄子还将老子的"故常无欲，以观其妙""无为而无不为"等观念延拓成为"逍遥游"思想。基于人与自然的关系而言，人类不与自然万物相争、淡然无为、顺其自然，"故天下莫能与之争"[⑥]。

再次是佛教思想。佛教在追求佛性境界的过程中，倡导万物一体、普度众生、众生平等、善恶业报、修炼心性已达至与修行解脱，由此形成了相应的生态审美价值观。佛教《华严经》等主张人只有行善积德、善待大地，大地才会善待众生。

禅宗倡导基于自性关照或自我关照的禅定达至人与自然万物统一的境界。例如，《坛经》中将"坐禅"界定为一切无碍，外离相为禅，内不乱曰定。与之相应，苏轼《次韵吴传正枯木歌》中的"东南山水相招呼，万象入我摩尼珠"[⑦]，严羽《答出继叔临安吴景仙书》中的"以禅喻诗，莫此亲切，是自家实证实悟者，是自家闭门凿破此片田地"[⑧] 等，均基于不同层面体现了人与自然的一切万有、万物的融通境界。

此外是古典文论思想。中国古代文论中存在对于人与自然的关系问题的诸多深入阐释，彰显了人与自然融合的审美境界。宏观层面关注人与宇宙万物的

---

① 陈鼓应注释：《庄子今注今释》，商务印书馆 2007 年版，第 487-488 页。
② 同上，第 275 页。
③ 同上，第 836 页。
④ 饶尚宽译释：《老子》，中华书局 2007 年版，第 5 页。
⑤ 陈鼓应注释：《庄子今注今释》，商务印书馆 2007 年版，第 624 页。
⑥ 饶尚宽译释：《老子》，中华书局 2007 年版，第 55 页。
⑦ 苏轼：《苏轼全集：第一卷》，傅成、穆俦标点，上海古籍出版社 2000 年版，第 449 页。
⑧ 严羽著：《沧浪诗话校释》，郭绍虞校注，人民文学出版社 1983 年版，第 251 页。

整体互动，例如，《诗品序》中的"气之动物，物之感人"①"若乃春风春鸟，秋月秋蝉，夏云暑雨，冬月祁寒，斯四候之感诸诗者也。"②微观层面注重呈现创作主体对自然的感悟以及相应影响。例如，陆机《文赋》："遵四时以叹逝，瞻万物而思纷。悲落叶于劲秋，喜柔条于芳春。"③《文心雕龙·物色》："春秋代序，阴阳惨舒，物色之动，心亦摇焉……以献岁发春，悦豫之情畅；滔滔孟夏，郁陶之心凝；天高气清，阴沉之志远；霰雪无垠，矜肃之虑深。"④

2. 美国的生态思想

首先是实用主义的哲学理念。实用主义是形成于美国本土的代表性哲学观念，并经由后学不断得以补充发展。例如，美国哲学家、教育家与美学家杜威作为实用主义芝加哥学派的领军者，倡导哲学的指向"不是由上帝或自然所确定的内在内容的普遍性，而是适用性的范围"。⑤他强调哲学应面向自然、关注现实，揭示基于新科学而生成的革命之于人类未来的诸种积极意义，进而影响社会的发展与变革。由此，应关注作为经验之终极目标与哲学理解的终极关怀的审美，因审美预示着经验成为积累的表现与内部价值的实现。此外，他还提出了"自然是人类之母"⑥的论断。

其次是自然主义的美学根基。自然主义美学于19世纪末生成并兴起于美国。基于欧美实证主义传统与自然主义哲学将美感经验与艺术活动作为美学的主要研究对象，认为自然是存在的唯一实在性，并依据生物学诸种观念解释艺术问题，强调人的自然本能与主观经验的审美作用。

美国自然主义美学的开创者与代表人物是乔治·桑塔耶纳（George Samtayana）。作为自然主义美学家，桑塔耶纳的自然主义美学思想集中体现在其于1896年出版的美国首部真正意义的美学专著《美感》之中。该书对于美的本质、美的构成、形式与表现等内容的阐释贯穿着对于自然的关注。首先是强调美感的重要性，认为美感生成于对人之自然功能的满足，人类的本性中存在一种最为原始与普遍的观察美与珍视美的倾向，因此美感在生活中的地位远比美学在哲学中的地位要高。其次是将美的概念厘定为客观化的快感，将美的本质界定为研究价值感觉的学说。由此，立足美是一种价值的观点，针对审美判断、道德判断与知识判断予以了区分。再次是主张审美对象、艺术作品的形式、

---

① 钟嵘：《诗品集注》，曹旭集注，上海古籍出版社2011年版，第1页。
② 同上，第56页。
③ 陆机著：《陆机集》，金涛声点校，中华书局1982年版，第1页。
④ 周振甫注：《文心雕龙注释》，人民文学出版社1981年版，第492页。
⑤ [美]约翰·杜威：《哲学的改造》，张颖译，陕西人民出版社2004年版，第7页。
⑥ [美]约翰·杜威：《艺术即经验》，高建平译，商务印书馆2005年版，第2页。

题材以及人物等都源自现实生活中客观存在的自然性。基于此，该书认为审美包含功利，注重包含生态的生命功能在内的事物的实用功能，进而肯定了作为生态整体的生命和谐与审美鉴赏。

再次是生态环境的伦理因素。生态与环境审美的生态伦理价值因素被基于诸多层面予以了充分阐述。例如，1995 年，罗尔斯顿的《哲学走向荒野》提出了"荒野转向"（Wild Turning Philosophy）的概念，"荒野"包括原生的自然与涉及原野自然在内的原生态环境。由此，他基于美是责任的观点倡导美学与环境伦理学的统一。又如，伯林特主张将伦理视域融汇于环境研究与审美考察之中，强调将所居之地的风景厘定为居住者之家，由此倡导关注相应风景是否达至整一、稳定与美丽的样态。[①] 再如，戈比斯特批判西方传统的如画美学，主张将美学与生态学、伦理学予以统观，进而力倡在参与美学态势下激发生态价值与生物多样性。

（二）社会现实诉求

美国自南北战争时期即已出现工业化趋势，其成为世界发达国家的过程中经济社会发展的现实状况导致不断出现诸种环境问题，进而对相应问题的关注、环境保护、环境改造与环境审美研究的时间跨度较长。面对后工业化社会状况的威胁，对于工业文明的反思更为深入具体。针对环境审美的研究呈现出介入性特征，注重研究与人类生存密切相关的日常生活环境，出现了城市美学、景观美学等注重应用审美范围的研究领域。针对研究者群体构成而言，由于科系划分等不同，该国从事环境美学研究的群体并非都归属于学院派，而是多都直接服务于土地，包括社会科学家、林业管员、建筑师、园艺师、城乡规划师等。例如，利奥波德曾任林业官员、科学家与大学教师，他认为真正的生态保护只存在于实践之中，对保护主义者的界定而言，"最好的定义不是由笔来写，而是由一把斧子来写，它涉及一个人在他砍树，或者在决定要砍什么的时候，想的是什么"。[②] 戈比斯特（Paul Gobster）是美国农业部林务局北部研究站的社会科学家，从事过环境研究、规划咨询与地理信息系统分析咨询等工作。贾苏克·科欧（Jusuck Koh）担任过建筑师与景观设计师。琳恩·罗兹（Lynn Rhodes）是美国加州州立公园总监，写有《美国与中国环境生态理论与实践的比较研究》[③] 等。总体来说，美国的生态环境理论与实践研究早于中国且偏向于

[①] ［美］阿诺德·伯林特：《环境与艺术：环境美学的多维视角》，刘悦笛译，重庆出版社 2007 年版，第 157 页。

[②] ［美］奥尔多·利奥波德：《沙乡年鉴》，侯文蕙译，吉林人民出版社 1997 年版，第 65 页。

[③] ［美］琳恩·罗兹：《美国与中国环境生态理论与实践的比较研究》，颜海峰译，《江南大学学报：人文社会科学版》2018 年第 1 期。

自然科学。

中国真正意义上的大规模工业化发展始于改革开放之后，持续了 40 余年。此期工业化的飞速发展所带来的空前的、严重的、集中的环境问题激发了普遍关注。2007 年，中国国家层面正式提出进入生态文明的新时代。党的十八大提出生态文明建设是关乎民族未来的长远大计。党的十九大明确提出构建"人类命运共同体"。生态文明建设在中国政府总揽国内外大局，贯彻落实科学发展观而部署的"五位一体"总体布局中居于突出地位。与之相应，越来越多的学者投身于有关生态批评的诸种研究领域之中。目前，中国的生态文明研究业已突破狭窄封闭的学术空间，广涉政治、经济、文化与教育等诸多研究领域，且呈现出跨学科研究态势。由此，小约翰·B.科布指出，中国新兴的生态文明样态及其建设发展态势将令全世界为之追随。①

总体看来，关注环境美学与生态美学的联系并区分其各自的特质与差异，并非要确定优劣与界限，而是旨在明晰两国相关领域各自的理论基点与研究实绩，进而协调东方与西方共建基于全球视野的新的美学形态。客观而言，中美的相应交流实为并行不悖且互相促进的双赢过程，对于中国传统思想资源的生态转化与当代生态文化建设无疑都极为有益。针对国际生态批评研究领域而言，中国学者在理论观念与批评实践层面都在一定程度上由趋行转而与西方同步运行，挑战了既有生态研究以英美为主的"白色运动"导致的诸种环境非正义现象，从而凭借具有中国特色的生态批评研究成果参与并为世界生态研究提供了诸多富于启示意义与建构价值的东方生态思想与生态精神资源。

综上所述，中美诸多来自不同学术领域的学者针对上述论题纷纷撰文各抒己见，不同程度地介入了对于相应问题的研讨，发表了诸多见解独到的文章。在相应的国际学术对话中，中国学者在上述论争中基于本土学术问题以及相应认知与实践，不仅呈现出内省意识、批判精神，而且彰显出基于学术自信反思与抵御强制话语，建构学术话语体系的目标与诉求。目前，相关研讨并未停滞或终止，而是依据学理层面的甄别与深入系统的研究，不断向着多对象、多视域与多范式等方向延伸与拓展。

---

① ［美］小约翰·B.科布、杨志华、王治河：《建设性后现代主义生态文明观——小约翰·B.科布访谈录》，《求是学刊》2016 年第 1 期第 15 页。

第五章
21世纪以来中国对于当代美国文论的接受与反思

21世纪以来当代美国文论在中国的传播与接受针对总体格局而言，的确呈现出力度加强、抗衡吸纳并举以及逐渐深化等诸种态势与丰厚成果，并且由于信息获取媒介与方式的扩展，业已拥有西方文论的整体参照系。然而，毋庸讳言，基于中国对当代美国文论的接受及其自身的流变历程来看，面对形形色色美国文论的冲击，中国学界的回应方式以及相应对策存在某些欠妥之处，相关研究中的缺憾、问题与亟须改善之处也是显而易见的，因而相应译介与研究就整体来看，尚未形成与美国文论及时且全面对话的局面。相关时段中国对当代美国文论的接受尚存如下诸种问题，即：认识层面存在偏差，缺乏本义考辨与全面剖析，重理论轻实践，揭示弊端力度不足，以及失于探究有益于国内相应研究良性发展的接受范式等。由此，针对相应接受中业已暴露出的盲视、误识、误用与有意错用等现象，理应予以辨析与检省。

第一节 中国接受当代美国文论的限域时弊

一、中国译介当代美国文论中的问题

21世纪以来，中国对当代美国文论的翻译与引介过程中出现了某些偏差或缺憾，同时也尚存诸种可供拓展的空间。基于实际译介情况来看，2000年至今中国大陆学界对当代美国文论的译介主要存在如下问题：

首先是相关译介在系统性与全面性等层面尚存不足。依据客观条件而言，中国加入《伯尔尼公约》《世界版权公约》以来，因版权引进、出版收益等因素，除美国文论个别著述与论文集基于各自特殊语境得以及时引介之外，从引进至出版的时间、程序层面都有所延缓，因而总体而言相关译介的时效性不强。中国大陆与中国台湾地区相比，在繁体字版与简体字版的中文版版权获取等方面的差距是非常明显的。此外，对于新叙事理论、媒介批评与伦理批评等非传

统领域的译介尚不够或未能达到适时与多样。

其次是对具体文论派别的引介尚待完善。针对以美国为主战场的诸种文论派别,虽到目前为止,已有多个译本问世。但一些重要的相关代表作,至今尚无中译本,因而影响了有关文论流派与思潮在中国的传播与接受的广泛程度与反响力度。例如,新批评派布鲁克斯与海尔曼合著的《理解戏剧》,维姆萨特与比尔兹利合著的《词语之象:诗歌意义研究》,韦勒克的《英国文学的兴起》《对于文学的非难与其他论文》等,至今尚缺中译本。又如,针对后殖民主义批评家巴巴,新历史主义领军学者蒙特罗斯(Lousis Montrose)、多利莫尔(Jonathan Dollimore)以及生态批评家斯洛维克、墨菲的引介在译介著述种类、引进力度等层面也应予以加强。

再次是对未被明确归入派别的相关批评家的译介有待拓展。例如,艾布拉姆斯不仅曾施教于哈罗德·布鲁姆、编辑了《诺顿文选》且写就了诸种极具学术厚度的著作,但中国的相应引介主要集中于他的《文学术语汇编》,而相对忽视了标志着其学术思想转变的其他重要著述。此外,依据目前已有译本而言,有关莫瑞·克里格、莱昂内尔·特里林、乔治·斯坦纳、弗兰克·伦特里奇亚、查尔斯·阿尔提艾瑞、文森特·里奇、杰弗雷·盖尔特·哈派姆、理查德·沃林与莱斯利·菲德勒等相关学者之著述的译介还远未呈现其文论研究实绩的整体状貌。此外,对表述方式与行文晦涩迂回、艰深难解,涉及学科与领域博杂多元的相关文论著述的引介,的确极易生成畏难情绪。

此外,相关教材引进方面尽管业已卓有成效,但有关美国高校文学理论及批评常用教材、读本的译介仍尚存较大空间。①

二、中国有关当代美国文论总体研究中的问题

21世纪以来,中国对当代美国文论的研究的确在诸多层面改变了改革开放初期引介与研究西方文论时在高密度接触中呈现出的饥不择食状况,而是加以

---

① 以下美国文论领域重要教材、读本尚无中译本:Douwe W. Fokkema, Ibsch. *Theories of Literature in the Twentieth Century*: *Structuralism*, *Marxism*, *Aesthetics of Reception*, *Semiotics*. London: Hurst, 1977; Dianne F. Sadoff and William E. Cain, *Teaching Contemporary Theory to Undergraduates*. Modern Language Association of America, 1994; Keith Green, Jill Lebihan. *Critical Theory and Practice*: *A Course Book*. London and New York: Routledge., 1996; Suresh Rava. *Grounds of Literary Criticism*. University of Illinois Press, 1998; Andrew Bennett, Nicholas Royle. *Introduction to Literature*, *Criticism and Theory*. Prentice Hall, 1999; Lois Tyson. *Critical Theory Today*: *A User-Friendly Guide*. New York & London: Garland Publishing, Inc., A Member of the Taylor & Francis Group. 1999; Hans Bertens. *Literary Theory*: *the Basics*. London and New York: Routledge. 2001.Vincent B. Leitch. etc. *The Norton Anthology of Theory and Criticism*. New York: W. W. Norton & Company, 2001.

质疑与扬弃，并引入当代中国文论的创新建构体系之中予以综合考察。然而，相关研究中的流派研究、理论范畴研究、批评方法研究中的确尚且存在问题，而相应接受限域与偏颇又对当下中国文论的发展形成了诸种负面影响。

总体研究力度尚待加强。依据当代美国文论在21世纪中国的研究情况而言，虽然到目前为止，已有多种研究著述与多篇论文问世。然而，面对繁复庞杂、辨尽百家却又良莠不齐的当代美国文论整体体系，目前中国学界的相关研究仍以译述引介、泛化研究居多，系统全面、归纳总结的权威扛鼎之作尚不多见，且首尾难顾、挂一漏万甚或片面曲解等现象也屡见不鲜。因此，既有相关研究对纷至沓来的诸种美国文论现象与文本，尚未对相应整体体系建构模式及其诸种关键问题予以透彻理解、多元纵深考察、系统全面评述、深度探讨、有效阐发与清晰呈现。

一方面，基于历时层面的研究存在总体把握不足等缺憾。针对当代美国文论的理论渊源、逻辑起点、生成语境与发展脉络等问题的研究力度不够。相关研究存在浅尝辄止、缺乏整体理解且接受不充分等明显遮蔽，以及以偏概全、断章取义等偏颇现象。中国有关当代美国文论的研究尚待基于西方文论的谱系学视角，从溯源研究、词源研究、语义研究、流变研究与影响研究等层面考察其历史文化渊源、前卫与异端以及盛行与失势之间的辩证关系。

另一方面，依据共时层面的研究存在全面阐发失于薄弱等弊端。有关当代美国文论的既有研究中，明显缺乏对其学术体系及其相应关键问题的整体关注与系统阐述。鉴于文本是由源自文化且基于无数中心之引语所建构而成的交织物[①]，立足当代美国文论的研究不应仅囿于寻章摘句式的引用以及单一介绍式的泛化研究，而应细致辨析其丰厚的文化语境内涵。目前中国的当代美国文论研究在如下层面有待拓展与加强：当代美国文论与当前世界文论的复杂联系，当代美国文论具有国际影响的诸种文论观念、本土重要理论派别的核心范畴及其转向，基于美国文论领域的宏观理论建构与微观批评实绩的文学类型、文学手法与文学观念的重构研究，以及跨越美国文论领域的生态批评、文化批评与叙事研究等交叉研究空间。针对研究主体层面而言，鉴于相应接受与研究的确做宽泛易、做深入难，与之相应，相关研究者的知识储备、理论视域、外语能力与科研能力无疑有待拓展与加强。

三、中国对于当代美国文论的回应缺乏批判意识与相应策略

随着美国文学理论界诸多专家学者的频繁来华或其著述中传，诸种美国文

---

① [法]罗兰·巴特：《罗兰·巴特随笔选》，怀宇译，百花文艺出版社2005年版，第301页。

论类别及其观念与实践纷至沓来，从结构、解构到建构，从现代、后现代到反后现代，从审美、反审美到超审美等，广涉文论内部研究与外部研究层面的诸多领域。由此，2000年以来，中国学界对于当代美国文论的接受，在美国学界强势话语的有形或无形的重压与冲击之下，中国学界的相关研究暴露出以美国文论发展态势为主风向标与无所不能的终极仲裁者，盲目奉为圭臬者多、客观地有效鉴别者少，甚或出现不加甄别地照单全收等遮蔽现象与偏"热"偏"新"等明显缺憾与流弊，上述接受范式影响了中国相应研究领域的良性发展。

美国文论进入中国之后，国内学界对于相关理论的旅行理应予以实事求是、客观公正的剖析评判，自觉地汲取与借鉴有关文论成果的积极影响与经验教训，从而更好地促进当前本土文论的理论创新与批评建构。然而，当代美国文论在21世纪中国的引进不可避免地会带入诸多负面元素。基于此，当前中国的相关研究在追捧、附庸、背弃与遗忘的喧哗之中，诸多著述偏重于对美国文论的长篇累牍式介绍，但尚乏深度批评与深刻反思，的确明显缺乏系统梳理、客观评判以及辩证整合等合理的研究范式。与之相应，面对当代美国文论对中国相应领域的消极影响，鞭辟入里的批判反思、合理汲取与理性借鉴无疑应为中国学界接受与研究当代文论的应有方式。

例如，德里克是历史学者，但他宣称"作为一个专业历史学家，我并不想争辩在表述过去时历史学家比小说家做得好；但是仍有必要提出区别，作为一个认识论上的问题"。① 由此，他针对历史业已被转变为文学之亚领域且向叙述化与表述转向，从而对历史与文学的认识论形成了双重削减等问题，将研究领域延拓至后殖民主义批评。

又如，斯皮瓦克作为印度裔美国学者不可被简单归于后殖民理论家，而是呈现出女性主义、马克思主义、精神分析、后结构主义与后殖民主义的互证关系。她的早期学术研究接受了德里达、德曼等西方理论家影响形成其独特的理论体系，进而又凭借其理论观念影响美国乃至西方整体学术体系，由此始终徘徊于理论的边缘与中心、主流话语与第三世界问题之间。因此，她基于自我的多重身份定位提出对有关国族、地域与性别的既有知识体系保持质疑，并在其文集《全球主义时代的美学教育》② 中明确提出基于全球化的外在特征而言，应辨析出文化困境实为表现性的双重身份束缚，而并非代表性的双重身份束缚。基于此，代表性的双重身份束缚多方且一贯地遮蔽着现代资本所拒绝承认的事

---

① ［美］阿里夫·德里克:《跨国资本时代的后殖民批评》，王宁译，北京大学出版社2004年版，第62页。

② Gayatri Chakravorty Spivak. *An Aesthetic Education in The Era of Globalization*. Mass.: Harvard University Press, 2013.

实，即其对于身份的危险操控。

再如，巴巴代表了当前后殖民理论批评发展的全球化语境的后殖民批评阶段。然而，巴巴并非仅为后殖民理论家，其后殖民文化批判广涉西方马克思主义理论、后结构主义理论、文化翻译理论、文化身份理论以及少数族裔研究等研究领域。巴巴的混杂研究策略将杂糅视为并不追溯两种文化的根源，而是探讨其他文化个体得以出现的第三空间。基于此，巴巴注重考察文化多样性的形成与真正实现，而其有关文化变迁与权力以及世界主义等诸多问题的研究同样值得关注。

此外，巴特勒早年凭借"性别操演理论"（即述行理论，performative）基于对既有传统女性主义理论的背反而被誉为"酷儿理论"的先行者。她的学术研究早期集中于性别理论，后期则转向有关政治伦理、生命哲学的理论与实践，其著作涉及了文学、社会学以及政治学等诸多学科与研究领域。由此，有关巴特勒的研究理应关注她的女性主义学者身份及其相关研究，整体梳理与展现其女性主义思想的发展轨迹，并对其理论渊源与价值取向予以定位与评价。与此同时，也应突破将巴特勒的理论与性别操演理论等同视之的限域，注重研究她的后期理论与批评实践，特别是其 2000 年之后的政治伦理转向。应关注与研究她的《脆弱不安的生命：哀悼与暴力的力量》①《说明自身》②《战争框架》③《分道扬镳：犹太人和犹太复国主义的批判》④《一个集会的表演理论札记》⑤《主体诸意义》⑥ 等著述与论文，辨析其中对西方哲学体系中的主体理论的颠覆、对现实的深切关怀、跨学科跨领域的多元化理论特征及其与美国乃至西方文论家的学术交锋。

四、尚缺基于美国实况的还原认知与立足中国现实语境的有效对接

尽管基于突破狭隘民族主义、文化孤立主义，抵制孤芳自赏、自我封闭的操作方式与接受语境而言，中国学界对当代美国文论有益成果的认同、肯定、借鉴与吸纳本属无可厚非，但是，某些盲目崇拜、奉为谶语的简单挪用模仿或明显套释的操作方式的确有失公允。

---

① Judith Butler. *Precarious Life*: *The Powers of Mourning and Violence*. New York: Verso, 2003.
② Judith Butler. *Giving an Account of Oneself*. New York: Fordham University Press, 2005.
③ Judith Butler. *Frames of War*: *When is Life Grievable*. New York: Verso, 2009.
④ Judith Butler. *Parting Ways*: *Jewishness and the Critique of Zionism*. New York: Columbia University Press, 2012.
⑤ Judith Butler. *Notes Toward a Performative Theory of Assembly*. Cambridge, Mass.: Harvard University Press, 2015.
⑥ Judith Butler. *Senses of The Subject*. New York: Fordham University Press, 2015.

首先，基于宏观层面而言，当代美国文论的形成与发展建基于该国的文化渊源、文学作品与文艺现象，其运思方式、逻辑起点、问题框架以及由此形成的理论视域、知识结构、话语谱系乃至整体学术格局。鉴于此，无视中美文论之间在历史经验与现实境遇等层面的相悖之处，以美国文论引领中国文学理论的潮流趋向、指引其发展走向，甚或时常出现缺少理性鉴别的食洋不化、数典忘祖等流弊，无疑严重偏离了相关引进的原初目标与意义。

其次，依据微观层面来看，当代美国文论的具体研究对象与范式的确多方呈现着国际文论领域的通行话语、批评标准与新兴方法，但并不存在所谓的孰优孰劣与绝对的新旧划分等问题。由此，滞留在以美律中的主观生搬绑定，浅层次的硬性比较求同，对主张不同、诉求相反的理论与实践不加甄别地套用与照单全收。甚或利用美国文论规则与学术话语来框定中国文论发展，诱导中国文论发展走向彻底的"美国化"路线并成为其演绎与解析的注脚，无视表层相似问题的历史与现实境遇差异，既忽视了中国文论的学术传统又无法有效适应中国相关现实语境，因而暴露出诸种超前或滞后、理论立场的错位，引进与本土发展失当等问题。

再次，基于中国文论自身建设来说，对当代美国文论深刻丰富的理论资源与极具价值的理论成果的接受研究自然是其题中应有之义，但中美文论对话与中国文论的国际化不能以中国性的消解为条件与代价。美国文论中国化的主体必须在中国语境中不断接受创造性的选择、打磨与改造，在此长期过程中既有所借鉴又有所扬弃，开放辩证的综合吸纳，并创新重塑与整合内化为中国学者自身的思维结构与操作范式。目前，中国的美国文论研究在国际学术交往对话、有效介入世界文论发展格局、开展真正的汇通研究并形成国际影响等层面的能力都还有限。实际上，美国文论中国化不是随声附和的牵强挪移、单一的生搬硬套、强求吻合统一，或完全以其为指导，而应基于中国文论经验、本土现实语境与价值评判体系，形成与相关中国问题及话语体系的实际而具体的对接与互补。积极开展旨在促进融合共生的沟通、交流与合作，不断探求新的文论增长点与价值意义空间，努力建设当下中国独特的文论体系，进而逆向参与并影响美国乃至世界文论的话语体系建构及其发展。

总之，当代美国文论在21世纪中国的传播、接受与研究过程中的确出现了某些失当之处，因此，距离对其理论学说及其背景与取向的全面、准确、科学与历史的理解与掌握，仍然存在着不容忽视的差距与亟待充实与完善的研究领域，同时也还尚存较大的相应空间有待进一步的开拓与探求。

第二节　中国接受当代美国文论的对策建议

当代美国文论为国际文论领域深化研究方法、转换研究范式提供了知识参照与批评实践动力，因而具有诸多值得借鉴之处，但也并非尽善尽美，而是存在某些片面偏激、明显偏颇与悖谬缺陷。例如，对非理性的过度强化，对形式因素的过于倚重，对意义阐释的无限开放，对宏大叙事的彻底否定，对历史虚无主义的盲从，对反本质主义的超位运用，对审美泛化的偏颇误区以及对文化研究的不确定性、文化相对主义与文化虚无主义不加甄别的肯定，等等。由此，基于中美文论对话而言，中国不宜仅热衷于引介有关美国文论的著述与论文，也不能滞留于浅表层面的论题先行与理论预设地对美国文论予以阐释，而应在深入了解相关发展逻辑与最新动态的情况下探讨应有的相应策略与合理的路径选择。

一、批判与借鉴并举中汲取当代美国文论

中国当代文论需要吸收借鉴何种美国文论？或者说中国学界需以何种自为态势对待美国文论？这是当下中国文论领域理应关注的重点。美国文论发展至今，从最初受欧洲现实主义、浪漫主义与自然主义影响，到20世纪初期的"文学激进派""新人文主义者"，两次大战之间的心理分析批评、文化历史批评、左翼文学批评、新批评派，"第二次世界大战"之后的神话原型批评、现象学批评、存在主义批评，越战至20世纪末的女性主义批评、结构主义批评、解构主义批评、新左派和西方马克思主义批评，再到发端于20世纪末发展至今的后殖民主义、新历史主义、后解构主义与生态批评等，可谓流派林立、主张多样且共存发展。毋庸置疑，美国文论极具丰富性、开放性且不落俗套的批评精神，广泛吸纳他者文论思想以及其他学科研究范式的态度与能力，对文论领域诸多共性问题的不断反思意识，吸纳他国文论为己所用的主体发展模式，都对当代中国文论的建构与发展具有积极影响与诸多启示。与此同时，基于中国之现实诉求，在批判与反思中合理与有效地多维接受当代美国文论，是当下中国文论促进自身发展并赢得新创获的必然选择。

第一，应准确把握当代美国文论的基本特质。针对当代美国文论的总体状况而言，其发展越来越呈现出混杂化特征，其实质是一种问题式批评，还是一种基于其他学科方法论的批评？其文论自身的主体性何在？上述问题对于美国本土学界来说不无争论，多元文化主义对该国文论的深刻影响无疑是其题中应有之义。诸如，在美国本土生成或引介后得以发展的新批评派、解构主义、新

历史主义、女性主义、新马克思主义、后殖民主义与生态批评等批评派别，其批评理论与实践广涉社会学、政治学、经济学、哲学、心理学、人类学以及地理文化学等诸多学科的研究范式与方法，而该国文论自身却越来越丧失其学科的独立性。质言之，尽管美国文论始终处于研究领域合法性、终结论等诸多论争之中，但实际上，该国文论的整体发展状况至今仍日益庞杂繁新，颇具学术活力。面对纷至沓来的各种美国文学理论与批评派别，中国学界的认知与接受应选取合理可行的相应策略。

　　第二，应客观评判当代美国文论的多元样态。美国的多元文化与学术取向并非仅呈现为浅表层面的模式，该国的社会主流群体、少数族裔群体、有色人种群体以及女性群体之间的关系尤为繁复。美国文学理论家、批评家与作家的身份颇为混杂，例如，克里斯蒂娃是保加利亚人，德曼是比利时人，托妮·莫里森生前曾任教于普林斯顿大学、非洲裔文论家亨利·路易斯·盖茨任教于哈佛大学、休斯顿·贝克任教于杜克大学。追溯现当代美国文论的发展历程可知，"毫无疑问，在美国，强大的势力正努力使美国的人文课程美国化。进入90年代以后，这一步骤正在加速，美国大学中正在掀起又一轮革命风暴，目标包括政治正确、相对主义、后现代主义、多元文化论，等等。结果，学术生活间的隔阂越来越大，越来越走向民族化，而非国际化。如此大趋势下，理论又如何能独善其身？或许，未来几十年中，各种文学理论间的差别会更大，不同理论分别把持世界的不同地区，而不会由为数不多的'国际品牌'把持整个领域"。① 由此，目前的美国文论领域虽并无富于震撼力的扛鼎之作，但的确应对当下的诸种现象或问题滋生出诸类研究视域与方法，越来越呈现出自身特征模糊化的趋势，其文论的内在规定性也越来越难以把握，但因其不断追问理论本真的探究姿态以及基于对当今世界人类面临共性问题的强烈批判精神，从而为在某些层面同样处于困惑中的中国文论领域对其予以接受提供了契机。

　　具体而言，美国文论针对文学批评的研究范式不断予以突破、创新频仍，由此其形态显现出多样性，同时也给对其实质予以认知与把握带来难度。例如，乔姆斯基自况是运用科学、理性与逻辑的范式开展研究，其旨在揭示人类语言本质的普遍语法理论，特别是其人类语言能力天生遗传论影响美国学界半个多世纪之久却又始终饱受争议，遭到新新闻主义创始学者汤姆·沃尔夫（Tom Wolfe）等的数次贬斥却又经久不衰。又如，怀特的新历史主义论，其缘起是针对历史批评而言，后拓展至为文学批评所用、直指文本的"话语""转义""虚

---

① ［英］彼得·巴里：《理论入门：文学与文化理论导论》，杨建国译，南京大学出版社2014年版，第28页。

构"与"叙事"等范畴,从而使其"历史诗学"作为一种文学理论成为当代美国文论领域一次富于创获的跨学科移植,但其落入历史虚无的泥淖等致命缺陷也频遭批判。再如,墨菲的女性主义生态批评,基于文学视域对自然、女性与环境之关系问题的考察,体现了对人类生存环境的密切关注与对其命运的深切同情,但其基于性别与生态视角的相关研究在整体与系统层面的阐释乏力是显而易见的。基于此,需予以辩证对待与批判辨析,凡其尚待验证之理论主张均需慎重评判。更为重要的是,在激变与论争中求得生存与发展的当代美国文论尤为值得密切关注与着力甄别。

同时,美国文论对当代西方社会病的揭示较为新颖有力,由此亦显示出其功能的多变性,但也招致对其是否越界的臧否。譬如,德里克厘定当今资本主义为"全球资本主义",其主要特征为"弹性生产",从而呈现出复杂的跨越国别的"阶级"关系,并与种族、性别等关系犬牙交错在一起,进而提出实行"弹性社会主义"的反抗策略;例如,詹姆逊的后现代主义理论确有其缺陷与内在矛盾性,但他对晚期资本主义文化——后现代主义文化特征的分析认为,后现代主义文化具有"新的无深度性""'拼凑'成为普遍性的文化策略""意义表达过程中的'精神分裂'"以及"后现代式的崇高"等特征,显示出其强烈的批判精神。特别是詹姆逊自己也认为后现代主义只是表明历史分期的概念,不能视为艺术价值的评判标准,这对于国内的某些文化批评生搬硬套后现代主义理论的做法不无警示意义。又如,斯皮瓦克在其后殖民主义理论中,继承了马克思主义"批判的武器",通过解构的方式,不仅深刻揭示了第三世界国家被发达国家野蛮殖民、掩盖超级剥削的历史真相,而且进一步阐明了女性进入资本主义世界体系后遭受压制的深层原因。再如,虽然巴巴对于殖民与被殖民二者之间的对立关系不置可否,但他还是在揭露殖民话语的内在矛盾时有所贡献,例如运用"类型""模拟""模拟人"与"杂交"等概念,对殖民者的复杂心理予以了深刻揭示。上述种种针对当今资本主义批评的文论不应否定其价值合理性,却也存在文学批评被文化批评或者政治批评所代替的趋势。基于以上所述,可以发现,美国文论的多样性和批评内容的广泛性,其实是美国文化在"多元"与"中心"的抗争中所造就的,对于反对文化霸权、抵制文化"等级"产生了一定的积极作用,但也造成了其文论"众声喧哗"而不知所向。对此,中国文论的发展应恪守客观公正的原则,立足本土与现实语境,理性汲取与扬弃,从而有效协调理论与实践、基础与创新以及阐发与建构之间的辩证关系。

第三,应充分了解当代美国文论特别是 21 世纪以来美国文论的现实状况。针对当代美国文论而言,自 20 世纪后期起始终在反理论或非理论的现实危机境遇中反思与评判文学理论的诸种基本问题并谋求重建之途。例如,萨义德曾在其《对美国"左派"文学批评的反思》一文中对美国文论领域论争不休的状况进行了批评，斥责美国文论沦丧为学院学术而活，脱离实际及一般读者，贬斥如此是对文论本体功能的异化，是对文论本因文学而生之本原的严重颠倒。客观而言，因对文论的界定在美国尚存诸种争议，该国相关成果中真正深入文学本位的研究委实不多，而偏离"文学性"的非文学探讨却屡见不鲜，且频繁向社会学、政治学、哲学、历史学以及心理学等诸多学科位移。马克·爱德蒙森认为，"……大量美国英文系出产的最有见识的著作都以米歇尔·福柯的思想为核心。米勒、伊夫·科索夫斯基·赛奇威克和斯蒂芬·葛林伯雷以及许多追随葛林伯雷的所谓新历史主义的批评家们都从福柯那里找到了最重要的灵感。有人说，文学研究已经步入了米歇尔·福柯时代"。① 与之相应，相关领域诸位学者相继发出"理论之死"的感慨。对此，卡勒认为文学理论不会终结，因为任何一种理论都不是现成的教条，而是进一步研究的出发点，所以"这种死亡是充满了新的可能性的"。② 再如，对于文学研究的跨界研究，拉尔夫·科恩认为这是在为文学理论的未来发展寻找新路径，彼得·威德森则认为"大多数当代理论流派都不是孤立的，他们都在分享彼此的要义"。③ 与之相应，上述论争在中国文论研究领域引发了有关文论边界问题的讨论，支持文学的跨学科研究者主张"文论扩容"，而反对者则呼吁抵制"文论越界"。相应论断各抒己见，相关评判可谓不无道理。暂且悬置相关争论观点的孰是孰非不论，中美文论领域各自的内部论争以及两国之间的互动与影响的确共同展现出对于矛盾中前行的21世纪文论的本质界定与发展取向等方面问题的探索与争鸣。文学理论与批评的内部研究与外部研究都应该有所突破并协同延拓，偏于一隅的研究范式只会导致文论的发展失衡，甚或导致随其发展而走向对自身的背反，由此寻找相应的内在规定性与独特的发展空间业已成为相关研究者必须正视且需长期承担的责任。

二、立足中国语境选择合理的接受策略

21世纪以来传入中国的美国文论，虽并非都生成于21世纪，而是大多发端于20世纪，总体而言呈现出繁杂发展的态势，其学术原动力主要得益于对待理论既承续又超越的深刻批评，从而使美国文论发展保持着诸种特质。对此，中国文论界在接受中，可谓全面而深入，自身所受影响也是不言自明的，可以

---

① ［美］马克·爱德蒙森：《文学对抗哲学：从柏拉图到德里达》，王柏华译，中央编译出版社2000年版，第168页。
② 王晴、黄锐杰：《文学理论和批评对于学生理解世界非常必要》，《文汇报》2012年1月30日A版。
③ ［英］彼得·威德森：《现代西方文学观念简史》，钱竞译，北京大学出版社2006年版，第84页。

说是产生了某种程度上的延时共振与同时共振并存的现象。换言之，面对当代美国文论中的一些问题，中国文论领域在对其予以接受的过程中不免生成自身的相关问题。因此，面对 21 世纪以来美国文论繁杂难辨的发展态势，中国需仔细甄别、合理借鉴且不断扬弃。

针对 21 世纪以来中国对当代美国文论的接受过程中出现的诸种问题而言，相应主要措施与基本对策大致体现在如下层面：

首先，应拓展译介空间，避免盲视与偏颇。依据当代美国文论在 21 世纪中国的引介情况而言，虽然到目前为止，已有多种译本问世，但相关译介中无疑尚存过度追新猎奇、重理论轻实践等缺憾与流弊，因而尚未对某些相应文论派别的体系建构模式及其诸种关键问题予以科学、深入、系统与全面的阐发研究。上述问题不仅在某些层面影响了美国有关文论成果在中国的传播与接受的广泛程度与反响力度，而且阻碍了相应研究取得具有深度价值与创新意义的高质量研究成果。此外，针对具体批评家而言，单一的标签并不适用于复杂的理论观念与批评实践，尤其应关注相应发展轨迹的动态全貌及其后期理论视域转向，从而避免相关研究的薄弱或缺失现象。鉴于此，应全面关注相关文论派别与有关批评家的具体研究实践，进而予以多元与纵深的考察。

其次，客观评断与阐发，合理借鉴与摒弃。21 世纪以来中国对当代美国文论的接受过程中存在着拘守其理论、缺乏有效甄别、机械搬用术语的硬译或误引，甚或暴露出以讹传讹等弊病，因而不免出现盲视或误识等问题。基于此，2006 年，布鲁克斯、沃伦有关小说批评实践的范本被译成中文出版之际，相关译本的审阅者指出："《小说鉴赏》是美国大学的教材。中国的大学也应当有这样的教材——当下的中国大学（夸夸其谈，已经没有正经的阅读姿态的大学）更需要这样的教材。"① 此外，该书中文译者也明确表示："'新批评派'所主张的'细读'（close reading）与具体分析，倒正好能纠正我们这里流行了多年的'时代背景——作家生平——作品思想性与艺术性'那种'三段论'式的外国文学讲授程式呢。"② 由此可见，相关接受主体应恪守客观公正的原则，立足中国本土及现实语境，理性汲取与扬弃，从而有效协调理论与实践、基础与创新以及阐发与建构之间的辩证关系，促进中国有关美国乃至西方文论研究的良性发展。

再次，促进中美文论领域的有效对话。客观而言，直至目前为止，中美两国的文学理论与批评领域仍未实现真正的对等交流。相应领域的总体双边关系

---

① ［美］克林斯·布鲁克斯、罗伯特·潘·沃伦:《小说鉴赏》，主万、冯亦代、丰子恺等译，世界图书出版公司 2006 年版，"审阅者序"第 5 页。
② 同上，"译者序"第 3 页。

基本仍处在美方"输入"而中国"接受"的单向度交流之中,"美强我弱"的状况并未得到根本改变。中国对美国文学理论家与批评家的学术著述、论文及其相关理论观念与批评实践的关注程度与借鉴力度已在前文阐述,而反观美国对当前中国文论的关注则呈现出较大反差,当代中国文论在美国的译介数量与接受程度仍相当有限。毋庸讳言,其间的社会、历史、经济与文化因素颇为繁杂,但对于当下的中国文论自身而言,尽快"走出去",与美国乃至国际学界的直接学术对话必将成为世界文论发展历程中的一个重要趋势。例如,立足生态维度展开文学理论与批评研究,无疑可以洞见相关文学与文化现象的诸种特质。同时,随着中美学术交流的日益频繁,两国在生态文学理论与批评等领域的对话与互动也渐趋呈现出繁复与多元等态势。由此,中美相关领域的学术互通基于全球化趋势的正负影响、世界文论、世界文学等语境,呈现两国相关研究的理念与实践各自的诸种特质,在观念确立、研究范式、考察视角、观照对象与涉及问题等方面展现出多元沟通、冲突、论争以及互鉴,从而体现出了人类命运共同体的相关特征。进言之,基于跨越文化与学科的多重视域,梳理当前中美生态批评领域的研究状况与交流实践、把握两国相关领域的多重互动空间与交互对话、探究其独特且重要的学术价值与国际影响,不仅有助于针对研究客体进行综合与深入阐释,而且有益于探究其对中国生态文学批评与生态美学等领域相关问题的借鉴意义。

总体而言,鉴于当代美国文论在世界文论领域的重要地位与特殊媒介作用,中国在对其予以接受的过程中,一方面应将当代美国文论以及中美文论关系置于世界文论总体发展链条中予以把握,了解诸种美国文学理论派别与具体文论家的研究成果及其相关学术实绩。另一方面应不断完善自身理论体系与批评范式并丰富相应批评实践,同时逐渐加强对外交流与传播意识及其执行力度,这无疑是目前中国文论实现合理与有效发展的必经之路。具体说来,中国学界针对当代美国文论的接受,首先应准确辨析当代中美文论之间的差别,基于中国历史与现实语境,探讨当代美国文论对于提升中国文学理论之国际影响力所发挥的功不可没的独特作用;其次应以合理汲取其长而为我所用为导向,既要看到可供借鉴之处,又要对不适合中国文论语境的观念与范式保持应有的批判与反思。中国当代文论务本开新、独具特色的建构,必然无法剥离对美国文论的汲取,关键是要辩证对待美国文论的冲击与影响,坚持以我为主、有所取舍,从而做到为我所用;再次应基于坚守中国文论主体性的前提,通过掌握跨语际策略,激活中国优秀传统文论,丰富中国当代文论并对纷繁的理论与实践中的问题予以回应,进而对中国当代文论的世界走向有所指引。

第六章
21世纪以来中国接受当代美国文论的启示借鉴

当代社会人类的交流实践基于诸种复杂态势，必须面对如下局面，即如何与动物、电脑以及地球之外的生命进行交流，如何跨越时代、国族、种族、性别、语言差异以及文化鸿沟展开交流，等等。①基于21世纪的中外文论交流而言，鉴于有效的互动交流需满足如下条件：言说者的陈述内容真实、表达确切可信、话语适当且可被领会，倾听者能对言说者的相应言说予以接受、分享其知识，两者基于以公认规范为背景的话语范式生成认同，进而真正达至交互理解。②与之相应，回顾当代美国文论在21世纪中国的既有接受状况并考察其对中外文论交流的借鉴意义无疑是有益之举。

第一节 汲取外来文论重构中国文论

针对当代中国文论对于他国文论的接受而言，应基于开放的视野，对丰富深刻的理论资源与价值多元的理论成果在宏观层面进行辩证的综合汲取，在微观层面鉴别吸纳相关文论的合理成分，通过相应的重塑与内化，择善而从，优化组合，进而促进中国文论的重构与发展。

一、他国文论对中国文论的正面影响

纵观中国文论的发展轨迹，借鉴异质文化与其他领域的相关资源始终是其发展创新过程中的必然选择。正如柳诒徵所言，人类既有共同之轨辙又有特殊之蜕变。由此予以综合认知需观其通且觇其异。③

首先，古代文论体系中，魏晋南北朝至唐代，中国文化与异质文化的交流

---

① [美]约翰·彼得斯：《交流的无奈：交流思想史》，何道宽译，华夏出版社2003年版，第216—217页。
② [德]哈贝马斯：《交往与社会进化》，张博树译，重庆出版社1989年版，第3页。
③ 柳诒徵：《中国文化史：上》，中国大百科全书出版社1988年版，第1页。

与融通直接促进了文论的发展与成熟。例如，刘勰的《文心雕龙》在中国文论史上素以体大虑周、跨越时代以及不可超越著称。刘勰深谙此前中国文化特别是《周易》经传与魏晋玄学的同时，无疑基于时代与个人境遇深受东传的中国化印度佛教文化的影响，因而对"各执一隅之解，欲拟万端之变：所谓东向而望，不见西墙也"①的主观片面与顾此失彼予以了批判阐释。严羽《沧浪诗话》借鉴佛教与老庄哲学、玄学等思想相结合演化而成禅宗文化思想，"借禅以为喻"，进而厘定了"所谓不涉理路、不落言筌"②的诗论标准。

其次，近现代以来，王国维、梁启超、鲁迅、胡适、闻一多、郑振铎、吴宓、钱穆、梁漱溟、陈钟凡、陈寅恪、郭绍虞、罗根泽、朱东润、朱光潜、宗白华与钱钟书等诸位学贯中西的学者所从事的中国文化、文论与文学研究无不深受西方文化与文论的深刻影响又展现出深厚的传统学术素养。例如，王国维深受叔本华、尼采、康德与席勒等的德国古典哲学美学之影响，自况"余谓中西二学，盛则俱盛，衰则俱衰，风气既开，互相推助。且居今日之世，讲今日之学，未有西学不兴，而中学能兴者；亦未有中学不兴，而西学能兴者"③。由此，倡导"异日昌大吾国固有之哲学者，必在深通西洋哲学之人"④。基于此，他的《红楼梦评论》《人间词话》《宋元戏曲史》皆为借鉴并整合中外文论之力作。钱钟书治学学贯中西且自成体系，他的《谈艺录》《管锥编》借鉴西方话语而又能与中国传统文论话语相互阐发验证，进而实现了通观圆览的阐释至境。此外，值得注意的是，20世纪20年代至30年代，在西方文论被引介至中国的高峰期，中国古代文论研究领域突破了以往尚缺系统性文论史著的研究状况，相继出版了一系列影响深远的中国文学批评史著述，包括：陈钟凡的《中国文学批评史》，方孝岳的《中国文学批评》，郭绍虞的《中国文学批评史（上）》，罗根泽的《中国文学批评史》，朱维之的《中国文艺思潮史略》等。

再次，当代文论领域中的诸种热议论题，例如："马克思主义文艺理论中国化""当代文论失语症""中国文论话语重建""中国古代文论的现代转化""西方文论中国化""日常生活审美化""文学终结论""文学理论的合法性与边界""文学批评的科学化""本质主义和反本质主义的关系"以及"后理论时代的文学批评"等，无不是在与他国文论的交流与对话中生成与拓展的。生态文学批评、网络文学文论与视觉文学理论等新兴批评领域同样也彰显出中外文论领域的互动与沟通。

---

① 周振甫注：《文心雕龙注释》，人民文学出版社1981年版，第518页。
② 严羽：《沧浪诗话校释》，郭绍虞校注，人民文学出版社1983年版，第26页。
③ 姚金明、王燕编：《王国维文集：第四卷》，中国文史出版社1997年版，第367页。
④ 同上，第三卷，第5页。

由此，毋庸讳言，中国文论是在中外文化交流中形成与发展的。必须承认，中国现当代文论的滥觞与演进在多重层面得益于对西方文学理论观念与批评范式的学习、借鉴、改造与翻新发展。鉴于此，中国文论独特理论与话语体系的建构与形成，需通过综合互释、异同比较与双向阐发等研究策略与方法把握他国文论与中国问题的复杂关系，广取博收符合中国经验与语境，有益于中国文论自身发展独特需要的思想资源、致思范式、言说方式的成功经验以及具有本土实效性与可操作性的相应方法。

总之，通过译介与借鉴他国文论，中国文论不仅开启了现代性进程，而且拓展了研究视野与空间，进而为建构多元共生的理论与批评格局并融汇至国际文论领域奠定了基础并储备了条件。基于此，针对中国作为接受方的层面而言，对话与交流趋于选取立足通约性、注重普泛性、保持开放性的博弈且融合的辩证策略，从而在一定程度上较为充分地运用了他国文论的优质资源并接受了相应的正面影响。

二、他国文论对中国文论的负面影响

随着冠以"世界"之名的文化史、文论史与文学史的逐渐增多，有关世界文化特征、欧洲文化特色、美洲文化趋势的研判可谓屡见不鲜。然而，事实上，居于多元杂糅的文化时代，即便是对于单一的某个州甚或是某一具体国家而言，概述其文化特征仍尚存以偏概全等风险。由此言及中国对于他国文论的接受，以某几种固有特征统观影响发出方的所有相应构成因素，将其主流或反响较大的文论观念与话语范式视为全部特征的体现，无疑是有失公允的，因而消弭了影响发出方应有的总体特质、借鉴意义与参照价值。21世纪的中国对他国文论的接受的确突破了此前曾经存在的移植、嫁接、拼凑甚或全盘西化等接受方式，也不再亦步亦趋地复制模仿。然而，正如哈贝马斯所指出的，真理是在摆脱控制、限制，基于理想化之交往条件而取得且得以长久持续的。[①] 由此观之，由于历史错位、时代更替等客观反差与接受主体的主观对话心态等原因，在中外文论领域的交往与沟通中的确尚存矛盾冲突而尚未实现真正意义上因势利导、依异求同，全面互鉴、互动与互促的平等对话。

首先，明显存在主体话语体系的缺失问题。主要表现在缺失主体意识的盲从、过于注重求同与相同比较，疏于异质文化之间的求异以及缺乏批判性转化等现象。例如，过度关注西方经验与欧美文论所谓的最新动态，缺乏应有的筛

---

① ［德］哈贝马斯：《解释学要求普遍适用》，高地、鲁旭东、孟庆时译，《哲学译丛》1986年第3期第32页。

选、鉴别、改造与批判性转化，并以其为圭臬用中国本土文学、文论乃至文化现象为其提供佐证等。又如，既有研究中的某些成果行文中充斥着美国文论的范畴与术语，但却明显缺乏应有的理论深度等接受状况，进而揭示因未摆脱理论预设与脱离实况而形成的诸种误识与误读现象。

其次，片面关注与路径依赖现象在中国对他国文论的接受中仍较为明显。此种现象集中表现在即便是面对中国文学与文论层面的本土作品与现象，仍无视中国古代文论与现当代文论中业已存在的对相应问题的精当且符合本土经验的阐释，而是囿于完全重复仿效，盲目在欧美相应或并不实际相关的文论中寻找佐证。例如，后理论或理论之后等论断源自英美，基于两国文论不同的历史语境、理论基点与现实状况，且即便在两国的本土学界针对此问题也存在着迥异的判断。由此，上述两国学者的相应阐释视为纯粹意义上的文学理论的消逝本无可厚非，但如若因接受理论时代终结的论断而引发理论消亡论及对其未来走向的悲观甚或绝望，实为不加甄别的移植、片面的误读所致。

再次，理论建构与批评阐释与中国现实语境与相关问题脱节且功能消解。理论有待于用来使用、批评，而并非其自身自为存在并静待予以抽象研究的。①理论与包含文学理论、文学史与文学批评在内的文学研究实践形成对照，理论对实践予以剖析与描摹并阐明其预设，总体而言就是对其开展包含鉴别与区分在内的诸种批评。②输入他国文论疏于虑及中国文论的社会文化根基、现实情境与发展语境。例如，与西方特别是欧美发达国家相比较而言，中国的日常生活审美活动的方式自有其特质，因而西方审美文化理论并不完全适用于中国的批评实践；中国的生态环境情况、环保状况以及相应或相似活动存在差异，欧美的生态批评观念与方法不一定完全适于中国文化与文学文本。此外，中美乃至中西诸国的意识形态与文化传统存在诸种差异。鉴于此，英美学界的意识形态审美、极端反本质主义、历史虚无主义、后殖民主义等理论观念与批评范式也不可直接套用于中国的类似范畴或笼统概称。由此，中国文论对他国文论旨在促进自身发展的"借鉴"却在诸多层面削弱了理论面向现实的能力。常见的现象是，引进的理论先行，中国现象与材料堆砌次之，相关阐释中呈现出纯粹概念、逻辑的自我循环，进而失去了针对相关具体问题与现实指向的实效性与阐释力。

鉴于此，借鉴运用他国文化与文论思想应依据中国文论发展的现实态势整

---

① [英]拉曼·塞尔登、彼得·威德森、彼得·布鲁克：《当代文学理论导读》，刘象愚译，北京大学出版社2007年版，第10—11页。
② [法]安托万·孔帕尼翁：《理论的幽灵：文学与常识》，吴泓缈、汪捷宇译，南京大学出版社2017年版，第13页。

合本土文论资源，秉承求实精神对待他国的文学理论资源，辨析中外文论的问题与研究方式差异，并以是否能够解释与解决中国当下相应实践中的现象与问题为旨归。直面当代中国相应的现实本身，依托相关国情、人情与文情，在正视差异的基础上理解与吸收，有条件地打通且适度运用于中国的文学研究实践，并在批评实践中不断予以修正与改造，理论与实践相互印证与相互改变，持续提炼、守正创新，使其成为中国文论话语的有机组成部分，进而推进其当代文论形态的建构。

第二节　辨析他国文论中的中国问题

外国文论特别是当代欧美的文学理论观念与批评实践呈现出诸种中国向度。他国文论对中国问题的理解与阐释同中外文论关系的发展与演变密不可分。作为他山之石的中国因素与中国问题，在他国文论领域作为对象、资源与方法依据接受语境、阐释方式的差异而在多重层面发生了诸种变异。尽管他国文论对于中国问题的阐释，的确存在过度批判、误识、误读、偏见与盲视等现象，但的确作为异质文论成了他国文论在认知、表述与建构等层面的重要参照，进而凭借越来越多的共通经验共同参与了国际文论学术话语的生产流通与交流对话。例如，《诺顿理论与批评选》是美国乃至于当今西方学界最为全面、最具权威的文学理论与批评选集，被誉为文学理论与批评领域的当代百科全书。该选集的初版问世于 2001 年，该版并未收入非西方的文学理论家与文学批评家。2010 年的修订版，该选集做出了里程碑式的改变，开始选录非西方特别是东方的文学理论家，从而堪称是首部真正具有全球意义的文学理论与批评权威选集。该版中，收入了中国著名思想家、美学家李泽厚的《美学四讲》[①]。2018 年，该选集的最新版问世，突破了仅有一位华人文学批评家入选的状况，再次为中国文论研究增加席位，新增了目前在杜克大学任教的华人批评家周蕾。由此，以下旨在探究当下诸位相关美国本土学者、华人学者以及其他族裔学者在其学术实践中所接受的中国影响，进而具体剖析其研究实绩中有关中国问题的考察及其相应阐述。

[①] Li Zehou, *Four Essays on Aesthetics: Toward a Global View*, Vincent Leitch, Norton Anthology of Theory and Criticism. New York: W. W. Norton & Company, 2010.

一、对于中国哲学的借鉴与研究

当代西方文论对中国哲学的借鉴较为繁复。有关西方生态批评对中国古代哲学观念及相关经典的借鉴，对当代中国生态文学与影视作品的解读，本书第一部分"当代美国文论基本状况、主要特征与发展趋势"与第四部分"21世纪以来中美文论领域的互通议题及其论争"业已予以阐释。值得注意的是，西方当代新兴科学、边缘科学与交叉科学的诸种理论范式也从不同层面引入了中国文化维度。例如，当代美国粒子物理学家、系统理论家、生态哲学家弗里乔夫·卡普拉（Fritjof Capra）兼具科学家、哲学家与生态学家等多重身份，对当代深层生态学的研究综合了复杂性科学与系统论的相关成果，在诸种层面实现了从机械世界观到融合了文化生态观、宇宙生态观与系统生态观的整体生态世界观的转换。此外，他将过分强调"阳"之价值的笛卡儿－牛顿实在观念与还原主义方法论视为西方诸种认识论危机的根源之一，转而在生态研究中非常注重参照东方的阴阳和合的整体观，并以此为当代科学理论拓展了基础。在他看来，西方应基于整体对于东方传统文化的理解与把握，进而最终达至现代物理学的最新成就与东方神秘主义的和谐统一。由此，他基于东方古典哲学与对近代物理学量子论中相应难题的关联思考，写就了《物理学之"道"——近代物理学与东方神秘主义的相似性探索》[①]一书，该书生命宇宙观思想将现代物理学与东方神秘主义予以结合，系统论证了东方印度教，佛教特别指中国本土的道教与禅宗对于西方自然观形成的影响与借鉴意义。

以下以德里克视野中的海外儒学为例予以具体阐释。

德里克被誉为"第一个把全球化概念介绍到中国的学者"[②]，在海外学界的儒学、近现代中国革命等领域卓有建树。他曾声称，"作为一个专业历史学家，我并不想争辩在表述过去时历史学家比小说家做得好；但是仍有必要提出区别，作为一个认识论上的问题"。[③] 基于此，他的多部著述对于诸种中国问题予以了多维阐释。例如，他的《全球现代性：全球资本主义时代的现代性》[④]的"其他选择：中国与全球南方"与"增补重新审视现代性：欧亚视角中的现代性"部

[①] Fritjof Capra. *The Tao of Physics—An Exploration of Parallels between Modern Physics and Eastern Mysticism*. Colorado: Shambhala Publications, Inc, 1975. 中文版参见《物理学之"道"——近代物理学与东方神秘主义》，朱润生译，中央编译出版社2012年版。

[②] ［美］阿里夫·德里克：《后革命时代的中国》，李冠南、董一格译，上海人民出版社2015年版，第376页。

[③] ［美］阿里夫·德里克：《跨国资本时代的后殖民批评》，王宁译，北京大学出版社2004年版，第62页。

[④] ［美］阿里夫·德里克：《全球现代性：全球资本主义时代的现代性》，胡大平、付清松译，南京大学出版社2012年版。

分论及诸种中国问题。

针对德里克的儒学研究而言,他的研究主旨在于"通过对于全球资本的言说,在全球性的'文化中国'中对儒家'核心价值'的再确认,似乎成为全球政治、经济和意识形态目标对地方进行再创造的又一案例"。① 与之相应,他的儒学中展现出基于历史与世界维度针对相关发展历程与理论观念的多元且独特的理解与阐述。由此,以下注重考察德里克有关儒学的研究,力求探究其基于海外儒学的发展历程、理论与世界等维度的相关阐述所展现出的理论观念与批评范式等方面的特征。

(一) 针对海外儒学复兴脉络的梳理

德里克作为知名历史学家,长于运用历史学学科的考察视野、理论范式与研究方法梳理海外儒学的形成与嬗变。

首先是海外儒学复兴的缘起。德里克指出:儒学之复兴得益于海外华人社会中诸位学者及决策者的推动,"而复兴直至 1980 年代末才传到中国大陆"。② 由此,他针对海外儒学复兴的原因与契机进行了详尽阐述。他指出:"如果儒学在文化与思想上都体现了一种东亚身份,尤其是中国身份"③"不足为奇的是,文化存活和身份认同的意识形态考量会继续扮演重要的角色,将儒学或国学合法化为一门学术学科。"④

其次是海外儒学复兴的发展。德里克认为,在海外儒学界,"最初的问题是儒家是否与东亚社会的发展有关,因为至 20 世纪 70 年代末,东亚社会已经成为资本主义世界经济的第三个核心(继欧洲和美国之后)"。⑤ 与之相应,另外一个问题是儒学之于中国或者东亚身份认同的重要性。"20 世纪 90 年代,儒学的讨论在学术上发生了转向,其高潮是儒学研究作为一门独立的学术学科在过去十年中得到重建,伴随这一过程的是儒学作为大众文化的复活。20 世纪 90 年代官方的支持和文化民族主义的转向赋予了儒学复兴新的重要意义。"⑥

再次是海外儒学与国学的关系。在德里克看来,尽管"国学"与"儒学"的关系尚待厘清,但是可以肯定的是,儒学所获取的声望的确使国学受益良多。

---

① [美] 阿里夫·德里克著:《后革命时代的中国》,李冠南、董一格译,上海人民出版社 2015 年版,第 149 页。
② 同上,第 100 页。
③ 同上,第 101 页。
④ 同上。
⑤ 同上。
⑥ 同上,第 100 页。

"与此同时，国学也成了提升儒学地位的一种载体。"① 基于此，儒学与国学以及相关研究领域都将合法化为学术研究领域与学科门类。

（二）依据理论维度对海外儒学的阐述

德里克熟谙诸种文化理论与社会批评，对此，正如有学者所指出的："当然，由于越是到了晚近的阶段。德里克就越是倾力于理论推演，所以一般而言，此公对于理论本身的阐释，起码对于他的中国读者来说，就远比他的案例分析更令人信服。"② 值得注意的是，他长于将对诸种理论的观点与方法的理解贯穿于其有关海外儒学的研究之中。

例如，他对于后殖民批评研究颇深，认为"虽然引起注目的后殖民批评试图向既有的权力结构发起挑战，但它却是通过表述全球资本主义的新文化构成而得以最终完成"。③ 由此，他基于海外儒学的存在境遇反思了后殖民批评的限域。在他看来，"儒学复兴同时让我们注意到，文化'边地'这一后殖民知识分子的乐土，不仅滋生了激进文学与文化批评家，而且催生了那些在文化具有取向的知识分子，他们在资本主义新形态中充当了权力掮客"。④ 与此同时，儒学之复兴暴露出了后殖民批评所蕴含的意识形态陷阱，并且更为有力地揭示出了意识形态与权力结构之间可能达成的诸种合谋。⑤

又如，他揭示了儒家复兴对于东方主义的借鉴价值。在他看来，在后殖民批判将东方主义宣称为历史遗物时，儒家复兴对于东方主义的相关问题而言的确具有启发意义并令其再次以赢家身份脱颖而出。与之相应，鉴于海外儒学研究中在立场与视角等方面存在的诸种偏颇，他认为如若运用居于霸权地位的全球资本主义话语表述儒家思想，即是将东方主义置于全球权力之中心予以观照，且将建基于主体性问题层面的东方视为可兹仿效的普适模型。

（三）立足全球化维度对海外儒学的倡导

德里克出生于横跨欧亚两洲的国家土耳其，在伊斯坦布尔的罗伯特学院获得电子工程专业理学学士学位之后赴美求学并留美工作。此外，他还曾在荷兰、加拿大、印度与中国等研究机构与高校任教。此种生活、求学与工作经历使德里克逐渐形成了独特的全球化视野，其对全球化及其现代性等问题持有精辟而独到的见解。

---

① ［美］阿里夫·德里克：《后革命时代的中国》，李冠南、董一格译，上海人民出版社2015年版，第101页。
② 同上，第327页。
③ 同上，第102页。
④ 同上。
⑤ 同上，第101页。

在《全球现代性之窗：社会科学文集》一书中，他针对"全球化"予以了如下界定："全球化是指近 30 年来被新自由主义所驱动的全球化，它重新配置了包括前社会主义国家在内的世界各国的经济，管理、通信、生产和消费的新技术已经为资本主义的政治经济和文化渗透敞开了所有的空间。"① 在他看来，全球化非但没有消除反而增加了人与人之间、国家与国家之间的不平等与差异，而全球化自身的诸种局限也令其不可能消除经济、社会与族群的不平等与差异。此外，他认为目前的全球现代性是一种混乱且无法选择的现代性，由此，应关注当下社会与文化日新月异的不断建构及其未来发展取向。鉴于此，他对于若干相关术语进行了重释。例如，针对"杂糅"，他指出："杂糅的话语，或许拒绝卷入其历史社会语境的局限性，它自身却受到那种语境力量的限制。在身份诉求非常活跃且不断增强的社会历史语境中，杂糅本身的状态是相当不稳定的。"② 依据跨文化层面而言，"杂糅不再是干扰性的或仅仅是描述性的，而是规范性的；如果你不被杂糅，你就是一个欧洲中心主义的家长式人物"。③ 与之相应，"尽管杂糅很容易用来指一些不同于民族、族群和种族的'中间化'，比如阶级和性别的'中间化'，但多数有关杂糅的讨论都围绕着民族、族群和种族的'中间化'而展开，这一点是很明显的"。④ 又如，对于"离散"，他表明，"离散话语是否是批评的、激进的或保守的不是在离散的经历自身中固有的，而是取决于它有别于其他话语的方式，并涉及超越离散的条件"。⑤ 所以说，"如果离散话语对付当代问题是必要的，那么它担负不起它自己的终结，但是需要指出的是其他的可能性超越它自身"。⑥ 因此，在他看来，"离散的意识形态是全球化的意识形态当中的一种，而全球化的意识形态进一步威胁和削弱离散意识形态的前景（和存在）"。⑦

基于此，他立足全球化视域考察了儒学乃至国学整体体系的诸种问题。在他看来，"将现代历史全球化，创造了让中国历史'世界化'（worlding）的可能：它将中国史带入世界，同时将世界带入到中国史中"。⑧ 鉴于此，儒学复兴

---

① ［美］阿里夫·德里克：《全球现代性之窗：社会科学文集》，连煦、张文博、杨德爱等译，知识产权出版社 2013 年版，第 1 页。
② 同上，第 134 页。
③ 同上，第 131 页。
④ 同上，第 134 页。
⑤ 同上，第 155 页。
⑥ 同上，第 167 页。
⑦ 同上，第 149 页。
⑧ ［美］阿里夫·德里克著：《后革命时代的中国》，李冠南、董一格译，上海人民出版社 2015 年版，第 32 页。

在某种程度上业已成为厘定全球资本主义之特质的标准之一。① 由此延拓至国学整体体系，他认为，"关于国学的问题，并不能简单地从全球现代性的结构方面来理解，中国在全球发展中的位置为解读当代国学提供了一个必不可少的视角，尤其不可忽略的是国学百年的兴衰沉浮，它将继续决定国学的思想内容与意识形态预设"。② 具体而言，一方面，针对国学本体来说，"尽管国学在意识形态上与本土主义有密切联系，但是国学研究者对其他类型的学问，特别是'西学'，也抱有开放的态度"。③ 另一方面，基于全球语境而言，"中国的国学与其他民族/文明/本土的学术传统面临着相似的挑战。这些传统作为全球现代性的构成部分，都在要求言说的全力"。④ 与之相应，基于包括欧美传统在内的不同传统展开的对话，有助于明确中国之于全球思想与价值体系的普遍意义层面的诸种贡献。

综上，德里克依据世界与历史、理论与实践等纵横交汇的视野针对海外儒学开展了深入与全面的研究，不仅梳理了海外儒学的发展历程，而且揭示了其相关诸种特征。

二、对于中国美学的汲取与研究

中国古典美学在审美观念、审美对象与审美范畴等层面对当代西方文论形成了深远影响。以下以理查德·舒斯特曼（Richard Shusterman）为例予以具体阐释。

舒斯特曼的身体美学深受东方古典思想的影响，他直言美国及西方从古代亚洲哲学传统思想中得到了有关身体美学研究的诸种启发。⑤ 基于此，他自况其《身体意识与身体美学》一书汲取了中国美学等学术思想。具体而言，舒斯特曼首先通过阅读中国古代文献发现，"身""体""形""躯"等汉语中的表述呈现出了"一种活生生的、感觉灵敏的、积极活跃并且有意图的身体"。⑥《身体意识与身体美学》引述了《荀子·劝学》中有关"君子之学""小人之学"⑦的表述，

---

① ［美］阿里夫·德里克：《后革命时代的中国》，李冠南、董一格译，上海人民出版社2015年版，第102页。
② 同上，第249页。
③ 同上，第251页。
④ 同上，第270页。
⑤ ［美］理查德·舒斯特曼：《身体意识与身体美学》，程相占译，商务印书馆2011年版，第10页。
⑥ 同上，第16页。
⑦ 安小兰译注：《荀子》，中华书局2007年版，第11—12页。

进而通过精到解析①，具体阐述了儒家有关"修身"的诸种观念。②

与此同时，通过借鉴当代中国学者的相关研究成果，《身体意识与身体美学》指明中国学者有关身体美学的批评讨论令其获益良多，引述了中国学者张再林的专著《作为身体哲学的中国古代哲学》③，直言"不少学者像曾繁仁、彭锋、张玉能、刘成纪、彭富春、刘悦笛、代迅等，都已经发表了与身体美学相关的学术成果；一些中国博士生和博士后来到我所主持的佛罗里达亚特兰大大学'身体、心灵和文化中心'学习美学和身体美学，使我有机会从他们那里学到了许多东西。我希望这本书能够激发我们更多地一起学习，从中得到更多的知识、体验和友谊"。④

基于此，舒斯特曼自况，自己越是对中国文化予以学习，就越发意识到有关身体美学的研究可受益于中国的哲学、医学以及超越西方"美之艺术"观的诸种艺术传统。由此，他声称期待与中国学者开展旨在丰富与深化身体美学研究的合作研究，旨在汲取中国相应的丰厚传统思想资源。同时，他还期待自己的《身体意识与身体美学》一书能够促成中西方有关身体研究的诸种思想观念的交流对话，进而生发出新形态的、具有跨文化特质的身体美学立场，并催生出新兴的、更为精到的、身体化的且深显全球性特质的哲学。⑤

三、对于中国文学与文论的接受与研究

（一）文学批评流派对于中国文学与文论的接受与研究

作为文学批评流派整体层面特别关注中国并予以深入研究的范例，当属英、美新批评派尤为突出。英、美新批评派是中西文论交流史上特别是早期阶段，为数不多的中国与西方同步互动与接受的文论派别。具体而言，首先，从文学观念层面来看，该派的文学本体观与我国传统文论中的调和论、文质论等观点具有共通之处；韦勒克的透视法与中国古典文论的通变观、艾略特的"客观对应物"论与"比兴"说之间也存在着契合之处。其次，从批评标准来说，新批评派在其诗歌语言研究中所运用的"隐喻""复义"与"张力"等批评尺度与中国古典文论所崇尚的含蓄蕴藉、意外之旨以及诗无达诂等评判标准颇为相似，其中某些范畴与术语体现出诸种互文特征。再次，从批评方法来讲，新批评派

---

① ［美］理查德·舒斯特曼：《身体意识与身体美学》，程相占译，商务印书馆 2011 年版，第 16—17 页。
② 同上，第 17 页。
③ 张再林：《作为身体哲学的中国古代哲学》，中国社会科学出版社 2008 年版。
④ ［美］理查德·舒斯特曼：《身体意识与身体美学》，程相占译，商务印书馆 2011 年版，第 15 页。
⑤ 同上，第 10 页。

的细读等文本分析方法与长于披沙拣金、集腋成裘的中国古典文论在诗歌训释与小说评点等方面的确存在相似的研究路径。综观新批评派的发展历程可知，该派各个发展阶段的诸位代表人物都与中国形成了直接或间接的诸种关系。

例如，该派的不祧之祖，先驱理论家埃兹拉·庞德（Ezra Pound）被托马斯·斯特恩斯·艾略特（Thomas Stearns Eliot）称为"中国诗歌的发明者"（the inventor of Chinese poetry）。韦勒克曾指出："如若赋予批评以发现新的天才且预言新兴文学路径之功能，那么，庞德无疑堪称是其所处时代的重要批评家之一。"[1] 庞德的诗学理论之形成与发展与其对中国传统诗歌的翻译与阐发不无关系。他不仅基于费诺罗萨（Ernest Francisco Fenollosa）数十本有关中日文学的笔记，出版了《汉诗译卷》，还翻译了《大学》《中庸》《论语》等中国古典文化典籍。

又如，英国的新批评派学者中，英国语言学家、文学批评家、美学家与诗人艾·阿·瑞恰兹（Irot Armstrong Richards），与中国的关系颇为密切。他曾经六次来访中国，曾长期在清华大学等高校担任客座教授，并通过赵元任等学者了解中国文化，因而其为促进中英乃至中西文化交流与融合所做出的贡献是双向的。他基于文学理论与研究实践层面，接受了儒家思想的影响，主张以此为基础建立一种具有中和特质的文学研究体系。例如，《美学基础》引述并剖析了"不偏之谓中；不易之谓庸"的意指，进而生发出"美是综感（synaesthesis）"[2]等论断。又如，《意义的意义》[3]首章引用了《老子》中的"知者不言，言者不知"[4]等表述。再如，《文学批评原理》[5]多次引述了《中庸》中的经典句及诸种观点，并明确提出"中和诗论"。此外，《实用批评》中援引了孟子的"孔子登东山而小鲁"，进而用以强调阅读之范围及其深度的意义。[6] 基于此，他还为陆机《文赋》的首部英译本，即 E. R. 休斯于 1951 年由纽约万神殿出版社出版的译本撰写了"前言"。鉴于此，他对中国传统文化思想颇为关注并予以了中西

---

[1] René Wellek. A *History of Modern Criticism*. vol.5. New Haven and London: Yale University Press, 1986: 169.

[2] C. K. Ogden, I. A. Richards and James Wood. *The Foundations of Aesthetics*. London, and New York: George Allen & Unwin Limited, 2001: 7.

[3] I. A. Richards. *The Meaning of Meaning: a Study of the Influence of Language upon Thought and of the Principles of Literary Criticism*. London, K. Paul, Trench, Trubner, & Co., ltd.; New York, Harcourt, Brace & Co., Inc., 1923.

[4] 饶尚宽译释：《老子》，中华书局 2007 年版，第 135 页。

[5] I. A. Richards. *Principles of Literary Criticism*. London, K. Paul, Trench, Trubner, & Co., ltd.; New York, Harcourt, Brace & Co., Inc., 1924.

[6] I. A. Richards, *Practical Criticism: a Study of Literary Judgment*. New Brunswick, N. J.: Transaction Publishers, 2004: 289.

互通的考察与阐释。1929—1931 年，他在中国讲学期间，曾以《孟子》为教材学习汉语，并写就了《孟子论心：多重复杂定义的实验》一书。他在该书"绪言"中指出："我斗胆撰写该书的主要目的不仅是力争引起学界对于相关问题的重视，而且还旨在引发其对于一些有识之士业已完成的类似研究的关注。此外，我的写作动机之一还在于，博学且卓越的中国学者不太可能涉及我所提出的问题。"① 由此，他宣称该书的写作主旨在于，首先是要引发有识之士对中国模式的关注，"对于人类的前途而言，或许这一领域即是关键之所在，因此需要有志于此的诸位学者的悉心投入"。② 其次是呈现孟子思想体系的复杂特质。再次是力求"能够引发我们对于目前在西方的意义体系中居于主导地位的分类方法的反思与重释"。③ 此外是"旨在展现中国有关心理的诸种观念的研究工作，与科学与价值等问题具有一定的关联性"。④ 鉴于此，该书基于翻译中的诸种问题、孟子的言说模式与心性论以及比较研究的技巧等层面，综合语境阐释与心理研究等考察范式系统阐述了对孟子学说的认知与理解。

再如，威廉·燕卜荪（William Empson）来华之前即已开始研读中国古诗，成名作《朦胧的七种类型》首章就引述了陶渊明《时运》中的"迈迈时运，穆穆良朝"一句，将该句译为"Swiftly the years, beyond recall. Solemn the stillness of this spring morning"。⑤ 燕卜荪曾两度（1937—1939, 1947—1952）来到中国，累计在中国工作七年之久。他先后在北京大学西语系、昆明西南联合大学任教，并在此期间开始写作后来成为其代表性力作的《复杂词的结构》。⑥ 总体而言，燕卜荪的批评实践涉及语义、词义与文化等层面，从而体现出新批评派早期学者在传统与现代、文学与文化之间的艰难抉择与发展轨迹。

此外，克林斯·布鲁克斯（Cleanth Brooks）融汇诸种中国思维范式，提出了"反讽"（Irony）理论。布鲁克斯将反讽界定为语境对于一个陈述语的明显歪曲，认为"诗歌中的反讽除了矛盾与调节之外别无他物"。⑦ 他的《精致的瓮：诗歌结构研究》指出，"反讽在所有诗歌中都是其最重要的构成元素"。⑧ 除此之

---

① I. A. Richards, *Mencius on the Mind*: *Experiments in Multiple Definition*. New York, Harcourt, Brace and Company; London, K. Paul, Trench, Trubner & Co., Ltd., 1932: xi.
② Ibid., xii.
③ Ibid..
④ Ibid..
⑤ William Empson, *Seven Types of Ambiguity*. London: Chatto and Windus, 1949: 23.
⑥ William Empson. *The Structure of Complex Words*. New York: New Directions, 1951.
⑦ Cleanth Brooks. *Modern Poetry and the Tradition*. New York: Oxford University Press, 1965: 35.
⑧ Cleanth Brooks. *The Well Wrought Urn*: *Studies in the Structure of Poetry*. New York: Harcourt Brace Jovanvich, 1975: 209–210.

外，反讽还可作为最具普遍意义的术语用于彰显渗透于所有诗歌之中的不协调意识，而相应的不协调性甚或业已超越了相关批评范畴的既有承受力。与之相应，"反讽"作为诗歌语言中的普遍存在范式，既呈现为诗歌的语言技巧，又成为了诗歌的结构原则之一，因此也就成为了诗歌与其他文体相互区别的重要标志。基于布鲁克斯的上述研究，新批评派不仅将"反讽"视为语义变化的典型现象，而且将其提升到文学特性的重要表现手段的高度，从而使之成为文学文本的根本属性。由此，该派所强调的"反讽"，不仅深化了学界对于此种语言特性的认识，而且将其提升为一种宏观与微观相结合的文本分析策略，涉及语义、主题与结构等诸种层面。鉴于此，布鲁克斯与威廉·库·维姆萨特（William Kurtz Wimsatt）合著的《文学批评简史》[①]倡导将新批评派改称为"反讽诗学"。

值得注意的是，新批评派直接影响了海外中国文学研究。具体而言，美国汉学界针对中国古典文论、诗歌与小说的研究都深受新批评派的影响。例如，浦安迪的明代小说研究、宇文所安、高友工与梅祖麟的唐诗研究，刘若愚、叶维廉的比较诗学研究，夏志清的中国现代小说研究都在不同层面与新批评派的理论观念与批评实践之间存在诸种联系。

（二）文学研究者对于中国文学与文论的接受与研究

当代西方数位文学理论家与批评家都对中国文学与文论颇为关注，进而将之融入于相应研究之中。

例如，詹姆逊的文论观念与实践都与中国密切相关。他的后现代文化批评理论、西方马克思主义理论，特别是第三世界理论都与其对中国的关注以及以中国为研究对象有关。首先，基于文论观念而言，詹姆逊的"第三世界民族寓言"论之得以形成，在某些层面得益于其对中国文化与文学问题的长期关注。他力求将全球的特别是西方的后现代性与中国自身明显的异序音素予以并置，且对中国现代史上的鲁迅、茅盾与老舍等作家都进行了独到研究。例如，他将鲁迅《狂人日记》视为该类寓言的经典范例，指明阿Q堪称是寓言式之中国的本身。[②]此外，他在《可见的签名》的"前言"中将鲁迅的《中国小说史略》与德·桑克蒂斯、格奥尔格·勃兰兑斯、夏尔·奥古斯丹·圣伯夫，以及伊波利特·阿道尔夫·丹纳的文学史研究并论。由此，詹姆逊的"第三世界民族寓言"论虽未形成总体性的理论建构，但的确在一定程度上拆解了西方的东方主义及其有关东方的刻板、残缺与碎片化的认知。其次，依据文学批评视域来看，詹

[①] William Kurtz Wimsatt, Jr. & Cleanth Brooks. *Literary Criticism: a Short History*. New York: Knopf, 1957.

[②] ［美］詹明信著，张旭东编：《晚期资本主义的文化逻辑》，陈清侨译，生活·读书·新知三联书店2003年版，第529页。

姆逊之三重阐释视野的形成引入了对中国文化问题的认知。20世纪后半期，他开始接触毛泽东思想，进而阐发了自己对毛主义的理解。在《政治无意识》中，他基于对形式的意识形态内容的把握，将历史、社会、政治与意识形态因素予以融合，建构了包含政治视域、社会视域与历史视域的三重阐释视域。在由三重阐释视域形成的文学阐释体系中，"文化革命"意指西方文艺复兴、启蒙运动以来的思想转型与解放运动，并被视为文学隐喻与修辞手段。尽管上述阐释颇多误读误释，但建基于此的三重阐释视野的确在西方文论领域为有关文学形式因素的研究体系提供了影响持久且深远的考察范式。再次，针对理论的跨国传播来说，詹姆逊担当了当代中西理论之间的重要媒介者。纵观西方后现代文化理论、西方马克思主义理论与后殖民理论在中国的传播与接受历程，詹姆逊都是不可或缺的媒介者与范式传播中介。1985年，他的中国访问及其在北京大学为期四个月的讲学吸引了诸多中国受众。依据此次中国行的学术讲演整理成书的《后现代主义与文化理论》对于中国学界其后有关后现代文化理论的认知与研究具有不可或缺的引介与推动作用，进而对福柯、格雷马斯、哈桑以及拉康等后现代主义理论家的文论观点在中国的传播与影响形成了促进。其后，诸位中国学者以各种方式赴美与詹姆逊建立了直接的学术联系，这对于詹姆逊后期的研究与著述都形成了潜移默化的影响。

又如，米勒是改革开放以来较早来华讲学且来访次数较多的文学批评家。他有关中国文学的研究，注重辨析中美文学研究之异同之处。例如，他依据《现代语言季刊》发行的有关中国现代文学的专刊，具体剖析了当下中美学界之文学研究所存在的诸种差异。[1] 尽管他的相关评价存在以偏概全等问题，但与某些西方文论家甚或汉学家完全不关注中国学者的成果相比，还是值得肯定的。其次是对中国现当代文学的关注。例如，他在其《在全球化时代阅读现（当）代中国文学》中坦言：如有来生一定要学习汉语[2]。此外，他着力与中国及东方学者开展学术对话。关于米勒在中国的学术活动以及与中国学者针对文学终结论的互动，本书的第二部分与第四部分已予以论述，在此不再赘述。米勒还长期与其他东方学者进行学术交流与合作。例如，2016年，米勒与印度北孟加拉大学英文教授兰詹·高希（Ranjan Ghosh）合作出版了《文学思考的洲际对话》[3]。该文集基于上述两位学者长达15年针对相关学术问题的交流与互动，基

---

[1] ［美］希利斯·米勒：《中美文学研究比较》，黄德先译，《外国文学》2010年第4期第83页。
[2] ［美］希利斯·米勒：《在全球化时代阅读现（当）代中国文学》，史国强译，《当代作家评论》2011年第5期第86页。
[3] Ranjan Ghosh and J. Hillis Miller. *Thinking Literature Across Continents*. Durham: Duke University Press, 2016.

于全球化语境中文学的本质、功能与价值,世界文学概念的源起与面临的问题,重振文学教学与研究的路径等问题各抒己见,并且提出了切实可行的应对策略。

再如,美国比较文学学会(ACLA)第四个十年报告(2003年报告)的主撰者苏源熙援引老舍的不幸遭遇表明所谓的绝对化、单一化的世界文学实际上并不存在。① 此外,马丁·普契纳曾为《诺顿世界文学选》主编,为该选集第三版工作过数年。普契纳的《世界文学与文学世界之创造》列举张爱玲《封锁》,借以说明世界文学是对失落的世界遗迹之收集。②

值得注意的是,中国当下的文学研究热点与文论发展态势引发了美国相应领域诸多学者的积极回应。

例如,大卫·L.杰弗里的《后理论语境中的文学研究》梳理了后理论语境中的文学研究状况以及中国学界的相应态势,进而表明,鉴于文学理论的相应体系中居于主导地位的多为与法德结构主义一脉相承的理论范式,由此,晦涩难解的诸种相应术语甚至催生出了用以破译与表述相关理论之本质的产业。③ 保罗·杰的《走近丝绸之路:西方文学理论与全球化研究之反思》指出,丝绸之路作为"历史文化遗产"呈现出的精神象征着东西方之间的交流合作。④

总体而言,上述学者虽未完整、全面与深刻地认识与了解中国,且其视野中的中国及其对中国问题的阐释颇多相似之处却又因其关注焦点与理论背景不同而存在诸种差异,但的确都从中国传统与现代文化中寻求到了他国所不存在的中国思维与中国文论独特的理论与实践资源。

四、海外汉学家对于"文化中国"的阐释

对于与世界相遇的中国如何予以解读,关乎向世界呈现何种中国图像,进而影响世界各国对中国的理解。长期以来,海外对"文化中国"的解读呈现出众声喧哗态势,从"中华文明西来说"的旧调重提到"文明冲突论"以及"历史终结论",从"中华文化停滞论"到"中华文化冲击-反应论"等,上述涉及中华文化的消极论断无不与"西方中心论"殊途同归。与之相对,诸多海外汉学家对中华文化的诸种本原与真相予以了客观揭示,从而对中国在与他国共同发展中消除偏见与误解、促进理解与交流等方面,发挥了有益作用。鉴于此,

---

① [美]苏源熙:《世界文学的维度性》,生安锋译,《学习与探索》2011年第2期第211页。
② [美]马丁·普契纳:《世界文学与文学世界之创造》,汪沛译,《学习与探索》2011年第2期第214页。
③ 同上。
④ [美]保罗·杰:《走近丝绸之路:西方文学理论与全球化研究之反思》,臧小佳译,《学术界》2018年第5期第83页。

以下力求全面考察海外诸多知名汉学家对于中华文化的整体关照,从中华文化的本质、中华文化的现代作用及中华文化的价值正当性等层面进行了系统梳理。

(一)中华文化的本原揭示

中华文化源远流长,在中国历经苦难与辉煌的交替变迁中,以自身特有的魅力虽数番置于绝地而后生,仍顽强地延续至今。这激发了海外汉学家的强烈兴趣,数百年来他们传承有序地对中华文化进行了介绍、阐释与研究,而今海外汉学家从最初对中华文化以异质欣赏的旨趣,发展到试图探究个中因由,特别是其面临现代化冲击何以仍能焕发出生命活力。

首先是有关中华文化的历史境遇的梳理。例如,意大利汉学家阿德里亚诺·马达罗(Adriano Madaro)终生致力于有关中国地缘政治问题的研究,他通过针对中国问题多年的冷静与深入思考宣称,世界上尚无任何一国承受过类似中国所经历的苦难历程,这种境遇以及由此锤炼而成的承受力造就了中华文化的唯一性和独特性,而西方国家对此却所知甚少。

其次是针对中华文化的持久性特征的考察。例如,美国芝加哥大学教授艾恺(Guy Salvatore Alitto)依据人类历史的总体视域厘定了中华文明的具体特征,指出:从涵盖疆域来看,中华文明超过了世界上任何前现代文明,其聚合力亦为后者所不可比拟。基于时间跨度而言,中华文明延续了五千余年,此种连续性体现在其他文明遭到外族入侵陷入混乱而往往导致崩溃灭绝,而中华文明竟能承受诸种考验,以顽强的生命力继续自身的文明体系。又如,美国达特茅斯学院教授艾兰(Sarah Allan)基于近东文明与中华文明的比较视角表明,虽然激发欧洲文明的近东文明与中华文明都不失历史悠久、系统复杂且文字成熟和审美取向独特等共性,但较之近东文明而言,中华文明的确更具连续性,这在当今世界各国当中无疑是独一无二的。

再次是基于中华文化的包容性特征的辨析。例如,目前海外中西比较哲学界的重要代表人物郝大维(David L. Hall)、安乐哲(Roger T. Ames)等运用西方语言文化研究范式,对中华文化的基本性质进行了阐释。他们认为"中国和西方文化传统的丰富性和复杂性,在某种程度上确保了主导一个文化传统的丰富性和复杂性,在某种程度上确保了主导一个文化传统的文化前提——或许以某种极为边缘的形式——同样也会出现在另一文化母体中"。① 又如,艾恺指明,虽则儒家本身并非宗教,但其发挥了宗教之功能与作用。依据多元文化共存的当今世界来看,或许只有儒家文化能够在世界范围内的伦理道德规范层面促成

---

① [美]郝大维、[美]安乐哲:《通过孔子而思》,何金俐译,北京大学出版社2005年版,第12页。

共识。① 再如，俄罗斯汉学家弗拉基米尔·米亚斯尼科不仅肯定了中华文化在人类历史上的重要地位，而且从文化层面对于中国在历史长河中图强自立并较好地延续着中华文明的蓬勃生机等现象进行了诠释，认为中华文化有很强的包容性，既能保持自身的主体性与特质，又能与时俱进、兼收并蓄、博采众长，进而不断得以发展。

概言之，海外汉学领域有关中华文化诸种特征的悉心关注、敏锐判断与精到阐释，不仅充分地彰显了中华文化的情境性、互动性、过程性以及动态性等特质，而且较为精准地把握了中华文化的历史脉络与当下态势。

（二）全球化语境中的中华文化

全球化的日益拓展促使诸种文化之间生成了悖论式的对立统一的共存态势，具体体现为中心与边缘的模糊，本土与异乡的疏离，同一与差异的较量，以及联合与解体的重建。与之相应，任何一方的消长都必然直接或间接地反衬出他者的优势或限域。基于此种语境而言，中华文化与他国文化的必然相遇与频繁对话是否会造成彼此之间的文化对立，延续数千年的中华文化在当下语境下能否抵御激变无疑是其谋求生存与发展的题中应有之义。对此，国内外的相关探讨层出不穷，而海外汉学领域也不乏相应论断，且非常注重探究其面临现代化冲击的发展与未来等关键问题。

首先是中西文化差异是否会导致二者之间不可调和的矛盾问题。对此，瑞典皇家人文、历史和考古学院院士罗多弼（Torbjorn Loden）反对过分夸大中西方文化差异的双方文化交流不可逾越论。他认为，中华文化虽为"独特异质"，但与西方文化并不存在本质差异，而是同一本质下的变奏，就如西方同样存在"天人合一"的思想，只不过表述不同而已。尽管因现代化"超越"之所需可以反思中华文化传统，但否定不可取。独特性虽是世界各国文化的共性，但其仍是以世界文化普遍性为基础，甚至是普遍性的具体体现。此外，美国哈佛大学亚洲中心资深研究员杜维明教授则倡导在当前世界各种文明间开展对话，以解决文明冲突。尽管相关对话尚显欠缺，但是中华文明具有容忍、理解和尊重其他文明等特征，儒家精神中"仁爱"的基本价值观念以及"己所不欲，勿施于人"和"己欲立而立人，己欲达而达人"的基本原则，都为其通过与其他各个文明之间的对话找到彼此普遍认同的核心价值提供了有力保障与诸种可能，而这也正是构建全球文明对话的基础所在。

其次是中华文化可否与世界各国文化多元共存问题。对此，法国汉学家雷

---

① 王传军：《中华文明震撼了我（下）——访美国著名汉学家、芝加哥大学终身教授艾恺》，《光明日报》2003年9月3日第8版。

米·马诸叉（Rémi Mathieu）教授呼吁不可遗忘中西文明的历时交互影响及其共同发展的历史谱系。依据其观点，西方和中国都不应忘记，没有中国文明的贡献就不会有今天的西方文明，同样没有唐宋以后尤其明清和近现代西方文明的多元与丰厚给养，中国在诸种领域的发展同样难以呈现出今天的情势。由此，中西文化交流由来已久且双方关系复杂多变，从相遇、相碰、冲突到学习、理解与融汇，唯其如此，方能促进世界文明的发展与进步。

再次是中华文化优秀传统的现实意义问题。

例如，以色列特拉维夫大学教授欧永福（Yoav Ariel）认为，中国文明源于其传统哲学。他非常仰慕《道德经》的博大精深，将其视为中国哲学的基石，认为其至今仍具有现实价值，可借以辨明宇宙万物本源。相比较而言，东西方哲学虽在研究方向与路径等方面存在很大差异，但仍存诸种共通之处。对照来看，西方与中东文化以科技和宗教为基础，却给人类带来重重灾难，而基于中国传统哲学的中华文化思想则可拯救人类。

又如，德国汉学家卜松山（Karl-Heinz Pohl）深入阐释了儒家文化的后现代意义，他提出要从源头去考察社会和道德，这个源头就是儒家文化中的"个人"。他认为儒家意义上的"自我"是一种被社会制度与社会关系决定的关系性自我，这使得家国同构的儒家核心思想以及"修身齐家治国平天下"的结构范式成为可能，并赋予了儒家以世界主义特征的本质。在人类应对后现代社会的挑战方面，诸如化解环境危机、保持生态平衡等，他认为儒家文化中的"天人合一"思想，无疑具有世界贡献和当下意义。

再如，塞尔维亚贝尔格莱德大学孔子学院院长拉多萨夫·普西奇认为，蕴含诸子思想的中国古代文化是人类智慧的源泉，今日中国之繁荣与发展正是得益于中国传统文化传承。全球化语境下，中华文化的演绎引发了世界范围的普遍关注，但中国年轻一代却更关注经济往来而对中国古老文化兴趣不足。然而，经济发展与对外交往若无传统文化底蕴作支撑，不仅毫无意义且丧失根基，而且终致败北于全球化风浪的冲击。

此外，值得注意的是，中华文化的当下及未来发展也引起了普遍关注。

例如，中国参与当今世界多元对话的积极态度，获得了奥地利维也纳大学李夏德（Richard Trappl）教授的赞赏。他认为，21世纪以来，中国的一种明显变化是积极参与和推动了不同文化之间的对话，而这与战略对话和经济对话同样重要。基于此，他国对中华文化的认识和理解的逐渐深化促进了其有关中国的渐趋客观、正确的判断与评价。中国与世界在文化层面的诸多对话与交流以相互尊重为基础，这在一定程度上激发了他国对中华文化的兴趣，增进了其对于中华文化深入与全面的了解。

又如，对于中华文化在当今世界文化体系的地位及其发展趋势，埃及汉学家穆赫森·法尔加尼认为，当今世界文化正值转型之际，与日益呈现衰败之势的西方文化相悖，以中国为代表文化的东方文化正在崛起，进而为世界文化的未来发展带来了希望。对此，饶宗颐先生曾预言，21世纪应该不仅是一个东学西渐的历史时期，而且是中国的文艺复兴时期，在此历史时段，悠久而具普适性的东方尤其是中国的学术与艺术思想将会对西方产生巨大影响。

再如，比利时根特大学教授巴德胜（Bart Dessein）倡导世界将来会是中国化的，而中国的发展则是欧洲化的等论点。由此，他指出，随着欧洲与中国之交往的日益密切，来自中国的思想理念自然会逐渐渗透到欧洲人的生活之中，从而在一定程度上实现欧洲的"中国化"。此外，比如说形成于欧洲的马克思主义却是在中国具体实践，这可作为中国发展"欧洲化"的一种有力诠释。国际交往合作不可避免会受到他国文化的影响而改变自己，因此充分尊重并合理接受他国的历史文化与文明，才是人类共同和平发展的唯一可能路径。

（三）中华文化与他国文化的融合与对外传播

中华文化走向世界并发挥作用，需要回应国外对中华文化价值正当性和功能代偿性的质疑，以阐释中华文化走向世界的合法性。中华文化需要找到合适方式传播，才不至于引起他国的反感甚或抵触，从而更好地为他国所接受。各国汉学家都对此进行了深入的阐释与解读。

首先是针对中西文化冲突论的辩驳。例如，德国汉学家孔汉思（Hans Kueng）直言不讳地批评亨廷顿的"文明的冲突论"是荒谬的。他认为，不同文化通过对话有望和平共处，人类为克服来自失去控制的西方化、毫无约束的个人主义、道德沦丧的物质主义等的威胁，需要重新发掘人的价值、人的自我主张、人的现实感、道德品质和坚韧的民族精神，以重塑人类的未来。基于此，兼具人道感、依存感以及和谐感的中国伟大人文精神将为之做出贡献。

其次是对于中华文化的世界价值的肯定。例如，已故美国著名汉学家白鲁恂（Lucian Pye）认为，中华文明可拯救西方基督教文明造就的"创造性毁灭"怪圈。在他看来，基督教文明业已陷入难以自救的悖论境遇，即一面在创造着人类大量财富，一面又囿于其二元对立观在世界上制造了隔阂、对抗与冲突。他进而提出，中华文化可在突破两难境地的过程中有所作为，中国实现"中国梦"的过程就是开创超越西方现代化模式、探索人类新文明的过程，而这正契合了人类文明众望所归的合理发展轨迹。又如，法国汉学家汪德迈（Léon Vandermeersh）从后现代文化的视角对中华传统文化予以了重审。依据他的观点，在追问当今世界诸多问题时，西方文化表现得无能为力之际，正是中华传统文化发挥其作用之时。具体而言，儒家思想中"天人合一"体现了对自然的尊重、"远神近人"体现了拒绝宗教的完整主义、"四海之内皆兄弟"体现了博爱精神等，而上述思想无疑都具有现代普适性。鉴于此，不能因为鸦片战争后中国曾衰落而全盘否定中华文化。实际情况是，古老的中华文化在现当代的历史语境中顺应了现代化进程的诸项要求，进而力促了改革开放以来中国经济的快速发展。再如，法国当代著名哲学家、汉学家，巴黎第七大学东亚语言与文明系弗朗索瓦·于连（Frangos Jullien）主张经由中华文明映射西方文明的限域。他指出："我们所认识到的中华文化传统的这些理论前提恰恰不是那些能与我们自己文化传统主流思想家所共享的认识。但如果盎格鲁－欧洲读者愿意将某些重大的文化差异，视作一种避免无意识将中国儒家观念翻译成与之根本不相调和的语言的手段，那么，它必能给我们提供真正帮助。"① 由此，在他看来，基于严格意义而言，中华文明是唯一存在的一种不同于欧洲文明的"异域"文明，有一种别样的光亮，通过寻找到它可以给陷入黑暗的西方带来光明。

再次是对于"中华文化如何走出去"的倡导。例如，德国美因兹大学教授柯彼德（Peter Kupfer）与法国国立东方语言文化学院白乐桑（Joël Bellassen）教授都认为，中华文化海外传播要避免视野狭窄，切忌将其内涵简单化、表象化，局限于气功、武术、剪纸、中国结、狮子舞等表层意象，还应包含内涵深刻且富有生命力的文化元素。此外，柯彼德还认为，汉语的全球影响力并非制约"中国文化走出去"的根本桎梏，应加大其在世界范围的传播力度，进而提高跨文化交际以及识别文化差异的能力。正视中国与他国在语言、思维及价值观等方面的差异，可适当对中华文化加以可接受性改造；拓展文化交流深广度，以适应国际空间的需求。遵循诸种文化之间的互渗互融规律，结合现代文明成果促进文化的融合，多举措、全方位地推进"中国文化走出去"的发展战略。

（四）反思西方对中华文化的想象

鉴于西方中心观的优越感等原因，国外学界认为西方文明高于东方文明者大有人在，他们带着傲慢与偏见，对中国进行丑化甚至妖魔化，特别是中国崛起加剧了他们的心理不平衡，因而时常下意识或者无意识地用西方文化压制甚至污蔑中华文化，"文化中国"的形象在他们的眼中是模糊不清抑或幻想出来的。诸多海外汉学家对囿于西方语境下，处境极为不利的"文化中国"形象予以了深刻反思，并且也对西方对中华文化不切实际的想象进行了深入辨析。

首先是针对偏见形成之源流的梳理。例如，美国汉学家史景迁（Jonathan D. Spence）对世界看中国与中国看自己之间的巨大反差进行了悉心比较与参照

---

① ［法］弗朗索瓦·于连：《（经由中国）从外部反思欧洲》，张放译，大象出版社 2006 年版，第 11 页。

研究后表明，早在13世纪，马可·波罗（Marco Polo）的《中国游记》中即已流露出有关中华文化的偏见。这种偏见在不同层面持续了700余年，西方在凭借自己的方式关照中国的过程中难免带有主观色彩甚或造成误读，这种中西方文化对立会加剧彼此间的紧张关系，而这才是双边关系中真正的风险。又如，曾向德国成功译介了第一批中国当代文学的德国汉学家米歇尔·康·阿克曼（Michael Kahn-Ackermann）认为欧洲关于中国的想象，在几百年间也发生过很大的变化，从启蒙运动时期西方哲学家视孔子为理性社会的偶像，到后来认为毛泽东领导的中国是世界革命的天堂等，西方基于想象层面来认识、理解与评价中国，其间既有误解与误释，又显现出无穷的创造力。

其次是针对误解现象的批判。具体而言，一方面是反思对于中国的过度敌视。例如，法国汉学家马诸又认为，发端于19世纪的"黄祸"论至今仍充斥在一些欧洲人的想象之中，把"黄祸"强加于中国，这不是解决西方问题的应有态度，中国根本并非西方所谓的"黄祸"。中国历史悠久并屡经政治动荡，其形象难免在他国视野中因被遮蔽或涂改而失真，对中国无论是过度恐惧抑或过度赞誉，都是不可取的。另一方面是纠偏对于中国的盲目崇拜。例如，美国乔治亚理工大学教授卢汉超针对近年来西方学术界出现的"唱盛中国"论调，提出需对其保持充分警觉。在他看来，西方学界虽是强调中国历史文化的延续性与独特性，以试图解析中国崛起的历史文化根源，但切忌盲目推崇"中华文化优越主义"。[1]

再次是对于误解形成原因的揭示。例如，法国前资深外交官魏柳南（Lionel Vairon）在其著述《中国的威胁？》一书中，对"中国威胁论"在西方的形成原因进行了深入探究，认为主要是400多年来西方文化强烈的自我优越感作祟的结果，相关论断者笃信只有他们自己的信仰与文化才是全世界最高级的。而今，世界文化格局发生了变化，正从西方文化一统天下过渡到多元文化共存的新时期。尽管中华文化渐趋形成强大的影响力，但其毕竟仅居于区域性的有限强势。相比较而言，西方文化经过由殖民主义、帝国主义扩展到全球化的历史变迁，其在世界格局中的主导地位实际上从未发生任何质变。又如，美国汉学家安靖如（Stephen C. Angle）提出的"进步儒学"观念在国际汉学领域形成了广泛影响。针对美国是否应担心中国文化的崛起问题，他认为关键是应如何理解与重新发现相应问题，一方面，如若中国文化崛起论能够使中外各国都更为意识到中国传统的哲学、宗教与文化艺术的伟大之处，倘若有更多的人将儒学

---

[1] 卢汉超：《中国何时开始落后于西方？论西方汉学中的"唱盛中国"流派》，《清华大学学报：哲学社会科学版》2010年第1期第5页。

文化视为其生活准则与理解宇宙的路径，无疑是大有裨益的。基于上述层面而言，中国文化之崛起为美国乃至西方理解世界的方式提供了更多的可能性。另一方面，毋庸讳言，如若将文化视为是单一且存在竞争的存在，未能将中国文化视作可在诸多层面发挥建设性作用的开放与变动的丰富体系，而是将中国文化等同于一种文明、单一整体并将其等同于中国，则会将中国在世界层面扮演重要角色的唯一方法限定为中国文化特别是儒学文化的更具影响力，由此判定不但中国人必须变成彻底的儒家，而且外国人也都将皈依于儒学。安靖如坦言，上述观点与部分美国人观察世界时的思维相契合。与之相应，如若无视诸种文化传统的成长变迁历程及其某些特定时段的理解方式，便难以意识到儒学思想在美国与基督教思想在中国的发展空间。在他看来，儒学能为多样的世界文明带来诸多有益启示，中国文化之崛起对世界而言尤为重要。①

此外是针对中国应有对策的建议。例如，阿克曼倡导不必过于拘泥于西方有关中国的想象是否符合实际。他认为，西方对中国的幻想甚至误解都不能被全盘否定，因为想象或幻想同样在某些层面表达出了对于中华文化的诸种期许，而正是由于中华文化是西方文化的他者才会使西方兴趣盎然。依据他的观点，欧洲关于中国的想象，在几百年间历经变迁，从启蒙运动时期西方哲学家视孔子为理性社会的偶像，到后来认为毛泽东领导的中国是世界革命的天堂等。综观相关嬗变过程可以看出，西方建立在想象层面的中国理解，其间既有误解误释，又显现出无穷的创造力。又如，魏柳南在其《中国的威胁？》中断言：国际层面针对中国之成就的诋毁还会持续存在很多年。②对此，中国应需避免陷入一种民族主义的过激反应中，否则只会加深误解甚或隔阂。针对中国相当长一段时间以来强调经济发展，甚至走向从"唯GDP论"到"唯物质论"的极端，德国汉学家顾彬担忧这会导致忽略精神文化提升，进而造成道德沦丧、社会问题丛生。德国汉学家马海默（Marc Hermann）指出，西方一直以来都认为，西方文化代表的是启蒙时代开启的现代理性，但这种理性现今也遭遇危机，面对当下诸多问题束手无策。中国盲目模仿西方不可取，需要从自身的文化传统中汲取有益成分，从而切实解决自己的问题。

总体而言，诸多汉学家都承认中华文化以及中华文明在世界文化谱系中的地位作用，并期待其为其他国家和地区在应对和解决自身难以克服的诸多问题中提供有益经验和参考。然而，这些汉学家们基于善意且富于创建性地指出，中华文化并非完美无缺，其自身亦存不足，故在对外交往中切忌文化自大。上

---

① ［美］安靖如：《理解"中国文化的崛起"》，《人民日报》2010年10月29日第14版。
② 魏柳南：《中国的威胁？》，人民日报出版社2009年版，"后记"。

述诸位海外颇具影响力的汉学家,对"文化中国"予以了多元阐释,显示出其对中国客观与友好的情感与价值取向,虽屡遭西方极端主义者的非议,但依然凭借其自身多年对中国文化深入研究的客观立场,试图通过对中国这样一个他者文化的了解以反观其本土文化。每种文化都不能承载人类的一切,每种文化都是他者文化的他者,不应因本土与他者的文化差异而轻视、恐惧甚或拒绝他者文化。诸种文化都应避免误读误批、抛弃偏见、拒绝无知、尊重差异,在多元共存中可以相互倾听、相互理解并相互汲取。总之,"文化中国"观逐步发展演变成了具有相对普适意义的文化构建模式,从而为中国当代文论的国际化建构提供了可资借鉴的范式。

第三节 建构国际文论关系整体体系

国际学界在文化与文学等领域的对话与交流越来越频繁,从而为在比较视域中对中外文学理论予以汇通研究提供了诸种可能性。针对世界文论体系层面的共通性或通约性问题,学界可谓众说纷纭,赞成者与反对者各执一词,长期争论而至今未果。国际文论学术体系中,过度强调不同文化之间的根本差异性、特殊性与不可通约性,无视不同文化之间相互理解、沟通与互动的必要性与可能性等现象可谓由来已久且屡见不鲜。

一、国际文论总体发展概况

拓展世界文论的总体视域无疑是世界各国文论发展至今的必然选择与合理发展路径。

一方面,基于观念层面而言,有关世界文论的诉求明确,理论储备渐趋形成。

居于全球化的当下,跨越既有民族国家维度的视野融合无疑实属必然。由此,处于此种语境中的中外文学研究都"应该把作品置于一种开始于历史深处、我们每个人(无论多么渺小)都还在参加的人与人之间的大对话"之中。① 因此,理应重审各国、各民族与各地区文论之间的诸种普适问题。

鉴于此,异质文化与文论的可比性与可通约性的合理空间问题被提升至关注焦点。对此,主张迂回经由中国进入希腊研究的法国当代哲学家,汉学家弗朗索瓦·于连(朱利安,Francois Jullien)提出文化是复数的,变化令其生动。

---

① Todorov, Tzvetan. *La Littérature en Péril*. Paris: Flammarion, 2007: 90.

在他看来,"中国是从外部正视我们的思考——由此使之脱离传统成见——的理想形象"。① 鉴于此,立足中国所进行的旅行越是深入,就越能促使西方学者回溯并回归至自己的思想体系。针对观念中心与差异问题,于连批判了西方业已存在的如下惯常状况:自从苏格拉底以来,在从个别到一般的研究中始终在寻求抽象定义,从具体案例出发推导出普遍性,再追溯具有共同性的本质,即定义与逻各斯,进而将之运用于所有的个别情况。

具体言及世界文论的是达姆罗什。他提出并系统阐述了"椭圆折射"世界文学理论,指明"世界文学是民族文学的椭圆折射"(elliptical reflection)②,旨在表明世界文学作为公共空间能够形成双重焦点与关注,从而对时空、语言与文化的跨越。民族文学的诸种作品如同基于原语文化的第一个焦点(source cultures)发射出的光源,经由充溢着诸种介质的世界文学空间的认可、排斥、吸纳与改造而聚焦至作为宿主文化的第二个焦点(host cultures),从而形成世界文学作品并产生辐射与影响。上述观念对于世界文学理论的意义在于,可将国际范围内的文论视为原语文化与宿主文化的混融,充分关注世界各国、民族与地区文论发展的历史经验与现实状况,进而充分展现世界文论的整体状貌与发展路径。

另一方面,基于实践层面而言,有关世界文论的研究始终存在,并且日益得以拓展。

例如,韦勒克在文学批评、文学史与比较文学等领域都堪称是博专兼备的学者。早年在布拉格的成长并获布拉格查理大学哲学博士学位、后长期在美国耶鲁大学任教等人生与学术经历,都使其文学批评实践贯穿着跨越语言与国界的研究视野。在他看来,堪称文学博士者应不囿于仅为英、法或德国之文学界限内的博士。③ 同时,他还身体力行,在文学研究实践中践行了跨越语言与学科的影响研究与平行研究。影响研究层面涉及国家之间文论关系的研究,例如:《英国文学史兴起》④《捷克文学论集》⑤《对照文集:19世纪德、英、美三

---

① [法] 弗朗索瓦·于连:《迂回与进入》,杜小真译,生活·读书·新知三联书店1998年版,第3页。
② David Damrosch. *What Is World Literature?*. Princeton: Princeton University Press, 2003: 133.
③ René Wellek, *Concepts of Criticism*. New Haven and London: Yale University Press, 1963: 314.
④ René Wellek, *The Rise of English Literary History*. Chapel Hill: University of North Carolina Press, 1941.
⑤ René Wellek, *Essays on Czech Literature*. The Hague: Mouton Press, 1963.

国之间的理智与文学关系研究》①，以及《近代文学批评史》② 等著述；跨国界文学研究者之间关系的研究，例如：《伊曼纽尔·康德在英国：1793—1838》③ 等著述与《陀思妥耶夫斯基的评论史》④ 等论文；平行研究层面涉及文学思潮与流派之间的参照，包括：文学史中的巴洛克、古典主义、浪漫主义文学、现实主义与象征主义⑤ 等；批评家之间的比照研究，例如：《四大批评家：克罗齐·瓦雷里·卢卡契·英伽登》⑥ 等。

又如，德国学者埃里希·奥尔巴赫（Erich Auerbach）的《摹仿论：西方文学中现实的再现》⑦是萨义德旅行理论（Traveling Theories）的论据根基与经典范例。"第二次世界大战"纳粹清扫期间，被剥夺了马尔堡大学罗曼语语言学教授职位的奥尔巴赫在流亡中完成了这一建构西方叙事体系的鸿篇巨制。该书参照写实风格以及相应标准，融合了世界文学层面的语文学、文体学、观念史、社会史、学术史、艺术趣味史、历史想象史与当代认知史，基于拉丁系语文学研究，通过仔细考察语言和文学的形象化描述，对欧洲从古代史诗到现代长篇小说，西方历时3000余年业已形成影响的经典之作与代表作品，法国、西班牙、德国与英国等国家与民族文化与文学的各自特质与发展予以了全方位的综合阐释。

二、跨文化的比较诗学研究

比较诗学研究是基于多重语境所进行的跨民族、跨语言、跨文化与跨学科的研究，凭借文学理论视域开展了集群会通地参照研究，诠释了多元文学与文论现象之间的契合与差异。中西比较诗学有关概念论、本质论、起源论、思维

---

① René Wellek, *Confrontations*: *Studies in the Intellectual and Literary Relations between Germany, England, and the United States during the Nineteenth Century*. Princeton: Princeton University Press, 1965.

② René Wellek. *A History of Modern Criticism*, vol.1-8. Cambridge: Cambridge University Press, 1955—1992.

③ René Wellek. *Immanual Kant in England 1793—1838*. Princeton: Princeton University Press, 1931.

④ René Wellek. *Discriminations*: *Further Concepts of Criticism*. New Haven and London: Yale University Press, 1970: 304–320.

⑤ 韦勒克针对文学思潮流派的研究主要收入其如下文集：René Wellek, *Concepts of Criticism*. New Haven and London: Yale University Press, 1963；*Discriminations*: *Further Concepts of Criticism*. New Haven and London: Yale University Press, 1970.

⑥ René Wellek. *Four Critics*: *Croce, Valéry, Lukács, Ingarden*. Seattle: University of Washington Press, 1981.

⑦ 该书1946年在瑞士出版。原著是用德文写成。英译本初版于1953年由美国普林斯顿大学出版社出版。2003年，为纪念英译本出版50周年，萨义德为此书撰写了长篇书评。参见 *Mimesis*: *the Representation of Reality in Western Literature*（Auerbach, Erich, Trask, Willard R. Princeton, N.J.: Princeton University Press, 2013）；《摹仿论——西方文学中现实的再现》（[德] 埃里希·奥尔巴赫，吴麟绶、周新建译，商务印书馆，2014）。

论、风格论与鉴赏论的诸种理论观念与批评实践尤为丰厚。

例如，厄尔·迈纳（Earl Roy Miner）致力于跨文化取证的比较诗学研究，其专著《比较诗学：文学理论的跨文化研究札记》①指出：东西方的原创诗学体系都形成于其各自的文化系统，"跨文化"是比较诗学的根本特征。该书提出建构一种"生成性诗学"（a generative poetics），力倡生成包容不同文化的未来的"共同诗学"，进而立足于总体文学、文论研究视角与跨文化的文类理论，旁征博引地综合阐述了诸多中国、日本与印度的文学与文论范例，旨在建构一种派生于基础文类、涵盖着原创诗学诸种特质且深具普遍诗学特征的诗学体系。②此外，迈纳提出对相对主义予以控制，认为"历史和理论都重要，若非比较的，二者或二者之一便会是相对的"。③由此，赋予某一既定文类以特殊性即意味着具有相对主义特质之比较活动的开始与存在。基于此，该书详尽阐明了文学层面的诸种相对性。具体而言，首先，文学的自主性是相对的。诸种知识之间的相关性是多样化的，其交互转换或交替运用的特性或程度也不尽相同。其次，有关文类的诸种既定划分是相对的。针对基于相关术语框架中的诸种文类而言，其业已被公认的区别性特征在他种文类中也都不同程度地有所体现。比如，"疏离"与"内引"等戏剧层面的主要特征在抒情诗与叙事文中都存在，"呈现""强化"等抒情诗的主要特征在戏剧、叙事文同样都存在，"运动的连续""实现"等叙事文层面的主要特征在戏剧与抒情诗中也都有所体现。再次，文学作品中的事实与虚构是相对的。完全虚构的文学作品将是无法理解的，而事实又依存于虚构才能获取。此外，文学史同样是相对的。现有文学史的诸种构成因素都建基于此前相应作品，并辅之以对既有相关观念的汲取与摒弃。基于此，抵制相对主义的比较诗学研究应选取的具体的辨识方法包括推论性的、评判性的与实用性的，从而实现如下目标，即：针对异质文化之诗学体系的理解，需面对完全迥异的概念体系，充分揭示有关文学形态的诸种可能，相关参证研究旨在立足诸种诗学世界确立各类相应原则与联系。与之相应，建基于跨文化层面的比较诗学研究即是要使预设条件明确化，进而既有利于跨文化的他者接受，又有助于理解其他研究者对相关研究的假定。

又如，苏源熙（Haun Saussy）倡导基于比较哲学抑或比较文学具有风险性、综合且旨在探索真实的层面开展相关研究。由此，在研讨中国诗学注释史、

---

① Earl Roy Miner. *Comparative Poetics: An Intercultural Essay on Theories of Literature*. Princeton, N.J.: University Press, 1990.

② ［爱尔兰］安东尼·泰特罗：《本文人类学》，王宇根译，北京大学出版社1996年版，第57页。

③ ［美］厄尔·迈纳：《比较诗学：文学理论的跨文化研究札记》，王宇根、宋伟杰译，中央编译出版社2004年版，第335页。

译介史的过程中不仅广泛地涉猎比较诗学层面的诸多论题，而且针对西方汉学领域既有诸种弊端质疑。首先是批判二元论思维。西方汉学领域囿于二元论思维，评断中国古典诗歌中有无讽寓、中国文本有无修辞等研判方式。对此，苏源熙反对限于西方语境研究讽寓，因为这是模仿本体论层面的二元宇宙论，通过将作品意象与叙述行为中存在的结构模式投射至假想层面而产生的双层文学世界观所致。在苏源熙看来，"某种特定语言中的某一词语的完全字面的意义，可能恰好是操另一种语言者认为的不证自明的独特对象，这种情况导致后者把生动的隐喻性想象归结于操前一种语言者"。[①] 基于此，他反对将"隐喻"提升至"类"的高度、以历史语境化为名将《诗经》排除在讽寓之外等论断，进而立足世界诗学维度通过重释《诗序》厘定了中国的讽寓史。其次是反对文化相对主义。在苏源熙看来，如若文化相对主义能够得以实现，那么，用以比照之物应为自身之典范，"它应该能足够彻底以提出关键性问题：差异性和相对性是怎样并与什么相比才能被发现及被确切阐述出来的"。[②] 然而，实际情况是，"碰撞产生出的自我认知是对旧的、受文化制约的自我的认知。自己在仪轨上的替代品"。[③] 中西文化与文论既非对称也并不对立，文化相对主义"只是把一个缩减成另一个，将一个变成另一个的月亮"。[④] 由此导致"比较"彻底失去了其应有之价值。再次是承续与扬弃了黑格尔的部分观点。在黑格尔的《历史哲学》等著述中，从语言与历史形而上学等层面，中国始终都是以西方社会之反面教材的形象得以呈现的。苏源熙在对黑格尔基于中国停滞论、循环论的中国观的批判中实现了拓展，并得出与之相反的结论。针对黑格尔用僵死、静止等状态对中国的描述，苏源熙表明，黑格尔一方面拒绝中国介入世界历史，另一方面却将之置于世界历史的开端，因而致使其历史观因自身的不完整而导致了自我否定。

三、海外中国研究中的跨语际实践

美国汉学领域的中国研究的范式始终处于动态嬗变态势，呈现出"挑战与应战"（Challenge and Response，费正清模式）、"传统与现代"（Tradition and Modernization，史华慈模式）、"中国中心观"（China Center，柯文模式）等模式的数次变迁。此外，柯文、黄宗智与杜赞奇等诸多学者的反思与挑战对于该国的中国研究同样发挥了极大的推动作用。在现代汉学界"在中国发现历史"思

---

① ［美］苏源熙:《中国美学问题》，卞东波译，江苏人民出版社2011年版，第17页。
② 同上，第54页。
③ 同上，第12页。
④ 同上，第42页。

潮的影响下，杜赞奇的《从民族国家拯救历史》一书基于全球视野审视近现代中国历史，进而探讨了民族国家、民族主义与线性进化史之间的密切关系。对此，德里克指出："从民族国家拯救历史""虽然有点过于简单，却十分中肯。说它中肯，是因为历史的'民族化'在理解各种历史空间中确实是最为重要的，如果它本身不是对历史进行否定的话。由于对于一种政治思想至关重要的是历史的合法性，所以民族将自己投射到过往可知的历史中，试图掩盖它自己的历史——那是一种殖民历史，是一个与民族建构本身相应的殖民过程。史学研究的视角、民族的历史视角、包括民族历史本身，恐怕都是不够的，因为塑造历史的很多重要力量都超越了民族国家的边界。或许，只从不同民族和不同文明的角度看待世界历史也是同样不够的"。①

针对海外中西比较诗学研究而言，作为中西文学理论的汇通者，诸位相关学者包括本土西方学者与海外华人学者，始终致力于跨越语际的研究实践。例如，"中国抒情美学"自陈世骧依据比较文学平行研究法首倡，他认为中国文学的荣耀不在史诗，而在抒情的传统。中国的抒情道统发源于《楚辞》《诗经》之结合，其后，中国文学的主导取向在此种道统中不断延拓与定型，并与之相应地拥有显著的抒情成分与明确的相关倾向。②自新文化运动起，正如朱自清先生所言，"'抒情'这词组是我们固有的，但现在的含义却是外来的"。③由此，"中国抒情传统"这一论题引发了北美与中国大陆及港台地区诸多学者（例如，高友工、余宝琳、孙康宜、王德威、林顺夫、李正治、蔡英俊、龚鹏程、张淑香、李瑞腾、颜昆阳、柯庆明、吕正惠、萧驰、陈国球等）的广泛关注与持续研究，研究对象业已拓展至以抒情诗为主，广涉戏剧、音乐、书法与绘画等艺术类别。目前，该论题及所涉及领域的相关研究业已应对全球化语境中文学研究的相应趋势形成了广泛的对话。尽管有关"中国抒情传统"是否存在理论范式、是否业已偏离了中国文学传统的实际状况等论争自该论题形成之初即已存在，但是，正如王德威所指出的，抒情传统作为一种学术方向之起点与一种抒情的文学史观，其"本身就是一项兴发"。④

此外，美国汉学界诸位相关批评家的相应批评实践颇为丰厚。

例如，美国的中国文学研究的早期阶段领军学者中盛传有关"东夏西刘"之表述，即指夏志清（C.T. Hsia）与刘若愚（James J.Y. Liu）。当时，西方文论

---

① ［美］阿里夫·德里克：《全球现代性之窗：社会科学文集》，连煦、张文博、杨德爱等译，知识产权出版社2013年版，第104页。
② 陈世骧：《陈世骧文存》，辽宁教育出版社1998年版，第2页。
③ 朱自清：《朱自清古典文学论文集》，上海古籍出版社1981年版，第187页。
④ 郑毓瑜：《引譬连类：文学研究的关键词》，生活·读书·新知三联书店2007年版，第6页。

与中国文学及文论之间的合理界限问题业已引发了普遍关注。夏志清曾批评其时在美从事中国小说研究的学者"亟亟摸寻其复杂之结构,认为非此不足以与西方的经典小说相提并论"。① 鉴于此种状况,夏志清非常钦佩刘若愚的学术成就特别是其在理论层面的贡献,并给予了高度评价。他指出:刘若愚为中国文学与文学理论争取国际重视用心良苦且功劳甚大,堪称是"跨语际的理论家(an interlingual theorist)"②。与之相应,刘若愚倡导建立体现世界意义、具有普遍价值的"最终的世界的文学理论"的形成路径。他指明"正如所有的文学和艺术企图表现那不可解释的东西,如果我们愿意承认这种矛盾,而继续朝向一个被认为是不可能达到的世界性的文学理论的目标努力,那我们就应该尽可能地考虑到许多渊源各异的文学传统的理论"。③ 基于此,他运用"元悖论"(metaparadox)与"元批评"(metacriticism)等术语阐述了自己的批评观念,倡导"只有将两种不同传统的诗学文本予以并置,才能彰显每一种传统的独特性。"与之相应,"认识到每一种传统对于语言、诗歌、诗学和解释的隐含设想,从而超越欧洲中心主义和中国中心主义,为真正的比较诗学铺平道路"。④《中国的文学理论》确立了刘若愚在海外汉学界中国古代文论与比较诗学领域的学术地位。该书借鉴并发展了艾布拉姆斯《镜与灯》中提出的文学四要素论,立足西方语境推介中国文学理论,将中国古代文论划分为六种类型。同时,刘若愚也提出西方文论在中国文论阐释中的适用限度问题,指明某些中西理论非常相似且可运用同一方式予以分类,但的确也存在诸种不宜归入艾布拉姆斯四要素体系中的理论。在比较诗学实践中,他的《李商隐诗歌研究:中国九世纪的巴洛克诗人》选取中西比较诗学视域,借用"巴洛克"(baroque)文学思潮对于李商隐以及中晚唐诗歌予以了全面梳理与深入独到阐述。

又如,宇文所安编译的《诺顿中国文学选集:初始至1911》⑤融合了中国文学史、文学批评与文学翻译,其被列入诺顿文学经典丛书系列标志着中国文学在世界文学系统中的文学地位与影响力的一次极大提升。《中国文论:英译和评论》旨在将中国文论作为活的整体向西方学界推介,"被选来代表国家烹调的食品既不能太家常,也不能太富有异国情调:它们必须处于一个令人感到舒适的

---

① [美]夏志清:《中国小说、美国评论家——有关结构、传统和讽刺小说的联想》,刘绍铭译,《当代作家评论》2005年第4期第4页。
② 夏志清:《岁月的哀伤》,江苏文艺出版社2006年版,第151–152页。
③ [美]刘若愚:《中国的文学理论》,四川人民出版社1987年版,第5页。
④ James J. Y. Liu. *Language-Paradox-Poetics: a Chinese Perspective*. Princeton, N.J.: Princeton University Press, 1988, xi–xii.
⑤ Stephen Owen.*An Anthology of Chinese Literature: Beginnings to 1911*. New York: W. W. Norton & Company, 1997.

'差异'边缘地带之中。它们必须具有足以被食客辨认出来和本土食物的不同,这样才能对其发源地的烹调具有代表性;但是它们必须能够为国际口味所接受"。针对宇文所安的译介与研究实践的目标,田晓菲在言及自己对宇文所安著述与论文的译介时表明,"中国古典文学是一个广大幽深、精彩纷呈的世界,但时至今日,我们亟须一种新的方式、新的语言对之进行思考、讨论和研究。只有如此,才不至于再次杀死我们的传统,使它成为博物馆里暗淡光线下的蝴蝶标本、恐龙化石:或与现实世界隔一层透明的玻璃罩,或是一个庞大、珍贵而沉重的负担"。①

再如,叶维廉始终致力于沟通中西方诗学,在灵动神思的东方诗学与严谨修辞的西方诗学之间寻求探索沟通与换位的可能性。他基于中西比较诗学领域,创立了文化模子论、历史整体性、跨文化传释学与水银灯效果等批评术语与相应范式。首先是"历史整体性"(historical totality)视域。他既遵循道家哲学与美学,又借鉴艾略特的"传统与个人才能论"与韦勒克的"透视论",由此,倡导探寻中西比较诗学中的共同价值取向与判断。其次是文化模子论。叶维廉致力于在各个民族因世界观、自然观差异而形成的不同"观念模子"(conceptual models)、语言模子(linguistic models)、功能模子(functional models)、审美模子(aesthetic models)中寻觅共相,其《中西比较文学中"模子"的应用》一文表明尽管凭借某一文化模子来想象、研究与批评另一文化模子,结果必然与实际状况相去甚远,但是,事实上,人始终是依据自己最熟悉的模子建构观念的,包括创作、学理推演与最终决断等在内的所有心智活动,无一不是有意或无意地以某一种模子为起点与依据。再次是跨文化传释学。叶维廉主张用"传释"代替"诠释"(hermeneutics),因后者往往仅从读者角度出发去理解作品,而未能全面呈现作者传意层面与读者释意层面之间尚存的诸种问题。与之相应,"传释学"呈现出了由作者传意、读者释意所构成的既合且分、既分且合的整体活动。总之,叶维廉认为,归属于东西方各自体系的文学类型或体裁只有在互为辨识与参照的情况下,才有可能彰显其存在、发展的实况与差异中的应有价值与意义。

此外,蔡宗齐(Zongqi Cai)师从高友工获得博士学位,基于抵御东方主义与西方主义、差异论与相似论、避免直接套用等初衷,在比较诗学观念、方法、实践以及与中国学者合作等方面均有建树。首先是比较诗学观念层面,倡导建构中西文论研究的"内文化"(intracultural)、"超文化"(transcultural)与"跨

---

① [美]宇文所安:《他山的石头记——宇文所安自选集》,田晓菲译,江苏人民出版社2003年版,"译者跋"第352页。

文化"(cross-cultural)视域。其中，内文化视域强调将一种诗学传统与其他传统相比较的前提是必须深入考察其文化根源与发展形势，从而为跨文化比较奠定可靠基础。跨文化视域旨在克服相似论与差异论的超越个体文化的偏狭，避免剥离诗学著述背景而落入虚假文化真空的肤浅比较。跨文化视角强调要跨越文化偏见的壁垒、超越个体文化的局限，正确评价中西比较诗学之间的相似与差异，注重拓展所有文化传统平等相待、包容兼蓄的视域，进而促进基于不同文化的诗学观念在"跨文化"中实现"超文化"的对话。其次是比较诗学方法论层面，主张"有理论入，无理论出"。比较诗学研究中经常出现如下现象，即："学者时常将中西诗学剥离其文化背景，并对二者加以匆匆地比较，仿佛它们共存于同一个文化空间。"对此，蔡宗齐借鉴常州派词学大家周济有关作词要"有寄托入，无寄托出"的诗论观念，提出"有理论入，无理论出"的批评方式，旨在应对运用西方理论阐释中国文论现象与问题时无法阐明其特殊性等问题，力求在具体的比较诗学实践中，在东西方文化与文论之间寻求合理的平衡。再次是比较诗学学术实践。针对中西比较诗学领域出现的如下现象，即："西方文化相似论者试图通过中国文化为西方文化的原始前身来证明中国文化的附庸地位，那么中国文化相似论者则试图将中国文化早于西方文化当作文化优越性的认识。"① 蔡宗齐的首部著述《汉魏晋五言诗演变的内在机制》既已倡导开展宏观与微观相结合的研究实践。在宏观层面开展诗史溯源，关注钟嵘《诗品》等有关某种诗体发展史类的诗论著述；在微观层面，关注散见的诗歌评论。基于此，蔡宗齐依据宏观与微观结合的研究策略，将文本细分为文类、主题与形式，探究其内在关系并梳理其基于不同历史时期的阶段性嬗变，但也指出此种研究的有效性仅限于同一文化体系之内，异质文化体系间的研究仍需借鉴内文化、跨文化与超文化视角才能予以把握。此外是与中国学者的合作。蔡宗齐致力于与中国大陆学者合作完成文学选集的编撰，合作主编了《如何读中国文学》②系列丛书。针对中国文化对外传播，蔡宗齐认为应解决诸种相应的关键问题。③

---

① 蔡宗齐：《比较诗学结构：中西文论研究的三种视角》，北京大学出版社2012年版，第245页。
② 2018年3月23日，美国哥伦比亚大学出版社举行了《如何读中国文学》系列丛书启动仪式。这套丛书由蔡宗齐与北京大学教授袁行霈共同主编，中美两国多位学者共同参与。该系列丛书共十卷，目前已发行《如何读中国诗歌：导读选集》《如何读中国诗歌：语言教本》《中国诗歌文化：先秦到唐》等。
③ 何敏：《天下学问一家：开辟中国文化走向世界新路径——专访美国汉学家蔡宗齐教授》，《中华读书报》2016年7月20日第7版。

四、促进中外文论互动的双向传播

针对中外文论的传播与交流路径而言,当前的国际交流的确日益频繁、官方与民间渠道众多。面对纷繁复杂的中外文论现象与问题,相关原典的研读无疑是不可或缺的。虽然能够通过阅读原文著述进入者越来越多,但是在目前的情况与条件下,依靠相关译本无疑仍是必不可少的迂回进入与接受交流路径。由此,对于促进中外文论互动的双向传播而言,应既加强他国文论的中国翻译与引介,又促进中国文论的海外译介与传播,进而为双向互释奠定基础与储备条件。

首先是规避中外文论交流中不合理的对话方式。中外比较文论研究中因西方中心主义、文化相对主义、西方文化霸权、东方中心主义与狭隘保守的民族主义与孤立主义等观念与立场的影响而形成的二元对立话语方式。没有充分考虑东方与西方在文化形态、思维方法以及价值体系等方面存在的诸种显著差别,囿于对中外,特别是中西文论诸种范畴的牵强参照比较,主要表现在如下方面,一是囿于对立比较或过于求同。例如,无视东西方各自蕴含丰富的文论话语体系,或大而无当地选取整体比较,用重再现与重表现、重写实与重虚构、重叙事与重抒情、重个体与重整体、重理性与重感悟等大而化之的标准框定东西方文论的特质。二是混用并非完全一致或相类的概念术语。中外文论的诸种文艺思潮与流派之间的确拥有不少相类的概念可予以统观,诸种批评范式与方法也都是可通约的。例如,钱钟书的通感研究、朱光潜的中西抒情诗研究等,都是其中的经典范例。然而,正如德勒兹所说,"任何概念都无例外的有一部历史"。① 中外文论中诸多范畴与术语实际上存在着历时与共时的多重差别,即便因约定俗成等原因冠以同名,实际上也还存在着诸种错位与差异,而不应不加辨析地混为一谈。三是针对中外文论的影响与平行研究中,忽视了跨语言与国界的文论传播过程的复杂性,无视跨文化理论旅行中出现的诸种抵制、误读与复杂变异,忽略对文论传播的放送者、传递者与接受者及其交互作用的应有关注。

其次是寻求中外文论领域共同关注的普适议题。全球化与反全球化浪潮的冲击、后理论时代的论争中,中外文论在关注焦点与研究对象等层面都相应发生了诸种变迁。然而,世界文论领域的确始终存在着诸种聚焦论题。如生态环境问题、人性普遍问题、社会伦理问题,等等。同时,也应承认,"理论可能不会即刻起作用,但是过一段时间它将会起很大的作用……文学、语言、文化

---

① [法]吉尔·德勒兹、[法]费利克斯·迦塔利:《什么是哲学》,张祖建译,湖南文艺出版社2007年版,第223页。

和艺术的理论，像其他任何领域的理论一样，需要很长时间才能逐步渗透到实际应用中去……对人们的阅读、写作、思考和行动方式产生巨大的影响"。① 由此，应建构开放的理论体系，积极促进本土文论与他国文论、文论与其他人文社会学科以及与自然科学领域的其他分支学科进行对话。在对话与汇通中借助文化间性话语，整合文论资源，追踪主流趋势，介入世界通用操作语言与话语体系构建中国文论对外传播的有效通道，进而拓展中外文论研究超越融合的发展路径。

再次是寻求促进中外文论交流的有效媒介与方式。对于一种理论从一个国家、时代、语言与文化传播到他国的上述相应空间而言，及时、准确与系统的译介无疑既是不可或缺的外推路径，又是践行跨国文论交流的基本条件与机制保障。客观而言，翻译对源语文化目的语文化的双向或多向的相互补充、影响与建构的作用自不待言，但翻译自身的复杂机制、翻译过程中存在的过滤与误译等因素，决定了其作为媒介的正负作用始终都普遍存在。对此，本雅明在《译者的任务》中强调翻译的使命应以革新与补充母语为主导原则，提出"翻译与两种语言的贫瘠等式相距如此之远，以至于在所有文学形式中，它负有监督原文语言的成熟过程与其自身语言分娩阵痛的特殊使命"。② 中西语言特别是中英语之间的译介中，翻译中的归化与异化现象同样也屡见不鲜。正如安乐哲基于中西比较哲学视角所表明的，"对于任何西方人文学者，如果他们试图使用'翻译过来的'中国材料，无论是文本的还是观念的，最大的障碍不是译文的句法结构，而是那些赋予它意义的特殊词意。在这类译文里，那些关键的哲学词汇的语义内容不仅未被充分理解，更严重的是，由于不加分析地套用渗透西方内涵的语言，使得这些人文主义者为一种外来的世界观所倾倒，以为自己是在熟悉的世界里，虽然事实远非如此。简要地说，我们翻译中国哲学的核心词汇所用的现存的常规术语，充满了不属于中国世界观的东西，因而强化了上述一些有害的文化简化主义"。③ 鉴于国别文论需借助翻译这一中介，通过官方、学界与民间等多重渠道与媒介，更为广泛地在世界文论体系中得以有效传播并形成影响，与之相应，中国引介他国、特别是西方文论的广度与力度自无须赘言。相比较而言，中国文论的海外传播，在传播历史进程、速度与广度等层面尚无

---

① [美] W.J.T. 米切尔：《媒介理论：2003年〈批评探索〉研讨会前言》，王晓群译，载《理论的帝国》，中国社会科学出版社2004年版，第9页。
② [德] 瓦尔特·本雅明：《译者的任务》，陈永国译，载《翻译与后现代性》，中国人民大学出版社2005年版，第6页。
③ [美] 安乐哲：《和而不同：比较哲学与中西会通》，温海明译，北京大学出版社2002年版，第17—18页。

法与之齐肩，但在译介与研究层面的确都业已粗具规模，其中相关翻译工作对于诸种文论文本的世界性影响的形成，的确潜移默化而又功不可没。新中国成立以来，国家层面始终高度重视中国文学与文论的外译工作，培养了诸多双语人才与兼通中外文论话语之学人，将中国文学理论的精髓译介到国外的相关工程及其具体工作业已取得显著成效。例如，《中国文学》《熊猫丛书》《大中华文库》等丛书的相继与持续出版等有关对外译介与传播的系统工程。此外，"国家社科基金中华学术外译项目"（设立于 2010 年）旨在提高中国哲学社会科学的国际影响力，资助中国哲学社会科学研究领域的优秀成果以外文形式（目前为英文、法文、西班牙文、俄文、德文等）在国外权威出版机构出版并进入国外主流发行传播渠道。此外，基于学术研究层面而言，近年来纷争不断的古代文论的现代转化、文论失语症等论题，都与中国文论经由译介而形成的理论旅行与变异等问题密不可分。翻译实践与相应研究工作作为中国文论趋向世界文论总体序列的重要媒介、与国际主流理论体系进行平等交流与对话的有效路径与方式，理应在译介选材、译作评论与推介以及中外合作翻译等层面有所作为。

总之，当代的世界文论关系以及相应研究经历了从单一的影响研究、平行研究到理论旅行与翻译研究，再到跨文化跨学科的综合交流互动的发展流变历程，最终必将达至多重视野与范式并存的丰富与多元态势。

可以预见的是，随着中美文学理论与批评领域之间交流的不断拓展与深化，未来两国在相应学术空间的互动将会日趋繁复，进而必将促进中美及中西当代文论领域的积极互识与有效沟通，并助力于中国文学研究之世界向度的拓展。与之相应，中国的相关学术领域应立足当下，选择沟通中美与融会中外的平等对话、综合创新、继往开来之路，进而力求实现中国当代文论在对外交流中由"外在输入"到"内在输出"的重大转变，相关工作可谓任重道远！

| 附录一 |

跨文化跨语际对话的一种新兴重要动向：
跨越比较的"文化混融"

综观当前国际学界的跨文化研究，与世界面临未有之变局的处境相应，关于"文化混融"问题的探讨呈现出激增之势。对"文化混融"问题或废或存识见不一，从而使之充满争议。祛除真理绝对化的认识论，成为文化对话的内在动因，亦为"文化混融"提供了深刻辩证和实践旨归。通过中西方哲学比较研究发现，"融通思想"是内置于各自哲学主张的共通之处。与致力于中西对话的哲学思考相呼应，"文化混融"在殖民、后殖民和全球后现代的分析框架中，获得了不同认识维度的内容，并激发了与其相关问题的深入思考。有关"文化混融"的诸多研究表明，文化的异花授粉是促进世界文化多样性的进步因素。由此，审时度势推动文化开放融通，是实现文化繁荣发展的必然选择。

自 20 世纪 90 年代至今，世界各国各地区日益鲜明地呈现出融通的文化特征。各种文化的形式、符号、元素、题材乃至深层的思想价值，不断游离其原初语境，又或隐或现地以不同方式融入其他文化，从而在新的实践中产生了不同以往的价值意义。在文学、电影、音乐、戏剧、绘画等文艺作品中，对"文化混融"（cultural hybridization）这一主题的表现日益受到重视。譬如文学领域，一些来自后殖民地或者拥有复杂国族身份的作家，在其小说中深刻地描述了他们意识到的那种复杂的文化困境以及流散境遇，从而创造出关于文化冗杂的解放性话题，其中诺贝尔文学奖获得者、英国印裔作家维迪亚达·苏莱普拉萨德·奈保尔（Vidiadhar Surajprasad Naipaul），以嵌入传统位置的写作姿态表达文化本质主义观点，致力于书写东方神秘文化图景遭到西方现代性的侵入而呈现出喧哗、肤浅的表象。与之不同，同为诺贝尔文学奖得主的土耳其作家奥尔罕·帕慕克（Ferit Orhan Pamuk）认为表现文化的混融性是文学创作的理想范式，因而在讲述土耳其故事时，致力于表达对文化互补互融、人性共通的深刻理解，赞赏混融化促使新的生活模式。印度裔英国著名作家萨曼·拉什迪（Salman Rushdie）的独特遭遇，很大程度上投射了外部世界对"文化混融"的严重抵制。这位作家借助文学热情讴歌文化的混杂与融合,注重发掘东西方文化的相互影响,因其小说《撒旦诗篇》的"离经叛道"而长期遭到穆斯林的严厉谴责与暗杀的威胁。譬如电影中,好莱坞大片不断植入中国武侠故事、传统历史文化乃至中国的航空科技等中国元素,把西方的叙事手法、审美趣味与中国的题材故事结合起来,使之变成一个文化杂糅物。譬如"英国的非洲裔加勒比海艺术家将英国的理性注入他们的黑人艺术中——他们创造的黑人杂糅或交叉文化将英国、非洲和加勒比海的经历融合在一起"。[①] 譬如戏剧创作中,法国先锋戏剧导演阿里亚娜·姆努什金(Ariane Mnouchkine),在搬演莎士比亚戏剧《亨利四世》时,进行了跨文化处理,即采用日本歌舞伎的表演形式,基于莎翁的剧本与日本武士风格的表演方式都与封建主义时期这一共同背景相关联。此外,她还把中国戏曲表演程式和印度戏剧表演形式等东方艺术手法,运用到对西方戏剧的再度创作之中。诸如此类的文艺作品在作家、艺术家、电影制作者等的建构过程中,其美学表征与开放思维可谓同等重要。

一、作为一个深具论争性问题的"文化混融"

众所周知,鉴于20世纪两次世界大战的爆发,对民粹主义与种族主义等思潮泛滥酿成人类彼此屠杀这种世纪灾难性苦果的深刻反思,是各国学者致力于跨文化(transcultural study)研究的肇始与初衷。之后与全球化的深入发展相辉映,同时鉴于世界各地局部冲突的阴影始终未曾消逝,致力于跨文化对话即成为比较文学研究者的思想共识,并生成新的全球学术热点。于是,各国学者开始关注"文化混融"这一文化复杂性(cultural complexity)问题,从多个维度对其展开认真研究。

不容乐观的是,当今时代民粹主义、原教旨主义以及沙文主义等戴上诸种新的面具讨伐"文化混融",认为后者破坏文化本质的纯粹性、造成文化污染、进而扰乱文化的身份与界限,因此予以绝对抵抗。同时还应注意到,"文化混融"之所以成为一个问题,不仅是外在客观因素造成,其自身也存在自反性(reflexive)这一内在动因,即"文化混融"以边界的存在为前提,而边界的存在却是对融通的反对。"文化混融"与生俱来的自反性自令其饱受争议。

然而,全球化意识日益增强的情境中,跨文化对话正在变成一种新的理解与思考世界的范式,对他者文化(other cultures)横加排斥的傲慢态度和文化至高无上的自我指涉意识变得越来越不可能,因为"在过去的一个半世纪里,我

---

① [英]罗兰·罗伯逊、扬·阿特主编(英文版)、王宁主编(中文版):《全球化百科全书》,译林出版社2011年版,第351页。

们慢慢地向一种祛除真理绝对化的方向移动,……我们必须进入与那些思想和我们不同的人的对话中,不是教给他们真理,而是去学习更多的单有我们自己不可能了解的实在"。① 斯维德勒主张普遍联系、具有现代批评性的思维方式无疑符合真理的认识规律,因为无论何种文化仅靠自身难以探明一切实在的真知,而后者对他者文化来说可能就是已知的。所以,从"他者文化"中获取自己的未知,从而变革自我,成为一种理想选择。这种你中有我、我中有你,但你、我依然有别的多种文化并置、共存状况,已成自不待言的常识。可以说,"文化混融"具有毋庸置疑的实然性,事关不论何种文化自身由内而外图存发展的重要问题,只是其应有话语权受到来自本质主义、民族主义以及沙文主义的压制,从而使该问题变得复杂起来。迄今为止,"文化混融"仍被人为地与边界意识、文化身份、政治认同等问题予以纠结且始终贬褒不一。

事实上,"文化混融"在其被学术概念化以及理论化之前,作为一种文化实践形态早已存在,据称最早可追溯到两河流域《吉尔伽美什》对古希腊文化的神话创作的影响以及二者之间的微妙联系,从而"证实了相邻文化的英雄叙事之间的冲突和有策略的融合"。② 世界文化发展历史表明,悠久流淌的人类文化长河中,诸种文化间的交流融合从未间断。人类追求对自身境遇的改善、陌生化的向往以及好奇心的驱动等因素作用,各民族的自由迁徙与相遇随之而来,于是两种或多种文化之间既对话与交流,又难免冲突与碰撞,彼此势必一定程度相互影响与作用,从而使本土文化与外来文化互渗互惠。

可以说,人类相遇意味着文化混融的可能与必要,而每一种文化自身不能融合,必有他者文化介入,其实质即为文化混融。今天看来,不同程度的混融是每一种文化的共同特征。诸如西欧文化就是建基于希腊文化与希伯来文化,可以说对无后者之整合前者便无从形成。又如美国文化打上了脱胎欧洲旧大陆文化的深痕,在融合多国移民文化基础上,从而大致自 19 世纪 30 年代起逐渐形成了一种反映美国总体生活、体现美国特征、彰显美国民族精神的文化。一般而言,"文化融合"的发生,并没有使各地、各国文化走向均质化,而是经过在地化(localization)的改造适应,生成了新质的文化。

世界多文化巅峰崛起之路同样表明,不同文化的开放融通,往往会为文化繁荣提供重要契机和变量因子。无论是受到马克思高度肯定的古希腊文化,还是白银时代俄罗斯文化;无论是早期源于意大利的欧洲文艺复兴,还是后来迎

---

① [美]斯维德勒:《全球化对话的时代》,刘利华译,中国社会科学出版社 2006 年版,"序言"第 2 页。
② [美]苏源熙:《全球化时代的比较文学》,任一鸣译,北京大学出版社 2015 年版,第 6 页。

头赶上的新大陆美国的文艺复兴。文化的开放与融合，成为这些文化繁荣的源头活水。它们并未僵化地固守某一承继身份，而拘束自我发展的选择余地。质言之，文化的异花授粉是促进世界文化多样性的进步因素，因而人类历史的整体进步才是衡量文化标准的最大尺度。就此，跨文化研究如若屈从于身份认同，学术译介就极有可能被异化。全球化发展到今天，理应置于人类共同命运的使命立场思考文化发展问题，因为世界立场是民族立场的长远体现，唯有自利而无视他利的狭隘民族观终究难以致远。

世界诸种文化演进表明，各种文化的历史形成，都是长期借鉴融合其他文化的结果。然而，文化变迁的规律之一体现为于渐进中累积完成，当然其间并不排除特殊历史时期的文化剧变。换言之，从文化进步主义的发展逻辑来看，放弃固守纯粹而走向混融是任何文化追求外向发展的必然选择，否则必会陷入自我僵化、故步自封的泥淖，甚或成为文化遗骸，而世界各地业已消亡的某些文化形态的衰亡原因与此不无干系。

"文化混融"尽管不是全球化时代的产物，但全球化无疑更为复杂、更为广泛地推动了文化融合。因为全球化本身意味着流动性的加剧，尤其是互联网的普遍化和人工语音智能的日趋成熟发展，以及交通工具的日益发达，使万物皆可互联正在成为现实。今日世界，时空压缩越来越超出人类的想象，各个国家与地区的人们已经被连接在一个紧密互联、高度依赖的复杂网络之中。文化跨越各种边界与障碍的制约奔流不息，各国人们的文化视野和文化需求已不再局限于本土，特别是在人文领域的知识生产过程中，对他者文化知识的依赖性与文献参考程度远甚以往，人文领域国际交流合作激增。对此，有西方学者认为，"全球化会促使人们在更为复杂和流动的世界中融合。人们生活在一个全球化的世界里，不是创造同质化和两极化，而是创造身份与视角的融合"。① 此种全球化创造融合的观点无疑独具慧见，它既反对文化同质化，又不赞成文化对立化，而是表达出多种文化互利共生的视域和期待，进而走向一种"跨文化团结"（intercultural togetherness）。

可以说，全球化时代，任何一种文化除非拒绝现代转型而停滞不前，否则无法遗世独立，与他者文化相遇之际，本能地展开文化拒斥与吸纳、抵制与竞争，从而纯粹本质意义上的静态文化去而不返。"当代的经济、政治和社会生活的全球化，已经导致了文化的进一步渗透和重叠，文化在特定的几种文化传统

---

① ［英］道格拉斯·伯恩：《视角转变中的"全球技能"：从经济竞争力、跨文化理解力到批判性教育》，孙晓丹、匡维、陶曦译，《世界教育信息》2017年第11期第23页。

的社会空间中的共存以及文化经验和实践的更加活生生的相互渗透。"① 这意味着文化成为一个创造性的"过程",即文化跨界流动致使每种地域性文化不再自足发展,而是通过对其他文化的辨异识同,进而知利害、明优劣,在对其清理、扬弃、吸纳中迎来自身发展,于是我者文化便掺混并融合了他者文化成分,终而实现新的文化增殖。

与此同时,每种文化对他者文化抱有既复杂又矛盾的心态,一方面因文化尊严使然,断然不会放弃自我存在的合法性,自贬身份匍匐在他者文化脚下。另一方面又或隐或显地意识到唯我独尊不行,亦须正视和吸纳他者文化之长,以促使自身进步或超越后者。进而言之,学习、借鉴或吸纳他者文化,已经成为每一种文化自觉或不自觉的选择,它意味着不同程度的文化混融。如此,每种文化始终对"文化混融"暗怀警惕,即防止被他者文化所同化,所以文化主体意识得以进一步强化。这种异常复杂的情形,使"文化混融"在每种文化的边界意识中,被有意或无意地为"学习借鉴""接受吸纳""融会贯通"等修辞所掩饰,其话语表述隐秘化抑或模糊化。

21世纪前20年即将逝去,伴随着全球化叙事的争议乃至反对之声,反对全球文化霸权的声音一直不绝于耳,这不仅来自东方,同时也出现在西方内部。在对全球化与文化的讨论中,多国学者对否定差异性与多样性的普遍主义表达不满并予以抵制,即反对全球文化同质化或均质化,当前具体指的就是反对全球文化美国化或西方化。捍卫文化多样性的意义重大,因为文化本身就是具有价值取向并存在竞争的领域。鉴于此,一边不得不承认文化抗争的事实,另一边又须正视文化融合发展的趋势。

对于已然走向世界的中国来说,明确表示绝不走封闭僵化的老路,坚定支持全球化。当今的文化领域一方面已然成为增进并加深对话交流的肥沃土壤,另一方面又极可能是引发对立冲突的危险地带,但全球化显然为各个国家和地区的人们增加了更多共享人类文明与人文知识的机会。显而易见,当前世界风云变幻,全球化发展正面临某种新变。美国挑起的贸易冲突不断、西方七国矛盾分歧尖锐化、英国脱欧已成定局,以及欧洲难民潮、全球发展失衡、地球环境破坏等问题,无疑令全球化遭到质疑,尽管这些问题可能不应完全归之于全球化本身,但全球范围内的不确定性、不稳定性因素确实在增多。相关一系列问题看似主要由全球发展失衡、不平等所造成,而真正深层次的原因即在于排他性的所谓"本土优先""本国利益至上"的后霸权思想。相关思想究其本质而

---

① 联合国教科文组织:《世界文化报告:文化、创新与市场(1998)》,关世杰译,北京大学出版社2000年版,"绪论"第1页。

言，同样是民族主义以及民粹主义思想的现代翻版。

反对文化全球化确有必要，因为文化多样性符合人类对文化的多种需求，无论从丰富审美还是启迪思想等层面而言皆需如此。然而坚持文化多样性的同时，必须警惕民粹主义和种族主义的死灰复燃，因为后者将文化差异性绝对化，其导致诸种文化泾渭分明、相互区隔、冲突不已的严重后果已为历史所证明。显然，当前各国对全球化认识存在歧见，面临非输即赢抑或互惠竞合的选择。自然，前者必然招致大多数国家反对而难以为继，各国人民真正需要的是公平正义的全球化。全球文化领域也不例外，根据融合发展的观点，有必要意识到，全球化不能成为世界西方化理论的附属物，而应视为复数意义的全球化，它具有多维理解向度，最为重要的是它对各参与方来说具有互惠性，而不能轻率地认为其为单一方向的发展过程。

全球化时代多元文化生态环境充满着复杂性、机遇性、风险性，需要为之确立一种正确的跨文化研究观念。与之相关的讨论中，诸如关于"对立"与"同一"、"异质"与"同质"、"冲突"与"和解"、"我者"与"他者"、"本土化"与"在地化"等对立范畴的哲学思考，虽然从理论上回答了跨文化对话交流的必然性和必要性，但似乎并没有解决现实问题的症结。如果说"跨文化对话"是理想化的必然选择，那么这个世界上为何偏见难弃、冲突频仍？这是否也意味着，全球化的当今形态出了某些问题，背离了人类命运休戚相关共同意识的初衷。

因此，走出文化冲突、实现文化融合发展应为跨文化研究的重中之重，亦为亟待解决的现实问题，而一种正确的"文化混融"观，正是以作为事物对立双方的调和姿态出现，在诸种文化之间对差异予以可接受的包容性范围内，可一定程度上缓和文化冲突，同时为自我文化的外向发展开辟新的进路。同时，又不能对跨文化研究的作用夸大其词，自以为是从此重建通天的巴别塔，因为每一个国族的文化与语言所具有的独特性是永恒的。所以，在跨文化研究中，长期而有效地深入探讨"文化混融"问题，是一个永无止境凝视、协调差异性、克服冲突的过程。在全球化的当下，以跨文化研究视域，超越对文化边界以及文化身份的狭隘认识论，为"文化混融"祛魅，对于克服文化封闭发展的局限性裨益良多。

跨文化研究在国际学术界日益受到重视之际，对于"文化混融"的探讨如今被深深卷入有关全球化的影响之中。全球化在多方面自然包括文化和文学领域，所带来的深刻变化与广泛影响，已经在全世界引发广泛而深入的讨论。在文学研究内部，对文学与全球化之间关系问题的研讨表明后者业已成为理解文学理论与批评的过去、现在及未来的关键范畴，并且承担着观察迄今尚待厘清的文学理论、文学批评与文学史并全面重审其角色与功能等使命。由此，面对当前尚具极大争议且仍在不断地发生的"文化混融"，理应从中西比较视角探寻"融通思想"的哲学蕴含，梳理有关"文化混融"的既有研究成果，分析其在世界化语境中作为一种肯定差异性、多样性的普遍主义的形式特质，选取对文化差异性与同一性的调和认同，辨析关于文化混融问题的诸种认识，进而探讨中国文化如何在遵循文化主体意识、坚持主体原则、深刻理解自我与他者的基础上，有效借助文化融合汲取外来文化，进而实现文化进步并推动文化繁荣。

二、从中西哲学互释看"融通思想"

在柏拉图《理想国》中，文学因其虚幻性被哲学逐出，自此引起了文学与哲学的古老论争。这场争论导致文学与哲学的分道扬镳，最终走向了各自独立的自治领地。然而文学与哲学不论如何对抗，但文学/文论研究终究难以摆脱哲学，因为哲学是求真去蔽的元理论，特别是进入 20 世纪以来，哲学对文学研究特别是文学理论的影响日益加深，相关影响同样波及至中国学界。

将文学研究归为文学的哲学自是过犹不及，但文学/文论研究从哲学反观对象本质是可取的。如何跨出因东、西方（自然包括中西方）文化差异而造成双方紧张对峙的困境，特别是随着全球化的深入发展以及中国与世界相遇日益频繁，解决这一问题变得尤为迫切。中国的"道"与西方的"逻各斯"是各自哲学的核心元范畴之一，对各自文化以及思维模式、理解世界方式产生了深远影响。因此，中西学者的相应研究试图从中寻找中西文化对话的真正契机，期待为不同文化的对话达成具有内在一致性的共识。基于此，中西哲学比较研究中涉及的"融通思想"无疑为"文化混融"提供了哲学层面的理论基础与运思路径。

（一）中国哲学蕴含的"融通思想"

《道德经》指明，先于天地而生的"道"是万物之母，本身就是混成融通之物。清代刘沅对此予以如下诠释："乾坤未剖，氤氲混融，浑浑瀹瀹，莫名其始，是天地万物之原，即无极太极之妙也。"[①] 由此，作为万物之母的"道"，"融通"为其与生俱来的特征，表明对边界的驱逐，对各种设限的反抗，它是化成天地万物的必要条件。"融通"体现了消弭事物既有的根本差别对立，通过融异从而使事物获得新的发展的朴素哲学观，显明了"道"的进步意义。在此基础上，《墨经》中进一步深入到对异/同的辩证认识探究，提出了"异同合一"

[①] 老子著，吕岩释义，韩起编校：《吕祖秘注道德经心传》，广西师范大学出版社 2014 年版，第 168 页。

的观点,故云"同,异而俱于之一也"。①墨家的这一思想无疑是对"混一"思想的进一步阐明,推进了对"道"的天然属性——"融通思想"的认识。基于此,国内著名墨子思想研究专家孙中原认为,《墨经》提出"同异交得"这一命题,反映了异、同互为规定、对立统一的朴素辩证思想,而这正是黑格尔在很晚以后所竭力论证的主要内容,并成为黑格尔继承与推进莱布尼兹"相异律"的发力点,进而要求"要能看出异中之同和同中之异"②。这为当前通用的比较研究提出了明确可行的方法论。

儒家对异/同的辩证认识体现在对"和"的理解与探究之中。西周末年的史伯有言,"和实生物,同则不继。以他平他谓之和,故能丰长而物生之。若以同裨同,尽乃弃矣。故先王以土与金木水火杂以成百物"。③这段话表达了深刻的哲学智慧,"和"意味着唯有相异之物的彼此融合汇通方可推动事物发展,否则只有相同之物则彼此无所增益而停滞不前,因此"和"是诸多差异性的统一,通过杂糅不同的事物生成万物,进而推动事物在新的矛盾斗争基础上向更高阶段发展即"生物"。史伯这一思想对孔子不无影响。先秦诸子也表达了类似的思想:"和,故百物皆化。"④此后,北宋关学创始人张载对"和"的具体进路进一步作了深入剖析,他认为,"有象斯有对,对必反其为;有反斯有仇;仇必和而解"。⑤张载从哲学层面阐明了一切事物尽管都具有相反相成的对立面,然而二者并非不可调和,而是可以达到"仇必和而解"的境地。"仇必和而解"反映了一种非对抗性矛盾观,即事物的对立双方,通过彼此之间的渗透、融合、调适,可以达到"和而解"的状态。冯友兰认为,作为张载哲学体系中的重要范畴"和",正因可容异且须有异,所以它是建立在对立面矛盾斗争基础上的统一。

中国语境中"和"是一个多义词,既有作为形容词表现事物恰到好处、无过无不及的适度状态,又有作为动词表达掺混、混杂、结合、通融等多种意义。而在中国哲学意义上,"和"是包容差异、体现多样性的统一,是相异之物经过融合、平衡所达到的理想状态。然而,天下既没有永远相敌之物,也没有永远相和之物,对立是某一时间维度中趋向同一的对立,同一是某一时间维度中趋向对立的同一,但"融通"作为对立同一之间的调和装置不可或缺。中国哲学中从"道"的源头出发,发展而来对"和"的不同阐释,内在地蕴含着"融通思想"。由上可见,归根结底,"融通思想"是理解从"道"到"和"的中国哲

---

① [清]毕沅校注,吴旭民校点:《墨子》,上海古籍出版社2014年版,第168页。
② [德]黑格尔:《小逻辑》,贺麟译,商务印书馆1980年版,第253页。
③ 左丘明著,韦昭注,胡文波校点:《国语》,上海古籍出版社2015年版,第347页。
④ 陈澔注,金晓东校点:《礼记》,上海古籍出版社2016年版,第431页。
⑤ 张载著,章锡琛点校:《张载集》,中华书局1978年版,第10页。

学思想的精髓所在。

（二）西方哲学蕴含的"融通思想"

"逻各斯"是古希腊唯物主义哲学家赫拉克利特（Heraclitus）首先提出。他的形而上学中"万物皆流"的论断最负盛名，即一切事物都在不断发展变化。赫氏认为，"变"是永恒而又普遍化的，世界按照它固有一定微妙尺度和比例运行，使矛盾对立双方由冲突而和谐，反映了"差异的整一"，这种宇宙本身内在的本质及其运行规律就是"逻各斯"，而世间万事万物皆源自这个"逻各斯"。

可以说，"变"是赫氏的核心主张，而支撑"变"的是对立的存在，所以他认为对立是好的。然而，他并非将对立绝对化，而是在宇宙正义的观念支配下，极为重视对立之间的混一，认为"对立的力量可以造成和谐"。只有对立双方互为依存、互为统一、互为转化，方可实现和谐，这就是他所谓的和谐即运动。赫氏有一句名言，深刻地体现了他的"逻各斯"思想，即"结合物既是整个的，又不是整个的；既是聚合的，又是分开的；既是和谐的，又是不和谐的；从一切产生一，从一产生一切"。① 由此可见，世界的统一是离不开对立面的相互结合、融通。这种融通而成的结合物，是矛盾对立的一种调停，尽管它是不和谐的和谐。在此，只有"融通"才能实现对差异的同一，能够动态地调和事物对立性质。对作为普遍而又永恒的"变"来说，"融通"是它的特殊形态，同样体现了对对立面的容纳而不是消灭，从而一定程度地缓和了紧张对立。

赫氏的"逻各斯"成为西方哲学的元概念之一，对西方哲学以及思想产生了深远的影响。从这一概念为原点出发，后来许多西方哲学家不断发展出新的哲学思想，例如黑格尔的"同一性"思想。对于"同一性"，虽然黑格尔本人并没有正式作为自己的哲学标签，但一直潜藏于其哲学中心思想之中。鉴于基于正、反、合三段式的思维范式是理解黑格尔思想的契机，即其所有的正题与反题的对立都统一于合题之中，诸多学者认为，对于黑格尔来说，追求同一性是其不言而喻的哲学主张。

哲学史上"同一性"（Identitt）思维自然毫无新奇可言，但的确是海德格尔（Martin Heidegger）首创了这个哲学概念。在海德格尔看来，现代性危机的根源在于"人类中心主义"（anthropocentrism），这不但使得存在边缘化，而且也遗忘了人类与存在的原初统一。对此，其主张的"同一性"思想核心要义在于，谨记人类与存在的原初统一，因此要把人类重归宇宙万有关系中的应有位置，进而把人类自身与世间万物置于某种意义上的"共同归属"，具体而言即趋归于"天道"这个"同一性"。海德格尔在"同一性"思维的引领下，提出把"顺应

---

① ［英］伯特兰·罗素：《西方哲学史》，张作成译，北京出版社 2007 年版，第 69 页。

天道"视为文化新生之道，以应对工具理性支配下的现代性危机。

海德格尔明确地厘定了"同一"（the same）与"等同"（the equal or identical）之间所存在的根本差异，认为前者并不排斥差异，而后者却旨在取消差异。具体而言，等同在每一事物都可归属于一个共同称谓的观念体系中，总是呈现出消弭差别的取向；与之相反，同一基于差异方式聚集不同之物，进而呈现为不同东西之共同归属。基于诸如此类的相关论断，张隆溪认为，"发现共同的东西并不意味着使异质的东西彼此等同，或抹杀不同文化和文学中固有的差异。然而，另一方面则承认海德格尔所作的区分，同时也意味着接受同一之可能，即不把同一混同于纯粹的等同而不加考虑"。① 如果否认同一性，只承认差异，不仅差异本身无法辨别，而且对话也无法进行。这显然抹杀了客观事实。换言之，正因差异建立在对同一性追求的基础上，才使得差异具有的特殊性是有限的。

"同一性"思维对于文化 / 文学研究意义重大，它意味着诸种文化 / 文学之间可以相异而不必分裂、共存而不必相害。这为摆脱主客二分的对立思维找到出路，同时不仅增进了对差异的理解，而且注重发挥对立的促进作用，而不是一味否定差异。这与中国哲学提出的"以他平他"思维不谋而合。那么，如何接近并走向这种"同一性"，在此必须由"中介"发挥作用，分析并寻找文化"融通性"，自然是题中之义。换言之，从"融通性"中发现"同一性"方向具有重要的现实意义。其对于跨文化研究不无启示，文化差异不应受到压制，而应理解与包容，进而注重发挥文化差异的作用，以"融通"作为中介来调和以及化解种种矛盾，是理性处理诸种文化关系的理想选项，可在一定程度上调和对立双方，避免对立双方的尖锐对抗，但同时我者与他者文化双方依然存在。

综上所述，从"道"和"逻各斯"这两个中西方的哲学元概念出发进行比较研究，可以发现，二者皆为各自认识世界的本源，双方在对异 / 同的辩证认识探索中殊途同归，不谋而合走向了共通之处——"融通思想"，而这种"混异为一""杂以成物"的哲学思想体现了对差异的认可与运用，道并行而不相悖。进而言之，"融通"意味着新的创获的生成。"创造是不同质的素材的新组合。这种定义对科学、艺术、哲学、宗教等精神活动的全部领域都适用。"② 由此，"把不同的信息和物质，用至今还没有的新方法把它们结合起来，制造出有价值的东西的过程"。③ "融通思想"运用于文化领域即为"文化混融"，质言之

---

① 张隆溪：《道与逻各斯》，江苏教育出版社 2006 年版，"序"。
② ［日］高桥诚：《创造是什么——四十位日本学者的创造观》，段镇译，《上海青少年研究》1986 年第 1 期第 32 页。
③ 同上。

则为"文化创造",在文化创造中结合自身需要,通过新的方法容纳吸收他者文化为我所用,从而产生新的价值或意义。

美国华人学者成中英基于中西哲学比较研究提出,对中西的理解应建基于对本体的相互理解与诠释,而"'合内外之道'的内在超越,也对应或融合超越的外在。这当是整合或融合人类文化与哲思主流的大方向"。[①]成中英此言极具见地阐释了诸种文化发展以及中西文化相互观照的路径。"融通思想"为"文化混融"提供了哲学支持,其实质就是考察某种文化与他者文化相遇时产生的化合,这既非文化征服或同化,亦非文化拼凑,而是两种或多种文化间皆以"合内外之道"为遵循,在彼此互化中相得益彰,甚或生成新的文化。同时,正因"文化混融"的存在,才会没有绝对的"他者文化",只有相对的"我者文化"。

诚然,变动不居是所有文化的普遍性,一种文化若过于固化则不能回应外来文化脉冲,同时也不能适应内在的可欲性变革。任何一种谋求进步的文化面对外在的文化冲击自然不会无动于衷,而是通过对外来文化的创造性转化实现自变革,在自我意识的超越中走向自我意识的新成长,这就是"文化混融"发挥的重要作用。换言之,某种文化愈是僵化地固守某一身份,其文化发展的选择余地也会愈益狭隘。无论何种文化如若充满活力、保持自我的与时俱进,对其自身主体建构必然不能一劳永逸。文化主体动态性建构过程,不应视他者为予以排斥的异己,而是克服自我局限的另一个自我。所以,相应的理想状态应为相关方都从他者之处受到启发并赢得收益,进而文化主体基于原我与他者的文化融合而生发出新我。

三、关于对"文化混融"问题的诸种认识

跨文化研究不为比较而比较,而是旨在推动文化创新,促使我者文化有所变化、有所增益、有所发展,而这又与在对他者文化的比较映照中加以镜鉴不可分离。"跨文化研究的任务是关注如何深入地探讨文化的相异性。我们现在到了跨越比较的时代,这就意味着把研究的重点放在思考文化的互动性上。"[②]此言可谓深谙当前跨文化研究的发展趋势,而"文化混融"正是基于文化相异性辨识基础上的文化互动与共通。

"文化混融"研究之所以切中肯綮,是因为它使比较文化研究真正进入到比较不是理由的认识层面,从而具有了深刻的问题意识与重要的现实意义,萨义

---

① [美]成中英:《中西"本体"的差异与融通之道——兼与朱利安教授对话》,《南国学术》2014年第4期第12页。

② [法]金丝燕:《跨文化研究与文化转移的定义》,《民俗典籍文字研究》2017年第1期第55页。

德曾倡导比较文学研究要秉持超越狭隘性与地方主义的客观立场，以获取超越本地、本民族的观点，而不能仅停留于为一己文学、文化与历史提供自我辩护。此外，国际学界诸多学者都对"文化混融"及其相关问题展开了深入的多维考察与独到阐释，提供了富有洞察力的诸种见解，有关研究主要集中在以下层面：

（一）"文化混融"理论的缘起、流变与主要观点

"文化混融"作为一个充满争议的术语既熟悉又陌生，成为这个时代的敏感词，这首先就表现在中文对"cultural hybridization"一词的翻译始终混乱不一，其亦因此拥有了诸多中文别名，比如还有文化杂糅、文化融杂、文化混合等称谓。此外，"文化混融"在英文中也有不同的指称，诸如"cultural hybridization""cultural chaos"等。西方对"cultural hybridization"的认识，与对生物进化过程中的"hybridization"现象相关联，从而该词组的意义与意味在不同时期经历了或褒或贬极富情感蕴含的变化。当前有关生物层面"Hybridization"现象的看法尽管明显趋于认同，但仍难以摒弃根深蒂固的偏见，对文化领域"Hybridization"现象的认识同样如此。由此，相应形成的复杂认知基于不同语境微妙地反映到相关研究之中。此外，另一英语词组"cultural chaos"则被赋予明确的贬义，映射着文化的混乱现象。

中外学界一般将"文化混融"的理论源头归之于巴赫金提出的杂糅理论。巴赫金在《对话的想象》一书中，将语言杂糅化划分为有机杂糅（organic hybrid）和有意杂糅（intentional hybrid）两种形式。巴赫金的杂糅理论主要是针对哲学与语言学领域而言的，"用于文化时，它指的是，尽管有界限幻觉之存在，文化的历史仍然通过任意借用、模拟占有、交换和创造不断进化。"① 基于巴赫金的杂糅理论来看，有机杂糅的无意识使得文化秩序和文化连贯性得以维持，而有意杂糅的刻意干预则又造成文化陌生化的冲突。上述两种杂糅形式的双重作用，使得文化演变与文化抗变不无矛盾地共时缠绕在一起，但其根本方向则迈向文化进化。

巴赫金的杂糅理论显然受到生物杂交理论的启发，对西方的（后）殖民和全球化研究影响深远。不同研究框架中的"文化混融"拥有共同的要义，即文化融异、混合的基本含义，但又具有细微的差异，表达了特定的文化秩序观和价值判断，同时一定程度反映出"文化混融"概念的流变特征。以下分析其中几种具有代表性的观点和内容。

一是在殖民批评中，古巴人类社会学家费尔南多·奥尔蒂斯（Fernando

---

① ［英］罗兰·罗伯逊、扬·阿特主编（英文版），王宁主编（中文版）：《全球化百科全书》，译林出版社2011年版，第350页。

Oruiz)关于殖民地遭遇不同种族的文化杂糅现象——梅斯蒂索斯现象(英文合成词 mestizaje/mestizo,指的是拉美地区混融欧洲和美洲印第安人血统的种族)的研究最为著名。就此,他于20世纪40年代创造了"文化嫁接"(transculturation,有翻译为"文化互化")一词,用以描述在激烈的文化碰撞中,被殖民者虽然无法拒绝宗主国发起的文化输入,但他们可在一定程度上根据自己的需要取舍与建构后者强加于己的殖民文化的方式。因此,奥尔蒂斯提出以"文化嫁接"取代"文化适应"(acculturation)与"文化畏缩"(deculturation)这一对反映宗主国现实利益需要和使然立场的概念。奥尔蒂斯认为"文化嫁接"促使产生新文化,即一种新的历史与现实相融合的文化产物。后来的一些包括拉美学者在内的西方学者在分析拉美的社会文化时进一步注意到传统与现代之间的紧张关系,进而提出现代文化不是取代、而是重新界定了传统文化的观点。

二是在后殖民研究中,巴巴关于文化杂糅的理论阐述深具影响。他将"混杂化"(hybridization)作为后殖民研究一个重要的工具性概念,基于殖民策略的复杂情境来理解这一概念,并赋予其非同寻常的蕴含,它意味着逆转了"殖民主义者被拒绝的影响,从而使其他'被拒绝的'知识进入了主导的话语,并远离权威的基础——其承认的规则置于其中"。[1]在他看来,宗主国在殖民地的自我主体叙述,一方面使其文化被"翻译"进殖民地的迥异语境中,但受制于延异之作用,只能呈现为部分在场。另一方面,为保持宗主国的权力主导地位,又有意允许殖民地文化必须始终拥有一定差异,借以构成自己的歧视根基。同时,被殖民者的主体面对宗主国以所谓"文明使命"的名义输出文化,必然会产生内在的自然抵制。这就是他所说的杂糅化造成的文化本质变化的题中之义。从此种意义上,巴巴认为,"在翻译与谈判的前沿,两者之间的空间话语——杂糅肩负着传递文化意义的使命"。[2]这无疑从某种程度而言,是对殖民关系的掩盖。这一点也是巴巴遭到后来研究者的诟病所在。在后殖民研究文献中,有关文化杂糅过程的阐释,其他一些西方学者基本延续巴巴的研究理路,认为文化"杂糅化"是对帝国话语的反叙述策略,即如国内学者所言是一种解殖抑或去殖民化策略,它同样承认其内在隐含着对边缘与中心、支配与从属这一对立的等级关系的一定程度的消解与模糊。诸如同样亦具盛名的英国文化理论家斯图亚特·霍尔基于流散研究指出,杂糅意味着一种新型的文化配置,是一个文化"翻译"的过程,而以杂糅为永恒特征的流散理应被视为进步。

---

[1] Bhabha, H. K. *The Location of Culture*. London and New York: Routledge, 1994: 114.
[2] Bhabha, H. K. *The Location of Culture*. London and New York: Routledge, 1994: 38.

三是在全球后现代研究中，美国全球化理论家简·尼德文·皮埃斯特（Jan Nederveen Pieterse）就是一位全球文化混融理论的主要倡导者之一，即如其著述的书名《全球化与文化：全球混融》所明示。皮埃斯特认为，全球后现代时代，对文化差异保持一种新的敏感性与彻底的文化混融性并存，以全球为依归，诸种差异之间存在相似性并可建立关联，因此以混融的范式整合差异，而不是对立或同化差异，或为可取之道。具体而言，在文化的迂回颠覆、反身性使用与解读中产生的文化混融，"反映了后现代对'剪切+混合'、逆反、瓦解之类的后现代情感"。① 这种涉及文化变迁的后现代观点是对——文化差异论（声称永远不变的文化差异造成不可弥合的文化对立与冲突）与文化趋同论（认为各种文化势必被一种所谓的强势文化所同化）——这两种文化认识论的综合与超越。用论者自己的话来说，它的意义在于"消除了纯正与发散之间的紧张关系、地区与全球之间的张力"。② 由此可见，皮埃斯特所谓的融杂，拒绝自身形成新的内在规范，必须性为其写下存在的合理注脚，因此流变成为其主要特征。

（二）"文化混融"与文化全球本土化

当前国际文化研究领域，"文化混融"与文化"全球本土化"（globalization）这一术语互为关切，成为跨文化研究的一个重要论题。"全球本土化"这一概念最先出自20世纪80年代晚期的《哈佛商业评论》期刊，它原本为商业术语，指的是全球化产品为适应各地的本土消费习惯而进行了赋予本地化特征的某种改变调整。后来，人文学者在文化/文学研究中征用了"全球本土化"这一术语，他就是最早提出全球化与文化这一论题的美国社会学家罗兰·罗伯逊（Roland Robertson）。就此，罗伯逊推进了普遍主义-特殊主义问题的探讨，并成为他考察当代全球文化的重要分析方法。他一方面看到沃勒斯坦坚持承认普遍主义与特殊主义的共时性是对的，另一方面又注意到布里考德提出的普遍化与特殊化问题的重要性。在此基础上，罗伯逊提出，对普遍主义-特殊主义问题的认识仅仅停留于此还远远不够，必须注意到普遍主义的特殊化与特殊主义的普遍化二者之间的相互渗透，并将这一双重过程视为当代全球化的某种形式的制度化。在他看来，"普遍主义的特殊化——包含了普遍性的东西被赋予全球人类具体性这一思想"，而"特殊主义的普遍化——则意味着认为特殊性、独特性、差异和他者性（otherness）实质上没有限度这一思想的广泛扩散"。③ 这一

---

① ［美］简·尼德文·皮特尔斯：《全球化与文化：全球混融》，王瑜琨译，中国传媒大学出版社2014年版，第51页。
② 同上，第59页。
③ ［美］罗兰·罗伯逊：《全球化：社会理论和全球文化》，梁光严译，上海人民出版社2000年版，第147页。

论述深刻阐明了特殊主义与普遍主义的共时存在以及二者之间的辩证统一。只有当认识到，普遍主义的特殊化与特殊主义的普遍化二者之间存在着互动与互补的关系时，才能为理解当代条件下的世界文化多样性是诸种文化互促共融的结果提供深刻辩证，而不是与之相反各种文化互不相关、各行其道。就此，罗伯逊指出，在全球性的背景下，每一种文化总是基于某种认同以及学习的需要，在与其他重要文化的互动中彼此渗透分别形成。他认为，全球化是一种"全球"与"本土"的同时嵌入，二者错综复杂而又矛盾地互为交织，从而在文化碰撞中产生混融。

美国圣荷西州立大学教授 B. 库玛（B. Kumaravadivelu）明显受到罗伯逊的影响，在援引后者的有关论述时，表示支持其观点，指出："全球化本土主义者通过强调'普遍性的特殊化和特殊性的普遍化这一双重过程'把大众的注意力吸引到世界大同的崇高理想上。他们相信普遍性的特殊化'有利于探寻世界真正意义的运动兴起，这些运动甚或个人将世界看作一个整体来探求其意义'，正如特殊性的普遍化'有利于对个性的追求，对日益增长的精细身份特性的展现'。"[①]正是这种具有开拓性的哲学思考，启发我们展开对文化全球本土化与文化本土全球化这一组相互关联的问题的深入探讨，并引向新的学术进路。

具体而言，所谓文化全球本土化，指的是将文化的特殊与一般相结合。这将导致全世界文化／文学游离原初语境，为克服与当地文化的冲突而通过文化译介予以本土化调整。自然，作为接受方的文化主体来说，"全球本土化"的文化仍是一种外来文化，但毕竟已与未经文化译介的源语文化有所不同。从这方面来看，翻译文化／文学客观上发生了一定程度隐而未明的文化混融，因为基于文化习惯和逻辑理解基础上的翻译不可能是对原作的等同复归。在文化全球本土化发生后，本土文化／文学或多或少会受到翻译文化／文学的影响，尤其当本土对外来文化产生不同程度的可欲性文化诉求时，本土文化一般会自我修正以适应全球化，而与外来文化发生混融反应，这同时也为文化本土全球化提供了现成经验，使本土文化与全球化的普遍主义驱动力更为有效结合。所以，无论是文化全球本土化还是文化本土全球化，都面临着解决文化的再表达问题。这意味着"文化混融"之无法摆脱，而必须面对的是去版图化（de-territorialization）的融合与混杂过程。

从世界各国发展的整体视域来看，"文化混融"发生的前提条件是，出于对现代性（modernities）这一"普遍参照物"的迫切需要，从而承认并追求现代性不仅是经济发展，同时更是文化发展的驱动力。这进而又成为诸种文化产

---

① ［美］B. 库玛：《文化全球化与语言教育》，邵滨译，北京语言大学出版社 2017 年版，第 33 页。

生对话的内在深层原因。在此，应赞同关于现代性早于全球化这一具有世界历史深度的论断，即全球化是追求现代性的结果，而不是相反。关于现代性问题，西方学界存在着诸多全然不同的看法。其中一种观点认为，现代性是源自欧洲和西方并由其所发明，进而使之成为世界西方化理论的核心论据。这种欧洲中心主义的认识论，在西方乃至非西方都颇具影响力，但显而易见遮蔽了世界历史多中心乃至去中心发展的史实，也凸显了现代性/西方化的困境，即东方亦非在西方工业革命的碾压下产生现代性缺失的焦虑。与之相对，另一种观点认为现代性具有多种形式，不同国家创造出具有本国特色的新的现代性。后一种观点无疑符合现代性的客观史实，诸如中国、日本、印度、新加坡等国家的现代化路径即为明证，从而避免重犯欧洲中心主义的一贯错误。因此，应透过各地的棱镜来观察林林总总的现代性。目前，关于"现代性的多样性"的认识与有关"融合发展的全球影响"的事实形成了高度契合。

具体而论，如果现代性只视为欧美现代性，而排除其他新兴发展国家对现代性的塑造，这显然无法解释西方的现代性危机，即马克思所揭示出的资本主义导致"物的增殖与人的贬值"这一异化现象。换言之，全球现代性在各个国家、各个地方应具有各自独特的表达方式，它意味着现代性在人们想象出的同一副面孔之下潜藏着真正的内在差异。这成为"文化混融"在全球各地文化多向发力的内在动因。历史发展到 21 世纪至今，东西方对现代性问题予以了各自的实践表述，因此必须承认现代性是一个动态的多方塑造过程，而不是一种单一结构与结果，这由世界历史的客观发展规律所决定。与之相应，诸种文化在互为影响、互为作用、互为借鉴中融合发展，即如以上所述诸种文化形成"你中有我、我中有你"的景观。亦如当今所见，无论是西方文化中的东方因素，还是东方文化中的西方影响，皆因文化混融使然。

（三）"文化混融"与文化边界的关系

显而易见，没有任何一种文化发展至今仍能一直保持绝对纯净。应当认识到，当前谈及的"文化混融"已经发生在历史上无数次的被混融之后。正因"文化混融"并非异乎寻常，而被反对者斥为毫无意义。但是，只有当文化边界被人为设定并被视为无之不行后，"文化混融"才值得关注，因为"文化混融"的存在就是对边界的僭越与挑战。所以，关于"文化混融"与文化边界的探讨，也成为学界的关注重点。事实表明，已经进入文化范畴的种族、国家、本土等边界的主要形式，既存在于人类历史的恒久过往，又在未来相当长一段时间内绝不会消亡。今天文化的越界现象日益增多，它导致一个悖论现象就是，文化边界的侵蚀与文化边界意识的强化不无矛盾而又异常复杂地纠缠在一起。

的确，全球化时代意味着文化的多样化接触和选择，"文化混融"使文化的向心力与离心力同时施加影响，文化边界的建构面临挑战而变得异常困难，仅仅凭借传统与本土文化塑造边界与身份认同的坚固基石不无动摇。当前文化边界与身份固守面临的最大挑战就是，在这个被高度压缩的"高现代性"全球社会中，各国族的相遇越来越频繁与常态化，地理边界的跨越导致了各种信息、知识、文化的流动加剧，各种文化正日益强烈地受到其他文化的冲击与影响。全球化时代"塑造"认同的依据也越来越具有一种令人不安的"共同性"。于是，一种激进的世界主义，以追求无根的世界公民而自豪，一概反对文化身份与文化边界。无疑，这走到了极端。事实上，"文化混融"导致的有关边界与身份问题，远非激进世界主义者所理解的那样简单，迄今为止这个世界并未朝着天下大同的单线型方向发展，在未来可预见的很长一段时间也不会如此。无根的世界主义并非对当前客观世界的普遍描述，其之所以仍具一定影响力，因为它寄托着一种乌托邦精神。

与之不同，另一种世界主义肯定了康德对世界主义的理解，用德国慕尼黑大学教授乌尔里希·贝克的话来说，"康德将世界主义定义为综合普遍与特殊、国家与世界公民的一种方式"。[①] 它意味着世界主义是"有根的"，即植根于国家与民族之中，从而有效化解了世界性与地方性的根本对立与紧张。世界历史发展到当今阶段印证了康德世界主义观，即体现出对世界与国/族的双重认同，将全人类的共同命运意识与民族/国家意识予以交互协调，进而呈现出民族性与世界性的统一。

然而，针对"文化混融"与边界的关系问题，挪威奥斯陆大学社会人类学教授托马斯·许兰德·埃里克森提出，全球化显然已经导致这个世界比人类历史此前任何时期更具文化的混融性，亦因此这个世界具有了去边界化等主要特征，但由于根深蒂固的历史原因——边界崇拜和认同政治，故对全球文化同质化的任何企图都会激起反抗，这又促使大家更能理解彼此的界限。而实践中，文化混合并没有造成文化同质化或均质化，反而是文化异质化的一种组织方式，它意味着文化差异在混合中发生某种变异，一旦某些差异消失，同时又会产生新的差异。这与国内学者曹顺庆提出的文化变异学不谋而合。与之相应，"文化混融"的出现，使各种边界以及认同政治的标准被重新塑造建构，后者亦因此具有了历时性。

在皮特尔斯看来，融杂是文化之根。与之相应，他所强调的是融杂在文化中的重要性。所以，他认为，"跨文化的融合是一个深刻的创造性历程，不仅是

---

① [德]乌尔里希·贝克、[以]内森·施茨纳德、[奥]雷纳·温特：《全球的美国？：全球化的文化后果》，刘倩、杨子彦译，河南大学出版社2012年版，第26页。

在日益加速的全球化的当今阶段，而且也延伸到遥远的历史过往"。① 在此基础上，皮特尔斯提出了跨文化融合论，它既反对文化绝对差异论，又不赞成文化趋同论，而是在解决与后二者有关的全球化文化同质化与异质化之间的紧张关系时显示出积极意义，因为"当共存产生出新的、不同的跨文化模式时，并不需要放弃原本文化的身份个性，这是一种不断发展的融合，不断产生新的共性和新的差异"。② 这种既跨越边界又绝不抹杀边界的文化混融论，属于典型的后现代认识，即一切都在重新建构成为后现代的绝对律令。它一边表达了对文化绝对差异论——文化固化的批评，另一边又表达了对文化同化——文化霸权的反抗，从而可以唤起新的文化想象、激发新的文化活力，因此具有了解放性的进步意义。但是，皮特尔斯提出的这种后现代的文化混融论是与无根的世界主义不共戴天，这一点与埃里克森的文化混融论有着根本不同。

实际上，"文化混融"造成的无根性（rootless-ness）只是一种特殊存在，即在流散群体以及移民中间部分产生，并非普遍化，即主要是这一群体中的诗人、艺术家、知识分子求助于文艺来表达这一主张，因为他们自己的世界就是如此的漂泊而混杂，其影响力也仅限于这一群体自身。有一种观点认为，真正边界意识的确立，多是为谋求自身在权力利益分配中的有利位置有关，因为边界的存在意味着管制，所以文化身份与边界的使用只是一种政治策略。另一种观点与之不同，认识到边界与文化混融之间的复杂关系，认为"在协调边界问题时，融杂的双边文化知识和文化的转型都获得了生存的价值"。③ 还有观点认为，"全球化可能是在鼓励到一个更为可靠的过去之中去寻'根'，以期稳固当下的身份"。④ 这无疑是支持有根的世界主义，将传统与现代的对立予以消除。客观而言，这些观点都有其合理性，只是基于不同的研究维度与考察视角而得出的不同结论，因而也具有各自的局限性，正所谓"横看成岭侧成峰，远近高低各不同"。相较而言，康德提出的世界主义观无疑较为客观并得到了多数认可，即世界性与地方性、现代性与传统性的统一，而不是彼此对立与冲突。不可否认，当今时代，"文化混融"致使文化身份的混杂性不无存在，而所谓"无根的"世界主义者不过是面对复杂文化身份所造成的认同困惑，只不过企图以自我原有身份的放逐来求得解脱。

---

① ［美］简·尼德文·皮特尔斯：《全球化与文化：全球混融》，王瑜琨译，中国传媒大学出版社2014年版，第57页。
② 同上，第58页。
③ 同上，第108页。
④ ［英］约翰·斯道雷：《斯道雷：记忆与欲望的耦合：英国文化研究中的文化与权力》，徐德林译，广西师范大学出版社2007年版，第202页。

显而易见，有关"文化混融"的探讨渐趋增多表明了本质主义、民族中心主义等正在日益明显地受到冲击与销蚀，与之相关的文化边界、身份界定等问题也日益彰显。

四、"文化混融"论争与中国文化的发展

"文化混融"概念无疑是一个西方学界的知识产物，它引起的争议同它自身一样混乱、矛盾，并演变成一场文化混战，这场混战并不是由"混融"或"杂糅"自身挑起，而是与文化中的"他者"与"我者"的二元对立思想有关。自然，正如众多学者所意识到的，其受诟病之处在于对帝国霸权与殖民地受压迫的不平等地位基本忽视，并没有也不可能根本颠覆殖民关系或霸权地位。就某些方面而言，这些理论貌似批判殖民关系或帝国霸权，实则欲盖弥彰。换言之，"文化杂糅"既抹杀了殖民的历史，又淡化了边缘的处境，它本身也无意卷入到对种族歧视案件以及不平等权力关系等文化现象的彻底阐释之中。后殖民主义，在一些学者看来，只不过是殖民主义的新表征。这种反驳不无道理且具有重要的警示意义，当代全球民族中心主义的出现（当今世界的种种反全球化现象即为表征）已经证实了这一点。因此，悬置文化权力关系探讨"文化混融"或"文化杂糅"问题，有学者斥之为暴露出在殖民问题上历史虚无主义的虚伪性。另外，全球后现代文化亦因其具有某种无深度、无根基、拼凑性、不稳定性，而被视为一种虚弱寡淡的文化，进而遭到质疑。更有甚者，历史上文化霸权造成的文化灭绝不无存在。但对"文化混融"的所有反驳与批评，并没有导致其消亡，反而是文化杂糅"扩大了民族文化和全球文化的范围和兼容性，无论是高端的还是通俗的"。① 此外，B. 库玛尽管也意识到文化杂糅主题研究中的诸多问题与不足，但同时又进而肯定了杂糅这一概念提出的积极意义，认为"它有能力捕捉持续不断的文化和人民杂糅过程，产生新的文化信仰和实践。它仍然是具有战略价值的概念，可以帮助个人走向文化转型的道路"。②

"文化混融"作为一种无以回避的存在，在今天看来仍是一个值得深思的问题。对其的争论也是在人们喜忧交错的情感中推进。这一问题既是历史的，又是现实的；既是理论的，又是实践的。总而言之，"文化混融"作为深具自反性特征的论题，是不同时代长期面临的悖论难题，且在不同时代的呈现方式与表达重点并不一样。对这一问题的探讨，引导出进一步的追问，即究竟需要一种

---

① ［英］罗兰·罗伯逊、扬·阿特主编（英文版），王宁主编（中文版）:《全球化百科全书》，译林出版社 2011 年版，第 351 页。
② ［美］B. 库玛:《文化全球化与语言教育》，邵滨译，北京语言大学出版社 2017 年版，第 92 页。

什么样的"文化混融"？相关题域对于中国而言，同样具有重要启示。

中国古典文献中赋予了"混融"一词的援引与运用并不保守且呈现出多重积极蕴含。例如，杜光庭"未混融於大道"、罗大经"混融并作一家春"、郎瑛"则生养混融而绿矣"等对该词的运用显明，"混融"被视为催生新生事物或达成新境界的介质与必要手段。古代文化相关表达体现出的鲜明"混融"意识、深刻洞察力与超越时空的先知先觉，的确令今人叹服。

纵观中国历史的发展进程，本土文化与外来文化的交融发展源远流长，后者融入中国本土的典范就有西汉晚期以来传入的佛教文化、隋唐以来传入的西域文化，它们都对中华文化变迁产生过广泛影响。尤其是元朝凭借辽阔的疆土与便利完善的释站制度，为东西文化交流融合开辟了通途，构建了中国各民族文化全面融合的格局，为中原文化、北方草原文化、边疆各族文化、中亚伊斯兰文化、东欧拜占庭文化与南亚佛教文化的融会贯通创造了条件。它既融入了多种其他文化，同时又被其他文化所融合，从而促进了文化繁荣。

清末民初以来传入中国的西方文化，即因国内求变图强的深切渴望。彼时中国积贫积弱、丧权辱国，从而处于救亡图存的危急关头，无论是传统文化的批判者抑或支持者都意识到，中国传统文化要实现现代转型，不但不可排斥西方文化，而且尤需后者的参与介入。其间虽难免存在问题，如对传统文化求全责备、一味责难其消极面，而又不同程度忽视了其积极面等，但其根本方向通过百年的历史检验愈见其正确与可行之处。这无疑表明，文化融通无之不行，可为文化新变开辟通道。同时亦具警示意义，弃文化传统而图变求新，无异于自断根基，断难可行。陈寅恪曾做出如下论断："其真能于思想上自成体系，有所创获者，必须一方面吸收输入外来之学说，一方面不忘本来民族之地位。"[①] 事实上，学术研究如此，文化建设亦然。特别是改革开放之后，中国文化领域中外（主要是中西）融通汇合的特色日显鲜明。但如将他者文化的介入一概视为文化侵入，中华文化断难实现现代转型，更无从谈起生成现代人文精神。

21世纪以来，立于世界文化格局之中，面对文化交流交融交锋更加频繁的复杂态势，以开放发展推动文化融通，掌握文化发展主动权，赢得文化安全，不失为上乘之策。尽管现今的跨文化接触与交流很多情况下是在不平等的关系中进行的，但依靠退回到传统文化、在孤立隔绝中寻求所谓的安全，的确是行不通的。由此，需依据当前现实状况，突破观念限域、调整思维方式并提升文化能力，进而创造性地适应并受益于全球文化的影响。针对当前推动建设世界

[①] 陈寅恪：《冯友兰〈中国哲学史〉下册审查报告》，载《金明馆丛稿二编》，上海古籍出版社1980年版，第284页。

文化强国的重大历史使命而言，凭借高度的文化自信重视文化开放融通，以开阔的文化视野审视世界文化的发展态势，突破文化领域的固有禁忌、颠覆对异质文化的既有偏见并清除僵化观念，"以他平他"并融异于己，无疑是实现中华文化更好融入世界文化发展潮流的题中应有之义。具体说来，"在生产文化的同时被文化所生产，其间既有融合，也有抵制"，[①]倘若对其他文化的比较借鉴尚付阙如，真正意义上的文化自我认知与革新便无以实现。与之相应，开展跨文化的理解、沟通、对话与交流，是实现文化融合发展、克服本国族文化局限，进而赢得中国当代文化的世界认同的重要现实策略与发展路径。于此而言，保持未封的思想和有容的虚怀，将文化视为与他者互动的有效方式，在参照借鉴中推动文化领域的开放融通，是事关文化繁荣发展的重大选择。由此，对建基于跨国际语境的跨文化创造过程的开放融通与动态发展而言，应客观评判东方主义与西方主义、文化霸权与文化身份等问题。与此同时，理应以文化自信为统摄，恪守多样并存原则、共生互补的策略，兼顾传统与现代、本土与世界的辩证统一，并遵循与力倡主体成长、互惠互利、双向互动与有序推进。

综上所述，由此推及尚处世界学术格局动态嬗变中的中美文论，相关研究应基于多重语境进行跨民族、跨语言、跨文化与跨学科的探究，基于文学理论视域诠释多元文学、文论与文化现象，且予以集群会通式的深入考察。与之相应，对于当前中国文论的生存与生长以及选择有利于自身改制与重塑新质而言，在进行互体与互用探讨的同时，中美文论的参证研究既应把握两者各自的脉络流变与相应体系的基本问题，又要洞见相关诸种契合与差异并调控有关话语的适用限度与潜在资源。

---

① ［英］约翰·斯道雷：《斯道雷：记忆与欲望的耦合：英国文化研究中的文化与权力》，徐德林译，广西师范大学出版社2007年版，第203页。

| 附录二 |
当代美国文论领域重要学者的主要著述、中文译本与中文研究著述

肯尼思·伯克（Kenneth Burke，1897—1993）

主要著述：*The White Oxen, and Other Stories.*（New York: Albert & Charles Boni, 1924）; *Counter-Statement.*（New York, Harcourt, 1931; Berkeley, Calif. Univ.of California Press 1953, 1957, 1968, 2014; Los Altos, Calif., Hermes Publications 1953; Chicago University Press, 1957）; *Towards a Better Life, Being a Series of Epistles or Declamations.*（New York: Harcourt, Brace and Co., 1932; Berkeley, University of California Press, 1966, 1982; Boston: David R.Godine, Publisher, 2005）; *Permanence and Change an Anatomy of Purpose.*（New York, New Republic, 1935, 1936; Indianapolis: Bobbs-Merrill, 1954, 1965; Berkeley: University of California Press, 1973, 1974; Los Altos, Hermes, 1954, 1964; [Whitefish, MT]Literary Licensing, 2013）; *Attitudes Toward History*（New York, The New republic, 1937; Berkeley: University of California Press, 1984, 2014; Los Altos, California: Hermes Publications, 1959; Boston: Beacon Press, 1957, 1959, 1961）; *The Philosophy of Literary Form Studies in Symbolic Action.*（Baton Rouge: Louisiana State University Press, 1941, 1967; New Delhi Isha Books 2013; New York, Vintage Books, 1957; Berkeley: University of California Press, 1973, 1974; New York: Random House, 1961）; *A Grammar of Motives.*（London, England: Forgotten Books, 1945, 2018; Berkeley, University of California Press, 1969, 1974, 2000; New York: Prentice-Hall, Inc., 1945, 1952; New York: George Braziller, 1945, 1955）; *A Rhetoric of Motives.*（New York, Prentice-Hall, 1950, 1952, 1953; Cleveland, World Pub.Co.1962; Berkeley: Calif.Univ.of California Press, 1969, 2000, 2007, 2013; New York: G.Braziller, 1950, 1955）; *Book of Moments: Poems 1915—1954.*（Los Altos, Calif.: Hermes Publications, 1955）;

The Rhetoric of Religion；*Studies in Logology*.（Boston：Beacon Press，1961；Berkeley：University of California Press，1970）；*Collected Poems*，*1915—1967*.（Berkeley：University of California Press，1968）；*The Complete White Oxen*：*Collected Short Fiction*.（Berkeley：University of California Press，1968）；*Attitudes Toward History*.（Los Altos，California：Hermes Publications，1959；Berkeley：University of California Press，1984；Boston：Beacon Press，1959，1961）；*Dramatism and Development*.（Barre，Mass.，Clark University Press，1972）；*Here & Elsewhere*：*the Collected Fiction of Kenneth Burke*.（Boston：David R.Godine，Publisher，2005）. 编　著：*Perspectives by Incongruity*；*Terms for Order*.（edited by Stanley Edgar Hyman with the assistance of Barbara Karmiller.Bloomington：Indiana University Press，1964）；*William Carlos Williams*；*Papers by Kenneth Burke* [*and others*]（Edited by Charles Angoff.Rutherford [N.J.] Fairleigh Dickinson University Press 1974）；*On Symbols and Society*.（edited and with an introduction by Joseph R.Gusfield.，Chicago，Ill.：University of Chicago Press，1989，1991，1995，2000）；*The Selected Correspondence of Kenneth Burke and Malcolm Cowley*，*1915—1981*.（edited by Paul Jay.New York，N.Y.：Viking，1988；Berkeley：University of California Press，1988，1990）；*The Humane Particulars*：*the Collected Letters of William Carlos Williams and Kenneth Burke*.（edited by James H.East.Columbia，S.C.：University of South Carolina Press，2003）；*Late Poems*，*1968—1993*.（edited by Julie Whitaker，David Blakesley.Columbia：University of South Carolina Press，2005）；*On Human Nature*：*a Gathering While Everything Flows*，*1967—1984*.（Kenneth Burke；edited by William H.Rueckert and Angelo Bonadonna.Berkeley：University of California Press，2003）；*Essays Toward a Symbolic of Motives*，*1950—1955*（selected，arranged，and edited by William H.Rueckert.West Lafayette，Ind.：Parlor Press，2006）；*The War of Words*（edited by Anthony Burke，Kyle Jensen，and Jack Selzer.Kyle Oakland，Berkeley：University of California Press，2018）.

中文译本：《当代西方修辞学·演讲与话语批评》（常昌富、顾宝桐译，中国社会科学出版社，1998）。

中文研究著述：《肯尼斯·伯克修辞学思想研究》（鞠玉梅，中国社会科学出版社，2017）。

莱昂内尔·特里林（Lionel Trilling，1905—1975）

主要著述：*The White Oxen*，*and Other Stories*.（New York：Albert & Charles

Boni, 1924); *Counter-Statement.* (New York, Harcourt, 1931; Berkeley, Calif. Univ.of California Press 1953, 1957, 1968, 2014; Los Altos, Calif., Hermes Publications 1953; Chicago University Press, 1957); *Towards a Better Life, Being a Series of Epistles or Declamations.* (New York: Harcourt, Brace and Co., 1932; Berkeley, University of California Press, 1966, 1982; Boston: David R.Godine, Publisher, 2005); *Permanence and Change an Anatomy of Purpose.* (New York, New Republic, 1935, 1936; Indianapolis: Bobbs-Merrill, 1954, 1965; Berkeley: University of California Press, 1973, 1974; Los Altos, Hermes, 1954, 1964; [Whitefish, MT] Literary Licensing, 2013); *Attitudes Toward History.* (New York, The New republic, 1937; Berkeley: University of California Press, 1984, 2014; Los Altos, California: Hermes Publications, 1959; Boston: Beacon Press, 1957, 1959, 1961); *The Philosophy of Literary Form Studies in Symbolic Action.* (Baton Rouge: Louisiana State University Press, 1941, 1967; New Delhi Isha Books 2013; New York, Vintage Books, 1957; Berkeley: University of California Press, 1973, 1974; New York: Random House, 1961); *A Grammar of Motives.* (London, England: Forgotten Books, 1945, 2018; Berkeley, University of California Press, 1969, 1974, 2000; New York: Prentice-Hall, Inc., 1945, 1952; New York: George Braziller, 1945, 1955); *A Rhetoric of Motives.* (New York, Prentice-Hall, 1950, 1952, 1953; Cleveland, World Pub. Co.1962; Berkeley: Calif.Univ.of California Press, 1969, 2000, 2007, 2013; New York: G.Braziller, 1950, 1955); *Book of Moments: Poems 1915—1954.* (Los Altos, Calif.: Hermes Publications, 1955); *The Rhetoric of Religion; Studies in Logology.* (Boston: Beacon Press, 1961; Berkeley: University of California Press, 1970); *Collected Poems, 1915—1967.* (Berkeley: University of California Press, 1968); *The Complete White Oxen: Collected Short Fiction.* (Berkeley: University of California Press, 1968); *Attitudes Toward History.* (Los Altos, California: Hermes Publications, 1959; Berkeley: University of California Press, 1984; Boston: Beacon Press, 1959, 1961); *Dramatism and Development.* (Barre, Mass., Clark University Press, 1972); *Here & Elsewhere: the Collected Fiction of Kenneth Burke.* (Boston: David R.Godine, Publisher, 2005) .*Perspectives by Incongruity; Terms for Order.* (edited by Stanley Edgar Hyman with the assistance of Barbara Karmiller.Bloomington: Indiana University Press, 1964); *William Carlos Williams; Papers by Kenneth Burke [and others]* (Edited by Charles Angoff.Rutherford [N.J.] Fairleigh Dickinson University Press 1974); *On Symbols and Society.* (edited and with an introduction by Joseph R.Gusfield., Chicago, Ill.: University of Chicago Press, 1989, 1991, 1995, 2000); *The Selected Correspondence of Kenneth Burke and Malcolm Cowley*, *1915—1981.* (edited by Paul Jay.New York, N.Y.: Viking, 1988; Berkeley: University of California Press, 1988, 1990); *The Humane Particulars*: *the Collected Letters of William Carlos Williams and Kenneth Burke.* (edited by James H.East.Columbia, S.C.: University of South Carolina Press, 2003); *Late Poems*, *1968—1993.* (edited by Julie Whitaker, David Blakesley.Columbia: University of South Carolina Press, 2005); *On Human Nature*: *a Gathering While Everything Flows*, *1967—1984.* (Kenneth Burke; edited by William H.Rueckert and Angelo Bonadonna.Berkeley: University of California Press, 2003); *Essays Toward a Symbolic of Motives*, *1950—1955* (selected, arranged, and edited by William H.Rueckert.West Lafayette, Ind.: Parlor Press, 2006); *The War of Words* (edited by Anthony Burke, Kyle Jensen, and Jack Selzer.Kyle Oakland, Berkeley: University of California Press, 2018).

中文译本:《诚与真：诺顿演讲集，1969—1970 年》（刘佳林译，江苏教育出版社，2006）；《文学体验导引》（余婉卉译，译林出版社，2011）；《知性乃道德职责》（严志军译，译林出版社，2011）。

中文研究著述:《纽约知识分子丛书：莱昂内尔·特里林》（严志军著，译林出版社，2013）；《美国批判人文主义研究：白璧德、特里林和萨义德》（段俊晖，北京大学出版社，2013）。

艾布拉姆斯（M.H.Abrams，1912—2015）

主要著述: *The Milk of Paradise*: *the Effect of Opium Visions on the Works of De Quincey, Crabbe, Francis Thompson, and Coleridge.* (Cambridge, Mass.: Harvard University Press, 1934; Folcroft, Pa., Folcroft Press, 1934, 1969; New York, Octagon Books, 1934, 1971; Darby, Pa., Darby Books, 1934, 1969; New York Harper & Row, 1962, 1970; Ann Arbor, Mich., University Microfilms, 1963; New York: Perennial Library, 1970); *Palestine as I Saw It.* (Chicago: Leonard Co., 1936); *Speech in Noise a Study of the Factors Determining Its Intelligibility.* (Cambridge, Mass., Psycho-Acoustic Laboratory, Harvard Univ., 1944); *The Mirror and the lamp*: *Romantic Theory and the Critical Tradition.* (New York, Oxford University Press, 1953, 1958, 1960, 1966, 1969, 1971, 1974, 1976, 1977, 1979; New York: Norton, 1971); *Belief and Disbelief.* (Toronto: University of Toronto Quarterly, 1958); *Literature and Belief.* (New York,

Columbia University Press, 1958); *English Romantic Poets*; *Modern Essays in Criticism.* (New York: Galaxy, 1960; New York, Oxford University Press, 1960, 1963, 1967, 1968, 1971, 1975); *The Norton Anthology of English Literature.* (New York: W.W.Norton, 1962, 1968, 1974, 1975, 1979, 1986, 1987, 1993, 1996, 1999, 2000, 2001, 2005, 2006, 2007, 2012; 台北: 欧亚书局有限公司, 1968); *Natural Supernaturalism*; *Tradition and Revolution in Romantic Literature.* (New York, Norton, 1971, 1973, 1980, 2002; London: Oxford University Press, 1971; Taipei: Yeh-Yeh, 1984); *Wordsworth: a Collection of Critical Essays* (Englewood Cliffs, N.J., Prentice-Hall, 1972); *Wordsworth: Lyrical Ballads: a Casebook.* (Englewood Cliffs, N.J.: Prentice-Hall, 1972); *The Correspondent Breeze: Essays on English Romanticism.* (New York: Norton, 1984, 1986; Bridgewater, N.J.: Replica Books, 1999); *Doing Things with Texts: Essays in Criticism and Critical Theory.* (New York: W.W.Norton, 1989, 1991); *The Fourth Dimension of a Poem: and Other Essays* (New York: W.W.Norton & Co., 2012). 编著: *The Poetry of Pope: a Selection.* (co-edited with Alexander Pope, Arlington Heights, Ill.: H.Davidson, 1954, 1986; New York: Appleton-Century, 1954); *A Glossary of Literary Terms* [G] (co-edited with Geoffrey Galt Harpham, New York, Holt, Rinehart and Winston, 1957, 1958, 1961, 1964, 1966, 1971, 1985, 1988, 1993, 1999; Fort Worth: Harcourt Brace Jovanovich College Publishers, 1976, 1981, 1985, 1988, 1993, 1999; Dehli: Mamiliian India, 1978; Boston: Heinle & Heinle, 1999; Singapore: Harcourt Asia, 1999; London: Thomson Wadsworth, 2005; Australia: Wadsworth, Cengage Learning, 2004, 2005, 2012; Boston: Wadsworth Cengage Learning, 2005, 2009, 2011, 2012; Stamford, CT: Cengage Learning, 2014, 2015); *In Search of Literary Theory.* (co-edited with Morton W Bloomfield, Ithaca, Cornell University Press, 1972, 1973, 1976); *The Prelude, 1799, 1805, 1850: Editeditative Texts, Context and Reception, Recent Critical Essays* (co-editded with William Wordsworth, New York: Norton, 1979, 1980); *High Romantic Argument: Essays for M.H.Abrams: Essays* (co-edited with Geoffrey H Hartman and Lawrence Lipking, Ithaca: Cornell University Press, 1981).

中文译本:《欧美文学术语词典》(朱金鹏、朱荔译,北京大学出版社,1990);《偷心贼》(卢相如译,皇冠书业,2008);《文学术语词典》(与哈珀姆合著,吴松江译,北京大学出版社,2009,2014);《文学术语汇编》(与哈珀姆合著,外语教学与研究出版社,2010);《文学术语手册》(与哈珀姆合著,蔡佳瑾、吴松江译,新加坡商圣智学习,2012);《艾布拉姆斯精选集》(赵毅衡、周劲松、宗争、李贤娟译，译林出版社，2010）；《镜与灯：浪漫主义文论及批评传统》（郦稚牛等译，北京大学出版社，1989，2004；袁洪军、操鸣译，中国社会科学出版社，1991）。

艾尔弗雷德·卡津（1915—1998）

主要著述：*Contemporaries*: *Essays on Modern Life and Literature*. （New York: Reynal & Hitchcock, 1942; Doubleday, 1956; Boston, Little, Brown, 1962; London, Secker & Warburg, 1963）; *On Native Grounds*: *An Interpretation of Modern American Prose Literature*. （New York: Harcourt, Brace & World, 1942; New York: Reynal & Hitchcock, 1942; New York: Overseas Editions, 1942; San Diego: Harcourt Brace Jovanovich, 1942, 1970, 1982; London: Jonathan Cape, 1943; San Diego [Calif.]: Harcourt Brace & Co., 1995）; *The Open Street?*. （New York: Reynal & Hitchcock, 1948）; *F.Scott Fitzgerald*: *The Man and His Work*. （Cleveland, World Pub.Co.1951; New York: Collier Books, 1951, 1962, 1967, 1974; Collier Books, 1962, 1974）; *A Walker in the City?*. （New York, Harcourt, Brace, 1951, 1979; New York, Grove Press 1951, 1958; San Diego: Harcourt Brace, 1979; London: Victor Gollancz, 1951, 1952）; *The Inmost Leaf*: *Essays on American and European Writers*. （New York, Harcourt, Brace 1955, 1959, 1978, 1979; Westport, Conn., Greenwood Press, 1955, 1974）; *The Open Form*: *Essays for Our Time*. （New York, Harcourt, Brace & World 1965, 1970）; *Starting Out in the Thirties*. （Boston: Little, Brown, 1965; New York: Vintage Books, 1965, 1980; Ithaca, N.Y.: Cornell University Press, 1965, 1989）; *Bright Book of Life*: *American Novelists and Storytellers from Hemingway to Mailer*. （New York, Dell 1973, 1974; Boston, Little, Brown, 1973; London: Secker & Warburg, 1973, 1974; London: University of Notre Dame Press, 1973, 1974, 1980, 1981）; *Contemporaries*, *From the 19th Century to the Present*. （New York: Horizon Press, 1982）; *New York Jew*. （New York: Knopf: Distributed by Random House, 1978; New York: Vintage Books, 1979; New York: Syracuse University Press, 1978, 1996）; *An American Procession*: *The Major American Writers from 1830 to 1930— The Crucial Century*. （New York: Knopf: Distributed by Random House, 1984; New York: Vintage Books, 1984, 1985; London: Secker & Warburg, 1984, 1985; Cambridge, Mass.: Harvard University Press, 1984, 1996）; *A Lifetime Burning in Every Moment*: *From the Journals of Alfred Kazin*. （New York: Harper Collins, 1996, 1997）; *Writing was Everything*. （Cambridge, Mass.; London: Harvard

University Press, 1995, 1999); *God & the American Writer*. (New York: Vintage Books, 1998, 1997). 编著: *Call It Sleep*. (co-edited with Roth, Henry; Wirth-Nesher, Hana.New York: Picador, 1934, 2005); *The Essential Blake*. (co-edited with Blake, William.London, Chatto & Windus, 1946, 1968); *The Portable Blake*. (co-edited with Blake, William.New York: Penguin Books, 1946, 1968, 1976; The Viking Press, 1946; Harmondsworth: Penguin, 1946, 1976; New York: Viking Press, 1946, 1974; Penguin Books 1976, 1977); *The Indispensable Blake*. (co-edited with Blake, William.New York: Book Society, 1950); *The Stature of Theodore Dreiser*; *a Critical Survey of the Man and His Work*. (co-edited with Shapiro, Charles.Bloomington, Indiana University Press, 1955, 1965); *Moby-Dick*; *or the Whale*. (co-edited with Melville, Herman.Boston, Houghton Mifflin 1956); *Jennie Gerhardt*. (co-edited with Dreiser, Theodore.New York: Dell, 1963); *Selected Short Stories of Nathaniel Hawthorne*. (co-edited with Hawthorne, Nathaniel [London]: New York: Ballantine Books, 1966, 1983, 1988; Thamesand Hudson, 1988); *Tales from the House behind*. (co-edited with Frank, Anne; Birstein, Ann. New York: Bantam Books, 1966); *Writers at Work*: *the Paris Review Interviews*. (co-edited with Plimpton, George.New York: Viking Press, 1968, 1967; London: Secker & Warburg, 1968); *The 42nd Paralle*. (co-edited with Dos Passos, John. Auteur; Marsh, Reginald.New York; Scarborough (Ont.): New American library, 1969); *The Ambassadors*. (co-edited with James, Henry.Toronto; London: Bantam, 1969); *The Big Money*: *Third in the Trilogy*, *U.S.A.*. (co-edited with Dos Passos, John; Marsh, Reginald; New York: Penguin Group, 1969, 1979; London: Penguin Books, 1969, 1979; New York: New American Library, 1969); *The State of the Book World, 1980*: *Three Talks?*. (co-edited with Lacy, Dan.Washington, D.C.: Library of Congress, 1981); *Short Stories, Five Decades*. (co-edited with Shaw, Irwin.New York: Delacorte Press, 1984); *A Writer's America*: *Landscape in Literature*. (co-edited with Forster, E.M..New York: Knopf: Distributed by Random House, 1988, 1991); *Our New York*. (co-authored with David Finn; New York: Harper & Row, 1989); *Uncle Tom's Cabin*. (co-edited with Stowe, Harriet Beecher.Toronto; New York: Bantam, 1981, 2003; London: Everyman's Library, 1995); *The Red Badge of Courage*. (co-edited with Crane, Stephen.Toronto; New York: Bantam Books, 1983; New York: Bantam Books, 1983; San Diego [Calif.]: Harcourt Brace & Co., 1995); *Under Western Eyes*. (co-edited with Conrad, Joseph.New York: New American Library, 1987); *Alfred Kazin's America*: *Critical and Personal Writings.*（co-edited with Solotaroff, Ted.New York: Perennial, 2003, 2004; New York: Harper Collins Publishers, 2003）。

中文译本:《现代美国文艺思潮》（冯亦代译，晨光出版公司，1949）。

中文研究著述:《艾尔弗雷德·卡津》（魏燕，译林出版社，2012）。

莱斯利·菲德勒（Leslie Fiedler 1917—2003）

主要著述: *John Donne's Songs and Sonnets: a Reinterpretation in Light of Their Traditional Background.*（Place of publication and Publisher not Identified, 1941）; *An End to Innocence; Essays on Culture and Politics.*（New York, Stein and Day, 1972, 1971; Taipei China Culture Publishing Foundation 1960; Boston, Mass.: Beacon Press, 1952, 1955, 1957, 1962, 1966）; *Men and Ideas: Walt Whitman.*（London: Martin Secker & Warburg Ltd.for the Congress for Cultural Freedom, 1955）; *Nude Croquet; the Stories of Leslie A.Fiedler.*（New York: Berkley Pub. Corp., 1958; New York, Stein and Day 1969, 1974; London: Secker & Warburg, 1969, 1970）; *The Jew in the American Novel.*（New York: [Herzl Institute], 1959; New York, Herzl Press, 1959, 1966, 1976; Ann Arbor, Mi: University Microfilms, 1959, 1979, 1981, 1998）; *No! in Thunder; Essays on Myth and Literature.*（Boston, Beacon Press 1960; London, Eyre & Spottiswoode, 1960, 1963; New York: Stein & Day, 1971, 1972）; *Love and Death in the American Novel.*（New York, Meridian Books 1960, 1962; Cleveland: World, 1960, 1962, 1964; Criterion Books; Secker & Warburg, 1961; New York Dell Publ., 1969; New York, Stein and Day, 1960, 1966, 1973, 1975, 1982; New York, Criterion Books, 1960, 1966; Normal, Il.: Dalkey Archive, 1997; [Normal, Ill.]: Dalkey Archive Press, 1997, 1960, 1998, 2003; New York: Anchor Books, 1966, 1992; New York, N.Y.: Dell Pub.Co., 1966, 1969; Cleveland: The World Publishing Company, 1960, 1962; London: J.Cape, 1967; London: Paladin, 1970; Harmondsworth: Penguin, 1982, 1984; Baltimore Johns Hopkins University Press, 1981; Criterion Books: New York, 1960; London: Dalkey Archive Press, 1997）; *Pull down Vanity, and Other Stories.*（Philadelphia; New York: J.B.Lippincott Company, 1962; London: Secker &Warburg, 1963）; *Waiting for the End.*（New York: Stein and Day, Publishers, 1964, 1970; New York: Dell Pub.Co., 1965; London: Jonathan Cape, 1964, 1965; Harmondsworth: Penguin Books, 1967; Pretoria: University of South Africa, 1967）.*Back to China.*（New York, Stein and Day, 1965）; *The Last Jew in America.*（New York: Stein and Day, 1966）; *The*

Second Stone; *a Love Story*. (New York, Stein and Day; distributed by Lippincott, Philadelphia 1963; London: Heinemann, 1966); *The Innocents Abroad*: *or, the New Pilgrims Progress*. (Twain, Mark; Fiedler, Leslie A.New York; London: New American Library: New English Library, 1966: New York; Skarborough: New American Library, 1980; Scarborough, Ont.New Am.Lib.1966); *The Return of the Vanishing American*. (London: Paladin, 1968, 1972; London: J.Cape, 1968; New York: Stein and Day, 1967, 1968, 1969, 1971, 1976); *Being Busted*. (New York, Stein and Day, 1969, 1970; London: Secker & Warburg, 1970); *In Dreams Awake*: *a Historical-Critical Anthology of Science Fiction*. (New York: Dell, 1975); *To the Gentiles* (New York, Stein and Day, 1971, 1972); *The Collected Essays of Leslie Fiedler* (New York, Stein and Day, 1971); *Cross the Border--Close the Gap*. (New York, Stein and Day, 1971, 1972); *Unfinished Business*. (New York: Stein and Day, 1971, 1972); *The Stranger in Shakespeare*. (St.Albans [England]: Paladin, 1972, 1974; New York: Stein and Day, 1973, 1972; London: Croom Helm, 1972; frogmore, St Albans: Paladin, 1974; London: Croom Helm, 1973; New York: Barnes & Noble, 1972, 2006); *The Myth of "Courtly Love"* . (Saratoga Springs, N.Y.: Empire State College, State University of New York, 1973); *A Possible Approach to Literature*. (Saratoga Springs, N.Y.: Empire State College, State University of New York, 1973; New York: State University of New York Press, 1973); *Huckleberry Finn*. (Saratoga Springs, N.Y.: Empire State College, State University of New York, 1973); *The Messengers Will Come no More*. (New York: Stein and Day, 1974); *Firing Line*. (Fiedler, Leslie A.; Buckley, William F. (Columbia, S.C.: Southern Educational Communications Association, 1974); *Song from Buffalo*. ([Buffalo, N.Y.]: Friends of the Lockwood Memorial Library, 1975); *In Dreams Awake*: *a Historical-Critical Anthology of Science Fiction*. (New York, 1975); *Freaks*: *Myths and Images of the Secret Self*. (New York: Simon and Schuster, 1977, 1978, 1979, 1993; New York: Anchor Books, 1978, 1993; New York (N.Y.)[etc.]: Doubleday, 1978; Harmondsworth: Penguin Books, 1978, 1981); *The Inadvertent Epic*: *from Uncle Tom's Cabin to Roots*. (New York: Simon and Schuster, 1979, 1980, 1982); *Cross the Border--Close the Gap*. (New York: Stein and Day, 1971; [S.L.]: Stein & Day, U.S., 1979); *English Literature*: *Opening up the Canon*. (Baltimore: Md.; London: Johns Hopkins university press, 1981); *American Literature*: *Opening Up The Canon*. (Kyoto, Japan: Kyoto American Studies Summer Seminar, 1981); *Pity and Fear*: *Myths and*

Images of the Disabled in Literature Old and New. ([New York]: [International Center for the Disabled], 1982, 1984); *What was Literature?: Class Culture and Mass Society.* (New York: Simon and Schuster, 1982; New York: Simon and Schuster, 1982, 1984); *Olaf Stapledon, a Man Divided.* (Oxford [Oxfordshire]; New York: Oxford University Press, 1983); *Fiedler on the Roof: Essays on Literature and Jewish Identity.* (Boston, Mass: D.R.Godine, 1990, 1991, 1992; New York: Simon and Schuster, 1984; Boston: Godine, 1991); *Tyranny of the Normal: Essays on Bioethics, Theology & Myth.* (Boston: D.R.Godine, 1996); *A New Fiedler Reader.* (Amherst, N.Y.: Prometheus Books, 1999). 编著: *Waiting for God.* (co-edited with Weil, Simone; Craufurd, Emma.; New York: Harper & Row, 1973; New York: Perennial, 2001; San Bernardingo, CA: Borgo Press, 1951); *The Master of Ballantyne: a Winter's Tale.* (co-edited with Stevenson, Robert Louis, 1850—1894.New York: Rinehart, 1954); *Leaves of Grass One Hundred Years after: New Essays by William Carlos Williams, Richard Chase, Leslie A.Fiedler, Kenneth Burke, David Daiches, and J.Middleton Murry* (co-edited with Hindus, Milton; Williams, William Carlos.Stanford, Calif.: Stanford University Press, 1955, 1966); *The Devil Gets His Due: the Uncollected Essays of Leslie Fiedler* (Stanford, Calif.: Stanford University Press, 1955; co-edited with Pardini, Samuele F.S.Berkeley, CA: Counterpoint: Distributed by Publishers Group West, 2008; Berkeley, Calif.: Counterpoint, 2008; New York: Soft Skull; London: Turnaround, 2010); *Whitman; Selections from the Leaves of Grass* (co-edited with Whitman, Walt., New York, N.Y.: Dell Pub.Co., 1959, 1964, 1966, 1969; Estados Unidos: Dell Pub., 1963); *A Reflections on Rebellion: the 1965 Northwestern Student Symposium* (co-edited with Eychaner, Fred., Evanston, Ill.: Northwestern University Student Symposium, 1965); *On Brave New World: American Literature from 1600 to 1840.* (co-edited with Zeiger, Arthur, New York: Dell Pub.Co., 1968); *Critical Anthology of American Literature* (co-edited with Zeiger, Arthur. [New York], [Dell Pub.Co.], 1968); *The Monks of Monk Hall.* (co-edited with Lippard, George, New York, the Odyssey Press, 1970); *Joyce-Beckett; a Scenario in Eight Scenes and a Voice.Bloom on Joyce; or, Jokey for Jacob.* (co-edited with Hassan, Ihab Habib [Philadelphia], 1970); *Cross the Border - Close the Gap.* (co-edited with Anglist, Literature wissenschaftler.New York: Stein and Day, 1972); *Hawthorne & Melville.* (co-edited with Cox, James. Devizes: Sussex Publ., 1972); *Beyond the Looking Glass: Extraordinary Works* of Fairy Tale and Fantasy: Novels and Stories from the Victorian Era. (co-edited with Cott, Jonathan, London: Hart-Davis, MacGibbon, 1974); *Reminiscences of Leslie Fiedler*. (co-edited with Fields, Dell., 1979; Sanford, N.C.: Microfilming Corp.of America, 1979); *Negro and Jew, Ecounter in America*. (co-edited with Golden, Harry L.; Vorspan, Albert.1900); *A New Fiedler Reader*. (co-edited with Anglist, Literaturwissenschaftler, Amherst, N.Y: Prometheus Books, 1999); *The Deerslayer: or the First War-Path*. (co-edited with Cooper, James Fenimore; Beard, James Franklin, New York: the Modern Library, 2002).

中文译本:《文化与政治》（邵德润、刘光炎、邓公玄译，中华文化，1960）；《文学是什么？高雅文化与大众社会》（陆扬译，译林出版社，2011）。

保罗·德曼（Paul de Man, 1919—1983）

主要著述: *The Rhetoric of Romanticism*. (New York: Columbia University Press, 1956, 1986, 1984, 2008); *Blindness & Insight*; *Essays in the Rhetoric of Contemporary Criticism*. (New York, Oxford University Press, 1971; London: Routledge, 1983, 1990; Minneapolis, MN: University of Minnesota Press, 1983); *Allegories of Reading: Figural language in Rousseau, Nietzsche, Rilke, and Proust*. (New Haven: Yale University Press, 1979, 1982, 1994, 1996); *The Lessons of Paul de Man*. (New Haven (Conn.)[u.a.]: Yale Univ.Press, 1985); *The Resistance to Theory*. (Minneapolis: University of Minnesota Press, 1986, 1987, 1989, 1993, 2002, 2006); *The Romantic Predicament*.(Edinburgh: Edinburgh Univ.Press, 2011). 编著: *Madame Bovary: Contexts, Critical Reception*. (co-edited with Flaubert, Gustave; Cohen, Margaret: New York: Norton, 1965, 1970; Taipei: Ma Ling Pub.Ser, 1978, 1965; New York: W.W.Norton, 2004, 2005); *Selected Poetry*. (edited by Keats, John, (1795—1821), Auteur.New York; Toronto: New American library, 1966; London; New York: Penguin Books, 1988, 1999; New York: St.Martin's Press, 1993); *Critical Writings: 1953—1978*. (co-edited with Waters, Lindsay. Minneapolis: University of Minnesota Press, 1988, 1989); *Wartime Journalism, 1939—1943*. (co-edited with Hamacher, Werner; Hertz, Neil.Lincoln: University of Nebraska Press, 1988); *Romanticism and Contemporary Criticism: the Gauss Seminar and Other Papers* (co-edited with Burt, E.S.; Newmark, Kevin, . Baltimore: Johns Hopkins University Press, 1993, 1996); *Aesthetic Ideology*. (co-edited with Warminski, Andrzej.Minneapolis[u.a.]: Univ.of Minnesota Press, 1996, 1997, 2002, 2008); *Toward an Aesthetic of Reception*. (co-edited with Jauss,

Hans Robert; Bahti, Timothy; De Man, Paul.Brighton: Harvester Press, 1982);
Deconstruction and Criticism. (Bloom, Harold.Auteur; De Man, Paul; Derrida, Jacques; New York: The Seabury Press, 1979; London[u.a.]: Continuum, 2004);
Titanic Light: Paul de Man's Post-Romanticism; 1960—1969. (co-edited with De Graef, Ortwin de.Lincoln[u.a.] University of Nebraska Press, 1995); *The Post-Romantic Predicament.* (co-edited with McQuillan, Martin.Edinburgh: Edinburgh University Press, 2012); *The Paul de Man Notebooks.* (co-edited with McQuillan, Martin.Edinburgh: Edinburgh University Press, 2014)。

中文译本:《解构之图》(李自修等译,中国社会科学出版社,1998);《阅读的寓言：卢梭、尼采、里尔克和普鲁斯特的比喻语言》(沈勇译,天津人民出版社,2008)。

中文研究著述与研究译著:《文本与世界》(昂智慧,上海人民出版社,2009);《导读德曼》(马丁·麦克奎兰,孔锐才译,重庆大学出版社,2015);《作为解构策略的修辞》(王云,上海外语教育出版社,2017);《美学权威主义批判：保尔·德曼、瓦尔特·本雅明、萨义德新论》(昂智慧译,北京大学出版社,2000)。

莫瑞·克里格 (Murray Krieger, 1923—2000)

主要著述: *The New Apologists for Poetry.* (Minneapolis: University of Minnesota Press, 1956; Indiana, Indiana University Press, 1963; Bloomington, Indiana University Press 1963, 1969; Westport, Conn.: Greenwood Press, 1977); *The Problems of Aesthetics: a Book of Readings.* (with Eliseo Vivas. New York: Rinehart, 1953, 1958, 1965; New York, Noonday Press, 1955; New York: Holt, Rinehart & Winston, 1965, 1966, 1973); *A Window to Criticism: Shakespeare's Sonnets and Modern Poetics.* (Princeton, N.J.: Princeton University Press, 1964); *The Play and Place of Criticism.* (Baltimore, Johns Hopkins Press 1967); *The Classic Vision; the Retreat From Extremity in Modern Literature.* (Baltimore, Johns Hopkins Press 1971, 1973); *Visions of Extremity in Modern Literature.* (Baltimore, Johns Hopkins University Press, 1973); *The Tragic Vision; Variations on a Theme in Literary Interpretation.* (New York, Holt, Rinehart and Winston 1960; Chicago: University of Chicago Press, 1960, 1966; Baltimore, Johns Hopkins University Press 1960; 1973); *Literature and History.* (Los Angeles: William Andrews Clark Memorial Library, University of California, 1974); *Theory of Criticism: a Tradition and Its System.* (Baltimore: Johns Hopkins University Press, 1976, 1981, 1997);

Poetic Presence and Illusion: *Essays in Critical History and Theory.* (Baltimore: Johns Hopkins University Press, 1979); *The Aims of Representation*: *Subject, Text, History.* (New York: Columbia University Press, 1987); *Words About Words About Words*: *Theory, Criticism, and the Literary Text.* (Baltimore: Johns Hopkins University Press, 1988); Stanford, CA: Stanford University Press, 1993); *The Institution of Theory.* (Baltimore: Johns Hopkins University Press, 1994); *Arts on The Level*: *The Fall of The Elite Object.* (Knoxville: University of Tennessee Press, 1981); *A Reopening of Closure*: *Organicism against Itself.* (New York: Columbia University Press, 1989); *The Ideological Imperative*: *Repression and Resistance in Recent American Theory.* (Taipei: Institute of European and American Studies, Academia Sinica, 1993). 编著: *Northrop Frye in Modern Criticism*: *Selected Papers from the English Institute* (edited with an introductory essay, by Murray Krieger.New York: Columbia University Press, 1966); *Directions for Criticism*: *Structuralism and Its Alternatives.* (edited with Dembo, L.S.: Madison: University of Wisconsin Press, 1976); *Ekphrasis*: *the Illusion of the Natural Sign.* (edited with Joan Krieger.Baltimore: Johns Hopkins University Press, 1992).

中文译本:《近代美国理论: 建制·压抑·抗拒》(单德兴编译, 书林出版有限公司, 1995, 2011);《批评旅途: 六十年代之后》(李自修等译, 中国社会科学出版社, 1998)。

主要著述: *Radical Innocence, Studies in the Contemporary American Novel.* (Princeton, N.J.: Princeton University Press, 1961, 1962, 1971, 1973; New York: Harper & Row, 1961, 1966, 1969); *Contemporary American Literature, 1945—1972; an introduction.* (New York, Ungar, 1963, 1973, 1976, 1978); *The Literature of Silence*; *Henry Miller and Samuel Beckett.* (New York, Knopf, 1967, 1968, 1969); *Reading in Contemporary American Literature*: *a Selected Bibliography of Titles* (Bucharest: Biblioteca Americana, 1974); *Paracriticisms*; *Seven Speculations of the Times.* (Urbana, University of Illinois Press, 1975, 1984); *The Right Promethean Fire*: *Imagination, Science, and Cultural Change.* (Urbana: University of Illinois Press, 1980); *The Dismemberment of Orpheus*; *toward a Postmodern Literature.* (New York, Oxford University Press, 1971; Madison, Wis.: University of Wisconsin Press, 1982, 1983); *Timely Pleasures*: *Sane and In-sane.* (Milwaukee, WI: Center for Twentieth Century Studies, University of Wisconsin-Milwaukee, 1984); *Out of Egypt*: *Scenes and Arguments of an Autobiography.* (Carbondale u.a.: Southern Illinois Univ.Press, 1986); *The*

Postmodern Turn: *Essays in Postmodern Theory and Culture*. (Columbus: Ohio State University Pres, 1987; Christchurch, N.Z.: Cybereditions, 2001); *Ideology, Pragmatism, and the Self*: *toward an Independent Criticism*. (Minneapolis, Minn.: Center for Humanistic Studies, College of Liberal Arts, University of Minnesota, 1988); *Selves at Risk*: *Patterns of Quest in Contemporary American Letters*. (Madison, Wis.: University of Wisconsin Press, 1990); *Local Education, Global Concerns*: *the Search for Transcultural Values, Japan and the United States*. (Milwaukee, WI: Center for International Studies, University of Wisconsin–Milwaukee and Marquette University, 1993); *Rumors of Change*: *Essays of Five Decades*. (Tuscaloosa: University of Alabama Press, 1995); *Between the Eagle and the Sun*: *Traces of Japan*. (Tuscaloosa: University of Alabama Press, 1996); *From Postmodernism to Postmodernity*: *the Local-Global Context*. (Woolloomooloo, N.S.W.: Artspace Visual Arts Centre, 2000). 编著: *Liberations*; *New Essays on the Humanities in Revolution* (co-edited with John Cage, Middletown, Conn., Wesleyan University Press, 1971, 1972); *Innovation Renovation*: *New Perspectives on the Humanities*. (co-edited Sally Hassan, Madison, Wis: University of Wisconsin Press, 1983); *Return to Postmodernism*: *Theory, Travel Writing, Autobiography*: *Festschrift in Honour of Ihab Hassan*. (co-edited with Klaus Stierstorfer, Heidelberg; Universitätsverlag Winter, 2005; *In Quest of Nothing*: *Selected Essays, 1998—2008* (co-edited with Klaus Stierstorfer, New York: AMS Press, 2010).

中文译本:《当代美国文学,1945—1972》(陆凡译,山东人民出版社,1980,1989);《后现代的转向:后现代理论与文化论文集》(刘象愚译,时报文化出版公司,1993,2015)。

希利斯·米勒(J.Hillis Miller, 1928—2021)

主要著述: *Charles Dickens*: *the World of His Novels*. (Cambridge, Mass.: Harvard University Press, 1958, 1965, 1968, 1970; Bloomington: Indiana University Press, 1958, 1969, 1973); *The Disappearance of God*; *Five Nineteenth-Century Writers*. (Cambridge, Mass., Belknap Press of Harvard University Press, 1963, 1975; New York, Schocken Books, 1965; Urbana: University of Illinois Press, 1963, 1991, 2000); *The Act of the Mind*; *Essays on the Poetry of Wallace Stevens*. (Baltimore, Johns Hopkins Press, 1965); *Poets of Reality*; *Six Twentieth-Century Writers*. (Cambridge, Belknap Press of Harvard University Press, 1965, 1966, 1984; New York: Atheneum, 1965, 1969, 1974;

Charleston, Massachusetts: Acme Bookbinding, 1992, 1965); *William Carlos Williams*; *a Collection of Critical Essays* (Englewood Cliffs, N.J., Prentice-Hall, 1966); *The Form of Victorian Fiction*: *Thackeray, Dickens, Trollope, George Eliot, Meredith, and Hardy.* (Notre Dame [Ind.]: University of Notre Dame Press, 1968, 1979; Cleveland, Ohio: Arete Press, 1979, 1980); *Thomas Hardy, Distance and Desire.* (Cambridge, Mass., Belknap Press of Harvard University Press, 1970; London: Oxford University Press, 1970); *Aspects of Narrative*: *Selected Papers from the English Institute.* (New York, Columbia University Press, 1971); *Special Issue, Narrative Endings.* (Berkeley: University of California Press, 1978); *Fiction and Repetition*: *Seven English Novels.* (Cambridge, Mass.: Harvard University Press, 1982; Oxford: Basil Blackwell, 1982); *The Linguistic Moment*: *from Wordsworth to Stevens.* (Princeton, N.J.: Princeton University Press, 1985, 1987); *The Ethics of Reading*: *Kant, de Man, Eliot, Trollope, James, and Benjamin* (1987); *Versions of Pygmalion.* (Cambridge, Mass.: Harvard University Press, 1990); *Victorian Subjects.* (London: Harvester Wheatsheaf, 1990; Durham: Duke University Press, 1991); *Theory Now and Then.* (Durham: Duke University Press, 1991; London: Harvester Wheatsheaf, 1991); *Hawthorne & History*: *Defacing It.* (Cambridge, Mass., USA: B.Blackwell, 1991); *Tropes, Parables, Performatives*: *Essays on Twentieth-century Literature.* (Durham: Duke University Press, 1991); *Preserving the Literary Heritage*: *the Final Report of the Scholarly Advisory Committee on Modern Language and Literature of the Commission on Preservation and Access.* (Washington, D.C.: Commission on Preservation and Access, 1991); *Illustration.* (London: Reaktion Books, 1992; Cambridge, Mass.: Harvard University Press, 1992); *Ariadne's Thread*: *Story Lines.* (New Haven: Yale University Press, 1992); *New Starts*: *Performative Topographies in Literature and Criticism.* (Taipei: Institute of European and American Studies Academia Sinica, 1993); *Topographies.* (Stanford, Calif.: Stanford University Press, 1995); *Reading Narrative.* (Norman: University of Oklahoma Press, 1998); *Speech Acts in Literature.* (Stanford, Calif.: Stanford University Press, 2001); *Others* (Princeton, N.J.: Princeton University Press, 2001); *On Literature.* (London; New York: Routledge, 2002); *Literature as Conduct*: *Speech Acts in Henry James.* (New York: Fordham University Press, 2005); *For Derrida.* (New York: Fordham University Press, 2009); *The Medium is the Maker*: *Browning, Freud, Derrida and the New Telepathic Ecotechnologies.* (Brighton [England]; Portland,

Or.: Sussex Academic Press, 2009; Brighton: Sussex Academic, 2009, 2014); *The Conflagration of Community*: *Fiction before and after Auschwitz*.（Chicago; London: The University of Chicago Press, 2011）; *Reading for Our Time*: *Adam Bede and Middlemarch Revisited*.（Edinburgh: Edinburgh University Press, 2012）; *Communities in Fiction*.（New York: Fordham University Press, 2014, 2015）; *An Innocent Abroad*: *Lectures in China*.（Evanston, Illinois: Northwestern University Press, 2015）. 编著: *The Pulp and Paper Laboratory*.（co-edited with C.W.Rothrock, Gainesville: Florida Engineering and Industrial Experiment Station, College of Engineering, University of Florida, 1952）; *Gerard Manley Hopkins*.（co-edited with James F Scott and Carolyn D Scott, St.Louis, Herder, 1969）; *The Story and Its Writer*: *an Introduction to Short Fiction*.（co-edited with Ann Charters, Boston, MA: Bedford St.Martin's, 1983, 1987, 1990, 1991, 1995, 1998, 1999, 2003, 2006, 2007, 2011, 2015）; *The Lesson of Paul de Man*.（co-edited with Peter Brooks and Shoshana Felman, New Haven; London: Yale University Press, 1985）; *Black Holes*.（co-edited with Manuel Asensi Stanford, Calif.: Stanford University Press, 1999）; *The Mill on the Floss and Silas Marner*: *Contemporary Critical Essays*.（co-edited with Nahem Yousaf, Basingstoke: Palgrave, 2002）; *The J.Hillis Miller Reader*.（co-edited with Julian Wolfreys, Stanford, Calif.: Stanford University Press, 2005; Edinburgh: Edinburgh University Press, 2005）; *Bleak House*.（co-edited with Charles Dickens, London: Penguin, 2012）; *Martin Chuzzlewit*.（co-edited with Charles Dickens, London: Penguin, 2012）; *Theory and the Disappearing Future*: *on De Man, on Benjamin*.（co-edited with Tom Cohen and Claire Colebrook, Milton Park, Abingdon, Oxon; London; New York: Routledge, 2012）.

中文译本:《跨越边界：翻译·文学·批评》（单德兴编译，书林出版有限公司，1995）；《重申解构主义》（郭英剑等译，中国社会科学出版社，1998）；《知识分子图书馆》（王逢振、J. 希利斯·米勒主编，中国社会科学出版社，1998）；《解读叙事》（申丹译，北京大学出版社，2002）；《土著与数码冲浪者》（易晓明编，吉林人民出版社，2004，2011）；《文学死了吗》（秦立彦译，广西师范大学出版社，2007）；《小说与重复》（王宏图译，天津人民出版社，2008）；《萌在他乡：米勒中国演讲集》（南京大学出版社，2016）；《J. 希利斯·米勒文集》（王逢振、周敏，中国社会科学出版社，2016）。编著：《交锋地带》（佩里·安德主编，王逢振、J希利斯·米勒、郭英剑、郝素玲等译，中国社会科学出版社，2008）。

中文研究著述:《J. 希利斯·米勒解构批评研究》（秦旭，社会科学文献出版社，2012）；《意识批评、语言分析、行为研究》（肖锦龙，高等教育出版社，

2011);《在理论和实践之间》(申屠云峰等,光明日报出版社,2011)。

查尔斯·E.布莱斯勒(Charles E.Bressler, 1926—1996)

主要著述: *Literary Criticism: an Introduction to Theory and Practice.* (Englewood Cliffs, New Jersey: Prentice Hall, 1994; Upper Saddle River, N.J.: Prentice Hall, 1994, 1999, 2003, 2007; Higher Education Press, 2004; White Plains, N.Y.: Longman; London: Pearson Education [distributor], 2010; Boston: Pearson Longman, 2011).编著: *Communities of Commerce: Building Internet Business Communities to Accelerate Growth, Minimize Risk, and Increase Customer loyalty.* (co-edited with Stacey E Bressler, London: McGraw-Hill, 2000); *Slave to Child: Finding Refuge in the Father's Grace.* (co-edited with Steve De Neff, Indianapolis: Wesleyan Publishing House, 2011)。

中文译本:《文学批评:理论与实践导论》(赵勇、李莎、常培杰等译,中国人民大学出版社,2015)。

艾弗拉姆·诺姆·乔姆斯基(Avram Noam Chomsky, 1928—)

主要著述: *The Logical Structure of Linguistic Theory.* ([Cambridge, Mass.], [M.I.T.Library], 1955; New York: Plenum Press, 1975, 1977, 1979; Chicago: University of Chicago Press, 1975, 1985; Amsterdam: University of Amsterdam, Institute for General Linguistics, 1979); *Syntactic Structures.* (S-Gravenhage: Mouton & Co., 1957, 1962, 1963; Kenton: Lodge College of Education, 1957, 1965; The Hague: Mouton, 1957, 1963, 1964, 1965, 1966, 1968, 1969, 1971, 1972, 1975, 1976, 1978, 1985, 1995; Eoul, Pan-Korea Book Corp.1966; Berlin; New York: Mouton de Gruyter, 2002); *The logical Structure of Linguistic Theory.* (Cambridge, Mass: , 1955; Chicago: University of Chicago Press, 1975, 1985; New York: Plenum Publishing Corporation, 1975, 1977, 1978, 1979; Amsterdam: University of Amsterdam, Institute for General Linguistics, 1979); *Current Issues in Linguistic Theory.* (Englewood Cliffs, N.J.: Prentice-Hall, 1964; The Hague, Mouton, 1964, 1966, 1967, 1969, 1970, 1975); *Aspects of the Theory of Syntax.* (Cambridge: Massachusetts Institute of Technology Press, 1965, 1966, 1967, 1969, 1970, 1972, 1973, 1976, 1980, 1982, 1985, 1988, 1990, 1992, 1998, 2001, 2015); *Topics in the Theory of Generative Grammar.* (The Hague, Mouton, 1966, 1968, 1969, 1972, 1975,

1978); *Cartesian Linguistics: a Chapter in the History of Rationalist Thought.* (New York, Harper & Row 1966, 1969; Cambridge, UK; Lanham: University Press of America, 1966, 1983; New York: Cambridge University Press, 2009; Christchurch (New Zealand): Cybereditions, 1966, 2002; 上海: 上海外语教育出版社, 2012); *American Power and the New Mandarins.* (New York, Random House, 1967, 1969; New York: Pantheon Books, 1969; Great Britain: Penguin, 1969; New York, Vintage Books, 1969; London: Chatto & Windus, 1969; Harmondsworth, Middlesex, Eng.: Penguin, 1969, 1971; New York, New Press, 1969, 2002, 2003); *Remarks on Nominalization.* (Bloomington, Ind.: University, 1968); *Language and Mind.* (New York: Harcourt Brace Jovanovich, 1968, 1972; Cambridge; New York: Cambridge University Press, 2006, 2007, 2010; Beijing: China Renmin University Press, 2006, 2009); *At War with Asia.* (New York; Toronto: Random House, 1969, 1970; New York: Pantheon Books, 1969, 1970; New York, Vintage Books 1970; Edinburgh; Oakland, CA: AKPress, 1970, 2005; London: Fontana, 1970, 1971; Oakland, Calif. [u.a.]: AK Press, 1970, 2005); *Objectivity and Liberal Scholarship.* (New York: New Press, 1969, 1997, 2003; Detroit: Black & Red, 1997); *Peace in the Middle East?: Reflections on Justice and Nationhood.* (New York: Pantheon Books, 1969, 1974; New York, Vintage Books 1974; London: Fontana, 1974, 1975; Glasgow Collins 1975); *Trials of the Resistance.* (New York, New York Review, 1970); *Some Empirical Issues in the Theory of Transformational Grammar.* ([Bloomington]: Indiana University Linguistics Club, 1970); *Two Essays on Cambodia.* (Nottingham, published by the Bertrand Russell Peace Foundation for "The Spokesman", 1970); *Chomsky: Selected Readings.* (London; New York: Oxford University Press, 1971; New York: Pantheon Books, 1987; Oakland, CA: AK Press, 2005; Cambridge, MA: MIT Working Papers in Linguistics, 2012); *Conditions on Transformations.* ([Bloomington, Ind.] Indiana University, Linguistics Club, 1971; Chicago, Ill.: Univ.of Illinois, 1972); *Chomsky's Linguistics.* (London; New York: Oxford University Press, 1971; New York: Pantheon Books, 1987; Oakland, CA: AK Press, 2005; Cambridge, MA: MIT Working Papers in Linguistics, 2012); *Selected Readings on Transformational Theory.* (London; New York: Oxford University Press, 1971, 1972, 1975; Mineola, N.Y.: Dover Publications, 2009); *Problems of Knowledge and Freedom: the Russell Lectures.* (New York, Pantheon Books 1971; New York: Random House, 1971; New York: New Press, 1971,

2003; New York: Vintage Books, 1971, 1972; London, Barrie and Jenkins, 1972; London: Fontana, 1972, 1973, 1975; London: Barrie & Jenkins, 1972); *Studies on Semantics in Generative Grammar*. (The Hague, Mouton, 1972, 1975, 1976, 1980); *For Reasons of State*. (New York, Pantheon Books 1973; London: Fontana, 1973; New York, Random 1973; New York, Vintage Books, 1973; New York: New Press, 1973, 2003); *Media Control: the Spectacular Achievements of Propaganda*. (New York: Seven Stories Press, 1974, 1994, 1997, 2002; Westfield, N.J.: Open Magazine Pamphlet Series, 1991; Westfield, NJ: Open Media, 1992); *Reflections on Language*. (New York: Pantheon Books, 1975, 1976; Glasgow: Fontana Collins, 1976; London: Fontana, 1975, 1976; London: Temple Smith, 1976, 1977; New York: New Free Press, 1998, 2007); *Questions of Form and Interpretation*. (Lisse: Peter de Ridder Press, 1975); *Essays on Form and Interpretation*. (New York: North-Holland, 1977; Amsterdam: North-Holland; New York: Elsevier, 1977, 1979); "Human Rights" and American Foreign Policy. (Nottingham: Spokesman Books, 1978); *East Timor and the Western Democracies*. (Nottingham: Bertrand Russell Peace Foundation, 1979; Nottingham: Spokesman, 1979); *Morphophonemics of Modern Hebrew*. (New York: Garland Pub., 1979; London; New York: Routledge, 1979, 2011, 2012); *On Binding*. (Trier: L.A.U.T, 1979); *Rules and Representations*. (London: B.Blackwell, 1980; Oxford: Basic Blacwell, 1980, 1982, 1986, 1989; New York: Columbia University Press, 1980, 2005; Milano: Il saggiatore, 1990); *Lectures on Government and Binding: the Pisa Lectures*. (Dordrecht, Holland; Cinnaminson ⌊N.J.⌋: Foris Publications, 1981, 1982, 1984, 1986, 1988; Berlin; New York: Mouton de Gruyter, 1993); *Some Concepts and Consequences of the Theory of Government and Binding*. (Cambridge, Mass.: MIT Press, 1982, 1985, 1988, 1990, 1992, 1997); *Towards a New Cold War: Essays on the Current Crisis and How We Got There*. (New York: Pantheon Books, 1982; New York: New Press, 1982, 2003; London: Sinclair Browne, 1982, 2003); *Superpowers in Collision: the Cold War Now*. (Harmondsworth, Middlesex, England; New York, N.Y., U.S.A.: Penguin, 1982, 1984); *The Fateful Triangle: the United States, Israel, and the Palestinians*.(Boston, MA South End Press, 1983, 1991; Cambridge, Mass.South End Press, 1999; Montréal, Black Rose Books, 1984, 1999; London: Pluto, 1999, 2003; Chicago, Illinois: Hay market Books, 1999, 2014); *Knowledge of Language: Its Nature, Origin, and Use*. (New York: Praeger, 1985; 北京: 外语教学与研究出

版社，2002）；*Modular Approaches to the Study of the Mind.*（San Diego：San Diego State University Press，1984）；*Turning the Tide*：*U.S.Intervention in Central America and the Struggle for Peace.*（Boston，Mass.：South End Press，1985，1987；[London]：Pluto，1985，1986，2015；Chicago：Hay market Books，1985，2015；Montréal：Black Rose Books，1986；Barcelona：Crítica，1999；London：ElecBook；Pluto Press，2001）；*The Manufacture of Consent.*（Boston：Community Church of Boston，1985；Minneapolis，Minn.：Silha Center for the Study of Media Ethics and Law，School of Journalism and Mass Communication，University of Minnesota，1986）；*Pirates & Emperors*：*International Terrorism in the Real World.*（New York，NY：Claremont Research&Publications，1986；Brattleboro，Vt.：Amana Books，1986，1990；Montréal：Black Rose Books，1987，1991）；*How the World Works.*（interviewed by David Barsamian，[Berkeley，CA]：Soft Skull Press：Distributed by Publishers Group West，1986，2011；London：Hamish Hamilton，2011，2012）；*Barriers.*（Cambridge，Mass.：MIT Press，1986，1990，1993，1994）；*The Race to Destruction*：*Its Rational Basis.*（Nottingham：Spokesman for the Bertrand Russell Peace Foundation，1986，1987）；*Pirates & Emperors*：*International Terrorism in the Real World.*（New York，NY：Claremont Research& Publications，1986，1991；Brattleboro，Vt.：Amana Books，1986，1990；Montréal：Black Rose Books，1987，1991，1995）；*On Power and Ideology*：*the Managua lectures*（Boston：South End Press，1987；Montréal：Black Rose Books，1987；Chicago，Illinois：Haymarket Books，1987，2015；London：PlutoPress，1987，2015）；*Language and Problems of Knowledge*：*the Managua lectures*（Cambridge，Mass.：MIT Press，1988，1991，1994，1997，2001；New York：Oxford University Press，1990）；*The Culture of Terrorism.*（Boston，MA：South End Press，1988，2015；Montréal：Black Rose Books，1988；London：Pluto Press，1988，1989）；*Language and Politics.*（Oakland，CA：AK Press，2004；Montréal；New York：Black Rose Books，1988，1989，1999；Edinburgh：AK Press U.K.；Oakland，CA：AK Press，2004）；*Necessary Illusions*：*Thought Control in Democratic Societies.*（Boston，MA：South End Press，1989；London：Pluto Press，1989，1991，1993，1997；Montréal：CBC Enterprises，1989；Concord：Anansi，1989，1991；Don Mills，Ont.：Anansi，1989，1991；Toronto：House of Anansi Press，1989，2003；Don Mills，Ont.：Anansi，1989，1998）；*Terrorizing the Neighborhood*：*Merican Foreign Policy in the Post-Cold War Era.*（Stirling，Scotland，UK：AK Press；San Francisco，CA，USA：Pressure Drop Press，1991）；

The New World Order. (Westfield, N.J.: Open Magazine, 1991); *U.S.Gulf Policy.* (Westfield, N.J.: Open Magazine, 1991); *Deterring Democracy.* (London; New York: Verso, 1991; London: Vintage, 1991, 1992, 1996; New York: Hill and Wang, 1992, 1993, 1994, 2001); *Year 501: the Conquest Continues.* (Boston: South End Press, 1992, 1993; London: Verso, 1993, 1994; Montréal: Black Rose Books, 1992, 1993, 1999; Chicago, IL: Haymarket Books, 1993, 2015; London: Pluto Press, 1993, 2015; Haymarket Books, 2015); *A Minimalist Program for Linguistic Theory.* (Cambridge, MA: Distributed by MIT Working Papers in Linguistics, 1992); *What Uncle Sam Really Wants.* (Berkeley: Odonian Press, 1992; Saint Paul, Minn.: South End; London: Pluto, 1992, 2003; Tucson, Ariz: Odonian Press, 1992, 2003; Berkeley, Calif.: Odonian Press, 1992, 1993, 1996); *Chronicles of Dissent: Interviews with David Barsamian.* (interviewed by David Barsamian, Monroe, Me.: Common Courage Press; Stirling, Scotland: AK Press, 1992; Vancouver: New Star Books, 1992, 2003); *Rethinking Camelot: JFK, the Vietnam War, and U.S.Political Culture.* (Boston, MA: South End Press, 1993, 2001; Montréal: Black Rose Books, 1993; London: Verso, 1993; Chicago, Illinois: Haymarket Books, 1993, 2015); *Letters from Lexington: Reflections on Propaganda.* (Monroe, Me.: Common Courage Press, 1993; Edinburgh.: AK Press, 1993; Toronto: Between The Lines, 1993; Boulder, Colo.: Paradigm Publishers, 2004; London; Sterling, VA: Pluto Press, 2004); *Language and Though*t. (Wakefield, R.I.: Moyer Bell, 1993, 1994, 1997, 1998); *World Order and Its Rules: Variations on Some Themes.* (Belfast: West Belfast Economic Forum and Centre for Research and Documentation, 1993); *The Prosperous Few and the Restless Many.* (interviewed by David Barsamian, Tucson, Ariz.; [Great Britain]: Odonian Press, 1993, 1994, 1995, 1996, 1997, 2002, 2003; Saint Paul, Minn.: South End; Berkeley, Calif.: Odonian Press, 1993; Berkeley, Calif.: Odonian Press, 1994, 1995; London: Pluto, 2003; Berkeley, CA: Soft Skull Press, 2011); *World Orders, Old and New.* (Cairo: American University in Cairo Press, 1994; London: Pluto Press, 1994, 1995, 1996, 1997, 1999; New York: Columbia University Press, 1994, 1996; New Delhi: Oxford University Press, 1998, 2003); *Bare Phrase Structure.* (Cambridge, MA: Distributed by MIT Working Papers in Linguistics, 1994); *Secrets, Lies, and Democracy.* (interviewed by David Barsamian, Tucson, Ariz.: Odonian Press, 1994, 1996, 2003; Berkeley, Calif.: Odonian Press, 1995, 2011; Monroe: Odonian Press, 1998; Saint Paul,

Minn.: South End; London: Pluto, 2003); *Keeping the Rabble in Line: Interviews With David Barsamian.* (interviewed by David Barsamian, Monroe, Me.: Common Courage Press, 1994; Edinburgh: AK, 1994; Edinburgh: AK Press, 1994; Vancouver: New Star Books, 1997); *The Minimalist Program.* (Cambridge, Mass.: The MIT Press, 1995, 1996, 1997, 2001, 2014, 2015); *The Chomsky Trilogy.* (Berkeley, Calif.: Odonian Press, 1995); *Class Warfare: Interviews With David Barsamian.* (interviewed by David Barsamian, Monroe, Me: Common Courage Press, 1996; London: Pluto, 1996; Vancouver: New Star Books, 1996, 1997, 2003); *The Common Good.* (interviewed by David Barsamian, Tucson, Ariz.: Odonian Press, 1996, 1998, 2001, 2003; Monroe, ME: Odonian Press, 1998; Chicago (Ill.): Odonian Press, 1998; Berkeley, CA: Soft Skull Press, 2011); *Powers and Prospects: Reflections on Human Nature and the Social Order.* (Boston, MA: South End Press, 1996; Delhi: Madhyam Books, 1996, 2002; London: Pluto, 1996, 1997, 2015; Chicago, Illinois: Haymarket Books, 2015); *Perspectives on Power: Reflections on Human Nature and the Social Order.* (Montreal: Black Rose Books, 1996, 1997); *The Cold War & the University: toward an Intellectual History of the Postwar Years.* (New York: The New press, 1997; Basing stoke, Hampshire [u.a.] Macmillan [u.a.] 1997, 1998); *The Umbrella of U.S.Power: the Universal Declaration of Human rights and the Contradictions of U.S.Policy.* (New York: Seven Stories Press, 1998, 1999, 2002); *Minimalist Inquiries: the Framework.* (Cambridge, MA: Distributed by MIT Working Papers in Linguistics, MIT, Dept.of Linguistics, 1998); *Profit over People: Neoliberalism and Global Order.* (New York: Seven Stories; London: Turnaround, 1998, 1999, 2011; New York: Seven Stories Press, 1999); *Latin America: from Colonization to Globalization.* (Noam Chomsky in conversation with Heinz Dieterich, Melbourne; New York: Ocean Press, 1999, 2000, 2002); *The New Military Humanism: Lessons from Kosovo.* (Monroe, ME: Common Courage Press, 1999; London: Pluto Press, 1999; Vancouver: New Star Books, 1999; Noida, U.P., India: Rainbow Publishers, 1999, 2004); *Derivation by Phase.* (Cambridge, Mass.: MIT, Dept.of Linguistics, 1999); *New Horizons in the Study of Language and Mind.* (Cambridge: Cambridge University Press, 2000, 2002, 2005, 2007; Beijing: Foreign Language Teaching and Research Press, 2002); *Rogue States: the Rule of Force in World Affairs.* (Cambridge, MA: South End Press, 2000; London: Pluto Press, 2000; Chicago, IL: Haymarket Books, 2015;

Consortium Book Sales & Dist, 2015); *Chomsky on Miseducation.* ([Place of publication not identified]: Lexington, 2000; Lanham, Md.: Rowman & Littlefield Publishers, 2000; Lanham, Md.; Oxford: Rowman & Littlefield, 2000, 2004); *A New Generation Draws the Line: Kosovo, East Timor, and the Standards of the West.* (London; New York: Verso, 2000, 2001; Boulder, CO: Paradigm Publishers, 2011, 2012; London: Pluto, 2012); *Pirates and Emperors, Old and New: International Terrorism in the Real World.* (Cambridge, MA: South End Press, 2002; London: Pluto, 2002; Toronto: Between the Lines, 2002; Chicago, IL: Haymarket Books, 2002, 2015); *Rogue States: the Rule of Force in World Affairs.* (Cambridge, MA: South End Press, 2000; London: Pluto Press, 2000; Chicago, IL: Haymarket Books, 2015; Consortium Book Sales & Dist, 2015); *9-11.* (New York: Seven Stories Press, 2001, 2002, 2010, 2011; New York: Open Media, 2001, 2011; Melbourne: Vision Australia Information and Library Service, 2003; New York: Quality Paperback Book Club, 2003; Crawley, W.A.: University of Western Australia, 2011); *Propaganda and the Public Mind: Conversations with Noam Chomsky.* (interviewed by David Barsamian, Cambridge, Mass.: South End Press, 2001; Delhi: Madhyam Books, 2001; London: Pluto, 2001; Chicago, Illinois: Haymarket Books, 2001, 2015); *9-11: Was There an Alternative?.* (New York: Seven Stories Press, 2001, 2010, 2011; New York: Quality Paperback Book Club, 2003; Crawley, W.A.: UWA Pub., 2011); *Pirates and Emperors, Old and New: International Terrorism in the Real World.* (Cambridge, MA: South End Press, 2002; London: Pluto, 2002; Toronto: Between the Lines, 2002, 2003; Chicago, IL: Haymarket Books, 2002, 2015); *Peering into the Abyss of the Future.* (New Delhi: Institute of Social Sciences, 2001, 2002); *Hegemony or Survival: America's Quest for Global Dominance.* (New York: Metropolitan Books, 2003, 2004; London: Hamish Hamilton, 2003; New York: Henry Holt, 2003, 2004; London: Penguin, 2004; Crows Nest, N.S.W.: Allen & Unwin, 2003, 2004); *Chomsky on Democracy & Education.* (New York: Routledge Falmer, 2003); *Hegemony or Survival: America's Quest for Global Dominance.* (New York: Metropolitan Books, 2003; New York: Henry Holt, 2003, 2004; New York: Henry Holt, 2003, 2004; Crows Nest, N.S.W.: Allen & Unwin, 2003, 2004; Camberwell, Vic.: Penguin, 2003, 2008; London: Hamish Hamilton, 2003; Paris: Fayard, 2004; London: Penguin, 2003, 2004, 2005, 2007; New York: Holt Paperbacks, 2004); *Middle East Illusions: Including Peace in the Middle*

East?: *Reflections on Justice and Nationhood*. (Lanham, MD: Rowman & Littlefield Publishers, 2003, 2004); *Open Media Collection*: *9-11*; *Media Control*; *Acts of Aggression*. (New York: Quality Paperback Book Club, 2003); *Power and Terror*: *Post-9-11 Talks and Interviews*. (New York: Seven Stories Press; Tokyo: Little More, 2003; Boulder: Paradigm Publishers, 2011; Australia: Madman Entertainment, 2002, 2003; Houghton [South Africa]: JacanaMedia, 2003; London: Pluto Press, 2003, 2011; London: Turnaround, 2003; Boulder: Paradigm Publishers, 2011); *Imperial Ambitions*: *Conversations on the Post-9-11 World*. (New York: Metropolitan Books, 2005, London: Hamish Hamilton, 2005; London: Penguin, 2005, 2006; New York: Henry Holt and Co., 2005); *Doctrines and Visions* (London: Penguin, 2005); *Government in the Future*. (New York: Seven Stories Press, 2005; [New Delhi, India]: Left Word, 2006); *Failed States*: *the Abuse of Power and the Assault on Democracy*. (New York: Metropolitan Books; Henry Holt, 2006, 2007; Crows Nest, NSW: Allen & Unwin, 2006; London: Penguin, 2006, 2007; London: Hamish Hamilton, 2006); *Interventions*. (San Francisco: City Lights Books, 2006, 2007; London: Hamish Hamilton, 2007, 2008; London: Penguin, 2007, 2008; Camberwell, Vic.: Penguin, 2008); *Failed States*: *the Abuse of Power and the Assault on Democracy*. (New York: Metropolitan Books, Henry Holt, 2006, 2007; London: Penguin Books, 2007); *Noam Chomsky on Language and Cognition*. (Muenchen LINCOM Europa, 2009); *Hopes and Prospects*. (Chicago, Illinois: Hay market Books, 2009, 2010, 2011; London: Penguin Books, 2010, 2011; Consortium Book Sales & Dist, 2010; London: Hamish Hamilton, 2010); *Gaza in Crisis*: *Reflections on Israel's War Against the Palestinians*. (Chicago, Ill.: Haymarket Books, 2010; London: Hamish Hamilton, 2010; London: Penguin, 2010, 2011; Chicago, Illinois: Hay Market Books, 2010, 2013); *Making the Future*: *Occupations*, *Interventions*, *Empire and Resistance*. (London: Hamish Hamilton, 2010, 2012; San Francisco: City Lights Books, 2010, 2012; London: Penguin, 2012); *Occupy*. (London; New York: Penguin, 2012; Brooklyn, N.Y.: Zuccotti Park Press, 2012; West field, New Jersey: Zuccotti Park Press, 2013); *On Anarchism*. (New York; London: The New Press 2013; London: Penguin Books, 2014); *Because We Say So*. (London Hamish Hamilton, 2015; [San Francisco]: City Lights Books, 2015). 编著: *The Structure of Language*: *Readings in the Philosophy of language*. (co-edited with Jerry A Fodor, Englewood Cliffs, N.J.: Prentice-Hall, 1964, 1965, 1970, 1973, 1975, 1987); *The State of the Art*.

(co-authored with Charles Francis Hockett, The Hague, Paris, Mouton, 1968, 1970, 1975); *The Sound Pattern of English.* (co-authored with Morris Halle, 1968, 1991, 1995, 1997, New York, Harper & Row, 1968, 1971; 台北: 虹桥书店, 1970); *Modern Studies in English: Readings in Transformational Grammar.* (edited by David A.Reibel and Sanford A.Schane, Englewood Cliffs, N.J.: Prentice-Hall, 1969); *Chomsky on Anarchism.* (edited by Barry Pateman, New York: Oxford University Press, 1971; New York: Pantheon Books, 1987; London; Oakland, CA: AK Press, 2005; Cambridge, MA: MIT Working Papers in Linguistics, 2012); *The Burden of the Berrigans.* (co-authored with William Van Etten Casey, Worcester, Mass.: Holy Cross Quarterly, 1971); *The Chomsky Reader.* (edited by James Peck, London; New York: Oxford University Press, 1971; New York: Pantheon Books, 1987 Ljubljana, Slovenia, Študentska Založba, 2003, Cambridge, MA: MIT Working Papers in Linguistics, 2012); *Language and Responsibility: Based on Conversations with Mitsou Ronat.* (co-authored with Mitsou Ronat, translated by John Viertel, New York: New Press, 1975, 1998; Hassocks: HarvesterPress, 1979; Sussex: Harvester Press, 1979; New York: Pantheon Books, 1977); *The Washington Connection and Third World Fascism.* (co-edited with Edward·S·Herman, Boston: South End Press, 1979, 1994; Nottingham: Spokesman Books for the Bertrand Russell Peace Foundation Ltd., 1979; Montreal: Black Rose Books, 1979; Great Britain: Spokesman, 1979; Sydney: Hale & Iremonger, 1980; Chicago, Illinois: Haymarket Books, 1979, 2014; London Pluto Press, 2015); *On Western Terrorism: from Hiroshima to Drone Warfare.* (co-edited with Andre Vltchek, Boston: South End Press, 1979; Oxford, UK; Cambridge, Mass., USA: B.Blackwell, 1989, 1990; Monroe, Me.: Common Courage Press, 1993; New York: Seven Stories Press, 1997; Toronto, Ontario: Between the Lines, 2013; London: Pluto Press, 2013); *After the Cataclysm, Postwar Indochina and the Reconstruction of Imperial Ideology.* (co-edited with Edward S Herman, Boston: South End Press, 1979; Montreal: Black Rose Books, 1979; Cambridge, Massachusetts: South End Press, 1979; Nottingham: Spokesman, 1979; Sydney: Hale & Iremonger, 1980; Chicago, Illinois: Haymarket Books, 2014); *On language: Based on Conversations with Mitsou Ronat.* (co-authored with Mitsou Ronat, New York: New Free Press, 1979, 1998, 2007; New Delhi: Penguin Books, 2003; New York: Peter Lang, 2014); *Language and Learning: the Debate between Jean Piaget and Noam Chomsky.* (co-authored with Jean Piaget,

Cambridge, Mass.: Harvard University Press, 1980, 1981; London: Routledge & Kegan Paul, 1983); *Radical Priorities* (co-edited with Carlos Peregrín Otero, Montréal: Black Rose Books, 1981, 1984, 1988, 1990, 1992, 1995; Edinburgh; Oakland, CA: AK Press, 2003); *Power and Terror: Conflict, Hegemony, and the Rule of Force.* (edited by John Junkerman and Takei Masakazu, Dordrecht; Cinnaminson, N.J.: Foris, 1982, 1988; Paris: K Films [Ed., distrib.], 2002, 2004; New York: Seven Stories Press; Tokyo: Little More, 2003; Houghton [South Africa]: JacanaMedia, 2003; Boulder: Paradigm Publishers, 2011; London: Pluto Press, 2003, 2011); *Dialogues on the Psychology of Language and Thought: Conversations with Noam Chomsky, Charles Osgood, Jean Piaget, Ulric Neisser, and Marcel Kinsbourne.* (edited by Robert W.Rieber, New York: Plenum Press, 1983); *The Native Speaker is Dead!: an Informal Discussion of a Linguistic Myth with Noam Chomsky and Other Linguists, Philosophers, Psychologists, and Lexicographers.* (co-edited with Thomas M Paikeday, Toronto; New York: Paikeday Pub., 1985); *Manufacturing Consent: the Political Economy of the Mass Media.* (co-edited with Edward S.Herman, New York: Pantheon Books, 1988, 2002; London: Vintage, 1988, 1994; London: Bodley Head, 2008); *Reflections on Chomsky.* (edited by Alexander George, Oxford, UK; Cambridge, Mass., USA: B.Blackwell, 1989, 1990; Cambridge, Mass.: Basil Blackwell, 1989, 1990, 1992); *Noam Chomsky: on Power, Knowledge, and Human Nature.* (co-edited with Peter Wilkin, New York: St.Martin's Press, 1997; London: Macmillan, 1997); *The Essential Chomsky.* (co-edited with Anthony Arnove, London: Pluto, 1998; New York: New Press, 2008; London: Bodley Head, 2008; Melbourne, Vic.: Palgrave Macmillan, 2008; London: Vintage, 2008, 2009); *Acts of Aggression: Policing Rogue States.* (co-edited with Ramsey Clark, New York: Seven Stories, London: Turnaround, 1999, 2002); *The Architecture of Language.* (edited by Nirmalangshu Mukherji, New Delhi: Oxford University Press, 2000, 2001, 2005, 2006, 2009); *Beyond Explanatory Adequacy.* (co-edited with Chris Collins, Cambridge, MA: MITWPL, 2001); *Understanding Power: the Indispensable Chomsky.* (co-authored with Peter R Mitchell and John Schoeffel, New York: New Press, 2002; London: Vintage, 2002, 2003); *On Nature and Language.* (edited by Adriana Belletti and Luigi Rizzi, Cambridge; New York: Cambridge University Press, 2002, 2003, 2008); *Getting Haiti Right This Time: the U.S.and the Coup.* (co-edited with Paul Farmer and Amy Goodman, 2004);

Final Edition. (co-authored with Wallace Shawn, New York: Wallace Shawn Inc.: Seven Stories Press, 2004); *The Generative Enterprise Revisited: Discussions with Riny Huybregts, Henk van Riemsdijk, Naoki Fukui and Mihoko Zushi.* (co-edited with Riny Huybregts, Berlin; New York: Mouton de Gruyter, 2004); *Superpower Principles: U.S.Terrorism against Cuba.* (ed.by Salim Lamrani, Monroe, Me.: Common Courage Press, 2005); *Perilous Power: the Middle East & U.S.Foreign Policy: Dialogues on Terror, Democracy, War, and Justice.* (co-edited with Gilbert Achcar and Stephen Rosskamm Shalom, Boulder: Paradigm Publishers, 2006, 2007, 2009; London: Hamish Hamilton, 2007, 2008; London: Penguin, 2007); *The Chomsky-Foucault Debate: on Human Nature.* (co-edited with Michel Foucault, New York: New Press, 2006; London, UK: Souvenir Press, 2011); *Inside Lebanon: Journey to a Shattered land with Noam and Carol Chomsky.* (edited by Assaf Kfoury, New York: Monthly Review Press, 2007; Toronto: Between the Lines, 2007); *Targeting Iran.* (co-edited with David Barsamian, San Francisco: City Lights Books, 2007; San Francisco, Calif.: Open Media; Enfield: Publishers Group UK [distributor], 2007; Delhi: Daanish Books, 2007, 2009); *What We Say Goes: Conversations on U.S.Power in a Changing World: Interviews with David Barsamian.* (co-authored with David Barsamian, New York: Metropolitan Books, 2007; London: Penguin Books, 2007, 2009; Crows Nest, N.S.W.: Allen & Unwin, 2007; New York: Metropolitan Books, 2007; London: Hamish Hamilton, 2007, 2008, 2009); *Of Minds and Language: a Dialogue with Noam Chomsky in the Basque Country.* (co-edited with Massimo Piattelli-Palmarini, Oxford; New York: Oxford University Press, 2009, 2010); *Rethinking Race, Class, Language, and Gender: a Dialogue with Noam Chomsky and Other Leading Scholars.* (edited by Pierre W.Orelus, Lanham, Md.: Rowman & Littlefield Publishers, 2011); *Power Systems: Conversations on Global Democratic Uprisings and the New Challenges to U.S.Empire.* (interviewed by David Barsamian, New York: London: Hamish Hamilton, 2012, 2013, 2014; London: Penguin Books, 2012, 2013, 2014; Metropolitan Books, Henry Holt and Company, 2013); *The Science of Language: Interviews with James Mc Gilvray.* (interviewed by James McGilvray, Cambridge; New York: Cambridge University Press, 2012); *On Language, Democracy, and Social Justice: Noam Chomsky's Critical Intervention.* (co-edited with Pierre W Orelus, New York, NY Lang, Peter New York 2014); *On Western Terrorism: from Hiroshima to Drone Warfare.* (co-edited with Vltchek, Andre, Toronto, Ontario:

Between the Lines，2013；London：Pluto Press，2013）；*On Palestine*.（co-authored with Ilan Pappé：Chicago，Illinois：Haymarket Books，2015；London：Penguin Books，2015）.

中文译本：《变换率语法理论》（王士元、陆孝栋编译，香港大学出版社，1966；虹桥书店，1966）；《句法结构》（邢公畹译，中国社会科学出版社，1979）；《句法理论的若干问题》（黄长著、林书武、沈家煊译，中国社会科学出版社，1986）；《语言与心理》（牟小华、侯月英译，华夏出版社，1989）；《乔姆斯基语言哲学文选》（徐烈炯等译，商务印书馆，1992）；《支配和约束论集：比萨学术演讲》（周流溪等译，中国社会科学出版社，1993）；《语言哲学》（［美］A.P.马蒂尼奇编；牟博、杨音莱、韩林合等译，商务印书馆，1998）；《语言与责任：乔姆斯基与侯纳的对谈》（林宗宏译，书林出版有限公司，1999）；《新自由主义和全球秩序》（徐海铭、季海宏译，江苏人民出版社，2000）；《9-11》（丁连财译，大块文化，2001）；《语言知识》（外语教学与研究出版社，2001）；《流氓国家：国际情势的藏镜人》（正中书局股份有限公司，2002）；《媒体操纵》（江丽美译，麦田，2003）；《恐怖主义文化》（林佑圣、叶欣怡译，弘智文化出版，2003）；《权力与恐怖：后9·11演讲与访谈录》（商周出版，2004）；《论自然与语言：杭士基语言学讲演录》（吴凯琳译，商周出版，2004）；《海盗与皇帝：真实世界中的新旧国际恐怖主义》（立绪文化事业有限公司，2004，2015）；《乔姆斯基语言学文集》（宁春岩等译，湖南教育出版社，2006）；《海盗与君主》（叶青译，上海译文出版社，2006）；《宣传与公共意识》（信强译，上海译文出版社，2006）；《反思肯尼迪王朝》（童新耕译，上海译文出版社，2006）；《恐怖主义文化》（张鲲、郎丽璇译，上海译文出版社，2006）；《霸权还是生存：美国对全球统治的追求》（张鲲译，上海译文出版社，2006）；《失败的国家：滥用权力与侵犯民主》（谢佩译，左岸文化出版，2008）；《失败的国家：滥用权力和践踏民主》（白璐译，上海译文出版社，2009）；《美国说了算：乔姆斯基眼中的美国强权》（中信出版社，2011）；《世界秩序的秘密：乔姆斯基论美国》（季广茂译，译林出版社，2015）；《以自由之名：乔姆斯基论美国》（中信出版社，2016）。
编著：《霸权还是生存：美国对全球统治的追求》（张鲲译，上海译文出版社，2006）；《美国说了算：谈论世局变化中的强权》（李中文译，博雅书屋有限公司，2010；中信出版集团公司，2011）；《制造共识》（邵红松译，北京大学出版社，2011）；《乔姆斯基，福柯论辩录》（刘玉红译，丽江出版社，2012）；《遏制民主》（汤大华译，商务印书馆，2013）；《乔姆斯基生成语法述论》（王雷，江西人民出版社，2014）；《语言的科学：詹姆斯·麦克吉尔弗雷访谈录》（曹道根、胡朋志译，商务印书馆，2015）；《语言与心智》（熊仲儒、张孝荣译，中国人民大学出版社，2015）；《以自由之名》（宣栋彪译，中信出版社，2016）；《理解权力》（姬扬译，清华大学出版社，2016）；《财富与权力》（杨文展译，中信出版社，2018）。

研究著述：《变换律语法理论》（王士元、陆孝栋编译，香港大学出版社，1966）；《乔姆斯基评传》（[英]莱昂斯等，陆锦林、李谷城译，华东师范大学出版社，1981）；《乔姆斯基》（[美]J.格林等，方立、张景智译，中国社会科学出版社，1990）；《乔姆斯基》（韩林合，东大图书公司，1996）；《乔姆斯基入门》（[美]戴维·考格斯威尔等，东方出版社，1998）；《乔姆斯基》（[英]约翰·莱昂斯等，黄继锋等译，昆仑出版社，1999）；《乔姆斯基的普遍语法教程》（[英]Vivian Cook等，外语教学与研究出版社，2000）；《乔姆斯基：思想与理想》（[美]Neil Smith等，外语教学与研究出版社，2001）；《乔姆斯基的形式句法》（石定栩，北京语言文化大学出版社，2002）；《乔姆斯基：语言、政治与美国对外政策研究》（尤泽顺，世界知识出版社，2005）；《语言论题》（司富珍，中国社会科学出版社，2008）；《乔姆斯基》（[德]沃尔夫冈·B.等，何宏华译，北京大学出版社，2010）；《语言、人的本质与自由》（郭庆民，中国人民大学出版社，2011）；《语言天赋论》（代天善，中国社会科学出版社，2011）；《乔姆斯基的语言观》（赵美娟，上海外语教育出版社，2013）；《乔姆斯基生成语法述论》（王雷，江西人民出版社，2014）；《基于乔姆斯基普遍语法的汉英对比研究》（陈丽萍等，安徽大学出版社，2014）；《理性的复兴》（胡朋志，安徽大学出版社，2014）；《乔姆斯基》（[英]尼尔·史密斯著，田启林、马军军、蔡激浪译，中国人民大学出版社，2015）。

海登·怀特（Hayden White，1928—2018）

主要著述：*The Emergence of Liberal Humanism: an Intellectual History of Western Europe.*（New York: McGraw-Hill, 1966—1970）；*The Uses of History; Essays in Intellectual and Social History. Presented to William J. Bossenbrook.*（Detroit: Wayne State University Press, 1968）；*Metahistory: the Historical Imagination in Nineteenth-Century Europe.*（Baltimore: Johns Hopkins University Press, 1973, 1975, 1979, 1983, 1985, 1987, 1990, 1993）；*The Greco-Roman Tradition.*（New York, Harper & Row, 1973）；*The Burden of History.*（Indianapolis, Ind.: Bobbs-Merrill, 1966; Baltimore: Johns Hopkins University Press, 1978）；*The Historical Imagination in Nineteenth-Century Europe.*（1973; Tropics of Discourse, 1978）；*Tropics of Discourse: Essays in Cultural Criticism.*（Baltimore: Johns Hopkins University Press, 1978, 1985, 1986, 1987,

1992）；*Special Issue on Fredric Jameson：the Political Unconscious.*（Baltimore：Md.：Johns Hopkins university press，1982）；*Tropics of Discourse：Essays in Cultural Criticism.*（Baltimore：Johns Hopkins University Press，1978，1982，1985，1986，1987，1990，1992）；*The Content of the Form：Narrative Discourse and Historical Representation.*（Baltimore：Johns Hopkins University Press，1987，1989，1990，1995，1997）；*Figural Realism：Studies in the Mimesis Effect.*（Baltimore，Md.：Johns Hopkins University Press，1999，2000）；*Hayden White：Frontiers of Consciousness at U C S C.*（Santa Cruz，[Calif.]：University of California，Santa Cruz，University Library，2013）；*The Practical Past*（Evanston，Illinois：Northwestern University Press，2014）. 编著：*The Ordeal of Liberal Humanism：an Intellectual History of Western Europe.*（co-edited with Willson H.Coates，New York：Mc Graw-Hill，1966，1970，1985）；*Giambattista Vico：an International Symposium*（co-edited with Giorgio Tagliacozzo，Baltimore：Johns Hopkins Press，1969，1976）；*Since the French Revolution.*（co-edited with Willson Havelock Coates，New York；Toronto：McGraw-Hill，1970）；*How to Produce an Affective TV Commercial.*（co-edited with Hooper White，Chicago：Crain Books，1981）；*Representing Kenneth Burke.*（co-edited with Margaret Brose，Baltimore：Johns Hopkins University Press，1982）；*Theorizing Genres.*（co-edited with Ralph? Cohen，Baltimore，Md.，2003）；*The Fiction of Narrative：Essays on History，Literature，and Theory，1957—2007.*（edited by Robert Doran，Baltimore，Md.：Johns Hopkins University Press，2010）.

中文译本：《元史学：19世纪欧洲的历史想象》（麦田出版，1999；陈新译，译林出版社，2004，2009，2013）；《后现代历史叙事学》（陈永国译，中国社会科学出版社，2003）；《形式的内容：叙事话语与历史再现》（董立河译，文津出版社，2005）；《话语的转义：文化批评文集》（董立河译，大象出版社；北京出版社，2011）；《叙事的虚构性》（马丽莉译，南京大学出版社，2019）。

中文研究著述：《文学性与历史性的融通》（董馨，中国社会科学出版社，2010）；《走向历史诗学》（翟恒兴，浙江大学出版社，2014）；《在诗与历史之间》（王霞，中国社会科学出版社，2014）；《海登·怀特的元史学理论与当代中国文艺研究》（杨杰，中国文联出版社，2017）。

哈罗德·布鲁姆（Harold Bloom，1930—2019）

主要著述：*Shelley's Mythmaking.*（Ithaca，N.Y.：Cornell University Press，1959，1969；New Haven：Yale University Press，1959）；*The Visionary Company：a Reading of English Romantic Poetry.*（Garden City，NY：Anchor Books，1961，1963；Garden

City, N.Y.: Doubleday, 1961, 1963; London, Faber and Faber 1961, 1962; Ithaca; London: Cornell university Press, 1971; Taipei: Bookman Books, 1987); *Yeats.* (London, New York, Oxford University Press, 1970, 1972, 1978); *The Ringers in the Tower: Studies in Romantic Tradition.* (Chicago: University of Chicago Press, 1971, 1973); *The Anxiety of Influence; a Theory of Poetry.* (New York, Oxford University Press, 1973, 1975, 1978, 1979, 1981, 1989, 1995, 1996, 1997); *A Map of Misreading.* (New York: Oxford University Press, 1975, 1980, 2003); *Kabbalah and Criticism.* (New York: Continuum, 1975, 1983, 1984, 1993, 1999, 2005; New York: The Seabury Press, 1975; London: Continuum, 2005); *Poetry and Repression: Revision from Blake to Stevens.* (New Haven: Yale University Press, 1976; London: Yale University Press, 1976, 1980); *Figures of Capable Imagination.* (New York: Seabury Press, 1976); *Wallace Stevens* (Ithaca, Ny: Cornell University Press, 1977, 1980; New York: Chelsea House Publ., 1985; Philadelphia: Chelsea House Publishers, 2003; Broomall, Pa.: Chelsea House, 2005); *Agon: towards a Theory of Revisionism.* (New York; Oxford: Oxford University Press, 1982, 1983); *The Breaking of the Vessels.* (Chicago: University of Chicago Press, 1982); *Ruin the Sacred Truths: Poetry and Belief from the Bible to the Present.* (Cambridge, Mass.; London: Harvard University Press, 1984, 1987, 1989, 1991); *The American Religion: the Emergence of the Post-Christian Nation.* (New York: Riverhead Books, 1992, 2000; New York: Simon & Schuster, 1992, 1993; New York, NY; Chu Hartley Publishers, 2006); *The Western Canon: the Books and School of the Ages.* (Basingstoke; London: Macmillan, 1994, 1995; London; Basingstoke; Oxford: Papermac, 1994, 1995; New York [u.a.] Harcourt Brace, 1993, 1994; New York: Riverhead Books, 1994, 1995; London: Papermac, 1994, 1995, 1996; London: Macmillan, 1994, 1995); *Omens of Millennium: the Gnosis of Angels, Dreams, and Resurrection.* (New York: Riverhead Books, 1996, 1997; London: Fourth Estate, 1996, 1997); *Shakespeare: the Invention of the Human.* (New York: Riverhead Books, 1998, 1999; London: Fourth Estate, 1998, 1999, 2008, 2010; New York (N.Y.): Riverhead Books, 1998); *How to Read and Why?.* (New York: Touchstone Books, 2000, 2001; New York: Scribner, 2000; New York: Simon & Schuster, 2001; London: Fourth Estate, 2000, 2001); *Genius: a Mosaic of One Hundred Exemplary Creative Minds.* (Genius.London: Fourth Estate, 2002; New York: Warner Books, 2002); *The Art of Reading Poetry.* (New York: Perennial, 2004);

Tim O'Brien's The Things They Carried.（New York：Bloom's Literary Criticism，2011；Philadelphia：Chelsea House Publishers，2004，2005）；*The Bible.*（New York：Chelsea House，1987，2006；New York：Chelsea House Publishers，2006）；*The Anatomy of Influence：Literature as a Way of Life.*（New Haven［Conn.］：Yale University Press，2011）；*The Shadow of a Great Rock：a Literary Appreciation of the King James Bible.*（New Haven：Yale University Press，2011，2013）；*The Daemon Knows：Literary Greatness and the American Sublime.*（New York：Spiegel & Grau，2015）.编著：*The Book of J.*（co-edited with Rosenberg, David.New York：Vantage Books，1990，1991；New York：Grove Press，1990，1991，2000；New York：Chelsea House Publishers，1988；London：Faber & Faber，1991）.

中文译本：《影响的焦虑：诗歌理论》（徐文博译，生活·读书·新知三联书店，1989；久大文化股份有限公司，1990；江苏教育出版社，2006）；《比较文学影响论：误读图示》（朱立元、陈克明译，骆驼出版社，1992，1995；天津人民出版社，2008）；《西方正典：历代经典学派》（高志仁译，立绪文化事业有限公司，1998，1999）；《批评正典结构与预言》（吴琼译，中国社会科学出版社，2000）；《尽得其妙：如何读西方正典》（余君伟、傅士珍、李永平译，时报文化出版公司，2002）；《西方正典：伟大作家和不朽作品》（江宁康译，译林出版社，2005，2011，2015）；《解构与批评》（上海外语教育出版社，2009）；《读诗的艺术》（王敖译，南京大学出版社，2010）；《如何读，为什么读》（黄灿然译，译林出版社，2011）；《布鲁姆文学地图译丛》（郭尚兴译，上海交通大学出版社，2011）；《神圣真理的毁灭："圣经"以来的诗歌与信仰》（刘桂林译，上海人民出版社，2013）；《影响的剖析：文学作为生活方式》（金雯译，译林出版社，2016）；《文章家与先知》（翁海贞译，译林出版社，2016）；《史诗》（翁海贞译，译林出版社，2016）；《短篇小说家与作品》（童燕萍译，译林出版社，2016）；《剧作家与戏剧》（刘志刚译，译林出版社，2016）；《文章家与先知》（翁海贞译，译林出版社，2016）；《小说家与小说》（石平萍、刘戈译，译林出版社，2018）。

中文研究著述：《哈罗德·布鲁姆文学理论研究》（曾洪伟，四川大学出版社，2010）；《哈罗德·布鲁姆的文学观》（张龙海，上海外语教育出版社，2012）；《哈罗德·布鲁姆诗学研究》（翟乃海，山东大学出版社，2013）；《哈罗德·布鲁姆的"新审美"批评》（屈冬，知识产权出版社，2017）；《哈罗德·布鲁姆误读理论研究》（延永刚，西安交通大学出版社，2018）。

理查德·罗蒂（Richard Rorty，1931—2007）

主要著述： *Contingency, Irony, and Solidarity.*（Cambridge；New York：Cambridge

University Press, 1989; Frankfurt a.M.: Suhrkamp, 1992); *The Linguistic Turn*: *Recent Essays in Philosophical Method*. (Chicago: University of Chicago Press, 1967, 1988, 1992, 1993, 2002; Chicago; London: University of Chicago Press, 1970, 1967, 1992); *Philosophy and the Mirror of Nature*. (Princeton, N.J.: Princeton University Press, 1979, 2009; Princeton, N.J.: Princeton University Press, 1980, 1979; Oxford: Blackwell, 1980); *Consequences of Pragmatism*: *Essays, 1972—1980*. (Minneapolis: University of Minnesota Press, 1982, 1994, 1996, 2003; Hemel Hempstead, Hertfordshire: Harvester Wheatsheaf, 1991; New York Harvester Wheatsheaf 1991; Brighton: The Harvester Press, 1982); *Objectivity, Relativism, and Truth*. (Cambridge; New York: Cambridge University Press, 1991, 1993, 1997, 1999, 2005, 2008); *Truth, Politics and "Post-modernism"*. (Assen: Van Gorcum, 1997); *Achieving Our Country*: *Leftist Thought in Twentieth-Century America*. (Cambridge, Mass.: Harvard University Press, 1998; 1999; 2003; Audible Studios on Brilliance audio 2017); *Truth and Progress*. (Cambridge; New York: Cambridge University Press, 1998); *Philosophy and Social Hope*. (New York: Penguin Books, 1999; London: Penguin Books, 1999); *Philosophy as Cultural Politics*. (Cambridge, UK; New York: Cambridge University Press, 2007); *An Ethics for Today*: *Finding Common Ground Between Philosophy and Religion*. (New York: Columbia University Press, 2010, 2011); *Mind, Language, and Metaphilosophy*: *Early Philosophical Papers* (New York: Cambridge University Press, 2014); *Philosophy as Poetry*. (Charlottesville: University of Virginia Press, 2016)。编著: *Philosophy in History*: *Essays on the Historiography of Philosophy*. (Rorty, Richard.; Schneewind, J.B.Cambridge [Cambridgeshire]; New York: Cambridge University Press, 1984, 1985, 1986, 1990, 1993, 1998, 2004); *Cultural Otherness*: *Correspondence With Richard Rorty*. (Niyogi Balslev, Anindita.; Rorty, Richard.Atlanta: Scholars Press, 1999); *Take Care of Freedom and Truth Will Take Care of Itself*: *Interviews with Richard Rorty*. (Richard Rorty, Mendieta, Eduardo.Stanford, Calif.: Stanford University Press, 2006); *Against Bosses, Against Oligarchies*: *A Conversation With Richard Rorty*. (Charlottesville, Va.: Prickly Pear Pamphlets, 1998); *What's the Use of Truth?*. (Richard Rorty, Pascal Engel, Patrick Savidan.New York: Columbia University Press, 2007); *The Future of Religion Richard Rorty and Gianni Vattimo*. (edited by Santiago Zabala.New York; Chichester: Columbia University Press, 2005, 2007).

中文译本:《哲学和自然之镜》(李幼蒸译,生活·读书·新知三联书店，1987；久大文化股份有限公司；桂冠图书股份有限公司，1990；商务印书馆，2011，2009，2003，2012）；《后哲学文化》（黄勇编译，上海译文出版社，1992；2016）；《偶然、反讽与团结》（徐文瑞译，商务印书馆，2003）；《真理与进步》（杨玉成译，华夏出版社，2003）；《后形而上学希望：新实用主义社会、政治和法律哲学》（张国清译，上海译文出版社，2003）；《筑就我们的国家：20世纪美国左派思想》（黄宗英译，生活·读书·新知三联书店，2006）；《哲学的场景》（王俊、陆月宏译，上海译文出版社，2009）；《哲学、文学和政治：罗蒂自选集》（黄宗英译，上海译文出版社，2009）；《实用主义哲学》（林南译，上海译文出版社，2016）。

中文研究著述：《从自然之镜到信念之网》（蒋劲松，湖南教育出版社，1998）；《无根基时代的精神状况：罗蒂哲学思想研究》（张国清，上海三联书店，1999）；《罗蒂》（理查德德·鲁玛纳，中华书局，2003）；《罗蒂和实用主义》（海尔曼·J.萨特康普，商务印书馆，2003）；《形而上学与社会希望》（陈亚军，江苏人民出版社，2009）；《实用主义的三副面孔：杜威、罗蒂和舒斯特曼的哲学、美学与文化政治学》（毛崇杰，社会科学文献出版社，2009）；《从个体知识到社会知识》（顾林正，上海人民出版社，2010）；《创造与伦理》（赵颖，中国社会科学出版社，2010）；《罗蒂后哲学文化思想研究》（王鹤岩，黑龙江教育出版社，2011）；《罗蒂政治道德哲学批判》（董山民，社会科学文献出版社，2012）；《个体自由与社会团结：理查德德·罗蒂政治思想研究》（郑维伟，中国社会科学出版社，2015）；《罗蒂与普特南》（陈亚军，上海人民出版社，2016）；《走向后人文主义：理查德德·罗蒂的文学理论和文化批评》（刘剑，中国社会科学出版社，2018）。

苏珊·桑塔格（Susan Sontag，1933—2004）

主要著述：*The Benefactor, a Novel.*（New York, Farrar, Straus 1963; New York: Anchor Books, 1963, 1991; New York: Picador USA; Farrar, Straus and Giroux, 1963, 2002; New York: Dell Pub.Co., 1963, 1978）；*Styles of Radical Will.*（London: Secker & Warburg, 1966, 1969; New York, Farrar, Straus and Giroux 1969; New York: Picador USA, 1966, 2002; New York: Dell Pub.Co., 1969; New York: Anchor Books, 1969, 1991）；*Against Interpretation, and Other Essays*（New York, Farrar, Straus & Giroux 1966, 1986; New York: Dell Pub.Co., 1966, 1969; New York, N.Y.: Picador U.S.A., 1966, 2001; New York: Octagon Books, 1978; New York: Anchor Books, 1966, 1990; London: Eyre & Spottiswoode, 1967; London: Vintage, 1994, 1966; London: Penguin, 1967,

2009）; *Death Kit.*（New York, Farrar, Straus and Giroux 1967; New York: Picador USA, Farrar, Straus and Giroux, 1967, 2002; New York: Anchor Books, 1967, 1991）; *Trip to Hanoi.*（New York, Farrar, Straus and Giroux, 1969）; *Brother Carl: a Filmscript.*（New York: Farrar, Straus and Giroux, 1974）; *Duet for Cannibals; a Screenplay.*（New York, Farrar, Straus and Giroux 1970; London: Allen Lane, 1974）; *Illness as Metaphor.*（New York: Dell Pub.Co., 1969; London: Allen Lane, 1977, 1979; New York: Farrar, Straus and Giroux, 1978; New York: Picador USA, 2001; Harmondsworth: Penguin, 1978, 1983; New York: Vintage Books, 1979; New York: Doubleday, 1979, 1990）; *On Photography.*（London: Allen Lane, 1977, 1978; Harmondsworth: Penguin, 1977, 1979; New York: Anchor Books, 1977, 1990; New York: Farrar, Straus and Giroux, 1977, 2001; New York: Dell Pub.Co., 1977; New York: Picador: Farrar, Straus and Giroux, 1977, 1989, 1990, 2001; London: Penguin, 1978, 2002, 2008; New York; London: Continuum, 2012; London; New York: Penguin, 2008）; *I, Etcetera.*（New York: Farrar, Straus and Giroux, 1978; New York: Picador USA, 1978, 2002; New York: Vintage Books, 1978, 1979; London: J.Cape, 1991; London: V.Gollancz, 1978, 1979; New York: Anchor Books, 1978, 1991）; *Illness as Metaphor; and, AIDS and Its Metaphors.*（New York: Doubleday, 1979, 1990; New York: Picador USA, 2001; New York: Vintage Books, 1979; New York: Picador, Farrar, Straus and Giroux, 1989; London: Penguin, 1991, 2002）; *Under the Sign of Saturn.*（New York: Farrar, Straus & Giroux, 1980, 2002; New York: Vintage Books, 1981; New York: Anchor Books, 1980, 1991）; *A Susan Sontag Reader.*（New York: Farrar, Straus, Giroux, 1982; New York: Vintage Books, 1983; Harmondsworth: Penguin, 1982, 1983）; *Cage Cunningham Johns: Dancers on a Plane: in Memory of Their Feelings.*（New York: A.A.Knopf in association with A.d'Offay Gallery, 1989, 1990; London: Thames and Hudson in association with Anthony d'Offay Gallery, 1990）; *The Best American Essays 1992*（New York: Ticknor & Fields, 1992）; *The Volcano Lover: a Romance.*（New York: Anchor Books, 1992, 1993; New York: Farrar Straus Giroux, 1992, 2002, 2004; Cape, 1992, 1993; Vintage, 1992, 1993; London: Penguin, 2009）; *Alice in Bed: a Play in Eight Scenes.*（New York: Farrar Straus Giroux, 1993）; *Conversations with Susan Sontag.*（Jackson: University Press of Mississippi, 1995）; *In America: a Novel.*（London: Jonathan Cape, 1999; New York: Farrar, Straus and Giroux, 2000; New York, N.Y: Picador USA, 2000, 2001;［Rockland, MA］: Compass Press, 2000; London:

Vintage, 2000, 2001); *Where the Stress Falls*: *Essays*.(New York: Farrar, Straus, and Giroux, 2001, 2002; London: Jonathan Cape, 2002); *Regarding the Pain of Others*.(New York: Farrar, Straus and Giroux, 2003; New York: Picador, 2003, 2004; London: Penguin, 2003; London: Hamish Hamilton, 2003); *At the Same Time*: *Essays and Speeches*(New York: Farrar, Straus, and Giroux, 2007; New York: Picador, 2007, 2008); *Reborn*: *Journals and Notebooks*, *1947—1963*.(New York: Farrar, Straus and Giroux, 2008; London: Hamish Hamilton, 2008, 2009; New York: Picador, 2008, 2009); *As Consciousness is Harnessed to Flesh*: *Journals and Notebooks*, *1964—1980*.(New York: Farrar, Straus and Giroux, 2012); *As Consciousness is Harnessed to Flesh*: *Diaries 1963—1981*.(London: Hamish Hamilton, 2012); *Essays of the 1960s & 70s*(New York, N.Y.: The Library of America, 2013). 编著: *A Barthes Reader*.(co-edited: Barthes Roland, New York: Hill and Wang, a division of Farrar, Straus and Giroux, 1982); *The Way We Live Now*.(co-edited with Hodgkin, Howard, New York: Noonday Press, 1991; London: J.Cape, 1991); *Women*.(co-edited with Leibovitz, Annie, New York: Random House, 1999, 2000); *Susan Sontag*: *the Complete Rolling Stone Interview*.(co-edited with Cott Jonathan, New Haven: Yale University Press, 2013).

中文译本:《我等之辈》(王予霞译,探索文化事业公司,1999);《论摄影》(艾红华、毛健雄译,湖南美术出版社,1999;黄灿然译,上海译文出版社,2008,2010,2012,2014;麦田出版,2010);《疾病的隐喻》(刁筱华、宋姐译,大田出版,2000,2008,2012;程巍译,上海译文出版社,2003,2014;麦田出版,2012);《床上的爱丽丝》(黄翠华译,唐山出版社,2001,2010;冯涛译,上海译文出版社,2007);《火山恋人》(李国林、伍一莎译,译林出版社,2002);《苏珊·桑塔格文选》(黄灿然译,台传媒出版,2002,2005);《反对阐释》(程巍译,上海译文出版社,2003,2011);《在美国》(廖七一、李小均译,译林出版社,2003,2008,2012;何颖怡译,时报文化,2005,2007);《旁观他人之痛苦》(陈耀成译,一方出版,2004;麦田出版,2005,2007,2010,2011);《重点所在》(陶洁、黄灿然等译,上海译文出版社,2004,2011;陈相如译,大田出版,2008);《恩主》(姚君伟译,译林出版社,2004;上海译文出版社,2007);《中国旅行计划》(申慧辉等译,南海出版公司,2005);《死亡之匣》(李建波译,译林出版社,2005);《关于他人的痛苦》(黄灿然译,上海译文出版社,2006);《在土星的标志下》(姚君伟译,上海译文出版社,2006);《沉默的美学》(黄梅译,南海出版公司,2006);《土星座下:桑塔格论七位思想艺术大师》(姚君伟等译，麦田出版，2007，2012）；《激进意志的样式》（何宁等译，上海译文出版社，2007）；《反诠释：桑塔格论文集》（黄茗芬译，麦田出版，2008）；《同时：随笔与演说》（黄灿然译，上海译文出版社，2009）；《同时：桑塔格随笔与演说》（黄灿然译，麦田出版，2011）；《火山情人》（姚君伟译，上海译文出版社，2012）。编著：《一个战时的审美主义者》（以塞亚·伯林、苏珊·桑塔格等著，高宏译，新世界出版社，2004）；《上帝的眼睛》（瓦尔特·本雅明、苏珊·桑塔格等著，吴琼、杜予编，中国人民大学出版社，2005）；《苏珊·桑塔格文集》（上海译文出版社，2007）；《重生：桑塔格日记第一部》（戴维·里夫主编，陈宝莲译，麦田出版，2010）；《正如身体驾驭意识：桑塔格日记第二部，1964—1980》（戴维·里夫主编，陈重亨译，麦田出版，2013）；《重生：苏珊·桑塔格日记与笔记（1947—1963）》（戴维·里夫主编，姚君伟译，上海译文出版社，2013）；《我幻想著粉碎现有的一切：苏珊·桑塔格访谈录》（乔纳森·科特，中国人民大学出版社，2014）；《苏珊·桑塔格谈话录》（利兰·波格编，译林出版社，2015）；《心为身役》（戴维·里夫编，姚君伟译，上海译文出版社，2015）；《土星照命》（姚君伟译，上海译文出版社，2018）；《苏珊·桑塔格全集（全16卷）》（黄灿然、姚君伟等译，上海译文出版社，2018）；国外研究著述中译本：《铸就偶像》（卡尔·罗利森等，上海译文出版社，2009）；《永远的苏珊》（西格丽德·努涅斯等，上海译文出版社，2012）；《苏珊·桑塔格》（丹尼尔·施赖伯等，社会科学文献出版社，2018）；《苏珊·桑塔格全传》（卡尔·罗利森等，上海译文出版社，2018）；《苏珊·桑塔格传》（杰罗姆·博伊德·蒙塞尔等，中国摄影出版社，2018）。

中文研究著述：《苏珊·桑塔格纵论》（王予霞，民族出版社，2004）；《在土星的光环下：苏珊·桑塔格纪念文选》（贝岭等，倾向出版社，2007）；《新感觉诗学：苏珊·桑塔格批评思想研究》（陈文钢，江西人民出版社，2008）；《苏珊·桑塔格与当代美国左翼文学研究》（王予霞，中国社会科学出版社，2009）《从新感受力美学到资本主义文化批判》（刘丹凌，巴蜀书社，2010）《桑塔格思想研究》（袁晓玲，武汉大学出版社，2010）；《反思的文学：苏珊·桑塔格小说艺术研究》（郝桂莲，光明日报出版社，2013）《"反理论主义"视角下的"新感觉诗学"》（陈文钢，江西高校出版社，2015）；《"沉默的美学"视阈下的桑塔格小说创作研究》（张莉，外语教学与研究出版社，2016）；《存在主义视阈中的苏珊·桑塔格创作研究》（柯英，上海交通大学出版社，2018）；《苏珊·桑塔格》（朱红梅，知识产权出版社，2018）。

弗雷德里克·杰姆逊·詹姆逊（Frederic Jameson，1934— ）

主要著述：*Sartre: the Origins of a Style.*（New Haven, Yale University Press, 1961; New York: Columbia University Press, 1961, 1984; New York; Guildford Surrey: Columbia University Press, 1984）; *Marxism and Form*; *Twentieth-Century Dialectical Theories of Literature.*（Princeton, N.J., Princeton University Press, 1971, 1972, 1974, 2002）; *Marxism and Form*: *Twentieth-Century Dialectical Theories of Literature.*（Princeton, N.J., Princeton University Press, 1971, 1972, 1974）; *The Prison-house of Language*; *a Critical Account of Structuralism and Russian Formalism.*（Princeton, N.J., Princeton University Press 1972, 1974, 1978, 2002, 2015）; *Fables of Aggression*: *Wyndham Lewis, the Modernist as Fascist.*（Berkeley: University of California Press, 1979, 1981; London; Brooklyn, NY.: Verso, 1979, 2008）; *The Political Unconscious*: *Narrative as a Socially Symbolic Act.*（Ithaca, N.Y.: Cornell University Press, 1981, 1982, 1985, 1986, 1988, 1991, 1996; London: Methuen, 1981, 1983; London; New York: Routledge, 1981, 1986, 1989, 1993, 1996, 2002, 2007, 2008, 2009, 2010）; *The Postmodern Condition*: *a Report on Knowledge.*（Manchester: Manchester University Press, 1984, 1986, 1987, 1992, 1994, 2004, 2005; Minneapolis: University of Minnesota Press, 1984, 1985, 1986, 1992, 1993, 1997, 1999, 2002, 2006）; *Sartre After Sartre.*（New Haven; London: Yale University Press, 1985）; *The Ideologies of Theory*: *Essays 1971—1986*［C］（Minneapolis: University of Minnesota Press, 1988; London; New York: Routledge, 1988, 1989; London; New York: Verso, 2008）; *Situations of Theory.*（London; New York: Routledge, 1988; Minneapolis: University of Minnesota Press, 1988, 1989）; *Signatures of the Visible.*（New York: Routledge, 1990, 1992, 2007）; *Late Marxism*: *Adorno, or, the Persistence of the Dialectic.*（London; New York: Verso, 1990, 1996, 2000, 2007）; *Postmodernism, or, The Cultural Logic of Late Capitalism.*（Durham: Duke University Press, 1991, 1992, 1994, 1995, 1997, 1999, 2001, 2003, 2005, 2007; London: New York: Verso, 1990, 1991, 1992, 1993, 1995, 1996, 2007, 2008, 2009）; *Nationalism, Colonialism, and Literature*: *Modernism and Imperialism.*（Lawrence Hill, Derry, 1988; Derry［Northern Ireland］: Field Day Theatre Co., 1988; Minneapolis: University of Minnesota Press, 1990, 1992, 1995, 1997, 2001）; *The Geopolitical Aesthetic*: *Cinema and Space in the World System.*（Bloomington: Indiana University Press;

London: BFI Pub., 1992, 1993, 1995); *The Seeds of Time*. (New York: Columbia University Press, 1994); *Theory of Culture: Lectures at Rikkyo*. (Tokyo: Y.Hamada, 1994); *Cultural Turn: Selected Writings on the Postmodern 1983—1998* [C] (London; New York: Verso, 1998, 2009); *Brecht and Method*. (London; New York: Verso, 1998, 1999, 2000, 2011); *A Singular Modernity: Essay on the Ontology of the Present*. (London; New York: Verso, 2002, 2009, 2012); *Archaeologies of the Future: the Desire Called Utopia and Other Science Fictions*. (New York: Verso, 2005, 2007); *The Modernist Papers*. (London; New York, NY: Verso, 2007); *Valences of the Dialectic*. (London; Brooklyn, NY: Verso, 2008, 2009, 2010); *The Hegel Variations: on the Phenomenology of Spirit*. (London; New York: Verso, 2010, 2011); *Representing Capital: a Commentary of Volume One*. (London; New York: Verso, 2011, 2014); *The Antinomies of Realism*. (London; New York: Verso, 2013, 2015); *The Ancients and the Postmoderns*. (London; New York: Versos, 2015); *Raymond Chandler: the Detections of Totality*. (New York: Verso, 2016). 编著: *The Jameson Reader*. (edited by Michael Hardt and Kathi Weeks, Oxford, UK; Malden, Mass.: Blackwell, 1971, 2000, 2001, 2004, 2005, 2012); *The Fairy Tale: Politics, Desire, and Everyday Life*. (co-authored with Jean Fishe, New York: Artists Space, 1986); *Nationalism, Colonialism, and Literature*. (co-edited with Terry Eagleton and Edward W.Said, Minneapolis: University of Minnesota Press, 1990, 1992, 1995, 2001); *Materialist Shakespeare: a History*. (co-edited with Ivo Kamps, London; New York: Verso, 1995); *The Cultures of Globalization*. (co-edited with Masao Miyoshi, Durham: Duke University Press, 1998, 1999, 2001, 2003, 2004); *Jameson on Jameson: Conversations on Cultural Marxism*. (edited by Ian Buchanan, Durham, NC: Duke University Press, 2007, 2008).

中文译本:《后现代主义与文化理论》(唐小兵译,陕西师范大学出版社,1986;合志文化事业股份有限公司,1989,1990,2001;北京大学出版社,1997);《后现代主义与文化理论》(唐小兵译,陕西师范大学出版社,1987)《马克思主义:后冷战时代的思索》(张京媛译,牛津大学出版社,1994);《语言的牢笼;马克思主义与形式》(钱佼汝、李自修译,百花洲文艺出版社,1995,1997);《晚期资本主义的文化逻辑:詹明信批评理论文选》(陈清侨等译,生活·读书·新知三联书店,1997,2003;牛津大学出版社,1997);《时间的种子》(王逢振译,漓江出版社,1997;江苏教育出版社,2006;中国人民大学出版社,2016);《后现代主义或晚期资本主义的文化逻辑》(吴美珍译,时报文化，1998）；《快感：文化与政治》（王逢振译，中国社会科学出版社，1998）；《布莱希特与方法》（陈永国译，中国社会科学出版社，1998）；《政治无意识：作为社会象征行为的叙事》（王逢振、陈永国译，中国社会科学出版社，1999；2017）；《文化转向》（王逢振译，中国人民大学出版社，2000）；《全球化的文化》（马丁译，南京大学出版社，2002）；《新马克思主义》（王逢振译，中国人民大学出版社，2004）；《现代性，后现代性和全球化》（王逢振译，中国人民大学出版社，2004）；《文化研究和政治意识》（王逢振译，中国人民大学出版社，2004）；《批评理论和叙事阐释》（王逢振译，中国人民大学出版社，2004）；《晚期马克思主义》（李永红译，南京大学出版社，2008）；《单一的现代性》（王逢振、王丽亚译，中国人民大学出版社，2009）；《论现代主义文学》（王逢振译，中国人民大学出版社，2010）；《黑格尔的变奏：论〈精神现象学〉》（王逢振译，中国人民大学出版社，2012）；《可见的签名》（王逢振等译，南京大学出版社，2012）；《未来考古学 乌托邦欲望和其他科幻小说》（吴静译，译林出版社，2014）；《辩证法的效价》（余莉译，中国社会科学出版社，2014）；《詹姆逊文集》（王逢振主编，中国人民大学出版社，2016）；《重读〈资本论〉》（胡志国、陈清贵译，中国人民大学出版社，2018）；《现实主义的二律背反》（外语教学与研究出版社，2018）；《论现代主义文学》（苏仲乐、陈广兴、王逢振译，中国人民大学出版社，2018）；《批评理论和叙事阐释》（陈永国等译，中国人民大学出版社，2018）；《现代性、后现代性和全球化》（王逢振、王丽亚等译，中国人民大学出版社，2018）；《侵略的寓言》（陈清贵、王娅译，中国人民大学出版社，2018）；《马克思主义与形式》（李自修译，中国人民大学出版社，2018）；《古代与后现代》（王逢振、王丽亚译，中国人民大学出版社，2018）；《新马克思主义》（陈永国、胡亚敏等译，中国人民大学出版社，2018)；《萨特：一种风格的始源》（王逢振、陈清贵译，中国人民大学出版社，2018）。编著：《科幻文学的批评与建构》（王逢振等译，安徽文艺出版社，2011）；《电影的魔幻现实主义》（李洋主编，河南大学出版社，2017）《后现代文化对话》（王逢振编选，李宝洵等译，中国社会科学出版社，2012）。

中文研究著述：《詹明信》（朱刚，生智出版社，1995）；《抵抗的文化政治学》（[加]谢少波著，陈永国、汪民安译，中国社会科学出版社，1999）；《文化的政治阐释学》（陈永国，中国社会科学出版社，2000）；《重建总体性：与杰姆逊对话》（梁永安，四川人民出版社，2003）；《弗雷德里克·詹姆逊文化诗学研究》（刘进，巴蜀书社，2003）；《詹姆逊乌托邦思想研究》（林慧，中国人民大学出版社，2007）；《走向一种辩证批评》（吴琼，上海三联书店，2007）；《通向一种文化政治诗学》（李世涛，吉林人民出版社，2008）；《重构全球的文化抵抗空间》（李世涛，社会科学文献出版社，2008）；《詹姆逊文化理论探析》（张艳芬，上海人民出版社，2009）；《詹姆逊的后现代马克思主义研究》（马良，光明日报出版社，2010）；《詹姆逊的后现代主义理论研究》（韩雅丽，黑龙江大学出版社，2010）；《思想教育不可逾越的视界》（王维杰，黑龙江人民出版社，2011）；《詹姆逊的文化批判理论》（倪寿鹏，中国政法大学出版社，2013）；《走向马克思主义阐释学》（姚建彬，北京大学出版社，2013）；《文化批判与乌托邦重建》（梁苗，人民出版社，2013）；《从文化逻辑到文化政治》（韩雅丽，黑龙江教育出版社，2013）；《詹姆逊的马克思主义阐释学研究》（姚建彬，昆仑出版社，2013）；《詹姆逊的马克思主义阐释学美学》（沈静，人民出版社，2013）；《詹姆逊文化批判思想研究》（周秀菊，光明日报出版社，2014）；《文本形式的政治阐释》（杜明业，世界图书出版，2014）；《詹姆逊后现代文化理论术语研究》（冯红，南开大学出版社，2015）；《社会形式的诗学》（王伟，上海三联书店，2015）；《詹姆逊的总体性观念与文化批评阐释》（马宾，苏州大学出版社，2016）；《詹姆逊批评理论中的形式问题研究》（杜智芳，人民出版社，2016）；《詹姆逊后现代空间理论视野下的当代视觉文化研究》（张兴华，北京理工大学出版社，2017）；《詹姆逊后现代主义文化理论研究》（张谡，中国商务出版社，2018）。

爱德华·萨义德（Edward W.Said，1935—2003）

主要著述：*Joseph Conrad and the Fiction of Autobiography.* (Cambridge, Harvard University Press, 1966, 1968, 2004; New York: Columbia University Press, 1966, 2008); *Beginnings: Intention and Method.* (New York: Basic Books, 1975, 1976; New York: Columbia University Press, 1975, 1985, 2004; London: Granta Books, 1975, 1997, 1998, 2012; Baltimore: Johns Hopkins University Press, 1978); *Orientalism.* (New York: Random House, 1979; New York: Vintage Books, 1979, 1978, 1994, 2000, 2003, 2004; New York Penguin books, 1991; New York: Pantheon Books, 1978, 1988; New Delhi: Penguin Books, 1995, 1978; London: Peregrine, 1985; London: Penguinbooks, 1985, 1987, 1991, 1995, 2003; London: Penguin, 2003, 1995, 1991, 1979, 1978; Harmondsworth: Penguin, 1978, 19851995; London: Routledge & Kegan Paul, 1978, 1980; London; Henley: Routledge and Kegan Paul, 1978; London; Toronto: Penguin, 2003; London; New York [etc.]: Penguin Books, 1991; Elbourne: Vision Australia Personal Support, 2010); *The Palestine Question and the American Context.* (Beirut: Institute for Palestine Studies, 1979); *The Question of Palestine.* (New York:

Vintage Books, 1979, 1980, 1981, 1992; New York Vintage, 1992; New York: Times Books, 1979, 1980; New York, NY: Random House, 1979; London: Vintage, 1992; London; New York: Routledge, 1979; London Legan Paul 1980; London: Routledge & Kegan Paul, 1979, 1980, 1981; South Yarra, Vic.: Louis Braille Productions, 1993); *Literature and Society.* (Baltimore: Johns Hopkins University Press, 1980, 1986); *Covering Islam: How the Media and the Experts Determine How We See the Rest of the World.* (New York: Pantheon Books, 1981; New York: Vintage Books, 1997; London: Vintage, 1996, 1997, 1981; London: Vintage Books, 2010; London: Routledge & Kegan Paul, 1981, 1985); *A Profile of the Palestinian People.* (Chicago, IL: Palestine Human Rights Campaign, 1983, 1987, 1990); *The World, the Text, and the Critic.* (Cambridge, Mass.: Harvard University Press, 1983; Milton Keynes, UK; Cambridge, Mass.: Lightning Source UK Ltd.; Harvard University Press, 2010, 1983; London: Vintage, 1991, 1988, 1984, 1983; London: Faber, 1983, 1984; London; Boston: Faber and Faber, 1984); *The Palestinians: Profile of a People.* (Carlton, Vic.: Palestine Information Centre, 1984; Kingston, A.C.T.: Palestine Information Office, 1987); *Yeats and Decolonization.* (Lawrence Hill, Derry: Field Day Theatre Comp., 1988; Minneapolis, MN: University of Minnesota Press, 1990); *Peace in the Middle East.* (Westfield, N.J.: Open Media, 1991); *Identity, Authority and Freedom: the Potentate and the Traveller.* ([Cape Town]: University of Cape Town, 1991); *Musical Elaborations.* (New York: Columbia University Press, 1991; London: Chatto & Windus, 1991; London: Vintage, 1991, 1992); *Culture and Imperialism.* (New York: Knopf: Distributed by Random House, 1993, 1994; New York: Vintage Books, 1993, 1994; New York: A.A.Knopf, 1993; London: Chatto and Windus, 1993; London: Chatto & Windus, 1993; London: Vintage, 1993, 1994, 2007); *The Politics of Dispossession: the Struggle for Palestinian Self-Determination, 1969—1994.* (New York: Pantheon Books, 1994; New York: Vintage, 1994, 1995; New York Vintage Books, 1994, 1995; London: Chatto & Windus, 1994; London: Vintage, 1994, 1995, 2003); *Representations of the Intellectual: the 1993 Reith lectures.* (New York: Pantheon Books, 1994, 1996; New York: Random House,1994; London: Vintage,1994); *The Current Status of Jerusalem.*(Nottingham [England]: Five Leaves Bookshop, 1995, 2015); *Peace and Its Discontents: Essays on Palestine in the Middle East Peace Process* (New York: Vintage Books, 1995, 1996; London: Vintage, 1995; New York: Random House, 1995); *From*

Silence to Sound, *Back Again*: *Music Literature and History*: *Given at the Jubilee Hall*, *Aldeburgh on Tuesday 17 June 1997 during the Fiftieth Aldeburgh Festival of Music and the Arts.* (Aldeburgh: Britten-Pears Library, 1997); *Out of Place*: *a Memoir.* (New York: Knopf, 1999, 2000; New York: Vintage Books, 1999, 2000; London: Granta, 1999, 2000, 2010, 2014); *Reflections on Exile and Other Essays* (Cambridge, Mass.: Harvard University Press, 2000, 2002, 2001; London: Granta, 2000, 2001, 2012); *The End of the Peace Process*: *Oslo and After.* (New York: Pantheon Books, 2000; New York: VintageBooks, 2000, 2001, 2003; London: Granta, 2000, 2002); *Catastrophe Remembered*: *Palestine*, *Israel and the Internal Refugees*: *Essays in Freud and the Non-European.* (London; New York: Verso, 2003; London: Verso, 2003, 2004, 2014; London [u.a.]: Verso, 2003, 2004, 2014); *The Art of Ending* ([Oviedo]: Universidad de Oviedo, 2003); *Humanism and Democratic Criticism.* (New York: Columbia University Press, 2004; Basingstoke: Palgrave Macmillan, 2004); *From Oslo to Iraq and the Road Map.* (New York: Vintage Books, 2005; New York: Pantheon Books, 2000, 2004; London: Bloomsbury, 2005); *On Late Style*: *Music and Literature Against the Grain.* (New York: Pantheon Books, 2006; New York: Vintage Books, 2006, 2007; London: Bloomsbury, 2006, 2007); *Musical Writings.* (New York: Columbia University Press, 2007); *Music at the Limits*: *Three Decades of Essays and Articles on Music.* (London: Bloomsbury, 2008, 2009; New York: Columbia University Press, 2007, 2008); *The Legacy of Edward W.Said.* (Champaign, Ill.: University of Illinois Press, 2009); *Edward Said Memorial Lecture.* (New Delhi: Left Word Books, 2014). 编著: *The Arabs Today*: *Alternatives for Tomorrow.* (co-edited with Suleiman, Fuad, Columbus, Ohio, Forum Associates, 1973); *Arabs and Jews*: *Possibility of Concord.* (co-edited with Berrigan, Daniel.North Dartmouth, Mass.: Association of Arab-American University Graduates, 1974); *Two Studies on the Palestinians Today and American Policy.* (co-edited with Abu-Lughod, Ibrahim A.Detroit, Association of Arab-American University Graduates, 1976; Detroit, Mich.: AAUG, 1900); *Literature and Society.* (co-edited with English Institute.Baltimore: Johns Hopkins University Press, 1978, 1980, 1986); *After the Last Sky*: *Palestinian Lives.* (co-edited with Mohr, Jean.London: Faber and Faber, 1986; New York: Columbia University Press, 1999; New York: Pantheon Books, 1986; New York Vintage 1993; London; Boston: Faber and Faber, 1986; London: Vintage, 1986, 1993); *Blaming the Victims*: *Spurious Scholarship and the Palestinian Question.* (co-edited with Hitchens, Christopher.London: Verso, 1988, 1989; London; New York: Verso, 1987, 1988, 2001; London[u.a.]Verso, 2001); *Zayni Barakat* (co-edited with Ghitani, Jamal.; Abdel Wahab, Farouk. Cairo; New York: American University in Cairo Press, 1988, 2004, 2006); *Nationalism, Colonialism, and Literature.* (co-edited with Eagleton, Terry; Derry: Field Day, 1988; Jameson, Fredric.Minneapolis: University of Minnesota Press, 1990, 1992, 1995, 1997, 2001; London: University of Minnesota Press, 1995); *Information and Misinformation in Euro-Arab Relations.* (co-edited with Rouleau, Eric.The Hague: Luftia Rabbani Foundation; Leiden, Netherlands: Distributed by E.J.Brill, 1988); *Moby Dick.* (co-edited with Melville, Herman; Tanselle, G.Thomas.New York: Library of America: Distributed to the trade in the U.S.by Penguin Group, 1991, 2010); *Beirut Reclaimed: Reflections on Urban Design and the Restoration of Civility.* (co-edited with Khalaf, Samir.Beirut: Dar An-Nahar, 1993); *The Pen and the Sword: Conversations with David Barsamian.* (co-edited with Barsamian, David.Monroe, Me.: Common Courage Press, 1994; Chicago, Ill: Haymarket Books, 1994, 2009, 2010; Toronto: Bewteen the Lines, 1994; Edinburgh: AK, 1994); *Complete Stories, 1892—1898.* (co-edited with James, Henry; Bromwich, David; Hollander, John.New York: Library of America: Distributed to the trade in the U.S.by Penguin Books, 1996, 1999); *Acts of Aggression: Policing Rogue States.* (co-edited with Chomsky, Noam.; Clark, Ramsey, New York; [Great Britain]: Seven Stories, 1999; New York: Seven Stories, 2002; New York: Seven Stories; London: Turnaround, 1999, 2002); *Mona Hatoum: the Entire World as a Foreign Land.* (co-edited with Hatoum, Mona; Wagstaff, Sheena.London: Tate Gallery Pub., 2000); *Reflections on Exile and Other Essays* (Cambridge, Mass.: Harvard University Press, 2000, 2002); *The Edward Said Reader.* (co-edited with Bayoumi, Moustafa.; Rubin, Andrew.New York: Vintage Books, 2000; London: Granta, 2001, 2012); *I Saw Ramallah.* (co-edited with Barghouti, Mourid; Soueif, Ahdaf; Cairo: The American University in Cairo Press, 2002, 2000; New York: Anchor, 2003); *Palestine.* (co-edited with Sacco, Joe, Seattle, WA: Fantagraphics Books, 2001, 2002, 2007, 2015; London: Random House, 2003); *Power, Politics and Culture Interviews with Edward W.Said.* (co-edited with Viswanathan, Gauri.London Bloomsbury, 2001, 2004, 2005; New York: Pantheon Books, 2001, 2002; New York: Vintage Books, 2001, 2002; New York, NY: Vintage Books, Random House, 2002); *The War for*

Palestine: *Rewriting the History of 1948.*（co-edited with Rogan, Eugene L.; Shlaim, Avi.Cambridge: Cambridge University Press, 2001, 2002, 2007, 2010）; *Interviews with Edward W.Said.*（co-edited with Singh, Amritjit; Johnson, Bruce G.Jackson: University Press of Mississippi, 2001, 2004）; *Parallels and Aradoxes*: *Explorations in Music and Society.*（co-edited with Barenboim, Daniel; Guzelimian, Ara.New York: Pantheon Books, 2002; New York: Vintage Books, 2004; London: Bloomsbury, 2002, 2003, 2004; Ara Guzeliman, 2003）; *Intellectual Work.*（co-edited with McCracken, Scott.London: Lawrence & Wishart, 2004）; *Catastrophe Remembered*: *Palestine, Israel and the Internal Refugees*: *Essays in Memory of Edward W.Said*（1935—2003）.（co-edited with Masalha, Nur, London; New York: Zed Books, 2005）; *Edward Said*: *Continuing the Conversation.*（co-edited with Bhabha, Homi K.; Mitchell, W.J.Thomas, Chicago: University of Chicago Press, 2005）; *Edward Said*: *a Memorial Issue.*（co-edited with Deer, Patrick, Durham, Bhabha, Homi K.; Mitchell, W.J.Thomas, Chicago; London: University of Chicago Press, 2005; NC: Duke University Press, 2006）; *Conversations with Edward Said.*（co-edited with Ali, Tariq.Oxford; New York; Calcuta: Seagull Books, 2006）; *Waiting for the Barbarians*: *a Tribute to Edward W.Said.*（co-edited with Sökmen, Müge Gürsoy.London; New York: Verso, 2008; London［u.a.］: Verso, 2008）; *Paradoxical Citizenship*: *Essays on Edward Said.*（co-edited with Nagy-Zekmi, Silvia, Lanham: Lexington Books, 2006, 2008）; *Sickness, Recovery and Momentum as Agents of Change in Andre Gide's The Immoralist*: *a Thesis in English.*（co-edited with Lincicum, Anitra D.; Gide, Andre.Salem, MA: Salem State College Development of English, 2009）; *Paradoxes in Edward Said's Life*: *a Study of an Indestructable［i.e.indestructible］Fighter's Memoir.*（co-edited with Gheith, Sereen Hasan.; Said, Edward W.PhD: M.A.; Chicago State University, 2009）; *Possibilities of Hope.*（co-edited with Naqvi, Ali.［Quetta］: Institute for Development Studies and Practices, 2011）; *The Story and Its Writer*: *an Introduction to Short Fictio*n.（co-edited with Charters, Ann; Achebe, Chinua. Boston, MA: Bedford St.Martin's, 2011）; *A House of Many Mansions.*（co-edited with Ofeimun, Odia, Lagos: Hornbill House, 2012）.

中文译本:《知识分子论》（单德兴译，麦田，城邦文化出版社，1998，2004，2007，2011；生活·读书·新知三联书店，2002）;《东方主义》（傅大为、王志弘译，立绪文化事业有限公司；红蚂蚁图书有限公司，1999，2000）;《东方学》（王宇根译，生活·读书·新知三联书店，1999；生活·读书·新知三联书店，2007）；《乡关何处：萨依德回忆录》（彭淮栋译，立绪文化事业有限公司，2000）；《文化与帝国主义》（蔡源林译，立绪文化事业有限公司，2001；生活·读书·新知三联书店，2003）；《遮蔽的伊斯兰：西方媒体眼中的穆斯林世界》（闫纪宇译，立绪文化事业有限公司，2002；上海译文出版社，2009）；《格格不入：萨义德回忆录》（彭淮栋译，生活·读书·新知三联书店，2004）；《文化与抵抗》（巴萨米安著，梁永安等译，红蚂蚁图书有限公司，2004；上海译文出版社，2009）；《弗洛伊德与非欧裔》（易鹏译，行人出版：远流总经销，2004）；《在音乐与社会中探寻：巴伦博依姆、萨义德谈话录》（阿拉·古兹利米安编，杨冀译，生活·读书·新知三联书店，2005）；《权力政治与文化：萨义德访谈集》（单德兴，维斯瓦纳珊等，麦田、城邦文化出版社，2005，2011，2012；生活·读书·新知三联书店，2006）；《并行与吊诡：当知识分子遇上音乐家：萨义德与巴伦波因对谈录》（巴伦波因、古策里米安等编，吴家恒译，一方出版，2006；麦田出版，2006）；《人文主义与民主批评》（朱生坚译，新星出版社，2006）；《最后的天空之后：巴勒斯坦人的生活》（金玥钰译，新星出版社，2006；立绪文化事业有限公司，2010）；《从奥斯陆到伊拉克及路线图》（唐建军译，涂险峰校，三联书店，2009）；《报道伊斯兰》（阎纪宇译，上海译文出版社，2009）；《世界·文本·批评者》（薛绚译，新店：立绪文化事业有限公司，2009）；《世界·文本·批评家》李自修译，生活·读书·新知三联书店，2009）；《论晚期风格：反本质的音乐与文学》（阎嘉译，生活·读书·新知三联书店，2009；彭淮栋译，麦田、城邦文化出版社，2010）；《音乐的极境：萨义德音乐评论集》（彭淮栋译，太阳社出版，2010）；《萨义德的流亡者之书：最后一片天空消失之后的巴勒斯坦》（莫尔著，梁永安等译，立绪文化事业有限公司，2010）；《来自第三世界的痛苦报道》（陈文铁译，上海译文出版社，2013）；《萨义德自选集》（谢少波、韩刚等译，中国社会科学出版社，1999）；《开端：意图与方法》（章乐天译，生活·读书·新知三联书店，2014）。编著：《向权力说真话：爱德华·萨义德和批评家的工作》（保罗·鲍威等编，王丽亚、王逢振译，中国社会科学出版社，2003）；《在音乐与社会中探寻：巴伦博依姆、萨义德谈话录》（阿拉·古兹利米安编，杨冀译，三联书店，2005）；《权力、政治与文化》（薇思瓦纳珊编，单德兴译，三联书店，2006）；《音乐的极境：萨义德音乐随笔》（彭淮栋译，江苏文艺出版社，2012）；《与爱德华·萨义德谈话录》（塔里克·阿里等，舒云亮译，作家出版社，2015）。

中文研究著述：《后现代性的哲学话语从福柯到萨义德》（汪民安等，浙江人民出版社，2000）；《萨义德后殖民理论研究》（张跣，复旦大学出版社2007）；《萨义德现象研究》（王富，中国社会科学出版社，2009）；《从卢卡奇到萨义德》(赵一凡,三联书店,2009);《萨义德在台湾》(单德兴,允晨文化实业股份有限公司,2011);《论萨义德》(单德兴,浙江大学出版社,2013);《抵抗与批判》(刘海静,中央编译出版社,2013);《美国批判人文主义研究》(段俊晖,北京大学出版社,2013);《流亡的诗学:萨义德批评理论的内在逻辑研究》(赵亮,东北大学出版社,2013);《美国学院文学批评再反思从梭罗到萨义德》(周郁蓓,厦门大学出版社,2014);《萨义德人文主义文化批评研究》(张春娟,科学出版社,2015);《话语维度下的萨义德东方主义研究》(刘惠玲,武汉大学出版社,2018)。

阿里夫·德里克（Arif Dirlik，1940—2017）

主要著述：*Revolution and History: the Origins of Marxist Historiography in China, 1919—1937.* (Berkeley: University of California Press, 1978; 1989); *Culture, Society and Revolution: a Critical Discussion of American Studies of Modern Chinese Thought.* (Durham, N.C.: Asian Pacific Studies Institute, Duke University, 1985); *Marxism and the Chinese Experience: Issues in Contemporary Chinese Socialism.* (Armonk, NY [u.a.]: Sharpe, 1989; London; New York: Routledge, 1989, 2015); *The Origins of Chinese Communism.* (New York: Oxford University Press, 1989; Vancouver, B.C.: B.C.College and Institute Library Services, 2001); *Asia Pacific as Space of Cultural Production.* (Durham: Duke University Press, 1991, 1994, 1995); *Anarchism in the Chinese Revolution.* (Berkeley: University of California Press, 1991, 1993); *What is in a rim?: Critical Perspectives on the Pacific Region Idea.* (Boulder, Colo.: Westview Press, 1993; Taipei: SMC Publishing, 1996; Oxford: Rowman & Littlefield, 1998; Lanham, Md: Rowman and Littlefield, 1998); *After the Revolution: Waking to Global Capitalism.* (Hanover, NH: Wesleyan University Press: Published by University Press of New England, 1994); *The Postcolonial Aura: Third World Criticism in the Age of Global Capitalism.* (Boulder, Colo.: Westview Press, 1997, 1998, 2010; London; New York: Routledge, 1997, 2018); *Postmodernity's Histories: the Past as Legacy and Project.* (Lanham, MD: Rowman & Littlefield, 2000); *Marxism in the Chinese Revolution.* (Lanham, Md: Rowman & Littlefield Publishers, 2005); *Snapshots of Intellectual Life in Contemporary.* (Durham: Duke University Press, 2008); *Pedagogies of the Global: Knowledge in the Human Interest.* (Boulder, Colo.: Paradigm Publishers, 2006; Boulder, Colo.: Paradigm; London: Compass Academic [distributor], 2007); *Culture & History in Postrevolutionary China: the*

Perspective of Global Modernity.（Hong Kong：Chinese University Press，2011）；*Global Modernity：Modernity in the Age of Global Capitalism.*（Boulder：Paradigm Publishers，2007）；*Complicities：the People's Republic of China in Global Capitalism.*（Chicago：Prickly Paradigm Press，2017）. 编著：*Schools Into Fields and Factories：Anarchists，the Guomindang，and the National Labor University in Shanghai，1927—1932.*（co-edited with Ming K Chan，Duke University Press，1991）；*History after the Three Worlds：Post-Eurocentric Historiographies.*（with Vinay Bahl，and Peter Gran.Lanham，Md.：Rowman & Littlefield，2000）；*Places and Politics in an Age of Globalization.*（edited by Roxann Prazniak and Arif Dirlik. Lanham，MD：Lanham，Md.：Rowman and Littlefield.，2000；Rowman & Littlefield Publishers，2001）；*Postmodernism & China.*（with Xudong Zhang.：Durham ［NC］：Duke University Press，2000）；*Chinese on the American Frontier.*（with Malcolm Yeung.Lanham，Md.：Rowman & Littlefield，2001，2003）；*Sociology and Anthropology in Twentieth-century China：Between Universalism and Indigenism.*（with Guannan Li and Hsiao-pei Yen.Hong Kong：Chinese University Press，2012）；*Global Capitalism and the Future of Agrarian Society.*（with Roxann Prazniak，and Alexander Woodside.Boulder，Colo.：Paradigm Publishers，2012）；*Critical Perspectives on Mao Zedong's thought.*（with Paul Healy and Nick Knight.Atlantic Highlands，N.J.：Humanities Press，1997）；*Taiwan：the Land Colonialisms Made.*（with Ping-hui Liao and Ya-chung Chuang.Durham，N.C.：Duke University Press，2018）.

　　中文译本：《后革命氛围》（王宁等译，中国社会科学出版社，1999）；《跨国资本时代的后殖民批评》（王宁等译，北京大学出版社，2004）；《革命与历史：中国马克思主义历史学的起源，1919—1937》（翁贺凯译，江苏人民出版社，2005，2008，2010）；《中国革命中的无政府主义》（孙宜学译，广西师范大学出版社，2006）；《全球现代性：全球资本主义时代的现代性》（胡大平、付清松译，南京大学出版社，2012）；《全球现代性之窗：社会科学文集》（连煦、张文博、杨德爱等译，知识产权出版社，2013）；《毛泽东思想的批判性透视》（张放等译，中国人民大学出版社，2015）；《后革命时代的中国》（李冠南、董一格译，上海人民出版社，2015）。编著：《中国学者论环境与可持续发展》（俞可平、叶文虎、阿里夫·德里克主编，重庆出版社，2011）。

　　中文研究著述：《后革命氛围与全球资本主义》（胡大平，南京大学出版社，2002）。

伊丽莎白·韦德（Elizabeth Weed, 1940— ）

主要著述: *Coming to Terms: Feminism, Theory, Politics.* (London; New York: Routledge, 1989, 2012, 2013, 2014); *Difference: Reading with Barbara Johnson.* (Durham, NC: Duke University Press, 2006). 编著: *Feminism Meets Queer Theory.* (co-edited with Naomi Schor, Bloomington, Ind.: Indiana University Press, 1987, 1997); *Life and Death in Sexuality: Reproductive Technologies and AIDS.* (co-edited with Naomi Schor, Bloomington: Indiana University Press, 1989); *On Addiction.* (co-edited with Naomi Schor, Bloomington: Indiana University Press, 1993); *The Essential Difference.* (co-edited with Naomi Schor, Bloomington: Indiana University Press, 1994); *Universalism.* (co-edited with Naomi Schor, Bloomington: Indiana University Press, 1995); *On Violence.* (co-edited with Naomi Schor, Providence, R.I.: Brown University, 1997); *Humanism: a Special Issue of Differences.* (co-edited with Ellen Rooney, Durham, N.C.; London: Duke University Press, 2003); *Reading Remains.* (co-edited with Naomi Schor and Ellen Rooney, Durham, NC: Duke University Press, 2010); *What's the Difference?: the Question of Theory.* (co-edited with Ellen Rooney, 2010); *The Question of Gender: Joan W.Scott's Critical Feminism.* (co-edited with Judith Butler, Bloomington: Indiana University Press, 2011); *In the Shadows of the Digital Humanities.* (co-edited with Naomi Schor and Ellen Rooney, Durham, NC: Duke University Press, 2014)。

中文译本: 编著:《当代美国女性主义经典理论选读》（何成洲主编，南京大学出版社，2014）。

伊莱恩·肖瓦尔特（Elaine Showalter, 1941— ）

主要著述: *Women's Liberation and Literature.* (New York: Harcourt Brace Jovanovich, 1971); *A Literature of Their Own: British Women Novelists From Brontë to Lessing.* (Princeton, N.J.: Princeton University Press, 1977, 1999; London: Virago, 1977, 1978, 1982, 1991, 1999, 2009); *These Modern Women: Autobiographical Essays From the Twenties.* (Old Westbury, N.Y.: Feminist Press, 1978; New York: Feminist Press at the City University of New York: Distributed by the Talman Co., 1989; New York The Feminist Press 1978, 1993); *The New Feminist Criticism: Essays on Women, Literature, and Theory.* (New York: Pantheon, 1985, 1986, 1993); *The Female Malady: Women, Madness, and English Culture, 1830— 1980.* (New York: Pantheon Books, 1985, 1986; London: Virago, 1987, 1988);

Speaking of Gender.（London；New York：Routledge，1989）；*Sexual Anarchy：Gender and Culture at the Finde Siècle.*（New York，N.Y.，U.S.A.：Viking，1990；London：Virago，1990，1992；New York：Penguin，1991；London：Bloomsbury，1991）；*Modern American Women Writers.*（Elaine Showalter，consulting editor，Lea Baechler，A.Walton Litz，general editors.New York：Scribner；Toronto：Collier Macmillan Canada；New York：Maxwell Macmillan International，1990，1991，1993；New York：Collier Books，1991）；*Sister's Choice：Tradition and Change in American Women's Writing.*（Oxford：Clarendon Press；New York：Oxford University Press，1991，1994）；*Daughters of Decadence：Women Writers of the Fin-de-Siècle.*（New Brunswick，N.J.：Rutgers University Press，1993；London：Virago，1993）；*Scribbling Women：Short Stories By 19th Century American Women.*（London：Dent，1997）；*Inventing Herself：Claiming a Feminist Intellectual Heritage.*（New York：Scribner，2000；London：Picador，2000，2001，2002；New York：Scribner，2001）；*Teaching Literature.*（Malden，MA：Blackwell Pub.，2003；Oxford：Blackwell，2003）；*Faculty Towers：The Academic Novel and Its Discontents.*（Philadelphia：University of Pennsylvania Press，2005；Oxford：University Press，2005；University of Pennsylvania Press，2009）；*Little Women；Little Men；Jo's Boys.*（Louisa May Alcott；edited by Elaine Showalter.New York，N.Y.：Library of America，[United States]：Distributed to the trade in the U.S.by Penguin Putnam.2005）；*Hystories：Hysterical Epidemics and Modern Media.*（New York：Columbia University Press，1997；London：Picador，1998，1997；2013）；*The Cambridge Guide to Women's Writing in English.*（Lorna Sage；advisory editors，Germaine Greer，Elaine Showalter.Cambridge；New York：Cambridge University Press，1999，2012）；*A Jury of Her Peers：American Women Writers：from Anne Bradstreet to Annie Proulx.*（New York：Alfred A.Knopf，2009；New York：Vintage Books，2009，2010；London：Virago，2009，2010）；*The Vintage Book of American Women Writers.*（New York：Vintage Books，2011）；*The Civil Wars of Julia Ward Howe：a Biography.*（New York：Simon & Schuster，2016）.

中文译本:《妇女·疯狂·英国文化1830—1980》（陈晓兰、杨剑锋译，兰州大学出版社，1998）;《她们自己的文学：从勃朗特到莱辛的英国女性小说家》（韩敏中译，浙江大学出版社，2012）;《学院大厦：学界小说及其不满》（吴燕莛译，新星出版社，2012；上海三联书店，2012）。

佳亚特里·斯皮瓦克（Gayatri C.Spivak，1942— ）

主要著述：*The Great Wheel Stages in the Personality of Yeats's Lyric Speaker.*（Ann Arbor：University Microfilms，1967；[Ithaca，N.Y.]：1967，1968）；*A Season in the Congo*（Césaire，Aimé.New York：Grove Press，Inc.，1968，1969；London；New York：Seagull Books，2010；*Myself，I Must Remake：The Life and Poetry of W.B.Yeats.*（New York：Crowell，1974）；*In Other Worlds：Essays in Cultural Politics.*（New York：Routledge，1987，1988，1989，1998，2006，2008；[S.l.]：Routledge，2014）；*Thinking Academic Freedom in Gendered Post-Coloniality.*（[Cape Town]：University of Cape Town，1992）；*Outside in the Teaching Machine.*（New York，NY：Routledge，1993，2008，2009）；*Death of a Discipline.*（New York；Chichester：Columbia University Press，2003，2005；Calcutta [u.a.]：Seagull Books，2004）；*A Critique of Postcolonial Reason：Towards a History of the Vanishing Present.*（Cambridge，Mass.：Harvard University Press，1999，2000，2003）；*Other Asias.*（Oxford：Blackwell，2004，2005；Malden，MA：Blackwell Pub.，2008）；*Righting Wrongs-Unrecht Richten.*（[Place of publication not identified]：Diaphanes Verlag，2008）；*Can the Subaltern Speak?.*（Basingstoke：Macmillan，1988；New York：Columbia University Press，2010）；*An Aesthetic Education in the Era of Globalization.*（Cambridge，Massachusetts：Harvard University Press，2011，2012，2013）；*Harlem*（London：Seagull Books，2012）；*Readings*（London：Seagull Books，2014）；*Nationalism and the Imagination.*（London；New York；Seagull Books，2010；Calcutta：Seagull Books，2015）。编著·*Selected Subaltern Studies*（edited with Ranajit Guha，New York：Oxford University Press，1988）；*The Post-Colonial Critic-Interviews，Strategies，Dialogues.*（co-edited with Harasym，Sarah.London；New York：Routledge，1989，1990）；*Inscription.*（co-edited with Hassan，Jamelie，Regina，Canada：Dunlop Art Gallery，1990）；*The Spivak Reader.*（co-edited with Landry，Donna.；MacLean，Gerald M.London；New York：Routledge，1995，1996）；*Conversations with Gayatri Chakravorty Spivak.*（co-edited with Chakravorty，Swapan.Milevska，Suzana.Calcutta：Seagull Books，2006；London：Seagull，2006，2007；Oxford：Berg，2007）；*Who Sings the Nation-State?：Language，Politics，Belonging.*（co-edited with Butler，Judith.London；New York：Seagull Books，2007，2010，2011；Calcutta Seagull Books 2007；Oxford：Seagull Books，2007）。

中文译本：《后殖民理性批判：迈向消逝当下的历史》（严蓓雯译，译林出版社，2014；张君玫译，群学出版有限公司，2006）；《一门学科之死》（张旭译，北京大学出版社，2014）。编著：《从解构到全球化批判：斯皮瓦克读本》（斯皮瓦克著，陈永国、赖立里、郭英剑编译，北京大学出版社，2007）。

中文研究著述：《解构的文化政治实践》（李应志，上海三联书店，2008）；《斯皮瓦克翻译思想背景研究》（张建萍，吉林大学出版社，2011）；《作为文化和政治批评的文学》（李秀立，新华出版社，2012）；《后现代文化对话》（王逢振，中国社会科学出版社，2012）；《全球化与帝国主义的危机控制》（李应志，人民出版社，2014）；《斯皮瓦克思想研究》（陈庆，世界图书出版上海有限公司，2015）；《斯皮瓦克思想研究：追踪被殖民者的主体建构》（陈庆，世界图书出版上海有限公司，2015）；《斯皮瓦克的女性主义研究》（李平，中国人民大学出版社，2017）；《斯皮瓦克理论研究》（关熔珍，复旦大学出版社，2017）。

查尔斯·阿尔提艾瑞（Charles Altieri, 1942— ）

主要著述：*Enlarging the Temple: New Directions in American Poetry during the 1960's.* (Lewisburg: Bucknell University Press; London: Associated University Presses, 1979, 1980); *Modern Poetry.* (Arlington Heights, Ill.: AHM Pub. Corp., 1979); *Act & Quality: a Theory of Literary Meaning and Humanistic Understanding.* (Amherst: University of Massachusetts Press, 1981); *Self and Sensibility in Contemporary American Poetry.* (Cambridge [Cambridgeshire]; New York: Cambridge University Press, 1984, 2009); *Painterly Abstraction in Modernist American Poetry: the Contemporaneity of Modernism.* (Cambridge [England]; New York: Cambridge University Press, 1989, 1995, 2009); *Canons and Consequences: Reflections on the Ethical Force of Imaginative Ideals.* (Evanston, Ill.: Northwestern University Press, 1990); *Subjective Agency: a Theory of First-Person Expressivity and Its Social Implications.* (Oxford, UK; Cambridge, Mass., USA: Blackwell, 1994); *Postmodernisms Now: Essays on Contemporaneity in the Arts.* (University Park, Pa.: Pennsylvania State University Press, 1998); *Ceremonies and Spectacles: Performing American Culture.* (Amsterdam: VU University Press, 2000); *The Particulars of Rapture: an Aesthetics of the Affects.* (Ithaca: Cornell University Press, 2003, 2004); *The Art of Twentieth-Century American Poetry: Modernism and After.* (Malden, MA: Blackwell Pub., 2006); *Wallace Stevens and the Demands of Modernity: toward a Phenomenology of Value.* (Ithaca: Cornell University Press, 2013); *Reckoning with the Imagination: Wittgenstein and the Aesthetics of Literary Experience.* (Ithaca: Cornell University Press, 2015).编

著: *Literature and the Question of Philosophy.* (co-edited with Anthony J Cascardi, Baltimore; London: Johns Hopkins University Press, 1987); *Deconstruction and the Visual Arts: Art, Media and Architecture.* (co-edited with Peter Brunette Cambridge; New York; Oakleigh: Cambridge University Press, 1994); *The Insular Dream: Obsession and Resistance.* (co-edited with Kristiaan Versluys, Amsterdam: VU University Press, 1995); *Anything Goes: the Work of Art and the Historical Figure.* (co-authored with Arthur C Danto, Berkeley, Calif.: Doreen B.Townsend Center for the Humanities, 1998)。

斯蒂芬·格林布拉特（Stephen Jay Greenblatt, 1943—）

主要著述: *Three Modern Satirists: Waugh, Orwell, and Huxley.* (New Haven: Yale University Press, 1965; 1968, 1971, 1974); *Sir Walter Ralegh; the Renaissance Man and His Roles.* (New Haven, Yale University Press, 1973); *Renaissance Self-fashioning: From More to Shakespeare.* (Chicago: University of Chicago Press, 1980, 1984, 1993, 1995, 2005); *The Power of Forms in the English Renaissance.* (Norman, Okla.: Pilgrim Books, 1982; Woodbridge: Boydell & Brewer, 1983); *Shakespearean Negotiations: the Circulation of Social Energy in Renaissance England.* (Berkeley: University of California Press, 1988; Oxford: Clarendon, 1988; 1987; 2001, 1992); *Learning to Curse: Essays in Early Modern Culture.* (London; New York: Routledge, 1990, 2007); *Marvelous Possessions: the Wonder of the New World.* (Chicago: University of Chicago Press, 1991, 1992; Oxford; New York: Clarendon Press, 1991; Chicago: The University of Chicago Press, 2017); *New World Encounters.* (Berkeley: University of California Press, 1993); *Hamlet in Purgatory.* (Princeton, N.J.: Princeton University Press, 2001, 2013); *Will in the World: How Shakespeare Became Shakespeare.* (New York: W.W.Norton, 2004, 2016; London: Jonathan Cape, 2004; London: Pimlico, 2004, 2005; London: The Bodley Head, 2014, 2004); *Shakespeare's Freedom.* (Chicago; London: The University of Chicago Press, 2010; *Cultural Mobility: a Manifesto.* (Cambridge, UK; New York: Cambridge University Press, 2010; Bristol: University Presses Marketing [distributor], 2011, 2010); *The Swerve: How the World Became Modern.* (New York: W.W.Norton, 2011, 2012; Rearsby: Clipper Large Print, 2012); *The Rise and Fall of Adam and Eve.* (New York: W.W.Norton & Company, 2017; London: The Bodley Head, 2017; London: Bodley Head Ltd, 2017; London: Vintage, 2018, 2017); *Tyrant: Shakespeare on*

Politics.（New York, NY: W.W.Norton & Company, 2018）. 编著: *Redrawing the Boundaries: the Transformation of English and American Literary Studies*（edited by Stephen Greenblatt and Giles Gunn.New York: Modern Language Association of America, 1992; Beijing: Foreign Language Teaching and Research Press, 2007）; *Practicing New Historicism.*（edited by Gallagher, Catherine.And Greenblatt, Stephen, Chicago: University of Chicago Press, 2000, 2001）; *The Norton Anthology of English Literature.*（edited by Abrams, M.H.and Greenblatt, Stephen, New York: Norton, 2000, 2001, 2012）.

中文译本:《俗世威尔：莎士比亚新传》（辜正坤译，北京大学出版社，2007）;《大转向：看世界如何步入现代》（胡玉婷译，龙门书局，2013）;《大转向：物性论与一段扭转文明的历史》（黄煜文译，猫头鹰出版社，2014）。

中文研究著述:《新历史主义文化诗学》（王进，暨南大学出版社，2012）;《格林布拉特诗学思想研究》（邱岚，四川人民出版社，2013）;《格林布拉特新历史主义研究》（朱静，人民出版社，2015）;《格林布拉特文化思想研究》（傅洁琳，中国社会科学出版社，2015）。

文森特·里奇（Vincent B.Leitch, 1944— ）

主要著述: *Deconstructive Criticism: an Advanced Introduction.*（New York: Columbia University Press, 1982; London: Hutchinson, 1982; New York: Columbia University Press, 1983; London Hutchinson 1983; New York: Columbia University Press, 1988）; *American Literary Criticism from the Thirties to the Eighties.*（New York: Columbia University Press, 1987; Columbia University Press, 1988; London; New York: Routledge, 2010）; *Cultural Criticism, Literary Theory, Poststructuralism.*（New York: Columbia University Press, 1992）; *Postmodernism: Local Effects, Global Flows.*（Albany, N.Y.: State University of New York Press, 1996）. 编著: *The Norton Anthology of Theory and Criticism*（New York; London: W.W.Norton & Company, 2001; 2010; edited by William E.Cain, Laurie A.Finke, John McGowan, T.Denean Sharpley-Whiting, Jeffrey J.Williams., New York: W.W.Norton & Company, 2018）; *Theory Matters.*（London; New York: Routledge, 2003, 2013）; *Living with Theory.*（Oxford: Blackwell, 2007; Malden, MA: Blackwell Pub., 2008）; *American Literary Criticism Since the 1930s.*（London; New York: Routledge, 2010）; *Literary Criticism in the 21st Century: Theory Renaissance.*（London: Bloomsbury Academic, 2014）.

中文译本:《20世纪30年代至80年代的美国文学批评》（王顺珠译，北京大学出版社，2013）；《当代文学批评：里奇文论精选》（王顺珠编，北京大学出版社，2014）。

乔纳森·卡勒（Jonathan D.Culler，1944— ）

主要著述：*Harvard Advocate Centennial Anthology.* （Cambridge, Mass.: Schenkman, 1966; Sussex: Harvester Press, 1976; London: Fontana Press, 1976, 1985, 1986）；*Flaubert: the Uses of Uncertainty.* （Ithaca: Cornell University Press, 1974, 1985; Aurora, Colo.: Davies Group, 1974, 2006）；*Structuralist Poetics: Structuralism, Linguistics and the Study of Literature.* （London; New York: Routledge, 1975, 1986, 1992, 2002; London; Henley: Routledge & Kegan Paul, 1980; Ithaca（NY）: Cornell University Press, 1975, 1976, 1978, 1979, 1981, 1982, 1985, 1994; Taipei: Shu Lin Pub.Ser, 1975, 1976）；*The Pursuit of Signs: Semiotics, Literature, Deconstruction: with a New Preface by the Author?.* （London; New York: Routledge, 1981, 1992, 2002, 2011; London: Routledge & Kegan Paul, 1980, 1983; Ithaca, N.Y.: Cornell University Press, 1981, 1993, 2001, 2002）；*Saussure.* （London: Fontana Press, 1976, 1988; Glasgow: Fontana Collins, 1982）；*On Deconstruction: Theory and Criticism After Structuralism.* （London; New York: Routledge, 1982, 1983, 1989, 1993, 1994, 1998, 2003, 2005, 2008, 2015; London: Routledge & Kegan Paul, 1982, 1983, 1985, 1987; Ithaca: Cornell University Press, 1982, 1983, 2007; Taipei: Bookman Books, 1984; Beijing: Foreign Language Teaching and Research Press, 2004）；*Barthes.* （London: Fontana Press, 1983, 1990; Oxford: Oxford University Press, 1983, 2002, 2008）；*Framing the Sign: Criticism and Its Institutions.* （Norman: University of Oklahoma Press, 1988; Oxford: B.Blackwell, 1988）；*On Puns: the Foundation of Letters.* （Oxford, UK; New York, NY, USA: B.Blackwell, 1988）；*Literary Theory: a Very Short Introduction.* （Oxford; New York: Oxford University Press, 1997, 2000, 2011; New York: Sterling, 2009）；*Doing French Studies.* （Baltimore: Johns Hopkins University Press, 1998）；*Deconstruction: Critical Concepts in Literary and Cultural Studies?.* （London; New York: Routledge, 2003, 2013）；*Structuralism.* （London; New York: Routledge, 2006）；*The Literary in Theory.* （Stanford, Calif.: Stanford University Press, 2007）；*Derrida and Democracy.* （Baltimore, Md.: Johns Hopkins Univ.Press, 2009）；*Theory of the Lyric.* （Cambridge, Massachusetts: Harvard University Press, 2015）. **编著**：*Course in General Linguistics.* （co-edited with Saussure, Ferdinand de Auteur; Bally, Charles.［London］: Fontana：

Collins, 1974); *The Poetics of Prose.* (co-edited with? Todorov, Tzvetan, Auteur.; Howard, Richard.Oxford: B.Blackwell, 1977); *American Criticism in the Poststructuralist Age.* (co-edited with Konigsberg, Ira.Ann Arbor, MI: University of Michigan, 1981); *Interpretation and Overinterpretation.* (co-edited with Eco, Umberto.; Rorty, Richard.Cambridge: Cambridge University Press, 1991); *The Flowers of Evil.* (co-edited with Baudelaire, Charles, McGowan, James.Oxford; New York: Oxford University Press, 1993); *On the Work of Avital Ronell.* (co-edited with Klein, Richard.Baltimore, Maryland, 1994); *Grounds of Comparison: Around the Work of Benedict Anderson?.* (co-edited with Cheah, Pheng.Baltimore: Johns Hopkins University Press, 1999; London; New York: Routledge, 2003); *Just Being Difficult: Academic Writing in the Public Arena.* (co-edited with Lamb, Kevin.Stanford, Calif.: Stanford University Press, 2003); *Why Flaubert?.* (co-edited with Neefs, Jacques.Berlin: August, 2011).

中文译本：《罗兰·巴特》（方谦译，久大文化股份有限公司，1991；方谦、李幼蒸译，1992；时报文化，1991；方谦译，桂冠图书，1992，1994；陆赟译，译林出版社，2014）；《索绪尔》（张景智译，桂冠，1992，1993；宋珉译，昆仑出版社，1999）；《巴尔特》（孙乃修译，中国社会科学出版社，1992）；《结构主义诗学》（盛宁译，中国社会科学出版社，1991）；《诠释与过度诠释》（王宇根等译，牛津大学出版社，1997）；《当代学术入门》（李平译，辽宁教育出版社，1998；牛津大学出版社，1998）；《论解构》（陆扬译，中国社会科学出版社，1998）；《文学理论入门》（李平译，译林出版社，2008，2013）；《理论中的文学》（徐亮等译，华东师范大学出版社，2019）。

中文研究著述：《乔纳森·卡勒诗学研究》（王敬民，中国海洋大学出版社，2008）；《乔纳森·卡勒》（吴建设，光明日报出版社，2011）。

杰弗里·高尔特·哈珀姆（Geoffrey Galt Harpham, 1946—）

主要著述：*On the Grotesque: Strategies of Contradiction in Art and Literature.* (Princeton, N.J.: Princeton University Press, 1982; Aurora, Colo.: Davies Group Publishers, 2006); *One of Us: the Mastery of Joseph Conrad.* (Chicago: University of Chicago Press, 1987, 1993, 1996, 1997; Chicago; London: The University of Chicago Press, 1996); *The Ascetic Imperative in Culture and Criticism.* (Chicago: University of Chicago Press, 1987, 1993); *Getting it Right: Language, Literature, and Ethics.* (Chicago: University Of Chicago Press, 1992; *Shadows of Ethics: Criticism and the Just Society.* (Durham, NC: Duke University Press, 1999);

Language Alone: the Critical Fetish of Modernity. (London; New York: Routledge, 2002); *A Glossary of Literary Terms.* (Boston, MA: Thomson, Wadsworth, 2005, 2011, 2015; Boston: Wadsworth Cengage Learning, 2009, 2012; Australia: Cengage Learning, 2005, 2012, 2015; London: Thomson Wadsworth, 2005; Andover: Cengage Learning distributor, 2011; Stamford, CT: Cengage Learning, 2014; Sydney: Wadsworth, 2014); *The Character of Criticism.* (London; New York: Routledge, 2006); *The Humanities and the Dream of America.* (Chicago: The University of Chicago Press, 2011).

中文著作：《文学术语词典》（与艾布拉姆斯合著，吴松江译，北京大学出版社，2009，2014）。

霍米·巴巴（Homi K.Bhabha, 1949— ）

主要著述：*Nation and Narration.* (London; New York: Routledge, 1990, 1991, 1993, 1994, 1995, 1999, 2002, 2004, 2005, 2006, 2007, 2008, 2010; London; New York: Routledge, 1990, 2000, 2003, 2009, 2013); *The Sexual Subject: a Screen Reader in Sexuality.* (London; New York: Routledge, 1992); *The Location of Culture.* (London; New York: Routledge, 1993, 1994, 1995, 1997, 1998, 2002, 2003, 2004, 2006, 2007, 2008, 2009, 2010); *Intervention Architecture: Buildings for Change.* (London [u.a.]: Tauris, 2007); *Our Neighbours, Ourselves: Contemporary Reflections on Survival.* (Berlin; New York: De Gruyter, 2011). 编著：*Identity: the Real Me.* (co-edited with Lisa Appignanesi, London: Institute of Contemporary Arts, 1987); *Mary Kelly.* (co-edited with Margaret Iversen, London: Phaidon Press, 1997); *Edward Said: Continuing the Conversation.* (co-edited with W.J.Thomas Mitchell, Chicago [Ill.]: University of Chicago press, 2005); *Anish Kapoor.* (co-edited with Anish Kapoor, London: Royal Academy of Arts, 2009; Paris: Flammarion, 2011; Berkeley: University of California Press, 1998; London: Hayward Gallery, 1998; Manchester: British Council, 2010, 2011); *Midnight to the Boom: Painting in India after Independence: from the Peabody Essex Museum's Herwitz Collection.* (co-edited with Susan S Bean, London: Thames & Hudson, 2012)。

中文译本：《全球化与纠结》（张颂仁、陈光兴译，上海人民出版社，2013）。

中文研究著述：《霍米·巴巴》（生安锋，生智文化事业有限公司，2005）；《霍米·巴巴的后殖民理论研究》（生安锋，北京大学出版社，2011）；《霍米·巴巴的杂交性身份理论研究》（贺玉高，中国社会科学出版社，2012）;《边缘世界：霍米·巴巴后殖民理论研究》（翟晶等，文化艺术出版社，2013）。

格蕾塔·戈德（Greta Gaard）

主要著述：*Ecofeminism：Women，Animals，Nature.*（Philadelphia：Temple University Press，1993）；*Ecological Politics：Ecofeminists and the Greens.*（Philadelphia：Temple University Press，1998）；*Tools for a Cross-Cultural Feminist Ethics：Exploring Ethical Contexts and Contents in the Makah Whale Hunt.*（［Edwardsville，Ill.］：Hypatia，2001）；*Ecofeminism on the Wing：Perspectives on Human-animal Relations.*（Toronto，Ont.：Women & Environments International Magazine，2001）；*The Nature of Home：Taking Root in a Place.*（Tucson：University of Arizona Press，2007）；*International Perspectives in Feminist Ecocriticis.*（London；New York：Routledge，2013；New York：Routledge，Taylor & Francis Group，2013）. 编著：*Ecofeminist Literary Criticism：Theory，Interpretation，Pedagogy.*（co-edited with Patrick D Murphy Urbana：University of Illinois Press，1998）。

中文译本：《生态女性主义文学批评：理论，阐释和教学法》（与帕特里克·D. 墨菲合编，蒋林译，中国社会科学出版社，2013）;《根：家园真相》（韦清琦译，江苏凤凰教育出版社，2015）。

理查德·沃林（Richard Wolin）

主要著述：*Walter Benjamin，an Aesthetic of Redemption.*（New York：Columbia University Press，1982；Berkeley：University of California Press，1994）；*The Politics of Being：the Political Thought of Martin Heidegger.*（New York：Columbia University Press，1990，2016）；*The Terms of Cultural Criticism：the Frankfurt School，Existentialism，Poststructuralism.*（New York：Columbia University Press，1992，1995）；*Labyrinths：Explorations in the Critical History of Ideas.*（Amherst：University of Massachusetts Press，1995，1996）；*Heidegger's Children Hannah Arendt，Karl Löwith，Hans Jonas，and Herbert Marcuse.*（Princeton，N.J.：Princeton University Press，2001，2003，2015）；*The Seduction of Unreason：the Intellectual Romance with Fascism：from Nietzsche to Postmodernism.*（Princeton：Princeton University Press，2004，2006，2019；Princeton，New Jersey：Princeton University Press，2019）；*The Frankfurt School Revisited：and Other Essays on*

Politics and Society. (London; New York: Routledge, 2006; Florence: Taylor and Francis, 2013); *The Wind from the East: French Intellectuals, the Cultural Revolution, and the Legacy of the 1960s*. (Princeton: Princeton University Press, 2010, 2012, 2018, 2017; Oxford: Princeton University Press, 2010). 编著: *The Heidegger Controversy: a Critical Reader*. (co-edited with: Heidegger, Martin, Cambridge, Massachusetts: MIT Press, 1993; New York: Columbia University Press, 1991; Cambridge, Mass.: MIT Press, 1998; Cambridge, Mass.: MIT Press, 1994); *Martin Heidegger and European Nihilism*. (edited by Löwith, Karl, 1897—1973; Wolin, Richard. New York: Columbia University Press, 1995); *Heideggerian Marxism*. (Richard Wolin, John Abromeit, eds. Lincoln: University of Nebraska Press, 2005).

中文译本:《存在的政治 海德格尔的政治思想》(周宪、王志宏译,商务印书馆,2000);《文化批评的观念 法兰克福学派、存在主义和后结构主义》(张国清译,商务印书馆,2000);《海德格尔的弟子》(张国清译,江苏教育出版社,2005);《非理性的诱惑》(立绪文化事业有限公司,2006;阎纪宇译,上海社会科学院出版社,2017);《瓦尔特·本雅明:救赎美学》(吴勇立译,江苏人民出版社,2008,2017,2019);《东风 法国知识分子与20世纪60年代的遗产》(董树宝译,中央编译出版社,2017)。

帕特里克·D. 墨菲（Patrick D. Murphy, 1951—）

主要著述: *Critical Essays on Gary Snyder*. (Boston, Mass.: G.K. Hall, 1990, 1991); *Staging the Impossible: the Fantastic Mode in Modern Drama*. (Westport, Conn.: Greenwood Press, 1992); *Understanding Gary Snyder*. (Columbia, S.C.: University of South Carolina Press, 1992); *Literature, Nature, and Other: Ecofeminist Critiques*. (Albany: State University of New York Press, 1995); *Farther a Field in the Study of Nature-Oriented*. (Charlottesville, Va.: University Press of Virginia, 2000); *A Place for Wayfaring: the Poetry and Prose of Gary Snyder*. (Corvallis, Or.: Oregon State University Press, 2000); *Literature* (Charlottesville, Va.: University Press of Virginia, 2000); *Cocritical Explorations in Literary and Cultural Studies: Fences, Boundaries, and Fields*. (Lanham: Lexington Books, 2009); *Ecocritical Explorations in Literary and Cultural Studies: Fences, Boundaries, and Fields*. (Lanham: Lexington Books, 2009, 2010); *Transversal Ecocritical Praxis: Theoretical Arguments, Literary Analysis, and Cultural Critique*. (Lanham: Lexington Books, 2013); *Persuasive Aesthetic Ecocritical Praxis*:

Climate Change, *Subsistence*, *and Questionable Futures*. (Lanham, Maryland: Lexington Books, 2015). 编著: *Literature of Nature*: *an International Sourcebook*. (co-edited with Terry Gifford and Katsunori Yamazato, Chicago, Ill.: Fitzroy Dearborn Publishers, 1998); *Hooligans Abroad*: *the Behaviour and Control of English Fans in Continental Europe*. (co-eidited with John Williams, London: Routledge and Kegan Paul, 1984, 1985, 1988, 1989, 1992); *Essentials of the Theory of Fiction*. (co-edited with Michael J Hoffman, Durham: Duke University Press, 1988, 1990, 1996, 2003, 2005, 2007); *Science Fiction from China*. (co-edited with Dingbo Wu, New York: Praeger, 1989); *The Poetic Fantastic*: *Studies in an Evolving Genre*. (co-edited with Vernon Hyles, New York: Greenwood Press, 1989); *Critical Essays on American Modernism*. (co-edited with Michael J.Hoffman, New York: G.K.Hall; Toronto: Maxwell Macmillan Canada; New York: Maxwell Macmillan International, 1992); *Handbook of Chinese Popular Culture*. (co-edited with Dingbo Wu, Westport, Conn.: Greenwood Press, 1994); *Ecofeminist Literary Criticism*: *Theory*, *Interpretation*, *Pedagogy*. (co-edited with Greta Claire Gaard, Urbana: University of Illinois Press, 1998)。

中文著作:《生态女性主义文学批评:理论,阐释和教学法》(与格蕾塔·戈德合编,蒋林译,中国社会科学出版社,2013)。

中文研究著述:《帕特里克·D.墨菲生态批评理论研究》(李玉婷,山东大学出版社,2017)。

杰瑞·沃德 (Jerry Washington Ward)

主要著述: *Later Works*. (New York, N.Y.: Library of America, 1991); *Trouble the Water*: *250 Years of African-American Poetry*. (New York, N.Y.: Mentor, 1997); *The Katrina Papers*: *a Journal of Trauma and Recovery*. (New Orleans, La.: University of New Orleans: Uno Press, 2008); *The Richard Wright Encyclopedia*. (Westport, Conn.: Greenwood Press, 2008). 编著: *Three Poems*. (co-edited with Carolyn Chew, DeRidder, La.: Energy Black South, 1975); *Redefining American Literary History*. (co-edited with A Lavonne Brown Ruoff, New York: Modern Language Association of America, 1990, 1991, 1993); *Black Southern Voices*: *an Anthology of Fiction*, *Poetry*, *Drama*, *Nonfiction*, *and Critical Essays* [C] (co-edited with John Oliver Killens, New York, N.Y., U.S.A.: Meridian, 1992; New York: Dutton Signet, 1992); *Black Boy* (American Hunger); *A Record of Childhood and Youth*. (co-edited with Richard Wright,

New York, N.Y.: Library of America, 1991; New York, NY: HarperPerennial, 1993, 1998, 2006, 2008; New York (N.Y.): Perennial Classics, 1998); *Metaphors: Poems in the Tradition of Zora Neale Hurston.* (edited by Jerry W.Ward, Jr., Stephen Caldwell Wright, Eatonville, FL.: Association to Preserve Eatonville Community, Inc., 2001); *A Literary Criticism of Five Generations of African American Writing: the Artistry of Memory.* (co-edited with R Baxter Miller, Lewiston, N.Y: Edwin Mellen Press, 2008); *The Cambridge History of African American Literature.* (co-edited with Maryemma Graham, Cambridge, U.K.; New York: Cambridge University Press, 2010, 2011, 2015); *A Howling in the Wires: an Anthology of Writing from Postdiluvian New Orleans.* (edited by Sam Jasper and Mark Folse, New Orleans, LA: Gallatin & Toulouse, 2010)。

中文著作:《美国非裔文学批评：杰瑞·沃德教授中国演讲录》(华中师范大学出版社，2014)。

斯科特·斯洛维克（Scott Slovic, 1960—）

主要著述: *Seeking Awareness in American Nature Writing: Henry Thoreau, Annie Dillard, Edward Abbey, Wendell Berry, Barry Lopez.* (Salt Lake City: University of Utah Press, 1992); *Being in the World: an Environmental Reader for Writers.* (New York: Macmillan Publishing Company, 1993); *Worldly Words: an Anthology of American Nature Writing.* (Tokyo: Fumikura Press, 1995); *Going Away to Think: Engagement, Retreat, and Ecocritical Responsibility.* (Reno: University of Nevada Press, 2008); *Nature and the Environment.* (Ipswich, Mass.: Salem Press, 2012, 2013); *Ecoambiguity, Community, and Development: toward a Politicized Ecocriticism.* (Lanham, Md. [u.a.]: Lexington Books, 2014). 编著: *Wilderness Special Issue.* (co-edited with Neila C Seshachari, Ogden, UT: Weber State University, 1994); *Literature and the Environment: a Reader on Nature and Culture.* (co-edited with Lorraine Anderson and John P O'Grady, New York: Longman, 1998, 1999; Westport, Conn. [u.a.]: Greenwood Press, 2004; Upper Saddle River, N.J.: Pearson, 2012, 2013); *Literature and the Environment.* (co-edited with George Leslie Hart, West port, Conn.: Greenwood Press, 2004); *Wild Nevada: Testimonies on Behalf of the Desert.* (co-edited with Roberta Moore, Reno: University of Nevada Press, 2005); *Cram101 Textbook Outlines to Accompany: Literature and the Environment.* (co-edited with Lorraine Anderson and John P O'Grady, 2007); *Literature and the Environment: a Reader on Nature and Culture.*

(co-edited with Lorraine Anderson and John P O'Grady, Addison-Wesley, 2012); *Ecoambiguity, Community, and Development: toward a Politicized Ecocriticism.* (co-edited with Swarnalatha Rangarajan and Vidya Sarveswaran, 2014; Lanham, Maryland: Lexington Books, 2014;[S.l.]: Lexington Books, 2015); *Ecocriticism of the Global South.* (co-edited with Swarnalatha Rangarajan and Vidya Sarveswaran, Lanham; Boulder; New York; London: Lexington Books, 2015); *Currents of the Universal Being: Explorations in the Literature of Energy.* (co-edited with James E Bishop and Kyhl Lyndgaard, Lubbock, Texas, USA: Texas Tech University Press, 2015); *Numbers and Nerves: Information, Emotion, and Meaning in a World of Data.* (co-edited with Paul Slovic, Corvallis, OR: Oregon State University Press, 2015); *New International Voices in Ecocriticism.* (co-edited with Serpil Oppermann and Greta Gaard, Lanham, Maryland: Lexington Books, 2015); *The New West of Edward Abbey.* (co-edited with Ann Ronald, Reno: University of Nevada Press, 2000); *An American Child Supreme: the Education of a Liberation Ecologist.* (co-edited with John Treadwell Nichols, Minneapolis(Minn.): Milkweed ed., 2001); *Getting over the Color Green: Contemporary Environmental Literature of the Southwest.* (co-edited with John Treadwell Nichols, Tucson: University of Arizona Press, 2001); *The ISLE Reader: Ecocriticism, 1993—2003.* (co-edited with Michael P Branch, Athens: University of Georgia Press, 2003); *What's Nature Worth?: Narrative Expressions of Environmental Values.* (co-edited with Terre Satterfield, Salt Lake City(Utah): the University of Utah Press, 2004).

中文译本：《走出去思考：入世、出世及生态批评的职责》（韦清琦译，北京大学出版社，2010）。编著：《自然和文学的对话》（与［日］山里胜己等合编，刘曼、陶魏青、于海鹏译，中国社会科学出版社，2014）。

朱迪斯·巴特勒（Judith Butler 1956—）

主要著述：*Subjects of Desire: Hegelian Reflections in Twentieth-century France.* (New York: Columbia University Press, 1987, 1999, 2001, 2012); *Gender Trouble: Feminism and the Subversion of Identity* (London; New York: Routledge, 1989, 1990, 1999, 2006, 2007, 2008, 2014; New York and London: Taylor & Francis LTD, 2006); *Feminists Theorize the Political.* (London; New York: Routledge, 1992); *Bodies that Matter: on the Discursive Limits of "Sex".* (London; New York: Routledge, 1993, 1995; Abingdon, Oxon: Routledge, 2011); *More Gender Trouble: Feminism Meets Queer Theory.* (Bloomington:

Indiana University Press, 1994); *Excitable Speech: a Politics of the Performative.* (New York: Routledge, 1996, 1997, 2008, 2010; Estados Unidos: Routledge, 1997; London: Routledge, 1997); *The Psychic Life of Power: Theories in Subjection.* (Stanford, Calif.: Stanford University Press, 1997, 1998, 2006); *Antigone's Claim: Kinship between Life and Death.* (New York: Columbia University Press, 2000, 2002); *Precarious Life: the Powers of Mourning and Violence.* (London; New York: Verso, 2003, 2004, 2006); *Undoing Gender.* (New York; London: Routledge, 2004; Boca Raton, [Fla.]: Routledge, Taylor & Francis Group, 2004, 2009); *Giving an Account of Oneself.* (Assen Koninklijke van Gorcum, 2003; New York: Fordham University Press, 2005, 2006, 2008); *Reification: a New Look at an Old Idea.* (Oxford; New York: Oxford University Press, 2007, 2008, 2012); *Frames of War: When is Life Grievable.* (London; New York: Verso, 2009, 2010; London; New York; Calcutta: Seagull Books, 2009); *Parting Ways: Jewishness and the Critique of Zionism.* (New York: Columbia University Press, 2012, 2014); *Notes toward a Performative Theory of Assembly.* (Cambridge, Mass.: Harvard University Press, 2015); *Senses of the Subject.* (New York: Fordham University Press, 2015). 编著: *Erotic Welfare: Sexual Theory and Politics in the Age of Epidemic.* (co-edited with Linda Singer, New York, N.Y.; London: Routledge, 1992, 1993); *Contingency, Hegemony, Universality: Contemporary Dialogues on the Left.* (co-edited with Ernesto Laclau, London; New York: Verso, 2000, 2008, 2009, 2010, 2011); *What's Left of Theory?: New Work on the Politics of Literary Theory.* (co-edited with John Guillory, New York; London: Routledge, 2000); *Contingency, Hegemony, Universality: Contemporary Dialogues on the Left.* (co-edited with Ernesto Laclau, London; New York: Verso, 2000, 2008, 2010, 2011); *The Judith Butler Reader.* (co-edited with Sara Salih, Malden, MA: Blackwell Pub., 2003, 2004, 2008, 2010); *Women & Social Transformation.* (co-edited with Beck-Gernsheim, New York: P.Lang, 2003); *Who Sings the Nation-State?: Language, Politics, Belonging.* (co-edited with Gayatri Chakravorty Spivak, London; New York: Seagull Books, 2007, 2010, 2011; Oxford: Seagull Books, 2007; Greenford Seagull Books London Ltd, 2011); *Judith Butler in Conversation: Analyzing the Texts and Talk of Everyday Life.* (co-edited with Bronwyn Davies, New York: Routledge, 2007, 2008); *Mixed Signals: Artists Consider Masculinity in Sports.* (co-edited with Christopher Bedford, New York: Independent Curators International, 2009); *Is Critique Secular?: Blasphemy, Injury, and Free Speech.*

(co-edited with Talal Asad, Berkeley, Calif.: Townsend Center for the Humanities, University of California, 2009, 2010; New York: Fordham university Press, New York Fordham University Press, 2013); *The Power of Religion in the Public Sphere.* (co-edited with Eduardo Mendieta, New York: Columbia University Press, 2011); *The Question of Gender: Joan W.Scott's Critical Feminism* (co-edited with Elizabeth Weed, Bloomington: Indiana University Press, 2011); *What does a Jew Want?: on Binationalism and Other Specters.* (co-edited with Udi Aloni, New York: Columbia University Press, 2011); *Dispossession: the Performative in the Political: Conversations with Athena Athanasiou.* (co-edited with Athanasiou, Athena, Cambridge, UK; Malden, MA: Polity Press, 2013, 2014); *Killing Time.* (co-edited with Kent Klich, Stockholm: Journal, 2013); *A Life with Mary Shelley.* (co-edited with Barbara Johnson, Stanford, Calif.: Stanford Univ.Press, 2014); *State of Insecurity: Government of the Precarious.* (co-edited with Isabell Lorey, London; New York: Verso, 2015)。

中文译本:《偶然性,霸权和普遍性》(胡大平译,江苏人民出版社,2004);《性别惑乱:女性主义与身份颠覆》(林郁庭译,桂冠图书,2008);《性别麻烦:女性主义与身份的颠覆》(宋素凤译,上海三联书店,2009);《权力的精神生活:服从的理论》(张生译,江苏人民出版社,2009);《消解性别》(郭劼译,上海三联书店,2009);《身体之重:论"性别"的话语界限》(李钧鹏译,上海三联书店,2011);《脆弱不安的生命》(何磊、赵英男译,河南大学出版社,2013);《战争的框架》(何磊译,河南大学出版社,2016);《安提戈涅的诉求》(王楠译,河南大学出版社,2017)。

中文研究著述:《朱迪斯·巴特勒的述行理论与文化实践》(孙婷婷,中国社会科学出版社,2015);《朱迪斯·巴特勒的后结构女性主义与伦理思想》(都岚岚,外语教学与研究出版社,2016);《主体的生成与反抗:朱迪斯·巴特勒身体政治学理论研究》(王玉珏,北京师范大学出版社,2018)。

参考文献

一、本书引述的文献（依据引用顺序排列）

（一）本书引用的中文文献

[1] 中共中央马克思恩格斯列宁斯大林著作编译局编译：《马克思恩格斯选集：第1卷》，人民出版社1995年版。

[2][苏]米哈伊尔·巴赫金：《巴赫金全集：第四卷》，钱中文、白春仁、晓河等编译，河北教育出版社1998年版。

[3][美]伯顿·R.克拉克《高等教育新论：多学科的研究》，王承绪、徐辉等译，浙江教育出版社2001年版。

[4][美]乔纳桑·卡勒：《文学理论入门》，李平译，译林出版社2008年版。

[5][美]爱德华·W.萨义德：《世界·文本·批评家》，李自修译，生活·读书·新知三联书店2009年版。

[6][德]彼得·比格尔：《先锋派理论》，高建平译，商务印书馆2002年版。

[7][德]沃尔夫冈·伊瑟尔：《怎样做理论》，朱刚、古婷婷、潘玉莎译，南京大学出版社2008年版。

[8]王宁：《文学理论前沿（第二辑）》，北京大学出版社2005年版。

[9][英]雷蒙·威廉斯：《关键词：文化与社会的词汇》，刘建基译，生活·读书·新知三联书店2005年版。

[10][美]保罗·H.弗莱：《文学理论：耶鲁大学公开课》，吕黎译，北京联合出版公司2017年版。

[11][法]安托万·孔帕尼翁：《理论的幽灵：文学与常识》，吴泓缈、汪捷宇译，南京大学出版社2017年版。

[12]王晓群：《理论的帝国》，中国社会科学出版社2004年版。

[13][英]拉曼·塞尔登、彼得·威德森、彼得·布鲁克：《当代文学理论导读》，刘象愚译，北京大学出版社2007年版。

[14][美]保罗·德曼：《解构之图》，李自修译，中国社会科学出版社1998年版。

［15］［美］斯坦利·费什：《读者反应批评：理论与实践》，文楚安译，中国社会科学出版社1998年版。

［16］［美］乔纳森·卡勒：《理论中的文学》，徐亮译，华东师范大学出版社2019年版。

［17］［美］阿里夫·德里克：《后革命氛围》，王宁译，中国社会科学出版社1999年版。

［18］［美］阿尔君·阿帕杜莱主编：《全球化》，韩许高、王珺、程毅等译，江苏人民出版社2016年版。

［19］［英］安东尼·吉登斯：《现代性的后果》，田禾译，译林出版社2000年版。

［20］［美］J.希利斯·米勒：《土著与数码冲浪者——米勒中国演讲集》，易晓明译，吉林人民出版社2004年版。

［21］［美］迈克·克朗：《文化地理学》，杨淑华译，南京大学出版社2005年版。

［22］［美］阿尔君·阿帕杜莱：《消散的现代性：全球化的文化维度》，刘冉译，上海三联书店2012年版。

［23］［印度］霍米·巴巴、张颂仁、陈光兴、高士明：《全球化与纠结：霍米·巴巴读本》，上海人民出版社2013年版。

［24］［美］加亚特里·查克拉沃蒂·斯皮瓦克：《一门学科之死》，张旭译，北京大学出版社2014年版。

［25］［美］鲁思·本尼迪克特：《文化模式》，张燕、傅铿译，浙江人民出版社1987年版。

［26］［法］阿兰·图海纳：《我们能否共同生存：既彼此平等又互有差异》，狄玉明、李平沤译，商务印书馆2003年版。

［27］［英］彼得·威德森：《现代西方文学观念简史》，钱竞译，北京大学出版社2006年版。

［28］［美］科内尔·韦斯特：《新的差异文化政治》，载罗钢、刘象愚主编《文化研究读本》，中国社会科学出版社2000年版，第145页。

［29］［加］马克·昂热诺、［法］让·贝西埃、［荷兰］杜沃·佛克马：《问题与观点：20世纪文学理论综论》，史忠义、田庆生译，百花文艺出版社2000年版。

［30］［美］理查德·罗蒂：《哲学、文学和政治》，黄宗英译，上海译文出版社2009年版。

［31］余虹、杨恒达、杨慧林：《问题：第一辑》，中央编译出版社2003年版。

［32］［美］马克·爱德蒙森:《文学对抗哲学:从柏拉图到德里达》,王柏华译,中央编译出版社 2000 年版。

［33］［美］莫瑞·克里格:《批评旅途:六十年代之后》,李自修译,中国社会科学出版社 1998 年版。

［34］［美］查尔斯·E.布莱斯勒:《文学批评:理论与实践导论》,赵勇、李莎、常培杰译,中国人民大学出版社 2015 年版。

［35］［美］乔纳森·卡勒:《当代学术入门:文学理论》,李平译,辽宁教育出版社 1998 年版。

［36］［美］乔纳森·卡勒:《结构主义诗学》,盛宁译,中国社会科学出版社 1991 年版。

［37］［美］J.希利斯·米勒:《共同体的焚毁:奥斯维辛前后的小说》,陈旭译,南京大学出版社 2019 年版。

［38］［英］特里·伊格尔顿:《审美意识形态》,王杰译,广西师范大学出版社 2001 年版。

［39］［德］沃尔夫冈·韦尔施:《重构美学》,张岩冰、陆扬译,上海译文出版社 2006 年版。

［40］［美］理查德·舒斯特曼:《实用主义美学》,商务印书馆 2002 年版。

［41］［美］诺埃尔·卡罗尔:《超越美学》,李媛媛译,商务印书馆 2006 年版。

［42］［美］克里斯平·萨特韦尔:《美的六种命名》,郑从容译,南京大学出版社 2017 年版。

［43］［美］阿诺德·柏林特:《环境美学》,张敏、周雨译,湖南科学技术出版社 2006 年版。

［44］［美］詹明信著,张旭东编:《晚期资本主义的文化逻辑》,陈清侨译,生活·读书·新知三联书店 2003 年版。

［45］［美］哈罗德·布鲁姆:《西方正典:伟大作家和不朽作品》,江宁康译,译林出版社 2005 年版。

［46］干永昌:《比较文学研究译文集》,上海译文出版社 1985 年版。

［47］［美］朱迪斯·巴特勒:《身体之重:论"性别"的话语界限》,李钧鹏译,上海三联书店 2011 年版。

［48］［美］卡洛琳·麦茜特:《自然之死——妇女、生态与科学革命》,吴国盛、吴小英、曹南燕、叶闯译,吉林人民出版社 1999 年版。

［49］［美］劳伦斯·布伊尔:《环境批评的未来:环境危机与文学想象》,刘蓓译,北京大学出版社 2010 年版。

［50］［美］戴斯·贾丁斯:《环境伦理学:环境哲学导论》,林官明、杨爱

民译,北京大学出版社 2002 年版。

[51][美]张嘉如:《全球环境想象——中西生态批评实践》,江苏大学出版社 2013 年版。

[52][美]斯科特·斯洛维克:《走出去思考:入世、出世及生态批评的职责》,韦清琦译,北京大学出版社 2010 年版。

[53][美]梭罗:《梭罗集:上》,陈凯、许崇信、林本椿译,生活·读书·新知三联书店 1996 年版。

[54][美]约翰·缪尔:《我们的国家公园》,郭名倞译,吉林人民出版社 1999 年版。

[55][美]奥尔多·利奥波德:《沙乡年鉴》,侯文蕙译,吉林人民出版社 1997 年版。

[56][美]蕾切尔·卡逊:《寂静的春天》,吕瑞兰、李长生译,吉林人民出版社 1997 年版。

[57][美]格伦·A.洛夫:《实用生态批评:文学、生物学及环境》,胡志红、王敬民、徐常勇译,北京大学出版社 2010 年版。

[58][意]欧金尼奥·加林:《意大利人文主义》,李玉成译,三联书店 1998 年版。

[59][瑞士]雅各布·布克哈特:《意大利文艺复兴时期的文化》,何新译,商务印书馆 1983 年版。

[60][英]丹尼斯·哈伊:《意大利文艺复兴的历史背景》,李玉成译,生活·读书·新知三联书店 1988 年版。

[61][美]托马斯·S.库恩:《必要的张力:科学的传统和变革论文选》,纪树立、范岱年、罗慧生译,福建人民出版社 1981 年版。

[62][瑞士]克里斯托弗·司徒博:《环境与发展:一种社会伦理学的考量》,邓安庆译,人民出版社 2008 年版。

[63][加]威廉·莱斯:《自然的控制》,岳长岭译,重庆出版社 1993 年版。

[64][美]彼得·S.温茨:《环境正义论》,朱丹琼、宋玉波译,上海人民出版社 2007 年版。

[65][美]利奥·马克斯:《花园里的机器:美国的技术与田园理想》,马海良、雷月梅译,北京大学出版社 2011 年版。

[66][美]南茜·弗雷泽:《正义的尺度:全球化世界中政治空间的再认识》,欧阳英译,上海人民出版社 2009 年版。

[67][美]约翰·贝拉米·福斯特:《生态革命:与地球和平相处》,人民出版社 2015 年版。

［68］［奥］路德维希·冯·贝塔朗菲:《生命问题:现代生物学思想评价》,吴晓江译,商务印书馆1999年版。

［69］［美］唐纳德·沃斯特:《自然的经济体系:生态思想史》,侯文蕙译,商务印书馆1999年版。

［70］［美］R.T.诺兰:《伦理学与现实生活》,姚新中译,华夏出版社1988年版。

［71］［美］霍尔姆斯·罗尔斯顿:《哲学走向荒野》,刘耳、叶平译,吉林人民出版社2000年版。

［72］［美］霍尔姆斯·罗尔斯顿:《环境伦理学:大自然的价值以及人对大自然的义务》,杨通进译,中国社会科学出版社2000年版。

［73］［德］卡尔·曼海姆:《卡尔·曼海姆精粹》,徐彬译,南京大学出版社2002年版。

［74］［法］莫里斯·梅洛-庞蒂:《知觉现象学》,姜志辉译,商务印书馆2001年版。

［75］［英］布赖恩·巴克斯特:《生态主义导论》,曾建平译,重庆出版社2007年版。

［76］［美］丹尼尔·贝尔:《资本主义文化矛盾》,赵一凡、蒲隆、任晓晋译,上海三联书店1989年版。

［77］［英］雷蒙·威廉斯:《乡村与城市》,韩子满、刘戈、徐珊珊译,商务印书馆2013年版。

［78］［美］阿诺德·伯林特:《生活在景观中:走向一种环境美学》,陈盼译,湖南科学技术出版社2006年版。

［79］［美］阿诺德·伯林特:《美学与环境:一个主题的多重变奏》,程相占、宋艳霞译,开封:河南大学出版社2013年版。

［80］［美］厄休拉·K.海斯:《地方意识与星球意识:环境想象中的全球》,李贵仓译,中国社会科学出版社2015年版。

［81］［美］劳伦斯·布伊尔:《为濒危的世界写作:美国及其他地区的文学文化和环境》,岳友熙译,人民出版社2015年版。

［82］［美］文森特·里奇:《20世纪30年代至80年代的美国文学批评》,王顺珠译,北京大学出版社2013年版。

［83］［美］布雷特·福斯特、马尔科维茨:《罗马文学地图》,郭尚兴、刘沛译,上海交通大学出版社2011年版。

［84］［德］瓦尔特·本雅明:《巴黎,19世纪的首都》,刘北成译,上海人民出版社2006年版。

［85］［英］唐娜·戴利、约翰·汤米迪:《伦敦文学地图》,张玉红、杨朝军译,上海交通大学出版社2011年版。

［86］［美］约翰·唐麦迪:《都柏林文学地图》,白玉杰、豆红丽译,上海交通大学出版社2011年版。

［87］［美］杰西·祖巴:《纽约文学地图》,薛玉凤、康天峰译,上海交通大学出版社2011年版。

［88］［美］布拉德利·伍德沃斯、康斯坦斯·理查兹:《圣彼得堡文学地图》,李巧慧、王志坚译,上海交通大学出版社2011年版。

［89］［俄］陀思妥耶夫斯基:《罪与罚》,岳麟译,上海译文出版社2011年版。

［90］［美］哈罗德·布鲁姆:《影响的剖析:文学作为生活方式》,金雯译,译林出版社2016年版。

［91］［美］迈克·杰拉德:《巴黎文学地图》,齐林涛、王淼译,上海交通大学出版社2011年版。

［92］［法］加斯东·巴什拉:《空间的诗学》,张逸婧译,上海译文出版社2013年版。

［93］［法］米歇尔·福柯:《权力的眼睛——福柯访谈录》,严锋译,上海人民出版社1997年版。

［94］［美］尼尔·波兹曼:《娱乐至死》,章艳译,中信出版社2015年版。

［95］［美］乔尔·科特金:《全球城市史》,王旭译,社会科学文献出版社2010年版。

［96］［德］H.G.伽达默尔:《真理与方法:哲学诠释学的基本特征:上卷》,洪汉鼎译,上海译文出版社1999年版。

［97］陈寅恪:《金明馆丛稿二编》,上海古籍出版社1980年版。

［98］［美］克林斯·布鲁克斯、罗伯特·潘·沃伦:《小说鉴赏》,主万、冯亦代、丰子恺等译,世界图书出版公司2006年版。

［99］［美］伊丽莎白·韦德、何成洲:《当代美国女性主义经典理论选读》,南京大学出版社2014年版。

［100］［德］黑格尔:《美学（第一卷,第三卷）》,朱光潜译,商务印书馆1979年版。

［101］［法］蒂埃里·德·迪弗:《艺术之名:为了一种现代性的考古学》,湖南美术出版社2001年版。

［102］［美］阿瑟·丹托:《艺术的终结之后》,江苏人民出版社2007年版。

［103］［法］雅克·德里达:《文学行动》,赵兴国等译,中国社会科学出版社1998年版。

［104］［法］米歇尔·福柯:《知识考古学》,谢强、马月译,生活·读书·新知三联书店1998年版。

［105］［美］希利斯·米勒:《文学死了吗?》,秦立彦译,广西师范大学出版社2007年版。

［106］张江:《作者能不能死——当代西方文论考辨》,中国社会科学出版社2017年版。

［107］［意］安伯托·艾柯:《开放的作品》,刘儒庭译,新星出版社2005年版。

［108］［美］顾明栋:《汉学主义:东方主义与后殖民主义的替代理论》,张强等译,商务印书馆2015年版。

［109］［美］顾明栋、周宪主编:《"汉学主义"论争集萃》,中国社会科学出版社2017年版。

［110］［德］黑格尔:《历史哲学》,商务印书馆1963年版。

［111］［德］黑格尔:《哲学史讲演录(第一卷)》,贺麟、王太庆译,商务印书馆2016年版。

［112］［德］沃尔夫冈·顾彬:《汉学研究新视野》,李雪涛、熊英整理,广西师范大学出版社2013年版。

［113］［美］阿里夫·德里克:《全球现代性之窗:社会科学文集》,连煦、张文博、杨德爱等译,知识产权出版社2013年版。

［114］［美］刘禾:《跨语际实践:文学,民族文化与被译介的现代性(中国:1900—1937)》,宋伟杰译,生活·读书·新知三联书店2008年版。

［115］程相占、［美］阿诺德·伯林特、［美］保罗·戈比斯特、［美］王昕皓:《生态美学与生态评估及规划》,河南人民出版社2013年版。

［116］曾繁仁:《生态美学导论》,商务印书馆2010年版。

［117］［美］阿诺德·伯林特编:《环境与艺术:环境美学的多维视角》,刘悦笛译,重庆出版社2007年版。

［118］张燕婴译注:《论语》,中华书局2007年版。

［119］万丽华、董旭译注:《孟子》,中华书局2007年版。

［120］张载著:《章锡琛点校》,中华书局1978年版。

［121］张载:《张横渠集》,中华书局1985年版。

［122］安小兰译:《荀子》,中华书局2007年版。

［123］陈澔注,金晓东校点:《礼记》,上海古籍出版社2016年版。

［124］饶尚宽译释:《老子》,中华书局2007年版。

［125］陈鼓应注释:《庄子今注今释》,商务印书馆2007年版。

[126] 苏轼:《苏轼全集:上》,上海古籍出版社 2000 年版。

[127] 严羽、郭绍虞校注:《沧浪诗话校释》,人民文学出版社 1983 年版。

[128] 钟嵘著,曹旭集注:《诗品集注》,上海古籍出版社 2011 年版。

[129] 陆机著,金涛声点校:《陆机集》,中华书局 1982 年版。

[130] 周振甫注:《文心雕龙注释》,人民文学出版社 1981 年版。

[131] [美] 约翰·杜威:《哲学的改造》,张颖译,陕西人民出版社 2004 年版。

[132] [美] 约翰·杜威:《艺术即经验》,高建平译,商务印书馆 2005 年版。

[133] [法] 雅克·德里达:《马克思的幽灵:债务国家、哀悼活动和新国际》,何一译,中国人民大学出版社 1999 年版。

[134] [法] 罗兰·巴特:《罗兰·巴特随笔选》,怀宇译,百花文艺出版社 2005 年版。

[135] [美] 阿里夫·德里克:《跨国资本时代的后殖民批评》,王宁译,北京大学出版社 2004 年版。

[136] [法] 米歇尔·苏盖、马丁·维拉汝斯:《他者的智慧》,刘娟娟、张怡、孙凯译,北京大学出版社 2008 年版。

[137] [英] 彼得·巴里:《理论入门:文学与文化理论导论》,杨建国译,南京大学出版社 2014 年版。

[138] [美] 约翰·彼得斯:《交流的无奈:交流思想史》,何道宽译,华夏出版社 2003 年版。

[139] [德] 哈贝马斯:《交往与社会进化》,张博树译,重庆出版社 1989 年版。

[140] 柳诒徵:《中国文化史:上》,中国大百科全书出版社 1988 年版。

[141] 姚金明、王燕编:《王国维文集(第三卷,第四卷)》,中国文史出版社 1997 年版。

[142] [美] 阿里夫·德里克:《后革命时代的中国》,李冠南、董一格译,上海人民出版社 2015 年版。

[143] [美] 理查德·舒斯特曼:《身体意识与身体美学》,程相占译,商务印书馆 2011 年版。

[144] [法] 弗朗索瓦·于连:《(经由中国)从外部反思欧洲》,张放译,大象出版社 2006 年版。

[145] 魏柳南:《中国的威胁?》,人民日报出版社 2009 年版。

[146] [法] 弗朗索瓦·于连:《迂回与进入》,杜小真译,生活·读书·新知三联书店 1998 年版。

［147］［爱尔兰］安东尼·泰特罗:《本文人类学》,王宇根译,北京大学出版社1996年版。

［148］［美］苏源熙:《中国美学问题》,卞东波译,江苏人民出版社2011年版。

［149］陈世骧:《陈世骧文存》,辽宁教育出版社1998年版。

［150］朱自清:《朱自清古典文学论文集》,上海古籍出版社1981年版。

［151］郑毓瑜:《引譬连类:文学研究的关键词》,生活·读书·新知三联书店2007年版。

［152］夏志清:《岁月的哀伤》,江苏文艺出版社2006年版。

［153］［美］刘若愚:《中国的文学理论》,四川人民出版社1987年版。

［154］［美］宇文所安:《他山的石头记——宇文所安自选集》,田晓菲译,江苏人民出版社2003年版。

［155］蔡宗齐:《比较诗学结构:中西文论研究的三种视角》,北京大学出版社2012年版。

［156］［法］吉尔·德勒兹、［法］费利克斯·迦塔利:《什么是哲学》,张祖建译,湖南文艺出版社2007年版。

［157］陈永国:《翻译与后现代性》,中国人民大学出版社2005年版。

［158］［美］安乐哲:《和而不同:比较哲学与中西会通》,温海明译,北京大学出版社2002年版。

［159］［英］罗兰·罗伯逊、扬·阿特主编(英文版),王宁主编(中文版):《全球化百科全书》,译林出版社2011年版。

［160］［美］斯维德勒:《全球化对话的时代》,刘利华译,中国社会科学出版社2006年版。

［161］［美］苏源熙:《全球化时代的比较文学》,任一鸣、陈琛译,北京大学出版社2015年版。

［162］联合国教科文组织编:《世界文化报告:文化、创新与市场(1998)》,关世杰译,北京大学出版社2000年版。

［163］［德］黑格尔:《小逻辑》,贺麟译,商务印书馆1980年版。

［164］老子著,吕岩释义,韩起编校:《吕祖秘注道德经心传》,广西师范大学出版社2014年版。

［165］毕沅校注,吴旭民校点:《墨子》,上海古籍出版社2014年版。

［166］左丘明著,韦昭注,胡文波校点:《国语》,上海古籍出版社2015年版。

［167］［英］伯特兰·罗素:《西方哲学史》,张作成译,北京出版社2007年版。

［168］张隆溪:《道与逻各斯》,江苏教育出版社 2006 年版。

［169］［美］简·尼德文·皮特尔斯:《全球化与文化:全球混融》,王瑜琨译,中国传媒大学出版社 2014 年版。

［170］［美］罗兰·罗伯逊:《全球化:社会理论和全球文化》,梁光严译,上海人民出版社 2000 年版。

［171］［美］B.库玛:《文化全球化与语言教育》,邵滨译,北京语言大学出版社 2017 年版。

［172］［德］乌尔里希·贝克、［以］内森·施茨纳德、［奥］雷纳·温特:《全球的美国？:全球化的文化后果》,刘倩、杨子彦译,河南大学出版社 2012 年版。

［173］［英］约翰·斯道雷:《斯道雷:记忆与欲望的耦合:英国文化研究中的文化与权力》,徐德林译,广西师范大学出版社 2007 年版。

（二）本书引用的外文文献

［1］Von Mossner, Alexa Weik. *Affective Ecologies*：*Empathy，Emotion，and Environmental Narrative*.Columbus：Ohio State UP，2017.

［2］Berleant, Arnold. *Aesthetics beyond the Arts*：*New and Recent Essays*. London and New York：Routledge，2012.

［3］H.K, Bhabha.*The Location of Culture*.London and New York：Routledge，1994.

［4］Glotfelty, Cheryll, and Harold Fromm.*The Ecocriticism Reader*：*Landmarks in Literary Ecology*.，Athens：University of Georgia Press，1996.

［5］Cuomo, Christine J.*Feminism and Ecological Communities*：*an Ethic of Flourishing*.London and New York：Routledge，1998.

［6］Ogden, C.K, and I.A.Richards, and James Wood.*The Foundations of Aesthetics*.London, and New York：George Allen & Unwin Limited，2001.

［7］Brooks, Cleanth.*Modern Poetry and the Tradition*.New York：Oxford University Press，1965.

［8］Brooks, Cleanth.*The Well Wrought Urn*：*Studies in the Structure of Poetry*. New York：Harcourt Brace Jovanvich，1975.

［9］Abram, David.*The Spell of the Sensuous*.New York：Vintage，1996.

［10］Damrosch, David.*What Is World Literature?*.Princeton：Princeton University Press，2003.

［11］Rose, Deborah Bird, et al.*"Thinking through the Environment, Unsettling the Humanities"*.Environmental Humanities vol.1，No.1，2012.

［12］Chakrabarty, Dipesh.*The Climate of History: Four Theses*.Critical Inquiry, vol.35, No2, 2009.

［13］Worst, Donald.*The Wealth of Nature: Environmental History and Ecological Imagination*.New York: Oxford University Press, 1993: 27.

［14］Ungar, Frederick and Lina Mainiero.*Encyclopedia of World Literature in the 20th Century*.New York: Frederick Ungar Publishing Co, 1975.

［15］Jameson, Fredric.*The Seeds of Time*.New York: Columbia University Press, 1996.

［16］Gerstle, Gary.American Crucible: Race and Nation in the Twentieth Century.Princeton and Oxford: Princeton University Press, 2002.

［17］Deleuze, Gilles and Félix Guattari.*A Thousand Plateaus: Capitalism and Schizophrenia*.Minneapolis: University of Minnesota Press, 1993.

［18］*Gadamer, Hans-Georg.*The Relevance of the Beautiful and Other Essays. Nicholas Walker trans.Cambridge: Cambridge University Press, 1966.

［19］Saussy, Haun.*The Problem of a Chinese Aesthetic*.Stanford, Calif.: Stanford University Press, 1993.

［20］Lefebvre, Henri.*The Production of Space*.Donald Nicholson-Smith, tans. New Jersey: Wiley-Blackwell, 1991.

［21］Richards, I.A.*Mencius on the Mind: Experiments in Multiple Definition*. New York, Harcourt, Brace and Company; London, K.Paul, Trench, Trubner & Co., Ltd., 1932.

［22］Richards, I.A.*Practical Criticism: a Study of Literary Judgment*.New Brunswick, N.J.: Transaction Publishers, 2004.

［23］Liu, James J.Y..*Language-Paradox-Poetics: a Chinese Perspective*. Princeton, N.J.: Princeton University Press, 1988.

［24］Miller, J.Hillis.*Globalization and World Literature*.Neohe Licon vo l.38, No.2, 2011.

［25］Bate, Jonathan.*The Song of the Earth*.Cambridge, Massachusetts: Harvard University Press, 2000.

［26］Loesberg, Jonathan.*A Return to Aesthetics: Autonomy, Indifference and Postmodernism*.Stanford, Calif.: Stanford University Press, 2005.

［27］Adamson, Joni, and Scott Slovic.*Guest Editors' Introduction: The Shoulders We Stand on: An Introduction to Ethnicity and Ecocriticism*.MELUS: Multiethnic Literature of the United States *vol.34, no.2*, 2009.

[28] Buell, Lawrence.*The Environmental Imagination: Thoreau, Nature Writing and the Formation of American Culture*.Cambridge, Massachusetts: Harvard University Press, 1995.

[29] Murphy, Patrick D.*Farther Afield in the Study of Nature-Oriented Literature*.Charlottesville: The University of Virginia Press, 2000.

[30] Man, Paul de.*The Resistance to Theory*.Minneapolis: University of Minnesota Press, 1986.

[31] Fisher, Philip.*The New American Studies: Essays from Representations*.Berkeley: University of California Press, 1991.

[32] Wellek, René.*Concepts of Criticism*.New Haven and London: Yale University Press, 1963.

[33] Wellek, René.*Discriminations: Further Concepts of Criticism*.New Haven and London: Yale University Press, 1970.

[34] Wellek, René.*A History of Modern Criticism vol.5*.New Haven and London: Yale University Press, 1986.

[35] Wellek, René, and Austin Warren.*Theory of Literature*.New York: Harcourt Press, 1949.

[36] Chow, Rey.*Women and Chinese Modernity: The Politics of Reading between West and East*.Minnesota: University of Minnesota Press, 1991.

[37] Southern, Richard William.*Medieval Humanism and Other Studies*.Oxford: Basil Blackwell, 1970.

[38] Slovic, Scott.*Seeking Awareness in American Nature Writing: Henry Thoreau, Annie Dilliard, Edward Abbey, Wendell Berry, Barry Lopes*.Salt Lake City: University of Utah Press, 1992.

[39] Slovic, Scott., Serpil Oppermann, Greta Gaard, eds.*New International Voices in Ecocriticism*.Maryland: Lexington Books, 2015.

[40] Slovic, Scott.Paul Slovic.*Numbers and Nerves: Information, Emotion, and Meaning in a World of Data*.Corvallis, OR: Oregon State University Press, 2015.

[41] Gupta, Suman.*Globalization and Literature*.Cambridge.UK: Polity Press, 2009.

[42] Eagleton, Terry. *After Theory*.New York: Penguin Books, 2003.

[43] Todorov, Tzvetan.*La Littérature en Péril*.Paris: Flammarion, 2007.

[44] Leitch, Vincent B.*Cultural Criticism, Literary Theory, Poststructuralism*.New York: Columbia University Press, 1992.

［45］Wang, X., Cheng X. *"Contribution of Ecological Aesthetics to Urban Planning"*.Int.J.Society Systems Science 3.3，2011.

［46］Empson, William.Seven Types of Ambiguity.London：Chatto and Windus，1949.

［47］CheryII Glotfelty and Harold Fromm, eds.*The Ecocriticism Reader：Landmarks in Literary Ecology*.Athens：the University of Georgia Press，1996.

［48］Tuan, Yi-Fu.*Topophilia：A Study of Environmental Perception, Attitudes, and Values, Englewood Cliffs*.New Jersey：Prentice-hall, Inc.，1974.

二、其他主要参考文献

（一）中文参考文献

1.中文研究著述

［1］程相占：《生生美学论集：从文艺美学到生态美学》，人民出版社2012年版。

［2］陈永国：《理论的逃逸》，北京大学出版社2008年版。

［3］高建平：《当代中国文艺理论研究（1949—2009）》，中国社会科学出版社2011年版。

［4］黄平、倪峰：《马克思恩格斯列宁斯大林论美国》，中国社会科学出版社2013年版。

［5］李春青、赵勇：《反思文艺学》，北京师范大学出版社2009年版。

［6］罗钢、刘象愚：《后殖民主义文化理论》，中国社会科学出版社1999年版。

［7］陆贵山：《中国当代文艺思潮》，中国人民大学出版社2009年版。

［8］钱中文：《文学理论：求索与反思》，中国社会科学出版社2013年版。

［9］盛宁：《二十世纪美国文论》，北京大学出版社1994年版。

［10］王岳川主编：《中国当代美学家文论评传》，黄山书社2016年版。

［11］徐亮：《西方文论作品与史料选》，浙江大学出版社2016年版。

［12］杨俊蕾：《中国当代文论话语转型研究》，中国人民大学出版社2003年版。

［13］姚文放：《从形式主义到历史主义——晚近文学理论"向外转"的深层机理探究》，北京大学出版社2017年版。

［14］曾繁仁：《文艺美学的生态拓展》，复旦大学出版社2016年版。

［15］左金梅、申富英、张德玉编著：《当代西方文论》，中国海洋大学出版社2011年版。

［16］朱立元：《新时期以来文学理论和批评发展概况的调查报告》，春风文

艺出版社 2006 年版。

［17］赵毅衡、傅其林、张怡：《现代西方批评理论（原典读本）》，重庆大学出版社 2010 年版。

［18］张玉能：《文艺学的反思与建构》，复旦大学出版社 2016 年版。

2. 中文译著

［1］［英］安德鲁·本尼特、尼古拉·罗伊尔：《关键词：文学、批评与理论导论》，汪正龙、李永新译，广西师范大学出版社 2007 年版。

［2］［美］安德鲁·N. 鲁宾：《帝国权威的档案：帝国、文化与冷战》，言予馨译，商务印书馆 2014 年版。

［3］［美］阿拉·古兹利米安：《平行与吊诡：丹尼尔·巴伦博依姆、爱德华·萨义德对话录》，杨冀译，生活·读书·新知三联书店 2015 年版。

［4］［美］阿莉森·贾格尔：《女权主义政治与人的本质》，孟鑫译，高等教育出版社 2009 年版。

［5］［荷］阿瑟·莫尔、［美］戴维·索南菲尔德：《世界范围的生态现代化——观点和关键争论》，张鲲译，商务印书馆 2011 年版。

［6］［澳］比尔·阿希克洛夫特、格瑞斯·格里菲斯、海伦·蒂芬：《逆写帝国：后殖民文学的理论与实践》，任一鸣译，北京大学出版社 2014 年版。

［7］［美］大卫·哈克特·费舍尔：《阿尔比恩的种子：美国文化的源与流》，王剑鹰译，广西师范大学出版社 2018 年版。

［8］［美］道格拉斯·鲁宾逊：《翻译与帝国：后殖民理论解读》，外语教学与研究出版社 2007 年版。

［9］［美］赫伯特·马尔库塞：《审美之维》，李小兵译，广西师范大学出版社 2001 年版。

［10］［美］亨利·路易斯·盖茨：《意指的猴子：一个非裔美国文学批评理论》，王元陆译，北京大学出版社 2011 年版。

［11］［英］吉尔伯特：《后殖民理论：语境实践政治》，陈仲丹译，南京大学出版社 2004 年版。

［12］［英］杰里米·戴维斯：《人类世的诞生》，张振译，生活·读书·新知三联书店 2022 年版。

［13］［美］克里斯托·巴托洛维奇、［英］尼尔·拉扎鲁斯：《马克思主义、现代性与后殖民研究》，北京大学出版社 2007 年版。

［14］［法］卡萨诺瓦：《文学世界共和国》，罗国祥、陈新丽、赵妮译，北京大学出版社 2015 年版。

［15］［美］理查德·舒斯特曼：《表面与深度：批评与文化的辩证法》，李

鲁宁译，北京大学出版社 2014 年版。

［16］［美］理查德·沃林:《非理性的诱惑:从尼采到后现代知识分子》，阎纪宇译，上海社会科学院出版社 2017 年版。

［17］［德］利奥·洛文塔尔:《文学、通俗文化和社会》，甘锋译，中国人民大学出版社 2012 年版。

［18］［英］罗伯特·J.C.扬:《后殖民主义与世界格局》，容新芳译，译林出版社 2013 年版。

［19］［英］马丁·麦克奎兰:《导读德曼》，孔锐才译，重庆大学出版社 2015 年版。

［20］［法］米歇尔·福柯:《主体性与真相:法兰西学院课程系列:1980—1981》，张亘译，上海人民出版社 2018 年版。

［21］［英］佩里·安德森:《交锋地带》，郭英剑、郝素玲译，中国社会科学出版社 2008 年版。

［22］［美］乔治·J.E.格雷西亚:《文本性理论:逻辑与认识论》，汪常砚、李志译，人民出版社 2009 年版。

［23］［法］让·贝西埃、［加］伊·库什纳:《诗学史（上、下册）》，史忠义译，河南大学出版社 2010 年版。

［24］［美］S.菲尼亚斯·厄珀姆:《当代美国哲学家访谈录》，张郭敏译，中国社会科学出版社 2010 年版。

［25］［美］萨克文·伯科维奇主编:《剑桥美国文学史（第 8 卷）:诗歌和文学批评 1940—1995 年》，杨仁敬译，中央编译出版社 2008 年版。

［26］［日］山里胜己等:《自然和文学的对话:都市·田园·野生》，刘曼译，中国社会科学出版社 2014 年版。

［27］［美］斯坦利·罗森:《虚无主义:哲学反思》，马津译，华东师范大学出版社 2019 年版。

［28］［英］苏珊－玛丽·格兰特:《剑桥美国史》，董晨宇、成思译，新星出版社 2019 年版。

［29］［美］苏源熙:《话语的长城:文化中国探险记》，盛珂译，江苏人民出版社 2020 年版。

［30］［英］特里·伊格尔顿:《文学阅读指南》，范浩译，河南大学出版社 2015 年版。

［31］［英］特里·伊格尔顿:《马克思为什么是对的》，李杨、任文科、郑义译，重庆出版社 2018 年版。

［32］［美］沃尔特·李普曼:《公众舆论》，阎克文、江红译，上海人民出

版社2006年版。

［33］［英］西蒙·冈恩：《历史学与文化理论》，韩炯译，北京大学出版社2012年版。

［34］［美］约翰·费斯克：《关键概念：传播与文化研究辞典》，李彬译注，新华出版社2004年版。

［35］［美］于连·沃尔夫莱：《批评关键词：文学与文化理论》，陈永国译，北京大学出版社2015年版。

［36］［美］约瑟夫·奈：《美国世纪结束了吗？》，邵杜罔译，北京联合出版公司2016年版。

（二）外文参考文献

［1］Adrian, Chan.*Orientalism in Sinology*.Bethesda: Academic Press, 2009.

［2］Baldick, Chris.*Criticism and Literary Theory 1890 to the Present*.London; New York: Routledge, 2014.

［3］Banaszak, Lee Ann, Lisa Baldez and Maryann Barakso.*The U.S.Women's Movement in Global Perspective: Issues and Strategies for the New Century*.Rowman & Littlefield Publishers, 2005.

［4］Barthes, Roland and Richard Miller.The Pleasure of the Text.*New York*: Hill and Wang; Reissue, 1975.

［5］Bertens, Hans.Literary Theory: The Basics.London; New York: Routledge, 2013.

［6］Bressler, Charles E.Literary Criticism: An Introduction to Theory and Practice.Boston: Pearson Longman, 2011.

［7］Cowley, Julian. "Snowed Up": A Structuralist Reading.Wolfreys, William Baker and Richard Jefferies.Literary Theories: A Case Study in Critical Performance.New York University Press, 1996.

［8］Cuddon, and M.A.R.Habib.The Penguin Dictionary of Literary Terms and Literary Theory.London: Penguin, 2015.

［9］Eagleton, Terry.Criticism and Ideology: A Study in Marxist Literary Theory.*London*; *New York*: Verso, 2006.

［10］Eagleton, Terry.Literary Theory: An Introduction.Minneapolis: University of Minnesota Press, 2008.

［11］Eagleton, Terry.Culture.New Haven and London: Yale University Press, 2016.

［12］Garrett, Matthew.*The Cambridge Companion to Narrative Theory*.

Cambridge: Cambridge University Press, 2018.

[13] Gates, Henry Louis, Jr.The Signifying Monkey: A Theory of African-American Literary Criticism.*Oxford*: Oxford University Press, 2014.

[14] Gibson, Andrew.Postmodernity, Ethics and the Novel: From Leavis to Levinas.London; New York: Routledge, 1999.

[15] Gluck, Louise and Lois Tyson.Critical Theory Today: A User-Friendly Guide.London; New York: Routledge, 2014.

[16] Groden, Michael, Martin Kreiswirth, and Imre Szeman.The Johns Hopkins Guide to Literary Theory & Criticism.Baltimore: Johns Hopkins University Press, 2005.

[17] Harland, Richard.*Literary Theory from Plato To Barthes*: *An Introductory History*.London: Palgrave Macmillan, 1999.

[18] Klages, Mary. Literary Theory: A Guide for the Perplexed.New York and London: Continuum International Publishing Group Ltd., 2006.

[19] Kowaleski-Wallace, Elizabeth.*Encyclopedia of Feminist Literary Theory*.London; New York: Routledge, 2009.

[20] Leitch, Vincent B.*American Literary Criticism from the Thirties to the Eighties*.New York: Columbia University Press, 1988.

[21] Leitch, Vincent B.et al., eds.The Norton Anthology of Theory and Criticism.New York and London: W.Norton & Co., 2010.

[22] Parrington, Vernon.*The Beginnings of Critical Realism in America*·*Main Currents in American Thought*.London; New York: Routledge, 2017.

[23] Preminger, Alen, and Terry V.f.Brogan, co-eds.Frank J.Warnke.*The New Princeton Encyclopedia of Poetry and Poetics*.Princeton: Princeton University Press, 1993.

[24] Renfrew, Alastair.*Towards a New Material Aesthetics*: *Bakhtin, Genre and the Fates of Literary Theory*.London; New York: Routledge, 2017.

[25] Rooney, Ellen.*The Cambridge Companion to Feminist Literary Theory*.New York: Cambridge University Press, 2006.

[26] Ryan, *Michael.Literary Theory*: *A Practical Introduction*.New Jersey: Wiley-Blackwell, 2007.

[27] Ryan, Michael, *et al eds.*The Encyclopedia of Literary and Cultural Theory.Malden, MA: Wiley-Blackwell, 2011.

[28] Scholes, Robert.*Textual Power*: *Literary Theory and the Teaching of*

English.New Haven and London: Yale University Press, 1986.

[29] Selden, Peter Widdowson and Peter Brooker.*A Reader's Guide to Contemporary Literary Theory.London*; New York: Routledge, 2016.

[30] Szeman, Imre and Timothy Kaposy.Cultural Theory: An Anthology.New Jersey: Wiley-Blackwell, 2010.

[31] Tihanov, Galin.*The Birth and Death of Literary Theory: Regimes of Relevance in Russia and Beyond*.Stanford, Calif.: Stanford University Press, 2019.

[32] Zawadzki, Andrzej.Literature and Weak Thought.New York: Peter Lang, 2013.